江南，江南
pulchra

主编　冷冰川

唯美

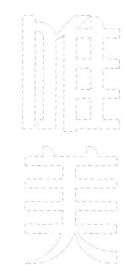
商务印书馆
The Commercial Press

目录

contents

有骨的江南，才是江南 ... 5

文心 literary

金宇澄	禊水	8
朱青生	笔论自疏（1997年）	11
董 强	左岸与江南	15
陆 灏	归来何必江南	18
毛 尖	槐花巷	20
毛 尖	追忆一道菜	23
范小青	过往今来五卅路	25
叶兆言	越来越小的江南	28
韦 力	藏在医院内的小八千卷楼	30
王稼句	苏州花事	33
叶 弥	听说苏州在下雪	39
周立民	巴金·1936·杭州时刻	41
荆 歌	在苏州	51
陈晓卿	美食沙漠指北	56
蔡天新	西湖，或梦想的六个瞬间	59
张 辉	冷蒸	64
王 恺	茶之苏杭	67
虎 培	一个蓝色名字	72
朱 晞	江南雅集	75
那 海	余味	77
祁 媛	夜游	81
苏 眉	苏州吃	84

艺术家 Artist

苏天赐	画余随想	90
袁运甫	谈写生和艺术创作	102
王冬龄	"乱书"的江南情缘	117
白 明	江南	130
展 望	关于《假山石》	141
严善錞	西湖与我的铜版画	156
方 骏	方骏创作之话语录	168
沈 勤	园林随想	180
杨明义	我在江南，我在周庄	192
江宏伟	铁线莲	204
邬烈炎	走进园林	211
林海钟	笔墨论要	222
张 捷	边界与自由——重构中国画的当代精神	234
邬建安	《青鱼案》的故事	247
胡军军	不杂院的不杂	258
尚莹辉	绘画札记	263
白阁雨	黑漆的涟漪	271

建筑师 *Architect*

童 寯	江南园林	280
林 兵	从贝聿铭到木心	292
陈卫新	澄怀观道	304
俞 挺	江南的意义	311
赵城琦	泼淡彩于青山之间	315

诗与音乐 *Poetry Music*

陈先发	枯	326
柏 桦	组诗二首	329
韩 东	悲伤或永生	335
蓝 蓝	蓝蓝五首	339
杨 键	暮春午觉	341
胡 亮	绿野仙踪	347
梁小曼	江南诗一组	355
傅元峰	摇滚江南——2022独立艺术笔记	359

影像 *Image*

许培武	李白诗歌行旅图	366
邵 度	邵家业 邵大浪摄影／邵大浪文 一家三代百年江南影像	387
逄小威	拍昆曲,终于有机会了	428
李玉祥	江南	442

观点 *View*

何国锋	小河寻谣笔记	458
钱晓华	我们为什么在乡村	471
张金华	明清家具制造地区辨流	482
孙建华	帽饰	487
浅 草	江南意,与物为春	502
马溪芮	江南香愁	505
梅延军	"读库"江南的故事	509
高 剑	失园记	520
张 洹 胡军军	泥洹院：一座道场	534
逄小威	周庄周庄	547

有骨的江南，才是江南

我喜欢江南。但有骨的江南，才是真江南，我还写不出这种骨。

江南是每个人的。她有诗的"难忘的言语"，美得一丝不苟，但"江南"也不是所有人都配得上推心置腹。我三十岁以前一直生活在江南水边，之后我天南海北地走着，但不管在哪个地方醒来，我首先想起的是溪流里的梳洗；这种画面经验是童年留下的，但哪一段连着哪一段，我也费心思；江南简单又浓郁的人文、方言、水、桥、烟雨远钟的乌托邦节奏和春风雀跃眼神清澈的姑娘……最妙的江南会写诗，但也只有那种"心"才是诗人。本来如此，一向如此阿。

以前每期的"编者按"是汪家明先生提问，我回答。但是这期"江南"的问题难答（我又因事分心），另外关于江南的好文字够多了，就让我偷一次懒，用江南的意象词做一次编者按吧。比如……

采莲，疏影，落梅花，暗香，醉花，听雨眠，月色雪色之间的桥，白梅，雨丝，柳梢青，灼灼，依依，莺莺燕燕，青石台阶，杨花锁垂柳，竹篱、三月，坐桥上相爱，墨染人家，亭榭，古屋掌灯，绯色，乌篷船，古寺钟声，清风层叠，雨中花幔，风月无边，杏花，丁香，淡墨，雨巷，碧玉，醒三春，断桥，东山水间，二十四桥明月夜，菩提思，一席梦，青山隐，水迢迢，竹涧，莲清如水，携琴，坐花，红入桃腮，肆意高古，檐角箫声，桃之夭夭，万家灯火，上柳梢，寄愁，一扇思窗，采红菱，素颜小河，荷叶露珠，新月，薄暮，渔樵，清幽，墨瓦粉墙，溪畔，雨蝶，云竹，苍翠，江雪，雨墙流年，润物无声，微风燕子斜，风中春树，藕花野塘，清霜问香红，水风落花空，细雨鱼儿出，心心念念，沉水熨春衫，桂子余香，踏月吹箫，故园，醉卧，一杯浊酒，蝶恋花，满地香红，烟水月翠，相思夜，两两渔舟，双双紫燕，烟里歌声隐隐，渡头月色沉沉，梦里阑珊唱一曲，纯真，落花成伤，天涯，渔米，李香兰，秋意浓，一船烟月，花低竹净无声，浮云煮茶，梧桐恨夜霜，卖酒卖花……

写着写着，好似写不完；由于我对江南的印象深刻，所以其他的"前"与"后"恍若都不存在，江南的一切都在不知不觉中向我投射浓幽的身影，就连黑夜本身也足够浓黑。事实上江南的好意思对于我们就是诗、都在原地，但我却在"陌生的别处"用浑身的气力回江南，或是重新建造一个新的（自我）江南；不然呢？说起来江南书写的是个人或者其他虚构并不重要了，只知道她要落入真切人心……其实每个人自会看到属于他的那部分江南，看到不同的江南，也许有人永远不会进入江南……算了，算了，江南的边界已经划分了，一种是知道江南的，一种是不知道江南的。对于我血脉里的江南是故土，跑不了。你挣脱得再远再反常反动，也只是把江南抬高一些吧。抬到东方、西方，抬到清风、烈酒、夜空……我以为江南的美妙非常损毁了用更美、更好。如果存在这样的江南，那是要倾心倾听的江南，想象的、感觉的、可自由采撷又彼此不同的江南……江南就像是一段段连缀而成的珍珠，我有幸见过江南和江南的废墟了。

literary

金宇澄·禊水

朱青生·笔论自疏（1997年）

董　强·左岸与江南

陆　灏·归来何必江南

毛　尖·槐花巷

毛　尖·追忆一道菜

范小青·过往今来五卅路

叶兆言·越来越小的江南

韦　力·藏在医院内的小八千卷楼

王稼句·苏州花事

叶　弥·听说苏州在下雪

周立民·巴金·1936·杭州时刻

荆　歌·在苏州

陈晓卿·美食沙漠指北

蔡天新·西湖，或梦想的六个瞬间

张　辉·冷蒸

王　恺·茶之苏杭

庞　培·一个蓝色名字

朱　晞·江南雅集

那　海·余味

祁　媛·夜游

苏　眉·苏州吃

禊水

金宇澄

  对于逝者，我父亲几次提起的沈玄溟，是他少年时代的亲密玩伴，每天放学，两个人一起走回来，也经常去看看镇上的佛像店、裱画店；沈家的房子比金家新，三进三开间带厢房，天井有一棵老山茶树，高至二楼，遮得冬夏不透阳光，方砖地生满青苔，气氛阴暗，最特别的是，沈家大白天都在楼上走动，厅里不挂字画，不见人影。某个夏天，我父亲和玄溟走进沈家的天井，见他仰面就喊："姆妈，热煞哉。"楼上咿呀一声，帘子里露出一张明媚端润面孔，吊下一小竹篮，篮中两杯冷开水，两人咕咚咕咚喝尽，篮子收上去。这是玄溟的母亲，婚前在上海某知名百货店做事，属"五四"前上海最时髦的职业女子，平湖人，天足，一次与玄溟父亲沈剑霜邂逅，展开了上海新式的自由恋爱，双双回镇结婚，生下独子玄溟。

  沈剑霜是我祖父的朋友，镇上洋派人物之一，早年和我的祖父一样穿西装，但会拉小提琴，工书法，精"瘦金体"，娴商科，我父亲叫他"剑霜叔"，多次看"剑霜叔"直接捏着石头，运刀如飞，只一会刻就了印章。

  婚后的沈剑霜，仍在上海教书，三进大房子，只有玄溟和母亲、外婆在一起生活，因为都不是本镇人，少有亲友来往。暑天正午，在古镇的蝉鸣中，父亲听到断断续续风琴声：《霓裳羽衣曲》《因为你》《落花流水》……那是玄溟母亲的琴声，之后有一年，玄溟母亲就将楼下厢房租给一个青年医生做了西式诊所，使这座阴沉沉的大宅子添了些许生气。

  历史上的黎里镇，从来不缺著名中医，只是西医少见，且沈家不远就是镇公所、警所，一旦四周乡民打架、械斗，头破血流到镇上理论、验伤，都会进入沈家就诊。玄溟母亲时约三十多岁，青年西医眉清目秀，才二十出头，姓吴，个子不高，态度极是和蔼。

  西医诊所只开了半年多，沈剑霜忽然就在上海辞了职，匆匆回到镇里生活了。我父亲每次遇见了"剑霜叔"，印象里都是面容凝重，沉默寡言，独自在镇里走——据说沈已发觉妻子与青年医生的不贞之事，镇里几家茶馆，自然早也传开沈家的桃色细节。从此，沈剑霜常在街上独步，对熟人不讲一句话，郁郁寡欢，之后据说结识了本镇一个三十多岁的"老小姐"，能诗善画，态度顺和，让沈剑霜下决心离婚，然后就娶她——没想到的是，玄溟母亲极为厉害，一方面坦承了自己与吴医生有染，却绝不应允丈夫离婚，两人经常为离婚之事大吵大闹到深夜，引发玄溟外婆过世。这样的僵局维持了半年多，直至有一天下午，玄溟的父亲沈剑霜，静静走下楼梯，走进厢房，打开吴医生的药物玻璃橱，吞了一小瓶的生汞。沈剑霜自杀了。

  镇上有一位测字先生说，沈大少爷的名里就有难，图章刻得好，刀运得好，但字里有刀，配雨字头，凶险加眼泪，两样摆一道，苦哉。当时我父亲十二岁，沈家出了如此大事，每见玄溟的悲切之色，苦于难以安慰。我祖父和沈剑霜虽是朋友，也表示了沉默，只能是在自家饭桌上多次大骂"人心太坏"！

  我父亲与玄溟的同学之谊，亲切化为沉重，即便表面不言，也去父丧后的沈家探望，次数却逐渐少了。玄溟母

亲仪态如常,之后也就直称青年医生名姓,亲昵如家人。吴医生玉树临风,眉宇间同样十二分的自然。沈家在镇里开有一家腌货行,原先一直由玄溟母亲打理,之后逐渐由吴医生经营,男女两人也公然于镇里镇外双双走动,不避人耳目。再以后,我父亲小学毕业去苏州读书,玄溟去到吴江读县中,两人互不通信。一次我父亲回镇,发现玄溟常常不上课,已学会了抽烟、打麻将,之后就听说玄溟辍学回家了——是按照玄溟母亲的意见,尽早做了沈家的"一家之主"。至我父亲读高中时,玄溟已经结婚,女方是镇西一位典型的乡镇小姐,我父亲以前见过她立在自家门口的样子……直到抗战爆发,赴苏、浙、沪读书的学生基本都返回了本镇,参加抗敌后援的种种宣传活动,多次聚会的人群中,已没有玄溟的身影,据说,他一直宅于家中享受所谓"新婚的幸福",且结交了一批好赌的朋友……再以后,玄溟吸了鸦片。

阴暗的沈宅一直孕育事态发展,这个阶段,青年吴医生已完全控制了沈府的财务,成了一个隐秘的富商。玄溟母亲虽终日对镜梳妆,实亦难掩年华的老去,已然是一位"阿婆"了——她平生做出最为愚蠢的决定,是把一华年玉貌的儿媳娶回家,儿子玄溟好赌成性,也整日举一支"甘蔗枪"①,卧于烟榻吞云吐雾,只知从吴医生手中取用赌资与烟钱……

沈家大宅里的青年吴医生,不久又成为玄溟妻子的入幕之宾……这事终被玄溟母亲发觉,两个女人为此破口大骂,声闻户外,继续成为本镇茶馆的火热话题。

某年夏天,黎里镇大小茶馆再爆消息——青年吴医生与玄溟的年轻妻子,席卷了沈家所有金银首饰、钱庄存款私奔了,是黎明时分坐了小船出走的?却没人知晓这对男女最终去向了何方。当时黎里镇及四乡环境相当复杂,原属汪伪"和平军"的地盘,又被国民党游击队控制,基本丧失了起诉与传讯环境。玄溟母亲失魂落魄,跑去镇上多家钱庄询问,庄上先生答说:"三四日前,是吴医生提现了。"沈家腌货行老账房应声道:"回沈少奶奶,店面早已经盘把镇东陈老太爷了,倷一滴滴呀弗晓得哎?!"玄溟母亲惊、急、气、羞,数月后,就在沈宅阴暗老茶树的荫影里中风去世。

父亲说,黎里镇不少大户人家的后代,都经历了一种家道突变,在赌、烟之中,弄到死无葬身之地。他的小同学玄溟,在婆媳相骂期间搬离了沈宅,待等吴医生裹挟他的娇妻卷逃、母亲亡故,只遗留吴医生来不及卖掉的沈宅,这幢三开间三进大房子,战前值好几百石大米,一百石米时折一根"大条子",但沦陷后镇上房价大跌,也因玄溟的懦弱无能,最后是在掮客的七骗八哄包围之中,三折卖出,款子付掉玄溟所欠烟赌高利贷和母亲丧葬费,余钱在一年多后也就用空了。

1945年初,父亲回镇料理祖父的丧事,据某同学称,最后的玄溟,已流落街头,食宿无着,幸亏腌货行一位老师傅动了怜悯,在堆置腌货的地坪旁铺了稻草,让昔日这位少东家遮风避雨,暂进两顿粥饭,但无法满足其鸦片烟瘾,最后的玄溟,是瘾发哀号而亡的,死时才二十五岁。

【父亲笔记】

我在七十九岁时,记下这个故事,同我的读书笔记混在一起,束之高阁,这一搁,过了十三年,如今我已经九十二岁了,再回顾这件旧事,故事讲完了吗?讲完了,又似乎没有,最近偶然乱翻书发现的旧闻,有一本小册子上赫然印着一段记录:抗战期间,黎里镇一位年轻的西医曾派人通风报信,使得当年的吴嘉工委书记及时转移脱险的佳话,令人惊讶的是,做这件好事的,便是这个吴医生。

呜呼玄溟,童年情深
既长回乡,草木无声
路人叹息,谁为招魂
泪滴桥下,禊水②盈盈

九十二岁翁记。
2011年10月2日

这故事父亲讲了多遍,写了多遍,此节是据他的笔记改写,完成时,是某日凌晨三点,我意外发现父亲的笔记里,滑出一张字迹潦草的纸片——也即上述他最终的附白。他似乎知道,唯有这突如其来的结尾,才符合本文的互照样式,符合这悲情故事难觅的某一延伸线头……

① 此枪利其轻,又能"清火"云云,江南乡镇流传已久。"……烟枪多用竹,亦有削木为之,枪头镶以金银铜锡,枪口饰以金玉角牙。闽粤又有一种甘蔗枪,漆而饰之,尤为若辈所重。"(《夷氛闻记》/梁廷枏)

② 禊水,黎里之水,别名禊湖,有秋禊桥(始建于清初)、禊湖道院(始建于1522年)因祭祀唐太宗十四子苏州刺史李明,朱元璋封其为吴江城隍。

笔论自疏[①]（1997年）[②]

朱青生

笔者，与墨并称，千古传承。其神也，非道中人不可与语。

笔者，广大无穷，略有涉及，即从会心。笔之广矣，大矣，尽形寿，终精进，如入星天，四顾茫然。念一生有涯，孤闻浅识。但窥笔里疆域，充川瀛海。在无概了之想，遑论习得其功。毕生追随，得一二家衣钵，何望之奢？

破帖万卷，遍搜碑林，盖拾得烽火残叶，风雨遗痕。烟没瑰品，实难以屈数，存世者十之二三耳。即得观上品，离时绝代，难存意味，背俗隔境，胡印心迹？古时人情，且易堪透？但凭猜度，不知就里。先哲用笔妙门得三四许幸甚![③]

感笔之大而小我。叹迹之广而恨促。能不怆然？

笔之所能也无穷，若以今日为始，日日加功，代有所归。生在当时，受制于时运，局限于见闻。纵然尽笔力、罄笔形、穷笔意、趣笔势，所可用者，当下为度也。不知器转毫更，墨替色代，帛废纸兴，字变文移，吾何能逆料后世笔墨砚纸之绝异焉？日后天开瑞物，雄视古今。以之诣笔，如何度之？此笔之材质无穷也。何况后人。自性风发，秉教清纯，云淡气清之常有。老有所养，病无见弃。佑其安定，任其从容。增知广识，虽怅一介之渺，饱暖荣宠，何喜品类之丰。毕竟远可日游参商，近可出入微尘。心可把换，意能抄移。今之苦于后愈苦，苦亦无穷，今之乐于后愈乐，乐亦无尽。冲突弥深，无以相望，皆关笔之前程也。知有明日之笔，不知其所以，能不愁闷？

往日之笔不可追，后日之笔不可晓，固也。然人无我之际遇，尔思我亦曾愁闷。后人无我之心境，尔视我终将怆恨。今当如何？今之为今，今也！思虑及此，翻然欣喜，乐我之有我笔也！

我有我笔，我有何笔？

曰笔之用；曰笔之有。

笔之用者，谓笔之状迹之能，构形之所。

状迹者，凡用笔，过处留痕，迹于是能循。一落之际，形状生起。方圆曲折，修短赢盈、如陨石飞花、象朝阳残月。笔之形、何止千化万变矣。至于着落幅中，四边成位。天地生焉，笔厕其间，势动并存。笔势者，比附金戈铁马，非谓其形状类戈与马，其势使之然也。金戈在握、挺向胡房，铁马飞渡、直下中原，势也。笔因势而可为阵、盖落纸成形，依边布阵，卫夫人图之能流芳千古，既具笔形，又言笔势，此状迹之极能者也。

构形者，一笔为迹，二笔成画，载万物之情形。茹毛饮血之初，已成功用。此处形非笔形，像非迹像。笔随形设，迹为像显。平坦白地，呼出生灵。洞天溪上，可居可游。丽人迁客，背啼侧泣。皆以二画至万画，漾入生机，境界于是浮现。

谓书画同源者，字由画生，聚笔成文。是"一"字，仅一画，其横，笔形不能自绝其字，而独立化形成象。是以亦笔画之笔，非痕迹之笔也。[④]

笔之用，以造幻境、别远近、表金玉、勒妖娆、写愁绪、貌亲疏。但凭手段，无所不可。

笔路皆没入形体，称作无笔，笔无而画有。借形运线、笔路依旧明辨者，称作有笔。无笔之造型，转托影像。有笔之造型，三昧依然。而今更须着意，一任信手由心，引几许风流。此笔之用也。⑤

笔之有者，谓笔之个中寄托在人。无论单笔成状之笔迹，抑或复笔成形之笔画。运行必经段落，提按瞬间，百事齐凑。一己之衷情、万世之修养，皆寓其中。君不见人之举手投足、音容笑貌，尚可别贤愚、知忠奸，况乎笔之用心，又比手足音容更多韫藉。笔必有其有也。⑥

无欲不能生人，有情尚可存活。故原欲本性必在笔中。声色之辨，鼓动好恶；精粗分别，难抑去取。执笔在手，不思度，随心所，笔自行，其情性皆有所以矣。常人不能尽情、尽性者，盖其既非忘怀法度，又无以超脱规矩。牵笔就形，堆划凑字。心牵构形则情散，意注结体则性糜。笔自僵持，唯羁俗格。是故笔中性情之常无也。⑦

人其为人，因有人我。无人则我不得成就，无我则人难具方圆。狼乳为狼，豕处则豕者，因人我绝交而人道无以流行也。人道浸淫笔中，因爱生情，缘仇转亲；人间冷暖，世态炎凉，笔厌之所怨，笔投之所求。笔之于人，或挑或拒，如骂如仇，泣诉淋漓，忿妒交加。寅媚可以在笔，恭谨可以命笔，清高可以走笔，豪放可以使笔。因人成笔，缘缘动毫。书在无声处，笔中自有怀抱耳。常人不能尽行为者，盖其一意不能孤行，笔尚未动，仅知欲左反右，意上先下。居心而不露，敢怒而无言。畜含富而自在少，城府深则天真无。陈陈相因，驳杂委顿，是故笔中人道之常无也。⑧

忠良使人向善，天理逼我求全。重义以轻生，怀道常灭欲。自励可恕众，格高则悯天。至理张扬，得失度外。于是心定笔清，量宽笔拙，嫉恶笔凛，超腾笔脱。克己奉公，其笔自正。舍命忘死，其笔方沉。常人不能尽道理者，盖其为人，知其理而不能行其道。知则知也，未曾落到行处。而笔之有者，是其行而非其知也。知行合一，然后精神来聚，存想自张于笔中。总有道貌岸然之徒，中心窃窃，自不便直露内里于笔端。但凭做作，弄清奇、施厚重，欺世盗名，是故笔之精神之常无也。⑨

盖笔中性情常无、人道常无、精神常无，必取外物充之。则转借于造化。飞泉走石，枯藤新篁，湖月江浪，野雨惊风。静若冻原，动有骤雷，壮如啸海，弱似柳蓬。因有所借，则笔势充盈。造化万千，故笔路无穷。所谓笔之有者，一归自然，真似泥牛入海。受尽山水日月之精华。教人不思情欲，洗除哀乐，忘却忧患，疏离神圣。此虽笔中之取借假设，然足以了却人生，游乐无期矣。⑩

至于初浅之功课，非下笔千万遍而不得要领。自不待言。

夫用笔，怀古而得其传，思来而励其志，用形而姿其态，造型而接其交，游心自然而广其意，纵性而从其欲，知人而游其情，尚理而立其德。古人之笔古人也⑪，后人之笔后人也，今人之笔为人也。本性相析，性情润笔，人道练笔，精神使笔。人事汇总，合笔底性情，笔中人道，笔上精神。俯仰天地，思维古今，唯此唯此。

噫唏！笔者，国艺之精髓。脉脉相承，一代有一代之笔！由古之我，由我以至千年。⑫憾笔之奥妙，难以言传。然体古人之心意，念来者之忧思。不得已，作笔论。

①《笔论》是作者发表于《美术观察》2021年第8期《书法作为人的问题的变现》的注5，过于简陋，所以作此疏理补充。

②《笔论》当时附有小序："一九九七年秋，岁在丁丑，于北京大学开文人画研习课程，首用对谈，考试诸生，以求个性别具者。截至完功，无以识之，特撰此文以赠刘超、李旭、石丹竹、尹云霞、董晶、张春洁、张力刚、张海峻、张若梅、许明伟、虞丽琦、陆水若、李诗晗、彭俊军、涂骏、杨怀玉、杨钋诸学弟。"这是一门北京大学选修课程《文人画研习》的结课演讲。当时从欧洲留学回北京大学，重新拾起1986年建造的"中国现代艺术档案"，召集学生共同参与，所以就用。Seminar的课程，汇集对艺术、对现代艺术感兴趣，同时又有才能和个性的学生参与工作，此时就有如上的同学，共同组成了研究小组，朝夕相处，切磋问题。早上晨读，读书范围并不在艺术限制之内，而在于当时重庆出版社委托项目"人文科学反思"所涉及所有人文社会学科的文本，并与我同辈学者对谈，反思的结果后来出版为《反思与对谈》一书（知识产权出版社，2016年版）。晚上就在一起进行艺术调查结果的考察和实验，所以才有此课程，课程结束前后，为了能够让档案工作系统性地延续下去，同学们发起成立北京大学现代艺术学会（后改为协会），我担任指导教师。第1任会长就是刘

超,第2任会长是彭俊军。经过对西方艺术的全面考察之后。20世纪90年代中期,我们开始特别注重中国渊源的当代艺术探索,所以把主要的力量放在现代书法和现代水墨,当时的档案就存放在刘超的家里,而且他创造了"机器书法"用程序写出了如何来"书写"颜真卿字体的每一个细节转折的程序,而不是集字,参加了国内国际的展览。

③ 书法的核心价值和基本技法。所谓书法就是中国和印度思想结合之后在艺术中的体现,是逐步积累到汉末东晋时(1世纪至4世纪前半叶),在中国形成的一种特殊的艺术。"书法"翻译成"calligraphy"是一个错误,因为在中国,"calligraphy"叫"美术字",主要是如何把一个文字进行形态设计,或者对文字进行装饰。书法其实是对于文字写得好看(美)或不好看无所谓,只是借助文字完成一种特别的艺术表现方式。这是一种被称之为"笔墨"的艺术方式,其形式不专指和联系某种对象,也不直接宣泄和表达人的某种固定意志和直接的情绪,它是一种若有若无、"无有存在"的状态。

④ "乾隆曾经从中国所有作品中选出了三件代表作置于手边,并把书房名之为'三希堂',这三件皆为(传为)东晋的书法。也就是说,在当时的中国文化中,书法被看作是中国艺术的最高代表……书法自身的形成是中国艺术别于西方艺术的第一事,绘画的书法化(书画结合)是中西艺术差别的第二事……宋末元初的这次变革,把艺术特别是绘画进行书法化改造,使得绘画不再与'再现'连在一起,而是与'书写'连在一起,与抽象和写意表达连在一起。"证明书法是中国艺术的核心审美价值和创作基本方法。参见朱青生:《中国艺术史概念的重新建构》,《北京大学学报》(哲学社会科学版)2020年第2期。

⑤ 无论是本体(无有存在)向实在的世界变现,还是实在的世界向艺术变现,都可以从人的问题的四个题层分析各自的变现:从自我的肉身的情绪欲望(我—我),到人间的政治和权力关系(我—他),从人对物质和环境的占有和认识的关系,尤其是在新媒体时代与非物质的虚拟关联(我—它),到与神圣和理想的关联(我—祂)。

⑥ 人具有与生俱来和相伴始终的本性。人的本性由于具有三个面向,三性同时作用,其中以创造能力为特征的艺术性(我称之为"情性",这种创造包括破坏和松懈,松懈是对与康德所说的"意志"相反的人的意愿、爱好和欲望的沉迷)在艺术中显现为鲜明而奇异的与人的问题的形式化。考虑到定义艺术不可能,我们曾将之表述为"艺术是(……)",本文则从人的本性和世界的本质(即"无有存在")出发,分析虚无的本体如何向实在的世界变现,挂悬的状态进入实在的世界后如何将世界(人的对象)与生活(人的意识与言行)形式化而变现为艺术。作为变现后果的艺术使人的两极,即人格(人性的特质)和体质(生命的本能)结成精彩和杰出的成果,灿烂辉煌,从而推进文明。

⑦ 艺术是自我表现。

"无有存在"的变现在"我—我"题层实现。"我—我"是作为人的"本体的自我"与自身作为"对象的自我"之间的关系。因为人有自我,所以才有针对与自我关联的所有动机和目标而发生行为,行为构成人的对象以及自我在其中的感觉、测量、摄受、认知和利用,经由人的三性(理性、神性和情性)集于一身共同作用而变现为人生和世界。其中"我—我"问题再度形式化,使得三性变现由感官能够感受的形态显现和表达出来,构成艺术的重要方面。在艺术中主要针对爱欲与生死。爱欲的基础机能(本能)也许是与禽兽(其他生命体)共有的性欲,但影响人的精神的是色相,是对象性感和美好的外表所激发和搅动的社会和心理的整套系统,直接漫漶到我—它、我—他、我—祂的层次,与"生死"问题的诉诸途径不重合。而生死问题与永恒和复活/复兴的问题相联系,一面转向了对仙境和天国的想象和向往,另一面则在对待死亡的礼仪和仪式上,转变成人与人之间的我—他关系的安置和表达的形式。

⑧ 艺术是人间形象和现象的实现。

"无有存在"在"我—他"题层变现,将人与人之间的关系形式化,其各种形态和痕迹被作为艺术。"我—他"题层讨论自我与他人之间的关系,因为人是在有他人存在的条件下才形成人性,没有他人作为存在前提的个人并不能成其为人,即使在跟动物的分界处已经具有人性。人必须在群体中与世界和历史发生关系,从而才能作为人的社会存在,人间是每个个体成其为人类之中的一分子的前提,自觉选择或被迫远离他人而成为诸如隐士、僧侣或囚犯,都是以有他人存在为前提的(非正常的)特别的人,所以也有说"人是社会的动物"。然而由于马克思主义的发展和中国的社会主义的政治实践,"社会"这个词已经超出马克思之前或者非社会主义意识形态所理解的那个范畴。(所以为了减少对"社会"这个词的理解差异,本文高度慎用"社会"一词,而代之以古老的"人间"一词,确切地指代人与人之间的关系,以便申诉"我—他"问题而已。)

⑨ 艺术是神圣和理想的显现。

"无有存在"因为人的问题而变现,在"我—祂"题层呈现。"我—祂"问题主要探讨人寻求完美和超越,最终趋向终极和无限的追求。而终极和无限处在人的智慧和言语不能到达之处,所以对于完美和超越的论述只能指向神圣、神秘和无限,而无法对祂描述和分析。更何况对于每一个个人来说,虽然多少具有对终极和无限的意识和指向,但是向往的目的和归属的道路却因人而异,在最后到达终极的觉悟和无限超越之前,所有的人都必须经历一个独自的历程,在最后的阶段,没有先在的启示,没有陪伴,超出论证和思考,在这个境界中只有一条路,一个人。

人之所以成其为人,与其他的"存在"具有基本相同又相互区别的双向－悖论状态,是因为人有精神、理想和神祇——人性中具有神性的面向。

这种精神从最原始的改善自身的处境和发展自我的愿望,到为了"与神同在"而牺牲自我的生活甚至生命,求取最高的德行,都是人的变现。

⑩ 艺术是人对物的呈现。

"无有存在"的变现在"我—它"题层呈示。"我—它"是人作为主体与同类之外的非人对象之间的关系,是自主的主体与不具有相同主体性质的异类之间的关系。可以按照"有命—无命""有情—无情""有权—无权"分成三个等级。人之外的"物"类虽然与人类赋有同样的生命,具有相似的感觉,与人类进化进程关联,但不具有同等的权利,所谓"天地间,人为贵"。本着对人权的确定和尊重,而划分"他"和"它"。我们尊重和承认其他信念所坚持的另外的分界,因为分界是人的问题。人具有人的本性,人性的三个面向理性—神性—情性延伸出人的科学—思想(信仰是一种思想)—艺术,因此如何分界归类是由人的不同思想和信仰所决定的,道不合不相与谋。

⑪ 与西方的传统的本体论不同,在中国,老子的思想提出"万物生于有,有生于无",而中国大约在汉明帝时(57—75)接受的早期印度佛教思想,流派纷呈,实践和义理复杂交错,最后也在禅宗中归结成"本来无一物,何处惹尘埃"。对于本体的无有存在的讨论,奠定了艺术的基本的理论基础。

⑫ 用一种图像来消除图像与事物之间的关系,甚至进一步截断图像引发想象而间接到达的物质和现实形象的关系。这样就使得图像的结果归于无有存在的图像。无有存在的图像是图像本身成为图像,而不是成为物的再现和物质现象的表现,由此逼迫人的精神状态就此进入虚空的状态,回归为"无"。"无"因为没有规定、限制和真实的限定,就会给每一个个体的差异性所可能导致的理解和误解制造了充分的可能和余地。这样一来,我们的本体论和西方哲学对于物,进而对于存在的论证之间就发生了根本性背离。

 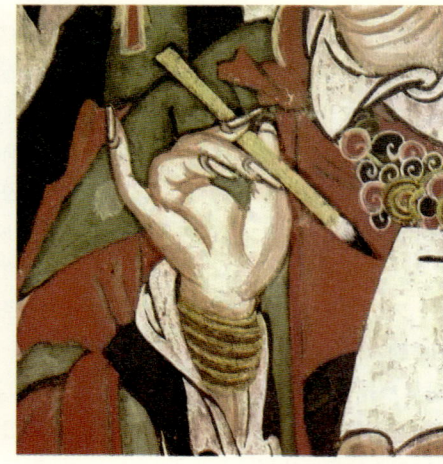 

元　执笔文殊菩萨像　山西洪洞广胜寺壁画　　　元　执笔水星像　山西灵石资寿寺壁画　　　明　执笔儒生像　山西繁峙公主寺壁画

左岸与江南

董 强

说起江南，我竟想到了左岸。

真要溯源，可以回到那本《西舟惆怅》，后来以《另一只手》的题目，双语的形式，在法国出版。那是一本我很少去回想的书，虽然对于自己后来的命运，它有决定性的意义。若非"江南"这个话题，它也许会一直躺在书房某个书格的角落。

真要简述这本书，首先它是一部诗集，完整意义上的诗集。其次，它是一本中法双语诗集。这样的诗集，应该说并不多。第三，它整体上就是一个梦回江南回不得，最后将梦魇去除、与江南剪断了脐带的过程。经历了这个过程之后，江南与左岸融到了一起。

因此，江南于我，真是一片想象之地，靠诗文、回忆获取一些碎片，支撑着我在另一片想象之地——左岸——开启我的实际之旅。随着左岸的渐渐分明，江南如梦一般散去，而我，也终于成了一个不再患有"怀乡病"的人。

梦入江南，江南阔天晴。画舫连三江，古木引曲径。孤山对岸湖心亭，有女娉婷。

往事似烟波，无风还不静。曾过太湖羡范蠡，翩翩轻舟共荷菱。梦醒天未明，灯下照见，湿雨西湖青衫，近月秦淮鬓。

这是那个时期一首典型的"左岸－江南"诗。严格地说，应该称之为词，但并不遵循什么词牌、格律。就像那个时期写的书法，按照已故的忘年交、原上海博物馆馆长马承源的说法，"章都是乱盖的"。在巴黎的现代气息中，纯粹遵循传统、古典，对于一个年轻人来讲，几乎是不可能的。当然，这一方面是出于基本的美学考量，另一方面，也是因为偷懒：毕竟，完全按照格律去写古诗词，是需要花费巨大的力气去琢磨、去推敲的。

那个时期的一大特点，就是做梦做得勤。几乎夜夜有梦，而且全是空间感极强的梦。所以，一句"梦入江南"，既是俗套，也是写实。一个经常出现的梦境是与许久不见的家人——父母、姐姐——登上一个楼阁，眺望远方。既有楼阁，就必有花园。这花园有时在前，有时在后，有时狭小，有时占地很大，楼阁只是围在园中的众多建筑之一而已，需走很长时间，方能开始登临。

每次醒来，就会写点什么，记录梦境，随性涂鸦，或者临摹一些手头能够找到的书法或者图片。它们其实不一定是跟江南相关，但往往都有花园，而且紧密围绕着一个季节：春天。梦回江南，往往伴随着一种伤春、惜春之情，生怕自己的青春，就这样消失在了他乡。李商隐的那句"芳心向春尽，所得是沾衣"，是当时最强烈的基调。

高阁客竟去，小园花乱飞。参差连曲陌，迢递送斜晖。肠断未忍扫，眼穿仍欲归。芳心向春尽，所得是沾衣。（《落花》）

凄凉宝剑篇，羁泊欲穷年。黄叶仍风雨，青楼自管弦。新知遭薄俗，旧好隔良缘。心断新丰酒，销愁斗几千。（《风雨》）

残阳西入崦,茅屋访孤僧。落叶人何在,寒云路几层。独敲初夜磬,闲倚一枝藤。世界微尘里,吾宁爱与憎。(《北青萝》)

李商隐的这三首诗,其实并无直接关联,于我却成了一个整体:高阁(那个梦中总能出现的楼阁)上只剩下了一人,远方只剩下了斜阳。春日将尽,空自落泪;羁泊穷年,黄叶飘零,借酒消愁;远访孤僧,独敲夜磬,世界微尘,忘却爱憎。

自我将这三首诗写在了同一卷纸上,我似乎找到了那种超越爱憎的宁和,开始在他乡的土地上,寻找自己的高阁、茅屋,寻访此地的高僧。

幸好,那个他乡不是别处,而是左岸。年少的泪,很快会被周边的生活氛围抹去。当时写的一首日本俳句式的短诗,标志着这一转折:

廿岁的泪／入酒盏／化不淡葡萄鲜红

巴黎圣母院,有时会以"圣祠"的形象,出现在诗中:

洞庭秋色未曾识,琴鼓今朝伴圣祠;深巷无人荐团月,还思陌上听箫时。

那是一年的中秋,朗月之下,走过巴黎圣母院,旁边有黑人流浪艺人在那里敲着急速而欢快的鼓声。陌上听箫的形象,在公共广场欢快的人流中,已显得有些无病呻吟。接下来,亨利·米肖、勒内·夏尔的诗情,将渐渐涌过、淹没远方的诗意碎片;塞泽尔来自海地的火热岩浆,让眼前的世界越来越火热、明亮。唯有中秋、春节这样的特殊日子,才会勾起那种清辉玉臂的怅然,即便如此,这清辉之下,皎然与欣然,已经融合在了一起:

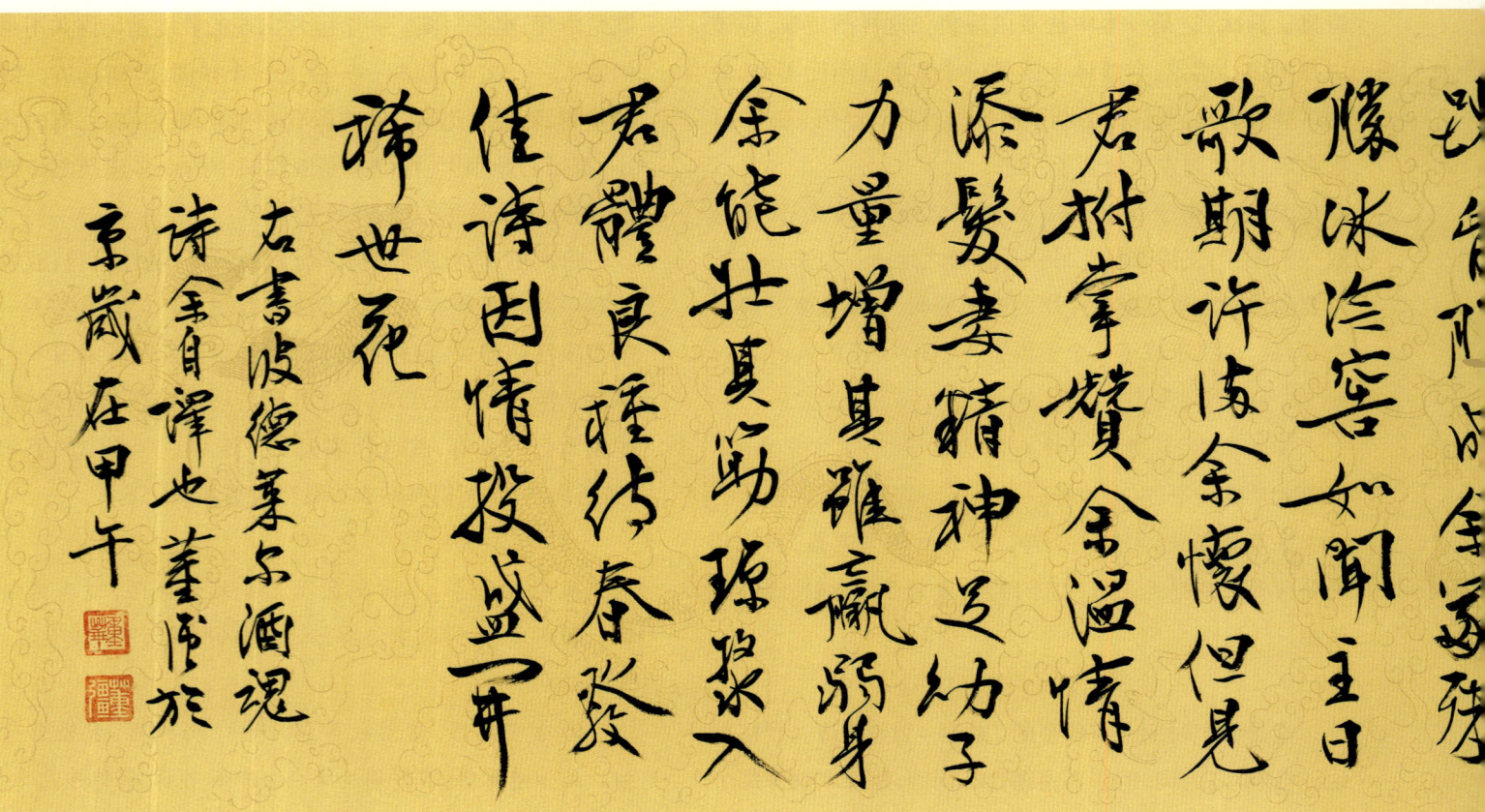

秋送江南残唱蝉,忆君去岁同登台;立尽斜阳怜草意,难书皱水惜春怀;不计有魂归大泽,怎堪无梦到君山;经年玉臂寒依旧,何处欣然共皎然。

李商隐的那首《落花》,与比他早了几十年的张籍所写的《和左司元郎中秋居十首》(之十)相比,格调明显高远。但是,张籍诗中某种对人世的眷恋,以及年轻人难免盼望得到文学认可的心情,还是更适合当时迷失在左岸而心有不甘的我:

客散高斋晚,东园景象偏。晴明犹有蝶,凉冷渐无蝉。藤折霜来子,蜗行雨后涎。新诗才上卷,已得满城传。

我的"新诗",没能得到"满城传",却为我赢得了一些珍贵的友谊(如勒克莱齐奥),打下了基础,奠定了我从此围绕文学为生的职业生涯。从此,江南的高阁,伴随着巴黎流动的盛宴,让我成了一个穿梭于中法之间的人,穿梭于左岸与江南。

等我后来终有机会重回了故乡杭州,我的基本判断是,那个楼阁应该就是吴山上面的城隍阁,但又不完全是。也可能是那个"江湖汇观"。同时,它未尝不是武汉的黄鹤楼,南昌的滕王阁,甚至我一直无缘见到的岳阳楼。

于是,我明白了自己关于江南的一个基本认知:它是一个想象空间,一大片没有确定边界的地域,除了一点是确定的,是在长江以南,而且基本是长江中下游以南。

而且,我来自江南。

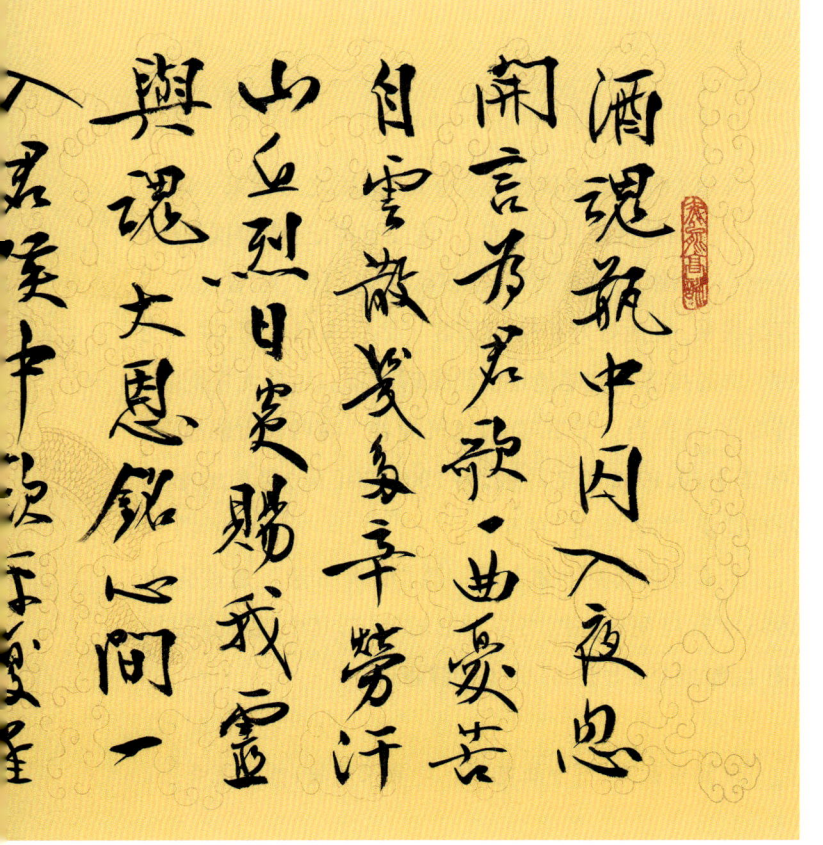

归来何必江南

陆 灏

家里一直挂着黄裳先生的一幅书法条幅,那是20世纪90年代后期黄先生送我的,写的是:

> 总角簪花旧院,白头泼墨橄庵。鸡山烟霞绝世,归来何必江南。胡小石六言诗。陆灏吾兄察书。黄裳

黄裳先生在一篇题为《贺昌群》的文章中曾说,1942年冬天他从上海辗转入川,到重庆继续读书。在南开中学时曾教过他的章丹枫(巽)先生,当时正任教中央大学,某天黄裳去沙坪坝中央大学看望老师,看到章先生宿舍的墙上挂了胡小石手书条幅,写的正是"总角簪花旧院"这首诗,"立即被打动、默记下来,直到今天还曾记得"(《珠还记幸》,生活·读书·新知三联书店,1985年版,第317页)。这篇文章写于20世纪80年代前期。此前二十多年的1962年,黄先生写过一篇《秦淮旧事》,就已说到在中央大学教员宿舍看到胡小石的这幅诗轴——

> 当时还不知道这首诗里所写的人物故实,只是为末两句所触动,觉得实在是好极了。这和自己当时那种"少年子弟江湖老"的感伤情怀是完全合拍的。记得壁上还并排挂着汪辟疆先生一首七律……(《山川·历史·人物》,香港三联书店,1981年11月版,第152页)

胡小石这首诗,收在1982年上海古籍出版社出版的《胡小石论文集》附录《愿夏庐诗词钞》卷二,诗题"六言",无诗序或题解(第277页)。黄裳后来在昆明翠湖图书馆翻看笔记,看到明末云南著名和尚担当的故事,才想起胡小石的诗写的正是他——

> 担当俗名唐泰,字大来,少年时曾远游江南,也是秦淮河上著名的人物,因而有簪花旧院的故事。算起行辈来,恐怕仅次于王百穀、马湘兰,比起金陵四公子来还要算是前辈。甲申以后即落发为僧,居鸡足山,所为诗自明亡以后改题《橄庵草》。这样,小石先生的诗,算是完全了解了。(同上)

陈垣《明季滇黔佛教考》卷五《遗民之逃禅第十四》,第一个介绍的就是这位唐泰。《徐霞客游记》中曾提到他,说他"诗书画俱得董玄宰三昧"。徐出门前,陈眉公就写信给唐泰,请他好好招待徐霞客。徐后来到云南,果然受到了唐的接济。这是他还没出家时的事。后从无住受戒,名普荷,号担当。结茅鸡山,息机静养。晚居苍山感通寺。(中华书局,1962年7月版,第200—201页)陈垣的书里没有提到"簪花旧院"的事。

黄裳《来燕榭书跋》附一篇"滇南书录",是黄先生1956年在昆明翠湖图书馆看书的笔记,其中就有介绍担当的《橄庵草》七卷,并引了一首诗:

> 云鬟恼新霜,不分娇花放。伴羞采嫩枝,插在儿头上。

诗题："余年十三在金陵,湘兰老马姬采花为余簪髻,戏之。"黄先生说,这首诗是很多人知道的,也就是"总角簪花旧院"的出处(中华书局,2011年6月版,第399页)。

黄苗子写过一篇《担当诗画》,收在《艺林一枝》一书中,文后附有"担当年表",其十三岁时随父北上途经南京、簪花旧院这一段,年表中没有记录,但记录了担当三十岁前后赴京应试,绕道吴楚,谒董其昌、李应祯称弟子事,也是在这一时期认识陈继儒的(生活·读书·新知三联书店,2003年1月版,第150页)。

黄裳于1949年秋天,以文汇报记者身份去南京采访组稿,在秦淮河上的六华春酒家备了一席酒,请了南京大学的几位老先生,其中有胡小石——

当时胡老的豪情今天还历历如在目前。……记得当筵我背了这首诗给他听,他哈哈大笑,说了一句什么,原话记不起来了,总之,他是把那首诗里自己的抑塞情怀一股脑儿都否定了的。(《山川·历史·人物》,第154页)

1984年春节,黄裳去老师章丹枫先生家拜年,又看到胡小石的这幅诗轴,重新装裱过了,他在当天日记里说:"胡小石一件特佳,即'总角簪花旧院'六言绝句,当为其书法中佳制,后无此作矣。"

又过了十多年,黄先生写了此诗条幅送我。

我刚拜识黄裳先生时,曾请他写过两叶花笺,他都是写的自己的诗旧作。后来看到不少他的藏书题跋,写的是黄荛圃一路的小行书;而他手书的《前尘梦影新录》,却都是小字端楷。平时行书条幅很少见。

虽然黄先生说自己没怎么临过帖,但他的朋友们应该都喜欢他的字。他的南开中学同学黄宗江1948年出的散文集《卖艺人家》,封面书名就是黄裳先生题写的。黄永玉先生20世纪70年代后期曾请黄先生写过字,似乎不满意,在回信中说:"你写信时不那么认真,所以极潇洒,字随文活,所以读来信时有好几种快乐。寄来的条幅,如你面对生人,颇有一板正经的意思,修养功夫虽在,却缺少一点煞泼,一点三大杯啤酒下肚的妩媚,不像黄某人原来的面孔。我想,和你聊天的经验,印象总是美好的。可惜没有听你做过政治报告,我想虽是同一个人,境界必定有级别之分,字也如此。这张字我留着,如果你手气好时,给我再来一张怎样,不要馆阁体的,思想上的馆阁体也不要。要一种书信体,一种法帖型号的。"

多年后,黄裳先生在一本旧书中重新发现了这通信,"引起不少回忆,似乎有些话可说",因此写了一篇《跋永玉书一通》,其中云:

信中大部分是批评我给他写的字。这批评虽然委婉,却极真确。我本不会写字,接到来信要我写字时,起初想给他写一副对联,词句想抄伊秉绶的旧句,"江山丽词赋,冰雪净聪明",以为这对子送给永玉恰好。可是这副五言联实在不好写,尤其是有伊公大气磅礴的隶书在前,更不敢动手,只好写了一张条幅,什么词句忘记了。却落得个"馆阁体"的批语,真是始料不及。但他的批评是稳而准的。事实本是如此,无可推诿。他又提到我们当年放言无忌的聊天,三杯酒下肚后的姿态,真是前尘如梦。(《故人书简》,海豚出版社,2012年8月版,第182—183页)

黄先生写给我的这幅字"特佳",既非馆阁体,也不煞泼,灵动而典雅,"当为他书法中佳制"。呵呵!

槐花巷

毛 尖

　　中学毕业三十年聚会，和去国多年的同学说起槐花巷，我们住了十八年的地方，往事历历，一整条弄堂回到眼前，细细看去，已经桑田沧海。

　　槐花巷基本构成是工人阶级和职员家庭，夏天的时候，整条弄堂的小孩都穿着同款塑料凉鞋飞进飞出，因为一号大眼睛全家都在拖鞋厂工作，槐花巷孩子穿的都是他们家单位发的或偷的次品拖鞋。大眼睛的姐姐据说生活作风有问题，不过穿了他们家给的鞋子，背后议论她姐姐的时候语气就不一样。用我外婆的话说，人有三句硬话，树有三尺绵头，在匮乏的童年时代，一双拖鞋所具有的道德约束能力简直不可思议。大眼姐是在夏天结束时出嫁的，她妈象征性地哭了两句就歇菜了，因为她不过是从槐花巷这头嫁到那头，最开心是我们小孩，他们家从这头到那头，撒了一路的结婚喜糖，一路我们好多人追抢喜糖掉了拖鞋，然后随便捡一只鞋子回来穿上，反正鞋都一样。

　　这是我们的童年，当时根本没有校服的概念，但我们穿得都差不多，学校讨厌标新立异的孩子，我们自己也讨厌标新立异，运动会我们穿一样的蓝色运动裤，我的运动裤是亲戚送的上海货，有两条白边，我妈花一个晚上拆掉所有白边我才肯出门。这样，对越自卫反击战打响的时候，征兵动员相当顺利，越年轻的越想为国捐躯，我们槐花巷加上隔壁槐树巷，一共有三个男人要开拔到边境去，大眼睛姐夫，八筒，还有饼哥。

　　整条弄堂都管大眼睛姐夫叫"老实人"，这个绰号在当年是带有同情的，暗示大眼姐不老实。那时家家没浴室，冬天大家去公共澡堂，夏天男人就在水井边冲凉，大眼姐经常是在这些男人下班冲澡的时候去水井边洗衣服，常常被泼得湿漉漉地回家。我们家就在水井边上，有一次大眼姐洗她雪白的大腿，隔着墙叫我表弟去给他送块肥皂，让我外婆一把拿下来自己送了过去，一边递上一句话：搁这里汝要闯祸的。

　　大眼姐倒是没闯祸，大眼姐夫从自卫反击战的战场回来，瞎了半只眼，为什么说是半只呢，老实人自己说的，太阳好的时候看得见点轮廓，下雨天就光凭记忆，他丈母娘以前喜欢他老实，为了他这句话，痛心疾首好几年，因为没有全瞎，伤残级别不够，没能成为地方英雄，后来的抚恤金也低，不像八筒，八筒被子弹打中大腿，当年就被送回老家，在我们江北区的每个学校都做了报告。

　　八筒到我们学校做英雄报告的时候，我和表弟都兴奋坏了。我俩争先恐后地为同学普及他这个诨名的由来，张卫国就是八筒，为什么要叫他八筒呢，因为他爹妈天天搓麻将，他们家的孩子就按麻将排列，张卫国老八就是八筒，他哥六筒七筒他妹九条，他们家八筒最厉害，其他都是笨蛋。然后八筒上台了，我们崇拜地看着他，希望他说一点超级英雄的故事，希望他说说一枪毙两十枪毙百，然后被敌人抓住宁死不屈结果被敌人打穿大腿的事迹，但八筒似乎什么都没说，他说其实他也搞不清楚自己究竟打死了几个敌人，混乱中根本看不清，他也是被看不清的子弹打中大腿的。我们听得有点无聊，突然同学中有人说，三班王坚勇的哥王坚兵，就是饼哥，饼哥才是真正的战斗英雄，如果说八筒是我们区的英雄，饼哥就是全中国的英雄，可惜他半身不遂，不能出来做报告。

我和表弟一下都失落，真是恨不得八筒浑身缠满纱布秒杀槐树巷的饼哥，搞得一周后的秋季运动会，我们一班在拔河比赛中直接输给了三班，因为他们班居然把"饼哥"喊入了口号，在战斗英雄的加持下，他们一气呵成把我们拖过了线。那一段时间，王坚勇就是学校的吉祥物，他走到哪里，都被一群人护拥着，他写他哥哥的作文在我们班也被宣读了一下，我们都渴望有这样一个哥哥，"在敌人的密集攻击中，我的哥哥王坚兵挺身而出，向他们扔出了致命的炸弹，但是不幸的是，敌人的子弹也同时瞄准了他……"

王坚勇说他的哥哥生死未卜，还在北京重症监护。不过没多久，王坚勇的神话也破灭了。学校放学的时候，卖了半辈子大饼的坚勇妈，直接在学校门口痛打了王坚勇一顿，"让你咒你哥！咒他半身不遂！你哥娶不了老婆你养他一辈子啊！"打到后来，坚勇妈哭得泣不成声，开始我们还有点幸灾乐祸，后来都被莫名其妙的伤感席卷，战争英雄的这一页篇章在坚勇妈的哭声中被翻了过去，我们再见到饼哥的时候，他成了公交8路的一个调度，养得白白胖胖的，八筒的妹妹九条是公交公司的售票，每次她说起饼哥的胖，就会说一句："你们小孩不懂的。"

饼哥两年后找了一个乡下老婆，领养了一个女儿，20世纪80年代初接过老娘的大饼油条摊开出了最早的连锁店，成了我们宁波第一批万元户，脖子上的项链比我们的圆珠笔都粗，我妈说，后来他领养女儿出嫁的时候，车队从解放路一直排到槐树巷，真的风光啊。不过三十年后，我遇到我们宁波业余诗人王坚勇，说起饼哥，他长长地叹了一口气，他说小时候也不知道为什么他哥手没断脚没残却两次自杀，后来看了《芙蓉镇》才隐约明白，他哥跟芙蓉镇上最好的男人谷燕山一样，一生都没法幸福了，不管国家怎么表彰他，不管他现在怎么富有，他在二十岁的时候就完蛋了。

叹息之后，王坚勇跟了一句，不过二十岁完蛋的，也不光我哥一个，八筒的事，你听说了吧。自卫反击战给了八筒荣誉，但是这个荣誉很快被改革开放放逐，英雄八筒没有跟上时代的脚步，成了被老婆嫌弃的废柴，终于有一天，八筒回家，看到老婆和卖水果的私通，他抄起家里的热水瓶就扔了过去，三个人三败俱伤，一床血，八筒和老婆又继续过了二十年，中年死于肝癌。

王坚勇文言文一样地跟我说完八筒一生，我想起漂亮的八筒，1979年他穿着军装戴着红花走出槐花巷的时候，一整个弄堂的小姑娘都渴望嫁给他，后来他跛了左腿回来，但依然是我们的弄堂之光，他下班回家就在路灯下吃饭喝酒，唱小曲侃大山，谁家需要搬个重东西，叫一声八筒，谁家老子儿子打架，谁家女人就跑来找八筒，八筒用身体挡在山呼海啸的男人中间，比关二爷还要帅。那时生活中还没有"江湖"没有"情仇"这些港台词汇，我们在前现代的时钟里过着日子，就像华兹华斯写的那样，即便八筒伤了腿老实人伤了眼回到槐花巷，我们也不过觉得那是些"天然的丧忧和哀痛，有过的，以后还会有的种种"，是在很多年以后，我才突然意识到，当年我们以为的家常事故最后都成了历史创伤，那个年代所有的肉身之伤，最后都变成了精神疤痕。

大眼睛后来就成了我们槐花巷的一道疤痕。

大眼睛从五年级留级到我们班的时候，前后已经留过三次级，他比我们班所有人都高，为了帮助他，老师安排他和我同桌，坐在第一排。他书包里总是乱七八糟放着各种东西，遇到考试，他就把一个铁秤砣放在桌上，意思让我听话点。不过他也报答我的通关之恩，灭蝇运动中，他就把我的活给包了。想起来也蛮神奇，在当年轰轰烈烈的灭蝇运动中，居然没听说有同学因此得病的，我们跑到最脏乱差的地方去打苍蝇，打到一个就如获至宝地收起来，第二天把剿灭的新鲜苍蝇带到学校，而为了增加苍蝇的数目，大眼睛他们就会把一个苍蝇巧妙地撕成两半，他分了我一草帽的被肢解的苍蝇，我们俩双双赢得了灭蝇能手的称号。

除了读书，大眼睛擅长一切。他赢掉了班上所有人的玻璃球所有人的香烟壳，班上没有一个人敢叫他"留级坏"，我们放学排队回家，走到江北公园时，散掉一大半，他带着一伙男生进公园，说去捉奸，因为有狗男女光天化日之下在公园里手拉手甚至亲嘴，结果有一次把他姐给活捉了，让他姐一顿臭打。他得意地把这个事情讲给我听，最后总结说，我姐就不是个省油的。

大眼睛勉勉强强读完一年初中，就死活不肯再读。他父母本来想托关系让他进拖鞋厂，他也死活不肯，凭着自己的关系在江北菜场卖起了紧俏水产，我外婆从菜场回来，常常说大眼睛又送了他鱼头什么的，可他水产没卖一年就收工不干，开起了摩托车，神出鬼没起来，也不知道他做的什么营生，只有一次，他送了三本美国杂志到我们家给我，说他看不懂，浪费。然后终于有一天黄昏，我们槐花路突然冲进来一群警察，等我跑出去看时，大眼睛刚好从他们家二楼的违章建筑里跳下来，被三个公安一起上去扑倒在地，大眼姐和老实人都奋力上前拉开公安，又被公安厉声呵斥走。在那次追捕中，大眼睛在槐花巷留下两颗门牙和一摊血，还是他爹坚强，叫我们散去，跟他老婆说，抓了也省心，知道他现在什么地方。大眼睛就这样在我们的视线里消失了五年，有说是投机倒把罪，也有说是扰乱外汇罪，反正这个罪，在今天可能都不算什么罪了吧。不过大眼睛的父母，尤其是他母亲，原来是弄堂里的大喇叭，儿子入狱以后，夏天她也不到弄堂里吃饭乘凉，她一直穿着黑颜色衣服，在大眼睛出狱前一年，因为麻醉事故病死医院。大眼姐和老实人，下海去了深圳，过了两年，就老实人独自回来。

而在我心里，一直觉得，如果当年大眼睛没有入狱，我表弟也许不会死。1985年夏天，我表弟和弄堂里的一群小伙子一起去游泳，雨下大了，别人回来，我弟没有回来。那个夏天，如果大眼睛还在槐花巷，他肯定会和他们一起去游泳，他去游泳，一定会把每个人都带回来。就像当年，公共卫生体检，要检查大便，大眼睛弄了一坨鸟粪，忘了带大便的同学每人分到一点交了了事。学校打疫苗，当时谣言传得多，说打了疫苗以后就会断子绝孙什么的，也是大眼睛，自告奋勇打了第一针，用肉身阻击了谣言。他身上最光辉的东西，在他被公安带走的刹那，夕阳般地落下了地平线。我们帮大眼睛妈冲掉地上那摊血，用了整整十桶井水。

五年以后，大眼睛出狱，和他爹他姐夫相依为命，成了一个特别寡言特别小心的男人。有时他会到我外婆的小店来打酱油打醋，我外婆问他三句，他一般也只回答一句，后来我们槐花巷拆迁，我就再也没有见过他。

槐花巷拆迁时，我外婆怎么都不愿离开，她在这个地方住了一辈子，她和外公两个人，在这个地方生儿育女，两个人变成了十个人，养育了一大家子，她在这个地方开过旅店开过杂货店，收留了一个孤寡老头二十年最后还帮他送了终。我们家是槐花巷的坐标，整个巷子的小孩都到我们家捉过迷藏，在我们家吃过饭，我们后门人家的小孩有点特殊，我外婆完全不能接受"智商低下"这样的说法，那小孩出门就要带个大公鸡，别人觉得奇怪，我外婆就说，你们出门带个自行车，他出门带个公鸡，有什么两样。那孩子每次带了公鸡走过我们家，我外婆就会跟他说很久的话，每次他走，外婆都会说一句，哪有什么问题！

在槐花巷里，谁都没有问题，槐花巷消失的时候，我们才发现，每一户都出过问题，每一户都丢失了三四个人，虽然每一户也都补回两三个，但历史的收支，已经不平衡。等到槐花巷轰隆隆拆毁，我的外婆，是整个槐花巷住到最后一天的人，她在废墟里摔了一跤磕破了头，终于被我妈我姨带走，没几年，她也走了，地球上的槐花巷从此消失。

追忆一道菜

毛　尖

一年三百六十五天，其中有四天，我外婆要搬出八仙桌，一天祭神三天祭祖。祭神祭祖我们都喜欢，但更喜欢祭祖，因为给神吃的东西，都很大件，而且常常半熟，不能现场开胃。

祭神四加四，鸡，鸭，猪头，大鲤鱼，加上时令水果、红白糕点各两种。鸡鸭都得是活的买来，宰杀前先喂点好菜好饭，接着好言好语一番，大意就是，你们也是八辈子修来的福，祭了神以后下辈子就有投胎做人的机会。然后外婆念一句阿弥陀佛，姨夫手起刀落，小姨旁边准备好了沸水拔毛，我妈也已经灶台边就位。这样一条龙下来的鸡和鸭，香气四溢到整条弄堂都知道我外婆在祭神了。

料理猪头程序复杂些。大猪头抬进来，清洁好，外婆让我们给猪头按摩，最后要让猪头看上去有笑意，说如果凶凶的，神仙会不高兴。我们哪有耐心按摩猪头，趁着外婆不注意，就往猪嘴里塞半截年糕，猪脸胀开，合不拢嘴的样子，总让外婆心生欢喜，觉得所有努力已经被神仙看到。

猪鱼鸡鸭上桌，我们怀着热切的心情等漫长的程序走完。外婆一离开，我们就用扇子助攻香烛，请它们尽快燃好，别耽误我们后续吃鸡吃鸭。

祭祖就不一样。祭祖我们都很有耐心，从不催祖宗快点吃完。祭祖八大碗，八大碗里鸡鸭鱼猪和菩萨一个待遇，但都煮熟切好，流光溢彩地叠在碗里，其他四样按时令，清明节有油焖笋，中元节有黄花菜炒蛋，除夕有咸枪蟹有萝卜羊肉。不过在我外公过世后，八个菜基本就是按我外公喜欢吃的做，鸡要腌半天再白切，香肠下面要铺一层咸菜，最重要的是，十八鲜。

现在再没有人做十八鲜。这个听上去能进入满汉全席的名字，其实是20世纪70年代的一个纪念碑。

猪肉自由都没实现的70年代，家家户户目标差不多，吃饱穿暖。一个主妇如果有点追求，也无非在有限的食品供应里做点花样。那时我们的社区生活还在前现代，没有现在所谓的客厅饭厅概念，整条保吉弄就是我们的客厅饭厅歌厅舞厅，只要不刮风下雨天寒地冻，大家都在弄堂里吃饭。太阳下山，外婆奶奶们就支开桌椅，弄堂头一声"大宝"，会有人接力传到弄堂尾，全弄堂的大宝也就知道开饭了，而谁家做了好菜，也惠及一弄堂的大宝。

应该就是对越自卫反击战的前半年，我们弄堂和隔壁弄堂，有两个年轻人应征入伍。风声传来，隔壁弄堂要为他们弄堂的卫国同志办欢送席。我外婆马上坐不住，虽然她既不是居委会主任也不是弄堂里最德高望重的，但是整条弄堂的家务事都是在我外婆手里处理，她也绝不允许我们弄堂的名声不如隔壁的响亮。她马上去找我们弄堂的卫国妈，要让我们的章卫国风风光光上前线。

十八鲜就是保吉弄奉献给未来英雄的一道菜，一道半封建半社会主义的集体菜，一道真正的硬菜，用章卫国爹的话说，吃了十八鲜，子弹都会绕着我们的卫国走。

这道菜的底料是一只还在生蛋的老母鸡，卫国家养的。各家各户都拿出了自家的凭票肉凭票鱼，但卫国奶奶后来提出，大鱼大肉本来都是各家珍稀，一顿吃了，怕孩子受不起。卫国欢送委员会讨论了一下也同意，只有菩萨有能力一口气收纳这么多山珍海味,卫国才二十岁,小鱼小虾更贴合他的身份。

于是有了十八鲜。在老母鸡的汤底上,加上甬江里钓的各种鱼杂,弄堂二十岁上下男生组,一起捉了泥鳅捉了青蛙还有人搞来了滩涂上的小螃蟹。保吉弄十岁年龄组的我们,集体去铁路边的一个野池塘,捞了满满一网兜的螺蛳。我阿姨在蔬菜公司工作,应该是动用了一点关系,搞了很多肉皮,从保吉弄1号到18号的主妇都出动了,以肉皮冻为核心,做了一脸盆的肉丸鱼丸。弄堂里的年轻姑娘们负责清洗,我们家的井水,用我外婆的话说,整整下去了一米。章卫国还被几个小媳妇围着拾掇了一番,胸前佩戴了他爹当年从朝鲜战场回来时的大红花,我们所有的人,都渴望成为章卫国,渴望为国捐躯,让整个弄堂的姑娘哭死。

十八鲜在我们家开锅的,因为我们家是多人口家庭,有可以煮猪头的超级大灶。母鸡汤里加入各种丸子卤蛋卤脚爪小鱼小虾各类豆腐萝卜竹笋,在开锅的那一刻,成为我们保吉弄最魂飞魄散的瞬间。我们呆呆地看着争先恐后浮上人间的各种丸子各种鱼杂,理解了不虚此生的终极意义。不知道谁说了句,慈禧太后都不可能吃过这么香的菜,大家回过神。每家派一个代表盛走一大碗,然后集体开饭。那天,飘散在弄堂里的激情,在我们所有人的未来岁月里,都无法被复刻,但又终身渴望重返。我们家是保吉弄18号,这道菜当时被卫国奶奶叫成了十八号大灶鲜,后来通行成十八鲜。夜晚,整条弄堂打着一样的嗝进入梦乡,章卫国也在十八鲜的护佑下,躲开了自卫反击战的几乎所有子弹,只是被其中一颗贯穿大腿而过,没伤及要害,回来还得了英雄称号,让她妈妈一直觉得这是全弄堂的护佑。

十八鲜,从此成了我们弄堂不少人家的祭祖菜。等到十八鲜上桌,祭祖流程正式开启。外婆让我们招呼从来没见过的太爷太婆上桌,让我们给外公爷爷们斟酒,她自己领衔先拜三拜,说一通在我们听来可笑至极的话,她交代完一年的好人好事,还和祖宗商量一下未来计划和年度预算,然后请祖宗保佑我们全家健健康康顺顺利利。

外婆说完去旁边念阿弥陀佛,我们一群孩子,轮流挡住外婆视线,轮流从桌上拿东西吃,一人两圈下来,白切鸡去了山峰,香肠下面的咸菜露出来,十八鲜里的蛋饺鱼丸被拿走后,小虾小鱼漂上来。形势所迫,我们眼看着香快烧完,就又上去补上一炷,希望两炷香的时间会模糊外婆对菜量的记忆。

终于,连外婆也觉得今天的香烧得时间久了点,她走过来巡视,我们忐忑地盯着她看,但外婆看一眼饭桌,给祖宗再斟一巡酒,很高兴地说了句:太公太婆都来吃过了。

其实到今天,我也一直没弄清楚,外婆是真的觉得祖宗来吃过了,还是纯粹自欺欺人。但是,香火缭绕中,外婆这么说的时候,我们也由衷觉得,每个祖宗酒杯里的酒都下去了点,而酒,我们是肯定没有动过的。

这是多么神奇啊,我们在最唯物主义的时代,接受了唯心主义的启蒙,而这个唯心主义,又反过来加剧了我们对那个唯物主义时代的热爱。章卫国的弟弟在改革开放后发财开了好几家饭店,他的饭店菜谱里也有一个菜叫十八鲜,用的各种鲍鱼鱿鱼都是我们在清贫年代听也没听说过的豪奢,但是,就连章卫国弟弟自己也说,永远做不出我们保吉弄的十八鲜了,因为做这个菜,需要一条半封建半社会主义的弄堂。

过往今来五卅路

范小青

在苏州过往今来的历史长卷中,五卅路的这一页,独特而精彩。

它不像平江路那样名闻遐迩,也不如山塘街那样璀璨耀眼,它呈现出一种特殊的气质:凝重而不沉闷,宁静又生动。

在一个春天,或者秋天,哪怕是夏天冬天也行,在一年三百六十五天的任何一个日子,每一个日子,都可以去五卅路走一走。

许多年来五卅路一直是有机动车通行的,虽是单行道,但因地处市中心的位置,所以车流量并不小。奇怪的是许多年来它始终是静谧沉稳的,路上行人车辆,你来我往,却没有车水马龙的喧嚣,没有纷至沓来的闹腾,即便在五卅路同德里因为电视剧《都挺好》的影响而成为网红打卡处,熙来攘往、门庭若市了,也仍然没有令人心烦的躁气,它始终就是那个样子。

这是一个奇特的现象。

这是子城的定力吗?

是这个位置上曾经的过往的历史的重量平定着后来的轻浅和浮躁吗?

或者,历史的烟火气一直在那里萦绕,没有散去,抵消着后世的一些烦扰和零乱。

这个地方,五卅路一带,就是苏州古城最早的位置——子城。

沧海桑田,白云苍狗,曾经的子城所在,历经无数朝代,成为后来的五卅路。

是的,许多城市丢失和打破了自己曾经有过的独特的天际线和独特的魅力,但是苏州古城没有。

正因为此,今天,掩隐在大树背后、围墙里边的数层公寓,或者是某一个正在开工的大型工地,都不曾搅乱五卅路的地气,没有影响这里的生息,走在这里,仍然能够体会到子城的庄重踏实,仍然呼吸到古树成荫的清爽安宁。

五卅路仍然是五卅路。

五卅路一直是五卅路。

老街不语,承载风雨,古城沉默,我自敬畏。

五卅路,曾是我儿时居所,今天,我走在五卅路上,我知道,毕竟这个地方,已经不是我幼小心灵中留下的那个地方了,但是同时,我又知道,它仍然还是那个地方,未曾远去。

若不然,为什么我会一直在这里走来走去,不肯离去。

▶ 皇废基

在五卅路的南端,有一条小巷,叫"皇废基"。

关于"皇废基",老苏州们多多少少能说出个子丑寅卯一二三四。那时候张士诚败给朱元璋,破城的时候,他将爱姬美妾驱赶到齐云楼,放火焚烧,皇宫也烧个精光,于是这座曾经出尽风头的千年城中城,终于灰飞烟灭,只给后人留下一个皇废基的地名。

也有人觉得张士诚并没有做过皇帝,只是称王。不是皇帝就没有皇宫,没有皇宫,就称不上是"皇废基",应该叫"王废基"。

皇废基也好，王废基也罢，反正在苏州话的范畴里，原本就是"王""皇"不分的，甚至是倒错的。

皇废基，或者王废基，无论是传说，还是历史的真实，无论是宫殿，还是废墟，距今已经两千五百年或者至少六百多年，其间更是几度毁修，迭经兴废，专门描述或介绍苏州子城的文章，也不在少数。苏州，真是一个名人文人比肩皆是布满全城的地方。

千百年以后，皇废基如同一条早已褪色的彩链，随意地散落在五卅路上，它是一条不过百米的小巷，虽然曾经是吴王阖闾城中的宫城所在，即便后来废了，名字还带着点威武，但是时隔数千数百年，皇废基真的是废废的了，它的方方面面，都和苏州许多名巷名街比无可比、相差甚远。可就是在这样一条已经被时代抛弃了的小巷里，却在20世纪90年代中期，开出了一家名叫"祥鑫"的饮食店，卖各种小吃，赤豆圆子，素火腿，咖喱鸡肉卷等等，其中以鸡爪最赞最闻名。一开始"祥鑫"开在皇废基小巷中的一个铁棚子里，但是老苏州人就是好吃，管你是铁棚也好，木棚也好，柴棚也好，只要你的鸡爪好，他们就赶过来，再远的路也赶过来，然后排队，再长的队也排，再冷再热也来，等的就是那个味道，等的就是那种感觉。

棚子太小，坐不下，他们就站在路边吃，也有的坐在自行车上吃，在沉睡了千年的历史地基上，形成这样一道鲜活的小巷风景，即便不算很奇观，却也是奇特。后来"祥鑫"在皇废基有了店面，再后来，"祥鑫"搬迁到了十全街。但是老苏州都知道，十全街上的"祥鑫"来自皇废基。

苏州的饮食文化，向来就是苏州性格的，讲究。

▶ 九如巷和宋衙弄

苏州街巷多，随便哪个隐秘角落里，都有着深厚的历史渊源；苏州名人多，随意走走看看，到处可见名人故居。

苏州的每一块砖瓦，都浸透了文明的雨水，苏州的每一座桥梁，也都承担着过去与未来的沟通。

带着对苏州了解、敬畏和爱，真的不夸张。

宋衙弄是从前的巷名，后来它叫体育场路。

九如巷和宋衙弄，是五卅路上两东西向并行的两条小巷，它们如同一枚硬币的两个面，一个面，是宋衙弄4号，曾经的乐益女校，它的背面，九如巷3号，是乐益女校的创办人张冀牖的家。

乐观进取，裨益社会。

1921年，从安徽来苏旅居的名人之后张冀牖先生，变卖家产独资创办了乐益女中，在宋衙弄4号，而张冀牖的家，几经搬迁后，最后落定在九如巷3号，和乐益女校紧相依靠。

后来历史在这里有了一个重大的转折点、新起点，中国共产党在苏州的第一个党组织——中共苏州独立支部在乐益女中正式建立，公开身份为美术教员的叶天底，担任了中共苏州独立支部首任书记。这是苏州第一个中共党的组织，是苏州早期革命活动的第一个据点。

"五卅"惨案发生后，乐益女中的学生一方面参加宣传、募捐活动，同时他们做了一件大事，自己动手，用募捐的善款，将乐益女中东边的东北小巷拓成大路，取名"五卅路"，以资纪念。

"五卅路"就这么诞生了。

在苏州创办女校的张冀牖，就是名动一时的张家四姐妹的父亲，张冀牖膝下共十个子女，四女六子，全部毕业于中国名牌大学，他家的四个女婿，分别是昆曲名伶顾传玠、中国语言文字学家周有光、现代文学家沈从文和跨国美籍汉学家傅汉思。

故事太多，太长，太精彩，太诱人，但遗憾的是，我们只能跳过它们，说"后来"。

后来，张家十兄妹大多离开了苏州，只有五弟张寰和留下了。张寰和毕业于西南联大，继承父业担任乐益女中校长，再后来，乐益女中改名为苏州乐益初级中学，校长仍是张寰和。

张寰和一直住在九如巷3号，九如巷里有一口古井，张寰和后来被称为"最后的守井人"。

在几十年以后的一天，我行走在五卅路上，走着走着，就看到了九如巷，折进九如巷，往西走几步，就到了3号。

这里正在原地翻建，虽然还没有完工，但已经看得出这是一座崭新的偏西式的宅院，但是色调上的灰与白，却

五卅路（北口） 摄于20世纪90年代

仍然与周围的环境是融为一体的。

在建中的新宅，二层，有庭院，设计上不是因循守旧，很有创新。我曾经在一个视频中看到张寰和的儿子张先生，带着采访者上了后阳台，推开门，那就是乐益女中了，也和张家宅子一样，正在翻建中。张先生说，这个学校的地方，原来是奶奶买了地准备种桑养蚕的，后来爷爷用来开办了女中。

如今流行"极简史"。现在张先生也用极简的两句话，概括了一百年前张家的这一段复杂而有意义有贡献的历史。

因为庭院里有几个月洞门，砌以镂空的青砖，现代的场景中，呈现出一抹传统的苏式情调。

行走在五卅路，不用特意去想什么，但是许多东西就蜂拥而至了。

比如人。很多人。认识的和不认识的，同时代的和不同时代的，普通的人，有名的人，活着的人，去世的人，他们并不是偶然出现在我的生命中的。

比如宅。很多宅。住过的和经过的，见过的和没见过的，名人故居，或者平民小屋，它们都和我们有着这样那样的联系，有着这样那样的沟通和交流。

因为有五卅路，因为有苏州古城。

所以，曾经的五卅路，无论它今后是什么样子，它永远都是我梦回萦绕的地方，如同苏州古城，是每一个苏州人梦中的天地，它能够给我们无数的遐想、回忆，给我们力量和温暖。

越来越小的江南

叶兆言

如果在我们面前摊开一张唐朝的地图,那个时期的江南,应该会是什么样子,又会拥有哪些区域。当时的江南还非常大,大得离谱,大得难以想象。在大唐的统治者眼里,江南就是在长江的南边。江南的那些地盘可以一分为二,基本上是以南京为界,南京东边叫江南东路,南京西边叫江南西路。

"路"代表着一种行政区划,相当于省,或者比省还大一点。江南西路称为江西,江南东路称为江东。于是就有了后来的江西省,江西省占据江南西路中的一大块。又有了后来的江南省,这个江南省,其实就是今天的安徽和江苏,它大部分区域并不在江南,与同属江南东路中的浙江,毫无关系。

看看地图大家就会知道,长江不只是从西向东流,而且还有些由南偏北。唐朝的统治者凝视江南,距离太过遥远,目光中很可能会带着一些不屑。相对于唐朝时的疆域,江南实在是小了一些。如果我们再往前推演,打开一张更为遥远的地图,看一看秦汉时期统治者眼里的江南,那么这个江南,更可能就不再是长江下游的吴越之地,应该是位于长江中游,也就是后来清朝时期湖广总督的管辖区域,今天的湖南和湖北,所谓惟楚有材,于斯为盛。

江南总是在不断变化和漂移,我们的目光不妨再回到唐朝地图上。以今天的江苏为例,当时江南东路有三个州,这就是润州、常州,还有苏州。南京因为是六朝国都所在地,为了打压它,在唐朝的时候隶属于润州,也就是归今天的镇江管辖。苏州很大,管着今天的苏州,管着上海,还管着浙江的嘉兴。除了江苏的三个州,应该还包括今天浙江省的杭州、湖州、越州。越州现在很少有人说,它就是今天的绍兴地区。

简单总结一下,江南在一开始是楚国,重点是今天的两湖之地,也就是长江中游地区。然后沿着长江开始东移,越来越往东,终于到了长江下游地区。时至今日,江苏的苏锡常一带老百姓,常常会误认为镇江和南京在江北,在江南中似乎已没有它们的位置,虽然毫无疑问就在长江南面。上有天堂,下有苏杭,苏杭成了江南的代名词,江南集中到了苏杭,成了这个地区的特指。

江南为什么会越来越小,我觉得首先是与经济的发展有关。从隋朝和唐朝开始,长江下游地区,逐渐成为中国的经济中心,经济奠定了江南的文化地位,也决定了江南的性格和命运。其次是因为语言,或者说是因为方言,吴方言成了江南的标配。在大家心目中,有意无意地达成一种共识,江南就是那些说吴语的地区。历史上的南京人和镇江人,都曾经是说吴语。由于衣冠南渡,北方文化的大规模入侵,这两个城市不再说吴语。人以群分,千万不能忽视了方言的力量,既然大家不是说一样的方言,话不投机则半句多,互相之间不再认同,也就变得很正常。

当然,可能还有一个更重要的原因,这就是近代上海的崛起。上海本来只是偌大吴语地区的一个小角色,松江府管辖的一个小县城,渐渐成了江南的领头羊,成为不可一世的老大,成为超级的巨无霸。有趣的是,上海越来越大,江南也变得越来越小,变得越来越精简。这么解释不一定准确,却有一定道理,江南的区域面积越来越小,既把地理上属于江南,经济上相对落后的地区排除在外,也把不说吴语的广大地区,从江南的名单中悄悄删除。

在上海成为国际化大都市之前,很长一段时间,中国最繁华的城市,应该是大运河边上的扬州。同样是一个码头城市,内河显然不能与海港相比,后劲也明显不足。事实上,上海还曾得利于租界,太平天国闹革命,把江南的有钱人,各式各样的土财主,都吓得躲到老外的租界里,他们把自己的细软也带去了,让租界轻而易举地获得发展的第一桶金。江南本来应该是苏杭,上海渐渐地取代它们,苏州和杭州可能还不太服气,不服气也没用,全国人民想到江南,想到吴语,不约而同都会想到上海。上海最霸道的时候,全国人民都是外地人,外地人都是乡下人,这个话必须用上海话来说才有力,才有腔调。

新世纪以来,上海作为江南的领头羊地位,不仅没有动摇,而且变得更加稳固。日益缩小的江南,事实上又在无形中开始放大,正在变成包括整个长江下游,所谓长三角的经济发展区。吴方言的力量在减弱,时至今日,甚至连上海人都不怎么说上海话,周立波的上海清口,基本上说的是北方人听着不标准的普通话。方言的凝聚力不复存在,新上海人来自五湖四海,地理上的江南居住者,也同样来自五湖四海。

今天的江南变得模棱两可,不过操吴语的那些同志,仍然还会顽固地相信,他们或者她们,才是真正的江南。江南似乎还应该是一些固定的符号,是水乡古镇,是小桥流水,青砖小瓦马头墙,庙堂挂落花格窗,到处都是飘扬着的杨柳,说着地道的吴侬软语。江南可能还是大家各自心目中的那个江南,当然,江南早已不是江南。

周晨 《消夏图》 宣纸水墨 2022年

周晨 《客船》 宣纸水墨 2022年

藏在医院内的小八千卷楼

韦 力

晚清四大私家藏书楼,除了杨氏海源阁在山东聊城,另外三个都在江南,分别是江苏常熟瞿氏铁琴铜剑楼、浙江湖州陆氏皕宋楼和浙江杭州丁氏八千卷楼,当然这里说的江南是文化意义上的江南,非指地理概念。这三座江南书城,我去得最多的是杭州,每次去杭州,必然会想到丁申、丁丙昆仲和他们的八千卷楼,书和人,人和楼,他们的命运最终定格在了哪一幅画面,一直带着问号萦绕在我心里,而我是个较真的人,逐日逐日,慢慢寻找线索,等待机会,终于在现实中把这些画面拼出来了。

如果追溯起来,杭州丁氏的八千卷楼最早可以闻到宋代的那一缕书香,那时有位名叫丁顗的人,曾经藏有八千卷书,遗憾的是这个人的资料并不多见。到了丁氏昆仲的祖父丁国典时代,因为追慕丁顗,于是在杭州梅东里建起了藏书楼,命名为"八千卷楼"。事实上,这座藏书楼经过了创建人丁国典、子辈丁英、孙辈丁申和丁丙,以及第四代丁立诚、丁立中的苦心经营,楼中藏过的典籍书早已超过了八千卷。

八千卷楼有着自己的藏书目录《善本书室藏书志》,该志附有丁丙所作《八千卷楼自记》,文中写道:"光绪十有四年,拓基于正修堂之西北隅,地凡二亩有奇,筑嘉惠堂五楹。堂之上为八千卷楼。堂之后室五楹,额曰:'其书满家'。上为后八千卷楼。后辟一室于西,曰善本书室,楼曰小八千卷楼,楼三楹,中藏宋元刊本约二百种有奇。择明刊之精者,旧抄之佳者,及著述稿本、校雠秘册,合计二千余种,附储左右。若四库著录之书,则藏诸八千卷楼,分排次第,悉遵《钦定简明目录》,综三千五百部,内侍补者一百余部。复以《钦定图书集成》《钦定全唐文》附其后,遵定制也。凡四库之附存者,已得一千五百余种,分藏于楼之两厢。至后八千卷楼所藏之书,皆四库所未收采者也,以甲乙丙丁标其目,共得八千种有奇,如制艺、释藏、道书,下及传奇小说,悉附藏之。计前后二楼书厨凡一百六十,分类藏储。"

可见当年丁家的藏书之所并不是一座孤立的楼宇,而是一个建筑群,首先是五楹的主楼嘉惠堂,嘉惠堂的二楼就是"八千卷楼",后面还有一座小楼,这里也是藏书之所,名为"后八千卷楼"。此外,西边还有一座书楼,此楼的一楼专门收藏宋元秘笈,故又称"善本书室",楼上则为"小八千卷楼"。我无法想象当年丁氏兄弟是怎样在这几座楼里进进出出,手里拿着楮墨精良、触手若新的各种佳物,就如同贫儿无法想象贵胄之家是何等奢华。而我一直以为八千卷楼早已随着历史的烟云消失得无影无踪,当年弥散着书香的房间如今已经成了某个街角,或者某个俗不可耐的住宅小区,直到某天在网上看到了一张小八千卷楼的照片,居然,它还有孑余,那我当然要亲眼去看一看。

好在,我在杭州还有着不少的朋友,在浙图善本部主任童圣江先生和汪帆老师的帮助下,我终于来到了小八千卷楼的前面。如今的小八千卷楼被包围进了浙江省第一医院的后院内,一栋青砖砌就的二层小楼,旁边有着一座占地几百平方米的花园,一泓碧水周边随意地堆放着一些太湖石。其实如果往前推,医院这一带当年应该都是八千卷楼的地界。十几年前，我在南京的王伯沆故居内偶遇他的女儿，老太太告诉我，她小时候就跟随父亲住在八千卷楼内，八千卷楼有多个院落，每个院落的面积都很大，那时她会在各个院落间跑来跑去。由此可见，八千卷楼面积的确不小。

小八千卷楼旁有一棵颇为高大的树，应该是当年栽下的。楼门侧旁的绿地里立着一块诰封状的石雕介绍牌，上面写着"小八千卷楼"字样，正面的文字为："小八千卷楼，建于清光绪十四年（公元1888年），建筑面积217平方米，为二层木结构小楼。此楼是晚清著名藏书家丁丙在田家园内所建三座藏书楼之一。曾是西泠印社创办人之一丁仁的书屋'鹤庐'。1947年，小八千卷楼成为浙大一院首任院长王季午教授的办公之所。2007年，正式辟为院史陈列馆。"

读到这段文字令我且叹且喜，叹的是当年偌大的丁家旧宅和八千卷楼、后八千卷楼都没了踪影，喜的是幸存下来的小八千卷楼正是当年珍藏宋元秘笈之处！经常在古人的藏书笔记中读到前人所言，宝物在处多有神灵护持，最典型的例子就是那部焦尾本《施顾注苏诗》。当年这片藏书建筑群里，最珍贵的宝物就在这小八千卷楼中，所以，幸存下来的也是它。

楼上正门上悬挂着"院史陈列馆"的匾额，可惜上着锁，但是在汪帆老师的帮助下，我得以亲身入内。这里一楼布置成了展厅，但显然展示的内容与丁氏昆仲无关，二楼仍然是一些展板，介绍的都是该医院的院士，也未提到丁氏兄弟。我刚想发一番牢骚，抗议他们鸠占鹊巢后还不感谢原来的建巢者，但马上又转念想到，也许幸亏是被他们占用了，才保存了下来，如此说来，还是要感谢医院的。

丁家的藏书传到第三代丁丙、丁申兄弟这里时，发生了太平天国运动。咸丰十年二月十七日，太平军攻入杭州城，这一场战争让八千卷楼藏书有一些损失，但并未全毁。到了咸丰十一年九月，太平军再一次包围杭州城，这次的包围使城中缺衣少食，丁家也有了极大的损失。《善本书室藏书志》中录有《说文解字韵谱》解题，该文中写道："犹忆咸丰辛酉十一月中旬，粤匪久围杭城，时已绝粮。陈季鸿表丈为其友黄凤超持以易米，余家亦断炊，因重其书，勉赠米数溢，而领其书。阅数日，城陷，书定付之浩劫矣。"

其实，这场战争虽然毁掉了八千卷楼，里面的藏书并未完全烧毁。丁氏昆仲避难去了上海，但是通过书商周汇西返回杭州在当地收书，只是收到的大多是残本。当时周汇西收到了几万斤的废纸，其中有十分之一是成本的书，余外还收到了残书八百捆，周汇西将这些残书运到上海拿给了丁丙。后来八千卷楼的再次崛起，一部分藏书是丁氏昆仲在上海购得，另一部分则是通过各地的旧书店大量购书。但是重新建起来的八千卷楼，在藏书风格上却与以往有了极大的差异。

按照日本目录版本学家岛田翰的看法，八千卷楼的藏书质量比不过另外三大家。岛田翰在《清四大藏书家纪略》中写道："迨乙巳之夏来于吴下，介白须领事温卿访归安陆氏，介费梓怡访常熟瞿氏，又赖俞曲园以访钱塘丁氏。四氏之藏，士子泛称为南北四大家，然以予观之，专门偏好，各有短长也。盖以古文旧书论之，以瞿氏为最，杨陆二氏又次之，而丁氏几非其伦矣。若论其多藏，丁氏为最，如陆氏则独可以当丁氏一八千卷楼耳。"

再次崛起的八千卷楼在藏书精品上不如另三家，但是数量却远远多过另外三家。其中的原因，当然不是丁氏昆仲改变了藏书趣味，而是为了补抄文澜阁。对于江南藏书来说，太平天国的出现无疑是一场浩劫，处在杭州的文澜阁也没有幸免。乾隆皇帝编定《四库全书》后，抄录四部，分别藏在了紫禁城内的文渊阁、沈阳的文溯阁、圆明园的文源阁和承德的文津阁，这四部阁书是只供皇帝阅读的，俗称"北四阁"。嗣后乾隆又下令抄录三份，分藏于扬州的文汇阁、镇江的文宗阁和杭州的文澜阁，俗称"南三阁"，这三阁是允许士子们入内阅读和抄录的。遗憾的是，这三阁都没有逃过太平天国运动的战火，文宗阁与文汇阁的阁、书皆毁，文澜阁虽然书阁尚存，但阁中藏书却泰半被毁。

江南之所以被视为人文渊薮之地，当然与遍布江南的大量藏书有关，而文澜阁《四库全书》尤其是杭州人的骄傲。逃难过程中的丁氏兄弟发现阁书被毁，无比心疼，立刻决定冒着风险去抢救阁书。然而，尽管他们努力地抢救出了几千册的文澜阁本《四库全书》，但阁书还是有许多的残缺，于是，丁氏兄弟在战争之后，把主要精力都用在了抄补文澜阁《四库全书》上面，而此后八千卷楼的收藏，就是以《四库》著录作为主要收藏目标。《艺风堂友朋书札》中收录了第四代八千卷楼主人丁立诚写给缪荃孙的一封信："先君既于难中掇拾《四库全书》，劫后尊藏郡庠，即有钞补全书之志。于是与先叔购求底本，或买或钞，按《简明》之目，但求其卷帙之符合，不暇计钞刊之精否，凡遇宋元旧刊，校雠秘册，交臂失之者屡矣。"

由此可知，战争后丁氏兄弟的买书范围，主要是根据《简明四库全书目录》，他们不但只收上面著录的书，同时还必须符合《简明目录》项下的同一书名相同卷数，这种收书方式完全是为了恢复文澜阁《四库全书》的原貌。因为有了这样具体而明晰的目的，所以即便他们遇到宋元珍本，若非《四库全书》有著录，他们也不会买进。这也正是岛田翰认为的八千卷楼藏书质量比不了其他三大书楼的主要原因。但是，丁氏兄弟的这份大公无私，用今天的话来说，绝对称得上是"虽败犹荣"。

然而，丁氏兄弟一心为公，却并未受到上天眷顾。丁丙、丁申去世后，丁申之子丁立诚和丁丙之子丁立中成为八千卷楼第四代主人。可惜的是，因为丁家开办的裕通银号温州分号发生了大亏损，丁立中被官府羁押起来，丁家为了筹集欠款只好将藏书卖出。当时缪荃孙、陈庆年听说此事后，立即报告给端方，端方同意购买八千卷楼藏书，并命缪、陈二人前去商谈。关于他们之间的谈判细节，可由丁立诚的致缪、陈的一封信中窥得一二："筱珊、善馀仁兄大人阁下：日昨祗聆大教，快甚幸甚。轮舟历碌，辛苦可知。匆匆返舍，未尽所怀。售书一事，全仗鼎力，感泐良深。惟有不得不预为陈明者：《藏书志》第一种宋本《周易》一部，敝箧实无其书。只因开卷之初，即系明板坊刻，殊不足弁冕群籍，故即借孙氏藏本入录。穷儿炫富，不期数年之后，不能保有其书，遂至破案。文人积习，可笑亦可悯也。其余所载宋本，则未缺一部。将来书抵江宁，乞于午帅前陈明颠末为祷。盖此次售书，实因瓯号亏折太钜，满拟售有十万以偿各债，否则何忍将先世手泽之藏，一旦尽付他人？若不得请，必以九数为归，还祈婉商午帅。仁者济拯为怀，必乐于从命也。早泐，祗请近安，诸布亮察。愚弟丁立诚顿首。"

这次售书是按照《善本书室藏书志》的著录，但丁立诚声明，《藏书志》中著录的第一部宋版《周易》不存在，其余全在出售的范围内。丁立诚开出的价格是十万元，但他又说，最低也只能低于九万元。缪荃孙经过一番商谈，最终谈妥以八万元成交。可是端方不同意这个价格，要求在八万元的基础上再打个七折，也就是五万六千元。这个价格丁家不能接受，经过缪荃孙的努力斡旋，最终以七万三千元谈成，而这个价格中还包括了三千元的运输包装费用。

经过两个月的往返运输，最终这批书终于归了江南图书馆，用船经水路把书运到了南京。而后经过端方的协调，温州官府也释放了丁立中。这场官司终于了结，然而八千卷楼的藏书至此画上了句号。

我在浙江省第一医院的院内找到了小八千卷楼，使得我多年的心愿终于画上了句号。离开这座书楼时，我的心里忽然有个奇异的念头，我想起了蒲松龄的《聊斋志异》，他的故事里有许多的城隍，这些城隍大多是由当地德高望重者担任，他们生前为所在的地方谋福利，死后依然庇佑着一方百姓，如果杭州要选出新的城隍的话，难道不应该是丁氏昆仲吗？

苏州花事

王稼句

《祝花神诞》《点石斋画报》

苏州人爱花,由来既久,渐成传统。邈远的事,可以不说,延至宋代,爱花之风已大盛了。陆友仁《吴中旧事》说:"吴俗好花,与洛中不异,其地土亦宜花,古称长洲茂苑,以苑目之,盖有由矣。吴中花木,不可殚述,而独牡丹、芍药为好尚之最,而牡丹尤贵重焉。旧寓居诸王皆种花,往往零替,花亦如之。盛者惟蓝叔成提刑家最好,并有花三千株,号万花堂,尝移得洛中名品数种,如玉碗白、景云红、瑞云红、胜云红、玉间金之类,多以游宦不能爱护辄死,今惟胜云红在。其次林得之知府家有花千株。胡长文给事、成居仁太尉、吴谦之待制家,种花亦不下林氏。史志道发运家亦有五百株。如毕推官希文、韦承务俊心之属,多则数百株,少亦不下一二百株,习以成风矣。至谷雨为花开之候,置酒招宾就坛,多以小青盖或青幕覆之,以障风日。父老犹能言者,不问亲疏,谓之看花局。今之风俗不如旧,然大概赏花,则为宾客之集矣。"

且以南宋范成大、史正志两人为例。范成大字至能,吴县人,在石湖别墅的玉雪坡和城内第宅的范村广植梅花,蔚然可观,自撰《范村梅谱》,起首说:"梅,天下尤物,无问智贤愚不肖,莫敢有异议。学圃之士,必先种梅,且不厌多,他花有无多少,皆不系重轻。余于石湖玉雪坡,既有梅数百本,比年又于舍南买王氏僦舍七十楹,尽拆除之,治为范村,以其地三分之一与梅。吴下栽梅特盛,其品不一,今始尽得之,随所得为之谱,以遗好事者。"谱中记梅十二种,皆范村所出。他又在范村栽植菊花,《吴郡志·土物下》说:"菊所在固有之,吴下尤盛,城东西卖花者,所植弥望。人家亦各自种圃者,伺春苗尺许时,掇去其颠,数日则歧出两枝,又掇之,每掇益歧,至秋则一干所出数百千朵,婆娑团圞,如车盖熏笼矣。人力勤,土又膏沃,花亦为之屡变。淳熙丙午岁,成大植于范村者,正得三十六种,尝为谱之。"此即《范村菊谱》。史正志字志道,江都人,致仕后居平江,在带城桥建万卷堂,不但有牡丹五百株,还悉心栽植菊花,并自订谱录,《史氏菊谱》起首说:"余在二水植大白菊百余株,次年尽变为黄花,今以色之黄白及杂色品类,可见于吴门者二十有七种,大小、颜色殊异而不同。"

范、史两位都是朝廷高官,不但爱花如命,并且还有著作。再举一位平民,即《醒世恒言》第四卷《灌园叟晚逢仙女》的主角秋先,虽是小说家言,也可反映出当时苏州"花痴"的情形:"那秋先从幼酷好栽花种果,把田业都撇弃了,专于其事。若偶觅得种异花,就是拾着珍宝,也没有这般欢喜。随你极紧要的事出外,路上逢着人家有树花儿,不管他家容不容,便陪着笑脸,捱进去求玩。若平常花木,或家里也在正开,还转身得快。倘然是一种名花,家中没有的,虽或有,已开过了,便将正事撇在半边,依依不舍,永日忘归。人都叫他是'花痴'。或遇见卖花的有株好花,不论身边有钱无钱,一定要买。无钱时,便脱身上衣服去解当。也有卖花的知他僻性,故高其价,也只得忍贵买回。又有那破落户,晓得他是爱花的,各处寻觅好花折来,把泥假捏个根儿哄他,少不得也买。有恁般奇事,将来种下,依然肯活。日积月累,遂成了一个大园。那园周围编竹为篱,篱上交缠蔷薇、荼蘼、木香、刺梅、木槿、棣棠、金雀,篱边遍下蜀葵、凤仙、鸡冠、秋葵、莺粟等种,更有那金萱、百合、剪春罗、煎秋罗、满池娇、十样锦、美人蓼、山踯躅、高良姜、白蛱蝶、夜落金钱、缠枝牡丹等类,不可枚举。遇开放之时,烂如锦屏。远篱数步,尽植名花异卉。一花未谢,一花又开。"

相传苏州花业的繁荣,与北宋后期的朱勔有关。朱勔,平江府吴县人,因主持花石纲而臭名昭著。据说其人擅长种植花木,《吴郡志·土物下》说:"牡丹,唐以来止有单叶者,本朝洛阳始出多叶、千叶,遂为花中第一。项时朱勔家圃在阊门内,植牡丹数千万本,以缯彩为幕,弥覆其上,每花身饰金为牌,记其名。"朱勔被诛后,其家人窜海岛,后裔回吴,世代以种花为业。黄省曾《吴风录》说:"朱勔子孙居虎丘之麓,尚以种艺垒山为业,游于王侯之门,俗呼为花园子。其贫者,岁时担花鬻于吴城,而桑麻之事衰矣。"乾隆《元和县志·风俗》也说:"虎丘人善以盘松古梅、时花嘉卉植之瓷盆,为几案之玩,一花一木,皆有可观。人家苑囿中,有欲栽培花果,编葺竹屏草篱者,非其人不为功。相传宋朱勔以花石纲误国,其子孙屏斥,不与四民之列,因业种花,今其遗风也。"花农都集中居住在虎丘山塘附近,乾隆《虎阜志·物产》引文肇祉《虎丘山志》:"山东有花园巷,花园人皆种奇花异卉售于人,遂成村市。"因地制宜,这个产业就逐渐形成了。

虎丘花市的盛况，袁学澜《吴郡岁华纪丽》卷三"虎阜花市"条作了介绍："虎阜山塘多花市，居民以艺花为业。晓来担负百花，争集售卖。山塘列肆，供设盆花，零红碎绿，五色鲜秾，照映四时，香风远袭。街头唤卖戴花，妇女投钱帘下折之。圃人废晨昏，勤灌溉，辛苦过农事，终岁衣食之资赖焉。入春而梅，来自邓尉，有九英、绿萼、细白、玉蝶，而山茶、宝珠、玉茗，而水仙、金钱、重台，而探春、白玉、紫香。仲春而桃李，而海棠，桃李兼实，海棠上垂丝，西府次贴梗，赝者为木瓜，而丁香，紫者繁，白者香。春老而牡丹最重矣，其分栽接种之法，有其时，有其地，花备诸色，红者贵，玉楼春贱，花最易开，而芍药为婪尾春，酴醿为之殿。入夏，榴花外皆草花，花备五色者，蜀葵、莺粟、凤仙；三色者，鸡冠；二色者，玉簪；一色者，十姊妹、乌丝菊、望江南。秋花耐秋者，红白蓼；不耐秋者，木槿朝鲜夕萎，金钱午开晚落。秋海棠不任霜。木樨，南种也，其用最繁；菊，北种也，其品最多。花有历三时者，长春、紫薇、夹竹桃也；有历四时者，月季也。养花人谓之花匠。莳养盆景，则有短松、矮柏、黄杨、海桐、虎刺、红梅之属，实以磁盆，装以宜兴土，缀以高资石，为园亭之清供。种树多寄生接本，剪丫除肄，根枝盘曲，有环抱之势，其下养苔如翠毯，点以小石，谓之花树点景。又以高资石盆，增土叠小山数寸，多黄石、宣石、太湖、灵璧诸石为之，岩岫起伏，径路潜通，点缀山亭桥杠，空处有池沼，蓄养小鱼，谓之山水点景。其折枝为瓶罍赏玩者，名供花。至于春之玫瑰，夏之珠兰、茉莉，秋之木樨，所在成市，为居人和糖熬膏，点茶酿酒煮露之用，色香味三者兼备，不徒供盆玩之娱，尤足珍也。"

前人于虎丘花市都有吟咏，如高启《卖花词》云："绿盆小树枝枝好，花比人家别开早。陌头担得春风行，美人出帘闻叫声。移去莫愁花不活，卖与还传种花诀。余香满路日暮归，犹有蜂蝶相随飞。买花朱门几回改，不如担上花长在。"李渔《虎丘卖花市》云："疑是河阳县，还如碎锦坊。评来都入画，卖去尚留春。价逐蜂丛涌，人随蝶翅忙。王孙休惜费，难买是春光。"沈德潜《山塘竹枝词》云："花市家家草木酣，朱朱白白映疏帘。看花劣有童心在，折取繁枝插帽檐。"顾文鉷《虎丘竹枝词》云："苔痕新绿上阶来，红紫偏教隙地栽。四面青山耕织少，一年衣食在花开。"

按顾禄《桐桥倚棹录·园圃》记载，花的商品化，大致有戴花、供花、花篮三种形式：

"鬓边香，俗呼戴花。春则有红绿白梅、草兰、蕙兰、碧桃、寿李、蔷薇、玫瑰、棣棠、木香、野木香、杜鹃、藤花，夏则有梧桐花、玉堂春、金雀、珠兰、石榴、栀子、茉莉、水木犀、金丝桃、夜来香、醒头草、五月菊、蓝菊、紫萼，秋则有凤仙、建兰、木犀球、菊花、橘花，冬则有山茶、蜡梅、芙蓉、桔梗花，皆以朵衡值。惟玫瑰、茉莉、珠兰市在花园衖口场上，余在半塘花市。贩儿鬻之，先在场左右茶肆啜茗，细细扦插，而后成群入市，拦门吟卖，紫韵红腔，宛转堪听。吴城大家小户，妇女多喜簪花，特歌伎船娘尤一日不可缺耳。有等日供于门，以为晓妆之助者，计月论值，俗呼包花。"

"供花皆折枝，便人插胆瓶盂钵之玩。市在半塘怡贤寺一带，日出即散。贩鬻之徒多集阊门渡僧桥、钓桥及元妙观门首，寄人庑下求售。往往以堕果残花，伪黹枝干之上，买者不知，辄受其欺。"

"茉莉花篮，总名也，如木香、玫瑰、山茶、蜡梅、梅花、桃花，皆可扦之，但茉莉花为盛行耳。篮有两种，一为草棕结成，一以秦嘉州溅色牦尾为之。篮腹实以磁盂及琉璃杯，可养鱼、花，大者腹可燃灯，俗呼灯花篮。花朵何止六七层，小者亦有四五层，每层花农以铜线为花骨，复为络索之状，摇摇下垂，或有用粗细麻骨，以铜丝扎成三足蟾蜍、蝴蝶双飞、元宝、鞭剑、扁额之形，簪花于上，皆由花农臆造，无定格也。豪民富贾，楚馆秦楼，多争买之，晨悬斗室，昏绺罗帏，梦醒花放，尤繁华中之色香世界也。每值市会，花农又多携篮蝶之属，夕阳将坠，操小艇至山浜或野芳浜画船停泊之处，拦舱摇买，一篮一蝶，动索千钱。"

珠兰、茉莉等主要用于窨茶。顾禄《清嘉录》卷六"珠兰茉莉花市"条说："珠兰、茉莉花来自他省，薰风欲拂，已毕集于山塘花肆。茶叶铺买以为配茶之用者，珠兰辄取其子，号为撇梗；茉莉花则去蒂衡值，号为打爪花。"六月间，茉莉、珠兰南来，成为一大集市，袁学澜《吴郡岁华纪丽》卷六"珠兰花市"条说："茶叶铺撮取其子，号为撇梗，以为配茶之用。山塘花市于六月间称衡论值，售广利蕃。"王穉登《花市茉莉曲》云："赣州船子两头尖，茉莉初来价便添。公子豪华钱不惜，买花只拣树齐檐。""花船尽泊虎丘山，夜宿倡楼醉不还。时想簸钱输小妓，朝来隔水唤乌蛮。""满笼如雪叫拦街，唤起青楼十二钗。绣篚装钱下楼买，隔帘斜露凤头鞋。""乌银白铴紫磨金，斫出纤纤茉莉簪。斜插女郎鬓鬅鬅，晚妆明月拜深深。""卖花伧父笑吴儿，一本千钱亦太痴。依在广州城里住，家家茉莉尽编篱。""章江茉莉贡江兰，夹竹桃花不耐寒。三种尽非吴地产，一年一度买来看。"又，蔡云《吴歈百绝》云："提筐唱彻晚凉天，暗麝生香鱼子圆。帘下有人新出浴，玉尖亲数一花钱。"自注："夏月卖茉莉、珠兰者，声不绝耳。俗谓数钱五文曰一花。"

玫瑰、荷花、桂花、栀子等，则作花露之用，顾禄《清嘉录》卷六"珠兰茉莉花市"条："至于春之玫瑰、膏子花，夏之白荷花，秋之木犀米，为居人和糖、春膏、酿酒、钓露诸般之需。"又《桐桥倚棹录·市廛》说："花露以沙甑蒸者为贵，吴市多以锡甑。虎丘仰苏楼、静月轩，多释氏制卖，驰名四远。开瓶香冽，为当世所艳称。"顾瑶光《虎丘竹枝词》云："晚来无伴立雕檐，笑把玫瑰露指尖。酿得碧清花露酒，醉乡须要使人甜。"

此外还有窨花，袁学澜《吴郡岁华纪丽》卷十一"窨花"条说："窨花始于马䏑，亦名唐花。康熙初，山塘陈维秀始得窨熏之法，腊月中能发非时之品，如牡丹、碧桃、玉兰、梅花、水仙之类，鲜艳夺目，供居人新年陈设之需。"蔡云《吴歈百绝》云："牡丹浓艳碧桃鲜，毕竟唐花尚值钱。野老折梅柴样贱，数枝也够买春联。"自注："往时诏唐花甚珍贵，今则视同常品，特较他卉价昂耳。"尤维熊《虎丘新竹枝词》云："花市人家学种兰，春兰未发蜡梅残。试灯风里唐花早，烘出一丛红牡丹。"袁学澜《吴门新年词》云："太平鼓响冻春寒，出窨唐花满市栏。雪地金貂骑马去，一枝红药载雕鞍。"

盆景则是虎丘花市上的大项。乾隆《元和县志·物产》说："梅花以惊蛰为候，各处皆有。惟虎丘人取江梅以佳本栽接之，开花敷腴，名玉蝶梅，间有一枝上作两色三色者，亦取他本栽接，离奇蟠曲，古意可观。"又说："盆景，四时花卉，皆植磁盆，有一树一石仿云林、大痴画本者，出虎丘山塘。"顾禄《桐桥倚棹录·园圃》说得更具体："花树店，自桐桥迤西，凡十有余家，皆有园圃数亩，为养花之地，谓之园场。种植之人，俗呼花园子，营工于圃，月受其值，以接萼、寄枝、剪缚、扦插为能。或有于白石长方盆叠碎浙石，以油灰胶作小山形，种花草于上为玩者，优劣不侔。盆景则蓄短松、矮柏、古桧、榆桩、黄杨、洋枫、冬青、洋松，并有所谓疙瘩梅者，咸以错节盘根、苍劲古致为胜。"

明末清初，虎丘山塘一带已是花木集散地。市上花木品种繁多，有的本地所出，徐珂《清稗类钞·农商类》"苏女卖花"条说："苏州花圃，皆在阊门外之山塘。吴俗，附郭农家多莳花为业，千红万紫，弥望成畦。"顾禄《桐桥倚棹录·场衖》也说："山塘诸衖内皆通郊野，多艺花人所居。"并引元人任仁发诗："幽栖无所事，园圃足生涯。荒径多闲地，随时好种花。"有的来自近郊，袁学澜《吴郡岁华纪丽》卷三"谷雨看牡丹"条说："艺花之人，率皆在洞庭山及光福里，人家以课花为业，花时，载花至山塘花市卖之。"更多则来自江西、福建、广东、浙江等地，如茉莉，文震亨《长物志·花木》"茉莉素馨夜合"条说："章江编篱插棘，俱用茉莉，花时千艘俱集虎丘，故花市初夏最盛。"蒋宝龄《吴门竹枝词》云："薅末风微六月凉，画船衔尾泊山塘。广南花到江南卖，帘内珠兰茉莉香。"如兰花，张应文《罗锺斋兰谱》说："兰产于闽而芳袭于吴，夫楚材晋用，少林西来，皆此意也。"（《封植第二》）又说："宜兴、杭州皆有本山兰蕙，土人掘取以竹篮装售吴中。"（《列品第一》）如水仙，乾隆《龙溪县志·物产》说："闽中水仙以龙溪为第一，载其根至吴越，冬发花时，人争购之。"甚至还有海外引进的花木，如洋枫（日本红枫）、洋松（五针松）、洋茶（日本山茶）、洋鹃（日本杜鹃）、洋千年蒀（日本万年青）、旱金莲（原产南美，又称金莲花）、西番莲（原产南美，又称计时草）、晚香玉（原产南美，即夜来香）等。不少花木由虎丘花市转贩，以水仙种球为例，屈大均《广东新语·草语》说："水仙头，秋尽从吴门而至。"黄叔璥《台海使槎录·泉井园石》说："广东市上标写台湾水仙花头，其实非台产也，皆海舶自漳州及苏州转售者，苏州种不及漳州肥大。"康熙《漳浦县志·风土下·土产》说："土产者亦能着花，然自江南来者特盛。"故沈德潜《一剪梅·白堤花市》上阕云："七里山塘傍水涯。红艳家家。绿荫家家。曲阑磁盎贮英华。宇内名花。海外名花。"

苏州四郊的花圃，以光福青芝山西北麓的天井最有名，这是一个村落，红绿梅最盛，居人多栽植梅桩以卖。其实也不仅是梅花，那里四季花事不绝，牡丹、蔷薇、海棠、杜鹃、茉莉等各擅胜场，特别是桂花，天井的桂花以朵大瓣厚、色黄味厚而享有盛名，担卖桂花也成为一种营生。沈颢《青芝坞》云："山中花市在中秋，日夜提筐采未休。卖与维扬商客去，香油都上美人头。""黄家坟上桂连冈，采去花行动斗量。才到开时旋摘尽，不留枝上有余香。"至20世纪30年代，天井花事依然，庄俞《邓尉山灵岩山记》说："循大路至天井上（吴人读若浪），盛开红绿梅，尤多盆栽，每盆售价五角至一元不等，白梅亦盛。山中女子升梯采红梅，胸悬笆斗承之。问之，将售于药肆及茶肆，每斤可得洋两三角，白梅则不采，以其能实也。"天井的盆栽、鲜花，也时时出现在虎丘花市上。

花场是花农与花树店、花贩子的交易之处，《桐桥倚棹录·园圃》说："花场，在花园衖及马营衖口。每晨晓鸦未啼，乡间花农各以其所艺花果，肩挑筐负而出，坌集于场。先有贩儿以及花树店人择其佳种，鬻之以求善价，余则花园子人自担于城，半皆遗红剩绿，即郑板桥所谓'如何滥贱从人卖，十字街头论担挑'是也。"

虎丘花业的繁荣，使得花农生涯不薄，年景丰裕，远超种田之农，租税负担也较轻，这是很让一般农人歆羡的。

邵长蘅《种花》云："山塘映清溪，人家种花树。清溪鸭头青，门前虎丘路。春阳二月中，杂花千万丛。朝卖一丛紫，夕卖一丛红。百花百种态，牡丹大娇贵。一株百朵花，十千甫能卖。朱门买花还，四面护红阑。绣幕遮风日，娇歌间清弹。复有些子景（元人呼盆景为些子景），点缀白石盆。咫尺丘壑趣，屈蟠松桧根。买置几案间，一盆直十镮。老圃解种花，老农解种谷。种谷输官租，种花艳侬目。种花食肉縻，种谷食糠秕。还复受敲扑，肉剜难为医。嗟呀重嗟呀，老农苦奈何。呼儿卖黄犊，明年学种花。"

石韫玉《山塘种花人歌》云："江南三月花如烟，艺花人家花里眠。翠竹织篱门一扇，红裙入市花双鬓。山家筑舍环山市，一角青山藏市里。试剑陉前石发青，谈经台下岩花紫。花田种花号花农，春兰秋菊罗千丛。黄磁斗中砂的皪，白石盆里山玲珑。山农购花尚奇种，种种奇花盛箧笼。贝多罗树传天竺，优钵昙花出蛮洞。司花有女卖花郎，千钱一花花价昂。锡花乞得先生册，医花世传不死方。双双夫妇花房宿，修成花史花阴读。松下新泥种菊秧，月中艳服栽莺粟。花下老人号花隐，爱花直以花为命。谱药年年改旧名，艺兰月月颁新令。桃花水暖泛晴波，载花之舟轻如梭。山日未上张青盖，湖雨欲来披绿蓑。城中富人好游冶，年年载酒行花下。青衫白祫少年郎，看花不是种花者。"

袁学澜《虎阜花市行》云："十亩红成海，异种平泉寡。栽培胜橐驼，来买停骢马。主人衣食只在花，不知播谷浇桑麻。窗外梨云欺白雪，阶前芍药流丹霞。绿盆小树陈几案，贵客时抛三两贯。叶经水洒根泥封，移入朱门供清玩。老农来观自叹愚，年年种谷输官租。官租日重输不足，典去田宅还余逋。行当教子卖黄犊，春种牡丹秋种菊。上避征税下免租，笥有衣裳饭有肉。"

然而花农的辛苦劳作，诗人是体会不到的。

花神为花业所奉祀，苏州的花神庙不止一处。清代虎丘就有两座，一在桐桥内花神浜，顾禄《桐桥倚棹录·寺院》说："桐桥内花神庙，祀司花神像，神姓李，冥封永南王，傍列十二花神。明洪武中建，为园客赛愿之地。岁凡二月十二日百花生日，笙歌酬答，各极其盛。"一在云岩寺东，乾隆《虎阜志·寺院》说："花神庙，在聚星楼旁，一名罗浮别墅，乾隆四十九年，织造四德、知府胡世铨即梅花楼址建，徐嵩记。"徐嵩《花神庙记》说："乾隆庚子春高宗南巡，台使者檄取唐花备进，吴市莫测其术。郡人陈维秀善植花木，得众卉性，乃仿燕京窨窑熏花法为之，花乃大盛。甲辰岁翠华六幸江南，进唐花如前例。繁葩异艳，四时花果，靡不争奇吐馥，群效于一月之前，以奉宸游。郡人神之，乃度地立庙，连楹曲廊，有庭有室，并莳杂花，荫以秀石。今为都人士游观之胜。"另外，还有几处，据民国《吴县志》记载，"一在管山东岳庙内，清嘉庆十年建；一在清真馆侧，建置无考"（《坛庙祠宇二》）；"一在定慧寺西（旧在齐门星桥巷），绒花、象生花同业奉香火，道光十六年移建，咸丰十年毁"（《坛庙祠宇三》）。绒花、象生花属于民间工艺业，同样奉祀花神，可见他们对"以假乱真"的追求。

桐桥浜花神庙奉祀的花神，除那位李姓外，还"傍列十二花神",究竟是哪十二位,没有记载。其实民间的十二月花神,都是随便凑数的,如正月梅花林和靖,二月杏花燧人氏,三月桃花崔护,四月蔷薇汉武帝,五月石榴花张骞,六月荷花杨贵妃,七月槿花蔡君谟,八月桂花窦禹钧,九月菊花陶渊明,十月芙蓉花石曼卿,十一月枇杷花周祗,十二月蜡梅苏东坡。更多则是一位花王,十二位花神,花神手中各执一花,究竟是谁,也就留给谒庙人自己去想了。还有一说,则有十四位花神,依次是正月柳梦梅、二月杨贵妃、三月杨六郎、四月貂蝉、五月锺馗、六月西施、七月石崇、八月谢素秋、九月陶渊明、十月张丽华、十一月白居易、十二月老令婆,闰月杨再兴,四季沈月姑,也真有意思,闰月也不能没有花开,就让杨再兴主之,另外再让沈月姑来总督四季花事,也就安排得严密了。

二月十二日为花神生日,从事花业者争于花神庙陈牲献乐,以祝神厘。尤维熊《虎丘新竹枝词》云:"花神庙里赛花神,未到花时花事新。不是此中偏放早,布金地暖易为春。"徐谦《春日吴阊棹歌》云:"花落花开春不知,百花造命有专祠。愿司香尉恐绿薄,日祝花神唐宝儿。"雪樵居士《虎丘竹枝词》云:"侬有心香好去烧,花神庙里正花朝。休伤迟暮悲双鬓,一样花神也白头。"范君博《山塘倚棹词》云:"卐字红栏六柱船,清流如带绕堤边。花朝酹酒花神庙,香火尘缘杂管弦。"自注:"花神庙在桐桥内十二图花神浜,山塘花市,以每岁花朝奉牲奏乐,庙赛款神。"

随着时代变迁,虎丘花业也在发生变化,戴花、供花、花篮已逐渐衰落,盆景还有,但已经不多,梅花、桂花、菊花的盆栽,仍有一定销路,占据花市的,以珠兰、茉莉、玫瑰、白兰、栀子、山茶、玳玳花等为主,因供窨茶之用,故统称为茶花。玳玳花,植物学上称"代代花",为芸香科柑橘属的常绿灌木,乃酸橙的一个变种,因其开花时,前年、去年的果实仍在枝头,由橙黄色渐渐转绿,犹如"三世同堂",故其花称代代花,其果称三代圆、代代橘、回青橙。有一个时期,窨茶主要是用玳玳花。至于花露,晚近只有金银花露了,中药铺里有售,那是夏日里解暑清热的妙品。

苏州属邑常熟,花事亦盛,花圃较多集中在城北菜园村。1930年秋,有徐养文者访游,他在《常熟三日游记》中说:"驱车出水北门,抵菜园村。村居数十户,皆以种花为业,四时名花常鲜,值兹初冬,只菊花独傲其孤芳矣。花占地十数亩,傍河而植,便于灌溉,河为通福山干流,交通要道也。花圃四周,修竹成林,青翠竹叶,与红白黄赭色菊花相掩映,极初冬佳境。圃中支架茅棚三四,出售茶酒,以备赏花者兴至,飞觞而畅聚幽情。种花者争欲售花,各尽其心智,叠成种种形式,奇其状,矜其色,以谋美化,粉团者白,赤炎者红,五光十色,有美皆备。种花者谓余曰,此名'菜色蝴蝶',此名'金凤带',此名'鹤舞云霄',皆为罕有名产,谈其品种,历历如数家珍,滔滔不绝。徘徊其间,令人有潇洒出尘、终长是乡之想。"

既以花为业,花神庙也应该有的,但常熟方志没有记载。偶翻《点石斋画报》,有一则《祝花神诞》的报道:"花朝有二,唐人于二月十五,今则概从十二矣。世俗所称之花神,近乎附会,且亦不伦不类,而相沿既久,何妨人云而亦云,但必指其人以实之,且又拘于十二之数,泥矣。东方为木,青帝司之,言乎木而花可该也。阅日报,昭文花神庙酬神一节,想见金尊酒满,庆八千岁春光,羯鼓声催,占廿四番风信,听鹂人至,扑蝶会开,绿女红男,瓣香争祝,洵足继觞咏之风流,觇太平之景象矣。"从点石斋人所绘来看,殿中塑有十六尊像,中坐一人为花王,两侧各有一童子,其他都站立于塑壁假山之上,竟有十三位花神,神采奕奕,造型生动。不知是点石斋人实地看来,还是凭空想象,如果真有其事,那实在是常熟历史上的珍奇了。

听说苏州在下雪

叶 弥

和北方人不同,苏州人年年都在盼下雪。盼望也常常落空,但欢喜之情是走了几乎完整的过程。曾经看过卡梅隆在接受电视采访时说过一句话:好莱坞更像是一个思想状态,而不是一个电影工业的集聚地。我是卡梅隆的崇拜者,我把这句话拿来重新组装一下,以表达对他的敬意:

苏州人盼下雪更像是一个思想状态,而不是想要苏州成为大雪的集聚地。

苏州今年入冬后一直温暖如春天。十一月五日立冬那天最高温度达到了三十一摄氏度。十一月二十三日是"小雪"节气,上午晴暖,穿了一件薄毛衣静静地坐在院子里,体感舒适,恍若春天已到。

我是在十一月二十七日下元节这天感到寒冷的。这一天其实也并不冷。因传染上了流行性感冒,身上畏寒,就觉得冷。晚上六点半,我起床走到外面去看月亮,一轮皎洁清冷的月亮悬在东边天空。夜里十点时,我又起床去看月亮。当头之月,无灯之处一地月光。从月光想起雪,月光和雪一样诗情画意,让人流连忘返,忘记尘世烦恼。于是脑子里掠过一个问题:苏州今年冬天会下雪吗?

看完月亮回去坐着,又想到一句话:作家应该关心气候。气候与文学息息相关。

其实这也是一句废话。听多了废话也会时不时地说废话了。这世上哪有什么不和文学息息相关的?只不过在当下,气候和环境需要人类更多的关注。

到了十二月,还是晴热。十二月九日那天,白天温度达到了二十三摄氏度,院子里乱飞的蚊虫还能咬我一口。忽然天气预报十五日降温,有雪,有严重冰冻。于是去买地膜,准备把院子里的蔬菜覆盖上地膜。自从2008年住到太湖边这个镇乡交界处,有了一个小院子,一年四季都种蔬菜,却从来没有今年冬天这么如临大敌,也许是某种预感起了作用。不知道去哪里才买到地膜,菜场边上转了一圈,没买到。菜场边的杂货摊老板告诉我,去街上的五金商店看看。五金商店的老板娘告诉我,全镇只有一家买地膜的,在人民桥那边。于是我就去人民桥那边,找了半个小时也没找到。看到一家熟悉的布店,进去看了看,和老板说了一会儿话。老板听说我要买地膜,手朝边上一指说,边上这家就有。全镇只有他这里有。他刚才关门回家了,所以你找不到他。他要回去烧午饭,烧好午饭吃午饭,你下午两点以后来,他就开门了。

我下午两点去了,进门一看,屋子很高,一问老板,果然房子挑高有五米高。这是老房子,现在的平房没有这么高的。地膜论斤卖,一斤九元。买了八米,半斤多,五块钱。

第二天一早就下着雨,下午狂风大作。我冒着大风把地膜覆盖在蔬菜上,顺带着把一些爬藤月季花的根部也用地膜保护起来。花了一个半小时做完这件事后,我决定犒劳自己。以前住在市内,往往会去特色小饭店、咖啡馆吃点好吃的犒劳自己,或者去商场买个什么小玩意儿。这里没有这些,可也有水产一类的好东西。于是我去菜场鱼摊上买虾,虾已卖光。摊主告诉我,摊上还有一条活的野生鱼,叫鳜鱼。什么?我从来没有听说过鳜鱼。摊主说,二十元一斤。这种鱼在太湖里有它专门的职责，是给白鱼们带路的。我问它给白鱼带路干什么？摊主说不知道。我问有谁知道呢？摊主说不知道谁知道。

晚上吃鳡鱼，发现它肉质鲜美，只是刺有点多。难怪那么晚了它还在摊子上。有点后悔让摊主把它杀了，太湖就在边上，把它扔回太湖里，让它与白鱼们重聚也是一件美事。

第三天，也就是十二月十六日。依旧狂风呼啸，冰冷彻骨，院子里的两只鱼缸里结了一层薄冰。

邻居和我招呼：听说苏州下雪了。

这就要重点说明一下了。我住的这个地方，属于苏州吴中区，开车进苏州市中心，也不过四十几分钟。但是本地人从不把自己称为苏州人。如果去苏州市里办事，习惯上称之为"去一趟苏州"，而不是"去一趟市里"，口气里一副与苏州分得很清的样子。

听说苏州下雪了？就像说北方下雪那么遥远。

我入乡随俗，就说，是啊，听说苏州上星期六就飘了一场小雪。我们这里还没下雪。

"我们"这里是隔了一天才下的。十八日早上开始下雪。从零星雪花到雪花飘飞，然后又密集成帘，最后雪花变成了一行行沉沉的雪球从天连接到地。我这天就做了一件事：看雪。从早上看到下午两点多雪停。然后盼着明天再下一场。但没有再下雪，只有未化的残雪可以看一眼。

伴着下雪天，寒潮来袭，从零下三四摄氏度到零下六七摄氏度。都在说江苏平均气温创多少年以来的新低，苏州创下多少年以来最冷的冬天。中国人的乐观精神体现得淋漓尽致，什么都可以创下纪录。

我院子里的菜都冻得硬邦邦，尤其是白花菜和西蓝花。它们长得太高太茂盛，我无法用地膜盖住它们。下雪的那天中午，我拿锋利的剪刀剪了一棵白色花菜，花了五六分钟，用尽力气才剪下一棵，高而多水的菜茎里结着密密麻麻的碎冰。花菜冻得有点透明，炒成熟菜后与平常花菜没有两样，但口感更好，也更鲜。

吃完花菜，发个朋友圈。有雪为证，向苏州的初雪表达一点敬意。发完朋友圈，很快就被北方人嘲笑。就这点雪也值得大惊小怪。

不是我一个人这么欣喜，苏州一下雪，苏州的报纸也忙得不亦乐乎。十五日，报纸说：苏州今晚要下雪。十六日报纸说：苏州，下雪了。十八日，报纸上又说：刚刚，苏州又下雪了。然后又发了一篇文章：他们和苏州一起白了头。一场雪，苏州美成了姑苏。还有视频：苏州的落雪。反正一下雪，苏州人就欢天喜地，雪景刷屏。踏雪寻梅啊。瑞雪兆丰年啊！

这里又要重点说明一下：他们说的苏州，和我住的地方在语境上有些不同。但雪是一样的白，一样的美，一样的让人欣喜。

杂七杂八写得很琐碎，是觉得生活常常艰难，常常不尽如人意，常常无趣。但活着有这么多琐碎，那就是美好的。津津有味地写出这些琐事，也是美好的。

巴金·1936·杭州时刻

周立民

眺望西湖,摄于1982年

面对西湖的沉思

▶ 1

1936年春,四个年轻的文人乘沪杭铁路的列车来到杭州。

他们之中年龄最大的两位:黎烈文和巴金,出生于1904年,这一年不过三十二岁;陆蠡,比他们还要小四岁;丽尼,小五岁……年轻却遮不住才华的光芒,他们左右开弓,创作同时兼事翻译,又做编辑工作,是文坛上引人瞩目的新一代中坚。

年轻人,活力十足,也争强好胜,丽尼在给友人的信中叙述他们在杭州"拼命跑路":

> 杭州印象还好,我们去了三天,就用这三天时光跑完了所有当跑的地方。第一天是沿湖各地,当然,有小船帮忙,湖中间也走到的。第二天,爬葛岭,到黄龙洞,金鼓洞,紫云洞,转岳坟,再到玉泉、灵隐、韬光,翻北高峰,天差不多已经暗了,摸路而回。第三天由净因寺至虎跑,转石屋洞,烟霞洞,再翻南高峰,过翁家山,到龙井,跑九溪十八涧,时已天黑,又下雨,但不得不跑,翻杨梅岭,回虎跑原路,进旅馆时已十点钟。虽然走马看花,但是,拼命跑路,极感痛快。可惜回到旅馆时,心脏麻痹,第四天就草草回沪了。
>
> 本来,我是不宜于这样爬路的。但是,因为不肯在同游者面前示弱,所以咬着牙跑,跑到目的地时,虽然有头目晕眩之感,但心里是高兴的。(丽尼1936年3月17日致英子信,王坦、王行编:《英子文友书简》,安徽人民出版社,

2005年5月版，第108—109页）

几位白面书生，"跑路""爬路"的范围之大令人惊讶，"高兴"之情也是溢于言表。

此信的开头，丽尼说"春游刚回……"，由此推断，他们在杭州大致是3月14—16日这几天。这个时间与巴金的记忆略有出入，巴金的时间要晚一个月。哪一个更可靠，待考。不需要考证的是，那是一个春意融融的春天，他们跑遍"旅游攻略"上的全城美景。游玩之乐，值得回忆；然而，这一次杭州之行他们酝酿的一项计划则可以写入中国现代文学史：

> 上海文化生活出版社成立后一年，一九三六年四月我们几个从事编辑工作的朋友约好游览西湖。我们住在湖滨小旅馆里，白天爬山游湖，晚上聚在小小的房间里聊天。丽尼和陆蠡也在这些人中间。当时文生社正在编印《译文丛书》，出版了《果戈理选集》，首先印出了鲁迅先生译的《死魂灵》，引起读者的注意。我们谈到出版更多的俄罗斯文学名著，大家同意再出一个《屠格涅夫选集》。丽尼翻译过《贵族之家》，稿子还在手里。屠格涅夫的六大长篇那时都已有了中译本，销路不大，新译稿一时不易找到出路。我们都主张先把长篇译出来，照我们自己的意思出下去，先出选集，以后还可以出全集。大家谈得高兴，当时就决定了选题，我们三个人每人分到两种，丽尼第一个报名，选了《贵族之家》和《前夜》，陆蠡便选了《罗亭》和《烟》，剩下的《父与子》和《处女地》就归我负责。（巴金：《〈巴金译文全集〉第二卷代跋》，《再思录》，作家出版社，2011年4月版，第207页）

翻译屠格涅夫"六大长篇"的设想，酝酿于西湖湖滨的小旅馆中，具体书目分配于从九溪十八涧走回湖滨的小路上，"我还记得就是在沿着九溪十八涧走回湖滨的蜿蜒

屠格涅夫选集中《贵族之家》一卷特装本书影

的小路上，陆蠡、丽尼和我在谈笑中决定了三个人分译屠格涅夫六部长篇小说的计划。"（巴金：《怀念方令孺大姐》，《巴金全集》第16卷，人民文学出版社，1991年3月版，第298页）同行的黎烈文或许兴趣在法国文学上，没有参与此事。巴金那句话说得颇有气魄，"照我们自己的意思出下去"，他们向来都不是畏首畏尾的一代人，相反，总是满身闯劲儿、勇于担当。

他们也是实实在在的行动者。回到上海，巴金就找出参考来，花了一夜的工夫写好介绍的广告，还把译者的名字也公布了。当年12月，《罗亭》便出版，转过年2月，《贵族之家》也送到读者手中。全面抗战爆发，作家的个人生活和出版条件大受限制，这项计划却没有中断：1939年，《前夜》；1940年，《烟》；1943年，《父与子》；1944年，《处女地》……用了八年时间，他们1936年春游中的计划全部实现了。在20世纪六七十年代，丽尼和巴金又根据俄文本重新修订译文。后来，屠格涅夫的散文诗、中短篇小说、戏剧等，也在他们的努力下陆续出版了新译本。

在图书广告中，巴金介绍："屠格涅夫写了六部有连续性的长篇小说，用恋爱关系来表现人物的性格，描写当时在俄国陆续出现的青年的典型。"（1936年12月文化生活出版社《罗亭》初版本护封上）六大长篇是屠格涅夫一生创作的精华所在，三位译者皆热爱屠氏的创作，他们忧郁、抒情的文笔很适合屠格涅夫的风格，这套选集一出，深受读者喜爱，它们几乎就代表着屠格涅夫的汉语面孔。这几部长篇小说，历时八十多年，至今仍在不断印行，堪称文学名著汉译的经典。

文化的创造和积累，有时候跟科学家埋头实验室的焚膏继晷不同，它可能产生在议论风生的谈笑中，酝酿于游山玩水、喝酒吃茶的悠闲里，大家未必正襟危坐，却是心灵自由，眼界开阔。倘若再有西湖美景助兴，更让文人们豪情满怀。

2

这不是巴金第一次来西湖,要讲他跟西湖的缘分,得追溯至童年时代。他说:"我一九三〇年十月第一次游西湖,可是十岁前我就知道一些关于西湖的事情。"为此,他特地解释:"我们家原籍浙江嘉兴(我的高祖李介菴去四川),在嘉兴过去有一所李家祠堂,在四川老一辈的人同嘉兴的家族有过一些联系。"(巴金:《西湖》,《巴金全集》第16卷,第400页)原来,西湖对于巴金和他的家族而言,还含着乡愁之思。一个人的童年记忆终会化作他成长的底色相伴终生:

> 在幼小的脑子里有一些神化了的人和事同西湖的风景连在一起。岳王坟就占着最高的地位。我读过的第一部小说就是《说岳全传》。我忘不了死者的亲友偷偷扫墓的情景。后来我又在四川作家觉奴的长篇小说《松岗小史》中读到主人公在西湖岳王墓前纵身捉知了的文字,仿佛身历其境。再过了十几年我第一次站在伟大死者的墓前,我觉得来到了十分熟悉的地方,连那些石像、铁像都是我看惯了的,以后我每次来西湖,都要到这座坟前徘徊一阵。有一天下午我在附近山上找着了牛皋的墓,仿佛遇到多年未见的老朋友,于是小说中"气死金兀术"的老将军、舞台上撕毁圣旨的老英雄各种感人的形象一齐涌上我的心头。人物、历史、风景和我的感情融合在一起,活起来了,活在我的心里,而且一直活下去。我偏爱西湖,原因就在这里。岳飞、牛皋、于谦、张煌言、秋瑾……我看到的不是坟,不是鬼。他们是不灭的存在,是崇高理想和献身精神的化身。西湖是和这样的人、这样的精神结合在一起的,它不仅美丽,而且光辉。(同前,第400—401页)

《说岳全传》流传甚广,大家比较熟悉。署名"富顺觉奴氏"著的《松岗小史》(成都昌福公司,1915年10月初版),虽然被学者认为是"四川第一部现代长篇白话小说",专业的文学史书提到的都不多。小说以虚拟的"松岗市"为背景,写了一批有志之士的理想实验和反抗斗争。它对巴金的思想成长产生怎样的影响,我们暂不谈论,书中对于西湖的描写所占篇幅不大,却让巴金终生不忘:"我说过我爱西湖是把人和地连在一起,是把风景和历史人物连在一起……我竟然想起了一九四四年在桂林丢失的那本小说《松岗小史》,我在小小年纪就让小说家引到杭州,做了岳坟的梦。如今我活到九十还仿佛跟着瞿新珍在岳王墓前纵身捕捉鸣蝉。我看这一些谈西湖的书,但记得牢牢的还是这一段。"(巴金:《西湖之梦》,《再思录》,第90—93页)

小说借助人物的眼睛看到的西湖风光是这样的:"那晚便直出涌金门,见笼烟的湖山隐约不甚看得清,但嗅着一阵热荷花香。石坎下泊着许多船,叫了一支瓜皮艇子,横渡半湖直到惠中旅馆,住在临湖路上。"第二天清晨,"乘太阳没出,坐着旅馆的小船,游到三潭印月,过了九曲栏杆,到了后面,但见汪洋千亩,微有波纹。近岸水中稀稀立了三坐(座)石塔。到了湖心亭,四面是水,有坐(座)小小庙宇。喝茶,吃了莲粉"。后来船上又见保俶塔、御碑亭,"回头又见远远的一所乱石堆砌高矗云杳的雷峰塔",接下来是巴金提到的捉蝉:

> 平湖秋月的石碣左边堤下,许多人在那里摘莲蓬。如璧买两角钱在柳下设的茶,坐吃茶。茶坐(座)正在一株空心老柳人树侧,枝叶飘飘被那微风吹的款款摇动,垂枝梢处伏着个蝉子,正在那里得意高鸣。有了人来便不敢响。但是,他不飞开……新珍抬头望那柳枝有个蝉子在上面,离地光没有八九尺高,两脚一挣,平空腾起,一手轻轻把那蝉子拉了下来。彭先仁夫妇和淑婉都狠吃一惊,怎知道它

《松岗小史》插图(曾安素绘)

20世纪90年代,巴金再到岳坟

还有这个本事。只听那蝉子在手中唧唧的叫不知不觉被人捉着心甚不甘。也不知那声音是乞怜是生气。(《松岗小史》,第291页)

捉蝉的情节,巴金记忆中发生在岳王庙,上面文字显示,他误记了。小说中写过岳王庙,那是他们次日的游览内容,这一天,他们"游过紫云洞,看了一线天和大蝙蝠,饮过七宝泉煎的龙井茶,吃些山产初生的栗子,给了香钱下山参拜了岳王庙。见铁栅里几块精忠柏,忠灵所结那木已成金石之音。不远便是岳王坟,外面绕着短墙,给了看门的几角洋钱,开门进去。旁边两座小坟是岳公子云、张义士宪的,下面跪着秦氏夫妇、张万诸奸。新珍指着铁人道:害忠良事小,亡宋的罪大,身为大臣欺君误国。当时人君也可配个铁偶在旁,你失社稷事小,沦中原为胡狄可恨又可怜。岳氏父子忠勇不能尽其素志,看他的劄子和那《满江红》的词儿何等悲壮,我平生便只喜看这首词,我也止欣慕这首词。"(同前,第295页)这番陈词,想必当年深深地刻在巴金的幼小心灵上,以至对岳王坟有特殊的感情。小说里还写到"女英雄"秋瑾的墓,这也是巴金后来关心所在。

▶ 3

巴金说:"全国也有不少令人难忘的名胜古迹,我却偏爱西湖。"而西湖他更喜欢墓地,这话乍听起来让人不理解,经他解释,才知别有情怀。"我对西湖的坟墓特别有兴趣。其实并不是对所有的墓,只是对那几位我所崇敬的伟大的爱国者的遗迹有感情,有说不尽的敬爱之情,我经常到这些坟前寻求鼓舞和信心。"(巴金:《西湖》,《巴金全集》第16卷,第401页)他特意提到秋瑾:

有一个时期我到处寻找秋瑾的"风雨亭"。她是我们民族中一位了不起的女英雄,即使人们忘记了她,她也会通过鲁迅小说中的形象流传万代。三十年代我写短篇《苏堤》时,小说中还提到"秋瑾墓",后来连"秋风秋雨愁煞人"的风雨亭也不见了,换上了一座矮小的墓碑,以后墓和碑又都消失了,我对着一片草坪深思苦想,等待着奇迹。现在奇迹出现了,孤山脚下立起了巾帼英雄的塑像,她的遗骨就埋在像旁,她终于在这里定居了。我在平凡的面貌上看到无穷的毅力,她挂着宝剑沉静地望着湖水,她的确给湖山增添了光彩。(同前,第401页)

西子湖畔,名人墓地特别多。巴金的"寻墓"也有奇遇。1961年,巴金访日归来,6月初到西湖赶写文章,当时他住在花港招待所,每晚和同往的一位朋友散步:

常常走到盖叫天老人的墓道才折回去。马路上几乎没有行人,光线十分柔和,我们走在绿树丛中,夜在我们四周撒下网来。我忘不了这样愉快的散步。盖老当时还活着,他经营自己的生圹好多年了。有一次时间早一点,我走进墓道登上台阶到了墓前,石凳上竟然坐着盖老本人,那么康健,那么英武,那么满意地看刻着他大名的红字墓碑,看坡下的景色,仿佛这里就是他的家,他同我谈话好像在自己家里接待客人。我们一路走下去,亲切地握手告别。这就是我最后一次同他交谈……(巴金:《怀念方令孺大姐》,《巴金全集》第16卷,第301页)

他也曾寻找过于谦墓,"却找到一个放酱缸的地方";也为岳王庙内长期举办"花鸟虫鱼"展,绿毛龟陈列在大殿上而不满,还和一位朋友合作,把张苍水的《入武林》中"日月双悬于氏墓,乾坤半壁岳家祠"一句改成:"油盐酱

巴金在女儿小林的陪同下看文徵明《满江红》词碑

醋于氏墓,花鸟虫鱼岳家祠"。据资料显示,在过去的三十年时间里,杭州市政府早已拆除于谦祠庙周边违章建筑,增植树木、扩大面积,令其面目一新。清代诗人袁枚在《谒岳王墓》中曾有"赖有岳于双少保,人间始觉重西湖"的说法,可见岳王庙和于谦祠在西湖诸风景中的分量。而岳飞墓在巴金心中"占着最高的地位",少年时代的感情之外,还有个人经历和他对历史感悟的原因。

1982年4月底,巴金重来西湖,再一次到岳王坟。"看到长跪在铁栏杆内的秦太师,我又想起了风波亭的冤狱。从十几岁读《说岳全传》时起我就有一个需要解答的问题:秦桧怎么有那样大的权力?……我这次在杭州看到介绍西湖风景的电视片,解说人介绍岳庙提到风波狱的罪人时,在秦桧的前面加了宋高宗的名字。……"(巴金:《思路》,《巴金全集》第16卷,第405—406页)岳王庙的廊上还有一座文徵明的《满江红》词碑,巴金曾在其前沉思良久,对词的最后一句"笑区区一桧亦何能,逢其欲"感慨颇多。他最早是在曾祖李璠的《醉墨山房诗话》读到此词,李璠曾写下感想:"诛心之论,痛快淋漓,使高宗读之,亦当汗下。"多年后,巴金在《随想录》中写道:"我曾祖不过是一百多年前一个封建小官僚,可是在大家叩头高呼'臣罪当诛'、'天王圣明'的时候,他却理解,而且赞赏文徵明的'诛心之论',这很不简单!"巴金进一步分析"他怎么能做到这样呢":"用自己的脑子思考,越过种种的障碍,顺着自己的思路前进,很自然地得到了应有的结论。"(同前,第407页)看来,在岳王庙,我们不但能感受岳飞《满江红》中"驾长车踏破贺兰山缺"的气魄、还我河山的激昂,还有文徵明《满江红》中"笑区区一桧亦何能,逢其欲"的反问和深思。

▶ 4

自从有了"信仰"之后,在巴金的内心中,还有一座神圣的墓地。他曾说:"从一九三〇年到一九三七年,我几乎每年都去杭州,我们习惯在清明前后游西湖,有一两年春秋两季都去,每次不过三四天,大家喜欢登山走路,不论天晴下雨,早晨离开湖滨的旅馆,总要不停步地走到黄昏,随身只带一点干粮,一路上有说有笑。同游的人常有变更,但习惯和兴致始终不改。南高峰、北高峰、玉皇山、五云山、龙井、虎跑、六桥、三竺仿佛是永远走不完、也走不厌似的。"(巴金:《怀念方令孺大姐》,《巴金全集》第16卷,第297—298页)为什么多在"清明前后"?他们要为一个人扫墓,他便是中国无政府主义的先驱者师复,1915年,年仅三十一岁的师复病逝后,安葬在西湖南高峰的烟霞洞旁。

1936年在一篇文章中,巴金引用了一位朋友在《旅行之书》中的一段话:

落叶掩埋了一切,树枝遮蔽了天空。除了背后石壁上的"师复墓"三个绿字尚可辨认外,壁上的中文碑文和坟面的世界语碑文都模糊难辨了。墓身也受了风雨的浸损,我们看到这荒凉的情景我们的心有些沉重了。我们拍了三张照片,大家就坐在墓头沉默起来。云满天,雨欲来,这已是午后五点多钟了。

一个人,一个热爱人类的人,为人类奉献了自己的生命,他如今在这里睡了二十多年了。没有人晓得他是什么人,也没有人来看他,他在这里应是如何地寂寞呵……

这番描述颇像十五年前我沿着烟霞洞往山坡上走看到师复墓地的感觉,可惜,我无缘看到他的世界语墓碑。然而,在1936年,巴金说"他"并不寂寞,因为春天,他们还去祭扫过呢。"那个人是不会太寂寞的,我们这里每年

巴金1930年10月摄于杭州西湖

也有人去望坟呢！我们都不会忘记他的，三个多月前我们也是在一个落雨的日子到了那个地方。我们也是怀了沉重的心看着那荒凉的情景。而且我们也是沐着雨在暮色中匆忙地走下山来，当我最后一次回头去望那坟头时，我还在心里祷祝似地说：'你是不会死的，你活在我们心里。而且将来有一天你还会活在我们的行动上罢。'"（巴金：《家》，《巴金全集》第13卷，人民文学出版社，1990年4月版，第55页）沉重，荒凉，好像是他们共同的感受，这也是他们的信仰在20世纪30年代的现实命运的写照。

"那个人"，巴金后来提到他名字的机会越来越少，可是，在他心中，这个人的分量一直没有消减。直到1993年，年近九旬的他谈起师复，丝毫不避讳他受到的影响："我受到（刘）师复的影响很大。刘师复主张通过宣传达到共产主义。他是个书生，办了一份杂志叫《民声》。他生肺病，别人主张把（印杂志的）印刷机卖掉（给他治病），他不肯。他有句话，我还记得：'余之忧《民声》，比忧病更甚。'（刘师复不久病故，年仅三十岁。）"（转引自陈丹晨：《明我长相忆》，生活·读书·新知三联书店，2017年1月版，第191页）在那些不直接提这个人名字的文字中，巴金的情感依然如20世纪30年代一样浓烈："三十年代每年春天我和朋友们游西湖，住湖滨小旅馆，常常披着雨衣登山，过烟霞洞，上烟雨楼，站在窗前望湖上，烟雨迷茫，有一种说不出的美。烟霞洞旁有一块用世界语写的墓碑，清明时节我也去扫过墓，后来就找不到它了。这次我只到过烟霞洞下面的石屋洞，步履艰难，我再也无法登山。洞壁上不少的佛像全给敲掉了……"（巴金：《又到西湖》，《巴金全集》第16卷，第508页）这是1983年，巴金已八十岁高龄，满头白发，他和年轻时代一样，关心烟霞洞旁那座墓……

▶ 5

西湖，水平如镜，水下却有巴金不尽的情感波澜，留下他太多的回忆。

这里是他们友情的后花园。20世纪30年代，当年留学法国的"三剑客"卫惠林、詹剑峰、巴金在西湖相聚。那时候，卫惠林夫妇曾住在俞楼，詹剑峰从法国回来，"我们到了俞楼，三个人在一起登山畅谈巴黎的往事。我和詹剑峰的劲头很大，南山北山，从上午走到傍晚，中途脱掉皮鞋在半山休息，相当狼狈，但事后又觉得痛快"。回上海时，卫惠林的夫人要巴金带西湖活鱼给他们的朋友索非夫妇，"这一夜我就住在卫家，鱼放在一个大饼干筒里，盛满了水，盖子盖得紧紧，上面给弄了些小孔。我一夜没有闭眼，只是注意筒里有什么声音，时而担心小猫来抓鱼，时而害怕鱼给闷死在筒里，第二天大清早我离开了俞楼，带了一筒西湖鱼到上海索非家，鱼活着，但已奄奄一息了"。（《西湖之梦》，《再思录》，第89页）1937年，巴金、卞之琳、师陀还仿照日本人的一个故事，相约十年后相聚西湖，巴金甚至连菜都点好了，"好，就在杭州天香楼，菜单也有了：鱼头豆腐、龙井虾仁、东坡肉、西湖鱼……"（同前，第94页）可惜，这个约定未曾实现，再来西湖已经是二十二年后的1959年，随之而来的20世纪60年代上半期，巴金的西湖记忆常与方令孺联系在一起，"同方令孺大姐在一起，我们也只是谈一些彼此的近况，去几处走不厌的地方（例如灵隐、虎跑或者九溪吧），喝两杯用泉水沏的清茶。谈谈、走走、坐坐，过得十分平淡，现在回想起来，也没有什么值得

题词

提说的事情,但是我确实感到了友情的温暖"(《怀念方令孺大姐》,《巴金全集》第16卷,第298页)。

这里也有巴金五味杂陈的亲情回忆。1931年春天,巴金的三哥李尧林从天津到上海看他,兄弟俩分别六年,巴金拉哥哥同去游西湖,然后又送他到南京。"像他在六年前送我北上那样,我也在浦口站看他登上北去的列车。我们在一起没有心思痛快地玩,但是我们有充分的时间交换意见。"(《随想录·我的哥哥李尧林》,《巴金全集》第16卷,第485页)"我更不能忘记我和尧林三哥怎样把脚迹留在九溪十八涧。"(《西湖之梦》,《再思录》,第89页)他们交流什么呢?当时大哥刚刚去世,三哥接过照顾家庭的重担,而巴金正在写《家》,书里声称要做家的"叛徒"……

这里还有他刻骨铭心的爱情回味:"十六年前也是在这个时候,我和萧珊买了回上海的车票,动身去车站之前,匆匆赶到白堤走了一大段路,为了看一树桃花和一株杨柳的美景,桃花和杨柳都比现在的高大得多。树让挖掉了,又给种起来,它们仍然长得好。可是萧珊,她不会再走上白堤了。"(《怀念方令孺大姐》,《巴金全集》第16卷,第297页)"萧珊"是巴金的妻子陈蕴珍的笔名,去世时年仅五十四岁,巴金写有《怀念萧珊》《再忆萧珊》等文章怀念她。

难怪1994年,巴金在杭州题词:西湖永在我心中。

▶ 6

西湖在巴金的人生和写作生涯中还扮演着另外一个重要的角色,这里联系着他与读者的关系,实现了他"把心交给读者"的心愿。

那是1936年冬天的一次杭州之行。

起因是巴金收到一封读者从杭州寄来要求援助的长信:一位安徽姑娘,她同后母关系不好,离家出走,又由于失恋,她打算去杭州自杀。不巧,在西湖她遇到一位远亲,在这位亲戚的劝说下,她放弃了自杀的念头,要带发修行。亲戚把她介绍给西湖边上一座小庙的和尚,不料,几个月后她发现那位远亲同和尚有关系,这个和尚对她还心存不轨。她计划脱离虎口,却感觉难为情,不想向在上海的舅父求救,便想到了作家巴金,给他写信……巴金把信拿给几位朋友看,大家对信上的话将信将疑。倒是一位朋友的太太鼓励巴金去杭州看看。于是,巴金约上好友鲁彦、靳以来到杭州。

我们三人到了杭州安顿下来,吃过中饭,就去湖滨雇了一只船,划到小庙的附近,上岸去约了姑娘出来。我们在湖上交谈了大约两个小时。她叙述了详细情况,连年纪较大的鲁彦也有些感动。我们约好第二天再去庙里看她。她有个舅父住在上海和我同姓,就让我冒充她的舅父。我替她付清了八十多元的房饭钱,把我们的回程火车票给了她一张。她比我们迟一天去上海。我和靳以到北站接她,请她吃过中饭,然后叫一辆人力车送她到虹口舅父家去。(《我和读者》,《巴金全集》第16卷,第283—284页)

巴金与这位读者,后来还有联系,还为她在一个杂志社介绍了一份工作,直到"八·一三"抗战爆发,彼此才失去联系。"我们两次雇船去小庙访问那位姑娘,她又在船上详尽地谈了自己的身世。划船的人全听见了,他也知道是怎么一回事。那个时候西湖游客很少,船也少,所以两天都坐他的船。在我最后离船付钱时,划船人忽然恳切地说:'你们先生都是好人。'他没有向和尚揭发我们,也不曾对我们进行威胁。"(《我和读者》,《巴金全集》第16卷,第284页)巴金在文章中教人做一个善良、正直的人,在生活中,他也认真履行这样的信条。

作为作家,巴金最为自豪的是作家与读者之间的那一份信任。"读者们从远近地区寄来信件,常常在十页以上,它们就是我的力量的源泉。读者们的确把作家当作可以信任的朋友,他们愿意向他倾吐他们心里的话。在我的创作力旺盛的日子里,那些年轻人的痛苦、困难、希望、理想……许多亲切、坦率、诚恳、热情的语言像一盏长明灯燃在我的写字桌上。我感到安慰,感到骄傲,我不停地写下去。三十年代、四十年代中我交了多少年轻的朋友,我分享了多少年轻人的秘密。……他们并不认为我是一位有头衔的作家,却只把我当做一个普通的人,一个忠实的朋友。"(同前,第285页)读者把不肯告诉父母的话,都讲给了作家,回顾往昔,巴金怀念这样的岁月。他说:"据说人到暮年经常回顾过去,三十年代的旧梦最近多次回到我的心头。那个时候我在上海写文章、办刊物、编丛书,感觉到自己有用不完的精力和时间。"(同前,第285页)

巴金和他那一代人的心中,始终有一个"三十年代的旧梦";而它们,在1936年的那一刻,又是与西湖之梦重叠在一起。

▶ 7

从1914年十岁时算起,到1998年最后一次到杭州,巴金的西湖之梦风风雨雨中做了七十多年。

"一九三〇年我第一次游西湖,在一个月夜,先到三潭印月,仿佛在做一个美丽的梦。"(巴金:《又到西湖》,《巴金全集》第16卷,第507页)第一次踏上童年就熟知的西湖土地,巴金的感慨一定很多,可惜,他未留下直接的描述文字,第二年倒是写了一篇小说《苏堤》,我相信里面有很多纪实的成分。小说写到众多西湖风景:三潭印月、西湖博览会纪念塔、苏堤、西泠寺、岳坟、楼外楼、西泠印社、西泠桥、白堤、秋瑾墓……小说里还提到第一次来苏堤所见:"这里我一年前曾经来过,那是第一次。当时正在修路,到处尘土飞扬;又是在白天,头上是一轮炎热的骄阳。我额上流着汗,鞋里积了些沙石,走完了苏堤,只感到疲倦,并没有什么好的印象。"而小说所写的已是一个有月亮有清风的美好夜晚:"如今没有人声,没有灯光,马路在月光中伸长出去,两旁的树木也连接无尽,看不见路和树的尽头。眼所触,都是清冷、新鲜。密密的桑树遮住了两边的景物,偶尔从枝叶间漏出来一线的明亮的蓝天——这是水里的天。"站在桥上看湖面,"湖水豁然地出现在我们的眼前。这一道堤明显地给湖水划分了界限。左边的水面是荷叶,是浮萍,是断梗,密层层的一片;可惜荷花刚刚开过了。右边是明亮的、缎子似的水,没有波浪,没有污泥,水底还有一个蓝天和几片白云。虽然月亮的面影不曾留在水底,但是月光却在水面上流动。远远的,在湖水的边际有模糊的山影,也有明亮的或者暗淡的灯光,还有湖中的几丛柳树,和三潭印月的灯光"(巴金:《苏堤》,《巴金全集》第9卷,人民文学出版社,1989年5月版,第168—169页)。这里留下的是巴金青年时代对西湖真切的记忆。

巴金年轻时不喜欢照相,留下的照片寥寥可数,幸运的是居然有一帧"1930年摄于杭州西湖"的。照片上,他穿着整齐的西装,腰板挺直,坐在椅子上。给人印象深刻的是他柔和的面孔,略显稚嫩;圆圆的眼镜背后略微羞怯的目光,整体上还有几分学生气……可是,巴金那时候胸怀天下,与一群朋友正在指点江山呢。据巴金年谱记载,这一次来杭州,同行的有卫惠林、卢剑波、郑佩刚等十余位信仰无政府主义的朋友,他们在商谈宣传主义大计,后来可见的成果是同人们委托巴金、卫惠林分别化名李一切、卫仁山创办《时代前》杂志。与翻译屠格涅夫的六大长篇不同,这份杂志虽然也是苦心经营,却应者寥寥,后来无声无息地停刊,现在在图书馆里要找到一份也不很容易。20世纪20年代后半期以后,巴金和朋友们以自己的热情企图点燃中国社会的烈火,现实浇向他们的却是冷水。巴金带着沮丧的失败感默默吞下这样的现实,每一年祭扫师复墓的时候,面对前贤,我想他和朋友们的心情一定越来越复杂,直到他们的信仰只能化作内心中的隐衷。

晚年的巴金，贵为"文坛巨匠"，很多人围着他拍下很多照片，包括在西湖之畔。他喜欢这里，曾经有一段时间，每年都来杭州疗养。照片上的他，已白发苍苍，身体佝偻，满面沧桑。很多照片，是他面对一湖烟雨，仿佛面无表情——岁月的馈赠之外，还有疾病的折磨。然而，他心中的情感仍然是滚烫的，有1995年的文字为证："最近我在杭州养病，望着门外一片湖水，我不能不想起五十八年前的一次春游，屠格涅夫的长篇小说还在我的手边，它们还在叙说三个知识分子的友情。我想念远去了的亡友，这友情永远不会消失。现在正是译文全集发稿的时候，请允许我把我译的两部长篇小说分别献给两位遭遇不幸的亡友（陆蠡和丽尼），愿他们的亡灵得到永恒的安息！"（巴金：《〈巴金译文全集〉第三卷代跋》，《再思录》，第213页）

他念着1936年的那些难忘的时刻，还沉浸在"三十年代的旧梦"中。

三十年代的老友黄源在杭州，他们经常通信，西湖在心中，也在他们的信中："我不会忘记你的。倘使你高兴写几个字给我，让我呼吸到西湖的空气（我四年未去杭州了），那就十分感谢了。"（巴金1990年3月11日致黄源信，《再思录》，第317页）来杭州时，他们总是要见面、畅谈。在各种话题中，总是少不了一个人：鲁迅。在五四时期，巴金就是鲁迅的忠实读者，鲁迅一生的最后几年中，他们有了直接交往。鲁迅把自己的书交给巴金主持的小小的出版社刊行，还帮助他向萧军等人拉稿。这是对年轻人的莫大信任和支持。更令巴金感动的是，当有人拿巴金的信仰大做文章时，1936年病中的鲁迅挺身而出，仗义执言，高度评价巴金和他的创作："巴金是一个有热情的有进步思想的作家，在屈指可数的好作家之列的作家……"（鲁迅：《答徐懋庸并关于抗日统一战线问题》，《鲁迅全集》第6卷，第536页）对于后辈作家，鲁迅这样的评价也是"屈指可数"吧？

1994年10月，鲁迅的忌日即将到来之时，巴金和黄源在西子宾馆聚谈，黄源离去后，巴金的内心久久不能平静，他用颤抖的手在工作人员的笔记簿上写下：

第一次和黄源见面在一九二九年，于今六十五年矣。想说的话很多，但坐下来握着他的手，六十几年的旧事都涌上我的心头，许多话都咽在肚里。我只想着一个人，他也想着一个人：就是鲁迅先生，我们都是他的学生，过去如此，今天还是如此。

一九九四年十月十六日河清来访，临别送他到大门口，几次握手之后回来为小吴写了以上的话。（巴金：《我们都是他的学生》，《再思录》，第108页）

这是巴金向鲁迅自觉的精神皈依，正像他在纪念鲁迅一百周年诞辰的文章所写：

若干年来我听见人们在议论：假如鲁迅先生还活着……当然我们都希望先生活起来。每个人都希望先生成为他心目中的那样。但是先生始终是先生。

为了真理，敢爱，敢恨，敢说，敢做，敢追求……

如果先生活着，他决不会放下他的"金不换"。他是一位作家，一位人民所爱戴的伟大的作家。（《怀念鲁迅先生》，《巴金全集》第16卷，第343页）

这篇文章写于1981年，像一篇誓言；而1994年，"我们都是他的学生"的题词，则是一个作家再一次对自己的精神传统的确认。从师复到鲁迅，有不同，也有一脉相承的精神追求贯穿其中。

1936年冬天，巴金来西湖时候，鲁迅去世不久。而今，鲁迅远去了，三十年代的旧梦远去了，巴金和西湖的故事也将消失在烟雨中……西湖永在。

丽尼 1936 年 3 月 17 日致英子信

在苏州

荆 歌

母亲南师生物系毕业后分配到苏州,有两个工作让她选择,一是当X光医生,二是去苏州医学院卫生学校教书。母亲选择了后者。我就出生在苏州医学院后面一条名为燕家巷的小弄里。很多年以后,我写了一篇并不太长的散文《燕家巷》,自以为是杰作,便请苏州著名的书法家华人德把它写成一个手卷。对书法略有了解的人,一定是知道华人德的大名的。千禧年后,我去他位于木渎金山路的家中买字,我突发奇想,提出来让华人德为我写一个手卷收藏。内容嘛,就是我的散文《燕家巷》。华人德当场就婉拒了,他说,他从来不写活着的人的诗文。我有点不甘,回家后把《燕家巷》打印出来,寄给了他。不久就接到他的电话,他说,你的文章写得好,短短的篇章,却记录了一个时代。我说,这么说你是答应写了?他说是的。过了一个月,他又打来电话,说手卷已经写好。我激动地飞车过去,看到了这个手卷。小小的行书,娴静秀美而又饱满刚劲,着实让人喜欢。这个手卷一共有14平方尺,成了我一件独特的收藏。

燕家巷就在卫校附近,离工人文化宫和十全街都不远。据母亲回忆,那时候每到星期天,她就会背着我出去玩,去得最多的是工人文化宫。在一片大草坪上,她坐下来,看我摇摇晃晃地走路。"跌倒了也不痛。"她说。有一次,我手上拿着一块饼干,只咬了一小口,就被一只饥饿的手夺走。那人把饼干塞进嘴里,飞快地逃走了。

因为父亲一直没能调到苏州城里与我们团圆,所以母亲带着我去了吴江,在一所中学任教。我也因此成了吴江人。

每次去苏州城里,都要路过工人文化宫。许多时候,在南门汽车站下了车,我都是一路走着,去位于饮马桥的苏州文联,或者是拐进十全街,到青石弄2号《苏州杂志》的院子里找陶文瑜。

我也会走进工人文化宫里面去。有时候是进去邮币卡市场转转,有时候,是为了等车。汽车站过于嘈杂,而发车的时间还早,文化宫的大草坪,显然是更为宁静而舒适的候车厅。年轻的时候,我经常会在文化宫剧场看半场电影。电影看到一半,低头看看手表,开往吴江的班车快要发车了,我就猫着腰从黑咕隆咚的电影院出来,走上几分钟,就到了南门汽车站。在车上,我的脑子里,总是萦绕着刚才电影里的音乐,人物在空中飘忽。我看着车窗外掠过的景色,城市和乡村,脑子里却在将没有看完的故事演绎下去。

更多的时候,我并不看电影,只是坐在石条凳上,看草坪上偎依的情侣,蹒跚学步的孩子,以及一两个像我一样孤独地坐着发呆的人。经常会有面容和善美丽的年轻母亲在我面前出现,她们或是牵着孩子散步,或是把孩子背在背上,还有一次,我看到的是一位丰满的母亲侧着身子给孩子喂奶。我总是恍惚,觉得眼前这美丽的女性,就是当年我的母亲。我就是那个被她抱在怀里含着她温软乳头的婴儿,就是在她背上熟睡的孩子,就是牵着她的手在绿草如茵的春天走着的小男孩。

20世纪80年代的工人文化宫,从面向人民路的大门走进去，里面是一个宽阔的世界。然而除了星期天的古玩集市，其他时间它总是显得宁静。只有一次，我在大门外就听到了里头喧闹的音乐。原来是草坪上搭起了一个马戏团的帐篷。喇叭里传出一个怪腔怪调的声音，说是想看美人鱼表演的抓紧入场了，还说这是真正的美人鱼，走过路过千万不要错过了！

我买了票进去，想看一看到底是怎么回事。虽然明知道世上不可能有什么真正的美人鱼，但还是要一睹究竟。

结果看到的是一个粗壮的姑娘，饱满的上身穿皮肤色的紧身衣，给人以裸露的错觉。两腿则被一条闪着亮片的长裙裹成鱼尾的样子。她吊在空中，绕着屋顶的圆心旋转。她涂了戏剧的浓妆，脸就像一张油漆的面具。我心想，她何必扮演美人鱼，还不如演敦煌飞天，抱一只琵琶，正弹反弹，裙裾在空中飞扬，倒是有点意思。

苏州杂志社的院子，距离我出生的燕家巷不远。那时候它是叶圣陶先生的私宅，是叶老用半本书的稿费买下的。那本书的名字是《文心》，是叶圣陶和他的亲家夏丏尊合著的。20世纪80年代末，陆文夫创办《苏州杂志》，叶圣陶就把这座与南林饭店相邻的院子送给了杂志社。这是一个漂亮的院子，房子是民国建筑，院落里的树木假山和鹅卵石铺地，都是典型苏州园林的做法。芭蕉树高高大大的，嫩绿宽大的叶子上，陶文瑜曾经效仿米芾用毛笔题诗其上。

南林饭店就在隔壁，高大古老的树木，在苏州杂志社是可以看见的。南林饭店里的热水管道，甚至都接通到了杂志社。这真是一个十分美好的地方，外地有作家来苏州，很多都会下榻南林饭店，它曾经是国宾馆，有着广大的院落，树木苍翠，曲径通幽。

陶文瑜在苏州杂志社工作的时候，我去得比较多。二十出头的时候，我和车前子、陶文瑜、叶球他们一起写诗，过从甚密，算是发小。陶文瑜的办公室，堆满了书画纸笔，我们都喜欢写字，可聊的内容仿佛也是无穷无尽。喝喝茶，聊聊天，再到十全街的"老苏州茶酒楼"吃顿饭。并不喝酒，却总会要几只好菜，有时是葱烤鲫鱼、蜜汁酱方，或者糟熘鱼片、手剥虾仁、响油鳝糊，还有陶文瑜特别爱吃的虾饼和烂糊白菜。关于烂糊白菜，他告诉我说，虽然不是一道昂贵的菜，却是很考验厨师水平的。那时候上海的食客，来苏州享用地道的苏帮菜之后，总会打包一份烂糊白菜回家。烂糊白菜装在铝饭盒里，裹上破棉袄，坐绿皮火车咣当咣当回到上海，菜还是热的。我们在"老苏州"吃饭，主食以菜泡饭居多。大厨毕建民每次都会出来见我们一下，问一问菜做得怎么样。陶文瑜盼咐毕师傅亲自做的，是天花板级别的菜泡饭。不仅用鸡汤，而且还有虾仁和火腿。绝对不会用味精的。陶文瑜总要提醒毕师傅，不要忘记在菜泡饭里放一点猪油，尽管不健康，但是真香。

陶文瑜进苏州杂志社之前，曾经在十梓街开过书店。那时候我去他的"大家"书店，总见他坐在躺椅里，穿着拖鞋。印象中有一年冬天，还见他脚上趿着拖鞋。书店开在十梓街，那儿离苏州大学很近，经常有学生过来看书买书，他就跟他们聊诗歌聊文学，他们都叫他陶老师。那时候苏州大学的学生好像都认识陶老师。

叶球开书店比陶文瑜更早，我去过他开在十全街上的书店，规模非常大。后来他还经营字画。叶球是个十分文艺并且很有生活情趣和品位的人，他虽然腿有残疾，却喜欢运动，游泳是他的强项。他是个帅哥，长得好，歌也唱得好，很有女人缘。他的几任妻子，都是苏州城里的美才女。20世纪80年代他住在三元坊，就在苏州中学隔壁。我从吴江进城，有时候就住在他家。喝酒他用很别致的酒具，就像他写的那些诗一样与众不同。可惜的是，他不到五十岁就去世了。我和车前子、陶文瑜一起去他家吊唁，看他直挺挺地躺着，口眼紧闭，脸上全没了往日的生动亲切，心中不免悲哀。他的姐姐哭着对我们这帮人说："你们都好好的，为什么叶球却没了呢？"这个话说得有点不好，我们听了心里都很不快。老车灰黄着脸一言不发，陶文瑜则在出门之后表达了不满。

陶文瑜自己竟也在五十六岁的年纪去世了，真是让人痛惜。他走了之后，我才知道，苏州有他和没他，绝对是不一样的。有他的时候，苏州好像就是一个由亲戚组成的社会。生活中不管遇到什么样的事，都可以请陶文瑜帮忙。我从吴江进城，想吃一碗汤团，却不知道哪家的最好吃，就会打电话给陶文瑜，他一定是会明确指导我去哪家的。有时候他会对我说，你待在原地别动，我马上过来，我带你去吃。在吃这一头上,他是个专家。苏州城里哪些地方好吃,有什么好吃的,他了如指掌。他办公室的墙上,贴了一些奖状和聘书,几乎都跟文学无关,却与书法和烹饪有关。他是苏州烹饪协会的顾问。他不仅懂吃,而且好吃。为了吃,甚至有些舍生忘死。其实他的身体,是不能胡吃海喝的,但他忍不住。他有高血压,十多年前开始,肾出了问题,每周至少两次在医院透析。但他照样爱吃啥吃啥。肥的、甜的,都是他喜欢的。可以理解为他对自己的生命不负责任,也可以说他是看透了人生,他知道怎样的生活才是有意义的——这一点从他生命最后时光的表现也可以看出来。他住在医院里,知道自己已经来日无多。我们去看他,愁眉苦脸的是我们,他却神采飞扬,不停地说着笑话。他心里是非常清楚的,他的生命已经倒计时。我跟他单独在一起的时候,他对我说,人活着的时候一定要对自己好一点,要多做让自己快乐的事。他还劝我,一不要移民西班牙,二以后一定不要跟子女住在一起。他的态度少有的认真,就像是在留下遗言。生命的最后一个月里,他写了几首诗,洒脱而感人,在文坛广为流传。许多人都觉得他是给我们上了一堂生死课,他面对死亡竟是如此的自如和潇洒。但是谁都学不来。这种豁达和勇气,绝对是芸芸众生的奢侈品。

吴江虽然现在是苏州的一个区,但它与苏州古城还是很不一样,尤其是在交通还不那么发达的几十年前。在我看来,吴江再怎么样仍然还是小县城。而有文庙,有苏州博物馆,有绿树成荫的养育巷,有皮市街花鸟市场,有文化宫,有牛角浜,有新聚丰,有平江路,有山塘街,有拙政园沧浪亭等众多苏州园林,有陶文瑜、车前子、夏回、陶花、张苏、陈如冬、谢峰、黄稼伟、易都、姜晋、孟强、范小青、王尧、小海、陈霖、杨明、戴来、亦然、郁岚、燕华君、朱文颖、叶弥、王一梅等好朋友的苏州,才是真正的苏州,它跟吴江是两个地方,不可混为一谈。

千禧年到来的时候,我调到苏州文化局工作,单位在富仁坊巷,我在不远处的大石头巷租了房。那是一条细窄的弄堂,汽车开不进去。当然那时候我也还没有买车。租住的房子,是木结构的旧屋,陶文瑜背着手踱进去看了两眼,嫌它不好,太破旧。但是我不愿意出更多的钱租好一点的房子。我是这么想的,房租如果占了工资收入太高的比例,那我又何必上班?那时候我最渴望的事情,就是不要上班。我适应不了朝九晚五的工作,几次想辞职算了。但是妻子坚决不肯,她根本不相信单凭坐在家里写小说,就能养家活口。没有经济来源,哪有什么尊严?有人建议我买辆车,这样就可以节省租房的钱了。但那时候苏州到吴江城里要经过尹山收费站,每天为了工作,来来往往都要交过路费,我可不愿意。陶文瑜给我支招,说你可以买两辆车,从吴江开到收费站,你就把车停在收费站那一头,步行过来是不需要收费的。走过收费站,然后开另一辆车到单位。回家的时候也是这样,车停在收费站这一头,走过去,开了另一辆回家。他是个幽默的人,这个主意果然好笑。

我住在租借的老房子里,楼上和隔壁人家走路说话的声音,都听得清清楚楚。而我的房间里只有我一个人,我不说话,他们就只能听到我屋子里嘀嘀嗒嗒敲打电脑键盘的声音。房东吴阿姨是个好人,她有一天认真地建议我,可以在大石头巷买一套房子,总价十万都不到。这里好,巷口就是公安局,安全,她说。可我那时候不想买房子,更不知道房子会在以后大涨十倍二十倍。

短暂的一年对我来说十分漫长。后来,终于,我离开苏州文化局,调入省作家协会当上了一名专业作家。凤愿得偿,我高兴地离开苏州城,又回到了吴江。

从此过上了自由自在的日子,不用上班,只是待在家里,每天睡到自然醒,想写的时候写,不想写的时候就读读书,玩玩古,喝喝茶。许多人都为我始终没有得到鲁迅文学奖而遗憾,但我觉得人不能什么都要,此生我得到的已经很多,当专业作家就是命运最大的恩赐,夫复何求?

当然内心还是有一点点失落,那就是,我回到吴江居住,似乎又一次远离了我的苏州。

五年前,我们终于在苏州买了房子,把家搬到了工业园区独墅湖边。这是一套漂亮的大平层,270度湖景,美得就像是在一个度假酒店。坐在客厅里,能看到整个独墅湖,对面的苏州之门"大秋裤"和国金中心,还有环球188,以及凯宾斯基,都看得一清二楚。晴空万里的时候,水天一色。如果天上悬浮着棉花一样的白云,那么水面就会出现它们的影子,让湖水的蓝显得深浅不一,煞是好看。有风的日子,蓝天上白云奔腾,那绝对是大片的感觉。我经常拍图拍视频在微信朋友圈显摆,我也知道这样做很肤浅,但有时候景色太美,实在忍不住。

可是一种疑惑却常常浮上我的心头:这是苏州吗?这是我出生的地方吗?它跟燕家巷,跟十全街,跟工人文化宫,是同一个地方吗?

黄稼伟的小店开在平江路的时候,我经常过去跟他喝茶聊天,也会买一些他店里可爱的物件。那时候他生意很好,被人称作"老财",经营茶具香具和其他古代艺术品,他有非常好的艺术眼光,甚至审美意识总是走在大众前面的。虽然他并不是一名艺术家,但我觉得,他深谙苏州之美,从园艺到室内陈设,他的审美是极高的。他启蒙了很多人的审美,影响了许多朋友的生活艺术。平江路上的停云香馆,是一处繁华中的宁静处,是俗世的一股清流。店虽不大,却是苏州文人雅士喜欢的处所。最近我看到老财发布的系列微视频,总结了停云香馆在平江路十来年春去秋来的岁月,每一帧画面,都是那么雅致唯美,无论是茶桌还是庭院,插花挂画,花影竹风,有一种极致的风雅。极致的苏州腔调里,透出对生活的认真和讲究,也有一丝因美和时光流逝而起的忧伤。

陈如冬的画室牧云堂在拙政园内的时候,我们总是走后门进去找他玩。他提前跟保安说好,就不用买票。我们对保安说,我们是去陈如冬老师的画室,并不是来游园子的。意思是,我们不买票,其实是合理的。保安总是点点头,说一声"知道了"。

我相信,明代的园子,里面总是有一些明代的树。拙政园应该是苏州最大最热闹的一个园林,总是游人如织。但是牧云堂所在的角落,相对来说比较安静。我沿着那条弯弯曲曲的路走,与苏州博物馆紧邻的那一旁,树木参天。这些树,难道不是文徵明那时候种下的吗?陈如冬却说,都是后来种的。他说的后来,又是指什么时候呢?是康熙乾隆,还是同治光绪,或者是民国初年?反正肯定不会是近几十年。那么,至少蹲在池塘边的那些石头,那些皱瘦漏透的太湖石,会是明代堆砌的吧?再退一步,这以鹅卵石镶嵌的道路,还有这回廊人字密密的地面,是有明代人的足印的吧!

陈如冬的画室里,陈设和使用的都是明清老家具,还有他侍弄的各种盆景盆栽。他在这上头是和老财一样,有丰富经验和高雅审美的。所以他的画,山水空灵清雅奇古,他是心里有好山水的,他心里的风景,这世上未必有,却呈现出令人深感亲切的面貌。有人说他铺开纸,拿起笔,他就成了造物主。他受了苏州文化的哺育,他像苏州的古人一样,把理想化为现实,构筑出世上并无却让人觉得特别真实的精美世界。有人是在园子里叠山凿池筑亭建楼植树栽花,陈如冬呢,则在纸上造山引水,呼风牧云。挂在格子窗边的鸟笼里,百灵宛转的歌唱,揣在他衣兜里的金蛉子偶尔的鸣叫,给他的生活增添了情趣,也滋润了他的画。

楼下不远处有一间茶室,里面常常只有三两茶客。逛园子的人,总是走马看花,忙着拍照,少有愿意坐下来无所事事地喝茶发呆的。这个地方相对清静,这个清静的茶室为游人所设,却很少有人到此喝茶,真不知道为什么要把它开在这里。坐在牧云堂,偶然会听到唱评弹的声音飘过来,伴着琵琶三弦叮咚之声的,是《宫怨》《宝玉夜探》《杜十娘》《庵堂认母》等经典弹词开篇。古人的幽怨忧伤,成了今人耳朵的愉悦。因为那些古人的伤心,早已流逝,退缩至时间的深处,如这明代的园林,就是苍苔也是古老的。这种美是彼岸的花,是江心月白,有着梦的飘忽特质。

学士街天官坊肃封里王鳌故居,也是可以确定的明代宅子。孟强在这里建立了苏州砖雕博物馆。那么多的方块石雕,如书籍一般陈列在往昔的豪宅中,全都是苏州趣味的古物。并不宽大的院子里,竹子往高处生长,在墙角摇动着风,也把自己的影子投射在灰白的墙面上。这让我想起苏州画家孙宽的画。孙宽最近的画里,总有一面很大的墙,苏味的墙上,有树和竹的投影,投影是淡雅的,似有若无,却能感觉到它仿佛在动,不知是风还是阳光摇动着它们。

砖雕博物馆的院子里,还堆放着一些石雕,有明代的,也有清代的。最让孟强自得的,是一个硕大的海棠形石盆,是用太湖石雕成的明代旧物。"比拙政园的那个还要好!"他说。

阳光从落地的格子门里照进来,在金砖铺地的屋子里,投下了好看的几何图案。这金砖跟金子没有关系,只是普通砖头一样的砖,却又是极不普通的砖。它是苏州陆墓御窑烧制的方砖,质地紧密。来来回回的脚步,曾经的和现在的,以及时光,把它们摩擦得更光洁,如皮肤般细腻。

有一块宋代的太湖赏石,放在院门口的位置。我对赏石是个外行,只知道无论是太湖石还是英石灵璧石,都以纯天然为好。而孟强说,这块石头是有人工修饰的。并且,这是宋人的风尚。我就想,宋代的趣味是对的。因为艺术人文,要义就是一个"人"字。任何物件,只有注入了人的创造,人的理想、见识和情感,才是高级的。所谓玉不琢不成器,也是这个道理。所以我对纯粹玩和田籽料是很不能理解的——那河床里亿万年滚动打磨出来的玉料,固然珍贵,但它不是艺术品,只是珍稀的矿物原料而已。

苏州国画院在庆元坊的听枫园里。听枫园整修一番后,我过去见夏回。把车停在芭蕾舞团门口,慢慢走进小巷子,就是渐入佳境,苏州的味道,就像一首歌的引子一样,轻轻响起。进了听枫园,我立刻被一种温暖包围。说得俗气一点,就是感觉自己走进了画里。所有的角落,都是无可挑剔的。柿子树高大得必须仰视,满树的柿子迎着光望去,是密密麻麻的黑点。吴昌硕曾经入住在此设帐授课的墨香阁,高踞于一堆假山之上,静默于时光的深处。屋顶上的狸猫,低头观察着树下表情傲慢的蓝猫,它们都显现出无比的耐心,仿佛时间在这里是静止的。只有檐下鸟笼里的鹩哥,冷不丁的一句话,才让时间重新又流动起来。鹩哥说的是苏州话,可不是简单的"你好""再见"之类,而是半句宋词。

夏回的画室有点逼仄,也有些零乱。车前子说过一句话,零乱的书桌才是整洁的。夏回这里的狭小和零乱,有一种坦然的舒适的自由的匠心。就像他的花鸟画,得意而忘形,舞蹈的色彩和深刻的笔墨,看似信手拈来,却是灵魂里的行云流水。

住在被现代建筑包围的独墅湖边,我确实常常恍惚,觉得眼前之所见所处,依稀是一个美丽却陌生的地方。而到了夏回那里,黄稼伟那里,孟强那里,陈如冬那里,以及万寿宫何珂玟的"后里"那里,还有易都的"一朵美术馆"那里,我才感觉到了自己终究是一个苏州人。在那些地方流连,我会想,真的是要好好地爱苏州,好好地活着。

美食沙漠指北

陈晓卿

M：

见字如面。

您居然要去杭州，而且要去吃东西——真的没听说杭州是"美食沙漠"吗？您是不是不上网啊？

当然，我是不信这个世界上真存在"美食沙漠"的，如果有，不是因为你懒，就是因为你没朋友。大概廿多天前，我刚从杭州回来，所以，以下几个提到的几个餐厅应该有一些参考意义。

先说有烟火气的本地小馆子吧。您知道我是"扫街嘴"，喜欢那种接地气、有镬气的宝藏小馆。所以我的第一个想说的是宝中宝，很不起眼的一家，老杭州的市井味道。老板姓方，也是主厨，小餐厅开了二十多年，食材有点讲究的，前两年得到一位高人指点，所以有些老杭菜依然有生命力。

注意我说的是"老杭菜"，而不局限于现在通行的"杭帮菜"，诸如龙井虾仁、脆炸响铃、西湖醋鱼、宋嫂鱼羹、东坡肉什么的，这些都是哪个年代被"总结"出来的，都什么人吃，有兴趣您可以查查呵呵。宝中宝的菜，脆皮猪大肠、腰花王、胡椒虾，按排序算我喜欢的前三名。看看，和"杭帮菜遗产"是不是不搭界？而且还有点不够健康，但个人口味，有多不健康，就有多美味。

说起来，所谓精致归纳庙堂饮食应该更有面子，老百姓的菜就没那么规范和讲究，但吃起来更"过瘾"。二者之间评价的维度不同，前者偏客观理性：食材、工艺、烹饪、造型、意境、传承、环境、服务、营养……都可以品头论足；后者偏粗暴，好吃就行。杭州"行走的百科全书"陈立教授说，人类饮食的一个重要目标就是追求颅内高潮（ASMR），你可以在优雅的就餐环境里，通过仔细品尝，结合自己的饮食经验，一点点获得这种高潮。同样也可以仅靠咀嚼、吞咽甚至呼吸迅速达成。其实结果都是一样的。

在宝中宝吃菜就是后者的感觉，简单、直接、美味，这就是市井烟火的魅力吧。不过这家餐厅现在已经成了网红，你有两个选择。一是找类似的替代，比如福缘居、德明什么的，也都是老杭菜底子。另一个选择是，上二楼，直奔楼梯拐角的包房，里面有个心宽体胖正侃侃而谈的人，这是个青年创投家，每天在这里花钱请不认识的人吃饭。进去你冲他说声"五四好"，就可以坐下大嚼，以五四老师的酒量，第二天他绝对不会认得你。

当然，您要是觉得小店的风格只是"武吃"，我想说，杭州其实一点也不缺"雅食"之地。

杭州离不开风景，西湖、西溪、钱塘，都有风景佐餐的店，个人对风景无感，店名这里欠奉。如果说体现中餐的精致高档，杭州也有几个去处。湖滨28、解香楼、柏悦酒店这些都是不错的选择。讲究烹饪的餐厅卖的是主厨，杭州有很多知名的厨师，经常上电视，菜也做得精致。要我选的话，我更喜欢是一家叫四季金沙的，完全也是冲着主厨王勇。

王勇是上海人，很温和，甚至有些腼腆，这可能与他成长期时父母在西南插队有关。上海人到杭州做菜，有人理解成"降维"烹饪，我倒是觉得他在精细之外，多了开放的心态。王师傅擅长挑选食材，坊间流传一个段子，是他做的干巴菌炒饭。干巴菌是昆明人心中的菌中之王，香气尖锐复杂张扬，但几年前杭州鲜有人知。据说王勇当时把砂锅和灶推到大堂，现场炒，四周就餐者无不动容，这种山地食材后来也成了这家餐厅的招牌。这个故事是说，王师傅其实很精明。

从语言学上，杭州是块"飞地"，杭州方言完全独立于四周市县，我们在纪录片里会说，方言往往与食物是强捆绑的关系。杭州的味觉系统，显然也与周边地区迥异。最典型的是杭州人的早餐，喜欢吃一种叫"片儿川"的面条——从结构组成上，小麦粉是北方的东西。从发音上，那个儿化音，据分析也是中原遗韵。所以有专家推断，片儿川与北人南迁有关，但这不重要，重要的是它好吃。

您正好住在老城附近，早上起得来的话，可以推荐去复兴路的"小狗面馆"，现煮的碱面，配现炒的浇头，老板亲自炒，无论是汤面还是拌面，都让人欲罢不能。如果店里正襟危坐一位穿着干净得体的眼镜男，那一定是米毛老师，讲杭州话的美食家，你可以跟着他点餐，不会吃错的。我吃腰花拌川，就是学他：浇头多点一份腰花，相当于足球比赛里的双后腰，这阵型别提了！再加一份鲜笋，老板抡胳膊旺火猛炒，配上筋道挺括的面，眼见着米毛老师一边吃，眼睛里的血糖汞柱，在那儿上升，幸福地上升。

杭州除了语言和风味很独立，人的个性也是，尤其是女人。沈宏非老师说，杭州有三大"女汉子"，其中两位我熟悉。一位是和茶馆的老板庞颖，另一位是江南驿的老板兔子。两家店都在灵隐寺附近，两个人的脾气也都很刚烈，这也是杭州女性的地域性格特征。和茶馆主要是喝茶，江南驿主要是吃饭。

一个多月前我在杭州拍摄，正赶上江南驿乔迁新店前最后一天营业。我和陈立教授中午十一点去的，好家伙，已经开始排队了。许多顾客缟衣素颜，肃穆得紧，甚至有人从外地赶来，专程给这家餐厅送别。其中的原因，还是兔子的菜做得好，椒麻鸡、青蟹焗面、南乳仔排、大鱼烧小鱼，听名字就能想象得到其中的滋味。

兔子年轻时痴迷行走，去过很多地方，她把许多外地风味的奇绝之处，搬运到了自己在满觉陇的青年旅社，并糅合本地食材不断加以改进。直到现在，她还坚持每天自己去菜场进货。用陈立老师的话说，江南驿的驿，应该是翻译的译，兔子是个风味翻译家。你去的时候，这位翻译家的店子已经在城西重张了，不妨去领略一下。

城西现在是杭州的新区，以电子商务为主的产业园区相当密集。而从前，这块地方除了茶山就是稻田。说到水稻，目前考古证据表明，杭州湾是中国最早出现水稻栽培种植的地方之一，并由此产生了农耕文明。如果你去良渚遗址探访新石器时代文明，有家餐厅可以尝尝：春田花花，之前我刚和做农业考古的俞为洁老师一起吃过。这家的菜除了做得不错的刺毛肉圆、雪菜冬笋这样的郊区风味，建议点一道酥炸糯米或者清明粿，都是黏糯的食物。

俞为洁老师认为，江南人对糯米敬重，源自它在现实生活里的地位，无论酿酒还是做成祭祀先人的供品，糯米都承载着人们与祖先联结的使命。糯这种口感也是东方特有的，西语里甚至很难找到与它精确对应的词汇。就像这个季节江南普通人家少不了的年糕：色泽如美玉一般，同时拥有吹弹可破的外观，柔弱纤滑、楚楚可怜。触摸时，它又会有轻巧的弹性。

这就是中文里特有的"糯"，既有欲擒故纵的柔软，让你深陷其中，又有欲迎还拒的绵密，让你不能自拔。个人以为，去一个地方寻找风味，除了口舌之欢，也少不了这种凝结着文化意义的关键词搜索。

杭州人口已经超过1200万，加上旅游人口确实足够拥挤，众口难调。但杭州的一日三餐，其实是不缺少选择的。这座城市有天目山、莫干山的庇护，有新安江、钱塘江的滋养，杭嘉湖平原和宁绍平原更是增添了它的风味。我再介绍两家宁绍平原风味的馆子吧。

一家是老牌宁波菜，叫江南渔哥，在你住的附近十五奎巷，老板阿蔡大名鼎鼎，网上介绍也很多，店里有各种海鲜、各种生腌、各种霉干菜，可以试试咸鱼鲞霉豆腐蒸鲜肋排，几种不同氨基酸，交融缠绵，吃到你耳鸣。

另一家是笑典皇，开在商场里（是我不喜欢的那种大型商业综合体），但老板小钟的菜非常有烟火气。小店甚至没有固定菜单，菜牌每天写在黑板上，小钟觉得只有这样才能确保顾客吃到时令的变化，才能体现食材的新鲜。

当然，绍兴菜主打的并不是"新鲜"二字，糟醉酱卤才是它的特点。它家所有的冷菜，糟鸡、醉鹅、白切羊肉，都是荤的，糟香满口；另外的热菜，霉豆腐，好吃到爆、烧毛豆、烧脑花儿、蒸霉苋菜、蒸臭冬瓜、蒸霉千张，就像你们艺术家，闻闻很臭，吃起来很香。

我跟钟老板去绍兴进过货，路程接近一百公里，赤日炎炎，我们站在江边又等了半个多小时，人都快晒化了，才有两条小艇过来，小钟挑了一些米鱼，还有两条江鳗，很不满足……我举这个例子，是想说，所有好吃的餐厅，背后都有它的不容易。难得的是，在杭州这样的"荒漠"里，还有这样认真做事的厨师。

如果您觉得宁波绍兴的味道太浓烈，我还可以介绍另一家，叫聚乐，就在青年路，不算远。餐厅名字里有"乐"字的，一般都是萧山菜，主打农家乐风味。乡下菜主要吃时节，聚乐和笑典皇很像，一年四季的菜单都不一样，土鸡土猪肉土笋子都是自家的出产，也能有一些很好的河鲜上桌，去了绝不会后悔，清淡的鲜，好吃到掉眉毛，只是，价格略微贵了一些。

如果你不怕远，有家农家乐 2.0 版本，在萧山城区，叫南丰饭店。蒸菜是他们家最大特色，尤其素蒸，蒸茭白、蒸茄子、蒸霉毛豆……我为什么说他家是进阶版，因为我去过后厨，地面上一滴水都找不到，这哪里是乡下菜馆？

最后说一下前面反复提到的陈立教授，他们家也是个神奇的地方。陈立是我们团队的顾问，浙江大学教授。他的头衔很多：美食家、心理学家、台湾问题专家、老人家……他家的客厅几乎每天都有乱七八糟的人在，有点像林徽因"太太的客厅"。陈立教授是一个充满智慧、非常有风度、谈吐不俗的长者，也做得一手好菜，比菜更惊艳的是他对菜滔滔不绝的理解。如果你一两个人的话，可以提前告诉我，我看看能不能安排。不过，去年为照顾九十多岁的老父亲，陈教授把家从西湖边搬到了余杭，看看，又是乡下。

不过我是喜欢杭州乡下的，肉有肉味，菜有菜味，空气好，季节分明。记得有一年，做一个关于"梅雨"的自然类纪录片，在杭州近郊调研。我是在梅雨区长大的，打小不喜欢漫长的、不见晴天的梅雨季。那次采访恰好晴天，一个老农在给田里放水。"你们叫它梅雨，晓得我们怎么叫？"他对我们导演说，"我们叫它神仙水，有它才有好收成。"

同样的事物，换一个角度，就有不同的答案。就像陈立老师口中的杭州风味一样："美食荒漠？如果这是个问题的话，我们需要解决。如果是个话题的话，没什么要去管。"真是个睿智的老人家。

祝好胃口。

西湖，或梦想的六个瞬间

蔡天新

还与去年人，共藉西湖草。
——苏轼《卜算子·感旧》

一

在水边

黄昏来临，犹如十万只寒鸦，
在湖上翻飞；而气温下降，
到附近的山头，像西沉的落日
消失在灌木丛中。

我独自低吟浅唱，在水边。
用舌头轻拍水面，溅击浪花。
直到星星出现，在歌词中，
潸然泪下。

1991年初春的一个下午，我独自一人闲坐西子湖边，写下或者说是得到了这首诗，这段喃喃低语成了我青年时代的一段生活写照。记得那天天色阴沉沉的，一个寂寥平凡的日子，我离开校内的单身宿舍，骑车出了大学校门，沿着西溪路和保俶路来到少年宫。接着，向右加速并冲上了断桥，然后沿着白堤缓缓骑行。

那会儿我喜欢在词与物之间徜徉，陶醉于为事物命名的幸福之中。那会儿杭州还是一座小城市，人们的生活比较单纯，既少有酒吧、茶馆、迪厅之类供人消遣娱乐的地方，也没有私家轿车、高级公寓甚或五星级酒店。换句话说，社会阶层还没有明显地分化出蓝领和白领、穷人和富人。

白堤虽然离开闹市区不远，却难得碰到一个熟人，大多数游客都是外地人，这容易营造出一种幻景。加上那时我到杭州的时间不长，每次逛西湖都有不一样的感觉，假如我不那么贪心，不经常到湖边寻觅灵感，我总能在骑车或漫步途中有所斩获。如同哲学家加斯东·巴什拉所说的："在诗人生活的某些时刻，梦想将现实本身同化了。"

不过，我写的诗歌与西湖甚或杭州这座城市没有什么关系。可是，那天下午却多少有点反常，我在白堤上来回转悠，最后竟然在一张长椅上坐了下来，呆呆地望着冷飕飕的湖面。直到黄昏来临，我回眸凝望宝石山的那一瞬间，才似乎发现了什么。那种体验妙不可言，就像此时此刻，想象力的作用使得记忆栩栩如生，同时也为记忆绘制出插图。殊为难得并值得珍惜的是，这是一首关于西湖的诗。

二

我的故乡在东海之滨，一个盛产蜜橘和枇杷的地方，一个消失了的县级行政单位，我在那里出生、长大，直到考上大学。我第一次听说西湖必定是在九岁以前，因为那年的残冬和初春之交，美国总统理查德·尼克松首次访问了北京，接着他来到杭州。当报上登出客人们在花港观鱼的照片时,西湖的美丽已经深深地印刻在我的心上。

至今我依然记得,县城汽车站的墙壁上写着:到杭州的里程324公里,票价7元8角。可是,每回我都是去温州或更近的地方,直到六年以后,我才得以亲眼见到西湖和那座依偎在她身边的城市。人们无法想象,那最初的一瞥对于一个喜欢梦想的男孩来说意味着什么呢?

我是在去济南上大学的路上见到西湖的,那也是我第一次出门远行。当汽车从茅以升的钱塘江大桥上穿过,我首先看到的是六和塔和蔡永祥纪念馆,当时出现在中学教科书上的只有那座纪念馆,并没有江南名胜六和塔,甚至于连建塔一千周年也被忽略而过,现在想起来简直不可思议,那不是明摆着的错失商机吗?

说实话,我现在怀疑,当年是否真有"阶级敌人破坏大桥"这件事?那样的话可是名副其实的恐怖分子了。沿着绿树成荫的南山路向北,西子湖若隐若现,童年时代的一个美梦实现了。那种感受唯有在十七年以后,我乘坐高速火车从尼斯去往巴黎的旅途中才失而复得。

济南的名胜中有趵突泉和大明湖,后者是北方城市里唯一可以与颐和园相媲美的湖泊,小沧浪亭的楹联"四面荷花三面柳,一城山色半城湖"和杜甫的诗句"海右此亭古,济南名士多"使得泉城名声大震。"唐宋八大家"之一的曾巩做过济南太守,宋代两位大词人李清照和辛弃疾的故居也坐落在湖畔泉边,清末小说家刘鹗的名作《老残游记》开篇就把大明湖写得挺美的。

可是,这一切当时均未能打动我,倒是好多次寒暑假期间,我回家路上滞留杭州,并把初恋的足印留在了西子湖畔。那时候我正潜心在数学王国里遨游,若干年以后,我取得最后的学位来到杭州任教,才写下一首诗,作为青春期的一个纪念,那也是我最早点名西湖风景的作品之一:

宝石山

柳丝漂漾在湖上
被一簇簇桃花
分隔

断桥向西
雨点一样密集的情侣
向西

早春二月
青郁的宝石山上
是谁的嘴唇开口说话?

▶ 三

古谚云,"上有天堂,下有苏杭",其出处恐怕已无从考证了。这句话有着"几何学的想象力",比起唐代诗人白居易的"江南忆,最忆是杭州"(老年对壮年的回忆),或者宋代词人苏东坡的"欲把西湖比西子,浓妆淡抹总相宜"(对逝去的青春的缅怀)来,一点也不显逊色。对此,13世纪的威尼斯人马可·波罗有着自己的理解:"苏州是地上的城市,正如京师是天上的城市。"

这位旅行家对京师(杭州)情有独钟,在那部影响历史进程的游记里,他花费了整整十四页的篇幅(苏州只占一个页码),还使用了"人间天堂"这个词,如今已成为西湖边上一家酒吧的名字。即使在今天看来,这部游记对当时"世界上最庄严秀丽的城市"及其居民的描述仍十分准确,例如喜欢吃鹌鹑、家禽和海鲜,向往奢华的婚礼和宴席,爱好绘画和室内装修,妓女的数量多得惊人,男人的清秀和对女人的体贴,等等。

不知从何时开始,西湖美丽的风景在我眼里逐渐凝固和淡化,甚至成为扼杀才华的一种手段和工具,许多天资聪颖的诗人和作家过早地丧失了想象力和进取心。当年的鲁迅就曾写诗劝阻郁达夫把家迁往杭州,他对西湖的概括性评价是:"至于西湖风景,虽然宜人,有吃的地方,也有玩的地方,如果流连忘返,湖光山色,也会消磨人的志气。"这样的观点绝非文人所独有,从鲁迅的故乡绍兴向东直到宁波,人们似乎更崇尚沪上的生活方式和节奏,以至于直接连接宁波和上海的杭州湾大桥被提上议事日程。

20世纪50年代初,时任上海市市长的陈毅元帅到杭州巡游,浙江省的头儿们设宴接风,并请他题词,不料生性幽默的陈毅脱口而出:"杭州知府例能诗,市长今日岂无词?"令主人颇为尴尬。的确如此,苏东坡之后,还有哪一任杭州的父母官恃才自傲呢?苏小小之后,才貌双全的佳人也难觅,以至于近水楼台的多情才子徐志摩只好移恋别处。

"是因为缺少想象力才使我们离家/远行,来到这个梦一样的地方?"(伊丽莎白·毕晓普的诗句)继学生时代游历了西北、东北和西南以后,我在20世纪90年代的头三个夏天,先后去了三座海滨城市——福州、青岛和厦门。"家是出发的地方",这是我一篇短文的开头一句,其意义非同寻常,因为我住在天上人间的杭州。

显而易见,蓝色的大海更诱使人想入非非,那无边无际的水域既可以接纳童年的美梦,又能够抚慰受伤的心灵。厦门大学(可能是中国最美丽的大学了)带给我灵感,校园不仅紧挨着海水浴场,还有一个小巧可人的湖泊,居然可以通宵划船。我用一首小诗记录了那次旅行,那也是我第一次倾心于西湖以外的湖水,或许,我把它看成了西湖之水的一种延伸,

芙蓉湖

一次我驾舟在芙蓉湖上
一位少女在岸边沉入遐思
她夏装的扣眼里闪烁着微光
我驶近她,向她发出邀请

她惊讶,继而露出了笑容
暮色来到我们中间,缩短了
万物的距离,一颗隐微的痣
比书籍亲近,比星辰遥远

▶ 四

马可·波罗的旅行激发了西方人对东方无穷无尽的向往,同时也反过来让我们产生了西游的梦想。1993年秋天,在对香港进行了一次短促的访问之后,我匆匆踏上了美利坚合众国的土地。异国的景色、人物和风俗如春风扑面而来,我开启身上的每一个毛孔呼吸,很快写出了一百多首诗歌。

这些诗作中,不乏对秀美却缺乏历史沉淀的风景的情感抒发,例如《尼加拉瓜瀑布》《约塞米蒂》和《米勒顿湖》,后者位于西海岸的圣瓦莱山谷,以及归途游东瀛所获的《芦之湖》(坐落在本州中部箱根群山的怀抱之中)。可是,这类情感通常不带有任何鲜明的地方色彩,即使在芝加哥(多伦多)亲近了烟波浩渺的密执安湖(安大略湖)以后,下面这首诗仍然透射出一股东方韵味,

湖水

大地是一片湖水
天空是一片湖水
城市是一片湖水
房屋是一片湖水

墙壁是垂立的湖水
椅子是折叠的湖水
茶杯是卷曲的湖水
毛巾是悬挂的湖水

阳光是透明的湖水
音乐是流动的湖水
爱情是感觉的湖水
梦忆是虚幻的湖水

"没有一个地方让我喜欢:我就是这样的旅行者。"法国诗人亨利·米肖在《厄瓜多尔》(1929)里这样写道。他最早的两部诗集都是关于想象中的旅行的书。其实,旅行是人类的普遍需要,也是延扩生命内涵的有效方式。我一直以为,真正的诗人和艺术家未必要见多识广,可他需要时常呼吸鲜活的空气。如同阿瑟·兰波的诗中所写的:"生活在别处。"巴黎大学的学生曾把这句话刷写在校园

的墙壁上。

后来,捷克作家米兰·昆德拉用《生活在别处》命名了一部小说,其中提到:"就像兰波的老师伊泽蒙巴德的妹妹们——那些著名的捉虱女人——俯向这位法国诗人,当他长时间地漫游之后,便去她们那里寻求避难,她们为他洗澡,去掉他身上的污垢,除去他身上的虱子。"诗人之旅,是享尽了自由、孤独和极乐的精神之旅。

而我每次异国漫游以后回到杭州,总能对这座城市有新的发现或感受,"她的美丽在我身上注射了一枚温和的毒汁","我有我的双桨:语词和梦想","奢华的宁静和追名逐利的纯朴交相辉映"。不仅如此,我还为自己找到借口和契机来从事一种新的文学形式——随笔(散文的现代形式)的写作。

原本,因特网的使用使得写作地点变得不那么重要(就像科学论文的写作一样),唯一重要的就是一个人的心态。可是,这种事说起来容易做起来难,有很长一段时间,我的文学创作交织着两种状态:在国内写散文,在国外写诗歌。而环地中海之旅,尤其是新千年的拉丁美洲之行和从死海到里海的旅程,则让我再次体验到诗歌灵感的喷发,一路行走,我都听见了米肖的声音:"我从遥远的地方为你们写作。"

▶ 五

然而,杭州这座城市毕竟是我居住得最久的,我对她的观察也较为细致。比起中国任何一处风景来,西湖更像一幅山水画,浓缩了一代代文人墨客的理想之美。事实上,有许多人都是在折扇上第一次认识她的,这一点注定让杭州成为一座袖珍型的城市,尽管她的规模和人口日渐庞大,可是一旦过了子夜时分,唯有六公园到南山路的湖滨一带尚余几处亮光和喧嚣。

与黄山、漓江、长城、秦始皇兵马俑这些奇异的景观不同,西湖之美依赖于人文的渲染和典故,这注定了她的知名度局限于汉语世界和受华夏文化影响较深的邻国。除非有一天,杭州主办国际诗歌节,邀请世界各国的顶尖诗人来做客,某位大文豪说出"谁厌倦了杭州,谁就厌倦了生活"之类的话,不胫而走。

与此同时,随着时间的推移,我本人对杭州也有了某种隔膜或疏离,它的千年不变的方言,听起来像是鱼类王国的母语,始终为我所排斥。居住在宝石山的北侧,西湖对于我就像是一只手背,总是朝向熙熙攘攘的行人,而白堤、苏堤便成了手背上流淌的血脉。久而久之,我自己也成了杭州的一名游客,唯其如此,我才有可能再次获得观察的角度。

果然,在20世纪末的一个夏日,我为西湖找到了一种较为抽象的表现方式。

湖

1
明亮清澈的水面
燕子在天空飞翔

对于小小的湖泊
它就是一架歼击机

2
两支木桨摇响
一个瘦瘦的老家伙

滋润的船体
委身于湖面

3
青山倒映在湖中
那碧绿的水波下

可有烈炎的森林
鱼儿和猎人一起巡游

4
一阵微弱的凉风吹过

湖上漾起了层层涟漪

湖水的心事重重
徒有冷漠的外表

5
一大群人爬上了岸
他们的面孔像鱼鳞

阳光似刀片切割下来
被茂密的树枝遮拦

6
黑夜来到我们的周围
有人扔下一块石子

可以听见一种声音
在湖上久久地回荡

这就是我心目中的西湖，或许，她只是由来已久的一件事物。既可以被看作一处公共景点，在节假日期间让位于游客，又像是我的一只手背，可以随时跟我去到巴黎、伦敦或纽约的某一张长椅上，去到南美、澳洲或非洲的某一座丛林中。

▶ 六

时光流逝，进入到新千年以后，生命似乎以更快的方式消耗。2015年，在互联网和手机逐渐取代纸质阅读的时代，地图出版和印刷业受到空前的冲击，各个城市的纸质地图几乎全部滞销，忽然有一天，我打开旧版的杭州地图，看着蓝色的西湖，与日益扩张的城市相比，她显得越来越渺小。

比起流经杭州的钱塘江（从之江大桥到下沙大桥）来，西湖所占的水域面积尚不足八分之一。而如果考虑到深度和水量，西湖之水恐怕只有钱塘江的五十分之一。想到这些，我不禁为西湖感到哀叹，可是，历史和文化的沉淀却使得她在越来越忙碌的现代生活中显得弥足珍贵。

我把地图转过一个直角，忽然有了一个别样的视觉，一个崭新的亲切的发现：

猪西湖

从高处看下去
西湖就像一头小猪
被往昔的城墙拦在城外

厚厚的嘴唇拱起
悠然踱步，向南
到密林深处的玉皇山

那些烟飞灰灭的岁月
深藏在历史的迷雾中
雷峰塔是它新塑的鼻梁

脊背靠着杨公堤
沟通了钱塘和西溪
仿佛闻到了桂花和龙井

沿着湖滨依次坐落着
一公园和六公园——
它的前爪和后足

那根毛茸茸的粗尾巴
沿着北山街一路向东
甩向了断桥残雪

冷蒸

张 辉

其实，在冷蒸两个字前面加上产地——南通，是多余的。在我的记忆中，只有家乡南通才有这种神奇的美食。每年能吃到冷蒸的时间，大概也就十天。初夏，麦子将熟未熟的时候，冷蒸上市；麦子黄了，再想品尝就要等到来年了。

有年夏天，一个大清早，我意外地接到我大舅妈的电话。是从北京火车站打来的。电话那头说："小辉，你在家等着，我们给你带了你最欢喜吃的东西。"我抑制不住激动地应答："是冷蒸吗？"

是的，是冷蒸。

而从南通带冷蒸到帝都，最多只能坐火车，因为如果坐飞机，在机舱里闷一个半小时，就完全吃不出冷蒸本该有的味道了。但即使坐火车，即使我舅舅舅妈还把装冷蒸的袋子敞口放在了车窗外，等到我们吃上时，也已经开始失去麦子最初的清香。清绿的冷蒸，已稍稍有一点点泛黄。

冷蒸不能过夜，冷蒸不能放冰箱，冷蒸要拿到手马上吃……冷蒸的"娇气"，大概也只有老南通人才能体会到，才不仅能够"容忍"，甚至"纵容"。

不止一回了，为了执行上述品尝冷蒸的"三大纪律，八项注意"，我甚至是在从兴东机场接我回市区的车上，吃上了当年的第一口冷蒸。

南通人在吃上的"的刮"（土话里有"过分讲究"的意思），于此可见一斑。

不过也难怪，要获得这一年一回、不可复制的口福，确实很不容易。

其实，冷蒸是用元麦的穗头，去除麦芒、麦壳后炒熟而成的。但，说是炒，讲究的老手却是不用锅铲的，而是像炒茶一样，用的是手，用手在锅里不停地揉搓、翻动。而尤其难以掌握的是火候。炒老了，就"焦"了，有烟火味；炒嫩了，是"涩"的，有生味。一切皆凭第一感觉，一切皆需要心有灵犀。

炒着炒着，锅里渐渐飘起熨帖而沁人肺腑的嫩香。就在麦粒即将转色的一刹那，需要马上断火、起锅。此其时也。只有这样，虽然冷蒸是炒成的，却依然可以粒粒碧绿晶莹，不失原色、不丢原味。

等炒熟的麦粒冷却后，再拿到机坊脱皮、扬屑、磨成粉状，美味可口的冷蒸才算做成。艺术家完成一件艺术作品，也不过如此吧？

而对于"好这一口"的人来说，初夏南通最美的风景，在北濠桥和端平桥，尤其是早年在北部作为市区和郊区交界处的北濠桥。

桥头上，穿土布衣服扎着头巾的老妈妈，挎着个竹篮，

篮子上盖着一块毛巾或蓝印花布。经过老妈妈身边时,能闻到一股扑鼻的麦香。掀开篮子上的遮盖,则露出翠油油的绿色。

这时,迫不及待地捏一小团冷蒸放入口中,糯软的麦肉,粗朴的麦麸,骨肉停匀,恰到好处。细嚼慢品,唇齿间清香缠绵,口舌中回味无穷。仿佛来到了沾着露水的田野,又仿佛用舌尖得到了夏天到来的最早消息。不需要说什么,也不知道该说什么,只是望着濠河从桥下静静流向远方,又从远方流回这片熟悉的故土。

曾听人笑言,游子的胃是最"爱国、爱家乡"的。作为一个生活在外地的南通人,不知道我能不能说,冷蒸,正是一种最具代表性的南通味道?

像大多数南通人一样,我喜欢南通的黑菜,我喜欢"天下第一鲜"文蛤,喜欢白蒲茶干,喜欢海门羊肉,喜欢石港腐乳和窨糕,喜欢泥螺和海蜇,喜欢南通的海鲜、江鲜和河鲜……但要说最喜欢的,无疑还是冷蒸。

像生命中那些最宝贵的事事物物一样,它稀有,却纯粹。

茶之苏杭

王　恺

1

苏州的书店里照例有些当地作者的著作，装帧也讲究，有古吴轩书店的底子打在那里，经常看到线装厚宣纸封的书籍，也常看到谈论茶，谈论园林，谈论江南之美的内容的，可苏州各地的茶室里，端上来的，却还是玻璃杯或者马克杯，也有小壶小盏，都是景德镇的流水线产品，顿时觉得失去了品茶的乐趣，尤其是茶点不新鲜，放在盘中的是有点潮气的花生瓜子，闲置于桌面，让人寂寥感陡生，是那种温柔的敷衍，没有被资本改造成流水线的新鲜沸腾，只有冷淡的客套。

就像咕哝咕哝的西湖水，拍打着湖边泥地，你知道这个温柔不是对你的，是某种习俗。

最近去苏州艺圃，去的时候不是假期，还不喧闹，不过也是退休老人的热门地点，有一个秃顶老者，不管不顾地开着外放，也没人管，旁边一桌是退休的老人聚会，一群花白头发的老太太，说秘密一样低着头，窃窃私语，大约也是年轻时候养成的习惯。某个系统里的小姐妹，说些单位秘事，家长里短，自有其固定的，均匀的节奏，密不透风地把一切不相干的人隔绝开来，都穿着湖水绿的T恤，倒是时代的时髦。他们这一桌也有一个老年男子，不知道是她们中某位的伴侣，还是也是同事群的一个，却不参与其中，把头往后仰，尽量地隔绝，有点滑稽的姿态。同是在她们之外的一个。

他们这一桌，对着隔壁开着外放的老者都是漠然，就连茶室负责的中年女服务员也是习惯的样子，她默默地吃着瓜子，端坐着，也就是每天卖卖开水和包装在塑料袋里的小包茶，大概是统一配送，最省心的职业，想到苏州这些园子都是国家经营，她的一辈子，也真的是现世安稳，她的外貌，也是某种旧时代的剪影，红色毛衣，卷发，一种就是年代的速写，如今已经褪色的昔日美人图。也难怪苏州园林里的这些茶室，并没有丝毫的与时俱进的影子，卖的茶叶，都是大玻璃杯的绿茶、红茶，好一点的也就是本地碧螺春，或许真，但也就是寡淡的清香；还有一般的炒青，浓而酽，价格便宜，可以消磨一上午的清闲。

外面是艺圃的一片绿的池塘，还有精心堆叠的假山，他们比我们活得长久，送走了一批批的人，这间茶室，临水而建，简直是压在水面之上，不懂得这个结构的建造难度，但确是极美，不像一般的茶室与水之间有距离，这间茶室与水面是似有似无的关系。

难怪几年前，我的朋友，一位茶人把茶会放在这里。那年冬天出奇地寒冷，临水边的茶会更是寒气逼人，而且因为要用炭火煮水，按照要求，临水的推窗一律需要打开，屋子里更如冰窖一般，大概也是日期很早定了，现在才有机会照常举行，这种古建筑的日常使用，前几年就已经很困难，现在几乎不可能。这位茶人是因为世纪之初曾经在这里办过茶会，有些渊源，才千辛万苦地找到机会。

但真坐定，倒也能忍住寒气，桌上大瓶的蜡梅，小盆的兰花，还有温室里出来的贴梗海棠，泡茶的茶主人端坐在桌子对面，旁边的远红外线的炉子上，咕嘟着滚水，水汽依稀在空中飘渺地打个转，我们都穿得厚厚地坐在对面，尽量地文雅，静等着热水冲进紫砂壶，乌龙茶香飘出的那一刻，喝的什么其实已经忘记了，还记得在寒冷的院子里拿着迎客茶暖手，这时候才觉得主人们考虑得周到，送我们出去的时候，茶老师和学生们一起在艺圃的门口，一番揖让，顿时觉得回到了名人的世界，艺圃是有名有姓有来历的园林，设计者和建设者，是明代书画家文徵明的曾孙文震亨，附近都是苏州的旧时里弄，走出去的时候，感觉并不真实，不觉得在暂时借来一晚上的场地里喝了茶，而是真正在古老大宅里和主人盘桓了一段，享受了一段园林里的好日子，园林里似有一股天然适合茶的气息在暗自流动，想起来，文徵明也是好茶之人，让童子去从苏州去无锡的惠山打惠山泉水回来泡茶，害怕童子偷偷用别处的水冒充，又给了惠山寺院的和尚一把竹筹，每打一桶水回来，给童子一根竹筹，喝茶认真不是什么坏事，是一种与严酷生活相抗衡的笃定心事。

笃定日子是苏州人的主心骨，茶不过是其中一事而已。

▶ 2

苏州的茶，随意得很，有时候精致如斯，有时候日常如斯，没有追逐流行风尚，倒也是一种有态度的生活，不像当下杭州的喝茶之风流行，但凡有茶室，一定要靠近水边，一定要铺陈茶席，一定要有名茶出场，一定要各种说辞，才见这场茶喝得讲究，这是有历史基因的，并非我们这个时代的特点。

《儒林外史》里有一章写马二先生在西湖边的游历，各色吃食，各等游人，各种繁华旖旎打扮的妇女，当然吴敬梓是清晰而冷静的，那等繁华热闹下，马二先生也只觉得那些豪华装扮下都是些"团脸"贵妇，这些不属于马二先生，他没有钱，也就吃个烧饼，我也没有钱，好在这些茶空间有一半是朋友开的，不用花钱就能喝到好茶。

紧压着里西湖的浮云堂，甚至推开窗户，就能触摸到湖水，我和朋友在这里喝茶，印象最深是有天下了点小雪，雪后的西湖，几乎能让半城的人疯魔，幸亏浮云堂地处不太热闹的区域，才得享清净，可是没料到，雪后气压极低，那茶汤，任是怎么冲泡也不得法，后来才明白，还是选错了泡茶的场所，西湖边美则美矣，但这个天气，潮气极重，泡精致的老乌龙茶，茶汤不是那个味儿；还有一次，在几个著名设计师做的茶空间柿间喝茶，窗外有棵柿子树而得名，妙的是窗外不仅有柿子，还有荷塘，夏日去的时候，一朵硕大的荷花，几乎扑倒窗面而来，重叠处皆是风景，是那种精心设计的，可以入画的风景，室内陈设精美，炭炉煮水滚热，但喝来喝去，也就是那些常见的昂贵的茶，喝得太精致的时候，反倒觉得，这茶，是否真的就应该这么喝，富贵茶汤，落点皆在富贵上。

印象深刻的，还是在净慈寺的一次凌晨举办的茶会。

半夜在西湖边水汽弥漫的道路上走，还是容易犯迷糊，总觉得自己是不知道怎么被甩在这里的微小生物。道路上没人，偶尔能看到的就是一辆车，划过夜色，也不明白怎么凌晨三点还在街道上漫游，和我一样。不过，我今天目的明确，去净慈寺参加一场凌晨的茶会。

西湖边上的这些道路，修得并不好，车道和人行道紧密地挨着，没有护栏，可能是道路实在狭窄的关系——两旁高大的梧桐罩住了整个空间，被锁住的世界。就因为主干道太窄，梧桐树两边改造，高大的树丛后面添了步行道，有很多小桥流水的景致，白天漫步实在是好，凌晨三点，却不愿去走。黑黢黢的，掉水沟里还算好，更害怕哪个树丛后面突然窜出来什么，只能在主路上走。

我住的酒店到净慈寺并不远，步行二十分钟不到，害怕凌晨三点不好叫车，特意选的这家距离不远的酒店，人在黑夜里走，走快了，像水里游的一尾鱼。这场凌晨举办的茶会，是所谓静心茶会，很早就听说了，记得早去台北清香斋采访解致璋老师，她就告诉我，他们不久前的一场茶会，是凌晨四点在台北附近的山上。平时好看的食养山房模糊一片，困得哈欠连天的人们凌晨上山，懵懂中坐在茶桌旁，慢慢静下来，听周围的鸟叫，听小虫一声声地嘶鸣，逐渐地一点点清醒起来，等喝完了茶，天光大白，人的五感也慢慢打开。整个过程中不说话，其实并不做硬性要求——是自然的结果，在这样的过程中，人也不太愿意说话。

一直就很好奇这种凌晨喝茶的状态，和解老师熟悉了，听她说，他们做过数次静心茶会。有在海边的，每个人只给自己泡茶，在黑暗中只听到海浪声；还有在寺院里的，半夜里，慢慢地抬出桌椅，在黑暗中摆好茶席，开始点着酒精灯，看那点小火，一点点活起来。

水热了，茶汤出来了，人也舒展了——很多人会质疑为什么要花费这么巨大的精力办一场这么复杂的、非一般的茶会。但我从一开始就接受，可能泡茶人确实需要这种对自己的训练、约束，还有一次又一次地折磨自身，在不自由中才能成就一杯茶。所谓无拘无束，是你在获得成就后才能做到的。

就拿茶来说，一杯好的茶汤，不经过几十次、几百次的练习，根本就达不到要求，当然，你要喝口水茶、随意的茶，不在这个讨论范畴。除了夜间举行之外，静心茶会多会安排在户外，这更增加了难度。很少有人尝试在户外泡好一杯茶，我们可以把水倒在保温壶里，也可以把小瓦斯炉带到郊外去，但是能做到的，大多只是烧水泡茶，仅供解渴而已。没什么不好，但茶会的要求要高很多，你要泡得和自己在家里练习过几百次的一样好，因为茶会的目的，是给客人或者自己一杯完美的茶汤，不能轻易逃避掉这个任务，不是光插好花，摆好桌椅，陈设得漂亮，然后在照片里给大家看，多美——那个只是表象，底下暗流汹涌，要面对多变的天气，有时候是寒冷，有时候是极度的潮湿，有时候是狂风大雨，但是都需要镇定自若地烧水泡茶，追求的是那一瞬间泡出来的茶，和自己平素一样完美，这才是茶会带来的修行。很佩服解老师，感觉她能带领自己的学生们，完全没有目的性地每年做一次这样的茶会，如果在古代，基本上也相当于武林一派。

学生们做这些事情，纯粹出于喜好。在世俗的世界，在精神上找到一群志同道合的人，这才是难得的事情。解老师的学生们，基本上从事和茶无关的事业，不少人都是成功的企业家，可是每到一年一度的茶会，大家都提前安排好时间，自己拎着大包小包的茶道具，在完全陌生的环境里，默默铺陈开来，这是他们自己给自己安排的舞台。

了解艰难后才生出敬畏：这事儿好玩，表面上看上去极美极优雅的一个事儿，背后却是烦琐至极的训练、安排和管理。真要是一个公司做，倒也能理解，可是背后并没有所谓的公司化管理，靠的就是学生们多年形成的自我约束能力。

在茶会上负责泡茶的学生们，至少有五六年的学茶经验，准备起来，还是费尽心神，据说我们去的前一天晚上，因为杭州的台风尾声，不少桌上的花瓶被吹倒，学生们要一边镇定自如地扶起花瓶，安慰客人，一边小心翼翼地保证风雨里依然能有好茶喝，茶会上每个泡茶的学生都已经接受"客人们应该喝到好茶才重要"的定律，自我约束已经深入内心。想到此，就能明白，茶会，真的是自我修行。

黑夜里进入寺院，平时热闹的净慈寺，只有几个穿着白衣服的志愿者在等着参加茶会的人们，带领大家去厨房吃粥。早上喝茶，要先在胃里存点咸的食物，才会舒服，我们默默喝完了粥，来到了茶会所在的济公殿。黑夜里潮气很重，院落里露天的桌椅板凳都湿漉漉的，桌布罩住碎碑，也还有点湿润，默默被领到早先定好的茶桌前。这次挑选的，是一泡台湾的清香乌龙，产自华冈，所以我这桌，就叫"华冈"——泡茶的女孩子看着年轻，可学茶已经很多年，她所泡的华冈存放了五年，自己喝了不下百次，喝的过程，也是练习泡好这杯茶的过程。

在这样潮湿的天气里，以往的经验，也未必全部有效。这个初秋的潮湿的杭州凌晨，和台北自己的习茶的环境可不一样，递给我们的茶则，背后几乎全是水，后来才知道，为了让湿气不影响茶汤，可以做的，就是调高火苗，让水的温度更高，近乎一百度的冲泡，让茶尽快表现。

我们拿在手里的杯，在这样的水温压力下，一开始就有了厚度，香气倒被收敛住了。天还没亮，好在月亮极其明亮，泡茶、端茶、喝茶并不受阻碍，桌上虽有蜡烛，但并不点着，也许就是为了让我们感受黑暗中喝茶的魅力。明亮的，是烧水壶下面那点火苗。

那杯热热的醇厚的茶汤进入自己手里，身体也清醒了一点。同桌的除了我，还有三位客人，都按照要求穿着白衬衣，默默喝茶。一道茶，共五次冲泡，五杯小小的茶汤入喉，每次都比上一次清醒，五杯茶喝完，身上暖和多了。抬头，天上的星星已经少了，月亮也逐渐模糊，早晨不知不觉降落在每人身上。

喝完茶,像洗了一把热水脸,半夜里那些沮丧的、耷拉的面容,和桌子上饱含了露水的植物一样,都舒展开来,所有人为了凌晨这杯茶而来,听起来特别不可思议,但真的感受了一次,才明白,在这样稀有的状态下喝茶,真是一辈子也忘不了的。

茶会分上下两席,第二席,选了自己喜欢的高山佛手去喝。泡茶的 Lily 姐,平时就认识,知道她爱打高尔夫,手臂很有力量,她笑话自己手晒得黑,但恰恰是这样的运动,才让冲泡之时,下击的水流极为平稳,看她拿着一只重重的五行壶,手势非常稳当。

清晨的露水已经渐渐减少,天光下,茶席清晰可见。茶桌上的插花,引来了各种昆虫,一只金边绿色的小蛾子,一直趴在我的杯子前面,也没人赶它,每个人都静悄悄的。佛手缓缓泡开来,杯也厚,不如以往喝到的清香,原来还是潮湿的影响;第二三杯,香味渐出,原来是用压低冲泡的方法,看那水流与茶叶的冲撞,很熟悉的镜头,但镜头背后的原因,却从没认真想过。

这才明白,我们以为的美,是有原因的,而这原因,归根还是"实",这样的水流,是人造的,也是天成的。让茶汤释放得更充分,除了固有的花果香,依次出现了梅花和栀子花的香味儿。真的是熟悉的佛手啊,我自己有这款茶,但很难泡到 Lily 姐这状态,后来和解老师的弟子们聊天,他们笑话我:"这不是应该的嘛,你并没有像别人那样练习几百遍啊。"

第二席结束,满足地伸了懒腰,身体被茶汤浸润,彻底醒来。这时候天已经大亮,净慈寺钟鼓齐鸣,加上几声清脆的响板,真的发现除了关于冲泡的一些小疑惑,整个两小时下来,几乎没有多说半句话,这才感受到"静心"二字的好处——人,是需要一些安静的时刻的。

早上的太阳照着漫天云彩的金边,要说是祥云,倒也俗气了,面对此情景,也没有话可说。席后送客,我留到后和解老师她们打招呼,想说点什么,可也说不出,俗气的客套话说多了,不如自己回家,好好泡一杯佛手。

济公殿里陈设的济公像,雕刻非常灵动,供佛的,不是常见的花束和水果,而是几盆插得极为素净的植物,也是解老师和她的学生的手笔。据说第一天的茶会开始的夜间,泡好的茶,是先行供佛,想来那口茶,更是清香甘活的。

▶ 3

说来有趣,在苏州、杭州印象最深刻的几次喝茶机会,都是外人创造的,茶也并非江南习见的绿茶,莫非真的是外来的和尚好念经,外来的茶人们反而能掌握这些江南美景的玄机?似乎也不是,想来想去,还是江南的绿茶世界过于体系完整,不容易颠覆——但现在的茶世界,早已经突破了绿茶一味,进入更复杂,更多变,更妖娆的体系之中,乌龙茶成了主流,普洱茶后来居上,简单明快的绿茶世界似乎不那么受人青睐了。

但绿茶的明快简洁,其实也未必不好——只是我们没有看到。

最近去杭州喝茶,我大放厥词,说没喝过好的龙井茶,也确实没有喝到过,昂贵的龙井,春天皆能收到,也就是那样;在杭州,去过很多重要不重要的场合,处处皆龙井,处处都号称用虎跑泉水泡龙井,可真的没有多少韵味,传说中的龙井之美,始终没有体会,也不知道是不是茶不够好——同样喝多了茶的主人微微一笑,说,还是你没有喝到绝对正宗的,她神通广大,深更半夜,拖着我去满觉陇,原来很多龙井茶的大佬都不在龙井村居住,反倒把做茶的地方搬到满觉陇,藏在一堆堆的民宿里,也不见惊艳的设计,就是简简单单的做茶的车间。

这位做茶的大佬,名字听过,也知道他家在白鹤峰的核心产区有自己的地盘,这半夜闯进来的地方,是半车间,半待客的所在,他准备好了硕大的杯子请我们喝茶,这杯子,比一般的马克杯还要大上几分,是他自己定制的青花"大茶缸",与现在茶杯越来越小的风气对着来,说就用这个大茶缸来冲泡龙井给我们喝,不过抱歉,最上等的,早在春日就销售完了,现在只有第二等里第一级的,他五十岁左右的年纪,泰然自若的笑容,手掌宽大,远看都能看到那手与常人的不一样,也不知道是不是常年在铁锅里高温压茶的缘故,要知道,那是常人无法忍受的劳作。

我听说过,春茶季节,第一等的龙井,是那种排队抢着定购的,很难留下来,这第二等的也不知道是何滋味,他有点虚无的笑容,放了一把龙井在杯底,然后用少许的热水浸润之,递过来,大声说:闻。让我们把整张脸放在杯口,这时候才知道杯子大的好处,整张脸可以埋进去一般,鼻子全在里面了,龙井的细密的香气,一点都跑不掉,直冲嗅觉系统而来,像进了一个满是奇花异草的花园似的,各种香气纷纷扰扰,一点不放过我们,闻完了香,才冲进去更多的开水,直到大半杯,这时候才开始喝。

这位龙井茶手工制作者告诉我们说,手工做龙井茶的最大优势,还是在于能让茶汤完美,机器做出来的龙井可能好看,更加整齐,但是整个的压力系统的轻重,火候高低的把握,都还是不如手工,手指头,是最精密的探测器,他们家最好的龙井茶原料,一概采用手工制作,我们喝的也是。喝了四五泡之后,大茶缸里的龙井滋味渐渐淡去,但这好滋味,还是不失优雅和甜美。

茶汤整个的告别之姿,像是一位绝美的芭蕾舞娘,跳完了一段最高潮的天鹅湖,气力用掉了大半,走向台侧,不忘记向你随意而动人的挥手。

每种名茶都有自己的绝佳滋味,要努力寻找,才能找到——从此再也不敢说龙井无佳茶,杭州称呼自己为中国茶都,总是有几分道理的。

绿茶世界是江南的主流,这个姿势大概一时半会不会改变,就像我一开始说的苏州园林里提供的20元一杯的炒青,扎实得不能再扎实,普通得也不能再普通,玻璃杯里浸泡随意的一杯绿茶,在江南也是处处可见,我算是行走得多的人,看见的也多:在江南拥挤而浓绿的公园世界里,在小镇破旧而喧闹的棋牌室里,在工业区嗡嗡作响的大车间里,在上海密密麻麻的格子间里,人人都在冲泡着绿茶,那些普通的,喷香的,新鲜的,干香的绿茶在热水的冲击下,缓慢升腾,开始舞蹈,随即飘出一点渺茫的香味儿,支持人们一天的精气神,是最日常,最体贴的。

这大概是人们最习以为常的江南茶之风景。不过江南的茶世界,永远不是封闭的,不是单一的,也远远不是停滞的。最近看一本苏州文人周瘦鹃的文集,里面提到抗战时期的上海茶事,说有人请他喝精致的水仙,也是乌龙茶的一种,先是起炭火,放置炉中,然后水滚后,烫精致的青花小茶杯,塞满了水仙的小紫砂壶倒入滚水一会儿,茶汤就迫不及待冲出来,一杯杯喷香的茶汤再递到每位客人的手中。一边看一边充满了惊奇的喜悦,原来八九十年前,上海的茶事已经有此样貌,和今天的茶事相比,一点都不逊色。这翻书瞬间的一瞥,让我明白了江南的茶世界,在某种程度,也是中国的茶世界,一刻不停地变化,只有变化,才是本质——已经延续了几千年的茶汤从来不是一成不变的。

一个蓝色名字

庞 培

　　1989年11月,我在县城的工人文化宫四楼教室,开办了一个辅导和传授现代诗写作的"诗歌班",我的课程只讲当代诗歌,为期三个月。在其中的一节课堂上,我把史蒂文斯的名诗《雪人》抄写在黑板上,和同学们一起欣赏、赏析、做深度的交流。这首诗如此深入人心,仿佛亘古以始,即已以一种语言的形式存在于天地间。1989年,距离今天有多少年?此刻想来,我几乎是无意识,或下意识地从我本人有关诗歌经典的记忆库里首选出来这首。我可能还是全中国最早把史蒂文斯诗作作为范本带入课程讲堂的讲师,虽然我的学校老师身份临时,且十分业余。当年,1989年,史蒂文斯的情况是这样的:有两首诗在中国的文学界和一般诗歌读者那里被广为人知,其中一首是李文俊教授译的《观察乌鸫的十三种方式》,另一首就是《雪人》,人们谈论史蒂文斯,都在谈及这两首诗,两首诗也都有离奇、晦暗、奇迹般的抽象外貌。这两首诗中的抽象意味恰好从哲学和美学层面上,满足了当年中国的知识阶层对于西方现代派作品的深度饥渴和想象。我当时并不懂史蒂文斯,但凭直觉敏锐意识到这首诗在现代诗版图上的卓然独立。诗人们在一起,有些更深入、内行的史蒂文斯读者,有时还会除上述两首诗之外,再进而讨论到他的另外几首名作,都是西蒙和水琴译本。例如:《星期日早上》《冰激凌皇帝》或者别的。再进一步,少数的几次场合,有人会称赞他的《弹蓝色吉他的人》,多用一种羞赧口吻,然而,我清楚地记得,绝无一人,当年,在我面前论及过他的《最高虚构笔记》。更无一人会论及诗人的生平,基本风格特质,他对中国的感情,尤其是,对于东方禅宗思想的长期浸淫,那是被毕利神父称誉为"亚洲精神高峰"的禅宗(吴经熊《禅学的黄金时代》,台湾商务印书馆,1969年版,第281页)。还记得,作为夜校的讲师,我介绍史蒂文斯,只有一般最浅显意义上的内容,似乎,跟几位世界级诗人相

华莱士·史蒂文斯

仿,一生写作了几十首好诗罢了,完全没有意识到这名诗人对于我们,对整个世界意味着什么。似乎作为一名见习的导游,我和游客们谈论大海,提及神秘的海洋文化,却从没去过海边一样。

我讲析完《雪人》,就把史蒂文斯丢在了脑后,一丢就是十几年。这十几年,也跟诗人在中国传播的荒凉寂寞几乎同步——直到陈东东、张枣编,陈东飚、张枣译的那本诗集(错别字较多)于2009年3月,由华东师范大学出版社出版,名为《最高虚构笔记——史蒂文斯诗文集》。这也是继西蒙和水琴译本面世将近二十年之后,中国境内出版的较为像样的第二本他的诗集。可见,诗人张枣在史蒂文斯诗歌于中文世界的深度推广方面,长期以来,一直在做着很多默默无闻的工作。

这二十年,比史蒂文斯远为热闹的是:米沃什、布罗茨基、俄国"白银时代"四诗人,还有不同间歇期的博尔赫斯、沃尔科特、里尔克、罗伯特·弗罗斯特以及那名古怪的瑞典老头特朗斯特罗姆,等等。

在20世纪80年代末,在一纸风行若干年后,史蒂文斯快速进入其诗性表达在中文世界的沉寂期,仿佛一大片被人遗忘的原始山林这一现象本身,如今想来,其实颇耐人寻味。这可能跟中国诗人们,包括中文现代诗的读者本身的境遇、缓急、阶段、兴趣和立足点相关,更与他们在世界文化进程中的角度和角色的命运感相关联。在进化论(如果存在进化的话)的某个层级上,人们想起了庞德晚年的那声著名的感喟:"……理想力来得太晚了!"

抵抗惊吓的经验或有其功能,即将某一事件安置在特定的时间意识里,但代价可能是内容的支离破碎。

——本雅明

显然,华莱士·史蒂文斯是那种和人们意愿中的诗歌(以及功能)格格不入的诗人。至少,是和一般所谓的诗歌美学相去甚远的诗人。似乎,他常常逸出人们的眼界,根本就不屑于待在诗歌通常所在的地方,例如:抒情、叙事、同情,共感。他彻底清除了一般诗歌的情绪流,废除或重塑了屹立在世界面前的一个诗人的传统角色,包括其心跳、呼吸、口吻、履历表。既非言志,亦非达情;从不现实,更无日常。因为:"诗的影响会波及语言、感受性、社会成员的生活方式,一个社区的全体成员以至整个民族,不论人们是否阅读和喜欢诗。"(艾略特语)如果他在中文汉语中一度很冷清、落寞,那么,这也一定包括了诗人对自身可能的落寞的清醒认知、审美定位。就像高山,他自行选择了那大片背阴朝阳的坡地峡谷作为森林。在这个星球上,史蒂文斯发明了某种纯大脑的、朝向尘世和天堂的冥想。他是20世纪的第一冥想大师。中国学者李海英,著有研究其创作生涯的专著,她给这部书稿题名为《伟大的尘世之诗》。问题在于,诗人一定程度上的落寞、冷清本身也可能是其虚构或冥想的一部分,是他伟大激情的必然阶段。这么多伟大的西方诗歌,在如此汹涌激荡的中文现代诗的年代里,个个都理应进入渴望新生活的中国的千家万户,他们经过越来越专业、精深的翻译之后,也的确越来越如日中天,广为人知了。而唯独华莱士·史蒂文斯像个语言的、西方来的隐士,在华丽现身之后,竟然保持了如此低的关注度达二十年或者更久,这绝对是——在现代中国,一个诗歌大国——一个不世出的奇迹。好像一个亿万富豪,一夜之间甘为穷人似的。而说及史蒂文斯像一个语言的隐士,的确如此,他的诗不仅在冥想,在理念方面,在作品的不同阶段,也具有某种繁华都市的山林的隐士气质。正如让-吕克·马里翁所言:

真正的画作逃避在它上面签名的人,同样也逃避凝视它的人。……如果说粗俗之物没有给神圣性提供更好的圣龛,那么美好之物却可能会把自己变成屏幕。

那么,在遥远的东方,史蒂文斯是在部分地逃避他的诗的象形文字读者吗?他要求什么样的(同样具有隐士气质的)读者,才有可能部分追踪到他在山林中筚路蓝缕的神经触须、神秘足印?他在自己的诗歌中设置了哪些密码暗语?用学者的辨识来说,他的"轶事思维"?他试图用文化发生学上的"轶事"来替代传统经典的"神话"世界吗?或者,换句话说,神话是有的,存在过的,但现代人类早已告别了神话,进入了诗人称之为世俗"轶事"的时空阶段？无疑，在诗人的笔下，世界秩序早已发生了根本性的变化。他的诗歌是在描绘这种变化，试图勾勒出心灵和激情的新图景，进而勾勒出这种激情的未来。诗人总是遥想不可能的生命存在。他身上的美国特质决定了这一点。不是吗？在 1900 年的地球上，史蒂文斯这样的诗人，难道可能出现在德国？丹麦？俄罗斯？英国？意大利？难道可能出现在波兰？伊朗？土耳其？罗马尼亚？匈牙利？捷克？波兰？难道会出现在战火纷飞的中国或日本？什么样的国度和土壤，才有可能孕育出类似华莱士·史蒂文斯这样"纯粹善"的心灵一颗？的确，对其进行完整的描述，这是后人的事业，但有些初级的特征，我们约略也可率先获取一二。首先，诗人生活属于一个断裂的时代，按照俄国诗人勃洛克的说法，这个时代同时包含了"开端与终结"。这个时代的主要特征是全面的危机和激烈的变革。这两个时间的并置，使得我们可能直观呈现出诗人的个性形成的历史土壤和精神环境：它们同样结合了上述的"终结"和"开端"。他因而成了美国，同时也是世界诗歌最具决定性的那一时刻，那一类特质的中心：时髦而又狂野；优雅并且时尚。他仅凭一己之力，加强、加深了世界文学中的冥想的深度。为此，诗人进入了人类历史最黑暗的世代层次。他经历了"一战"、"二战"，但从不写战争。他听凭头脑中想象力遨游，但从不旅行。他十分怀旧，但从不叙事。他精通各种现代乐器，但从不当众演奏。

人应当以此来创造历史。用康德的词语说，这是"预告性的人类史"。在《重提这个问题：人类是在不断朝着改善前进吗？》一文中，康德说："人们渴望有一部人类史，但确实并非一部有关已往的，而是一部有关未来的时代的历史，因而是一部预告的历史。"它这里所涉及的就不仅仅是人类的自然史（未来是否会出现什么新的人种），而是德性史了。

巴赫金曾在《陀思妥耶夫斯基的诗学问题》中提出"超视"与"外位"的时空与内外辩证关系。"所谓的'超视'，就是我独一无二的存在位置的时空范畴，我组构了这个世界。对我来说，这种凭借时空范畴的对世界的组构是独一无二的，没有人能够居于我所在的位置：没有两个人的身体能够同时占据同一个位置。这被称为'位置法则'。但是，鉴于其他人的存在也具有独一无二的位置，因此我的存在中的这种唯一的位置是大家共享的。所谓的'外位'，就是他人眼中的'我'。"确实，诗人与读者之间的关系就如同自我与他者一样，二人都拥有自己的"视觉盈余"，能够看到彼此看不到的事物，自我与他者之间横亘的"墙"是无法被打破的。

"看到神灵消逝于苍穹、像云那样消散，是伟大人类的一种经验。"史蒂文斯在其《笔记》中说："不是说他们仿佛穿过天际消逝一个时期，也不是说他们仿佛已被其他更具有威力与渊博知识的神灵所征服了。事实仅是他们走向了虚无。因为我们已与他们分享了一切并已具备他们力量中的部分，当然还有他们全部的知识，同样我们也分享灭绝的经验。这是他们的灭绝，不是我们的，它将我们撒在这种生活方式中，我们，也，已经被灭绝了。它让我们感受到被逐出、置身荒野中的孤单，就像没有父母的孩子在一个沙漠般的家中，在一个房间墙边都装饰成乌铂那般坚硬并且空空荡荡的家中。最不同寻常的是，他们没有留下任何纪念物，没有王座，没有神秘戒指，没有属于大地的文本也没有属于精神的文本。就像他们从未在地球上居住过。"

江南雅集

朱 晞

江南,一座古色古香的小院,主人精心安排雅集,纪念先人。本来《阳关三叠》暖场,渲染君子之交淡如水的况味,再一曲《忆故人》勾起大家的思念之情,却因为选错了人,找了一位不读书的名家,让主人顿时处于十分尴尬的境地,完全变了味道。

《阳关三叠》结束,这位仁兄上台,却要弹《酒狂》,一摸琴弦,准的,就开始三拍子飞舞起来,几声音起,弹到五弦,突然感到音不对,秃头上顿时大汗淋漓,弄不下去了,只好草草收场,众人哑然,原来主人精心设计的氛围,荡然无存。

原来,《酒狂》是正调,《阳关三叠》是蕤宾调,蕤宾调是在正调的基础上紧五弦,即升高五弦半度,《阳关三叠》本来准的,不调低五弦就弹《酒狂》,便不在调上了。《酒狂》一曲大部分围绕五弦开展,五弦是主要的音,所以,再大的本事,也弄不了的。

主人想风雅,名家想喝彩,因为《酒狂》实在太抢眼,大家都喜欢,每每一弹,不懂的也觉得来劲,掌声雷动,是何等的耀眼,至于主题是什么,不在他考虑的范围。

李宝嘉《官场现形记》第十六回说:"只要人家拿他(鲁老爷)一派臭恭维,就是牛头不对马嘴,他亦快乐。"只是苦了这位主人了。

这样的雅集,现在各地风起云涌,每月一次,乃至数次,隔三差五轮流献艺,学术不交流,技术不交流,思想不交流,没有什么质量,也没有留下什么,留下的只是与会者以后的资历。年轻模仿古人,欲求风雅,倒是情有可原。

排排队,露个脸,拍个照,打个卡,下回再集,这种活动冠之名曰文化,是耶非耶?反正我是觉得真心不好玩。

古代,在历史长河中,往往被后世文人一次次地回忆、想象而重塑。纤巧柔美的叙述,古代文人的生活似乎一直在春天里。这些文人的生活,现在不停地被今人模仿,什么宋韵文化,文人雅集,现场版、沉浸式,林林总总,可是,想象与现实完完全全是两回事。近期,随着年岁的老去,倒是常常想起稼轩之句:"醉里且贪欢笑,要愁那得工夫。近来始觉古人书,信著全无是处。"不过,其实也不应该怪古人,要怪的,是那些东施效颦的。

在古代,雅集,一帮趣味相投的文人,奇文共欣赏,喝酒,写诗,后续补序,或者再有画家,图以记之。三五成群,疑义相析,历史上著名的雅集,兰亭雅集,西园雅集,传为千古,至今为人乐道,但这样的活动仅仅一两次而已,一二千年来,除了兰亭雅集,西园雅集,能为后人记得的,大概还有玉山雅集,但玉山雅集乏善可陈,除了吃吃喝喝,各人写诗,尽管搞了几十次,也没有留下什么脍炙人口的作品,除了那几个名人,现在大部分人也记不得他们干了什么,只知道主人有钱。

所以,雅集只是在对的时间,对的人物,对的空间,偶尔流光溢彩。这样的雅事是不可重复的,偶尔自然乃佳,重复从来就是一个陷阱。

钱谦益《瞿少潜哀辞》中说:"世之盛也,天下物力盛,文网疏,风俗美。士大夫闲居无事,相与轻衣缓带,流连文酒。而其子弟之佳者,往往荫藉高华,寄托旷达。居处则园林池馆，泉石花药。鉴赏则法书名画，钟鼎彝器。又以其闲征歌选伎，博簺蹴鞠，无朝非花，靡夕不月……"陈继儒纂《(崇祯)松江府志》卷中说："席必备列方圆蔬果之外，桌榼围碗，添果时蔌；遇公宴，上司乡绅，醵分器用，靖窑肴菜百种，遍陈水陆；选优演剧，金玉犀斝，递举行觞，或翻席复设于别所，张华灯，盛火树，流连达曙，俗贫而示之以侈。"

奢靡之风扑面而来。

从明朝起，江南文化基本上就是以市井为主的文化，唐伯虎、陈继儒、李渔诸辈皆如此，为生意而服务的如过江之鲫，文震亨的《长物志》、高濂的《遵生八笺》、李渔的《闲情偶寄》、计成的《兴造论》等，他们所论述的鉴赏观念，以及他们举行雅集、隐居、赏曲等各种文化活动，推波助澜，主要在古物、家居、园林、戏曲方面。在欣赏的自娱中安放自我，追求怡人的精神享受，完善独立的理想人格，对于物，"可用"与"不堪用"这类"断舍离"式表达，值得关注。但冠之于倡雅绝俗的名义，还是掩盖不了奢华靡费、吃喝玩乐的虚假。把表面当成真实，把想象当成现实，我们的目的又是什么呢？

再说，焚香布席，学古人，很容易，但是人呢？没有那些人，实在是不可想象。

人实在是太重要了。雅集对于主人如此，客人也如此。古代王羲之、苏东坡、倪云林等，是构成这几次雅集的关键，这些人宏伟而高远，都在"文"与"艺"的追求中安放自己的心灵。在他们身上都有一种"士"的气韵。达则兼济天下，穷则独善其身，心有安处，这样的人太少，芸芸众生，是古人生活存在的真实性。

说到古琴，古琴能悦耳怡神，亦是"观己"的存在，明徽王朱厚爝编辑的《风宣玄品·鼓琴训论》云："尝谓'琴者，禁也'。禁邪归正，以和人心。是故圣人之制，将以制身，育其情性，和其天倪，抑乎淫荡，去乎奢侈，以抱吾道。此琴之所以为乐也。凡鼓琴必择净室高堂，或升层楼之上，或于林石之间，或登山巅，或游水湄，值二气高明之时，清风明月之夜，焚香净坐，心不外驰，气血和平，方可与神合灵，与道合妙。"明《溪山琴况·淡》中，作者徐青山认为："夫琴之元音，本自淡也，制之为操，其文情冲乎淡也。吾调之以淡，合乎古人，不必谐于众也。每山居深静，林木扶苏，清风入弦，绝去炎嚣，虚徐其韵，所出皆至音，所得皆真趣，不禁怡然吟赏，喟然云：吾爱此情，不绿不竞；吾爱此味，如雪如冰；吾爱此响，松之风而竹之雨，涧之滴而波之涛也。有寤寐于淡之中而已矣。"

以清净和淡为美，发思古之幽情，精神上的自娱自足，此心可安，古琴应该是这样的。

江南草木滋润，山水清冽，苔痕上阶绿，草色入帘青。有说不尽的财富，可供大家消遣，真正的古琴不可能轰轰烈烈，也不可能悄然而去，寻根之旅，何以能臻？

记得苏东坡《记承天寺夜游》：

元丰六年十月十二日夜，解衣欲睡，月色入户，欣然起行。念无与乐者，遂至承天寺寻张怀民。怀民亦未寝，相与步于中庭。庭下如积水空明，水中藻、荇交横，盖竹柏影也。何夜无月？何处无竹柏？但少闲人如吾两人者耳。

自娱自乐，一二人，三四人而已，想起断舍离，某种意义上，物或许不可以断舍离，人，古人从来就是断舍离的。

徐青山在《溪山琴况·和》中说："其有得之弦外者，与山相映发，而巍巍影现；与水相涵濡，而洋洋徜恍。暑可变也，虚堂凝雪；寒可回也，草阁流春。其无尽藏，不可思议，则音与意合，莫知其然而然矣。要之神闲气静，蔼然醉心，太和鼓鬯，心手自知，未可一二而为言也。太音希声，古道难复，不以性情中和相遇，而以为是技也，斯愈久而愈失其传矣。"

于是，一杯茶，一枝花，一幅字，一本书，一曲琴，一张画，一支香，一阕词，春之语，夏之风，秋之月，冬之雪，择净室高堂，或升层楼之上，或于林石之间，或登山巅，或游水湄，值二气高明之时，清风明月之夜，焚香净坐，心不外驰，气血和平，与神合灵，与道合妙。与自然相会，调素琴，阅金经。无丝竹之乱耳，无案牍之劳形，一二知己，静静地享受着含蓄与弦外之音，渊深在中，清光发外，心手俱忘、回归自然、天人合一，像苏东坡那样，或许便是雅集真谛。

梦里花开，期待这样的江南雅集。

余味

那 海

1
倘若与上千朵花交错开放,然后不知不觉中消失、凋零、枯萎。

这场去了西泠桥畔苏小小墓回来后的梦境。至今还惊心动魄。

2
傍晚时去山中。

丹桂,银桂,苎麻草……暮色四合,中天竺有着浓得化不开的草木香。想喝一杯司空图《二十四诗品》中的"碧山人来,清酒深杯"。

3
深秋。微雨。站在断桥上,满目残荷。

边上的亭子里,有女子在唱越剧《陆游与唐婉》曲段:"浪迹天涯三长载,暮春又入沈园来。"

戏剧真是一个道场。

把"世事一场大梦,人间几度秋凉"淋漓演绎了一回。

4
四月一日,访隐者王静村先生,年八十二矣。神情矫然,言论有味。历数平生交厚中,有翰墨雅致者,诸滤湖、项少岳、项墨林、姚玄鹤、沈少湖、张翼庵、张樵溪,皆已凋落。衲子泽东、溪谧、定湖、黄冠王雅宾、山人吴玄铁,亦相继殒没。此老独存,怅然无交,闭门对庭梅索笑耳。尚能细楷如蝇头。……

摘录李日华这段《味水轩日记》。窗外正月光简淡,树影参差。

5
酷暑。午间,赴吴山古玩市场,购得老纸若干,古梅园墨两条。

夜深磨墨。临魏晋小楷。"作字甚敬,读书便佳。"

那时的人啊,一下笔,就是温良恭俭让。

6
想到《长生殿》。"只为霓裳乐,在广寒,羡灵心,将谱细翻。"

与这部书一起流离的,是未知的韶光,月牙色绸缎上的花纹。以及,浸满江南水分的欲唱难休的断肠般的绕梁乐音。

"尘凡旧谱,不堪应命。……偶然追忆,写出一本在此。"

7
盛夏,江南繁密的水草。日光令人晕眩。人一犯困,思虑就安顿下来。

陈老莲画中仕女所簪,可是这旧日之荷,以及,那一朵,

——"庭下牡丹,雨中开了一朵。"

8

孤山夜探梅。

萦绕的是《无量寿经》中的经句：遍布万种温雅德香。

9

究竟是怎样的机缘，在陶渊明在李商隐在陈继儒的诗文里，那冷冷的蜡梅香，正将东篱染黄。

10

在梦里，他独自而来，来看我。

犹记他暮云般的一瞥。

这个总让我置身在那个黄昏，夜不曾袭来的少年。

为了这场相遇，那些读过的书，都是一个个可靠又不可靠、徒劳又不徒劳的明证。

11

曾有过这样的时候。它汹涌着裹挟着我们跌入无限的寂静之中。

在亦步亦趋的情欲袭来，那个剥落伤口血痂的人啊，只是试着读取你荒寒深处的炽热。

12

关于深夜我所知甚少。

多年来，我疲于琐碎，习惯于寡淡的兴趣，在夜深，用温热的手抚触一本书。

我只是夜的旁观者。

我惊讶于它的芳香与稠厚。

13

她心中有灿烂云影。

芭蕉掩映的小窗，窥见她案头的牡丹、香炉、桃子。

我曾读过的种种，都窥见她的影子。她在诗经中巧笑倩兮，美目盼兮；在西厢记中羞答答怎生觑；在牡丹亭中情不知所起，一往而深；浮生六记中，她正拔钗沽酒，不动声色……

14

借着和缓的芭蕉叶子到达——薄而柔软，一个令人安心的尺度。

夏日不比生命更长。

我听见人们在低语：

每个人都会活到让夏天疲惫的那个夜晚。

15

赴绍兴。见徐渭《墨葡萄图》。"半生落魄已成翁，独立书斋啸晚风。"如遇旧友。上一次看到它，是在故宫文华殿，吴昌硕大展，戊戌初夏。

傍晚去了咸亨酒店。臭豆腐、牛肉、梅干菜，几盅绍兴黄酒，便以为徐青藤也正在身边大醉。

16

在我们不太擅长的记忆中出现了那枝桃花。

它长在山林间，花团锦簇。

这么多年来，在恽南田《桃花图》轴中，在唐寅的桃花诗里，在陈老莲《隐居十六观》"何事生多恨，春闲便看桃"里，它含烟带雾，犹记采摘那日凌晨的露水。

17

暴雨过后，潮湿的湖上，混合着润泽与光亮。将黄昏的天空染成玫瑰色。

这无法追回的冬日黄昏，将隐没在一切物象中。

就如最清冷的丝绸上，密密的针线，绣着的是绵延的心迹。

18

抱朴道院门口那只午后的猫，

不知这是葛洪修道处。

自顾自地躺倒在衰草与光阴深处。

19

上天竺法喜寺，五百多岁的白玉兰开了。

如诸神出场。

去求姻缘的人,拥挤着如繁花。

待到紫藤花开,周围开始欲言又止。

20
湖山烟雨,拥书万卷,诵习之余,漫兴写此。午后在浙江博物馆,见到癸巳年黄宾虹之笔墨。其时他年九十。读画的人忽觉此身如置万卷书中,湖山烟雨弥漫,此中美妙,斯世当别无所求也。

21
河坊街的市声,傍晚时读的书,午夜的雨声。以及,终于等到万青民谣新专辑《冀西南林路行》:

听雷声滚滚,

　他默默闭紧嘴唇,

　停止吟唱暮色与想念,

……

　他起身独立向荒原

……

22
桂香隐约。步行去延安路一家美术馆观看"阿多尼斯的复数"画展。

购阿多尼斯新书《桂花》。

签名时,老爷子一脸和气,谦卑得让人惶恐。

"当我朗读完这段故事,我看到佛陀,毫不意外地,正如我们所知的那样笑而不语。"他的诗句。

23
初夏,友人寄来白玉枇杷。

这是沈周爱的枇杷。在题画诗中,它正"蜜津凉沁唇……天亦寿吴人。"齐白石眷恋此味:"曾遇白沙谙此味,始知人世少枇杷。"

生在江南,我没有错过书画诗句里的美味。

24
日影西斜。在凤起路一楼小院落,翻读着刚买到的颜真卿大展图录,做了一份芒果糯米团,中午洗净的衣被尚未晾干。

隔壁老奶奶在煮番茄汤。她家里挂满婚纱照,从十八岁开始。她现在八十二岁了。

而住在凤起路,也已是三年前的事情了。

25
上巳日。过古石佛院。一个隐没与近乎废弃的旧址。在明代李日华的日记里,古石佛院曾是多么鲜活的地方。

而那个晚年流落在马塍路破旧草屋,写过"二十四桥仍在,波心荡,冷月无声"的姜夔,会不会想到如今此地,仅仅剩下一条狭窄小街的名字。

只是今夜的月色啊。路过的人都抬着头。

26
柑橘花香的夜晚。这么多年,迷恋这种味道,总想以芸香科的花制作一款香水。已是壬寅初夏了,这事还在想象中。

27
这是一种在生活中游荡的东西。

当故事常常无疾而终,你知道,言辞与性情之间瞬间迸发的轻盈多么重要。

28
这几日突然转冷,湖边凋零的白玉兰误以为要再开一次,在料峭中再次应允时序的暗示。

《徒然草》里记:"余于此世已无羁绊可言,唯于节序之推移未能忘情耳!"

29
带了苹果,水,烤面包,去净慈禅寺看雷峰塔藏经特展。

宝箧自千秋。经卷古拙沉穆,释放一种奇妙而神秘的清净感。

出得寺来,见夕阳下西湖边一树枫杨,如银灰色的浮雕。

这样一个日落的记忆,让你走不出时代的边际。

30

以为是"秋风生渭水,落日满长安"(贾岛《忆江上吴处士》)。早上重读,才知是"落叶满长安"。

便有"推敲"之感。因为此时还在"落叶满长安"与"落日满长安"中难以自拔。

31

黄庭坚对自己绍圣元年以前的草书不满意。他对好友惠洪说,自出峡,见少年时书,便自厌。《山谷题跋》(卷九)亦云:"余在黔南,未甚觉书字绵弱,及移戎州,见旧书多可憎,大概十字中有三四差可耳。"

1548年,文徵明七十八岁。"余有生嗜古人书画,尝忘寝食,每闻一名绘,即不远几百里,扁舟造之,得一展阅为幸。"

《读画录》记陈老莲云:老莲"拓杭州府学龙眠七十二贤石刻,闭门摹十日,尽得之,出示人曰:何若?曰:似矣。则喜。又摹十日,出示人曰:何若?曰:勿似也。则更喜"。

书画之道,意幽无穷。妙在似与不似之间。妙在自省。也妙在过眼无数,方有"无处不可寄一梦"之感。

说起来,所谓书画之道,也就是如何顺应天地万物,遵循内心法则,写下心迹了。

32

就这样坐着,翻一本书,或者发呆。外面是浩荡春风。

"多言数穷,不如守中。"

33

有时画家只是兴之所至,绘出紫薇重重花影。

万物不可神遇,亦无法形求。

我为此谅解了一切。

34

远山青黛,桂花已开。精力有限,唯一奔赴的是去秋山见柿树。

就如在无数个松针落在地上都能听得清楚的暮色时分,有时渴望某种生活,突然陡峭的内心。

35

疫情在家时间久了,看到平山郁夫先生在自传中所写句:"想当年,从北京坐火车到兰州,又从兰州经武威天梯山,再从酒泉、嘉峪关,在沙漠上沿着祁连山,向敦煌日夜驰行。"把这行程读了一遍又一遍。

36

多么简单的一个事实。

她孤身站在桥上,身边金黄的银杏叶飘落,一如梦中黄金般的沉默。

他说:

"因为此地是妆台,

不可有悲哀。"

37

一阵风起,单薄的故事总先被带走。

38

《世说新语》中有一则,说的是王孝伯问其弟王睹:古诗中何句为最?

其弟沉吟未答。

王孝伯说:"所遇无故物,焉得不速老。"此句为最。

大雪弥漫。宗泐大师(1318—1391年)与友人相聚。

"坐久忽忘言,芳梅照寒席。"

人世间的梅。此句为最。

夜 游

祁 媛

  我比预想的时间提前地来到了这个南方小镇。一下车，就被充满湿气的夜幕包围。走过一片平地，来到一个舒缓的斜坡，人站在斜坡上，感到眼前的事物也歪斜着。天气有些闷热，我仰望着尚未出现星辰的夜空，身上已经开始湿漉漉的。路旁树丛中盛开的栀子花的芳香飘了过来，瞬间就消失在夜霭中。

  眼前的建筑是一幢古旧的木质两层小楼，墙壁早已被日晒雨淋而显痕迹斑斑，阳台上的扶手也被熏得发黑，这幢小楼大概有上百年的历史了。就外形上看，这幢楼和周围的楼没什么两样，在江南常常可以见到这种明清时候留下来的建筑，虽然古旧，却保留着质朴的韵味。灯影朦胧间可以看见雕花的门窗和屋檐的石刻，有着精美的造型轮廓，我仿佛模模糊糊地看见阁楼上站着一位美人，描着眉，画着红唇，身上的衣服料子却是暗色调的，她在看着空气中的浮尘。

  这幢楼下面的小卖部倒像是新开的，里面的货架空空荡荡，只摆着少量的香烟和饮料，一个烫着中长卷发的中年妇女正趴在收银处发呆似的看着空中，虚空的表情。小卖部门口有一部卡通摇摆车，荧光灯在一圈红一圈绿地不停闪烁着，摇摆车周围摆着几把椅子。椅子上坐着两个人，一个是身穿咖啡色外套的老妇，手里捧着装满毛线的纸袋，正织着什么。另一个是穿着整齐的中年男人，他看着前方，像一尊石像似的一动不动，手里紧握着一瓶白酒，这两个人都没有看我一眼。他们对我这个显而易见的外地人并没有什么好奇心。在这个陌生的小店，我刚买了一瓶可乐，正要付钱的时候，门外冲进来一个不到十岁的小男孩，那个男孩仰着头，对老板娘说，我也要一瓶可乐，老板娘看了他一眼没吱声，小男孩继续说"我没钱"。老板娘连眼皮也没抬一下，就转眼接着看电视上的什么连续剧了。我看着那个小男孩，他穿着整洁，神态没有什么不正常的，小男孩也看着我，忽然非常晴朗地笑了，嘴里快速地重复着刚才说的"我没钱"，"我没钱"，"我没钱"，像是在说顺口溜，然后一转身就跑出门外了。

  这个小男孩让我想起了自己的小时候，从小我就渴望流浪，完全不知去哪儿，也无所谓去哪儿，离开家乡就好，并为此筹备。我从母亲的钱包里偷过钱，每次不敢偷多，也就一两毛，因为偷多了总要被发现，最终我攒到了大约快十元钱的旅资，足以让我想入非非了。我把它们放在一个正方形的小月饼盒里，还有平时我积累起来的各种财富，像母亲不要了的塑料耳环吊坠，玻璃弹珠，喜欢的那套花仙子贴纸，发夹子这些。我不敢藏在家里，感觉父母会很轻易地就发现这个月饼盒，于是把它埋藏在屋外街边的那棵大泡桐树下，当时我认为埋得很隐秘，但心中忐忑，埋下去不到五小时后又跑去挖它出来，毕竟那对当时的我来说是一笔巨大的财富啊。不幸的事情到底还是发生了，宝藏不翼而飞，这让我黯然神伤，流浪梦受到重创。很多年过去了，我还是没有真正去流浪过，日复一日地过着和大多数人一样的都市生活。

  潮湿的路面微微反射着路灯的黄光，街道蜿蜒地朝南向北延伸，路面呈上下左右弯曲高低不平的情况，等钻进小巷子里的时候,视线就几乎全暗了下来。路边突然蹿出一只猫,并发出了一声嗷叫,把我吓了一跳,我注意到猫通体干净洁白,不像寻常是流浪的野猫。那猫看见我也仿佛吃了一惊,就地打了一个滚,头也不回地溜了。在狭小交错的小巷子之间绕了一阵子,犹如走在一个陌生的迷宫,每条小巷都像树枝一样四处伸展,彼此之间又像念珠似的紧紧连成一串,既没有统一性,也没有中心,大概从来就没有过。唯一可以确信的是,这个迷宫是可以走出去的,我于是放心地在其中穿行了。巷子很窄,弥漫着各种混杂的味道,南方空气里有其特有的湿润的气息,空气里还有很多我分辨不出来的气息,也许有男人刚刚开封了的黄酒坛子,有女人用的花露水,有婴儿用的爽身粉,有老人用的硫黄香皂,有路人抽的香烟,路边植物散发的泥土味,还有各式各样人的气味,这所有的气味最后混合成了一股味道在我的鼻腔中扩散开来。

走出巷尾,即来到一条比较宽阔的马路,再往前走就是湖边了。落叶在我的脚下,静悄悄,不出声,踩在上面的时候,它才发出了一些声音,我突然觉得我在打扰它,惊醒了它,心中隐生愧意。对于自然,人好像永远是多余的。一个男人正站在路边对着湖面发呆,路灯给予了他长长的影子,他的背影和他的影子一样在沉默着,他眼前的那片湖水是属于他的世界,他在想着他自己的事情。我能想象欢畅的波纹将水底的石头变幻成奇怪的破碎了的各种形态,每次的变化所形成的图案都是唯一的,不重复的。我想到一层一层的湖水激起的浪花,永无止息的永无重复的浪花。

我在一个歌手地摊前停了下来,寥寥几个观众,多数都是女孩,坐在江边石头矮墙上,心不在焉地一边玩手机,一边听着,有时还拍几下巴掌。那吉他手轻轻拨弄开来那几根弦,轻轻地哼了起来,然后稍微高了起来,但也高不到哪里去,就在那个调门上稳住了往下唱,可唱唱就忘了词了,吉他手面露尴尬,但同僚在旁似是而非地提醒着鼓励着,所以又可以使那歌手断断续续地往下唱。

旁边的游客走来走去,没人停下来,人群中,有的手执棉花糖,有的正用彩色吸管喝着奶茶,有的互相调笑打斗,有的似有心事慢悠悠地在那闲溜达,有个母亲正在埋怨孩子什么,忽然从什么店铺门口传来了烧酒的叫卖声,此时,从另一个方向的河面上,又晃悠悠地行来几艘乌篷船。

空气清冷起来,细雨中的路灯像醉了在那摇晃,街道空荡寂寥,我放慢了脚步,暮色中,我看到了一家茶馆,古色古香的茶馆入口处挂着一些红灯笼,浓郁的红色照明灯光把周围的石墙和绿树也照红了,有点血色茶馆的味道,来往的游客笑吟吟地站在红灯下合影,他/她们在融融红光之中显得楚楚动人。正欲进去,门边的服务员已殷勤迎来,和悦地道了晚安,并轻声让我跟随其后,穿过花木繁密幽深的窄道,来到了一间灯光明亮的大厅。大厅空荡,我随意挑了一张离表演席最近的座位坐下了,要了一份碧螺春。

走了半天,难得坐下来享受这安详舒适的时光。服务员递来一份评弹曲目单,有上百首吧,价位自八十至两百一首。浏览几圈,我脑子还是空的,对那些曲目没有一点概念。这时一男一女已经分别登台,两人的年龄均在三十岁上下,男的长衫是橘黄色缎料,女的旗袍则是柠檬黄。两人抱着琵琶和三弦坐下,男的对台下仅有的几个人说了个开场白,他俩能如此从容应对这空荡的大厅和萧条的生意,着实不简单,恐怕也早就习以为常了,我反而觉得有点不太自在。

开场白之后,先免费献上一首《紫竹调》,吱吱呀呀地弹唱完毕之后,两人便在屏风后面脱下各自的外套,等待顾客点下付费的节目了,于是我点了《潇湘夜雨》,是《红楼梦》里林黛玉一个人在潇湘馆里感怀身世的一段戏。两位演员见了我点的曲子,即夸赞品味不低,继而从容自若,弹起来了。那第一个弦声空旷动人,我想我是很容易被某种氛围所影响的,忽然莫名地有些伤感起来,当然我没显露出来。

很多年前也是在这样的季节,也是在雨天,所不同的是那天的雨要更大一点,我为了第二天要考学,当天夜晚住在一个表姑家里,表姑的家里也是住在城市的郊区,要穿过很多像这里一样的小巷,我独自睡在她们家用木板隔出的阳台上的小房间,独自听着窗外稀稀拉拉的雨声,看着自己的身形在玻璃窗上映出的另外一个人形,那个晚上的我和今天晚上的我显然不是同一个人了,但是心情又是

祁媛 《N城局部之二》

惊人的相似。我又想起我的表姐,她在十五岁以前曾经非常的美丽,但是后来因为生病吃了一种含有激素的药,迅速地变胖,完全失去了以往的秀气,再见到她的时候,已经结婚生子,身材奇迹般地又恢复了往日的苗条,但是怎么看都和从前没关系了。我很纳罕为什么想起这些不相干的琐事,想到那些少年时的旧梦,也许有一种称之为氛围的东西是很容易叫人回忆过去的吧。

出了茶馆,夜色已经有些深了。脚下的石板路,历经岁月打磨出了玉石般的质地,路面有些大小不一的坑,坑里积满了雨水,路旁的树却身姿高大,要仰起头来才能看到树顶,成长缓慢的银杏树要长成这么高,可以想象它在此地有多久了。它是否是知道秘密最多的"人"?正这样想着,一阵大风向我扑面而来,我感觉被迎面袭击了,一时之间我不知道自己身在何处,也忘了回去的路。

苏州吃

苏 眉

▶ 糕点

其实枕河人家是远不能概括苏州的，然而却很吃准，就像提到妻子，必然是恭惠贤良的，虽然事实远不是如此。所以说到糕点，跃入脑子的便是"软、甜、香"三个字，这是对于美食的一种柏拉图了，情真意切。

还真有叫"软香糕"的，不过已经失传许久了。清朝时候对它有所记载，然也不过是"以苏州都林桥为第一；其次虎丘糕，西施家为第二；南京南门外报恩寺则第三矣"。其他的并无提及，仿佛大致也能想象，不过软、甜、香。桂花糖年糕、大猪油、年糕、水方糕、蜜糕、斗糕，和现在随处可见的海棠糕、梅花糕、定胜糕，苏州是一个甜腻的城市，却也出了葱猪油咸糕、蟹壳黄，另外还有鲜肉月饼也是咸的，凡事都有例外，一味遵规蹈矩倒有些荒诞了。

鲁迅和周作人似乎在糕点上一直对北方耿耿于怀。较之江南，北方糕点的甜腻似乎又加了一层来势汹汹的意味在，而且干，简直可以直接拿来替代板砖；苏州糕点几乎就变成含情脉脉的了，而且水灵，符合粉墙黛瓦这种低调的滋养。《吴氏中馈录》里记录了"五香糕方"的做法，具有食养的成分：上白糯米和粳米二、六分，芡实干一分，人参、白术、茯苓、砂仁总一分。磨极细，筛过，白砂糖滚汤拌匀，上甑。至于鸡蛋糕，自古有之，和我们现在所吃到的出入是很大的，只是有鸡蛋的成分。具体做法是每面一斤，配蛋十个，白糖半斤，合作一处，拌匀，盖密，放灶上热处。过一饭时，入蒸笼内蒸熟，以筷子插入不粘为度。取起候冷定，切片吃。这种糕点还有干吃法，就是在灶上加热后，再入铁炉熨煎一下，有特殊的香气。甚至还有西洋鸡蛋糕的做法，具体操作是每上面一斤，配白糖半斤，鸡蛋黄十六个。那时候没有酵母，就用酒酿代替，酒酿即醪糟，江米酒半碗，挤去糟粕，只用酒汁，合水少许和匀，用筷子搅匀，吹去沫，待冷却后入蒸笼内，用布铺好，蒸熟即可食。苏州用甜酒酿做的糕点名曰"米风糕"的，旧时以周万兴、同万兴、同森泰最为有名，米风糕又名米枫糕、碗枫糕，采用粳米粉、小麦粉、白糖、甜酒酿、松子仁、熟猪油为原料，亦有在里面加红枣的，甜香软糯，食之甚美。又有直接叫"酒酿饼"的，有溲糖、包馅和荤素之分，馅料有玫瑰、豆沙、薄荷诸品，为春日时令点心。夏传曾的《随园食单补证》里也有提："酒酿饼、酒酿糕，吴人以酒酿发面成饼，熯之。"另有一种发酵糕点的做法，可叫发糕，亦叫松糕，用的是一种叫麸子的酵素，也有叫曲发面的，和一杯清水，白饭米，洗泡一天，研磨细面，准备一杯面，一杯糖水，搅匀，盖密，令发至透，下层笼蒸熟。这种糕可调制颜色，要用红的，加红曲末，要绿加青汁，要黄加姜黄，是一种很活泼的糕点。山楂糕有固定的娇媚颜色，除了用上新鲜山楂，如果颜色还不够红艳，还要加上特制的红色调料调制。具体的做法是将鲜山楂水煮一滚，捞起去皮核，取净肉捣烂，再用细竹筛手摩擦去根，称重与白糖对配，做成后或印或摊，整个切条块收贮。倘水汽不收难放，用炉灰排平，隔纸将糕排在纸上，纸盖一二天，水气收干装贮。也有一种简易方法，仅以水煮熟，去皮留肉并核，将煮山楂水下糖煮滚，浸泡楂肉，其味酸甜,可作围碟之用。还有另外很多种水果糕的做法,与山楂糕做法是一致的,皆是蒸熟去皮,捣烂擦细加糖,可制木瓜、橙子、橘子、梅子等诸多糕点。

苏州人爱食糕点,袁枚在《随园食单》里就对苏州的糕点津津乐道,且举几种现在已经见不到的,比如"合欢饼",具体做法是蒸糕为饭,以木印印之,如小珙璧状,入铁架熯之,微用油,方不粘架。做法和如今的粢饭糕有点像,只不过材料不用软糯的米饭而是糕,且事先用模具打印,想来也比粢饭糕美貌一点。还有叫"鸡豆糕"的,研碎鸡豆,用微粉为糕,放盘中蒸之。临食用小刀片开。鸡豆即芡实。有种"三层玉带糕",以纯糯粉作糕,分作三层;一层粉,一层猪油白糖,夹好蒸之,蒸熟切开。这样的糕食,仿佛现在黄天源里依然有卖。又有叫"运司糕"的,"色白如雪,点胭脂,红如桃花。微糖作馅,淡而弥旨"。以及"沙糕",用糯粉蒸糕,中夹芝麻、糖屑。还有一种"雪蒸糕",做法较为烦琐,然古人在吃上极具耐心,那时候的日子也许太慢,有足够多的时间和心思来打磨一餐一饭。

又有各种加了蔬果制作的糕点,《醒园录》里列及许多,比如一款"蒸萝卜糕法",具体做法是每饭米八升,加糯米二升,水洗净,泡隔宿。舂粉筛细,配萝卜三四斤,刮去粗皮,擦成丝。用猪板油一斤,切丝或作丁,先下锅略炒,次下萝卜丝同炒,再加胡椒面、葱花、盐各少许同炒。萝卜丝半熟,捞起候冷,拌入米粉内,加水调极匀(以手挑起,坠有整块,不致太稀),入笼内蒸之(先用布衬于笼底),筷子插入不粘为宜。另有一种简洁的做法是猪油、萝卜、椒料俱不下锅,拌入米粉同蒸。

此外还有绿豆糕、茯苓糕等,其中比较艳丽的一种做法,名叫"封糕",馅料用核桃肉、松、瓜等仁,研碎筛下,亦用饭米洗泡舂粉,用白糖水和拌,筛下蒸笼内打平,再筛馅料一重,又筛米面一重;若要多馅,仿此再加二三重皆可。筛完抹平,用刀划开块子,中央各点红花,蒸熟。

西瓜糕的做法,与列夫·托尔斯泰小说里,主妇做草莓酱的方法大同小异:拣上好大西瓜劈开,刮瓤捞起另处,瓜汁另作一处。先将瓜瓤沥水下锅煮滚,再下瓜瓤同煮,至发黏,取起秤重,与糖对配。将糖同另处瓜汁下锅煮滚,然后下瓜瓤煮至滴水不散,取起用罐装贮(其子另拣妙香,取仁下去)。如久雨潮湿发霉,将浮面霉点用筷子拣去,连罐坐慢火炉上,徐徐滚之,取起勿动。另一款蔷薇糕的做法则多了不少讲究:蔷薇天明初开时,取来不拘多少,去心蒂及叶头有白处,铺于罐底,用白糖盖之,扎紧。明日再取,如法。后仿此。候花过,将罐内糖花不时翻转,至花略烂,将罐坐于微火煮片时,加饴糖和匀,扎紧候用。

王稼句先生的《姑苏食话》里,列数了苏州糕团饼饵数种,算是给苏州糕食做了一个颇为详尽的谱系,此处不提了,具体可参书。王安忆小说《富萍》里,有个顶厉害的老太太,精明强干了一辈子,连选儿媳妇也是火眼金睛,挑了个糕团店的女儿,只因她灵巧娴静,热点心出屉的时候双手一拎一翻,就妥当了。而事实也证明,老太太没有看走眼,依食而住的人生经验向来不会错。

张爱玲的文章中,也多次提到过点心,那时候老上海的西点铺都是外国厨子手作,估计味道是很正宗的,至她成人后,所购西点与她童年时候的味蕾印象也是交相辉映,对那一袋油汪汪的起司面包有印象。再三提到的一款蛤蟆酥,应该是中国食品,仿佛我小时候也吃过,海苔味的,也是咸的。对它有幼童特有的印象,莫奈色,一圈圈幽深的湖水的涟漪,充满年代感,味道也像陈年旧事,约定成俗里有一种本分的味道,像糟糠之妻,在所有糕点里面,这算是疏离的一种。

▶ 茶点

我在还是一个孩子的时候,是不能吃糯米食的,不消化,这让我和许多甜味的点心隔着相当的距离。面包蛋糕我吃得多,也吃馒头,在我看来那些是不叫点心的,能吃饱的都不叫点心。

后来渐渐有了零用钱,也有了一定的自由,可以在放学后到老街买一两枚加应子,或者卷在纸条里的梅饼。肚饿的时候,买萝卜丝饼和海棠糕,卖萝卜丝饼的好婆端坐在青石桥端,她穿大襟蓝布衣裳,银发盘髻,外罩黛青头巾,手摇蒲扇,扇面前那口小煤炉,煤炉上架着小油锅,中间用铁网拦开。她有一柄深勺,里面浅浅放半勺子面糊,再放大量的雪白的萝卜丝,用面糊封顶,而后将勺子浸到油里炸，面糊遇到高温便成型，那只勺子便可去盛制另一只糕。她已做得十分娴熟，可以同时做五只萝卜丝饼到油锅里，炸到金黄便捞出来放到铁丝上过过油，用一块裁好的报纸裹了递于你吃。热吹噗烫，吃的人一面咬那滚烫的饼，一面丝丝地吸气，被烫得龇牙咧嘴。萝卜丝饼必须趁热吃完，凉了便了无生趣，油腥气也会冒出来，使人联想到"死气沉沉"这个词。

　　吃这个好婆的海棠糕要碰运气。因为只有一个煤炉，不炸萝卜丝饼的时候她便用那焦黑的铁模子烘海棠糕，撒很多的红绿丝。红绿丝有一股僵直的白糖味，我不爱吃，每次都设法剔掉，头层的焦糖我是爱的，也爱中间那层绵软的红豆沙，都是她手作，豆沙颗粒很粗，有时豆壳尚在，有一股丰腴的焦香味，她预先把豆沙馅炒过的，想来是拌了猪油的，有明亮的甜腻。

　　这是我对于苏州糕点最初的记忆，后来吃到梅花糕，觉得诧异，梅花明明比海棠小，为何糕要大出这么多，形状也奇特，像高耸的有柄的馒头，中国式的冰激凌花筒，令吃惯扁平糕饼的人耳目一新。前些年海棠糕、梅花糕渐渐撤出苏州街头小巷，只在热门景点的某个店铺门面的一角，回忆中的苏州元素，权当聊胜于无。一次性烘烤完毕后堆在现代的不锈钢蒸笼框里零星出售，僵直的冰冷的食物的尸骸，死也是死得马马虎虎的，因为从来就没有漂亮过，所以就不觉得可惜，簇拥着的强颜欢笑，却无人问津，充满厌世之感，做砸的食物实在是令人泄气的。

　　如果观前街也算是旅游景点，许多老字号倒是保持了原味，采芝斋、陆稿荐之类，因为以糖食卤菜为主，没有店铺门面之拘，到哪里都可以到此一游，不至使人扫兴。而一些靠纯手工制作的点心坊，就是住在时光往处的真迹了，正因为真迹难觅，所以得道多助，有人千里万里地寻来，就为一个似曾相识。人心千变万化，酸甜苦辣都在一张嘴里，据说有人吃一盏茶，会落下泪来，喝汤吃菜也会。食饮无法矫情，矫情的是人，众里寻她千百度的，还不是为一个真情，食物的真情。我们去黄天源吃糕，吃的是苏州糕点的一个传承，代代相传的心经，捏住你味蕾的七寸。我们的弱点是有回忆、有故乡、有母亲、有朋友、有自恋的感伤，所以很容易被食物击中，就像在旧信件里翻到一张初恋的照片，虽然物是人非，时光终究不会欺骗我们，而把一切美好深埋其中。倘若世事沉浮，真情难觅，还是吃块点心吧，食物是最好的安慰，原谅这个世界上所有的胖子和瘦子，以及体重适中的人，生活终究是一场人与食物的较量，无非是饿了、饱了、吃得下和吃不下，有能力吃和没能力吃，能吃和不能够吃了。

　　我活到漫长的后青春期，忽然爱上了茶与美食，也是我小时候脾胃虚弱的缘故，吃什么都没什么好滋味，所以回头想想以前的食物，竟然都没有多少活色生香的，印象最深的，是父亲工厂里的厨娘，黝黑善良略带木讷，每日蒸一碗猪肉丝给我吃，在她看来那是最"熬好"的菜。"熬好"是句苏州话，意思是殷切到献媚，词是褒义词，类似于泛滥的不加遮拦的母爱，最终她把我的胃口吃倒了，所以童年一直厌食，一直不快活，这也是真情造的孽。

　　所以吃东西像谈恋爱，也要讲究两情相悦，我在这儿谈苏州糕饼，也实在不想自卖自夸，然而苏州人都说癞痢头儿子自己的好，这也是一种普世之情，更何况有些是着实讨人喜欢的。像我，就比较喜欢橙汁拉糕，丰腴的甜美，又不是太甜，甜使人腻，她是恰到好处的少妇，摩登新派的，无袖旗袍外面加件开司米外套，却也无可挑剔，估计是新中国成立后的新创，我想古人是断不会把橙子做进食物里的，更何况那时候有无橙子还很可疑。桂花拉糕豆沙拉糕我都爱，在夏天吃茶，来块薄荷拉糕也是应景的，荷田边绿衫少女一个俏皮的笑。玫瑰猪油糕让我印象深刻，小时候吃了一次被赞好味，我父亲就一直买回来，竟然也没吃腻，蒸在粥锅上吃，炖到脱了型，用筷子夹了可以拔丝，凉后依旧很有风骨，闻得到浓郁玫瑰香，因为加了猪油，有一种富丽的丰盈，米烂陈仓一样的安泰。

　　炒肉团子，时令性很强，只有黄梅天过后才上柜一阵子，因为奇货可居，诱惑力就平白增加了许多。苏州的炒肉团子有好多种，大多形状像半透明的葱花春卷，只是馅料丰富一些，个头也大，蛀夏的时候配一杯绿茶，就是一顿上好的早午餐。但要作为午茶点，或是餐后点心，个头就太大了，这种时候，就数黄天源的炒肉团子最相宜，那团子个头小而精细，浑圆滚胖，肚子里装满炒制好的食料，头顶一个漏口花漩涡，上面缀几颗小小的手剥虾仁，实在是很讨喜的。如果明清深宅中的贵妇们也流行集体喝下午茶，那这些精细的团子被盛在豆青骨瓷高脚盘里，当季的碧螺春在描花白瓷盖碗里绿莹莹飘出香气来，像唐伯虎的画，画里的一个旧梦，苍凉与繁华并存，这也是食物最终缔造的世界，尘世之上的新欢，和旧爱。

▶ 送夏

现在的夏天是越来越难过了。不像过往，过往总是好的，我们在回忆的时候，总是添加许多温柔的情愫，因为年岁的价值连城，我们可以原谅过往的所有缺憾，回忆的堆积是有选择的，我们已经习惯了自欺欺人，所以过往的荷田分外青，桃花格外香，连恋爱也是无可挑剔的，因为就没有见到过说自己初恋坏话的人。

现代人的胃口普遍没有古人的好，我想这是一个事实，除去食物的滋味，那时候的人吃得清寡也是一个原因。我是不喜欢现在的绝大多数饭店的，靠油和香料吊人胃口，破坏了许多人的身材和味蕾。我也不喜欢吃饭的时候人多，心都在应酬上，照顾不好胃。吃的形式越繁盛，内容就越单薄，最后只剩下一味厌倦。我想这是现代人的悲哀，也是所有年代人的悲哀。

白菜青盐糙米饭，瓦壶天水菊花茶。这是郑板桥笔下一餐简单的饭食，可入画的。苏州人夏天喜欢吃"茶淘饭"，配一碟子酱黄的萝卜干，或是半枚咸鸭蛋，也是可以入画的。古代人吃茶讲究，在这里，泡菊花茶的"天水"，就是雨水，古籍上称之为"无根水"，可作药引的。现在大概没有什么人敢用雨水泡茶了，茶泡饭也吃得少，即便是酱菜，也是榨菜居多，乌沉沉睡在白碟子里，毫无情致可言。不过在这样一个毫无情致的时代里，倒也无可厚非。

情致仅存在回忆中。小时候我吃过祖父的酱油白粥，实际上粗陋得很，滴少许酱油浇在热粥上，再加一筷头猪油，香而有味，比现在的方便面要健康，因为只吃过几次，便觉其味无穷。其实很多美食吃的就是一个心理，儿童样的盲目而天真的心理。爷爷是个裁缝，头发雪白，从来没有脾气，会做真正的、有精致盘扣的棉布衣裳，在我真正成年之前便去世了，我终究是不了解他的。否则，我想，我是会与他有很多合作的，比如说，请他听书，给我做件真正的衣裳，还包括吃顿酱油白粥。后来接触到日本料理，有些吃法，就是在白饭中直接拌入黄油，或者海苔，当然也有酱油。我想我爷爷是有些天才的，至少敢于在一碗白粥里加上酱油，想来他做的衣裳也不会差。

还有一种创意在那个时代非常普及，就是用早上吃剩的油条下酒，酒一般是黄酒，下酒菜还有腌萝卜干和青豆咸菜、皮蛋拌豆腐。油条如果还剩下些，撕碎了放酱油汤里过饭，也是俭约的吃法，吃这样的酒食，通常在夏天，如果有弄堂院落，都会将吃饭的案几搬到室外，节省天光，还可以吹到自来风。当然，蒲扇和蚊香，以及风油精的辛辣气味也是不可少的，这是一顿晚餐不可或缺的元素。

我祖母，原本是上海大户人家里养着的千金，父亲多个妻妾下的一个小女儿，因为战乱流落到渭塘，嫁了我爷爷，在乡下过了一辈子。因为早年的生活经历，她脾气里是有娇嗲在的，还有一些大小姐的蛮气，这使得她在众多的村妇中显得与众不同。比如说，她会阅读《金刚经》《本草纲目》，会无师自通地使用一些中药材治病。因为这些才能，她被大队部委以了赤脚医生的职务，专门给村里的社员看病。后来她给人打针的时候，有个老太太死去了，她就再也没有给人看过病。究竟是不是她的缘故，她从来没有提及过，一直保持沉默。她的与众不同，还体现在烹饪上。比如说，她会做城里人吃的花卷，用她药箱里的小苏打。吃完的西瓜皮，她会腌起来，晒干了拌上盐与麻油，就粥或下酒，都很清凉。她还用莴笋和红薯的叶子做过菜，滋味不是太好，令人难忘。在腌制咸鸭蛋方面她也大胆，不用村里人传统的黄酒和草灰，而是把鸭蛋放在玻璃坛子里，靠盐水和配料吊味，吃的时候有酒气，味道比一般的咸鸭蛋丰腴。现在她病着，中风，康复的过程中又摔倒两次，只能躺在床上，靠子孙伺候，头脑又渐渐不清爽了，在床上胡言乱语。我父亲去看她，她像孩子一样地撒娇，毫无风致。除了产生大量的悲悯心外，我还想，夏天已经到了，而那样的咸鸭蛋以后也断吃不到了。

艺术

Artist

家

苏天赐·画余随想

袁运甫·谈写生和艺术创作

王冬龄·"乱书"的江南情缘

白　明·江南

展　望·关于《假山石》

严善錞·西湖与我的铜版画

方　骏·方骏创作之话语录

沈　勤·园林随想

杨明义·我在江南，我在周庄

江宏伟·铁线莲

邬烈炎·走进园林

林海钟·笔墨论要

张　捷·边界与自由——重构中国画的当代精神

邬建安·《青鱼案》的故事

胡军军·不杂院的不杂

尚莹辉·绘画札记

白阅雨·黑漆的涟漪

自圆其说，创造自成体系的和谐。

凡动人之作都藏有一个真挚的心灵。留下了它在这个世界上的真实的感知，一切超凡的技巧都是心血的积累，应运而生，没有定则。正如沃土上的植株，所需的是殷勤浇灌。即使品种基因只是很小的果实，只要充盈、饱满，它就美味可口，都是人间至宝。

当我们从东方远眺西方，太多的目光只关注于技法。当我们站在这些杰作面前，始知是舍本求末。伟大的作品之所以能感动并激励我们，是由于它们所达到的心灵高度。每个画家都有他最合适于自己的方法，舍本求末便永处于平凡。他的所本是他艺术的源头，他的超凡技巧是他以其独特的方式日积月累的劳动经验所创。我们从他那里可以得到启示，但不是范本。

当马奈为19世纪西方的"东方热"开了个头，接着是凡·高的出现，他的作品就如同从东方刮来的风暴。他们都受启发于浮世绘。也有人曾指责他们误解了浮世绘，其实他们根本就无意于追随。他们只是吸收新的养分来发展自己，也为西方几百年来的艺术领域开辟了一个新的天地。马奈把三维拉回二维，凡·高把强劲的线和大面积的纯色相对比，画面便显示出阳光灿烂，生命横流。这也许可以说是东、西方融合第一次成功的演示。

如果说西方文化重智力开发，东方则重在心灵的提升。对于客观的物质世界，两方的应对方式有如加减两极。加者入世，所以充实，所以贴近，所以步步发展；减者出世，所以概括，所以疏离，所以物与神游。前者所以具体、丰满、雄奇，后者所以净化、空灵、大气，却又不免会陷于固步自封。两方会有此消彼长，却并不势同水火，这就给互相取长补短、互相融合提供可能。

其实智力和心灵正是人类文明的两翼。共同振飞才能鹏程万里。

大自然的面目会不断改变，但它的灵魂常在。我所邂逅，莫非是其魂魄？

当年正是因为她的感召，我在单纯而愉快中走上了漫漫长路。回归于纯真本原的大自然，回归于面对大自然的自然心态。

于是我站在画布面前，犹如浪子回头。随手打开我的行囊，探取我之所有，不管是得自东方、西方，不问其是油是水，我随意涂抹，铺垫我的行程。我着意于让大自然的魂魄领路，寻寻觅觅，往何处以求？

在一切能使我心灵颤动的地方，不管是风雨间歇中的晴岚，还是冻土上血红的荒草……她时时倏忽于我的笔底，忽隐忽现，若即若离。

我站在画布面前，信笔涂鸦。人老了，好像又回到了童年。只是，当年我想揽尽人间春色，现在我只想约会大自然的魂魄。

我受惠于大自然的太多，对于她，我永远珍藏着感激，我生命中存储的最为久远的记忆就是故居门前那一片葱绿。那时，我父亲养家还很艰辛，全家住在一间非常狭小的泥墙小屋里，阴暗、潮湿、闷热如蒸锅，除了晚上睡觉，我的天地就是门前的草坪，即便到了薄暮时分，我也要坐在门槛上望着前方出神。门前很空旷，草坪过去是池塘，晨昏之际常有水汽弥漫，好像薄纱轻轻拉起，若隐若现地露出那半截城墙，还有那夜空衬托得如同剪影一样的小山和石塔，而池塘边上的几棵古老的木棉，总是纵横舒展着那豪气十足的枝柯，有时还慢慢地托起那或圆或缺的一轮半轮明月。

大自然给我爱抚，教我感受她的多姿，却藏起神秘。于是，稍为长大，我的天地就扩展到那正对着我家门前的那座小山，坐在石塔的阴影里俯瞰着我那不远处的家门，随着云影的灼烁追移，我的视线直到天际，那里一片蔚蓝，隐约着山影，山那边是大海，海那边呢？我心潮涌动，朦胧着的心灵深处只感到一种激励——我必须有所作为。

大自然把大门拉开，展示她斑斓的胸怀，滋润我的感官直到血液中的点点滴滴，使之与生命同增，与心灵同在。我很庆幸此事能从我幼小的时候开始，她促使我学会了绘画，我从中获得一种纯粹的快乐，它单纯而质朴，足以让我享受终生。

苏天赐 《秋柳》 布面油画 73×125cm 2006年

苏天赐 《晨光》 布面油画 45×60cm 2003年

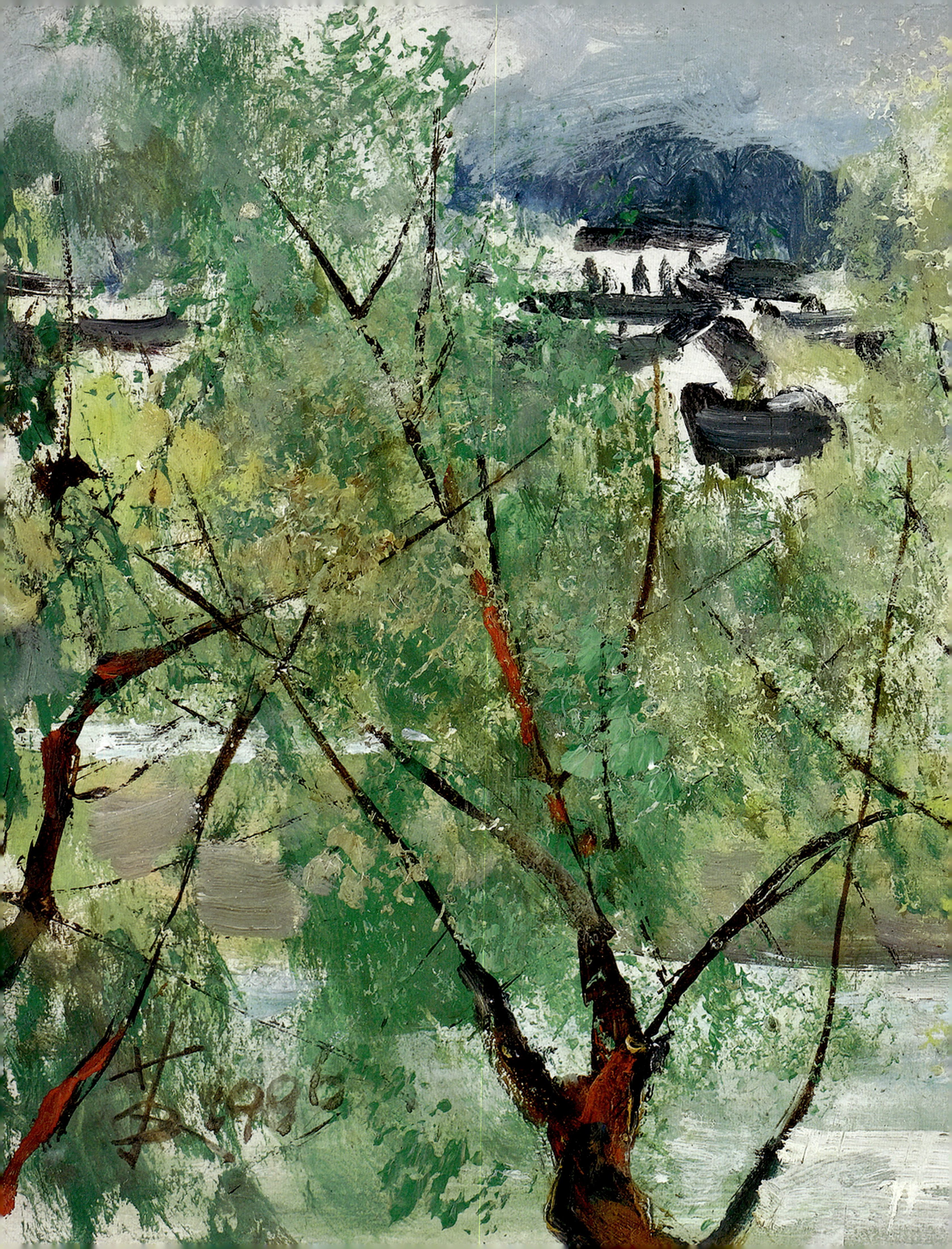

苏天赐 《北溟之春》布面油画 26.5×35cm 1981年

苏天赐 《雨后秋江》 布面油画 61×80cm 1989年

苏天赐 《白桦》 纸板油画 57×57cm 1985年

苏天赐 《早春》 布面油画　60×109cm　1988年　中国美术馆藏

苏天赐 《水边幽篁》 布面油画　66×110cm　1998年

苏天赐 《夹竹桃》 布面油画 66×44cm 1964年

苏天赐 《映山红》 木板油画 54×26cm 1985年

苏天赐 《一串红》 纸板油画 44×21cm 1979年

苏天赐 《黑衣女像》 布面油画 83×68cm 1949年

谈写生和艺术创作

袁运甫

袁运甫 《富春江的早晨》 纸本水粉　38×29cm　1960年

形式美不是一成不变的，它随着社会的变革而丰富而发展。

纵观美术史的发展过程，也是艺术形式从集权走向个性化的解放过程，也是艺术从少数人专有走向为大多数人服务的过程。因此我们探讨形式美，绝不是简单地重复固有形式法则，而应当进行历史的分析，创造出适应新的伟大时代所需要的多样化和个性化的艺术形式。

艺术传统是层累式的运动形态，它绝对不是一种静止的模式。

对待传统最重要的是历史地发现其创造与汲取之所在，民族间的互为汲取本质上也是创造精神的萌发所致。

从以上简要历史发展的事实来看，人类艺术发展的历史是非常复杂的现象。东方和西方艺术的高峰时期并不总是处在同一个历史的年轮上，或先或后，或起或落。然而东西方是共同生活在地球这个同心圆上，因而不管彼此间的艺术文明如何分道扬镳，总有许多客观条件（无论是人文的还是地理的原因），促使这两类文明的相互融合与交流。因此孤芳自赏或闭关自守对推动艺术运动的前进是有害的、愚蠢的。当然，由于地理、政治和历史意识等种种原因，东西方艺术也不可能相互代替或同化，它们应当适应时代的目标，寻求各自的艺术高峰，从而丰富人类的精神生活与物质生活。重要的是比较、汲取并交流，能促成各自的发展速度，不断更新自己更高的起点，包括永远以清醒的态度提防僵化，重新判断并评价历史与现实。特别是在现代科学技术日新月异的时代，更应当敏锐地留心和发现新的微观与宏观世界对造型艺术的启示。新的时代艺术已经从室内陈设的需要进一步扩展到环境空间，并进一步深入人类生活的一切方面，因此观念的改变是最根本的。建立适应时代需要的科学观，才能有利于发扬艺术劳动最可贵的精神——人的创造性。

袁运甫 《白粉墙》 纸本水粉 54.5×79cm 1973年

《白粉墙》

　　高大的白粉墙，为多层楼的新建筑。人们开始要住宽大的房屋了。但白粉墙依然是水乡最好的文化主角，他和老房子一块儿，叙述着古往今来乡里乡外的故事。

袁运甫 《黄山西海》 纸本水粉 54.5×158cm 1973年

《黄山西海》

　　黄山的峰，造型非常独特。近有形，远有势，脉络分明，层次清晰。亦因其石质坚硬，形质锐利，力度强挺。我记得这幅作品是离开黄山前的写生，是观察多日而选定的大场面。记得吴冠中先生知我要去山顶上画一天全景，特赠我一块巧克力，谓之可"暖胃御寒"。友情难忘矣！

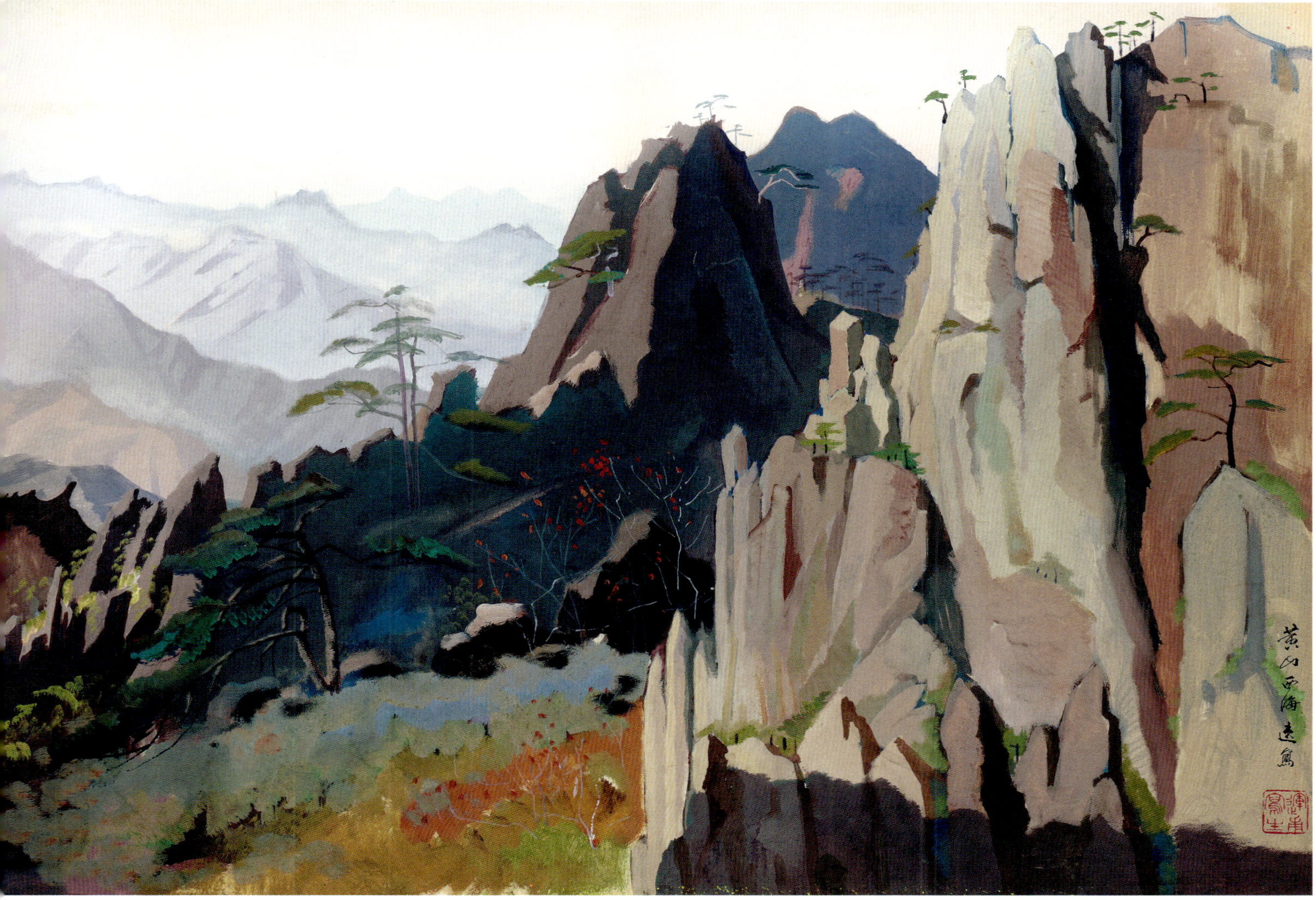
黄山西海速寫

袁运甫 《江城南通》 纸本水粉 39.5×54cm 1973年

《江城南通》

  1973年我返通,特别跑到百货大楼对面顶层写生此幅"江城南通"。这是老家南通城里最繁华的地段,其远处为长江天生港及其工业区。中国正在巨变,老石子路变成了柏油路,一切都在更新中。以图记之。

  江城南通和不少新城相似,总想以新楼遮着老街,其实我最熟悉的还是那原先住了几十年的老屋。我原先对这十字街口十分熟悉,现在变成了一座座高楼。但那热闹的十字街口,仍然使我记起过往闹市的情景。城西一大片惠民坊民居和寺院,以及我的高中语文老师卢心竹先生的老家都在那里。我不会忘记,卢老师是上海美专教中国画的老师,我学画正是他引导起始的。

袁运甫 《井》 纸本水粉 42×54.5cm 1972年

《井》

掌握灰调子是理解色彩的高级阶段。

真想不到干校村里的井,就有这么漂亮、纯净的灰调子。晨光照在井口,千变万化的各种冷暖灰色,实在太美了。灰调子色彩的妙处在于它对空间的细腻表现。这张写生是我画灰调子的代表作,我力图画出有空气感的、响当当的色彩来。

袁运甫 《南通光孝唐塔》 纸本水粉　44×54cm　1973年

《南通光孝唐塔》

　　此作是我 1973 年春与吴冠中、祝大年、黄永玉四人一起在南通写生画的。"光孝塔"为唐代兴建,位于今江苏省立南通中学院内。这也是我的母校,学校至今已逾百年沧桑。

袁运甫 《南通狼山秋色》 纸本水粉 55×78.5cm 1983年

《南通狼山秋色》
　　老家南通地处长江出海口,突现一座狼山。登高远眺,江流环抱,极具包容、壮阔的气势。

袁运甫 《平湖秋月》 纸本水粉 39×54cm 1962 年

《平湖秋月》

1962年我和月华一同到杭州"平湖秋月"写生。"平湖秋月"与"灵隐"的美全然有别。作"平湖秋月"时,我把用笔生动视为首要,倒影的活态会决定画面的神态与气质。铁栏杆更是画面结构的关键。要画活而不能死,生动的气质至关重要。那倒影如流动的声音,似民乐。因此促我用笔时也随之带动感了。以往曾画杭州灵隐,今又作此"平湖秋月",两相对照,独享绘画色彩殊异之美。

袁运甫 《吴县小镇》 纸本水粉 39.5×54cm 1973年

《吴县小镇》

这是苏州民居最具典型性的街道。街上吴县小镇有座茂名中学，十分有名。

白墙黑瓦所形成的韵律，是我最喜欢画的主题之一。我的老家距苏州不远，房屋的样式也相近，所以每到江南一带，就会撩起我无尽的冲动，情不自禁地绘画、创作。

袁运甫 《绍兴乌篷船》 纸本水粉 39×54.5cm 1962年

《绍兴乌篷船》

20世纪60年代初,心仪"鲁迅路"一带风光和人文记事,我专程赴绍兴"鲁迅故居"写生。这是在"鲁宅"附近东湖的写生。印象最深刻的就是这异样色彩的乌篷船,还有那些星星点点的白粉墙,美极了。

袁运甫 《苏北运河一角》 纸本水粉　44×54cm　1973年

《苏北运河一角》
　　运河里，渔船自设围鱼闸，用于捕鱼。生活是琐碎而平淡的，但它反映出来的生命力是美的。

袁运甫 《苏州阊门外》 纸本水粉 54.5×79cm 1973年

《苏州阊门外》
　　苏州水运发达，交通便捷。民居的白粉墙与黑瓦顶的传统建筑，淡雅精致，一派东方情调。

袁运甫 《苏州水乡》 纸本水粉　54.5×79cm　1973年

《苏州水乡》

苏州是小桥、流水、白墙黑瓦的世界。此图在总体结构上注重贯通纵横的穿插关系，及背景大弧形包纳的气势。写生中的"处理"极为重要，"处理"就是要有取舍，甚至搬动个别景物，以画面要求为准。

袁运甫 《无锡梅园》 纸本水粉 54.5×79cm 1973年

《无锡梅园》

　　此景写生于无锡的江边山坡,即荣家梅园。园内有白墙黑瓦的建筑,并可远眺江流缓缓绕过。想到梅花盛开季节,一片粉色,必十分壮观。

"乱书"的江南情缘

王冬龄

一

宋黄庭坚在宜宾时有《书自作草后》说："余寓居开元寺之怡偲堂，坐见江山，每于此中作草，似得江山之助。"清代王铎也曾说："书画事须深山中，松涛云影中挥洒，乃为愉快。安可得乎！"翁方纲跋《徐渭泼墨〈杂花图卷〉》："空山独立始大悟，世间无物非草书。"这三段话对我影响至深，我们不难从中领悟到草书的精神与灵魂，同时也认识到江山风物对草书的影响力。自小学习书法至今也有七十年，1979年来浙江美院读书，到杭州生活也有四十四个年头，与书法结缘又与西湖结缘这是我此生的福报。

我出生于东海之滨苏北地区一个叫马塘的小镇。在童年时代，就对"江南"充满着神往之情。那时候经常去的"沈大眼"的理发店，他店的墙上挂满了"平湖秋月，雷峰夕照"西湖照片，所以我从小知道，杭州是一个很美的地方。大人的口中也总是有"上有天堂，下有苏杭"这样的话，也常常听到大人说"他去苏州了"，就是讲某人睡着了。

因为我从小喜欢绘画，家中找来了《芥子园画谱》《唐六如画谱》给我学画。后来我也临摹过齐白石的虾，徐悲鸿的马，吴昌硕的松树……听一位乡贤老先生的指点，说要画好画必须写好毛笔字，因此就学颜柳，自己为了练习悬腕和增加腕力，在四年级的时候，我找到一块方砖，每天蘸水写字了一段时间。

直到1961年我考取南京师范美术系，到南京读书，才第一次跨过长江进入了六朝古都的江南。次年学校组织去中山陵春游，记得在中山陵的水榭，一阵微风吹来，樱花飘落如雨，在晨光下很美很有诗意。此情此景和当时的青春梦幻交织在一起，所以至今仍然有印象。当时读书从故乡到南京，先从马塘乘小轮船到南通，然后再乘长江大轮，差不多一个晚上才到达南京。因为是普通舱在甲板下，许多人挤在一起，就会到上面甲板上透气，记得有几次月光洒在船的甲板上，正如张若虚《春江花月夜》描绘的那样："江天一色无纤尘，皎皎空中孤月轮。江畔何人初见月？江月何年初照人？"

1966年南下串联，我终于到了久已神往的杭州。一下火车带着背包直接来到湖滨，第一次见到西湖，水光潋滟，山色碧翠，其时感觉真是胸腔为之一扩，目光为之一开，情感为之一震，灵魂为之一击。后来住在浙江美术学院内，记得当时还有个小池塘，除了看在操场上看到砸破的维纳斯、大卫、奴隶石膏像，还看到校园批斗潘天寿。潘先生挂着牌子，头总是低着，因为靠得近，觉得其额头特别大就是画中寿星的像。多年之后才知道潘天寿先生自号"大颐"是缘于他的下颚大，依相术说法应该高寿，可惜却未能逃过一劫。

那个时期各个单位各所高校都贴满大字报，在浙江美院时我在"南下串联笔记"本中也抄录了一些。特别是潘天寿、吴茀之、陆维钊、陆俨少等老先生都十分强调学生要多读书，提出"五分读书，三分写字，二分画画"这实在也是对我最大的教诲与鞭策。

20世纪70年代我从泰兴印刷厂调至泰兴文化馆工作后,有了一个到杭州的出差机会。结婚后的蜜月还未过完就与同事到杭州了。回来之后与内子说,我们将来一定要争取住到杭州去,但在当时的状况是不太可能实现的想法。她认为我一定是在呓语。后来我差不多一两年就要争取来一次杭州。在杭州喝绍兴酒,广播里除了时事新闻外,满耳都是越剧的旋律,有一次清晨经过少年宫的广场,我在心中突然萌生了这样的念:如果能生活在杭州多好,哪怕做个清道夫。后来我的工作调到"二分明月"的扬州,在地区文化局创作组工作,负责全区二市十县的绘画书法。1979年初我听一个朋友告知,浙江美术学院要招收书法研究生,听到这个信息离报名还剩不到半个月,其时还要考外语与篆刻,我几乎没有基础,但我仍毫不犹豫地报了名,是因为导师是陆维钊先生,第一次在杂志上看到陆先生作品,我就被深深打动。同时浙江美院又坐落在西子湖边,机遇难得,也就硬碰碰运气。好在,后来考试将外语改为考古汉语,篆刻我突击了几天临了几方吴昌硕印。来杭州复试前一天在湖滨"西泠书画社"买材料,碰巧就买了一本宣纸本印刷的古玺汉印的书,晚上在浙美招待所的宿舍中翻阅,特别记住了"别部司马"汉印,而第二天篆刻考试的题目中就有"别部司马",真的有点幸运与神奇。不久我就荣幸地被浙江美术学院录取了,成为中国美院中国画系首届(也是全国的)书法研究生,真是梦想成真,就来到了杭州。

▶ 二

在杭州读研究生的两年,每天傍晚总是与同学去西湖边散步。后来我留校当老师后,住在了南山路222号,与西湖仅相隔一条马路,所以也一直保留着一个人在湖边散步的习惯。

那个时候,杭城夏天很热,家里仅有个电风扇降温。所以在晚上九点多露天电影散场后,全家三人带着席子到公园的草坪上乘凉,但是到了11点左右就有保安拿着手电筒,口中叫着:"公园关门了!公园关门了!"所以我们只能无奈地悻悻离开公园回家。在20世纪80年代中期当时美院只有陆俨少一家特批装了空调。

这个时候,我读白居易、苏东坡的西湖诗歌,以及田汝成的《西湖游览志》、张岱的《西湖梦寻》,知道西子湖畔留下了无数名人墨客的足迹。西湖的水是富有灵性的。因此,几天不到湖边就会感觉心里少了一点什么。

王冬龄 《苏轼〈西湖诗〉》 纸本水墨 246×121.5cm×8 2018年

1989年去美国之前买了一台理光的相机，养成了拍照的习惯。1992年底离开美国前又新买了尼康相机。回到杭州后，经常在湖边桥上举起相机捕捉荷花莲叶。后来发现残冬的枯荷比6月盛开的荷花更有味道。当时有一位朋友建议我不要那么辛苦自己拍，可以直接在网络上下载荷花的图片。但我在网上查看了后，既不多，也不那么好，还是觉得自己拍得更好，更能打动自己。可以说，我把白天的、黑夜的、雨中的、雪中的、风中的、阳光中的、月色中的、阴霾中的残荷都拍了个遍。在下雪天，拍残荷是一件较为艰辛的事，不一会儿手就冻得僵硬通红，但是收获满满，也很开心。记得有一次，粗心大意，相机里忘记放存储卡，回来后很失落，但是那天有感而发："虽无留存，但也是美丽的过程，人生本是无存储卡的摄影。"

　　近三十年来，我拍了上万张残荷的照片。残荷生褐色的秆子虽然枯竭，但有一种力量，特别是成片的残荷余梗，织成了一种苍茫而幽玄的网，也想起《红楼梦》中引用李商隐的那句诗："留得枯荷听雨声。"所以，无形之中，残荷的意境深深打动了我，潜移默化地渗进了我对于书法的理解。乱书的产生，从某种意义上来说，是深受西湖残荷景观意境的启发。后来我在三尚当代艺术馆展出《乱书·千字文》的时候，难怪有观众说这像西湖的残荷啊！

　　我生活在西子湖畔，近半个世纪"湖光山色"的浸润，不知不觉笔下也带有江南的温润细腻与六朝的烟水气。也许是江南的空气湿度大显得温润，使生宣纸上的水墨变化更加丰富，在北方空气干燥，一落笔，水墨很快就干了。也许出于这个缘故，在交通不发达的古代，南方喜爱行草故帖学风靡，北方热衷碑版而碑学盛行。

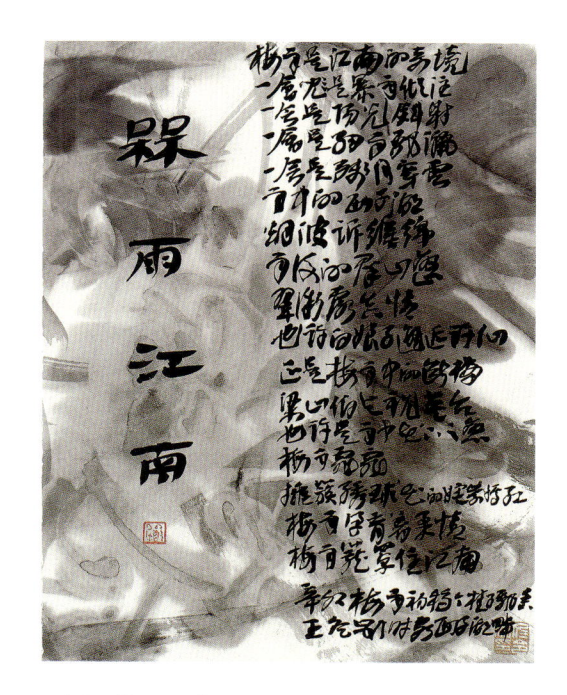

王冬龄　《梅雨江南》　22×29cm　2011年

　　我很有幸能师从林散之、沙孟海、陆维钊先生，而他们都生活在江南，但他们书法风格却各不相同，我如果用一个字概括他们书法的特点，那分别是"柔""健""奇"。虽然他们的风格不同，但其笔情墨趣中都蕴含着江南春水柔情的气息。作为他们的学生，我努力学习体悟，感受林散之的阴柔之美与沙孟海的雄浑气魄以及陆维钊奇逸创新的个性。加之，我在欧美、日本游学有年，接触当代艺术与外国文化，这些对我在艺术之路的成长与发展产生了极大的触动与影响。所以我的"乱书"的产生也就不足为奇了，书法是我的生命，乱书是我的书魂，看来我与西湖有不解之缘，"乱书"大概应该是我的江南情思的诠释吧！

王冬龄 《一丝天地》 ipad 书写 2388×1668px 2021 年

王冬龄 《一花一世界,一叶一如来》 ipad 书写　2388×1668px　2021 年

王冬龄 《书体·西湖梦寻》 650×220cm 2012年

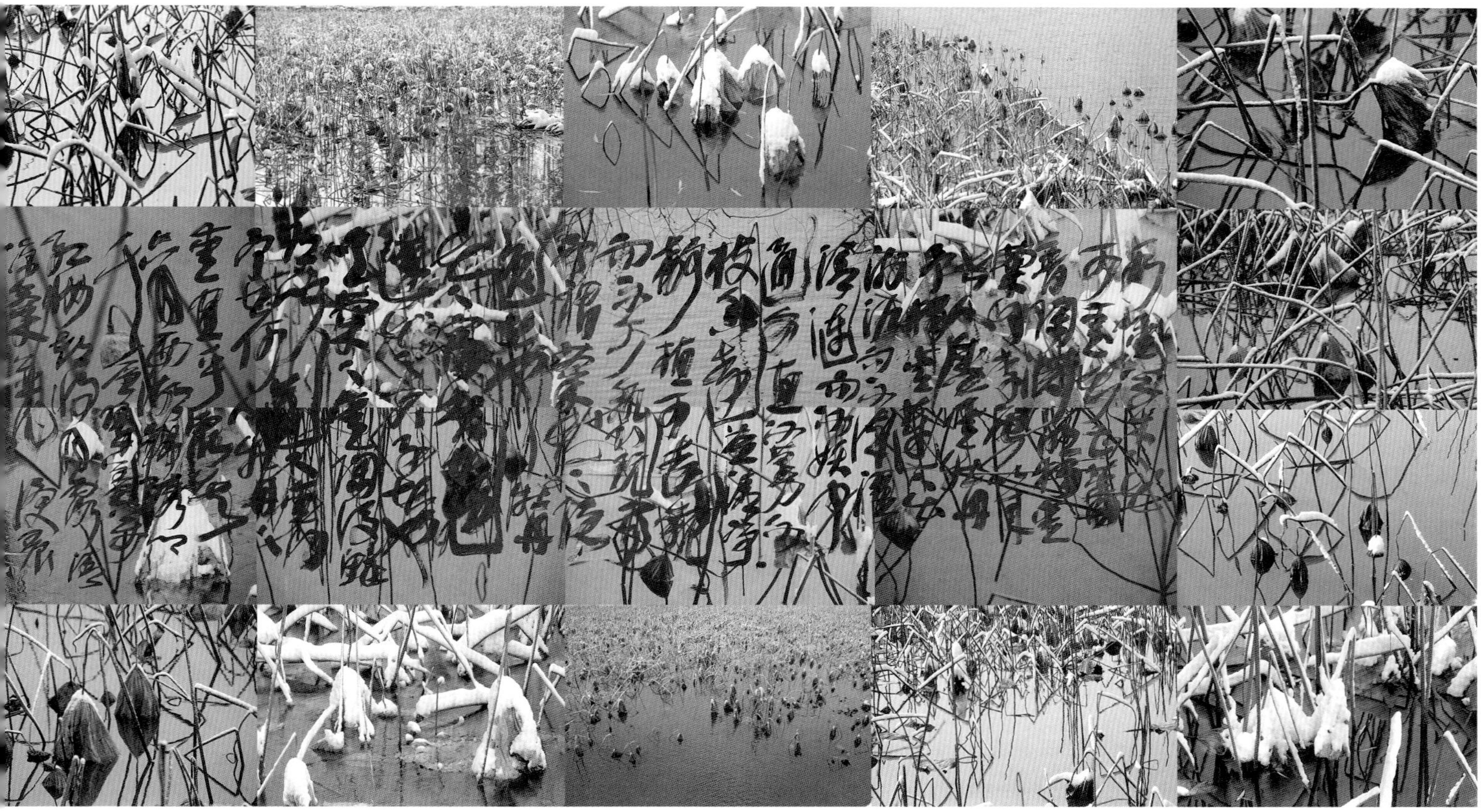

王冬龄 《江南好风景》 68×45cm 2021年

王冬龄 《江南忆》 136×68cm 2019年

王冬龄 《草书李叔同诗〈西湖〉》 62×68cm 2011年

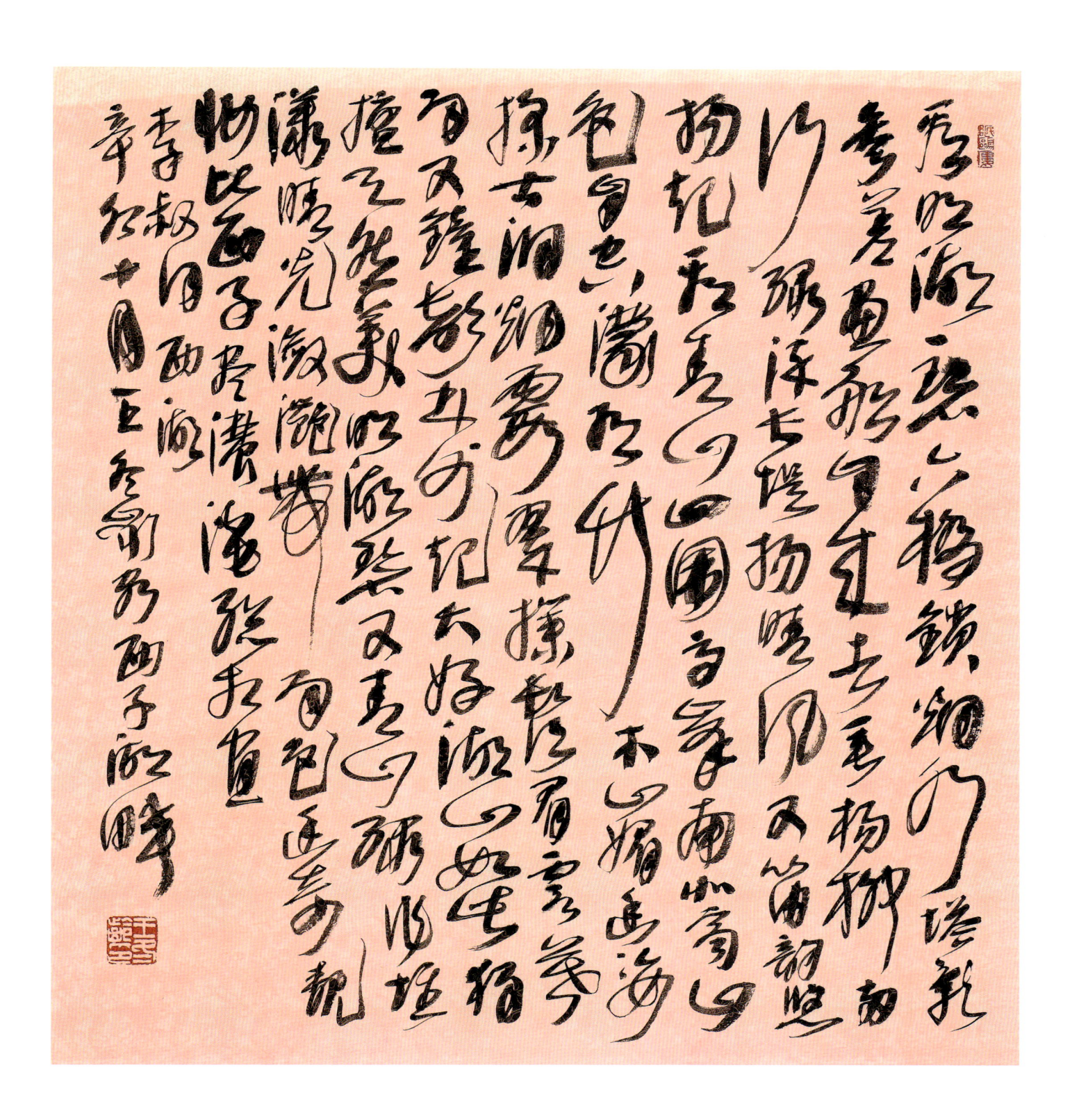

《苏堤春晓》：基底如抽象画，红花绿叶虚化。"苏堤春晓"4字用狂草书写，占画面大半空间。左侧草书，写的是明瞿佑《摸鱼儿·苏堤春晓》词句："望西湖柳烟花雾，楼台非远非近。苏堤十里笼春晓，山色空蒙难认。"

《曲院风荷》：基底为六月荷花，水光潋滟，倒影如画。"曲院风荷"4字用金粉书写在画面下方，上端天空处写宋杨万里《清晓湖上》："六月西湖锦绣乡，千层翠盖万红妆。都将月露清凉气，并作侵晨一喷香。"

《平湖秋月》：基底为夜色下的平湖秋月，隐隐船影，淡淡烟花，如梦似幻。画面上方篆书"平湖秋月"，下方用草书题明聂大年、洪瞻祖两首《平湖秋月》七律。字数虽多而不显拥挤局促，宽绰有余。

《断桥残雪》：基底为断桥雪景，积雪压在桥栏上，富有质感。桥外是冰水枯荷，以及迷蒙的远山，呈黑白色调。"断桥残雪"楷书写在画面中间，边上用银粉题写了宋陈亮词《滴滴金》，以及宋王洧诗："望湖亭外半青山，跨水修梁影亦寒。待伴痕旁分草绿，鹤惊碎玉啄栏干。"

《柳浪闻莺》：基底为柳丝阳光，亮丽明朗。中间直书行书"柳浪闻莺"4字，左侧写元明人万达甫、汤焕、于谦、王瀛柳浪闻莺诗。

《花港观鱼》：基底为水中游鱼。中间隶书"花港观鱼"四字。左右两侧题元明诗人尹廷高、吴从先诗。

《雷峰夕照》：基底为湖山树影与水光粼粼，上下各占一半。四角篆书"雷峰夕照"，中间是草书宋周密《木兰花慢·断桥残雪》。全词用金粉书就，嵌于树荫之中，融为一体，书法恰似"长"在景中。

《双峰插云》：基底上方为南北高峰夕照、暮云、枯树、远山。"双峰插云"用狂草书就。题的是清人陈璨诗："南北高峰高插天，两峰相对不相连。晚来新雨湖中过，一片痴云锁两尖。"自然之境与诗情水乳交融。

江南

白 明

长年穿行江南，满眼自然，见惯了稻田、农舍、泥道、绿植、河塘、木桥、牲畜、小船与山水，今车行于同样的江南，见了同样的熟景，竟是深深地感动！视线并不聚焦，就这样漫无目标，散淡地看去，看得心里软软绵绵，泛出无限柔爱！心里惊异，原来在天空雾白云层下的地面上的自然和平淡是这样能安慰人心。

江南好！江南是皮肤的舒适记忆，江南是呼吸的滋润舒畅。江南是满眼的江湖，江南是缓山绿树，江南是烟波浮漾，江南是溪水潺潺，江南是芦花的掩映，江南是竹海的剧场。江南是鱼米之仓，江南是桑蚕之国，江南是青花之域，江南是文人之乡。江南布丝竹之音，江南弥清净茶香。江南现笔砚墨纸，江南寄诗词歌赋。于江南尝美食，于江南阅闲情。江南仍"太平盛世"，江南仍地处"江南"，今日之江南已无了性情"江南"。江南失了士文浪漫，江南无了思绪清谈。江南已非曾经的"江南"，能不忆江南？

"故乡"这个词突然让我心颤动并莫名地温暖、忧伤、想念、亲近又无定所。祖籍昆明，生在余干，青年时期在福建将乐，大学工作在北京。余干是我故乡是铁定的。可自从我出生和童年的居所被让出了那小块长方形的土地成为新余干的主街道，我"故乡"概念的强大"心磁"开始少了清晰的纹理……

余干的美绝不仅仅是这让凡·高迷恋一生的熟透的金黄！余干还有春天灿烂的油菜花的嫩黄；还有夏天望着让你心神荡漾的莲蓬荷绿；湿地、芦荡、候鸟、蟹塘、船影、雾江……加上成群的绿头麻黄野鸭和成片的洁白天鹅；世上最好最独特鲜美的余干辣椒。

绵绵的雨持续地下着，粉墙黛瓦中的岁月之痕多出了细白的线条，伴着熟悉得让人容易走神的滴答雨声，视线明明是聚焦一处，却是如烟般弥散开来，伫立，一切被收纳的光影近在咫尺，思绪却依着这清晰的眼前引向了遥远的孤意，在密集却明显并不乱律的雨声中慢慢听出了"静美"的智慧！

世间万象，始终于情。因为情，人们会主观改变对事物的看法。

并由此获得心灵的满足！

"成器与物归·白明艺术之旅"展览现场　壹美美术馆　2023年6月15日　在系列作品"熵"中以巨型作品在窑炉中的炸裂呼应了一种物质生成与创造的回归

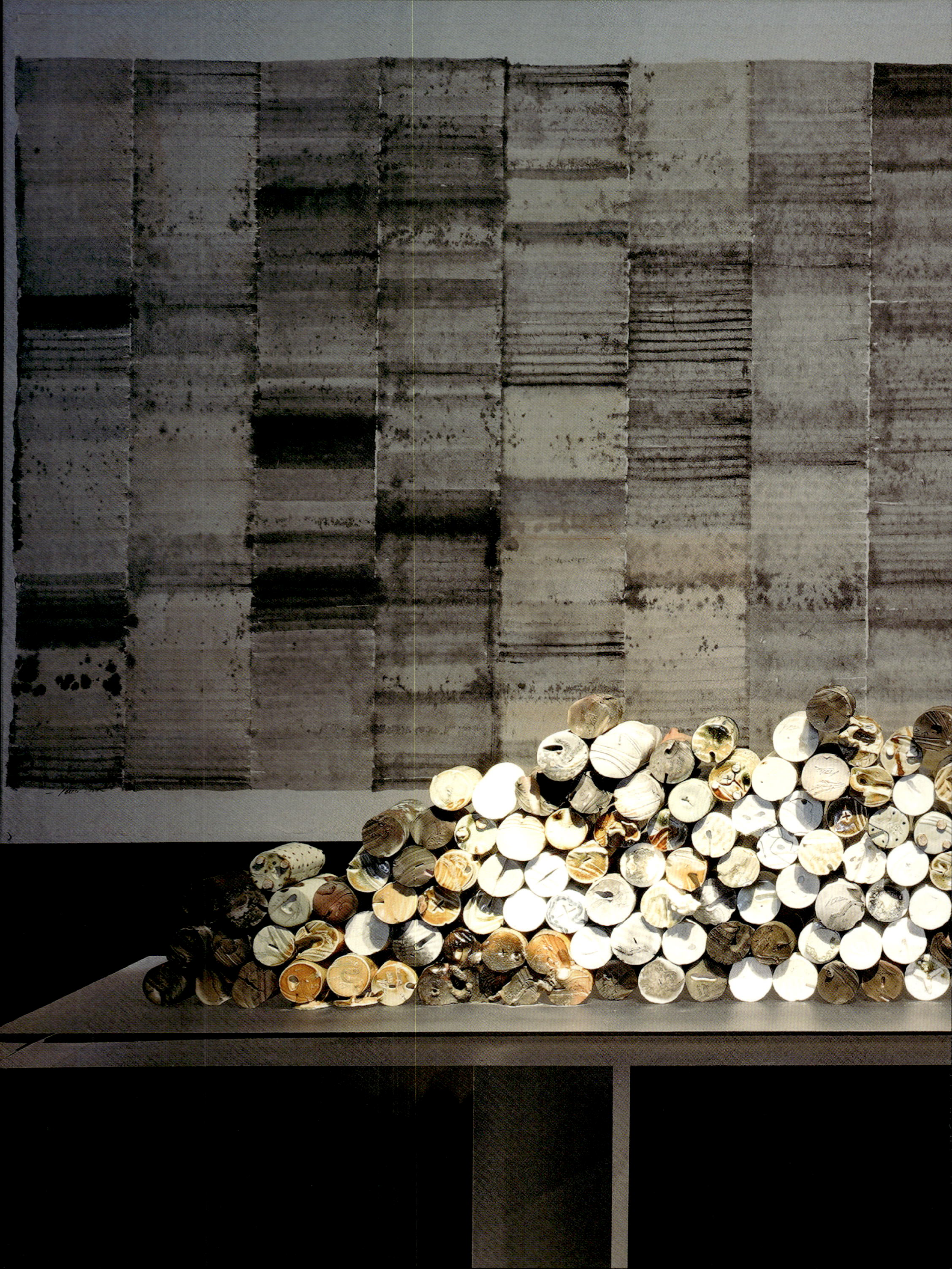

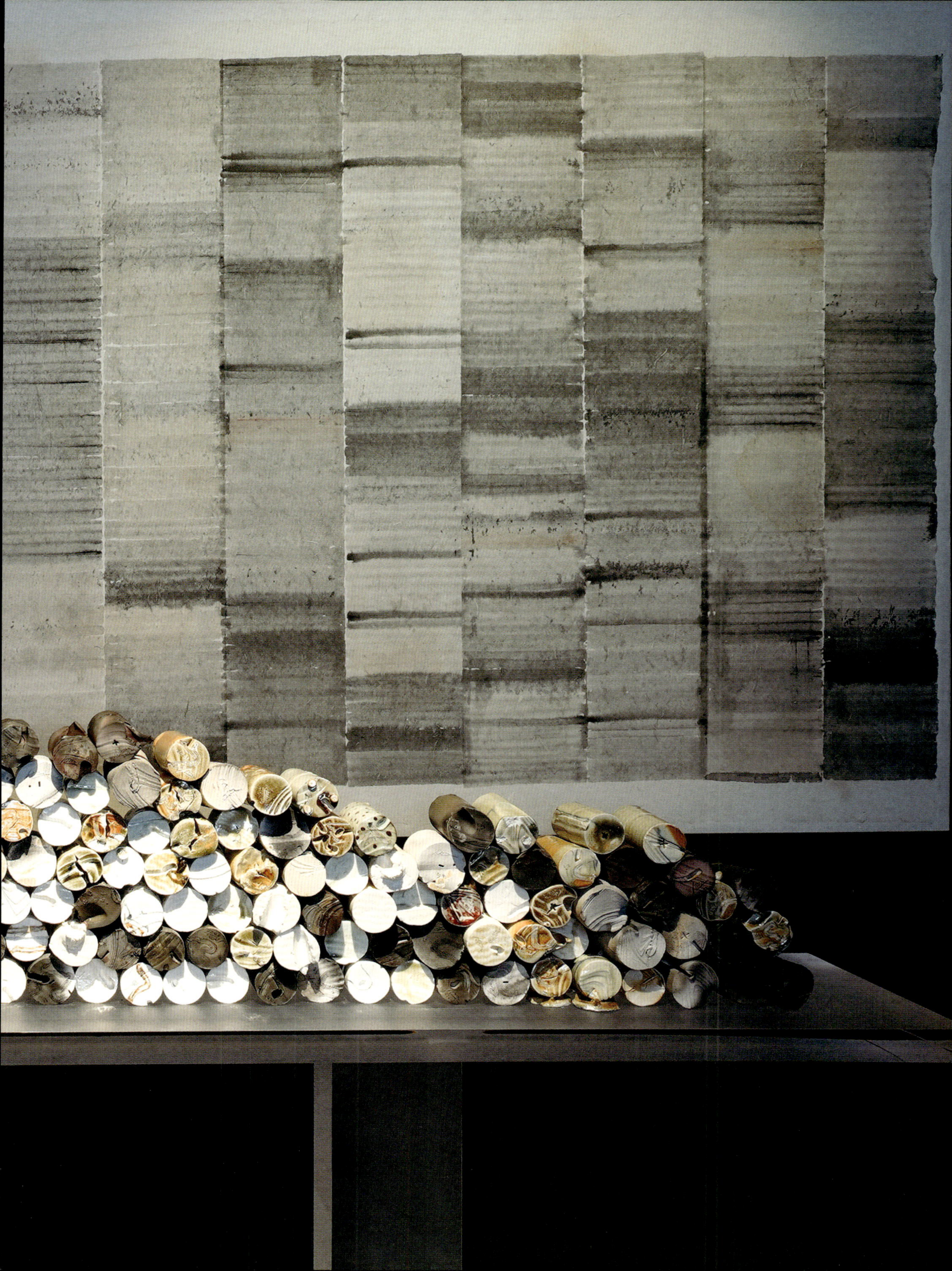

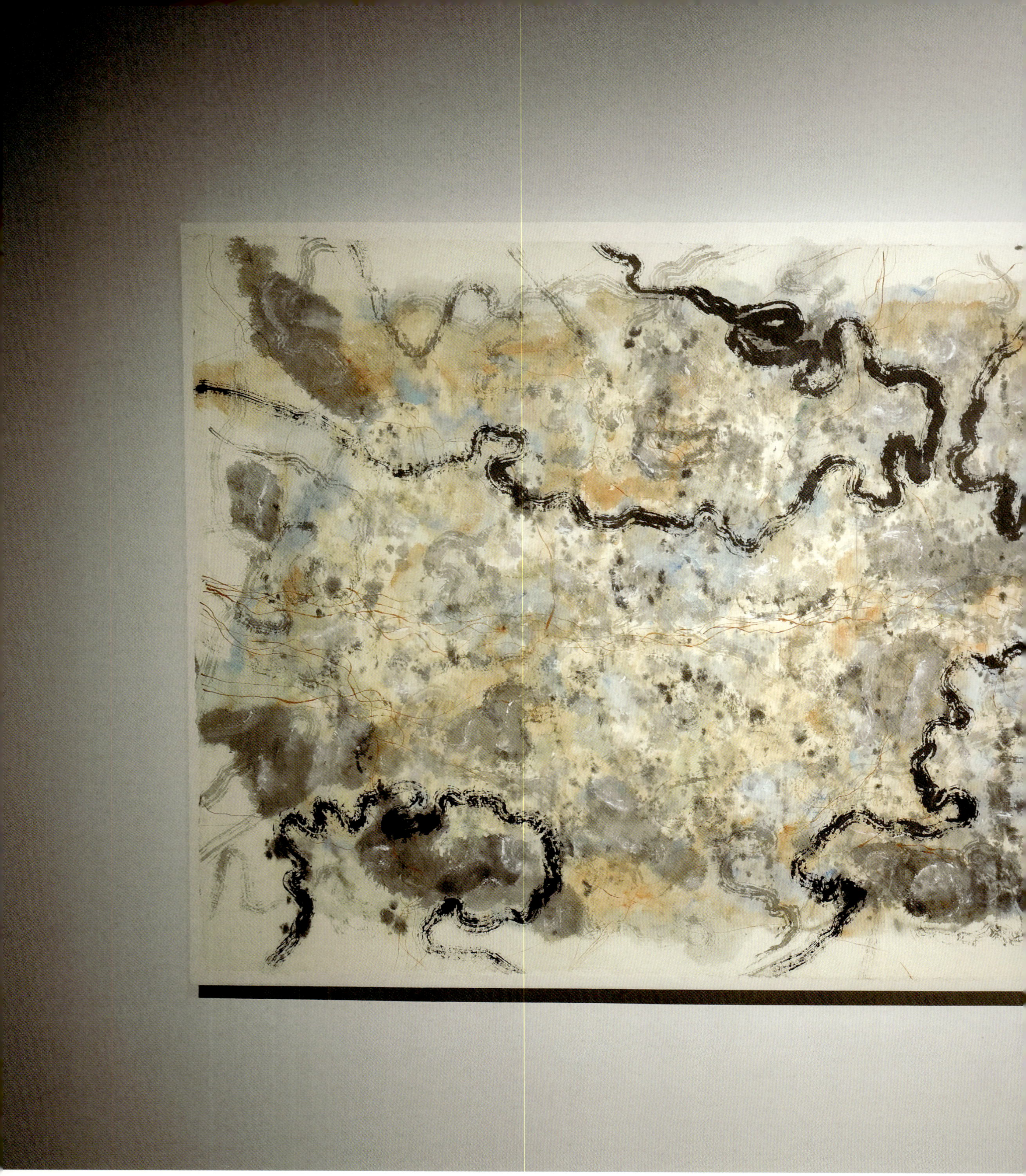

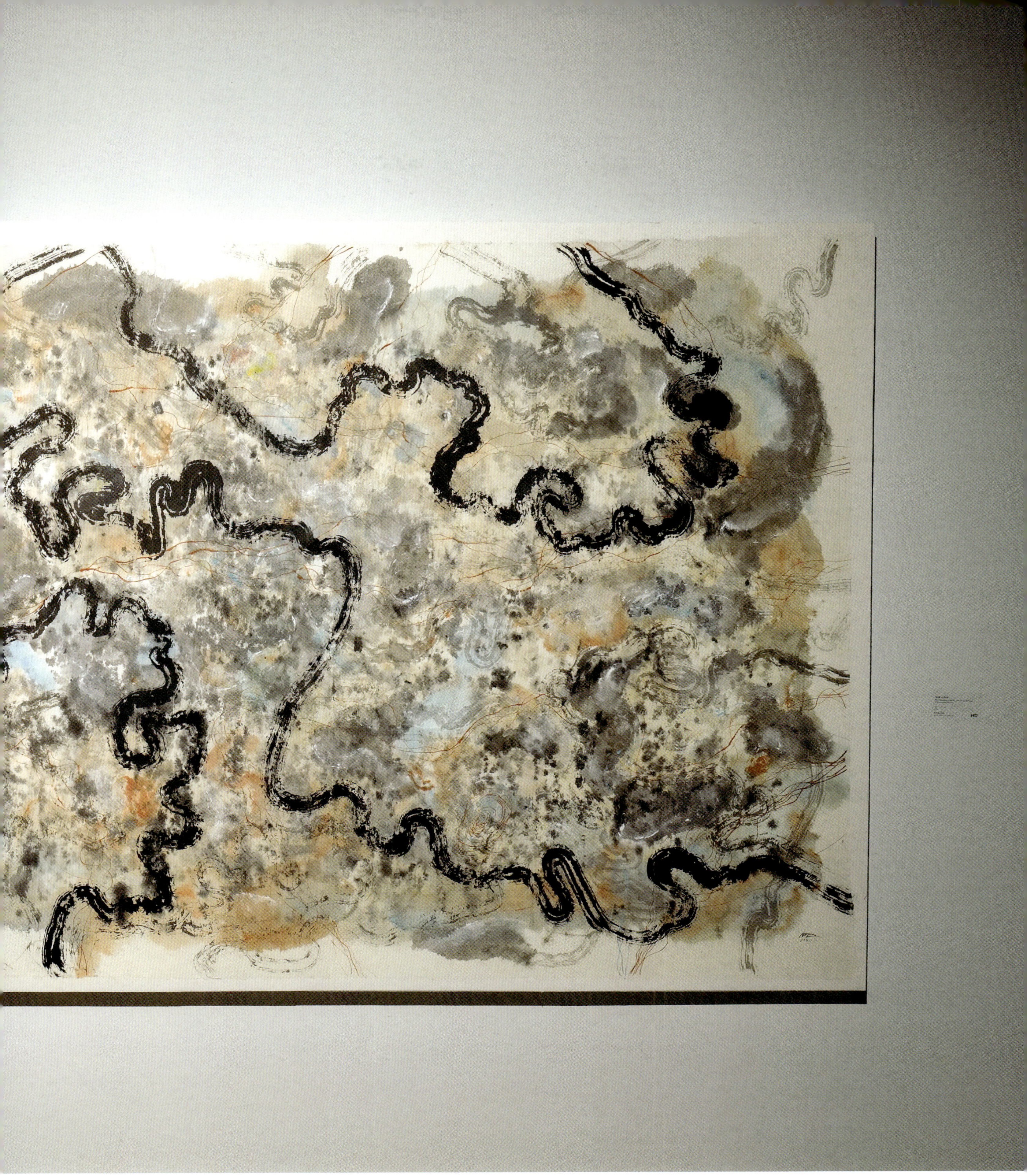

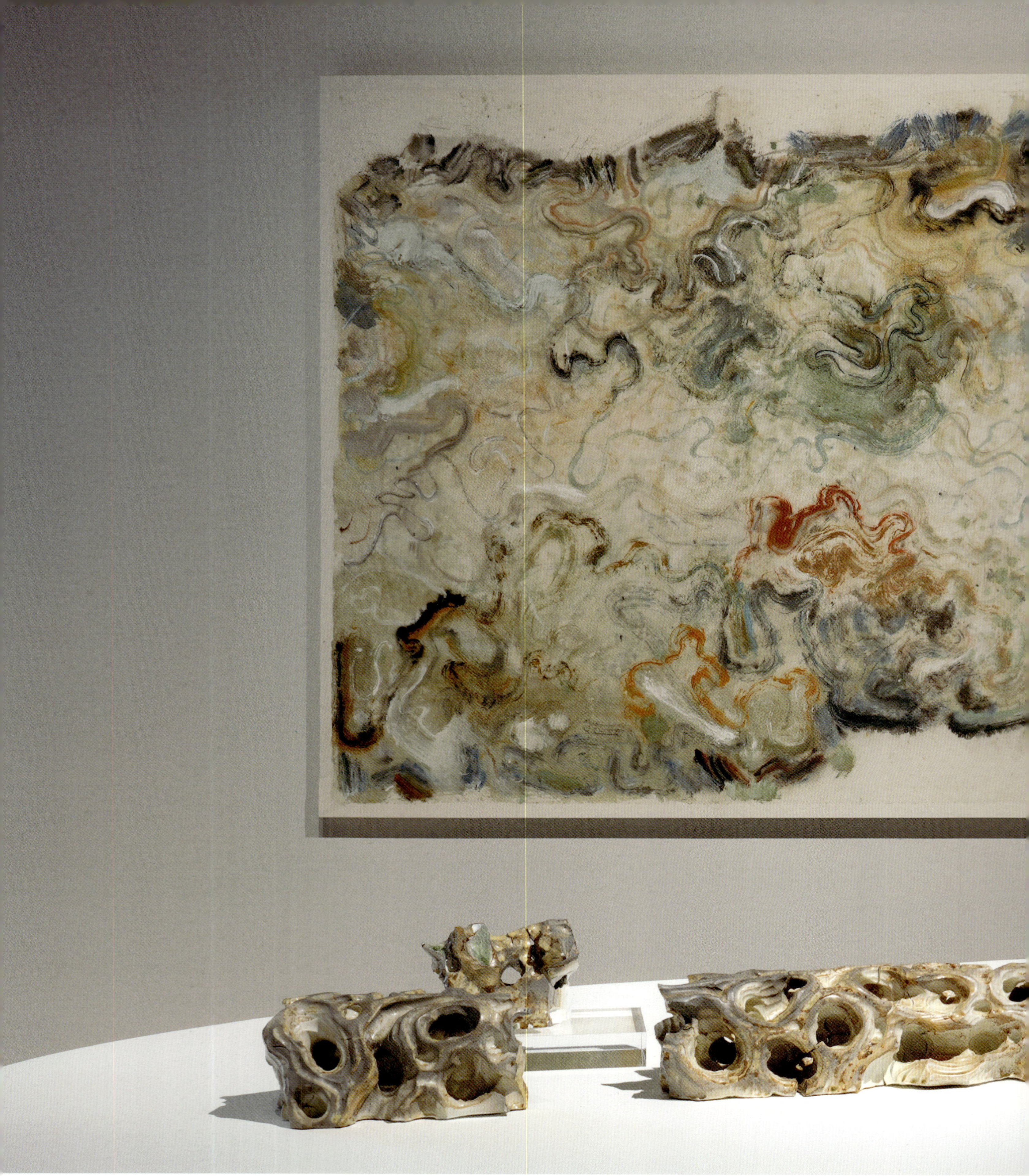

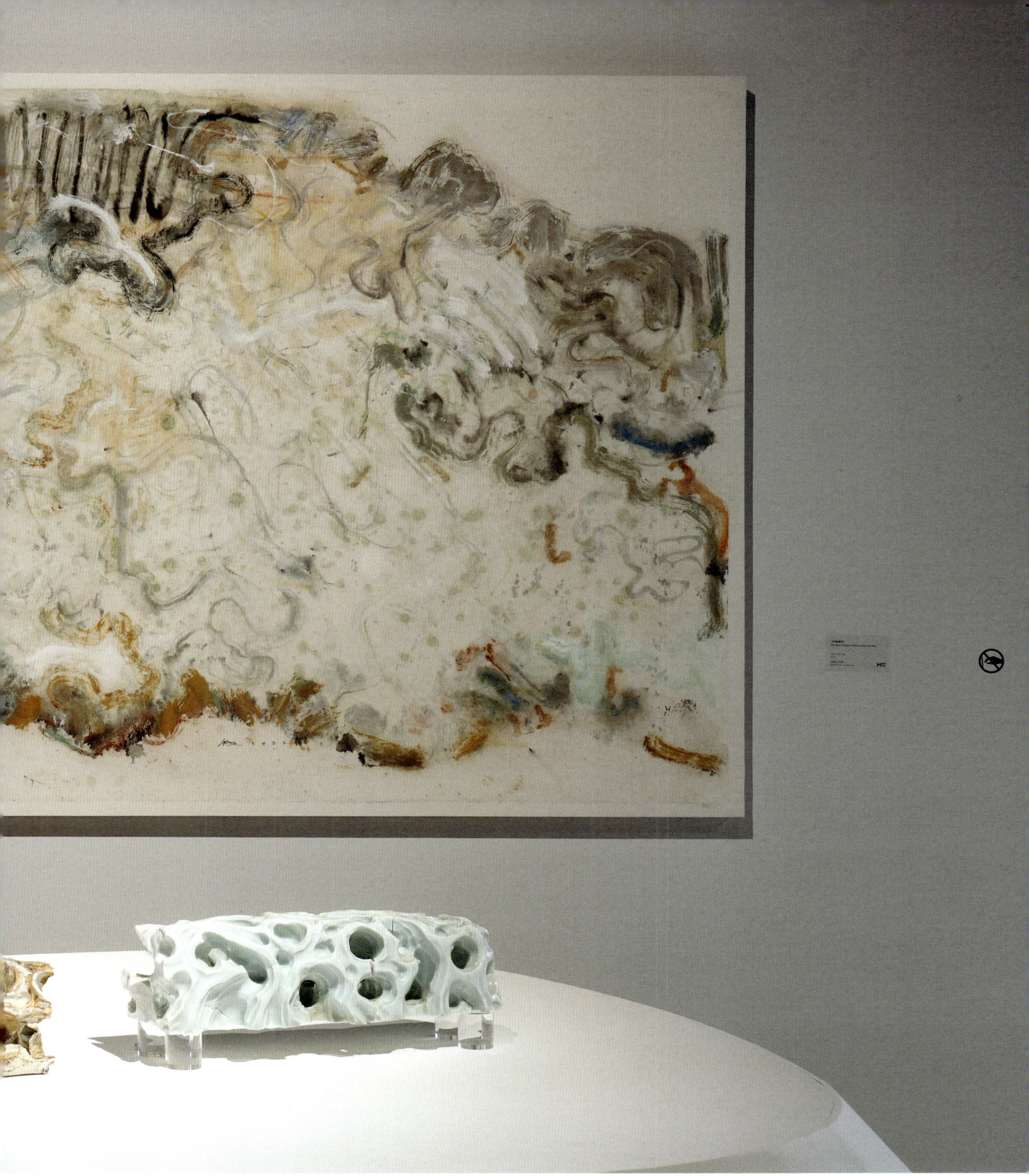

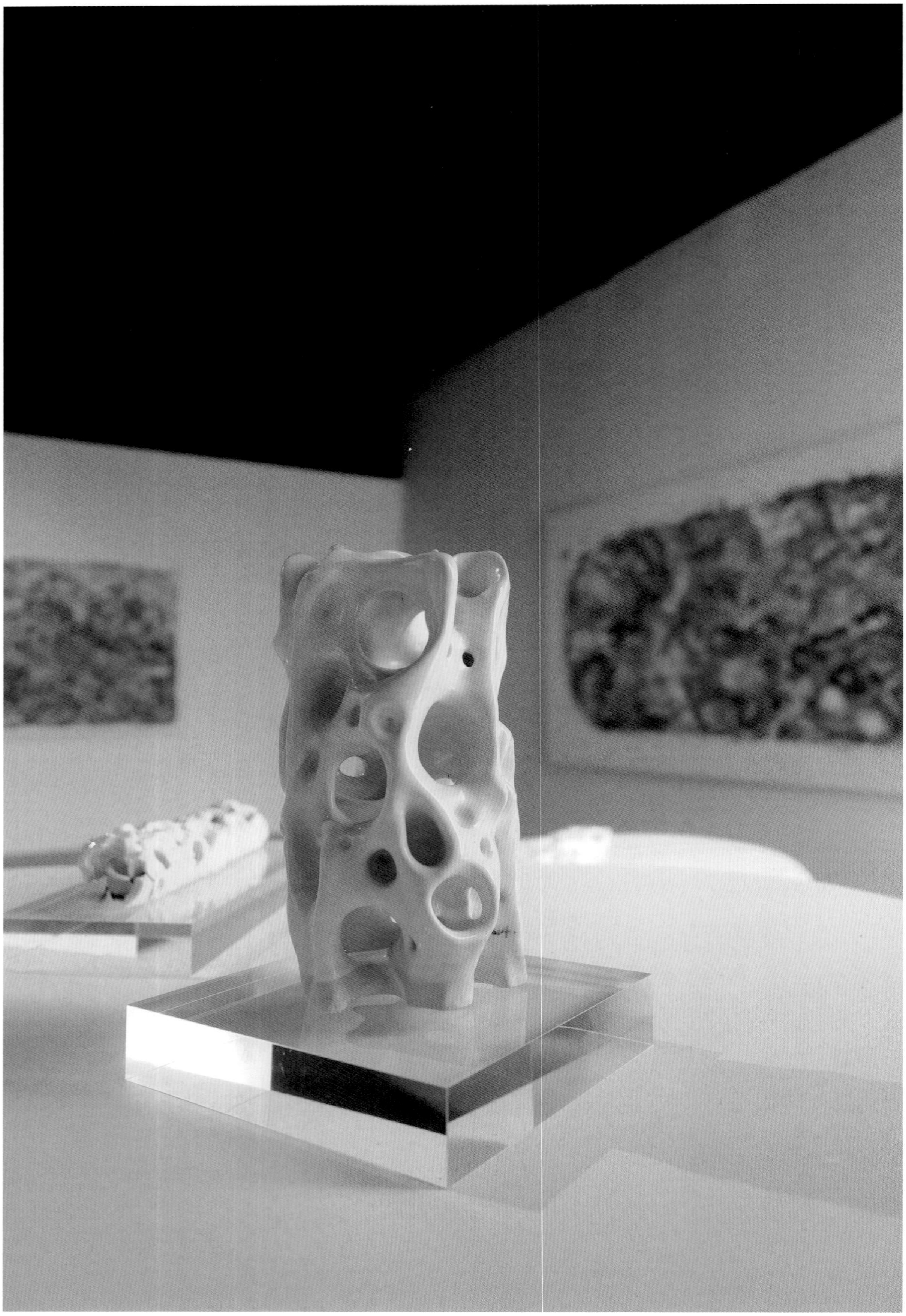

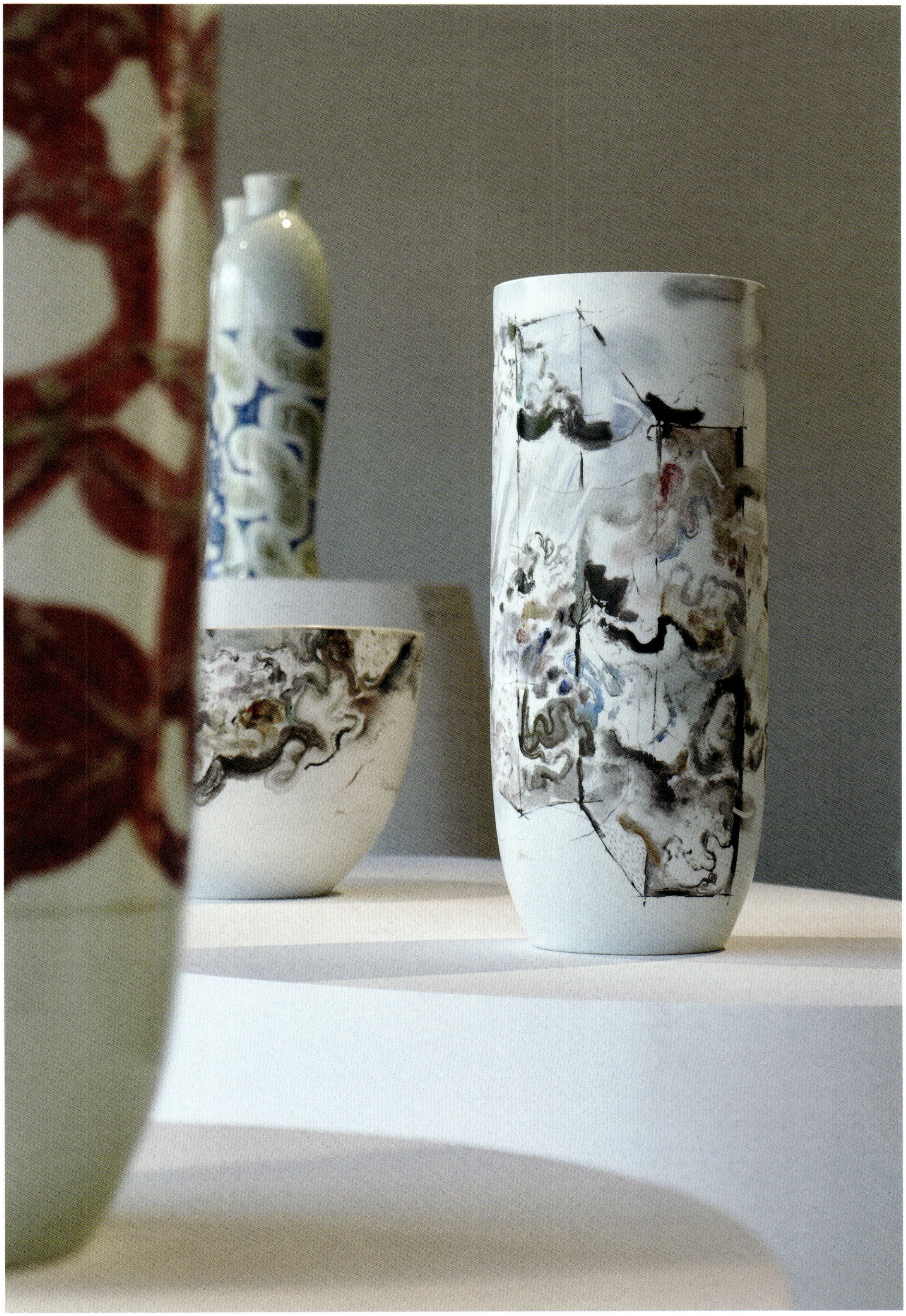

140

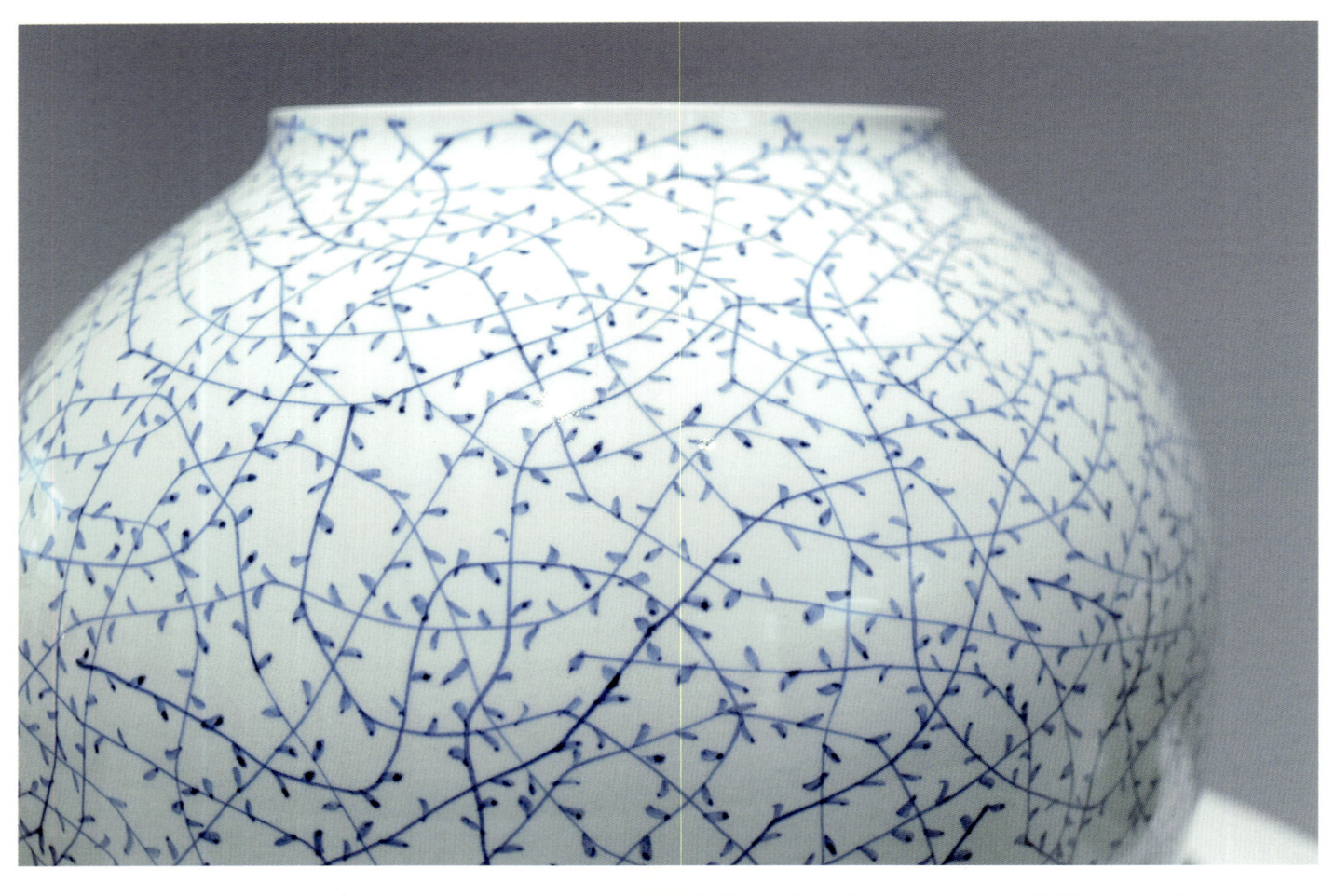

关于《假山石》

展望

▶ **创作随笔 I**

"假山",顾名思义,它不同于一座真山。它没有山的雄伟气势,也不可能再现中国三山五岳的剑峻宏伟。假山是中国式园林的产物,是中国环境艺术中的一种特有的装饰方法,它与古典的亭台楼阁、小桥流水、花木园艺共同组合成一个完整的园林综合艺术品。它虽不及真山之大、之险,但因它取之于天然山石,再经人工组合、叠造,"虽由人作,宛自天开",尤为能给以中国山水画为美术传统的中国人带来真山真水的假想。较为著名的中国苏州园林,以及曹雪芹笔下的"大观园",都淋漓尽致地把那种"亭台到处皆临水,屋宇虽多不碍山"的"曲径通幽"的悠闲适意的人生观表现出来。多少中国古代文人墨客吟咏的诗句也对其大加赞赏,人们形容假山为"有形的诗,立体的画"。由此,假山的形式自唐宋以来至明清,大量进入私家园林。这种遍布大江南北的园林艺术,成为表现中国传统文化中闲情逸致、回归自然的代表形式。

假山石作为构成这些园林景观中的重要象征,以形状怪异、玲珑剔透的真山石所叠积,形成其独树一帜的传统艺术风范,延续至今。它体现着中国传统文化的一个重要观念,即追求人与自然的和谐。生活在都市中的人们,为了随时随地地感受到这种和谐,需要一个假借物用来满足这种精神神游,于是,用假山石叠成的假山充当了这种角色。在《红楼梦》这部经典的中国古典小说中,主人公贾宝玉曾批判过这种模仿自然而弃求其真的假装诗意的文人情结,但立即遭到其父亲的严厉训斥,可见这种传统在中国的根深蒂固。

随着时代的变迁,世界文化的相互浸透以及西方工业文明的闯入,我们已进入了一个高速发展的数字化、科技化、信息化的现代社会,几千年来的传统文化面临着巨大的冲击,生活在这种节奏紧张的社会中的现代人已无暇顾及那些需要有足够的闲暇时间才能观赏的艺术。我们每天面对的是林立的高楼大厦、川流不息的车海、熙熙攘攘的人群,健硕的物质欲替代了传统文人的超然闲适。而当今的城市改造也并非照搬西方体系,更多的是融入了中国传统,采用中西结合的方式来建造新的城市环境,这其实是进入了既非西方也非中国的无体系文化状态。假山石离开了古典园林,大量出现在这些新建的建筑环境中,正是反映了这种无体系状态下的一种临时性措施。朴素的石文化与西方的玻璃、水泥建筑的结合构成了一幅中西文化结合的怪象。

我一直试图寻找一种方式来解决这一矛盾。正如古人以假山石来表达其精神追求,我选择了不锈钢这种工业材料,借用它光亮反射、"永不生锈"的特点,将其覆盖在石头上拓下自然的肌理,复制出同样的真正的《假山石》,替换下那些"不合时宜"的"假山石",以此象征某种精神价值的转换和现代人对物质的奢望。我认为我再现的是一个事实,但我并不阻止人们的假想(从精神想象到物质想象),因为平面不锈钢板本身的晶亮浮华由于被石头肌理改变,呈现出一种游移、不确定的光彩,更突出了

"假山石"的真正含义。我的愿望是以此提醒生活在现代社会的人们,再次地注意到传统与今天的某种内在关系,找到建构我们现代人生活体系的某种事实,而非对现实视而不见。

▶ **创作随笔Ⅱ**

艺术的真与假仅只一步之遥,闭上眼睛是艺术,睁开眼睛即生活,我们宁愿相信一个物质或一个行为给我们带来的意念,但时间总会削弱这种意念带来的虚幻效应。而理想对于我们来说,永远都是越遥远越有吸引力。

艺术是一种永远无法实现的理想吗?如果真是如此,我认为这就是创作作品的理由。为了随时不忘回归自然的梦想,我生活的周围安放的"假山石",它表达了人们对真材实料背后的假想要求。"假山石"一词实际上揭示了艺术的真谛,即人的艺术要求是希望得到真实的物质背后的幻觉意义,但这个理想正随着社会的变化而被淡化消解,从而渴望寻求新的能够满足这种幻觉的新物质。因此我选用了另一种仍然是真材实料的不锈钢,利用它的浮华的假性特征还原其本来意义,来代替一度寄托以假的意念的真材实料———一种代表自然观的石材,创作出真的《假山石》。这如同重新确立某种理想,一种不能实现的却适合于当代人的要求的理想。虽然我们知道这世界从本质上讲永远在重复,我们却无论如何无法回到过去。

展望 《镜花园系列——三个对窗》 不锈钢、木框 平均尺寸:150×135×54cm 2019年 在苏州博物馆展出 图片由苏州博物馆提供

展望 《假山石4#》 不锈钢 210×90×70cm 1997年 美国芝加哥大学斯玛特艺术博物馆藏

展望 《假山石》 2002年 在江西瑞金展出

展望 《假山石 175#》 不锈钢 252×160×97cm 2016 年 在北京大学赛克勒考古与艺术博物馆展出 图片由北京大学考古博物馆提供

展望 《假山石 3# 有玻璃罩的假山石》 不锈钢 107×86×35cm 1997年 深圳南山雕塑院藏

展望 《假山石 31#》 不锈钢 230×150×90cm 2001年 香港 M+ 视觉艺术博物馆希克藏

展望 《假山石 109#》 不锈钢 320×140×110cm 2006 年 摄于日本冈仓天心故居

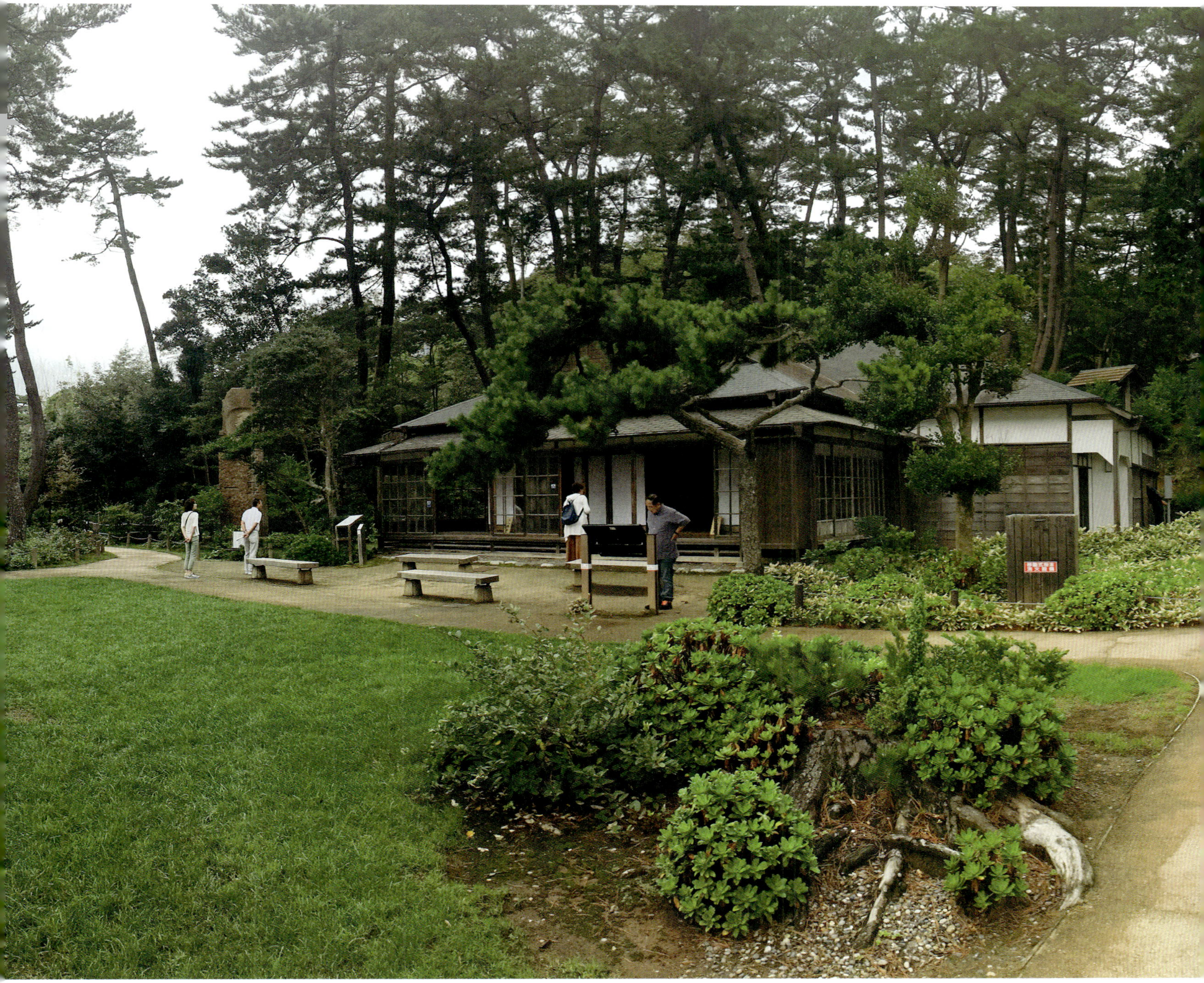

展望 《假山石 85#》 不锈钢　320×125×220cm　2005 年　波士顿美术馆长期陈列　© Nigel YoungFoster + Partners

展望 《假山石 133# 真石与假石》 山石、不锈钢　184×180×140cm×2　2007 年　在德国莱姆布鲁克美术馆展出

展望 《物的天堂》 不锈钢 720×180×150cm 2002年 东京汐留城市中心大厦藏

展望 《假山石43#与127#组合》 不锈钢 400×230×160cm 2001年 在比利时布鲁塞尔展出

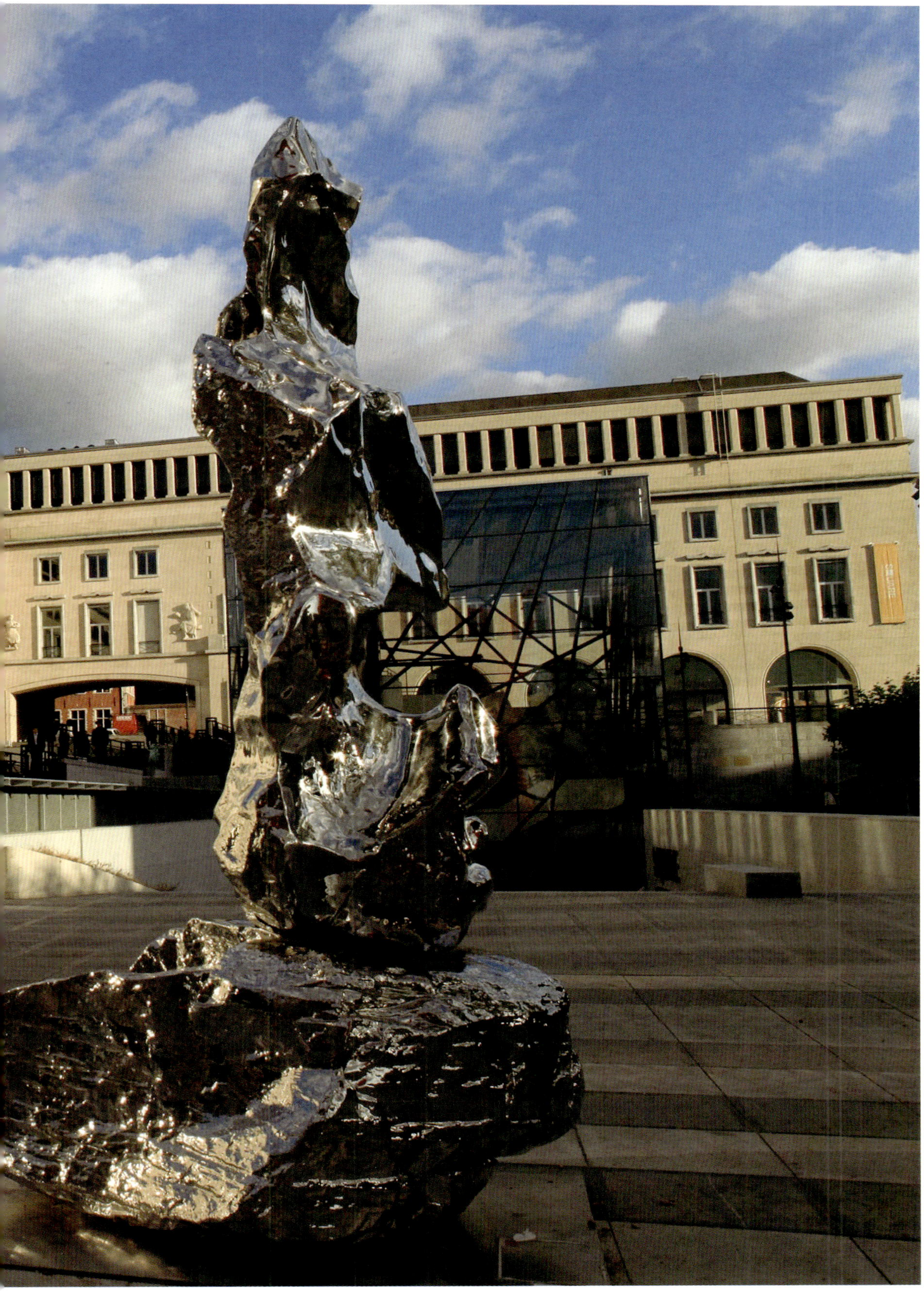

展望 《假山石 46#》 不锈钢 720×180×150cm 2002年 在芝加哥千禧年公园展出

展望 《假山石 59#》 不锈钢 450×200×240cm 2003 年 美国旧金山笛洋美术馆藏

展望 《漂浮的仙山》 不锈钢 890×480×400cm 2006年 新西兰凯帕拉港吉步斯农场雕塑公园藏

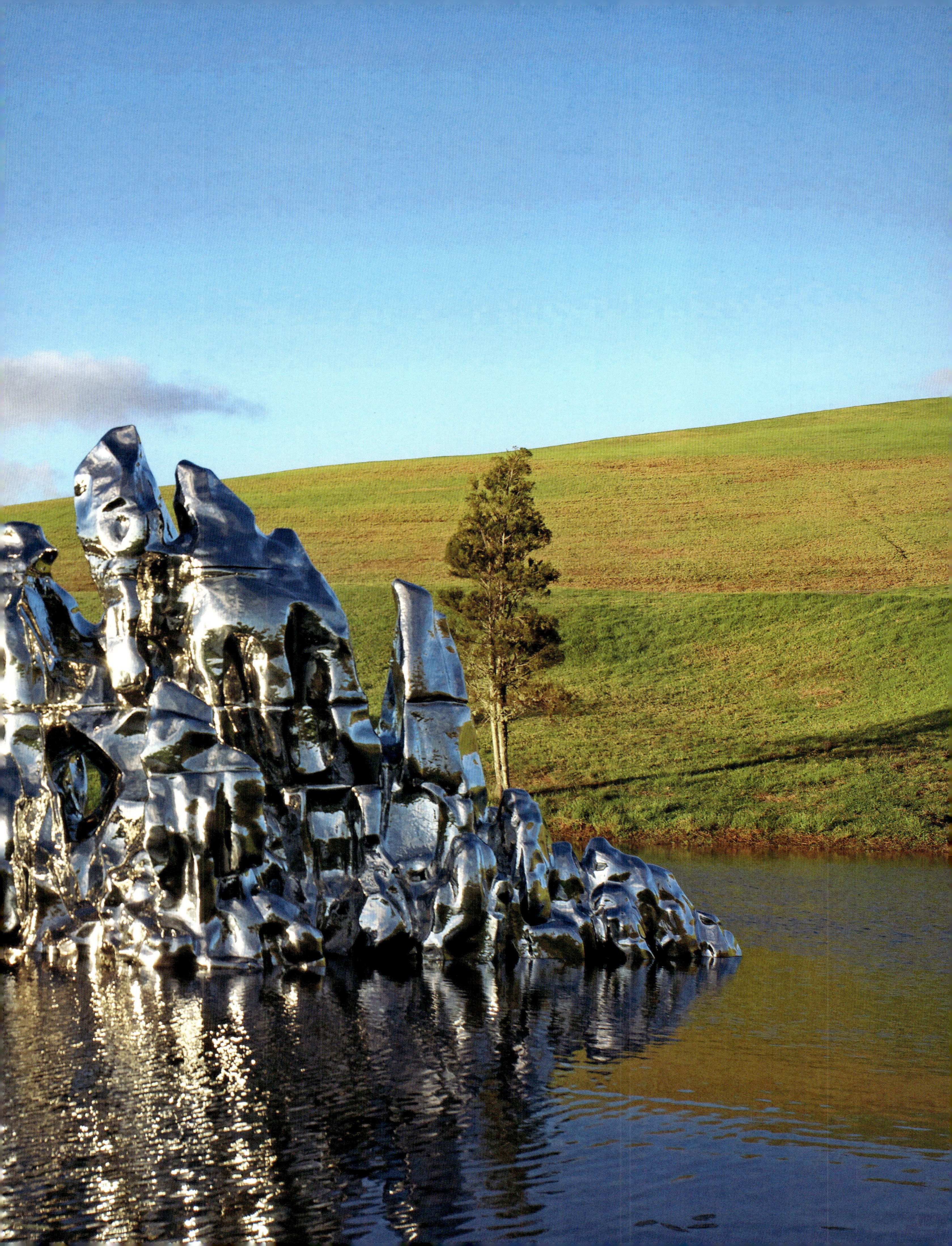

西湖与我的铜版画

严善錞

我1957年出生在杭州。家在官巷口附近的云贵里,前门属大塔儿巷,后门属皮市巷。据说20世纪二三十年代,诗人戴望舒也住在大塔儿巷,有人说他的《雨巷》写的就是那里。不过,《雨巷》里的味道现在一点都没有,就连老房子和石板路也拆得滑塌精光,如今,大塔儿巷是名存实亡。

西湖离我家很近,走路十分钟,随时可以去玩。刚读小学,"文革"就开始了,课越来越少,书越来越薄。夏天,把衣服塞在塑料袋里,从柳浪闻莺下水一直游到三潭印月。秋天,在城隍山和宝石山上曝太阳,晒到脸上起壳。冬天,在结了冰的西湖里打雪仗,冻得两手生满冻疮。春天,去植物园闻闻那些新鲜的草木味。现在的小伢儿,再也不会与西湖那样亲近了,那是一种肌肤之亲。回想起来,如同隔世。

那时候的西湖,路上没啥游人,路边没啥生意。一到夜快边,就冷清了。历史上描写西湖热闹的多,冷清的少。李叔同在他西湖边出家的文章中倒是说,当时的西湖很冷清。但是,像张岱那样说西湖荒凉的情况,就少之又少了。总之,不管是热闹还是冷清,西湖是有文化的,我们这代人是没文化的。不要说张岱的长篇散文《西湖梦寻》闻所未闻,就连白居易、苏东坡那些简短诗句,也没个把人背得上来。除了灵隐、岳坟外,其他名胜背后的故事,没人能讲得出多少。在西湖面前,我们真的是"白板"一块。这倒也打开了眼耳鼻舌身,整体地去感受。

说起西湖与我的铜版画,想来大概与邮票有关,这是远因。父亲是外国集邮协会的会员,家里有不少邮票和明信片,印有世界名画,明暗光影,精致迷人。有些同样的图像,因为面值不同,就会用不同的颜色来印。我的那些一版多色的铜版画,可能就是那些邮票的痕迹。其实,最早的雕版邮票,就是铜版画,那些线条刻得非常精细,印得厚实,摸上去蛮有手感。有些图案简练粗放,像表现主义的画,与我后来看到的珂勒惠支的风格差不多。

我的铜版画里,也有一点中国画的因素。但小时候完全看不懂中国画,家里有些不错的山水和花鸟,大家都没感觉,一直放在箱子里。我只看过两三眼,印象中就是一些黑魆魆的线条,直到"文革"中我亲手把它们同邮票一起当作"四旧"烧的时候,才知道它们画了些什么。读大二时,我才开始懂点中国画,那是因为临摹黄公望的《富春山居图》,尤其是看了陆维钊先生的临本。因为喜欢陆先生的书法,从书法的用笔,明白了绘画的用笔,得出了中国画的味道。说实在的,现在的山水画家,很少有陆先生这样的笔头功夫。他的画,真的是一笔一笔,干干净净写出来的。

读大学时,另一个难忘的记忆,是王蒙《青卞隐居图》的珂罗版影印本。同原作比,它在墨色上少了层次,同日本二玄社或现在的扫描高仿比,它的清晰度也不好。但是,它却有种含蓄苍润的气息,这是珂罗版在宣纸上印制的效果。我当时想,能否把珂罗版作为一种版画的手段来做创作,就像石版画一样。后来才知道,因为它只能用感光的技法来完成,实在太复杂,就放弃了。

在版画中，我最喜欢的还是铜版画，厚重、细腻。在学校里只学了七个星期，虽然没入门，但感觉是有了。毕业后，总是找不到合适的机会做，有时实在手痒难熬，就试着做些比较简易的蚀刻，比如软蜡，效果一般般。

十多年前，王公懿老师来深圳观澜版画基地客座，我也正好在那里创作。我那时一直尝试着用石版画的技法来表现自己对西湖的感觉，但总是觉得差口气。王老师把法国学到的一种技法介绍了给我。这种技法比较冷门，它是用硫黄粉和橄榄油混合后直接在铜板腐蚀的，大概是效果不好控制，印痕不明确，就没流行。

我对这种技法做了改良，并通过反复腐蚀，印出来的效果就细腻坚实，胜过珂罗版。尤其是用日本雁皮纸的印制后，画面就有一种光泽，一种银盐摄影那样的金属感。与西湖的气质相似。

西湖气质，大都是说它妩媚，尤其是苏东坡把它比成西施后。其实，它也有雄毅的一面。就自然论，南北两山，岩石为主，或方正刚强，或圆浑敦实，只是现在植被过多而被掩盖，看一下南宋刘李马夏的画，就可以晓得本来面貌。就人文论，西湖有不少奇节刚烈之士的故事遗迹。记得当年黄专来杭州，就想去拜谒张苍水、章太炎的墓，还在一桃一柳的湖边，同我和王霖一起聊起朱舜水、刘宗周。

我不知道自己的铜版画是否表达出了西湖的气质。我把它们做成册页那样，一本一本的，偶尔翻翻。我经常会做些白日梦，回到杭州，回到大塔儿巷的老屋，晚上，躺在床上，翻着父亲的那些邮票本。那时，心特别静，神特别清，眼睛特别明、特别亮。

严善錞 《宝石山·半山 2A》 铜版 24.5×44.5cm 2017年

严善錞 《宝石山·半山 3A》 铜版 24.5×44.5cm 2017年

严善錞 《宝石山·拟倪云林 A》 铜版 24.5×45.5cm 2017 年

严善錞 《宝石山·拟渐江 A》 铜版 24.5×45.5cm 2017 年

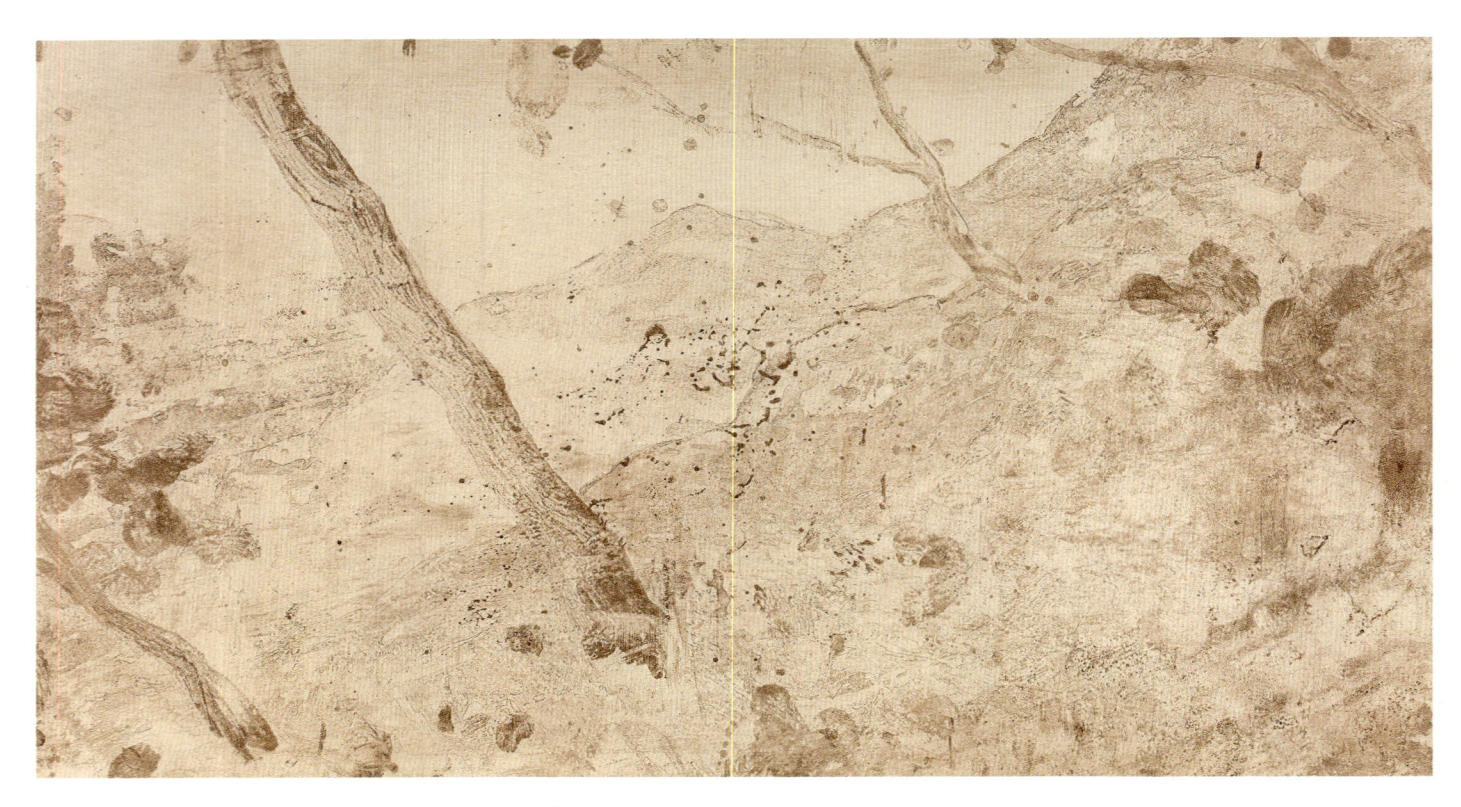

严善錞 《宝石山·拟董其昌 B》 铜版 24.5×45.5cm 2017 年

严善錞 《宝石山·拟董源 B》 铜版 24.5×45.5cm 2017 年

严善錞 《西湖·杨公堤 03》 铜版 29×20cm 2014 年

严善錞 《西湖·梯云岭01》 铜版 29×20cm 2014年

严善錞 《西湖·梯云岭02》 铜版 29×20cm 2014年

严善錞 《西湖·梯云岭03》 铜版 29×20cm 2014年

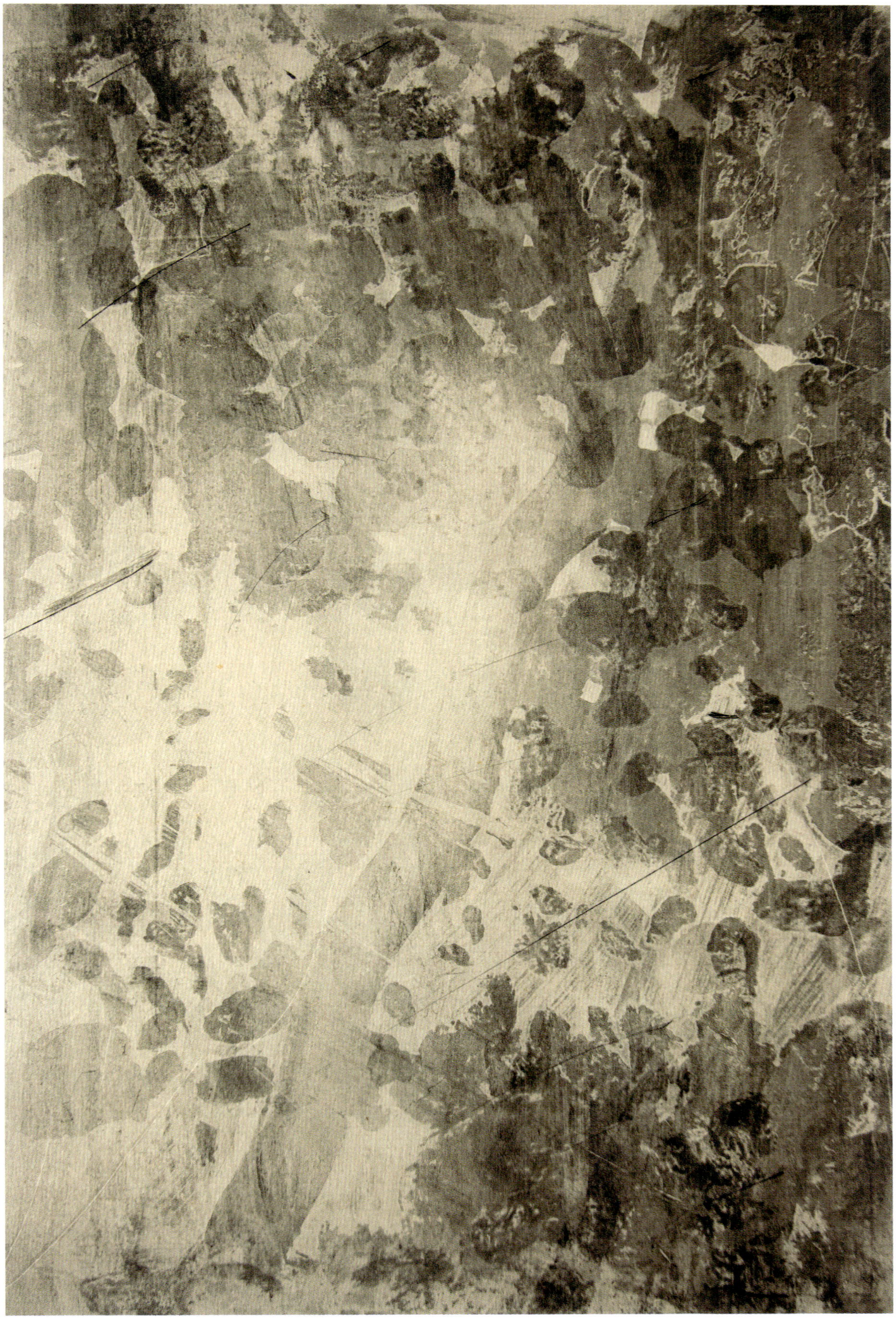

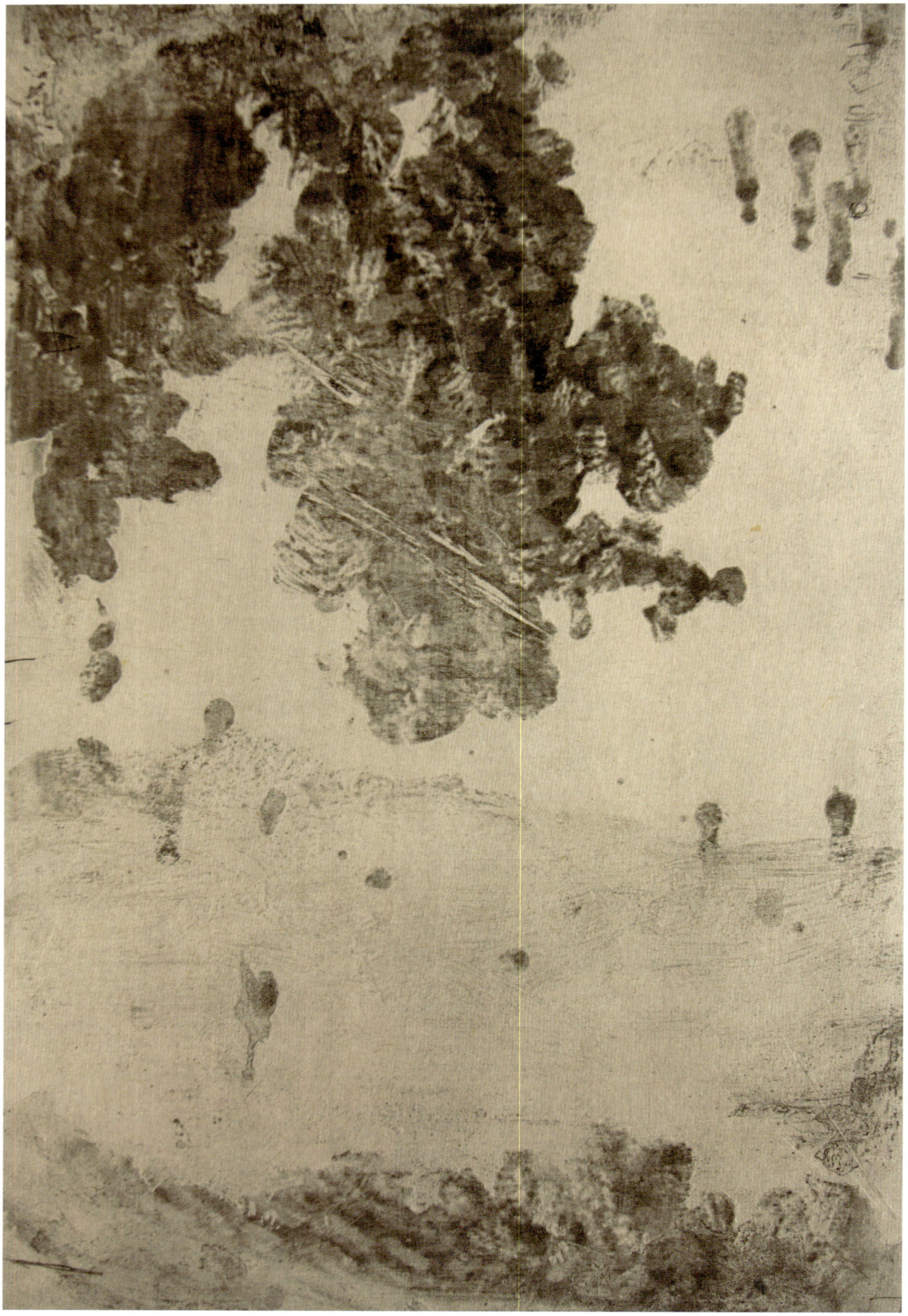

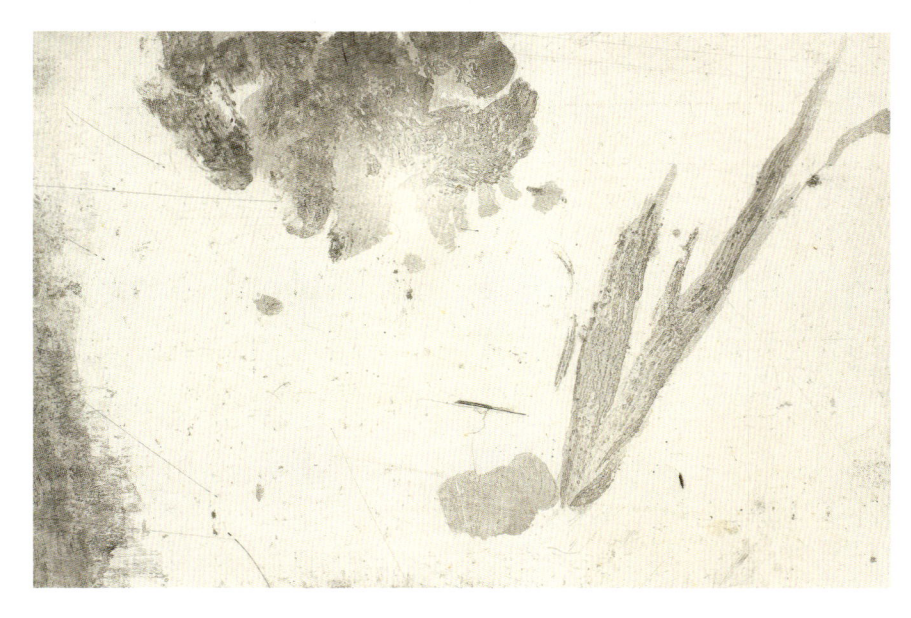

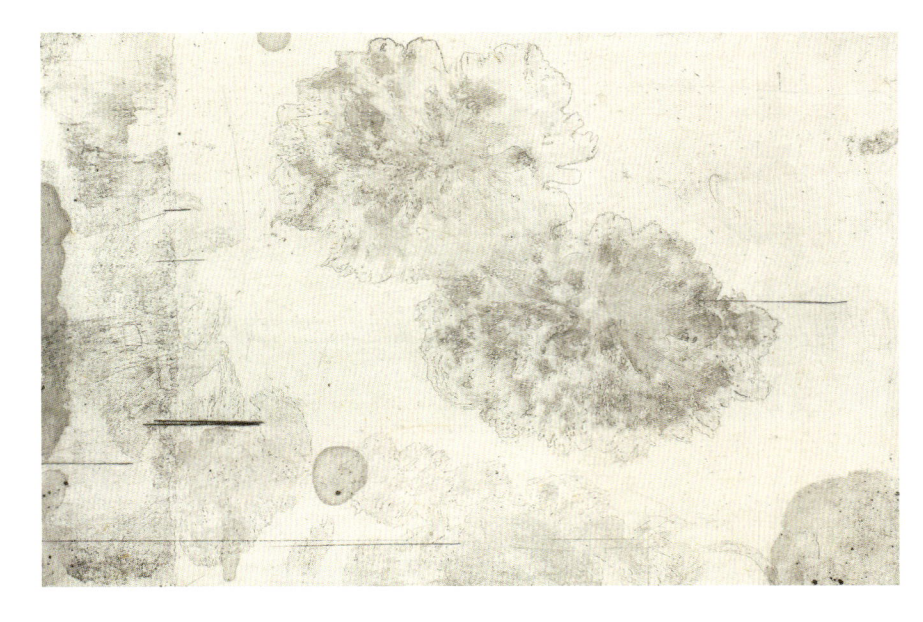

严善錞 《湖边的花03》 铜版 13×20cm 2013年

严善錞 《湖边的花04》 铜版 13×20cm 2013年

严善錞 《湖边的花07》 铜版 13×20cm 2013年

严善錞 《西湖·枫木坞02》 铜版 29×20cm 2015年

严善錞 《西湖·栖霞岭01》 铜版 29×20cm 2014年　　严善錞 《西湖·栖霞岭02》 铜版 29×20cm 2014年
严善錞 《西湖·栖霞岭03》 铜版 29×20cm 2014年　　严善錞 《西湖·栖霞岭04》 铜版 29×20cm 2014年

方骏创作之话语录

方　骏

大家不熟悉的东西，表现出来能给人新鲜感，应该努力开辟新的题材，但更重要的是去尝试如何表现这个题材，没有成功的表现，再新的题材，也仅仅是个题材而已，并不是一件艺术作品。所以，是否有新意，关键还在于是否有创造性的艺术表现。创作，创作，关键是"创"。

再深刻的主题，再丰富的内涵，也得让人从看得见的形象中去感受，去联想。这"形象"是广义的形象，是指画面上那些可以看见的东西：一个人，一枝花，一块石头，或者是一个点，一条线，一个色块，能使我们在画上"读"到它。所谓"触景生情""睹物伤情""见微知著"，你得让人家先"触""睹""见"，然后才可能"生情""伤情""知著"。画面上的这些可视的形象是读画人欣赏的起点，是依据它展开想象的翅膀，为之动情，遐想不是凭空的，具象绘画如此，抽象绘画也是如此。因为它们都是视觉艺术，先要"视"，而后才能"觉"的艺术。

不仅要临画，还要读画，要体会古人是如何从自然山水中提炼出画法来的。写生时也不必全用古人的画法来套自己观察、感受到的东西。学会从山水中提炼出方法来，比套用古人的成法更重要。

早期的山水画是青绿山水：以线勾廓，重彩填染，青绿赋彩，金碧辉煌，画外仙境。后来是写真山水：细勾密皴，以水墨写山水形质，状山水神貌，"可游、可居"。再后来是文人水墨："逸笔草草"，"不求形似"，重在以笔墨怡情遣兴。明人王世贞说的"一变""一变""又一变"就是在说山水画的历史是一个不断变化的历史。

对于古人具体的技法，既要参考，又要反叛。完全照古人的方法，一步一趋，那还要我们干什么？

说中国山水画是"纸上云烟""胸中丘壑"，其实这纸上的云烟和胸中的丘壑，都源于画家对真山真水的感受和体验。到真山真水这个源头中去身临其境，去"师造化"，去获得"烟霞供养"，是每个山水画家不可缺少的一门必修的功课。

我画画从来未被"画什么"苦恼过，觉得可画的东西很多，大有源源不断，随手可取之感。我熟悉江南水乡，仅是桥上的文章都做不完：大清早，雾还没散，横七竖八架起的大桥上下来两个采桑的村姑，画了《朝采桑》。连绵春雨，烟柳画桥，"好婆"（苏州人对老大娘的称呼）招呼过桥姑娘快躲进她的油布伞里，画了《梅子黄时雨》。一船新砖运回家，正把橹放进船篷架上，惊起一群麻雀，岸边芦花正开，画了《江村晚来秋》。画条凳上晒的红辣椒；画寻常百姓人家关着的院门；画山村晚照；画江山晴雪。画题从未枯竭过。

对我来说，"怎么画"比"画什么"要费心思得多，不管画什么，找不到自己的描述语言和表达形式，就感到不知从哪里下笔。常常是腹稿打到哪里用浓墨，哪里用淡墨，哪里多用水，哪里用渴笔才理纸落笔，当然还是做不到一挥而就，往往要试好多次还不如意。因此特别注意不同方法所得到的不同效果，注意浓墨凝重的分量，淡墨清新的感觉，注意墨色渗透的虚实韵致，也很注意色彩，盘算用什么颜色表现对象。用这种心思，对我是很有趣的，是用脑子在作画，排遣了许多长途坐车的寂寞和冗长会议的烦闷。想到用三青四绿画桑叶，用曙红朱砂画红砖，心中自鸣得意了好一阵子。

传统山水画中，确实是以墨为主的最多，"水墨为上"，这是王维的主张，被后来文人画家奉为经典。然而，远古山水画的大青绿及后来的小青绿都是重色的，我以前画过工笔画，不以重墨还是重色来评价画的高下优劣，对于重墨的和重色的都喜爱，自以为少有偏见。

中国山水画发展历史的几个阶段，各有所长，为什么不把它打通了重新熔铸呢？我在实验，想把青绿山水严谨的章法、绚丽的色彩与水墨山水生动的笔墨、清新的韵致融为一体，走出自己的路来。

走这条路就不能视野狭隘，要胸襟广阔，对古今中外不要抱成见。比如色彩的处理，不必在意墨与色谁为"上"。

我在画里只把墨当作一种颜色，并不为"主"，墨与其他色是一视同仁的，改变了传统中墨与色的主从关系，不让它们在画面上争地位，让它们"各尽其职"，"相敬如宾"，相映成趣。

我有一方自己刻的闲章："在家弄水，出门看山。"出门看山的时候，带一个小本子，见到感兴趣的景物就勾下来，一棵树或一组树，一块石头或一组石头，一座桥，一个亭子，一个码头，等等。这些东西如果在家凭空画就容易概念，或者像某张古画上的东西。生活中看到的东西，每个都不同，有意想不到的生动性，"鲜活""生猛"。不断地充实这些"鲜活""生猛"的东西，一面可以使自己的山水画上景物形象生动丰富，一面逼着自己去摸索新的表现方法，才有可能突破自己已经形成的概念的图式。固然，自己的图式能确定自己独特的符号，但也容易结壳自缚，难以超越自我，继续出新。

借宋人词句，集成对联，题在画上既可为画点题又可增添画的情趣。

把不同词人的佳句集成对联，如同组绣穿珠，又像在做文字的拼接游戏，句子好，意思相通，对上了，你会觉得很开心，于我来说，也是一种有趣的消遣。

"诗言志"，而词更擅长言情。我觉在画里表达远大的志向、沉重的使命，似乎难以承受。我画山水只是通过景物的描绘，营造一种情境，抒写一片情怀。王国维论词说："一切景语皆情语也。"词的这种情趣，颇合我的心意。

关键不在于是否用色，而在于怎样用色。

青绿重彩设色，最易浓艳，如果把浓而厚的重彩一次涂抹完成，必然浓艳不堪，所以设色的技法至关重要，它是青绿山水画创作中的关键。

古人的经验和我自己创作实践的体会是设色必须层层薄施，不可一次涂抹。完稿以后勾线，勾线之后要用淡墨分染，一次不够，还可多次分染，然后再填染底色，要注意底色与要罩染的颜色冷暖相映衬，例如要罩染石青，先用淡赭或胭脂打底色，罩染赭色，先用花青打底色。每次罩染的颜色不宜浓厚，每次罩染的颜色也可以改变色相，这样层层罩染，石青里透出底色的淡赭，冷色中隐现暖色，色彩自然不会太鲜艳，反觉浓厚。如此一遍遍罩染，一次次调整，色彩会丰富，又有微妙的变化，就能获得沉着而不板滞，醇厚而不浓艳的效果。

青绿山水以色彩作为表现的主要语言，而色彩在青绿山水上是具体的：画在亭子上的淡赭是茅亭的草顶。色彩又是意象的：落在叶上的淡赭便是金秋。色彩还是抽象的：整幅色调的淡赭则是辉煌。

鹅黄、鸭绿是新柳和春水的颜色，也是生机和明媚；深碧、黛蓝是夏阴和远山的颜色，也是幽邃和深沉；金黄、丹朱是秋野和红叶的颜色，也是丰厚和华丽；银白、苍青是雪原和寒林的颜色，也是冷逸和庄严。

青绿重彩既可渲染出灿烂绚丽之美，也可营造出疏朗秀丽之境，还可以提炼出雅逸清新的品格。

文人画主张"不求形似"也并非不要形似，虽然强调写意，强调笔墨表现，但始终没有发展成为现代西方抽象主义那样完全放弃了具象的形，却是取其"中庸之道"，在"似与不似之间"写"胸中丘壑"，是"以奴仆命风月"，借物抒情。所以说从偏重"师造化"写形状物，转变为不求形似，借物抒情，着眼点并不在于要求不要形似，而核心在于怎样去表现形似，实质上是对艺术表现的一种探索。

艺术风格的意义，不仅是区别他人的标志，更重要的是艺术高度的标志。

任何传统只能属于已经过去的历史，不属于现在和未来。现在所创造的艺术成就，会成为未来的传统，未来的历史。

境界是山水画的精神所在。山水画的笔墨技法、表现方法、景物造型、置陈布势等各种艺术手段的目的，都是为了营造山水画的境界。

一笔一墨、一景一物的置陈布势，都是在营造境界——"一切景语皆情语也"。

艺术风格的建立，更不可能突发奇想，一蹴而就，它需要长时期的积累，而且既要靠理论的修养，又要靠实践的探索，才能逐步地提炼出属于自己的笔、形、境的"程式"，建立起自己独特的图像符号来。"顿悟"来自"渐修"。"读万卷书，行万里路，胸中脱去尘浊，自然丘壑内营，成立郛鄂，随手写出，皆为山水传神。"（董其昌语）艺术风格自然天成。

风格的探索，好比探险寻宝，各人有各人的路径，各人有各人的方法，但都得不辞辛苦地去探索才行。不要指望谁能将"宝藏"送到你面前来，如果真是那么轻而易举地唾手可得，你反而会觉得兴味索然——探险寻宝的辛苦没有了，乐趣也就荡然无存。

生活中的真山真水是实际存在的真实空间，而画上的山水是平面的纸上假设的空间、虚构的真实。艺术的真实原本就不是生活的真实，不能要求"画得和真的一样"。但画上的假设和虚构是从生活中来，"人心之动，物使之然也"，是画家从真山真水中获得感受启发创作出来的。是真实景物的意象，是真景实境的神似。

方骏 《满眼秋意》 纸本设色 53.4×52.8cm 1996年

方骏 《山色自清凉》 纸本设色 67.95×67.2cm 2007年

方骏 《南溪》 纸本设色 92.4×52.37cm 2007 年

方骏 《流云》 纸本设色 52.04×86.2cm 2008年

方骏 《云山四重奏之四·春风有意剪绿叶》 纸本设色 130.32×56.46cm 2015 年

方骏 《云山四重奏之三·静听泉声鸣碧涧》 纸本设色　131.05×56.05cm　2015年

白岳远眺

从楼剑峰前的亭中向东北方坐去，有竹林田舍，且华街的粉墙黛瓦错落有致。香炉峰在街北的深谷中矗然屹立，象山摩崖石刻、三天门及永乐古道皆在谷中。沿着古道穿过二天门便可出山了。齐云山镇就在山下，横江从镇中流过，有登封桥横跨两岸，镇上人家、路上车辆、江上舟楫……在目。此处远眺比小壶天北望的视野更为开阔。遥望北方的远山中便是黟县的西递村、宏村，那里遗留下大片明清的古民居，其规模和完整程度无处可比。更远处便是五岳归来不看山的黄山了。

庚寅正月方骏记于石城古林山房

方骏 《长卷卷轴：江南入画图》 纸本设色 38×358cm 2016年
方骏 《长卷卷轴：柳堤菱唱图》 纸本设色 38×460cm 2012年

江南八画圖　方駿

柳堤菱唱圖　壬辰歲 方駿

园林随想

沈 勤

我的"园林"系列作品，让我和园林结下了姻缘。苏州的、扬州的、南京的园子太熟悉了，但从来没有用心想过这些园林何以如此？2002年在温哥华的UBC校园内第一次见到日本的传统园林（号称北美地区最美的园林）。真的是给电了一下。

日本园林由中国苑囿而来，如今却与江南园林如此不同。我这十多年来反复游历苏州、扬州、南京的园林，也去过京都、奈良、东京的许多园林，这种差别感越来越强烈。

我们所说的江南园林，大多身居闹市，前居后园，可居可游可赏。高高的院墙把院子与园林隔开。日本园林更像是禅修所在，木结构的禅房，四周屏风门窗能够全部打开或摘除，完全融入环境之中（很少有砖墙）。

一个禅修悟道，一个怡情养人。

江南的私家园林居住和观赏基本是独立的两部分。居住部分由一进进居室、厅堂、院落组成。砖墙的遮挡限制和创造了人与环境的关系。门、窗、廊道成了江南园林独特的取景方式。因此，江南园林才变化出花样繁多的门、窗样式。小中见大、壶中天地、移步换景、别有洞天，透过居所的砖墙间隔，而造出各种玲珑小巧的景观。再由回廊串联起亭、台、楼、阁引向园林的景区。象征三山五岳的假石山、曲水，再现了绘画和诗意的主题。行到此时，你会被一个个精巧的设计引导着，而陷入机关算尽的安排中，离最初的"直击人心"越扯越远。透过门窗，园林的自然被描绘成一幅幅花鸟画、山水画。"自然"的本质被一个个嫁接的主题肢解得七零八落。

池水的处理方式差别也很大，江南园林的水池多作下挖式。用太湖石或条石磊岸，池水四周是体量沉重的建筑和院墙。

而日式园林的池塘总有几处用漫坡式衔接，碎石或草坪缓缓入水，自然衔接。隔岸相望，池水和坡岸的相接之处齐刷刷刀切一般，境像对置的两个清净世界。

看贝聿铭设计的"苏博"，避开了造园的陷阱。白墙直接入水，水造就的"镜像"空灵极简，在大片白墙包裹的水景远处，贝先生留出一片透气的空地，用碎石漫坡，然后是山形"雪浪石片"在白色围墙下收边。在狭窄的空间内如何处理建筑与水面的交接？他弃用了传统造园用石条或太湖石垒边的方法，石子缓缓浸入水中，水与景的交接空灵自然。另一个大手笔，就是坚决舍弃了江南园林的太湖石和叠石假山的玩法。

由园林而联想到对赏石的选择，也是一个很有趣味的对比。一个多月前买了本"枡野俊明"园林作品的画册，他设计的园林所用的石块大都以非常普通的石块为主。有很多石块感觉是直接取自采石场。全无皱、漏、透、瘦的赏石情趣。但是，正是剔除了文人附加的赏石标准之后，突然间，你会感受到石块本身的洪荒力量脱身而出。最精彩的是他为加拿大大使馆所做的设计，不见一草一木，也没有枯山水所常见的模仿海浪的砂石，原始的石块不规则地嵌在广场的石板上，两种力量赤裸裸的冲突，直击人心。另一件作品也同样具有比较意义，在传统的禅室内佛龛的位置,横躺着一块平淡无奇的巨石,如此具有仪式感的位置,石块又是如此的平淡无奇,但是奇迹发生了,原始崇拜的最初冲动油然而生。

再看皱、漏、透、瘦的太湖石,仿佛有些联想遮蔽了最原初的感受。

沈勤 《园》 纸本水墨 167×68cm 2015 年
沈勤 《园(19-2)》 纸本水墨 147×79cm 2019 年
沈勤 《园(20-10)》 纸本水墨 138.5×69cm 2020 年

沈勤 《图1506（1）》 纸本水墨 138×68cm 2015年

沈勤 《园 1506（2）》 纸本水墨 138×68cm 2015 年

沈勤 《图1506（3）》 纸本水墨 138×68cm 2015年

沈勤 《园 1506（4）》 纸本水墨 138×68cm 2015 年

沈勤 《园 1506（5）》 纸本水墨 138×68cm 2015 年

沈勤 《隔江望山 3》 纸本水墨 142.5×73.5cm×4 2019 年

沈勤 《山》 纸本水墨 178.5×98cm 2022年

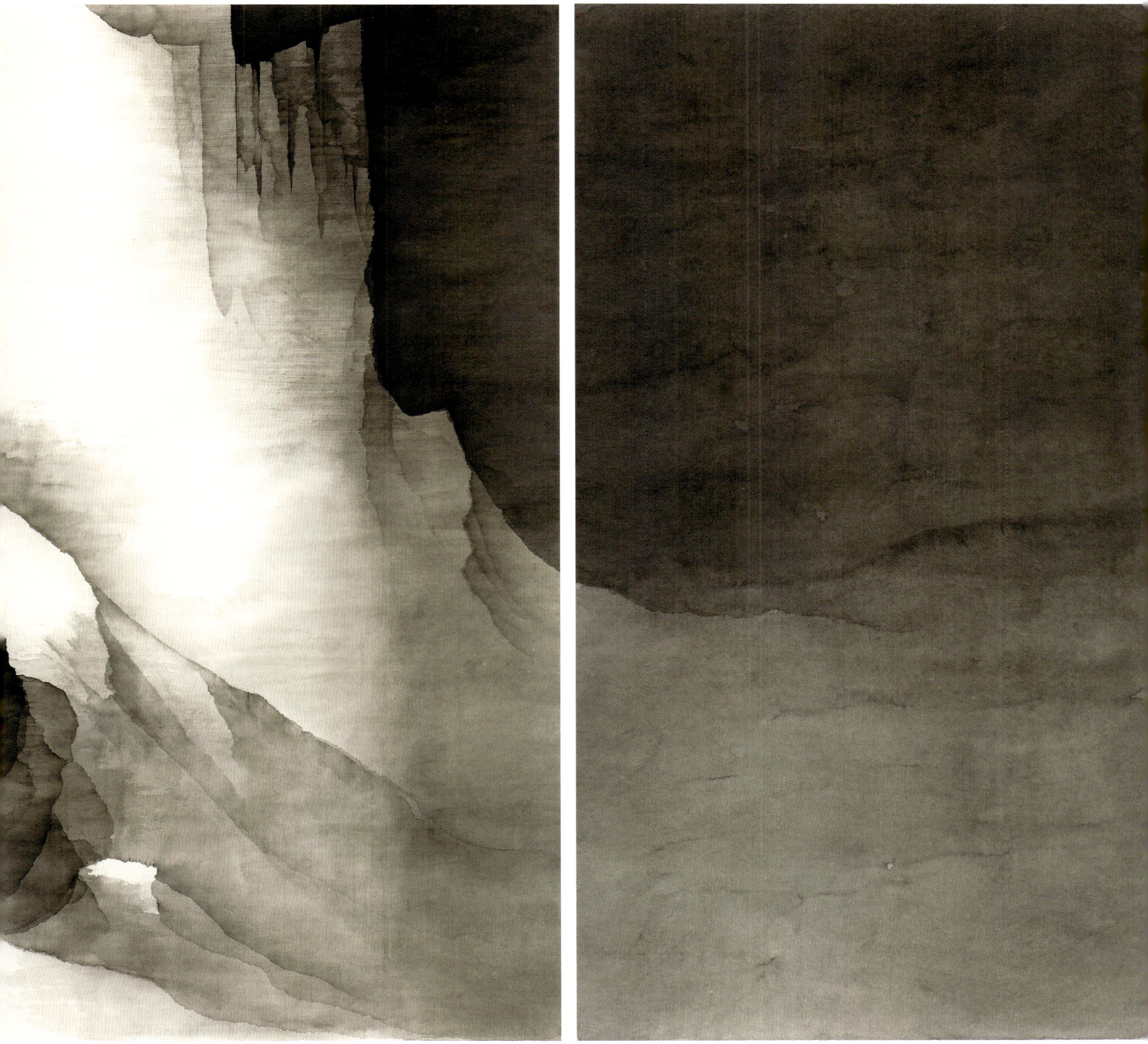

沈勤 《淮水东边旧时月》 纸本水墨 137×208.5cm（137.5×69.5cm×3） 2021年

沈勤 《青绿园林》 纸本水墨 141.5×225cm（141.5×75cm×3） 2021 年

我在江南，我在周庄

杨明义

"乡愁"这毒药吃下去以后，永远会在身体里发作。

我在美国，为什么回来？真的就是思乡，江南的乡愁是永远难以摆脱掉的。想到小桥流水，想那些摇橹的船，想苏州的一碗面和一杯绿茶，还有那些深深的小巷子。

怎么画出一个从未有过的江南水乡的风格，是一个难题。创新不是目的，创造独特的美感才是目的。因为是创新，所以你没有参考的东西。

一个人，特别是一个艺术工作者，一个画家，必须行万里路读万卷书。当然，光走一万里路也还是不行。你要走对地方，遇到对的人。

离开江南再回到江南，你画的江南才真的更江南。

我在想，可能我画的江南，既是江南，也不是完全意义上的江南，是借江南对世界展开感情的宣泄与表达。

拍照、绘画，一定要动，你不动就拍不出好照片，画不出好画，你一定要在眼前景色中找到一个最好的角度。鲜活的东西，就是要在动感中间产生。不动，怎么能画出最动人的画面？

江南确实在发生改变，不仅仅是江南，中国和世界都在变化。从另外一个角度看，其实我们画画的人也在追求和向往新的感觉。所谓新的感觉其实就是老的感觉。新的感觉就是江南不一样的感觉。以前的没有遗忘，但现在变了，现代化的东西成了更多的印象和常态。那么你要找到新感觉，反而是要去找回以前童年的感觉，以前的老的感觉。

第一次去周庄，没有一点现代的痕迹，甚至全镇上没有一点新刷的涂料，所以看了以后特别激动，历经沧桑，时间的痕迹都在你的眼前。就是这种东西，只有原汁原味的，会让你流连忘返。

江南就是要把水和水乡画好，把园林画好，把江南的生活中美的情趣画好，这几方面都是综合在一起的表现主题，不是单方面的。而且这些都会随着时代和时间，不断变化。

苏州园林，经过几百年了，假山已经不是当年新的假山，是经过岁月风雨的冲洗。所以几百年前画假山的作品，和我现在画的假山，一定不一样了。我们也是时代的忠实记录者。

我作品里的水乡，有的就是一个小景，但也代表着我的胸襟，我的追求，都在里边。我的一生吸收了很多东西，可以说相当广阔、相当宏大，不会都画出来，但画出来的小景里面，也都蕴含着这些大乾坤。

追求的生活，就是陶醉在这个世界的美好艺术里面，这是我生命的营养，最高级丰富的营养。古代和现代的、中世纪的、前世纪的、现代的、近代的，这些好的艺术都是要不断地学习，不断地享受它们传达出来的美。

我这个人不追求吃喝玩乐，生活也真的简单朴素，但就是对美有苛刻的要求和追求。如果说我有什么消费，基本就是力所能及地去买些各个国家各个时期的好东西，和艺术相关的物品，买回来放在家里欣赏，近距离地抚摸接触，这和在博物馆里隔着玻璃和红外线之外观看完全不一样。那真是太幸福的感觉了。

我们这一代真的是经历了一个承上启下的大时代，总体而言，我挺幸福的。唯一的遗憾，就是如果可以活两百岁就好了，世界之大而人却渺小。我想去更多的地方，看更多的风景，画出更多更好更美的作品。艺术创作真是没有尽头的事业。

"学中国画的人都要学点版画，有好处。"中国画的啰嗦处在版画里简化了，提炼了，更艺术了。

世上不可能存在一成不变的完美。变化是宇宙大法，也是我在国画艺术上的追求……

江南平视比较好，不要俯视，江南人的平远山水，和江南人的性格习性一样，画里没有梯田，江南审美、事物是很自然的，有阴阳平衡之美。

我永远感恩周庄，20世纪70年代很多水镇被破坏得面目全非，早已经没有了画水乡的兴致。到了周庄后，我看到了真正心里的完美的水乡，有激动，让我重新认识水乡，有了重新创作水乡的动力。

以前我用得多的是几种传统色，如花青、赭石、藤黄、石绿、石青……现在用的色调丰富得多，红调、蓝调、黄调按照情绪所需基调随意搭配，设色不受材料限制，绘画语言更丰富，表现力也更强。

比方说，江南的春天，如果谨守传统，跟文徵明的路数走，很难画出春天的精神。我的春天色吸取了西方元素，看似简单的一抹红一抹绿，却可以呈现春天生机勃勃的基调与节奏。如果缺乏对色彩学、光学等专业的研究，就无法准确把握春天的气氛和画面的细节。比如，一个人站在草坪前面，他的面部会受到环境光影的笼罩，呈现一层红光气氛的绿色而不是单纯的原红色。在西方，他们会把艺术和物理学、化学等等联系起来，这些值得我们借鉴。

那年在纽约赶上夜里下了第一场大雪，醒来后站在高楼临窗看去，潇潇洒洒满城洁白，我在苏州城里从未见过如此宽大辽阔的雪景，即便赶上一场大雪，江南地暖很难存得住，所以画出来的多是残雪小景。当时我想，倘若把如此大雪景挪移去苏州，那又该是怎样一幅景象呢？我兴奋地拿起笔，以故乡山塘街沿河的景色做载体，创作了一幅大雪纷飞下的姑苏瑞雪图，有意突破江南山水画常见的小巧玲珑的格局。

也许再过若干年，如诗如画的大美江南、渔舟点点的太湖仙境都没了，但是我相信只要我们的画还在，就可以将一切美的过往内存于那方水土那方人的生命记忆之中。

绘画也跟文学一样，追求以最大的信息量去释放创作者最广博的情怀。画幅再大毕竟可视的时间与空间有限，如何利用有限的时空，最大限度地表达画家对生活的思考与感受，同时给受众留下足够的二度创作空间，共同完成作品的审美期望值，是我一直在探讨的命题。还是那句话，既然我不能阻止什么，但我可以用我的方式留下点什么！

苏州人的审美，细微末节之间都能打造出那种唯美、婉约的奇境来。引静桥搭建在一条小溪流之上，背景是一堵白墙，墙上爬满了木香花的青藤，枝叶缝里露出两扇花窗，桥、墙、景十分协调，曲径通幽、古色古香，却很少被人发现。我陪黄永玉、吴冠中先生到过，他们也都画过。

一个画家如果自始至终拿不出个性化的作品，没有为人熟知的符号，当然面目不清。每一位成功的画者都有自己的"招牌菜"！齐白石的"虾"、黄胄的"驴"、黄永玉的"猫头鹰"、吴冠中典雅秀气的江南韵味……大师们的个性在不同时期都对我启发很大，但我不会去走一条让人觉得我的画风像谁谁的绘画之路，我创造了自己独有的一套绘画语系，其中包括符号和标志。我画的江南房子就是我的绘画符号之一，或远或近，或明或暗，或虚或实，水墨点染错落有致，别人看一眼就认得这是杨明义的房子。

杨明义 《家乡的风帆》 1983年

杨明义 《白兰飘香》 1980年（曾入选1981年法国春季沙龙展）

杨明义 《姐妹们》 1978年

杨明义 《水乡的女儿》 1981年

杨明义 《五月枇杷满树金》 1978年

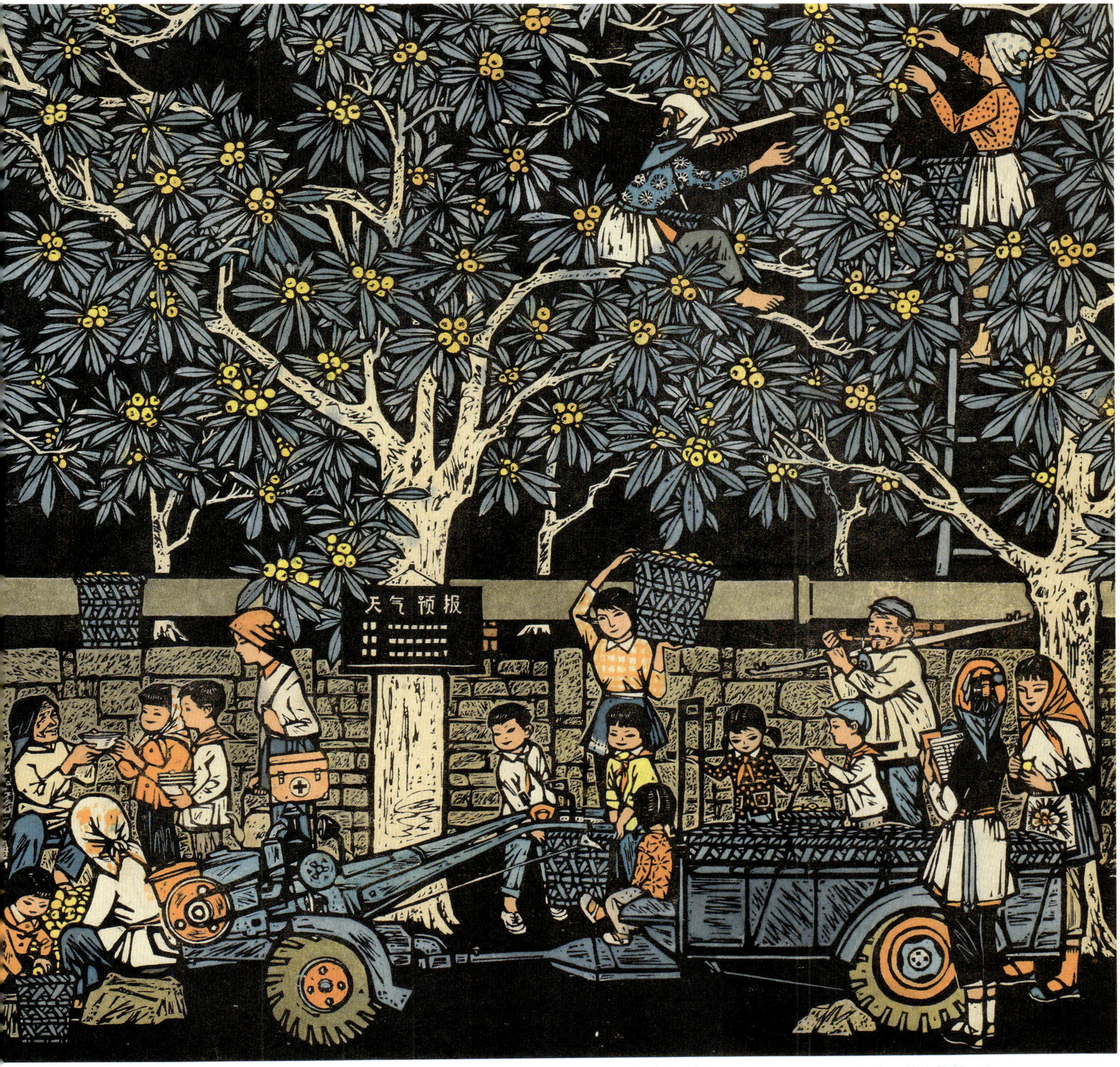
天气预报

杨明义 《红梅时节》 1963年

杨明义 《月夜过盘门》 1980年

杨明义 《雨中双桥》 1978年

杨明义 《小巷深处》 1980年

铁线莲

江宏伟

我百看不厌地注视着,轮廓灵动多姿,可感觉花体闪烁着粉色柔和的光质,弯曲的藤蔓向着四周探寻般地伸展,轻柔地似乎是小心翼翼地在空间寻找可攀之物。它的细条,仿佛形成一段流动着的线体,越到梢端,弯曲得几乎旋转起来。

这不得不让我产生植物的确有着意识的看法。它们对周边的世界有着敏锐的感觉,并且能保持对重力的平衡度。在没有依附到可依托支撑的对象时,顶部便徐徐下伸,让细细的茎絮继续向上向四周寻觅,直至碰触到一个支点,叶片随之成形、肥硕,茎絮变得粗壮,在粗壮的茎上分叉出更多的茎絮,让这可攀之体点缀成属于它的世界,并随着各种形态的支撑物,覆盖成一个彩色的屏障或几何体装饰物。

院中阳台的木栏就缠绕着铁线莲,到了秋天牵牛花后继地窜上,粉紫、粉白、天蓝、玫红各种色相在绿叶的衬托下,不似春花般一股劲地怒放,而是有序地陆续绽开,持久地让人觉得理所当然的存在,带来一份清新而明丽的景象,若不是霜降寒冷的气候变化,几乎忽略了它们的存在。这也就成了多年始终没有细细地描摹它们姿影的缘故了。

这个星期,属于五月初的一天,我决定放弃其他画作的制作,纯粹地将这段时光与铁线莲为伴。阳台有帆布遮阳棚,朝西,上午架了个小桌,铺上白纸,一支削尖的铅笔、一块橡皮,便可静心地写生铁线莲了。这是持续了四十几年的行为。无需说新鲜感,仅是一种安宁,静静地观察对象的变换状态,从中厘清茎、叶、花相互间的关系,那种不可分离、互为依存的生命组合。天气宜人,光照度也不明不晦。以前,面对写生,心中会涌动一股希望、憧憬,对不可控的前景与画面设想或充满激情,或沮丧失落,总之具有十分神圣的"艺术状"。而现在仅是一种惯性活动,是生活中一种本然的方式。画画,仅是填补时间的存在,似乎以充实驱走空虚;然而,离开愿望与渴求的充实,其实也是空虚的另一种形态。我下意识沉浸在聚神之间,随着手机的一声清脆的响声,居然是对面邻居龚老师发来几张用长焦相机拍摄我与植物相伴为一体的场景,心中竟然掠过一丝喜悦与惆怅相杂的情绪,大半辈子与花草为伴,是一种幸运还是单调。我顿时冒出一个念想,待我度过五六小时,搭配几个菜,与对面邻居,水利专家张老师龚老师夫妇一起喝上两杯,各自胡聊一晚,也不知聊了什么,只是感到十分的愉快。仿佛看到装修的工人,劳作一天聚在一起,喝些小酒,说说笑笑一般,这种无目的性的酒饭,才是真实的享受。

我被这个念头所动,仿佛五六小时的劳作,有一个美好的犒赏,于是,继续耐着性子一点点地描绘着。

20世纪初比利时获诺贝尔文学奖的莫里斯·梅特林克在《花的智慧》一书中说:"虽然有些植物和花卉笨拙愚钝或遭遇不幸,但是任何植物和花卉并非全无智慧和灵性,它们都竭尽全力去完成自己的使命,锲而不舍地繁衍它们代表的那个物种,雄心勃勃地蔓延,征服地球表面。自然规律将它们束缚在土地上,因此,为了达到这个目的,在繁衍后代方面,它们必须克服比动物更大的困难。它们大多数都借助于某种组合、某种机制或某些陷阱。在机械、发射学、航空学以及昆虫观察等方面，植物往往早于人类的发明和成就。"

我通过描绘根的联结与叶的伸展。细察这些看似平淡无奇的植物，在顺从天命、依从规则、寂静无声中，却有那种期盼以及对命运反抗的激烈与顽强。我视线在凌乱缠绕的枝条中，找到通往泥土的根部，它与土壤融为一体。几条细枝，凭着借力的攀援物，冲破命运给它限定的空间，产生一种带侵略性的繁华。在一个平面的栏栅营造出一个具有体积的空间，开出粉红、白色、深紫色的花朵，不需坚硬壮硕的枝梗支撑，在借力中，展示热烈而又雅致的风采。让我在惯性的本然中，产生出情绪的波动，竟有一些被感动的色彩。

每日张老师安置在湖中的虾笼，估计又有一些不知深浅、不谙人性险恶的大小虾子进笼，便可烧一盘。我再用半只老鹅，抹些盐倒入二三两黄酒，加八角、生姜、辣椒干，另放几片云南火腿，蒸上四十分钟，另添上两个蔬菜。我们就可以对着阳台的铁线莲，喝上几两，直至四周漆黑。不是"日日花前常病酒"而是"玉钩阑下香阶畔，醉后不知斜日晚"。

江宏伟 《玉兰图》 69.5×137.7cm 2008年

江宏伟 《铁线莲》 55×97cm 2020年

江宏伟 《飞花自有牵情处》 32×130cm 2004年

江宏伟 《但对春风倚芳树》 138×35cm 2010年

209

江宏伟 《铁线莲》 58×96.8cm 2020年

走进园林

邬烈炎

在很多个冬日腊月三十上午，我都会走进苏州园林之中。每每那时，几乎没有什么游人，相机里都是空镜头，园子里格外清静，真有如入无人之境之感。植物凋零也露出了平常被遮掩的墙体、细节与片段，一切使园林显得陌生，显得纯粹，它让我看到了它的真容，又进入了一种幻境。而一个人的漫游，便极自然地在发九宫格时写上标题"我家园林"。

苏州园林就是一个迷宫。它没有固定的空间秩序，没有常规可循的线路，没有可参照的方向感，人在其中甚或不知道自己的位置，心中充满着疑惑与期待，充满着想象与视幻。在这种情境中，一切箭头、导游、路线、方位、进口或出口，都是一种误导，都是多余的。

园林中长长的长廊蜿蜒曲折，在山石上起伏，在人为设计的曲折中急转或是缓延而看不到尽头。亭、台、楼、阁、廊、榭、舫、轩的四面都是通透的窗户，它们又有着数不清的各种各样的门通往池塘小院子、微植物园、厅堂。园林中的这些建筑常常是不完整的，有的只有三面墙甚至两面墙，墙上还开出有图形的花窗，有时会把长长的一扇扇镂空的木门全都打开，还有大量半开启式的模糊的灰空间，还有石头堆叠的假山，奇花异草，大大小小不规则的池塘。可以发现就是这样一系列相同的元素，墙、廊、池塘、亭子、厅堂、山石、植物，采用不同的装置方式与拼贴手法，组成了一系列的构图，造出了这个园或是那个园，而事实上无数的从40000平方米到140平方米的中国园林也正是以这样的方式生成的。

园林就是裁取了这些元素拼贴在围墙之中，如毕加索、勃拉克的立体派绘画，以不同的变形的"面"、空灵的"体"、通透的"廊"、非线的"廊"进行人为的搭建配置。它们都是模拟自然的而显得松散、自由，甚至有些零乱。它们时而互相掩挡又或是互相映透，在层叠中融汇交错；互相穿插又或是互相分割，在片段中契合，或是利用一个个局部进行仍不完整的重构。它又如一个放置了几面镜子的空间，让人在无数破碎的图像中不知所措。于是它又像是一个巨大的装置艺术作品，把这些自然元素构成在一起。

园林里充满了蔓延的分岔，是物象的，是空间的，是时间的；也是身体的和意识的。园林亦真亦幻，是小中见大，是有限中存无垠……它的视觉生成，需要多机位拍摄、混合剪辑、重构时间片段。园林就是一个教科书级的非线性型空间设计的无法更经典的案例。其实园林中的这种不对称、不规则、无秩序的空间关系，这种不以焦点透视来表达而是呈现出挤压出来的构成，是很难用一般绘画、制图与摄影来反映的。研究者们终于发现，可以以电影——活动影像的方式来表现园林的迷宫式的空间，以动态视觉的时间推移来表达它的曲折、复杂、流动及不确定与模糊状态。

走进园林自然而然就有了一种被蒙太奇化的感觉，眼前的一切都被不连贯不连续地剪辑过了；或是只能看到一个个分镜头，而无法阅读全景或长卷，无法把分镜头剧本恢复成完整的情境，影像永远被定格在片段或是特写上了。一个个明代的清代的建筑体或构筑物片段，如同被剪辑师随刀剪成碎片，随兴抽取立面，任意斜插旁立，它们无所谓正面或反面，也不论坐落方位与朝向，然后将墙插在这儿，将池塘挖在那儿，将房子——亭、榭、楼任意地开门、设窗，又将一条长廊布满规则或不规则的孔与洞，可以漏出别处的风景，而明净的池塘如同镜像映射出倒置的景片，长廊似是而非地把所有局部进行联结。其实，广义的蒙太奇就是各种片段的意象叠加，或是片段间的接续关系，或是场所内的空间构成。于是，一切好像在六百年前已被设计师PS过了一般。

园林是一个具有时间性的空间，园林里充溢着人的气息，不是人的瞬间的消隐，就是人的突然登场，有时只有人的声音而没有人的踪影，是一个带来机遇与可能的空间，充满着悬念。声音是拐弯的，它的高低强弱往往与距离成为反比，人们会重新被它赋予一种声场与听觉，反射、迥荡、穿透。由于它的蜿蜒人们又会对空间产生另一种误判，如同变焦镜头中的人物与景物被拉得忽远忽近……于是，人们在这种情境中，感知被钝化，时间或被放慢或被回闪倒放，空间被叠加错位，有时恍惚而使视觉一时失去判断力。故事随时可以在其中生成，人与人偶遇、追逐、离散、迷失；人们有时可以看见却无法相遇，有时彼此看不见却会随时相遇。园林不再只是审美凝视的场所，而是人与人之间的风景，而是关于情感、欲望、幻境的行为空间。

自由空间、歧义空间、模糊空间，就是一个名词注释的现实版。畸变、滑移、错位、互旋类似的专业术语好像都有了典型案例。把那些原本规矩的中式房子随便摆摆，在不经意之中就形成了可以给现代主义或解构主义做范本的模型。

园中之景在平静中产生出令人眼花缭乱目不暇接的感觉，在错觉、幻象、虚拟、交错中，使人突然想到一个人和他的一本书。如果柯林·罗来游苏州园林，或许会重写《透明性》，因为他的景片叠加，被拆解的面，它的洞与孔、门、漏窗，打开的格栅门，互渗互透的空间，还能有比这些更能解读现象透明性概念的吗？它竟是不用透明材料的物理透明性的奇异构成，无疑它是在一个更大的空间中阐释了某种能给现代主义建筑启示的手法，分景、隔景、借景乃至于移步换景，比之毕加索的女人、静物、乐器，比起加歇别墅有过之而无不及，园林更能说出柯林·罗想要说的空间逻辑。

园林就像是一台舞台布景，事实上园林中经常进行传统的戏剧与音乐表演，园林中的亭子与古代的戏台十分相似。人们生活在画中，生活在戏中。游人游园在画中游，在布景似的空间中身上自然带戏，有一种演员的自我暗示，手脚节奏会失去协调感，身体动作会稍稍有失重感，感觉在水中浮动，在太极动作中似慢镜头那样的舒缓放松。

开放式的园林更有剧场空间中的舞台感，影像般的视觉效应把它们艺术性地拼贴在一起。视觉的错叠，听觉的迷幻，时间的缩短或延长，空间的变形或歧义，不正是后戏剧剧场追求的目标与手法吗？园林从某种意义上说就是一个典型的浸没剧场，游人是演员甚或是导演，在空间分布中自由选择并构建自己的路径与表演，理解或误解空间中的情节。开放性的空间对剧场的架构有着明显的启示，当遇到多元素并存时如何预见不可控的变化，而以恰当的手法在另一个维度上实现空间的发展。园林作为剧场本身就具备了叙事性与戏剧性。

出现在明代中叶戏台上的汤显祖的《牡丹亭》，在沧浪亭中开演，作曲家谭盾、昆剧演员单雯、舞者黄豆豆跨界合作，在园林实景中的亭台楼阁与山石池塘边，摒弃了冗繁的剧场样式，并且使观众的静态欣赏变成了"移步换景式"跟随表演者的边走边看，剧场中固定的时空关系也演绎为个人选择的不确定感受结果。

鲁安东策划了一个《瞬时园林》的展览，他利用影像的投影作为造园的媒介，对传统庭院进行重新定义，用真实与倒影、物境与意象、人与影像在不同空间片段中的互动，进行多种叠加，建构出一个转瞬即逝的园林。同时舞者们却在空间中展开演绎，用身体语言探索着园林的空间语境构成的可能或边界的衍化。

文徵明画的三十一景，祝允明留下的狂草，无数对联还有门上的两个字，才子佳人，风花雪月，张大千、张善子和他们养的老虎，童年时代的贝聿铭，周瘦鹃的盆景，这些或许都不那么重要，因为园林自有故事，是空间的故事。

殿春簃在大都会的展厅中变成了明轩，就如同是个标本，失去了动感失去了空间感、空灵感，显得假得不能再假，就如同一幅旧时小照相馆中的布景,像屏风上的绘画。皖南民居可拆装,苏州园林却难迁移。

我带过一篇论文《可看的园林》,写的是中国山水画是造园的粉本之一,文徵明、倪云林都专门画过作为图纸的册页。然而当这园林造完以后,很多艺术家却又围着它,画画、摄影、录像、写生、演绎。问题是造园前后两种视觉艺术作品的比较、研究,尤其是它们之间的差异性,会是让人迷惑的现象,这肯定是一个很有意思的话语。倪瓒的《狮子林园》与吴冠中笔下的狮子林假山群,文徵明的《拙政园三十一景图》与洪磊镜头中的拙政园红色之景,计成的《园冶》与刘丹的冠云峰、展望的冠云峰,它们在觅踪寻影中相距甚远。

我很想搭建一个园林,模仿留园的某个片段或是网师园中的一个庭院,我假设所有墙体、构件、建筑体,都用透明物、半透明物、镜面材料构成,整个空间似一幅纯净透明的轴测图加剖面图,被遮挡的空间变得晶莹剔透,一切都暴露无遗,物理透明性消解了现象透明性。

园林好看,园林难拍也难画。古人的长卷、立轴、册页、扇面,今人的写生、影像、装置,终不如刘敦桢绘制的平面与剖面。于是,我终于将莫奈的调色盘,将勃纳尔的色束、色面、斑斓的色层覆盖在留园、网师园、拙政园的平图上,将色块、肌理、碎片借用打印机的油墨拼贴在画布上的沧浪亭、环秀山庄、怡园的轮廓之中。

郳烈炎 《园林》之四 丙烯-综合材料 100×100cm

邬烈炎 《园林》之一 丙烯－综合材料 100×100cm

郁烈炎 《园林》之七 丙烯－综合材料 106×100cm

郁烈炎 《园林》之三 丙烯-综合材料 100×100cm

邬烈炎 《园林》之八 丙烯-综合材料 100×100cm

郐烈炎 《园林》之五　丙烯－综合材料　100×100cm

郁烈炎 《园林》之六 丙烯-综合材料 100×100cm

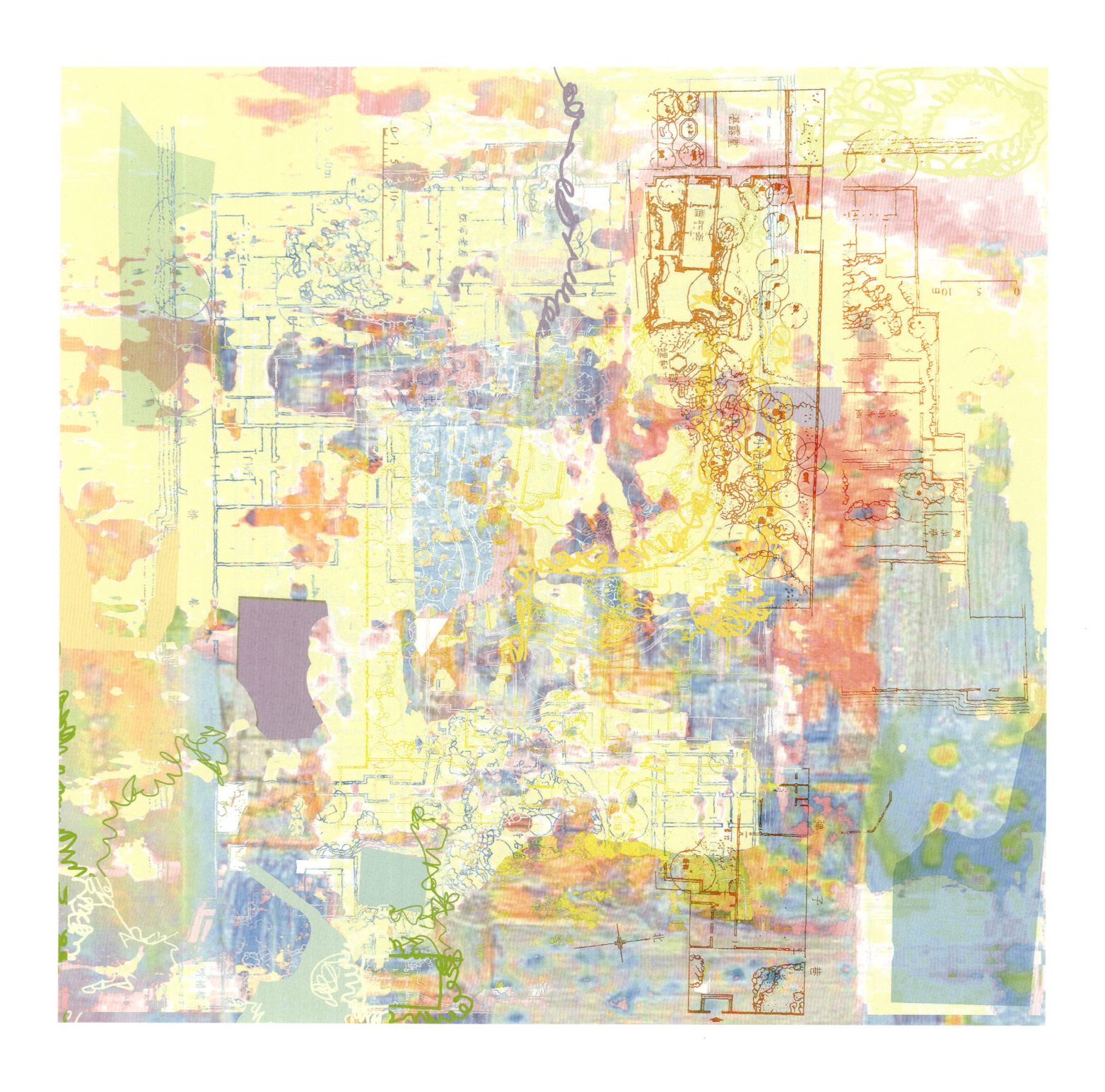

郐烈炎 《园林》之十一三 数字绘画 122×122cm

邬烈炎 《园林》之十一 数字绘画 122×122cm

笔墨论要

林海钟

笔墨乃绘事精要,自古有论。可祖述南朝谢赫所记之"六法",画中"六法"是品鉴绘画的标准。如何看懂画?如何画画?皆依此"六法"。今天看来,以"六法"也可以品鉴西洋绘画,"六法"可中西贯通,统摄一切绘画。同时"六法"精论又为所有画论之纲要,历代画论与画作皆为"六法"作注解,环环相扣,形成中国绘画的庞大系统,惠泽千古,是后来画家学习的宝贵财富。精通"六法"要义,实践家将直达绘画的上层境界,少走弯路。

"六法"的每一条都是画画的精要,幽微精深,而其中"用笔"一条则是关窍。实践家以此入门,上达气韵,下至形象、色彩、位置等等,贯穿"六法"。品鉴者能依笔墨看画,当是内行人,自古如此。六法"用笔"一条发展成今天笔墨的论述体系,庞大而丰富。元赵孟𫖯论"用笔千古不易",清初石涛云"笔墨当随时代",都是论述笔墨的名句。一直到近代黄宾虹提出"五笔七墨"之说,可谓众说纷纭。史上实践大家于笔墨往往只言片语,却是浓缩一生的经验之谈,笔墨之奥义,晦涩难懂,对后学者来说,其何难也哉!然欲深明其旨,也皆因境界而止步。潘天寿先生论中国画之难,一步一重天。参悟笔墨之境,亦是步步是境。境界之事只可意会,言语难以道破。或云"只能与知者言,不能与不知者道也",都是因境界故也。

今人解释笔墨,笔、墨者,工具材料是也,先于画。工具材料精良为绘事基础。工欲善其事,必先利其器。但是,历代亦有通达者,可不择笔墨纸砚,画亦能精妙。凡事皆由境而生,境界之差,无可定论也。笔墨是绘画学习的关键,实践家的窍门。今天早已成为初学与接引画学入门之途径,存遗在诸家课徒之中。然需从实践中悟出,自古有参悟笔法之说,悟得笔法方能登堂入室。汉末锺繇因读了蔡邕所遗笔法书籍,悟得笔法而终成一代书圣。王羲之观鹅,意在鹅颈遒曲之意,悟得笔法。张旭、文同见天云行空,也悟得笔法。怀素路遇蛇打架,明悟用笔之法。书画之境岂能无笔法哉?

笔法即用笔用墨之法。书家有"永"字八法,卫夫人有传《笔阵图》。先不论境界,笔墨乃为技法。依诸家课徒粗略述之,用笔之法有入笔法、行笔法、收笔法。入笔有藏锋、露锋,有正有侧。行笔需收放自如,提按顿挫,轻重缓急,如飞如动。收笔法亦是关键,董其昌云,"无垂不缩,无往不收,此八字真言,无等等咒也"。而用笔要旨乃"沉着痛快"四字笔诀。用笔虽能沉着,但也容易迟滞与笨拙。古人论用笔败相曰:板、刻、结三病,都是因用笔迟滞而不能痛快的原因。同样,用笔虽能痛快爽利,而不能沉着,亦往往容易有浮躁、软媚、轻飘之病,媚俗不堪。凡事依理,古人云:"君子喻于物,不留意于物。"故有君子小人之喻,巧与拙,有巧有拙,相应得度,方为君子,所谓"文质彬彬,然后君子"。然践行者必以沉着为基石,宁拙毋巧。赵松雪论临帖之法,"肆与谨二种,宁谨"。故用笔之法,先求沉着然后痛快。宁拙毋巧,画之理也。黄宾虹先生论用笔"平、留、圆、重、变"五字真言,其中四字在"拙"上下功夫。"变"字是悟境,化拙为巧,使得满盘皆为活子,妙绝之极。然笔墨精论终归于境界。释其意者，必然以境界分差别。宾虹先生此五字真言，乃从实践中悟出之境界，不知者因境界相隔，如在天外。论释用笔之意，"骨法用笔"是史上解释用笔的第一条，以"骨法"来解释至根至本，此喻之于人之骨架，气血、筋肉、皮毛、脏腑皆附属于其上，若无骨骼，人形不成，骨骼健壮而有力，取其中正之意。所以"骨法"为用笔要义，首居第一条，故"骨法，用笔是也"。史上论释用笔的第二条，见于张彦远《历代名画记·论顾陆吴张用笔》一章。论画用笔与书法用笔同理，提出"一笔画"。用笔连绵循环，气脉通连，一气而成。传汉末书家张芝依崔瑗、杜度草书之法，变为今草，一笔书成，后来只有王子敬深知其义，作一笔书，创今书，今书的书法即是这一气呵成的一笔书。这是张爱宾对笔法的描述。而顾、陆、吴、张，四画圣作画也是一气而成，故世称"一笔画"。所以，书画用笔同法。至此，古人所论悟的笔法，呼之欲出。赵孟頫"以书入画"典出于此。石涛"一画之论"或亦受爱宾此论之影响。陆俨少论用笔之生发，一生二，二生三，三生万物，用笔之连绵，无尽之生意，无限之玄机，都在此笔法之认知与行笔之方式之中。"今体"之本质也是此"一笔"之法，合于自然，能与心会，可直写胸次，明心见性。书圣依此而成书圣，画圣依此而成画圣。

至于用墨之法，前人谓"泼墨、破墨、积墨"三种。然而"六法"之中，唯有"用笔"一条，而未见"用墨"，何者？墨乃色也。"六法"之中"随类赋彩"，墨作色彩解。张爱宾之名句云："草木敷荣，不待丹碌之采，云雪飘扬，不待铅粉而白。山不等空青而翠，风不待五色而绰。是故运墨而五色具。"唐人以此而得意。荆浩云："水晕墨章，兴吾唐代。"其论画"六要"中对墨作注："墨者，高低晕淡，品物浅深"。此墨亦作色解。用墨之法，古法谓"泼、破、积"三种。墨之色因水而有浓、淡、枯、湿。宾虹先生总结了"七墨法"，在泼、积、破加上浓墨法、淡墨法、焦墨和宿墨墨法，都与用水有关，故云"水墨"，具五色。宋郭熙云："用淡墨六七加而成深，即墨色滋润而不枯"。郭熙学李成，记录的是李成墨法，淡墨如烟，淡墨亦称惜墨法，淡墨层层而积为"积墨法"。"七墨法"从此看似不能并列。泼、积、破，乃用笔、用墨之法。枯、湿、浓、淡、焦，是用水之法。宿墨则是隔夜墨脱胶的效果。用水、用色、用墨、用笔，其中有界，而打破界限，则需要境界。虽从实践中来，亦终归于境界。笔墨悟境，此实难与俗人道也。界限打破，上下贯通，此乃为笔墨真境。

李成（咸熙）作寒林清旷之境，世人不知其意。而画家"六法"论中有用笔一条而无用墨一条，何也？用墨即用笔也，故后来称"笔墨"，泼墨、积墨、破墨，细审之即是用笔。用笔则以气韵为高，以气韵求其用笔，尚其骨气，古有"笔气墨韵"之说，用墨是用水之法，合水与墨，故称"水墨"。墨分五色，故"水墨为上"，而全归用笔。乃至气韵，则含圣贤之意。故此，水墨为色彩之简淡之意，水法为墨法之华章，墨法为笔法之韵，笔法、墨法为气韵作注解，笔墨不二，以气韵求之。故此，笔墨乃至人的境界，自古人杰传之。清初王原祁论云："设色即用笔，用墨意所以补笔墨之不足……笔墨自为笔墨，不合山水之势，不入绢素之骨，惟见红绿火气，可憎可厌而已。唯不重取色，专重取气，于阴阳向背处逐渐醒出，则色由气发，不浮不滞，自然成文，非可以躁心从事也。"此为设色之论，实为笔墨从气韵之说。非是至人，不能论说此境界。非独有偶，余曾见宾虹画中跋文曰："画重丹青，非以水墨，淡渲即为雅格。丹青隐墨，墨隐水，色不掩墨，故云水墨为上。至其神妙，全归用笔。"石涛画跋中云："写画凡未落笔，先以神会。至落笔时，勿促迫，勿怠缓，勿陡削，勿散神，勿太舒。务先精思天蒙……"石涛所言"天蒙"是属气韵，乃画者之心，需要蒙养，学习。画中色与墨，形与象，皆归用笔，用笔终归于气韵，所以也是解释六法次第阶级，气韵由心。心由悟境，所言乃学问、知见、胆识、才情。

"笔墨论"至此大要已出，读者当不惑矣。

林海钟 《云林雪意图》

雲林雪意圖 庚子歲末迎新 劉懋善

林海钟 《太行山写生册》 纸本水墨 34×46.5cm

林海钟 《十里潜溪》 绢本设色　33×20cm　2021年

林海钟 《平湖秋月》 纸本设色 2020年

林海钟 《孤山一片云》 纸本设色 2020年

林海钟 《碧云瑞雪图》 纸本水墨 200×100cm 2021年

香山霁雪海 法光联云

碧云瑞雪图

林海钟 《快雪时晴》 绢本设色 2021年

赤松子神農時雨師煉神服氣能入水不濡入火不焚至昆侖山常止西王母石室中隨風雨上下炎帝少女追之亦得儒俱去高辛時為雨師閒遊人間

林海钟 《莫干山避暑图册》-012 纸本设色 28.5×37cm 2022年

边界与自由——重构中国画的当代精神

张 捷

中国画是否存在"边界"的问题？虽然这是一个老话题，但长久以来"墙里""墙外"的无休争论，至今依然有各执己见的现象，随着"边界"概念的逐渐模糊和松动，或许正是中国画从自觉走向自由的开端。如果说中国画的边界是固有土壤环境下所形成的观念界尺，固然有其自身精神内核所支撑起来的底层逻辑，但绝非似一道围墙而形成的闭环系统，中国画好比一棵根深叶茂的千年大树，应该有它的外延扩张和生长光照。面对中国画的未来与发展，无论是守住笔墨底线的自我中心主义，还是笔墨等于零的另起炉灶，都不能构建一个平等的讨论与批评的语境，讨论问题的前提是不能将问题本身作为"用筷子吃饭，还是用刀叉吃饭"的信条，它只会诱导不明就里者盲目地趋同，从而成为相互诋毁和对立的主张，傲慢与偏见不能在艺术本质上厘清传承赓续的动机与创新拓展的方向，更不可能明晰中国画多元发展的现实意义和时代价值。唐代思想家魏徵曾说："求木之长者，必固其根本；欲流之远者，必浚其泉源。"中国画学是中华优秀传统文化的基因之学，其漫长的发展历程和生成轨迹，总是依存不同时代的社会属性和人文智性而构建起特有的文化本质与生命内涵，每一次源流演变始终离不开艺术精神的独立与共生。可以说，一部中国绘画史是由不同时代不同个体的意志觉醒、语言升华、精神独立所构成的文脉延展，传统并不是一成不变的界线划分，它总是在不断守局与破局、解构与重组中重新焕发新形态、新思维和新格局。当今的中国画坛呈现出前无古人的"百家样"，其背后却依然存在何去何从的某些迷茫与忧患，如缺失主体精神的笔墨样式，或是跳脱传统本源属性的所谓革新和再造，甚至以"革命性"的批判作为代价，来削减传统古法对实验水墨"当代性"的影响，也有完全沉浸在即成程式语言的怀旧温床而拾人牙慧。中国画没有边界，只有立场，形成当代中国画的种种困惑，其根源在于忽视对笔墨精神本质的探究。如果我们的骨子里的文化自信足够强大，那么以传统之理法、开自我之生面就是让传统活在当下从而走向未来的根本。到源头饮水，与经典共荣，传承与出新的双轮驱动是新时代中国画不断向前推进的核心动力。陆机《文赋》中说道："俯贻则于来叶，仰观象乎古人。"中国传统绘画的源流之变，是睹往轨而知来辙的智性觉悟过程，向后可垂范于来世，朝前则借鉴于前人。历史从来没有被重复，中国画的临、摹、仿、拟的古法研习，是了法、运技、明理、悟道的举一反三和循环往复，是以向经典致敬的方式开拓崭新而广阔的艺术天地。今天的传习，就是明日的生长，追本溯源是为了与古为新和固本培元，而不是新瓶装旧酒，中华优秀传统文化的创造性转化和创新性发展，绝不是为传统而传统的固步自封，新时代的文艺复兴既要左图右史的学理认知，更要大道至简的知行合一，以真诚的态度唤醒真实的自我，才是中国画共生共荣与自由发展的未来。

"中国画"一词作为绘画形态的出现是辛亥革命之后的事，当时在西学东渐思潮的影响下，为了梳理国故、保护民族国粹，以"中国画"（Chinese Painting）来区别于"中国之画"以外的其他西洋绘画而设定的地缘界限，可以说"中国画"是国际化语境下的产物。但在中国古代，我们一直将绘画称为"绘事""丹青"，到了唐代王维提出"夫画道之中，水墨最为上"，又出现了水墨画的概念，并由此将"设色"和"水墨"合称为"水墨丹青"，以后的水墨画又逐渐成了中国画的代名词，其实在"水墨"双重定义之前，它是一个表现形式而已，比如山水画中的青绿、浅绛、金碧等，因此"水墨"不能等同于中国画，而是中国画中包含了水墨表现。因为"水墨"是由水和墨相互调和所产生的传统绘画表现技法，与其相对应的是"设色"，"水墨画"是传统绘画表现中的一个技艺，它有着一整套完整的技法与理论架构。而传统"墨法"中又有"运墨而五色具"的概念，即由墨阶层次变化所产生的"焦、浓、重、淡、清"，可以用单色来表现事物千变万化的色彩，故称之为"墨色"，传统将"墨分五色"再加上"白"，称之为"六彩"。后来"水墨画"的范畴逐渐放大，成了狭义上的"中国画"的代指，甚至将"墨不碍色，色不碍墨"的设色绘画也归类于水墨画的范畴，因此后来又有了"彩墨"的称谓，"水墨画"的概念具有广泛的包容性，已不是狭隘意义上的字面解读。自从"中国之画"泾渭分明的边界划分，使得"中国画"成为与世分隔的画种，与此相对应的是"西洋画"或"东洋画"，而西方绘画从来没有以地域作为画种来区分，并没有"法国画""英国画"之类的称谓，只有油画、版画、水彩画等以绘画材质为命名的画种。虽然"水墨画"概念既特殊又模糊，但似乎更具有中国画当代视觉表达的"东方属性"。今天的中国画在历史沿革中形成多元、包容和发展的特点，它具有人文基因的本源属性和循序渐进的生成规律。中国画的尊严来自绵延不息的思想，如果说真的存在亘古不变的"边界"，那么只有落墨写心的中国精神。博大精深而又历久弥新的传统文化，是当代艺术创造取之不竭的源头活水，我们在"范式"与"接纳"中得以借鉴和启迪，并成为笔墨自由生发的元本基石。"与古为新"的前提在于正确认知传统的本质，"传统"到底是什么？可能在一知半解的人眼里，传统只是一张锱铢必较的工笔画；在百无聊赖的人眼里，传统仅是文人雅士茶余饭后的"墨戏"；而在激进者的眼里，传统却成了保守的代名词，并视其为前进道路上的绊脚石。肤浅而偏颇的成见和画地为牢的隔阂，必然阻碍当代中国画的精神重构和未来发展。传统是大浪淘沙后积淀下来的历史菁华，并非所有陈旧和古老的事物都能够成为"传而统之"的根本，必须明其是非而辨其优劣。无论本着传承还是批判的眼光来看待中国画的文脉传承，在没有真正了解其真诚而严肃的一面时，都不可能弘扬与光大人类文明所赐予我们的灿烂瑰宝，更不可能背负观念与重构的彼岸理想，让新时代中国画走向更加多元和灿烂。在当今全球化的文化语境中建立强大的中国画话语体系，关键在于我们自身渗透了怎样的文化内涵和鲜活的生命体验，我们的笔墨又承载了多少可贵的精神维度与价值体系，如果抛开这些，也就剥离了艺术的本质，失去了与纷繁世界对话的可能。自20世纪"五四运动"以来，以不变应万变的保守主义思想与拒绝传统而心仪外来文化的知识革命就从来没有停止过，本善的改良精神源于偏颇和过激，致使矫枉过正的手段难以实现。今天，如果我们对传统只是一种观望的姿态，或者重复无用的劳作和小修小补，而不是本着承古开今的借鉴和吸纳，那么中国画的"传统"就成了各行其道的壁垒与障碍。重构当代中国画的精神，需要一个没有被框定与禁锢的自由生长空间，更需要脚踏实地的躬耕觉行，唯抱道怀德者、砥志研思者、钩深索隐者、殚思竭虑者、极深研几者，才能够克绍前修，究艺理之故，通古今之变。开放的全球视野和独立的中国精神需要坚守与拓展的双重担当，而不是"夜郎自大"的我行我素。在当下中西方文化碰撞交融的背景中，作为自我"中心主义"或盲从趋同"国际化"，都有可能消解传统文化本体，从而导致背离民族文化根基的危险，拒绝和顺应外来文化都不是构成互补的全球化格局的手段。

中国画创作是洞察万物和观照内心的生命体验过程，是以人文关怀为依托、笔墨语言为基础、求真求本为创造的精神活动，是敏锐的思维、踏实的践行、独立的品格的互为印证，中国画的时代特征是笔墨反映社会文化属性而生成的精神轨迹，如果脱离了社会良知中的文化、道德和伦理，以及人性之中的喜怒哀乐，那么，艺术就失去了鲜活的生命内涵，而成了麻木的笔墨堆砌。在自然万物中领悟艺术真理，在日常生活中体察生命含义，从而实现中国画的品格与精神的确立,于笔墨不到之处立言,将翰墨丹青作为安身立命的毕生修为,执一事而终一生。画家一辈子其实就在画一张画,就是展现自己生命历程中的真我。以智者为师、以自然为师、以真理为师修为过程,自始至终贯穿了中国画的人文关怀和本体精神,而表意写心、直指性灵的笔墨语言是寄托情感的生命履痕。以直面人生和开放心灵的坦诚姿态与世人对话,从而彰显独立的自我品格和个人意志。中国画本体精神的建构是长期生命体验的过程,在俯仰之间认知艺术本源、在日积月累中形成心目俱会、在风雪雨晴中体验生命活力、在世事无常中感悟艺术人生。中国画以它独特的姿态影响世界,以此建立中国与世界的平等对话、历史与未来的紧密联系,打破边界,自由驰骋,让笔墨语言回归真真切切的生命感知,并成为重构中国画当代精神的核心价值。

张捷 《林泉高致》 纸本水墨 350×142cm 2017年

张捷 《艺圃》 纸本水墨 48×76cm 2018年

张捷 《云断苍崖呼山月》 纸本水墨 430×1260cm 2023年

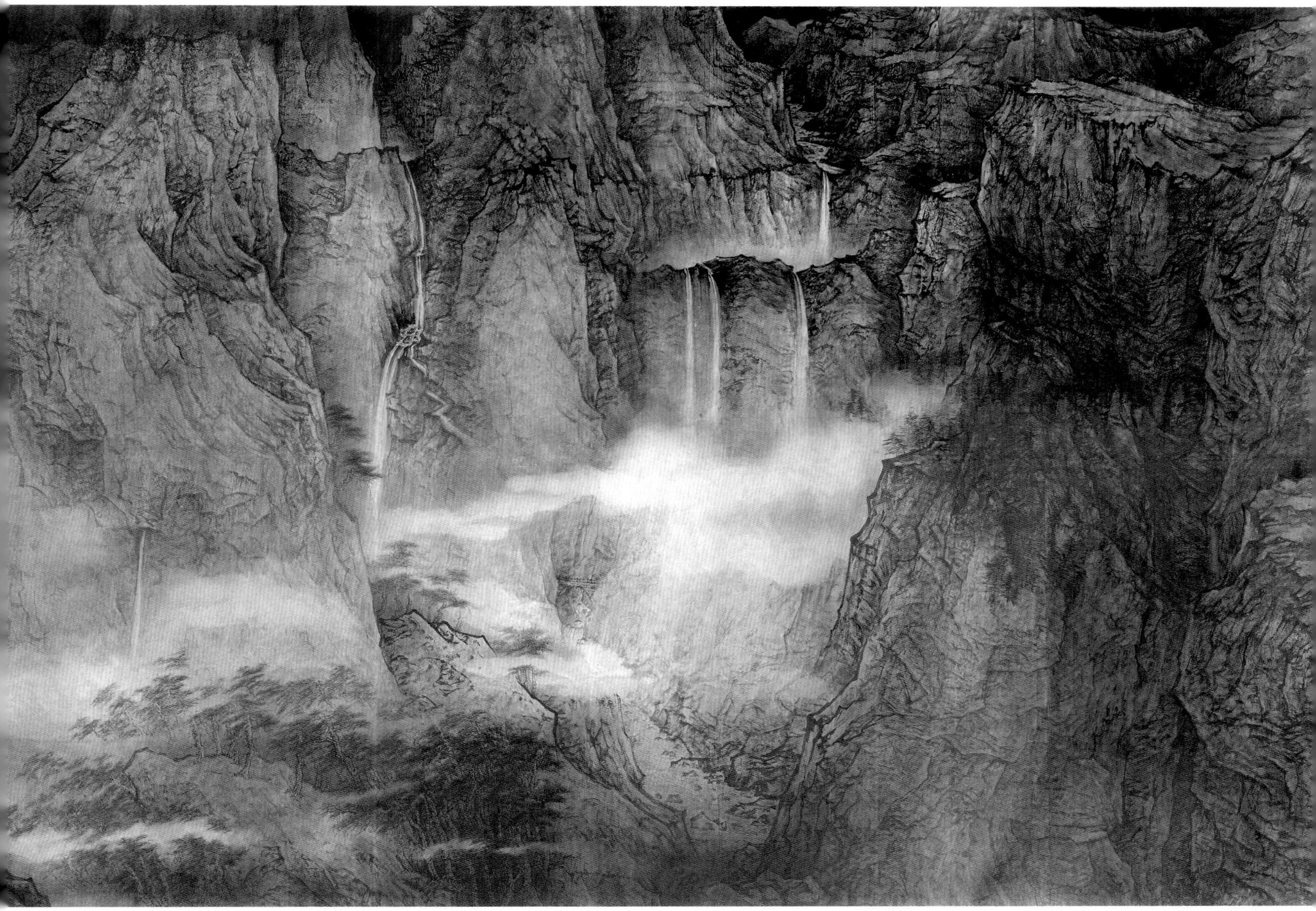

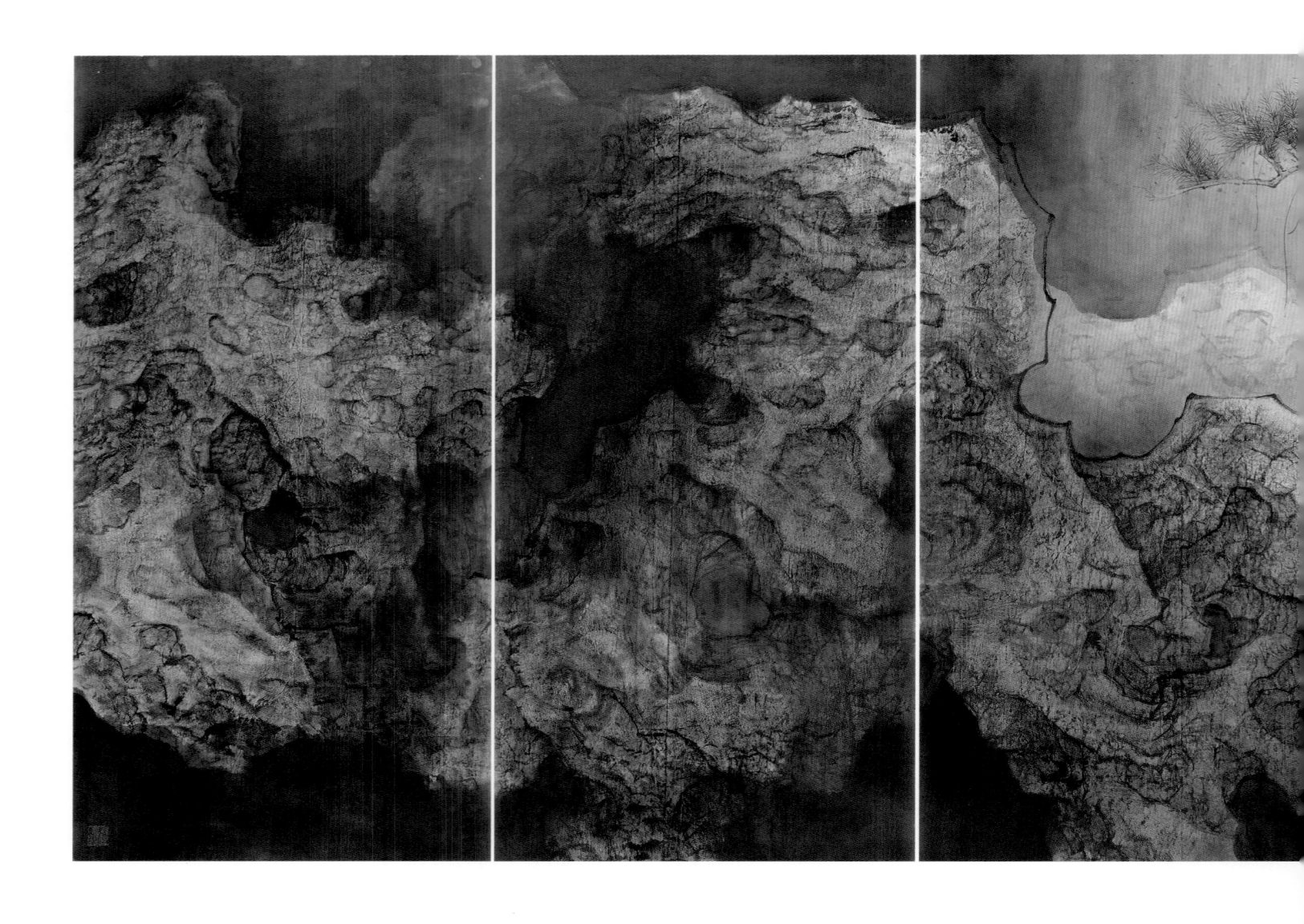

张捷 《微光》 纸本水墨 200×600cm 2021年

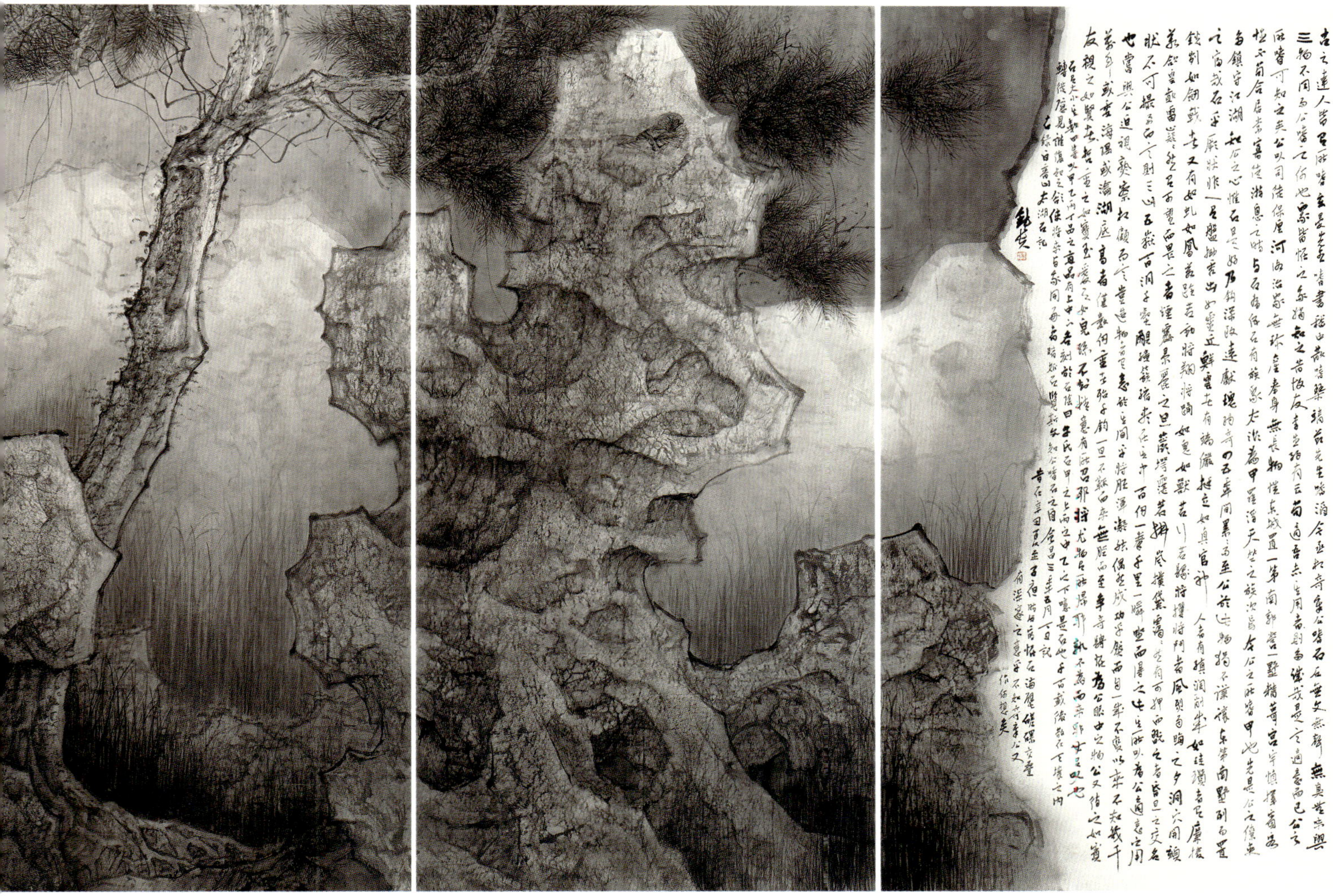

张捷主创团队合作 《梦游天姥吟留别》 纸本水墨 463×1-14cm 2020年

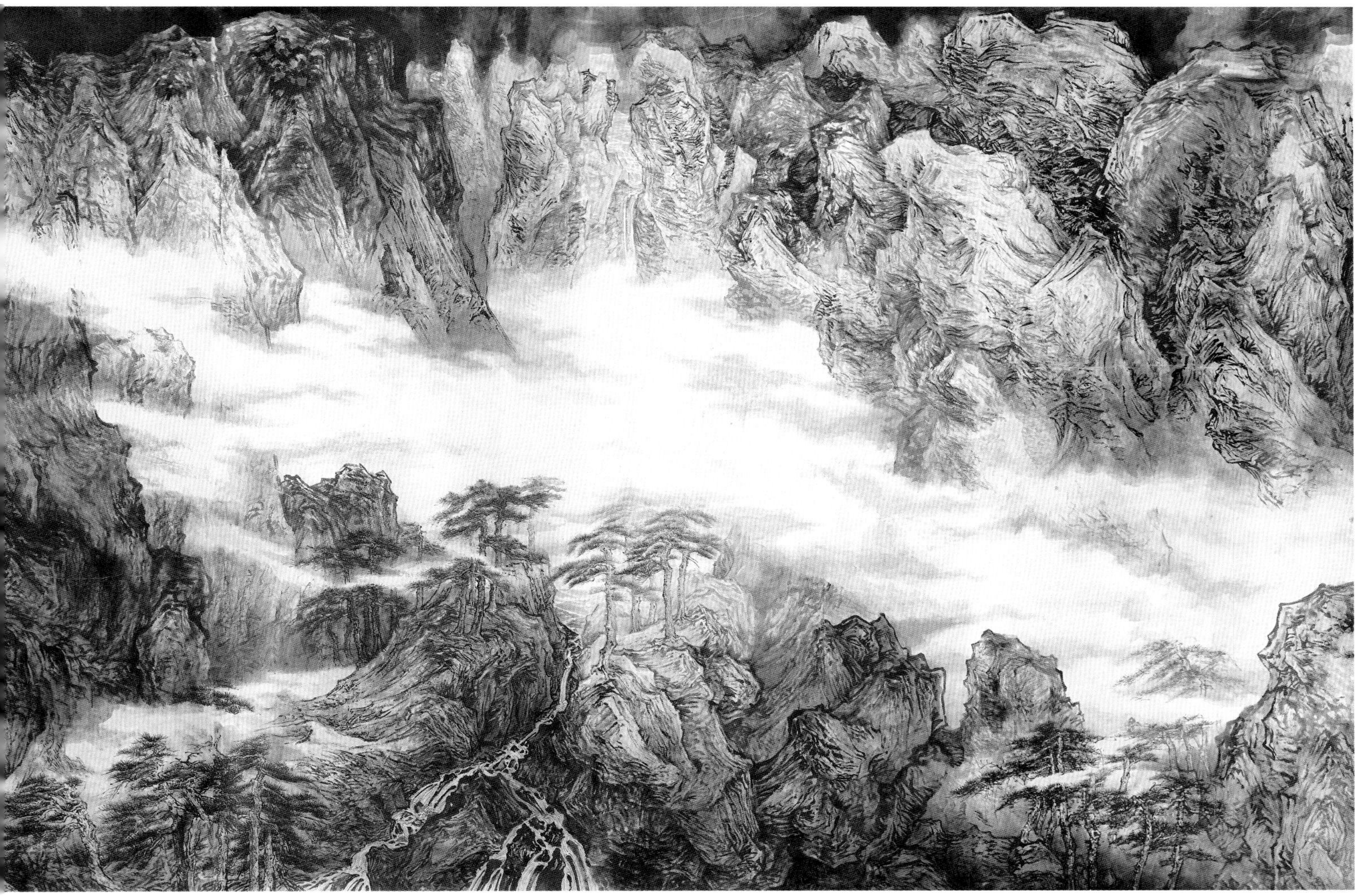

张捷 《环秀山庄》 水墨纸本 45.8×68.5cm 2018年

张捷 《耦园》 纸本水墨 48×76cm 2018年

张捷 《云壑松泉图》 纸本水墨 229×199cm 2008年

《青鱼案》的故事

邬建安

对我来说，古代的神话故事总是充满了魅力，他们会给不同年纪的我们讲述不同版本的内容。现在的我阅读《白蛇传》，就像在读一篇侦探悬疑故事，小时候记忆中的爱情神话故事变得遥远而模糊，取而代之的是文本里隐藏的一个又一个难以解释的情节。对这些情节的疑问激发了创作的热情，我希望编写一个故事来解释我的疑问，在这个过程中我有着充分的信心和自由。我相信这也是激活传统故事的重要方法，要知道我们有多少精彩故事被埋没在了记忆深处啊，那些因为"人要长大"的说辞而强迫我们远离的兴趣，被并不高级的"成人世界"扼杀的人类寓言，将它们从记忆的深处挖掘出来，唤醒他们，实在是令人兴奋的事情！

2014年在陕西西安，经汪天稳老师引荐，我认识了著名碗碗腔皮影前首李世杰先生。在汪天稳老师的工作室里，李老先生为我们讲述了一个不太寻常的《白蛇传》故事。这个故事来自一个1951年的手抄皮影剧本。在这个版本的《白蛇传》中，故事一开端便是法海在大雄宝殿领佛旨下界降妖，而不是我们习惯的"西湖相会"或是"邂逅小青"。这有一点出乎意料，疑点有二：其一，降妖本不是佛家职责，在佛对的世界描述中，"魔"是与之对立的概念，而不是"妖"，降妖是道家的工作，换句话说妖属仙家，不归佛家管，而佛祖在大雄宝殿直接给法海安排降妖的工作任务，其中似有蹊跷；其二，法海这个角色似乎没有太多主动的意识，只是执行上级交代的工作任务，而他的身份也变得更像是一个执行秘密任务的侦探。

在接下来的故事里，是千年修炼的白蛇误闯青蛇精的洞府，青蛇要娶白蛇，二妖斗法，白蛇放出紫河车收住青蛇，要求他化作女身做自己的丫鬟，青蛇只有五百年道行，遂应允，于是便是小青。这段故事当中也有颇有趣味的细节，就是"紫河车"，紫河车就是胎盘，所以小青在某种意义上来说是被白蛇又生出来一遍，两人之间由异性敌人变作同性姐妹，同时还有一点母女的意味。

故事最关键的地方还在"水漫金山"。白蛇救夫心切，决心攻打法海的金山寺，小青请来朋友"黑鱼精"相助。这里还有一点有趣的细节，小青在清以前的许多版本中，都不是青蛇，而是青鱼，青鱼与黑鱼同属淡水食肉鱼，估计这也是小青能够请到黑鱼精前来相助的原因之一。黑鱼精很是卖力，带领虾兵蟹将发来大水强攻金山寺，引发一场激战。

法海在保护金山寺的时候使用了一个很不地道的办法，他用自己的袈裟罩住金山寺，像避水罩一般将洪水引向别处，这样洪水便绕开金山寺而淹没了周边的农田村镇。这个举动很值得思考，法海似乎有意地要让白蛇坐实一桩重罪，于是不惜通过自己的手转嫁洪水，目的便是让人觉得白蛇为攻金山寺而造成了大批平民伤亡。

战斗开始后，法海便去搬救兵，这给人的感觉好像是白蛇罪已坐实，这时无论仙家是否出手惩戒，佛家都有了足够充分的理由出面管此闲事。法海搬来的救兵颇不寻常，竟然是韦陀。韦陀的身份是佛祖的护法，相当于大雷音寺的内廷第一高手、佛祖贴身保镖，这样的角色绝不是法海能够搬请得动的，没有佛祖的直接授意，想必韦陀也不敢擅离职守，跑到西湖边上来管法海的闲事。韦陀与法海在战场上的选择非常明确，他们根本不管黑鱼精，事实上黑鱼精可能真的是个劣迹斑斑的妖精，可是他被搁置一旁，韦陀直取白蛇，用降魔杵一下打断白蛇的两把剑，剑为白蛇双眉所化，这番格斗也让人看到了另外一面，即白蛇根本不是韦陀对手，那么佛家为什么一定要安排如此高级别的人物来做此工作呢？好像有点杀鸡偏用牛刀的味道。

法海韦陀接下来欲取白蛇性命，在白蛇命悬一线的时候，仙家竟出手相救，南极仙翁突然出现，对法海与韦陀讲道：白蛇已经怀了文曲星，你们何必赶尽杀绝？！便飘然而去，这句话分量很重，法海韦陀自知无力解局，便由白蛇生下孩子，将她扣在雷峰塔下与世隔绝。故事到这里让人觉得实在太过分了，为什么佛家大动干戈一定不能放过这个没有多少过错的小妖精呢？我觉得这实在是在《白蛇传》正传故事里没有讲明的地方，换句话说，有许多信息被隐藏了起来，即白蛇一定有着特殊的身世，她与佛家之间有着不一般的秘密，这些秘密的往事使得侦探法海跋山涉水寻找白蛇，并在落实白蛇身份后绞尽脑汁让白蛇落入犯罪的圈套，最后调来大内高手试图铲除。这种猜想便是我后来编写前传《青鱼案》的由来，我需要找到一个佛家一定不能放过白蛇的原因。

2015年在北京恭王府，我们做了一场名叫《化生——〈白蛇传〉的古本与今相》的展览，在这个展览中，最关键的一组作品名叫《青鱼案》，是七张大拼贴画组成的故事，这个故事讲的便是《白蛇传》的前传。

《青鱼案》旨在假设一种佛家必不能放过白蛇的合理因由。这个故事讲述一条青鱼修炼的过程。青鱼依照道家的方法修炼，尽是变化之术，他先变出了人脸，随后是人头与双手，再长出了双脚，从此便得人形，但随后青鱼精不满足于仅仅修成人身，试图依然借变化之术化身为佛家的大鹏金翅鸟，以此事半功倍，修成佛家正果，跻身大雄宝殿之内永享香火，就在他变作半鱼半鸟之时，大鹏金翅鸟的真身出现将青鱼噬毙，因其本人决不能允许世上如此快捷地出现其替代者。

大鹏金翅鸟口内衔蛇，每日必食一大蛇五百小蛇，噬青鱼之日，口内大蛇遁去，这条大蛇便是后来的白蛇，于是白蛇便知晓了这一桩宗教谋杀案的内幕，而她并非佛教中人，反倒很有可能将这一桩命案透露给仙家，从而引发社会舆论对于佛家的讨伐，最危险的问题是佛家宣扬的诸般核心价值均将在这场命案前灰飞烟灭。佛家不容外族登堂入室任职教内高位，甚至不惜痛下杀手的做法，则会使历代僧众辛苦传教的成果毁于一旦。因此，《青鱼案》中走掉的白蛇，才会在《白蛇传》中遭遇佛家的追捕，最终被镇于雷峰塔下。

大鹏金翅鸟在这个故事中是一个非常令人怀疑的角色，他与佛祖关系很近，他必不愿佛祖知悉他的谋杀勾当，而白蛇对他已成心腹大患，世上唯白蛇知晓这一秘密，所以大鹏金翅鸟可能在佛前搬弄了一些是非，遂使法海领旨下界寻觅白蛇踪迹。在一些版本的《白蛇传》中，法海确与鹏鸟有关，为黑鹰转世。

陈宏年老师　书法题字

邬建安 《青鱼寿千年,善变化》 局部01

邬建安 《青鱼寿千年，善变化》 局部 02

邬建安 《化生双臂,现人鱼相》 水彩纸镂刻,水彩、丙烯,浸蜂蜡,棉线缝缀于背绢宣纸　195×245cm　2015年
邬建安 《欲化大鹏金翅鸟,现鱼、人、鸟混相》 水彩纸镂刻,水彩、丙烯,浸蜂蜡,棉线缝缀于背绢宣纸　195×245cm　2015年

邬建安 《大鹏显金身,噬杀青鱼,是日,鹏口衔巨蛇遁逸》 水彩纸镂刻、水彩、丙烯、浸蜂蜡、棉线缝缀于背绢宣纸　315×300cm　2015年

邬建安 《白蛇遁隐》 水彩纸镂刻，水彩、丙烯、浸蜂蜡，棉线缝缀于背绢宣纸　245×195cm　2015 年

邬建安 《化生双臂，现人鱼相》 局部

邬建安 《大鹏显金身,噬杀青鱼,是日,鹏口衔巨蛇遁逸》 局部

邬建安 《手足俱全，得道近仙》 局部

邬建安 《欲化大鹏金翅鸟,现鱼、人、鸟混相》 局部

不杂院的不杂

— 胡军军

　　佛法精妙绝伦，然而领悟到其中之妙的人却是少之又少。空，这个字，望文生义，以为是空空如也之空。佛法传来中国，与本土文化融合碰撞，有些词义却依然难以准确传达，比如般若，很多人了解这是智慧的意思，却还是不能体会它实则是世出世入皆无碍的深层智慧，绝不是凡间井里的小聪小慧可相比较的。

　　四大皆空的"空"亦如是，源于对因缘法的细致观照，平等到不能再平等，是为"空"。

　　我为浩瀚而精深的佛法妙理所吸引，至今已有二十年。从锋芒毕露的青年时代到如今，锋芒还在修剪，但时时品尝缘起性空的真理法则，也足以聊慰此生。

　　《四大皆空》，妇孺观之，皆有会心一笑心领神会的感受，从镂空的佛身中，可观云起云落，山峦星辰，从每个生命的内心中，了知我们不过是地水火风的物质结合体，缘来则生，缘去则灭，到也可莞然一笑，该来吃饭困来眠了。

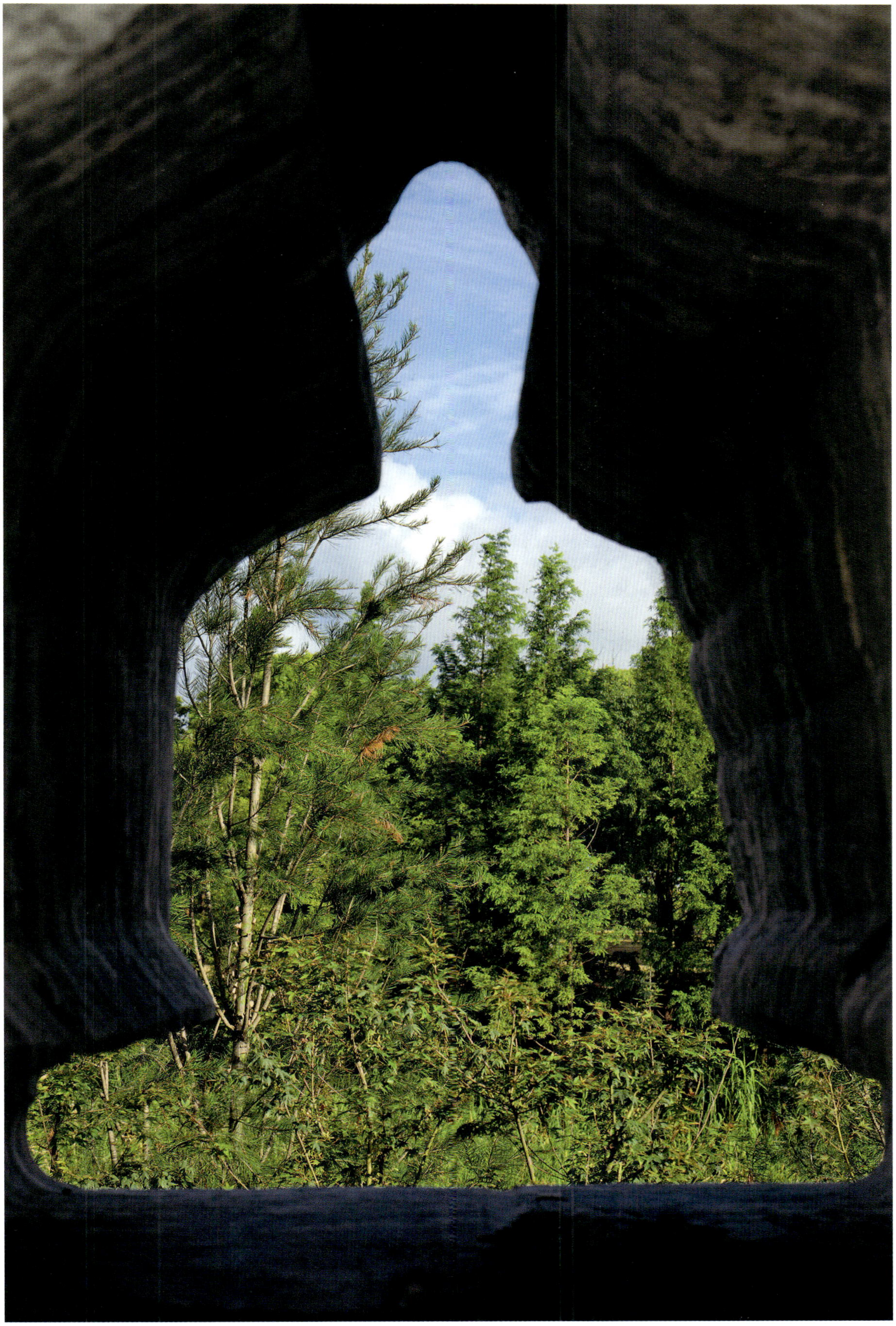

260

261

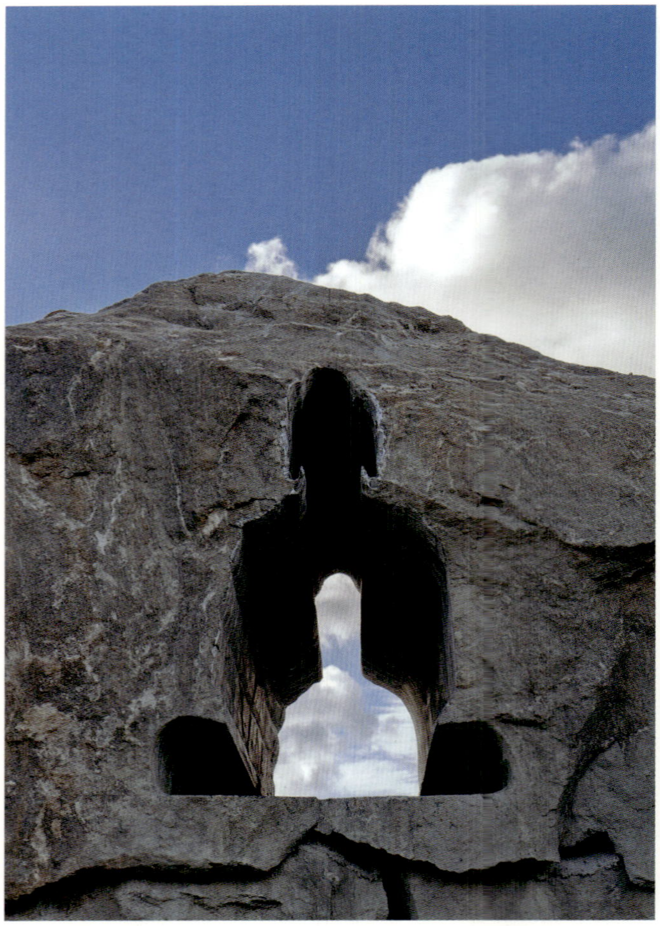

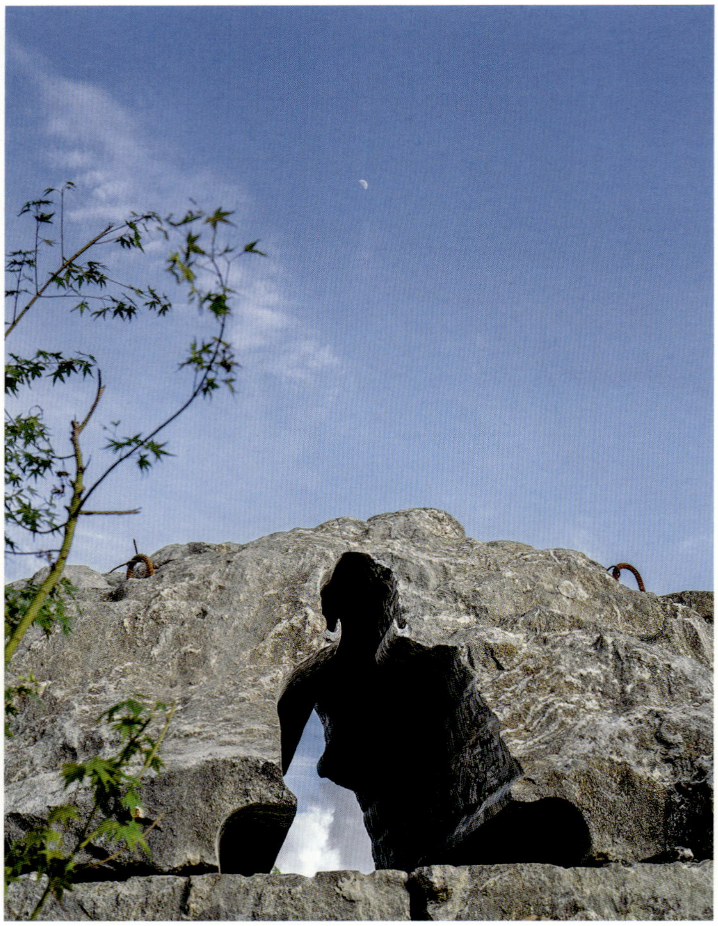

绘画札记

尚莹辉

每个人都有独一无二的成长经历，坚守内心不散乱、不盲从、与现实拉开距离，以一种警觉的人生态度去观看生活、观看事物，那么眼前的一切都是画面，创作也会摆脱客观局限，而作品唯有超越客观物象才能达到艺术上的真实。

只要在生活中有充满想象力的观察，我们就会与各种各样的造型、题材、形式不期而遇。画画并不是在工作室坐下来才是画画，平时在生活中随时观察和积累，目识心记都是画画。古人画画时没有图片依赖，靠的就是搜遍奇峰后的目识心记。

我在画画时有绘画的形、势、色彩之间的联系和对比，这既有直觉和本能，也有思维和自我审视。我喜欢画柏树，柏树的三角状基本形和尖尖的树梢像哥特式建筑一般伸向苍穹，满载着自然和生命的力量。

我希望自己的作品既有灵性，也有理性的思考，而不是依赖惯性来画。任何画家，一旦依赖于惯性就会丧失创造力。而真正的创作如同创造一个新生命，画家的感受、情感、性格、知识结构、对生命的真切体验和感悟都会在作品中渗透出来。

我的很多作品中都有路。路既是自然风景中的一部分，又是我内心深处的风景；既是遍历归来的路，又是重登旅程的路；是对未来充满憧憬和希望的路，是我朝着自己的艺术道路，一步一步走下去的路。

自然中的一切都是充满灵性的，自然的景象在特定的心理感应下，则景由情生。当艺术家去掉陈腐的观念和装腔作势的习气后，用心拥抱自然、感受自然，在最深的生命体验中，聆听自己内心的声音，寻找最适合自己天性的表达方式，才能形成自己的绘画语言；只有通过本性的选择和思考，才会有个性的绘画语言面貌，才会有创作新形式的力量。

好的作品一定是感性的审美体验，主观的想象力、创造力，以及理性思考的结合，同时也是心灵的写照。

我们眼之所见往往不是真实的，客观并不真实，每个人看见的东西都不同。我们看见的往往只是世界的表象和虚幻，只有深入虚幻和表象的背后，用心去体悟，才能真切地感受到世界背后的真实。

画面如果只给观者一个直观现实的感觉，就没有艺术上的升华。因此，作品与客观物象越像、越真实，距离艺术就越远。好的作品必须是改变了客观具体的物象，才能和精神情感相沟通。没有内涵的物象，没有创造性的升华，作品必然是单调乏味的。

画面是平面的，只有长和宽，因此画面的细节越多就越容易琐碎。高级的画面单纯、简洁，单纯而有内容、有力量；简洁不是没东西的简单，而是大量做减法、做简化。只有简化、概括，用最少的语言表现出最丰富的效果，才能达到画面上的真实和视觉心理上的强度，才会呈现高级的画面。

如果画面没有节奏、空间和秩序，画面就无法建立。

节奏有静有动，有虚有实，有强有弱，有曲有直。

好的画面都有明确的空间和开放性，空间是绘画永恒不变的内在逻辑。空间不是简单的虚实、透视,或者平远、深远,空间是设计、是深度,是所有这些因素的综合。同时,画面的空间也指向生命的终极,要在作品中超越时间与空间,探讨心理与灵魂,表达对生命的理解和领悟。

画家要讲究画面的秩序,只有这样才能进入绘画的本体。秩序是一种思维方式,是对这个世界独特的理解和认知,而不是技术。

失去了对这个世界的好奇,失去了对这个世界的认知,就失去了学习的动力。艺术家的创造力来源于不断地学习,来源于大自然,亦来源于艺术家强大的内心和自由的灵魂。有什么样的智慧就会有什么样的创造力,有多少种创作表达方法就会产生多少种美。

尚莹辉 《苏州园林21》 纸本水墨 66×33cm 2020年

尚莹辉 《冬日山村6》 纸本水墨 50×100cm 2020年
尚莹辉 《冬日山村8》 纸本水墨 33×65cm 2020年

尚莹辉 《冬日山村16》 纸本水墨　33×66cm　2020年

尚莹辉 《冬日山村17》 纸本水墨　33×65cm　2020年

尚莹辉 《苏州园林18》 纸本水墨 50×100cm 2020年

尚莹辉 《资溪印象15》 纸本水墨 33×65cm 2020年

尚莹辉 《匡庐胜景3》 纸本水墨 50×50cm 2020年

尚莹辉 《匡庐胜景6》 纸本水墨 68×68cm 2020年

尚莹辉 《甪直水乡之1》 纸本水墨 33×66cm 2020年
尚莹辉 《三清乡之二》 纸本水墨 50×100cm 2021—2022年

黑漆的涟漪

白阅雨

"对于面朝大海遐想的人来说，6—7法里就意味着无限的半径"，我想起了苏拉热（Pierre Soulages），想到他纯黑色的画面，艺术家面对材料时，在凝固的黑色中或许也看到一种空间的无限和蕴含的生机。在一幅尺度有限的作品中，似乎也能同样构建一种广阔的想象，平静、崇高甚至是神圣的。在纯粹的黑暗中，感官变得更加敏锐，捕捉足够细微的变化。在这种平和的反差中，不禁让人想象，是什么样的目光，投射在画面之上？邓南遮以"似乎它的目光让整个宇宙安详"描写在银霜中眺望地平线的兔子的目光，在广阔的自然的平和中，在极致的寂静中获得了一种瞬间的无忧无虑，短暂地摆脱了"天性"，变得既空灵又神圣。胆小怯懦与冷静深沉同时出现在一只易于受惊动物的身上，让人相信自然中超越自然的力量。这种颠覆，似乎也会是投射向黑色画面的目光，忧郁的想象的序幕展开成为凝望的平静，最终在无限性的空间中被广阔和深邃捕获。

苏拉热在绘画中创造了一个这般可以凝望的空间，20世纪70年代的一系列纯黑色画作有一种优雅的清晰，边缘、结构、逻辑、层次都是鲜明的，黑色不是混沌，而仿佛掷地有声。他毫不避讳地保留着创作过程的层次，横向、平行、规整的线条为果断、不容置疑的大块面所覆盖。光来自被遮蔽的部分，他们强烈却被压制，像是欲被抹除又永恒存在的过去。另一部分从重叠的肌理边缘透出，结构挤压下的空间为狭窄的光的线条所印证。从某种意义上说，颜色比形象更加直观，苏拉热抛弃了形象，用色彩表现想象。他用最朴实纯净的语言，却又仿佛穷尽所有能够使用的语言展开关于黑色的描写，关于肌理、痕迹和表情。像是翻开一本没有故事情节和内容的书，却反而让人集中注意力去观察书本身：纸张的手感，边缘的切割，书籍的装订方式，页面翻动的声响。观者看到的不是剧情展开的瞬间和终点，而是关于一个没有故事的故事的回忆，一场对于未发生的预判，一条通向未来的线索。这条线索有着和敏感内心一样的起伏，光线流动停驻在肌理表面，情感停留在回忆之中。随着他进入一座庭园，在氤氲水汽的朦胧中，苏拉热像是在一场茶道中烧水的主人，当旁人惊叹沉浸于茶的香气与口感如何沁润人心时，他一身黑衣端坐在晦暗处，在冥想中听着壶中水开的声响，在沉默中掌握着这场"宴席"，何时开始，如何落幕，是接受现实的梦境，还是在另一个梦境中醒来。

绘画的痕迹通过视觉引入想象的空间，肌理塑造的明暗结构像地层、山脉、河流……自然的形态总是恒常又具有普遍性，在有限的画面和简单的结构中好像能产生关于宏阔的联想和对应。在黑色的背景中，色彩纯粹的精神进入一种"空"的语境，和画面的敏感性相呼应，使他的作品在自然的重合之外又具有了一种永恒性和东方色彩的禅宗意味。线条状的刻画像是枯山水中梳理白砂的地面，又像是古琴表面大漆的裂纹，开放的画面对应了人主观的情感和联想。我想起一张在山西时拍摄的佛造像照片，在特殊视角和局部剪切后的画面中找到了一种和他画面的对应，跨越时间、地域、形式，千年前的中国佛造像和苏拉热的抽象绘画似乎也由此具有了某种视觉上的相似性。尽管它们创作的逻辑和样式是那么不同,雕像以木头刻画柔软的衣物曲线,是凸起的,跳跃到视觉最前端,苏拉热的刻画却是在平面中凹陷;木头吸光,表面的光线来自金箔的反射,画作中的油彩却是自身折光,像洞窟壁画万年前的震撼和沉闷色彩表面微弱的光;佛造像局部衣饰的剪切是将一个整体剥离形象、功能、文化背景后纯视觉化的抽象,相反,苏拉热则将局部化为整体,他的画面中存在一种俯视的视角,像是从高空俯瞰地面,艺术家的创作过程也是以垂直的视角塑造痕迹而非刻画细节。远古的工匠一定未曾设想具体雕塑结构和公式化的刨作流程在特殊视角下所呈现出的抽象性,但今天的目光发现了雕像与抽象画作的契合和神似。两者有着同样平行流动的线条;自然粗细的曲折变化;它们都去掉了物质的一些部分——刮掉的颜料和剔去的木头;都在黑暗环境中捕捉微光,使这仅有的微弱的光变得格外强烈和充满力量。苏拉热不曾见过这张图片,但是他所表达的属于他经验中的感人细节呼应了观者的经验。这种语言因为抽象而具有了普遍性,与同样抽象的情感共鸣塑造了一种难以替代的准确性。

随着目光退后,从对画面的关注进入真实的时空中,我惊讶于这些画作像一堵墙一样,固定在地面和天花板之间。苏拉热说"窗户看外面,但一幅画应该做相反的事情——它应该看我们的内心"。它们不再仅仅是具有制作痕迹的画板,而是统一、纯粹的物体。它们是一个空间中的承载物,接收光线和时间。他在空间中塑造着屏障的园林之景,像是一扇屏风,在这种意义上超越了画面,扮演着空间中中立的物的角色。屏风的正反赋予了空间"内外"的概念和意识,赋予了空间不同的意义和情绪。屏风从来不是通过封闭一个区域来划分空间的,相反,它永远敞开,开放地拥抱着所处的空间。当面对这样一堵巨大的"空洞"的黑色"墙面",哑光基底中材质凹凸间的折光像是一道划过黑夜的光,通过这异样的明亮而"看到"我们所处的这一侧空间,这些折射的光仿佛来源于我们自身,在光中看到自己。放置于环境中的作品塑造了画面的物质界限,这种界限难以消除。他在这样的矛盾中推进又游移,以黑色表达光线,以封闭的区域拥抱一种敞开的想象。这是一种源自物质内在的想象,观者被吸入其中,在身体可丈量的尺度内想象着心灵的无限。

从远处看似乎黑色被隐去,光成为绘画的线条,真正存在的物体消失,而落在画作表面上的光被显现。伴随人的移动,光在不同位置出现。长时间地注视黑色,就像是长时间地注视阳光,让人失神,也让目光失去判断沉浸在想象中。苏拉热是什么时候注意到落在黑色上的光?是停下肢体的运动进入安静的审视之后,是离开创作环境之后,是离开画面才看到画面之外,是离开颜料才看到颜色之外。他的黑色画面让我想到大漆,漆是和"黑"那么接近的材料,一种天然的黑色物质。从树干的伤口中流出保护自身的乳白色汁液,到干固后变为黑褐色,包裹物体抵御时间的侵蚀,在黑色的状态中,获得自身强大的能量。苏拉热通过对于黑色精神的理解进入自我逻辑,不断推进,在黑色中发现物质肌理的起伏和光的关系。漆天然和神秘的光发生关系,漆黑中具有剥离出任何颜色的可能性,光照使它脱离混沌和中立而具有某种或冷或暖的色彩倾向。我为漆黑中的光所吸引,细微的色彩流动和变化,一种自身缺乏光的颜色(黑色)所创造出的光的折射带来黑色中的生机。

黑色中的光像是一个悖论,丰富性与生机也正来自这些矛盾而又生动的种种体现,并引发关于材质空间性的联想。漆液从漆树上垂直流动而下,收集入桶,调和、搅拌、旋转。大漆的流动性使它必定依附于某一物体或者材质才能展开。麻布、海绵、木、纸等等有型的材料成为支撑它的结构,刷涂、刮抹,水平、均匀,直至静止。漆画创作借助复合材料和工具,工具的使用成为材料进入绘画物理位置的通道。在这场空间的转移中,每一瞬都更加走向稳固和恒定。它从具体的甚至是具有生命的物质,转变为未知的凝固的永恒。大漆创作过程的逐层髹涂,使得创作者难以也无法通过背离和突破材料规则的方式超越它自身的节奏和漫长的时间性。轻薄涂层的叠加、覆盖、打磨积累了真实物理空间中的厚度。制漆过程在平面上展开、堆积,又消磨,打磨后底层的漆色显现,呈现其制作层次的切面,在不断地增加和消退中循环。它在一个迂回的时空,没有方向,周而复始。漆也伴随凝固进入一种近乎永恒的状态,与通常认为的干燥过程不同,大漆的干固需要一定的温度和湿度,在温润中固化结膜。这很出人意料,但正如同是生命生长环境的延续而非性质的转变,材料在原本的生存状态中自发进入静坐冥想的境地,时空暂停直至永恒。大漆自身的特性和规律造就了超越色彩和物质的表达,在缓慢时间中通过材料反观自身,通过视觉和想象赋予其光亮、哑光或粗糙的不同状态以不同形象和性格。当生命流动的瞬间和跨越时空的永恒凝结于物体之上,它一切自然生发的表情:平滑、褶皱、反光、粗砺都好似变得恰如其分。

我追随漆进入它的空间,一个悬浮于真实之上的空间,丰富、饱满、无序却又紧密,它关乎意志和稳定,没有边界、不断重复。我们无法脱离现实的时空观察自己,但是通过材料能够体会在另一个维度观看自己的感受。因此我构建一个看似理性、稳定却虚拟、神秘并充满不确定性的折叠的光的空间,微妙、丰富、迷幻、折光,诠释时间、空间与情感的关系。在物质实体的悖论中,另一个形象出现:《拾遗记》中记载吴王孙亮命人为他制造的一扇极薄的琉璃屏风。这在公元3世纪是不可能真实出现的,也就是说,这其实是一扇仅存于想象中的屏风。琉璃屏风不具备屏风的原始功能,两面空间都向人平等地敞开,它的分隔和界限存在于人的意识中,实际的原始功能被想象替代,而原本不具备的公开与平等被展现出来。由此我将屏风的形象置于画面中,它关于时间的秩序性和空间的独立性,大面积重复、规整,在同一个方向上接近平行的线条,指向不同的角度,形成夹角。屏风不同肌理结构间出现的光影似乎是没有道理的,它们相互折射,相互穿透。这种转折与规整伴随着人的移动而引起光线上折射的变化。屏风在环境中是一个无声语言的暗示,是独立的、私密的,是温和的、礼貌的。这是一个客观存在的空间,但是我们由此感知到的又是主观的、自我的、与他人不同的。在认识这个材料和空间的同时,自己也进入了这个材料和空间,受他的约束,在其中游离。它让我相信材料本身就具有空间性,而且空间本身就是不确定的。

在漆的空间和规律之外,不同材质进入画面会发生什么变化?金属材质恒定,漆有生机、多变,但是进入画面的空间,银箔被腐蚀,漆却永恒。银箔在漆中开辟的空间如同枯山水中岩石和白砂的地面,这个空间包含记忆,回溯却又迷惑,具有神性。枯山水中无为的变化源自环境,银箔氧化、剥落、消退,它们不具生命却能装裱自然。在稍纵即逝又持续的变化过程中观察自然的平衡秩序,变化与恒定、瞬时与永恒,平等共存。

不同材质的分区和组合带来视觉的想象,画面中的块面孤立却又相互映衬,像是一座寺院:银箔的光彩反射倾斜的微弱亮光,壁画粘贴着金箔,剥落又斑驳,描绘超越这个小空间的广阔山海、植物、风光;似乎有钟声回荡,僧人加快脚步随着屋檐滴答的雨声渐行渐远。像是切片的记忆,也似今天带着记忆的新的想象和幻觉。空间被不存在于画面的记忆、想象、幻觉和信念占据,他们比回忆更饱满更真实地感动我。漆古老斑驳的色彩带来真挚的实感,遥远却又是在场的。

大漆似乎无需其他历史远古的考证来提供想象和信念的依据,关乎久远、神秘、人格化的想象来自材料自身,它足够古老,为自己提供了想象发生的环境和样貌,它可以成为想象的主体。屏风、山水、古寺……江南的氤氲水雾、绿意生机、园林景致,最终是一场时间与空间的游戏,自然生机的更迭与假山石永恒的呼应;水的景象中四季流动的不可捕捉;一个小空间小环境中造园者广阔的心境和营造的奇趣虚幻;屏风前后分割却又无法阻隔的空间;山石亘古稳定却又被刻意经营的位置;水永恒的流动和无法定格的映象;树木的生长与四季轮回……在这个空间中,看似一切稳定,却又从未真正完整存在。在某些时刻,我们见到屏风遮挡后探出的绿色枝叶;移步换景,是水中晃动的太湖石;不同时刻,如同幽灵穿梭在人为构造的四季的迷宫中,这个空间被不存在的事物占据,在黄昏中想象着生机,在可见的屏障前想象着幕后的空间。大漆、庭园、江南,仿佛具有了一种流水般的命运——不断被改变的存在的实体,进入一场永不停歇的无为的命运。"谜底不能出现在谜面中",在这种种浪漫虚幻所勾勒的谜面中想象着江南,好像一扇脑海中真实却又遥不可及的琉璃屏风。

白阅雨 《折叠的空间Ⅳ》 大漆、蛋壳、银箔、色漆粉、瓦灰、钿 100×200cm 2021年

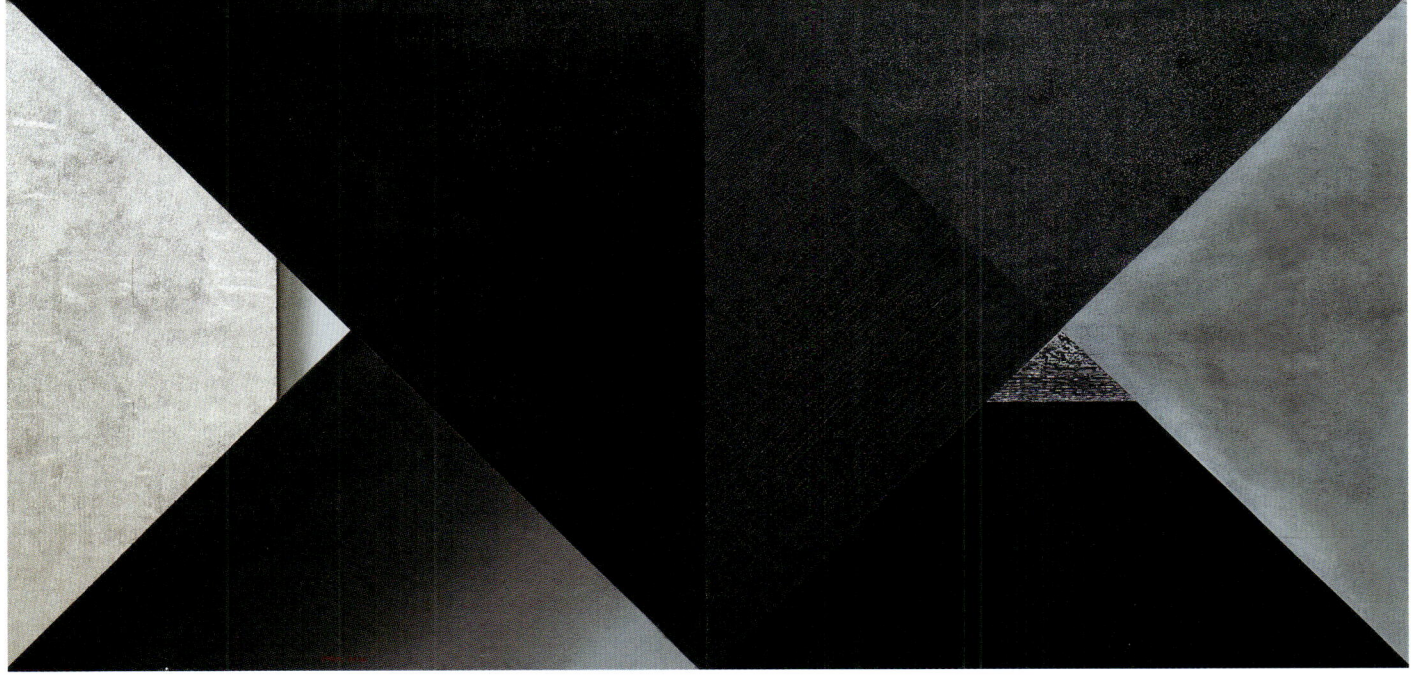

白阁雨 《置换的空间·古寺》 大漆、瓦灰、银箔 100×200cm 2022年
白阁雨 《置换的空间·虚空》 大漆、银箔、瓦灰、螺钿 100×200cm 2022年

白阎雨 《折叠的空间·枯山水》 大漆、蛋壳、色漆粉、瓦灰、银箔 200×100cm 2021年

白阎雨 《秩序的光·屏风》 大漆、蛋壳、麻布、瓦灰、铝箔 200×100cm 2019年

白阅雨 《折叠的空间Ⅰ》 大漆、蛋壳、色漆粉、瓦灰 200×100cm 2020年

建筑

建筑

Architect

师

童 寯·江南园林

林 兵·从贝聿铭到木心

陈卫新·澄怀观道

俞 挺·江南的意义

赵城琦·泼淡彩于青山之间

江南园林

童 寯

江南泛指长江以南,但历代含义颇不相同。现今的江南大约指苏南、浙江一带。

发展概况 江南气候温和,水量充沛。物产丰盛,自然景色优美。晋室南迁后,渡江中原人士促进了江南地区经济和文化的发展,为园林的营建创造了条件。东晋士大夫崇尚清高,景慕自然,或在城市建造宅园,或在乡野经营园圃。前者如士族顾辟疆营园于吴郡(今苏州),后者如诗人陶渊明辟三径于柴桑(今九江附近)。皇家苑囿则追求豪华富丽。建康(今南京)为六朝都城,宋有乐游苑,齐有新林苑。唐诗人白居易任苏州刺史时,首次发现太湖石的抽象美,用于装点园地。导后世假山洞壑之渐。南宋偏安江左,在江南地区营造了不少园林,临安、吴兴是当时西林的集聚点,蔚为江南巨观(见吴兴园林)。明清时代,江南园林续有发展,尤以苏州、扬州两地为盛。尽管江南园林极盛时期早已过去,目前剩余名迹数量仍居全国之冠,其中颇多为太平天国战争之后以迄清末所建。早期园林遗产,如扬州平山堂肇始于北宋;苏州沧浪亭和嘉兴烟雨楼均始建自五代,嘉兴落帆亭始建自宋代,易代修改,已失原貌。苏州留园和拙政园、无锡寄畅园、上海豫园、南翔明闵氏园(清代改称古猗园)、嘉定明龚氏园(清为秋霞圃)、昆山明春玉园(清为半茧园)均建于明代,规模尚在。目前,江南园林以苏州保存较好(见苏州名园),扬州也有相当数量的园林遗留至今(见扬州名园)。其他各地较著名的有:

南京旧日诸园如愚园、颐园、煦园均已无存。瞻园在20世纪60年代经建筑学家刘敦桢擘划经营,面目一新。煦园亦经修葺,恢复旧观。

无锡 寄畅园风采不减,仍为江南名园。梅园、蠡园则是近代作品。

常熟 以燕园最著,有清乾隆时叠山名手戈裕良所作湖石和黄石两山。壶隐园、虚廓居、水吾园等,已失原状。

上海 豫园在上海南市,园中黄石山相传出自明代叠山名匠张南垣之手,结构奇伟。又有玉玲珑石为江南名峰之一,传为花石纲遗物。上海南市的古猗园,在抗日战争中大部被毁,现已修复,规模胜昔。嘉定秋霞圃,以山石胜,近已修葺一新。青浦曲水园,松江醉白池均存旧迹。

杭州 旧日私园多湮没,惟存湖西数庄,如郭庄(汾阳别墅)、高庄(红栋山庄)、刘庄(水竹居),但已改观,孤山的文澜阁和西泠印社也是西湖中的小园,均别具一格。

吴兴 南宋时园林极盛,现仅存清末南得小莲庄等小私园数处。城中潜园、适园、宜园等均已无存。

嘉兴 烟雨楼始建于五代,在南湖湖心。烟雨拂渚,隐约朦胧中,景色最佳。城北杉青闸有落帆亭,建自宋代,近已湮没。

江南园林有三个显著特点:

第一,叠石理水。江南水乡,以水景擅长,水石相映,构成园林主景。太湖产奇石,玲珑多姿,植立庭中,可供赏玩。宋徽宗营艮岳,设花石纲专供搬运太湖石峰,散落遗物尚有存者,如上海豫园玉玲珑、杭州植物园绉云峰、苏州瑞云峰。又发展叠石为山,除太湖石外,并用黄石、宣石等。明清两代,叠石名家辈出,如周秉忠、计成、张南垣、石涛、戈裕良等，活动于江南地区，对园林艺术贡献甚大。今存者，扬州片石山房假山，传出石涛手。戈裕良所叠山，以苏州环秀山庄假山为代表，今尚完好。常熟燕园黄石湖石假山经修理已失旧观。

第二，花木种类众多，布局有法。江南气候土壤适合花木生长。苏州园林堪称集植物之大成，且多奇花珍木，如拙政园中的山茶和明画家文徵明手植藤。扬州历来以莳花而闻名。清初扬州芍药甲天下，新种奇品迭出，号称花瑞。江南园林得天独厚和园艺匠师精心培育，因此四季有花不断。

江南园林按中国园林的传统，虽以自然为宗，绝非丛莽一片，漫无章法。其安排原则大体如下：树高大乔木以荫蔽烈日，植古朴或秀丽树形树姿（如虬松，柔柳）以供欣赏，再辅以花、果、叶的颜色和香味（如丹桂、红枫、金橘、蜡梅、秋菊等）。江南多竹，品类亦繁，终年翠绿以为园林衬色，或多植蔓草、藤萝，以增加山林野趣。也有赏其声音的，如雨中荷叶、芭蕉、枝头鸟噪、蝉鸣等。

第三，建筑风格淡雅、朴素。江南园林沿文人园轨辙，以淡雅相尚。布局自由，建筑朴素，厅堂随宜安排，结构不拘定式，亭榭廊槛，宛转其间，一反宫殿、庙堂、住宅之拘泥对称，而以清新洒脱见称。这种文人园风格，后来为衙署、寺庙、会馆、书院所附庭园，乃至皇家苑囿所取法。宋徽宗的艮岳、苑囿中建筑皆仿江浙白屋，不施五彩。清初营建北京的三山五园（见圆明园）和热河的避暑山庄，有意仿效江南园林意境。如清漪园的谐趣园仿寄畅园，圆明园的四宜书屋仿海宁安澜园；避暑山庄的小金山、烟雨楼都是以江南园林建筑为范本。这些足以说明以蕴含诗情画意的文人园为特色的江南园林，已成为宋以后中国园林的主流，北方士大夫营第建园，也往往延请江浙名师为之擘画主持。

嘉定潭影阁

吴江盛泽汽车站

少年

常熟尚湖

放鸭

无锡太湖

无锡运河桥头

无锡黄埠墩

江苏苏州横塘，普福桥

无锡运河

昆山水上人家

浙江南浔风安桥

苏州宝带桥

苏州山塘街

村镇

甪直,保圣寺,内院

苏州枫桥

苏州灵岩山

苏州木渎敌楼

从贝聿铭到木心

林 兵

"智者乐水，仁者乐山"，江南多水，多雨，多智者。我曾经有幸在美国遇见了两位生于民国的江南智者：他们生于水乡，深受儒家文化启蒙，客居美国，行走于中西方文化之间。

2000年底，远在美国的贝聿铭先生收到了一份来自老家苏州的传真，苏州市政府有意请他设计苏州博物馆新馆。在此之前，时年八十三岁的贝先生已经设计了美国国家美术馆、巴黎卢浮宫、日本美秀博物馆、德国历史博物馆等世界知名的博物馆建筑群，而这一刻似乎这是他一生的等待，由此他开始了晚年的这次特殊的设计经历，以他毕生的经验为江南古城苏州设计一座博物馆。日后当被问起苏州博物馆对他的人生意义时，他将这件作品比作他的"人生自传"。我有幸参与了贝先生这次充满诗意的设计旅程。

贝聿铭先生是吴中贝氏第十五世，出生于广东，十岁从香港回到上海，十九岁赴美留学。在上海生活期间，他曾三次回苏州过暑假。他的爷爷贝理泰老先生是一位传统的苏州人，他很希望他的长孙能回到老家了解传统的中国文化。晚年的贝先生清晰地记得他的祖父代表了旧中国的最后一代，是儒家理念的象征，丝毫不受任何西方的影响，祖父向他传授了传统的祭祀礼仪和大家族的重要性。在苏州的三个暑假对在上海求学的少年贝聿铭产生了很大的影响。他记忆中的苏州人以诚相待，互相尊重，江南水乡民风淳朴，生活充满情趣，他认为这才是"生活的意义所在"。贝先生的母亲祖籍常州，是一位颇有成就的女书法家、诗人、音乐家。"我母亲是虔诚的佛教徒，我记得她经常带着我到她定期去清修的寺院里，我总是在那里静坐很长时间。这便是我母亲对我的教诲之一：学会在寂静中倾听。"日后"倾听"成为他最重要的职业工具，他倾听他的业主的要求，倾听设计的重心所在，倾听历史

贝聿铭在苏州山塘

儿时木心在乌镇的全家福

儿时贝聿铭全家福

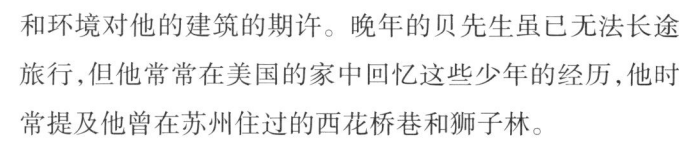

少年贝聿铭在狮子林

和环境对他的建筑的期许。晚年的贝先生虽已无法长途旅行，但他常常在美国的家中回忆这些少年的经历，他时常提及他曾在苏州住过的西花桥巷和狮子林。

在贝聿铭先生出生的1917年，他的叔祖贝润生购置了苏州名园狮子林，并花重金进行修复。少年时的贝聿铭经常去狮子林，出于大家族的礼仪，作为长孙的他无法尽兴地玩耍，但苏州园林却在他的记忆中留下了深刻的印象。狮子林以太湖石假山出名，贝先生对于苏州石匠雕琢石山后，放入湖中接受时间的冲洗，爷爷"种石"，孙子"收石"的这种理石文化留下了深刻的印象。他认为这不仅代表了中国人传承的家族文化，又何尝不是建筑师的职业写照：让自己设计的建筑经历时间和社会的洗礼，达到合理性和自然性。在欧美，他把江南传统文化赞誉为"高雅文化"，堪比欧洲文艺复兴的佛罗伦萨。贝先生说苏州园林让他意识到创意是人与自然的共同结晶，人与自然的这种共存性至关重要。

贝先生在20世纪30年代的上海度过了他的少年时代，1935年8月，十八岁的贝聿铭坐船前往美国留学，待他再次踏上中国土地将是1974年4月，尼克松总统访华两年后。那次他作为美国建筑师协会访华团的成员，回到了他的老家苏州与家人团聚。虽然是"衣锦还乡"，但当他看到"文革"中身着清一色中山装的老家亲戚，破败的狮子林，不免伤感。这次到访贝先生也终于见到了《苏州园林》的作者陈从周先生，园林、昆曲、美食、紫砂、字画的江南文化将两位同龄人瞬间带到了一起，他们相见恨晚，成为一生的挚友。他们在纽约大都会博物馆的"明

贝聿铭回苏州狮子林

贝聿铭与陈从周在香山饭店工地

贝聿铭在狮子林

轩"、北京香山饭店、香港中银大厦等作品中多次合作。当2002年贝先生着手设计苏州博物馆时,他的这位江南老友已先他而去,他倍感惋惜。开启改革开放之门的中国政府邀请贝先生回国设计。预感中国即将到来的巨变,他提出了以中国传统文化为基础的中国现代建筑的发展理念。早在哈佛求学的年代,贝先生大胆地向包豪斯的创始人格罗皮乌斯提出将传统民族文化与包豪斯的现代建筑形式相结合,即包豪斯建筑的人文化和在地化,他也将此看成他一生的挑战,一个几乎不可能的挑战。

在设计香山饭店时,他认为民用建筑的灵感不应来自皇家建筑,而应该从江南的苏州、杭州、无锡及扬州等传统民居中吸取,他将原址的大树保留,将建筑围绕,整体布局蜿蜒曲折,一步一景,灰白的建筑隐于香山的古树丛林之间。虽然乾隆皇帝早他两百年已将江南园林带入北京,而贝先生的这次尝试还是受到了一些指摘。

2002年5月,贝先生来到苏州,开始了苏州博物馆的设计,他称这将是他人生"最难的挑战,最后的挑战"。在接受了这份"挑战"后,他便开始了他"全力以赴"的设计旅程。有人说,贝先生只是"顾问"一下,其实"顾而不问"的工作他是从来不做的,"全力以赴"是他一生的座右铭。苏州博物馆北靠苏州名园拙政园,东临太平天国忠王府,南侧六十米便是贝家曾经的私家园林狮子林。设计之初贝先生仔细查看了博物馆选址,重游拙政园、狮子林、留园,聆听昆曲和评弹,品尝传统苏州美食,鉴赏苏州博物馆藏品,从中吸收设计灵感和养分。他提出了"中而新、苏而新"的设计理念,希望苏州博物馆新馆的建筑隐于苏州古城之间,但同时以其国际化的设计、布局、定位屹立于世界优秀博物馆之林。他继续了他对于"不可能的梦想"的探索,即继续寻找一条中国的建筑现代化之路。苏州博物馆建筑设计采用了苏州古城的黑白灰色,摈弃了传统大屋顶的形式,采用几何主义建筑形体,将屋顶作为墙体的延续。苏州博物馆的建筑为精美的苏州文物"量身定制",展厅如同厅堂,观众如同文人,参观如同雅集,这便是苏州博物馆独特的气质。

如果说苏州博物馆的建筑秉承了贝氏将几何形体与当地文化完美结合的一贯的设计理念,那么景观设计更是一次现代造景与传统意境的跨时代结合。中心庭院位于东、西展厅,南侧的入口大厅和北侧的拙政园隔墙之中。

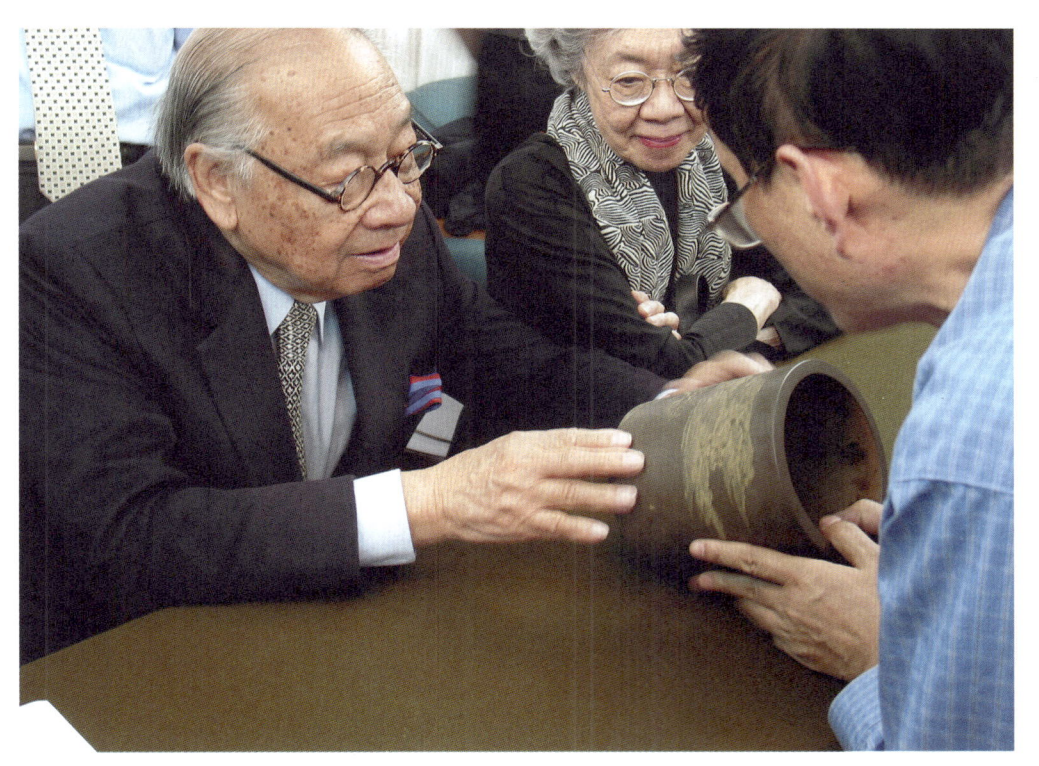

贝聿铭在苏州博物馆库房看文物

2011年9月第一次在乌镇与木心先生见面

贝聿铭与木心在纽约

中心庭院的设计可谓匠心独具：庭院的中心是一个水池，水面上漂浮着荷花，水中的鱼群来回游动；水池上的折桥位于东西院子之间，而折桥之间则是一个为琵琶演奏设计的表演平台；水池的西侧之中设计了一个现代的玻璃体凉亭，游客可在此沏茶休憩；庭院南侧的入口大厅外有一平台，观众可在此纵观庭园全景，平台的左侧有一桂树，中秋佳节，桂香沁人心脾；水池的北侧是拙政园的隔墙，而隔墙之前则是苏博庭园的点睛之笔，片石假山。贝先生通过片石石景的叠放，"以壁为纸，以石为绘"。苏州博物馆的开幕式是2006年10月6日，当年的中秋佳节，琵琶声声、桂花飘香、明媚月光、水光山影、高朋满座，这便是苏博景观的设计，为了最江南、最世界的雅集，从文徵明到贝聿铭，这才是苏州园林设计的设计真谛。

贝聿铭先生在世界各地设计了许多经典的建筑，他的建筑遗产不仅在于建筑形态的标志性，更在于完美的细部处理和优美的材料选择。他的建筑从不追求昙花一现的时尚感，而注重与城市和文化的高度融合，并以此实现建筑的永久性和经典性，这又何尝不是细腻的江南文化的气质。苏州博物馆新馆于2006年开馆，至今已有十八年。虽然并非中国最大的博物馆，但她已经成为中国最重要的博物馆之一，更是苏州的一个重要文化名片。四年间，如同他一生的设计，儒雅的贝先生总有他的坚持，屋顶的材料和形式、假山的处理等等，对于他的坚持，他仔细斟酌，多方位、多角度地深入考虑，以理服人。

苏州博物馆完成六年后，贝先生设计的日本美秀美学院圣堂落成，那年他九十五岁，应该说他是在那年"收山"的。之后的那些年我如果去美国，常去他家里看望他，我们聊得最多的不再是建筑，而是故人、故事和美食。贝先生酷爱美食，即便晚年记忆有些衰减，仍对家乡的美食如数家珍。他多次提出想组个局，请他的老朋友一起吃一顿中餐。2019年3月，在他去世两个月前，我们终于组了个局。当他吃到中国外交部大厨为他做的腌笃鲜的时候，他闭眼咀嚼，满意度不言而喻。虽然已是一百零二岁的高龄，他永远记得江南老家的腌笃鲜和鸡头米。

贝先生是位美食家，这也是吴中贝氏家族的传统。苏州传统饮食非常讲究，根据季节变化采用不同的食材做出不同的佳肴。在纽约，他既是意餐厅、法餐厅的常客，也经常举家光顾中餐馆。位于纽约中城的山王饭店是一家主推淮扬菜的餐厅，老板曾是苏州松鹤楼的学徒，贝先生常去那里解馋。苏州博物馆设计的四年间他五次造访苏州，这也是他的美食寻根之旅。我们经常去不同的苏州老饭馆，选择不同季节的传统苏州菜。每次他的胃口都特别好，他特别喜欢红烧肉和炖蛋，但必须是小时候苏州的老做法。一次我们去苏州的一家老字号饭店，当时点的汤淡了些，老板娘建议加一点酱油，贝先生听了差点气晕过去，他是个讲究的江南人，生活如此，工作更是如此。在他生命的最后几年，他告诉我他想回中国了，想回中国吃好吃的。虽然他并未能成行，但他通过思绪神游老家，尝遍了家乡的美食，家乡的味道是他人生最后的渴望。

贝先生晚年对于江南美食的思念和挑剔使我想起了

另一位来自江南,曾在美国生活的文人木心先生。木心先生到美国后写下了《少年朝食》"姑苏酱鸭,平湖糟蛋,撕蒸笋,豆干末子拌马兰头,莹白的暖暖香粳米粥,没有比粥更温柔的了"。贝先生和木心先生的味蕾都是江南的,可能这是永远无法改变的。

第一次与木心先生见面是在2011年的夏天,那也是我第一次与陈丹青先生见面。我们在上海虹桥机场结识后,便搭车直赴木心在东栅的老宅。记得木心先生在后门等着我们,在客厅小坐片刻后,便去餐厅用餐。我与木心先生、丹青、他的两位助手小代和小杨围着一张方桌一起吃晚饭,先生没吃太多,对于小菜的清淡有些埋怨,看得出先生对吃有着诸多的挑剔。

木心先生原名孙璞,1927年出生在乌镇东栅,家道殷实,幼年时他受到了家庭文化氛围的熏陶,饱览群书。青年木心离开了江南水乡,前往杭州和上海学习艺术。木心的人生充满坎坷,曾三次入狱,但这都没有影响他对文学和艺术的热爱,并在狱中创作了的《狱中手稿》,狱中的木心失去了他在江南老家的母亲和姐姐。1982年五十五岁的木心只身前往美国纽约,在那里进行文学和艺术创作。在美国旅居二十三年后,木心先生于2005年回到老家乌镇,并在那里走完了人生的最后六年。与贝聿铭先生不同的是,木心先生一生饱经风雨,在我与先生第二次见面时,当得知我曾在贝聿铭先生身边工作后,他说:"贝聿铭的一生都是错的,我的一生都是错的。"也是在那次见面,我提出想看一些先生的画作,满地的画作大多很小,其中有一幅比较大的打印稿,木心先生说这是贝聿铭先生为他打印的。这使我突然想起早在2004年的一个下午,贝先生来到纽约办公室,请我为他的朋友扫描放大并打印一张画稿,我没有想到的是当时在贝氏事务所会议室等候的那位老先生便是木心先生,而六年后,我竟在木心先生家里看到了这幅画,这是多么神奇的一个巧合和缘分。

离开乌镇后,经过一个多月的构思,我们对于木心美术馆的设计有了些初步的构思。我们觉得美术馆建筑不应是个建筑单体,而应与西栅民居的尺度相协调。建筑形式应是简洁、现代,既有硬度和线条,又不是细腻和柔性,我们想这比较契合我们当时所了解的木心,而此时木心先生却已病入膏肓,"风啊、水啊、一顶桥"便是他见了我们的草稿后的喃喃自语。木心美术馆的正式设计和施工在木心先生去世之后全面开始,历时四年,这也是我们继续了解木心的四年。

美术馆坐落于乌镇的西栅景区,毗邻乌镇大剧院和西栅老街,四面环水,这里没有西栅民居的密集。我们希望通过一座桥,将游客带入几个高低错落的混凝土盒子,建筑、桥、草和水,构成一幅江南的水墨画,我们希望这座桥将我们带入江南水乡中的木心的世界,它既融于水镇之中,又与水乡有所错位,桥连接了传统与现代、乌镇与木心、嘈杂和宁静。

木心美术馆的建筑外墙和内部均采用了木纹清水混凝土,混凝土是一种非常古老、真实的材料,无需装饰,浇筑即成。它既坚硬、牢固、永久,又不乏柔性、细腻和可塑性。我们觉得这也是木心先生的品质,刚柔并济。木心的画作尺度偏小,展品从照片、实物、文稿、字画到书籍都有,为此,我们建筑体块结合不同材质进行展厅设计,希望观众能通过不同的室内空间感受观看木心的作品,将观众带入木心的世界。

在美术馆设计、施工的四年间,我们与陈丹青馆长经常交流,我们也拜访了木心先生的生前友好、拜读先生的书籍、研究木心字画中的美学。室内展厅采用了比较暗的色调,我们感觉这也是木心的色调。木心一生坎坷,守身如玉,将自己藏在了文字和画作的深处,我们希望通过特殊的展陈方式,让观众努力去了解木心,以一对一的观展方式对木心的作品产生共鸣。在展柜的处理上,为木心极小的画作定制了桌面平放的扁平展柜,以此达到观众与画作之间最直接、最私密的观展感受。《狱中手稿》展示了三十三幅木心先生在狱中写下的文字,它们既是先生当时思绪和情感的真实记录,更是极具力量和故事的艺术品,是非常重要的展品。当年木心先生历经艰难,托人将它们带到海外,共有六十六幅。它们曾在耶律大学美术馆展出,目前一半在美国,一半在乌镇。我们特意减低了这个展厅的层高,通过钢板围合的展柜设计,将木心的《狱中手稿》放置于一个压抑、黑暗的空间内。展柜照明的亮度特别灰暗,几乎无法看清手稿上的文字,既尊重了先生的隐私,又对原稿做到最好的保护,同时增强作品的震撼力和神秘感。

在与木心先生仅有的两次短暂见面时,我曾经问先生对美术馆设计的期望,他希望我们能"吓他一跳",大胆地设计,与他一起犯个错。只可惜我们开始设计时,先生已离开了我们。一起犯错尚且容易,可他不在了,我们不敢犯错了,也更不敢吓他一跳。在木心美术馆设计、施工的四年里,我们在建筑设计的过程中去了解木心,试图向观众呈现一个属于木心和他的作品的空间。

木心与贝聿铭两位先生年龄差十年,他们都生于民国,都来自江南;他们的交往是君子之交,他们曾经谈论的想必是中国和世界的文化。对于西方,他们都有来自中国江南的儒雅;对于中国,他们都能行走于中西方文化之间;他们都有自己的坚持和挑剔,如同竹子,再大的风雨也只是弯弯腰而已,他们选择以内敛和谦虚表达自信。我想也许这就是江南智者的品格。

苏州博物馆假山

苏州博物馆假山草图

苏州博物馆入口大厅

木心美术馆概念图

木心美术馆外景图

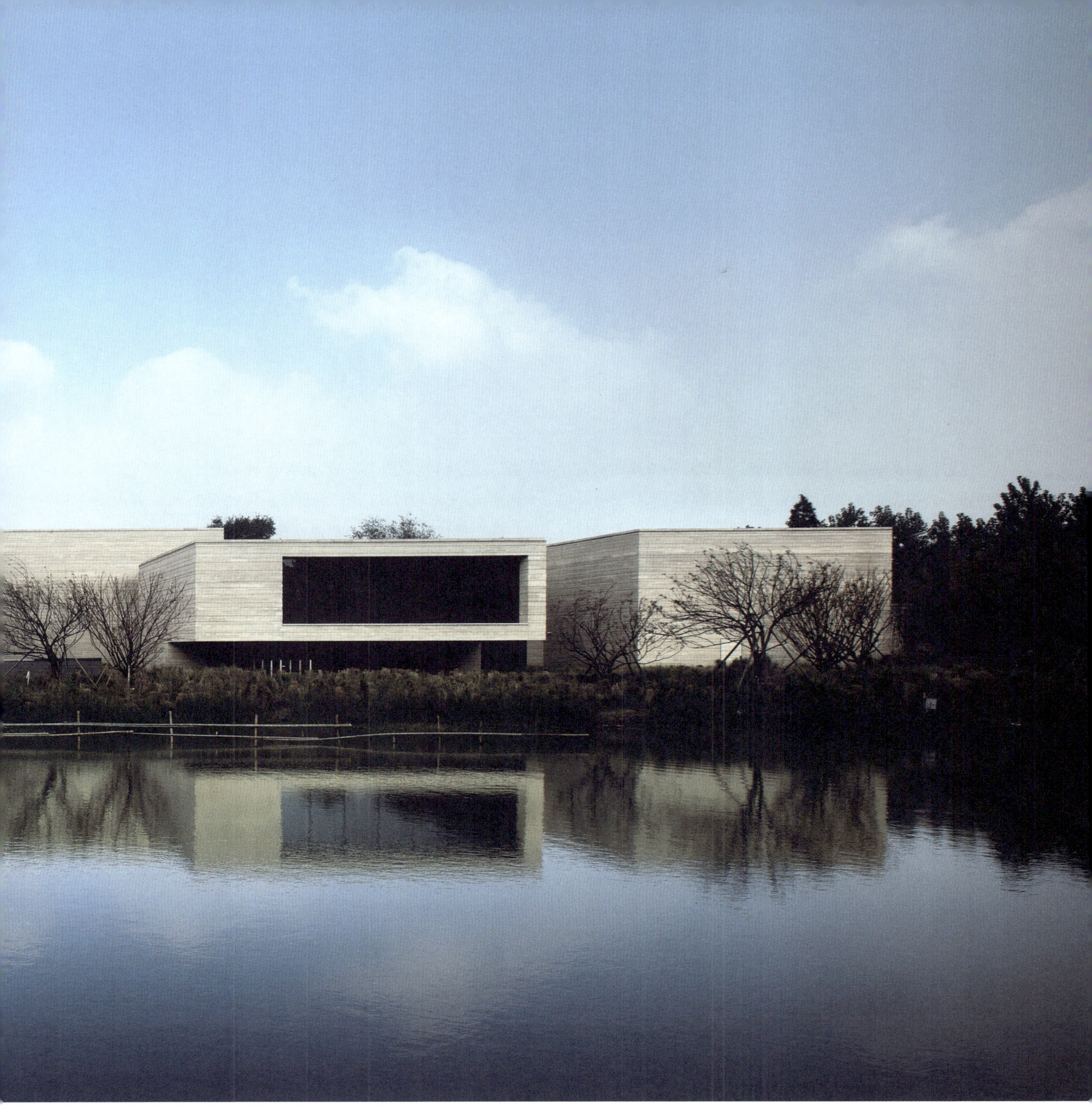

澄怀观道

陈卫新

数月前，在南京看一场书画展。展览中有几个很有意思的时间点，让人遐想。其中有公元1083年。

1083年，也就是北宋的元丰六年。元丰六年，在金陵城发生过什么事情呢？那一年，德艺双馨的散文家曾巩在金陵去世了。他的好友王安石的半山园就在东郊钟山，8月的天气应该挺热的，而且是那种江南特有的潮湿闷热。听到这个消息，王安石的心情如何呢？半山园往东，山道曲折，一直伸向前湖与青溪，甚至更加遥远的寺院。蝉鸣的声音一丛接着一丛，如同东郊的密林。空气之间连一个气泡都放不进去了，随从牵着马，马蹄的声音毫无规律，平时常走的小路显得更加逼仄。那年，王安石得了场大病，什么病，不太清楚。总之，他的身体由此颓败下去了。从史料及年谱来看，同年，苏轼来金陵的时候去探望过他。在钟山的深处，寺院的钟声幽远而绵长，巨大的树枝上积累着青苔，一切事物，正生发出一层薄薄的新意。在半山园的那个下午，他们聊什么呢？喝的是什么茶，用的又是什么茶器呢？

晚年的王安石，学佛很有心得，我猜想1084年苏轼写成的那首《题西林壁》，或许就起源于他们闲谈中相互激发的妙悟。"横看成岭侧成峰"，是因为身在其中，而"只缘身在此山中"，是要离开那座山才能领会的。9月的时候，苏轼由金陵直接去了宜兴，他慨叹"买田阳羡吾将老"了，居蜀山而终老，似乎成了他最后的理想。1083年，对于少壮派米芾来说也是个重要的日子，他在金陵拜见了王安石，而后又恰好得到了王献之的《中秋帖》，赏读临写，书法更见精妙。回头来看，王安石居金陵钟山，苏轼居宜兴蜀山，米芾居镇江南山，似乎都是历史的选择，或者说他们的选择成就了历史。都说江南多山水，在山水之间，在王安石常常走过的路边，修筑一处喝茶聊天的空间，是一件特别合适的事情。

凭几观云。云几，是个好名字，而且是越想越觉得好的那种。云几茶空间是一块坡地，由东南走向西北。前面是钟山茶场的一片茶田，出产南京特有的雨花茶。左侧有数株百年梧桐，绿阴如盖，右侧有梅溪蜿蜒而下，隔水相望，山谷梅花缤纷如云。应该说，云几的设计是一种巧遇，是由一个时间节点生长起来的，是与一个居住于此的宋人的邂逅。我年轻时非常喜欢宋人的文字与书法，王安石、苏轼、黄庭坚、米芾，也专门访过王安石居住的半山园。现今的半山园是清代重修的，因为在海军指挥学院里面，所以难得可以参观。那天，山坡上只有我一人，树木把视线遮蔽了，看不见头陀岭，看不见梅花山，只是看到窗台上有一只空的可乐瓶，还有一只伏在杂草中的黄猫。

"水流云在"，我喜欢这句话，讲的是空间与时间的变化。云几的前院，在靠近溪流的地方，我设计开凿了水池，与原先山上流下的溪水形成了一个整体扩大的形态，我很想通过这种压缩式的扩大，把那山谷十几亩的梅花从心理感受上"借"过来。宋人造园很在乎借来的野逸之气，比如沧浪亭之借水。云几要借花。恽南田说，"意贵乎远，不静不远也；境贵乎深，不曲不深也。一勺水亦有曲处，一片石亦有深处"。云几需要在首尾相连的动线上，设置一处安静、幽深、旷远的水石小景。叠石那一天，天闷热，因为需要在池中设一石矶，表达水落石出的意思，同时还要控制好形态与出水的高度，我只能跳下池子，以确定准确的位置，如同以拙笔写石。在梅溪左岸，原有一棵硕大的枯树，枯而不死，有新枝从侧后方倾斜而出，绿意盎然，活泼泼的样子让人心动。因为院子入口的退让，在枯树左侧加了一段短墙，叠石倚之，原有的一丛篁竹恰好被隔在了门外，与枯木逢春内外呼应。记得苏轼画过一幅《枯木竹石图》，或许此间也有些相同的意趣。庄子称这种无用的老树为"散木"，真是妙极了。守拙方能好活，这是真理。

设计一处园子，最好要在那里多待上一段时间。站着，坐着，行走着，都可以，这是了解一块土地的方法。在一个虚拟性很强的时空里，不能放弃任何一条线索，因为任何一条线索腾起或者跌落，都是一阵风。书法与园林都是空间的艺术，造园中的平缓疏淡，在书法里叫"蓄势"。王羲之说，"实处就法，虚处藏神"。藏神的地方，常常只可意会。山谷里也是这样，溪边的光芒，缓慢地移动，更像是带柄的刀子。收割什么呢，茶叶吗？春天刚刚开始，钟山茶场的牌子已经开始有了锈迹。世事如野马，每一件都有笨拙的蹄子，他们走过草地并聆听泉水的声音，声音回旋而上，更像是草尖上加速的飞虫。中国人喜欢由小及大、由近及远的哲学，所以，设计一个隐身山林的空间，一方面，有着关乎世俗的偏见与理想；另一方面，还要有时间交给空间的无限可能，几颗星星或者一群萤火虫。

云几开业后，我总喜欢在下午去，因为贪图几株梧桐树的荫蔽。当然，也可以晚上去。晚上的云几，缺少边缘，无论时间还是空间，都显得散漫，不能专心，那些边缘随时发出羽毛一样的光。云几院子的石块铺地是刻意留下的，有一块当年修建中山陵的踏步石，被特意设计改成一个花台，放置盆栽花卉，以喻手指下的四时之变。很久以来，总是希望在设计改造的项目里留下点过去的痕迹，我相信熟悉这个空间的人再站在这些有生命力的石块上的时候，会在内心的深处发出一声细微的感叹。人太渺小，人生之路，每一个前行的人都怀疑新鲜的小路，但又总是相信捷径。这很可怕。有一天，为云几写过几行诗，"跳跃的颜色属于蝴蝶，蝴蝶的翅展属于黑夜，黑夜属于凉快的手指，凉快的手指扣动扳机，如同穿越一片荆棘。松软的初夏，有枝头挂果的分量，从大铜银巷步行至石象路，一对骆驼端坐在各自的阴影里，等待一颗果子在黑夜里落地"。这些文字就是一种行走带来的空间感受。我不喜欢在项目里用昂贵的物料，我相信，充分利用原有的存在就是一种生机。不喜欢用照片能表达的空间，我相信人行动其中的真实体验。一位偶然相遇的过客，他不会知道一座山或者落日消失的方向。从时间之中的空间概念来说，假如，紫金山依然还留有几个自然村落，山道上的那团红色的光晕是不是会更加饱满呢？

有人说设计就是巧言令色，我无法认同，也无法否定，我只是想起一句诗，"江南无所有，聊赠一枝春"。这句诗是高明的巧言令色。有朋友从远方来，我说，如果你恰好喜欢云几，我更愿意你在梅花开放的时候到达。

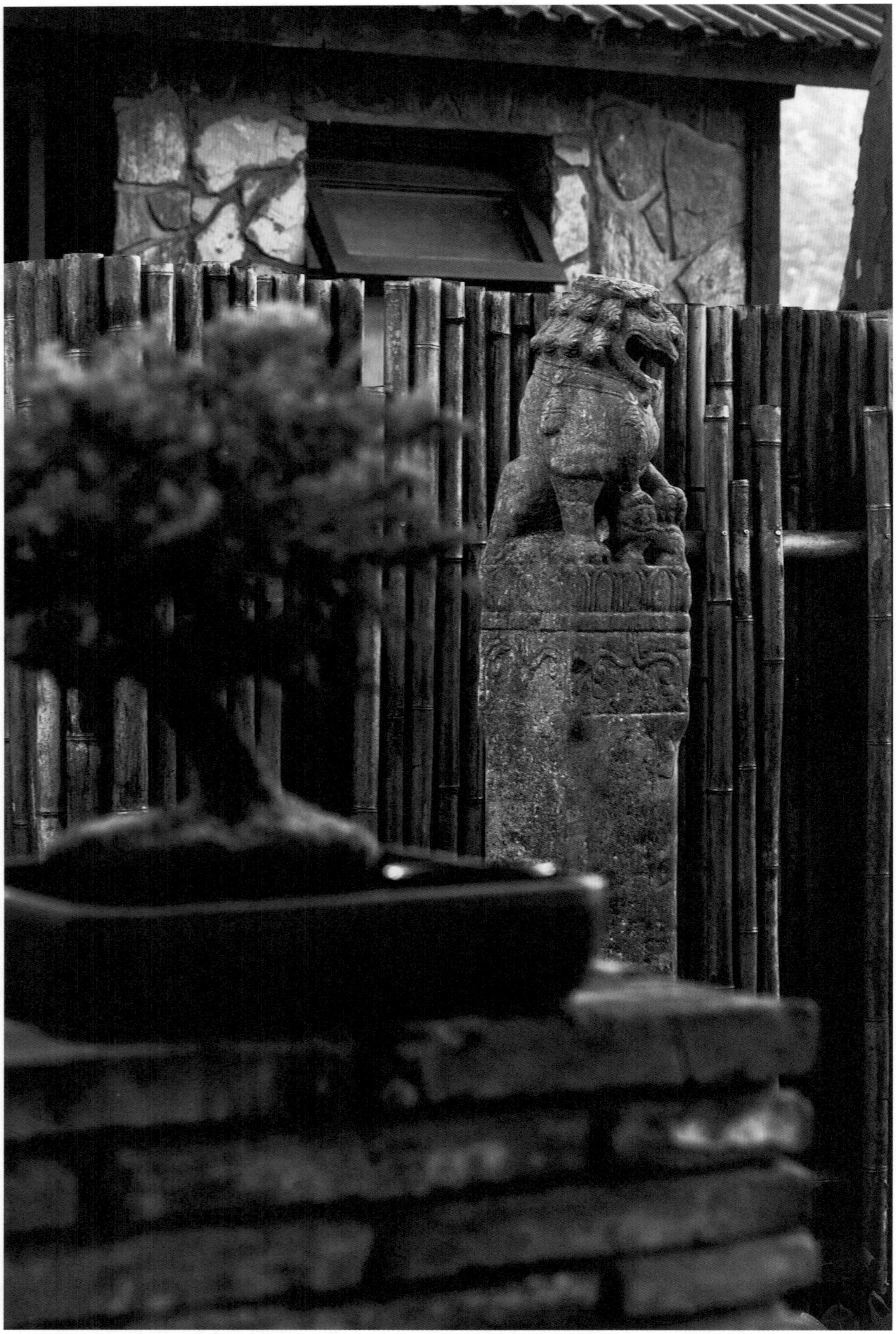

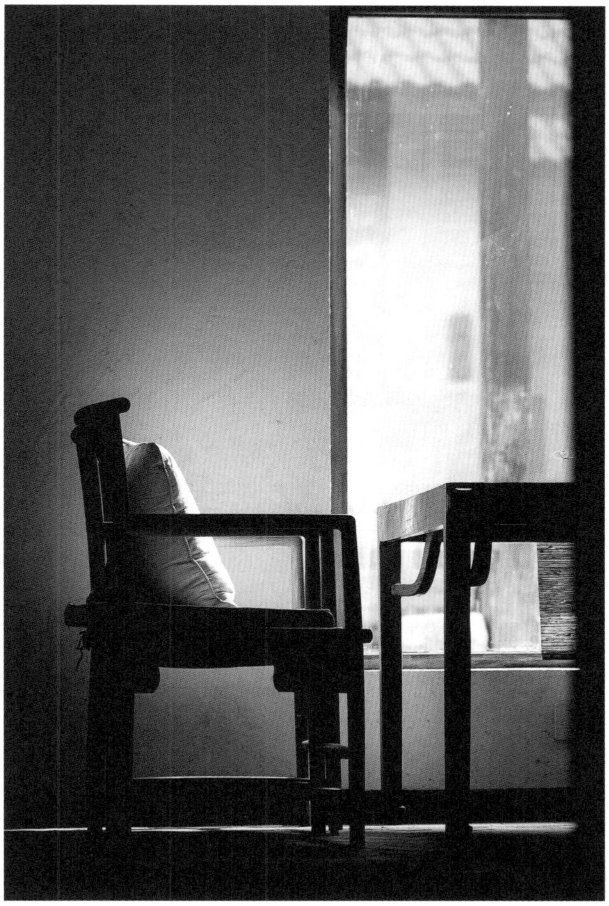
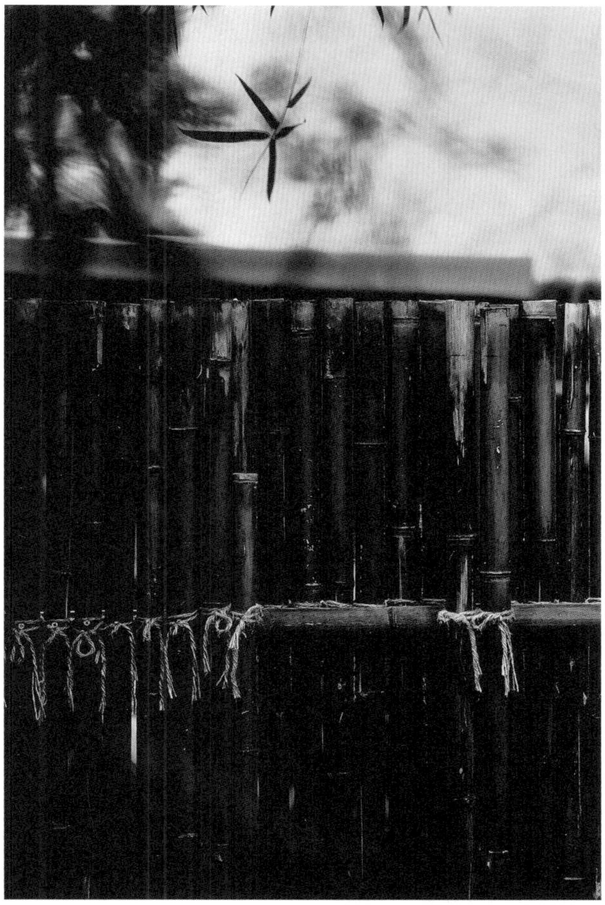
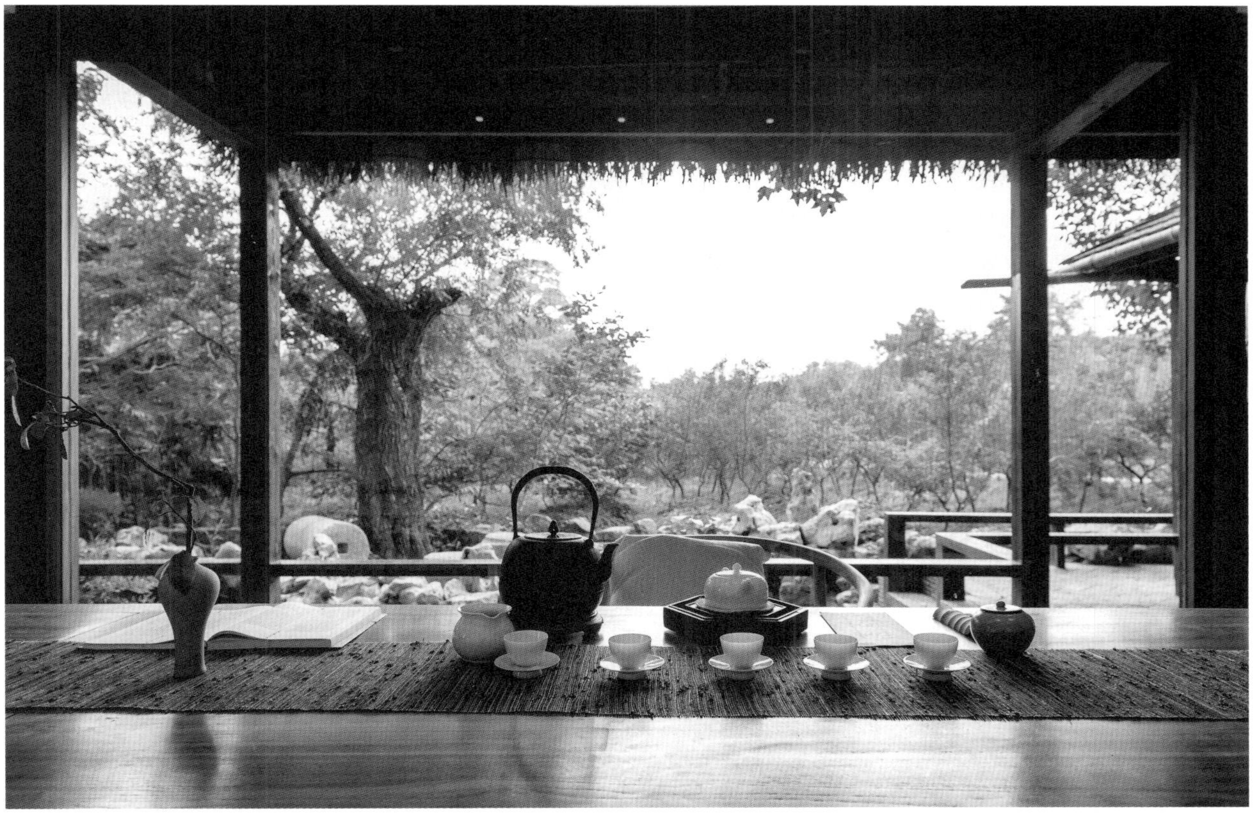

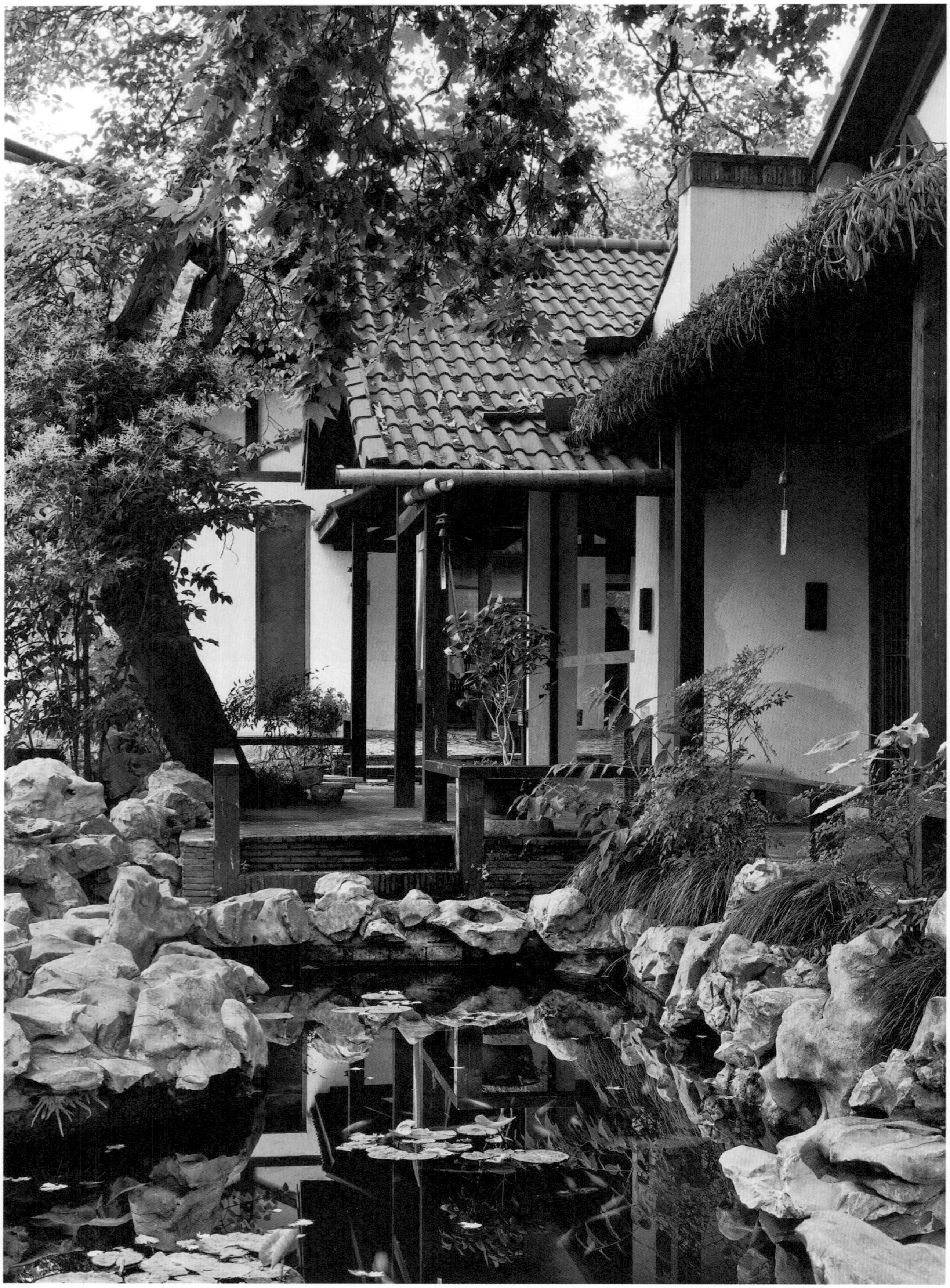

工作人員通道

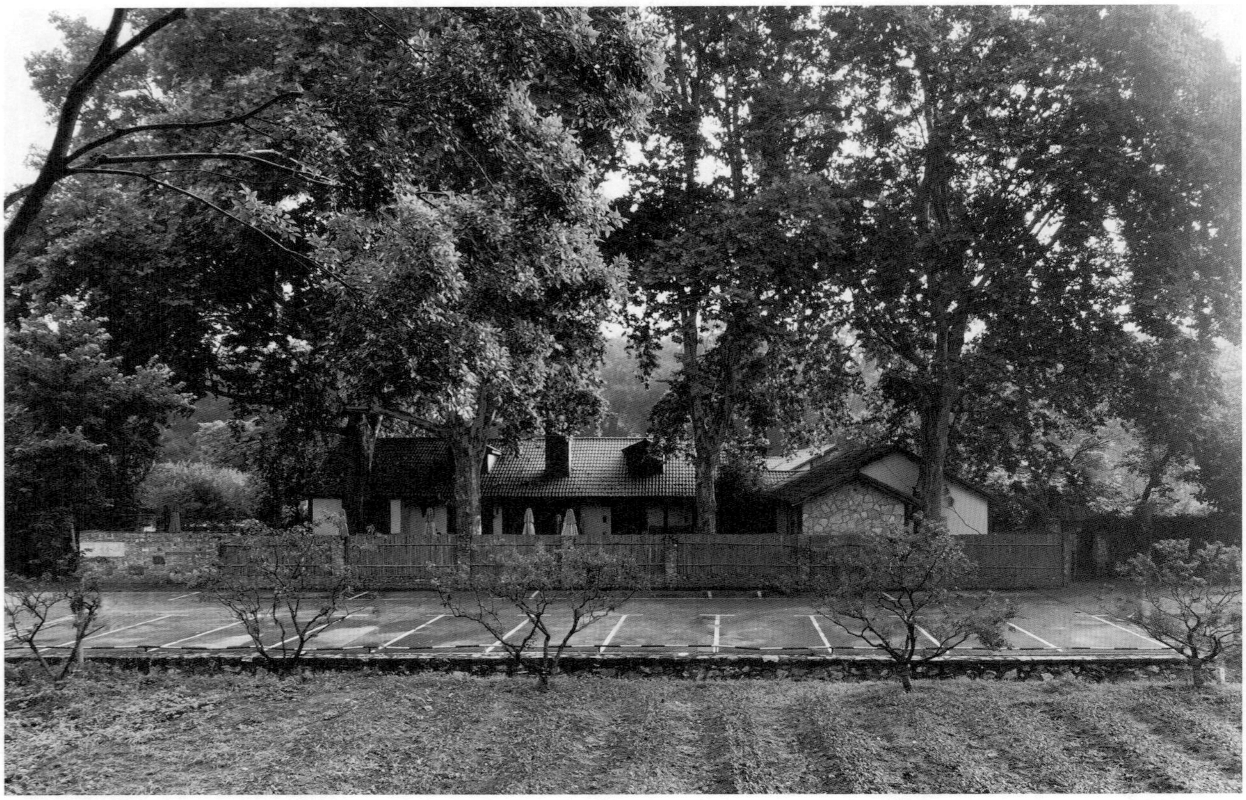

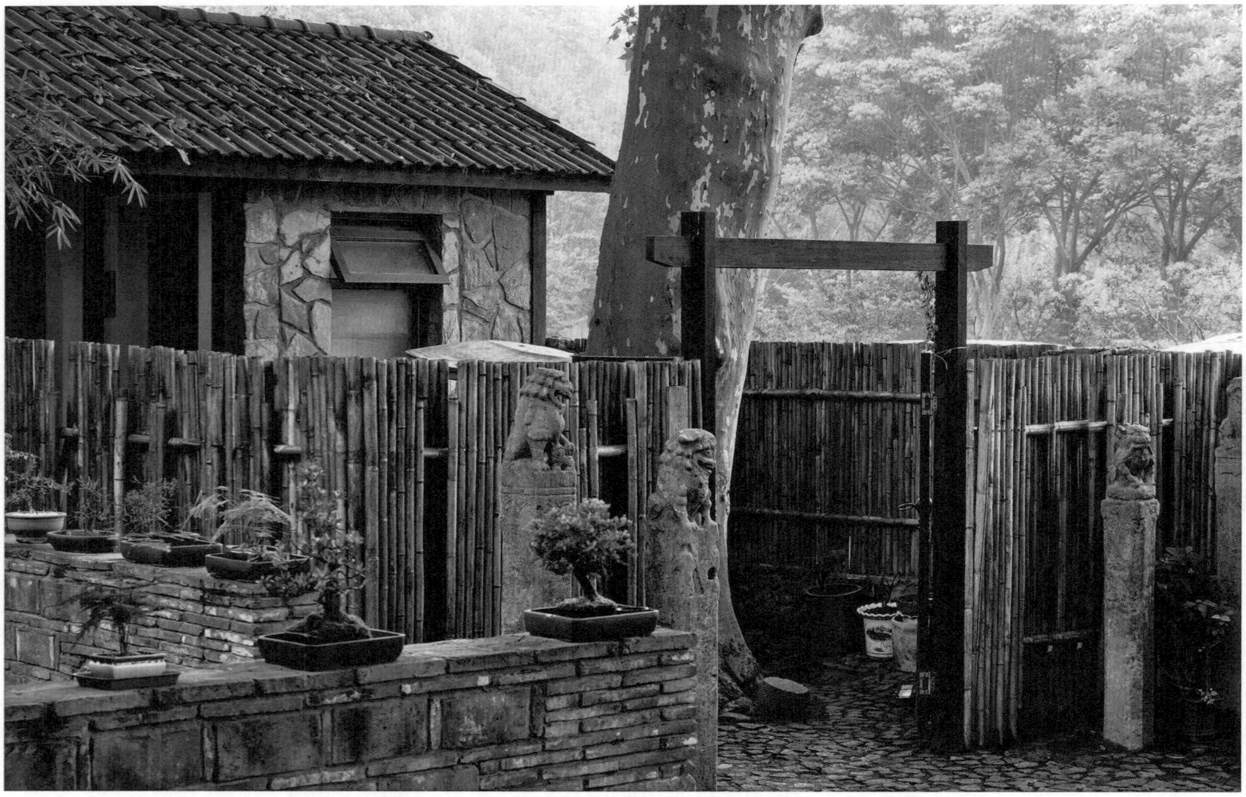

江南的意义

俞 挺

> 我主张不应该继续坚持正统的旧观念，正如在其他文化领域那样。为什么我们现在还要不停地追崇那些孤芳自赏的男性精英群体自我标榜的说辞？
>
> ——高居翰

▶ 符咒 ◀

我们对江南的印象往往会被吴冠中的绘画给固化，连绵的白墙，黑色的瓦，就此很容易得出一个结论，江南的色系是三黑七白。然而并不是。因为三黑七白是在江南建筑的外面看而得到的印象。但当你走进江南建筑的围墙里面对建筑，或者就在建筑里面，三黑七白就消失了。江南建筑的木结构和木构件都会被刷上黑色或者暗红色的漆，区别于白色的墙。这时候看上去就是七黑三白，甚至八黑二白了。这就是内外有别。

进一步观察下去，江南的建筑是朴素的构造表现主

吴冠中 《人之家》 1999 年

拙政园三十六鸳鸯馆立面局部（图片源自小红书用户木木）

鸟起飞姿态（图片源自维基共享资源）

鸟降落姿态（图片源自维基共享资源）

义。上漆的木构件，青瓦、青砖、金山石、白色石灰墙都清清楚楚地呈现在建筑上，不相混淆。相比现代主义中流行的将不同构造都用白色统一起来，诚实得很。

那么继续观察下去，江南建筑的木结构，不是铆接固定在基础上，它更像是"落"在柱墩上。《诗经》里形容建筑的屋顶"如鸟斯革，如翚斯飞"，大屋顶像飞起来一样。"落"这个词突然激发我一个看法。我让助手去文案搜索，帮我看看鸟飞起来和鸟降落分别是什么样的？结果很有意思：鸟飞起来的时候，翅膀扇动的频率会很快，脚会收起来；鸟降落的时候，翅膀扇动的频率会慢，脚要慢慢伸出去接触地面或水面。

等等，这时候我停顿了一下，一些历史文献激发了我。《吴越春秋》中提到，范蠡为了在风水上压制吴国，西北立龙飞翼之楼来破伍子胥的阖闾大城压制越国的蛇门。又见《汉武故事》，汉武帝的桂宫被焚毁，修曲屋新宫殿。他请了吴巫，按照巫师的意见，天花设置藻井，屋顶安放鸱尾来厌胜火灾。厌胜这个词出现了。龙飞翼是曲屋，是厌胜。那么秦始皇模仿六国宫殿建造新宫，而中央的阿房宫形制显然是来自吴越的曲屋，是对六国的厌胜。

曲屋为何能成为厌胜？吴越是东夷，东夷最重要的图腾是鸟。旧时吴越之地多沼泽。沼泽是水鸟聚集之地。最壮观的水鸟是什么？是长腿的鹤。所以当鹤徐徐振翅落下来，伸着长长的脚去抓取长蛇，那就是厌胜的出处。

这时候我们回过来看江南黑白的建筑。那是黑白的鹤落在大地上张翼保护我们这些凡人：抵御蛇群的袭击，给了我们安身立命的家。江南的建筑，开始如奥尔加·托卡尔丘克的小说那样，把神话、象征、传说、符咒结合在一起形成魔幻现实主义，然后经过时间的减法形成抽象而朴素的中国极简主义，最后变成吴冠中的图景。

皖南古村（图片源自维基共享资源）

▶ 变化 ◀

这个图景不仅在视觉上被误读，更重要的是在空间上，图景固死了空间。黑川纪章把过渡空间和廊下空间命名为灰空间，来解释建筑学中一度流行的建筑和环境非黑即白的观点的不完备性。不过他的灰空间本身也是固定的。他在称为黑空间的建筑内部以及称为白空间的室外设置一道过渡，气候边界依然在黑空间的最外侧。

江南的建筑不是这样的。它的气候边界是随着季节不同而改变的。古代建筑的材料和构造缺陷，使得建筑的围护结构本身的气密性和保温性能不足。极端天气下，围护结构无法起到真正气候边界的作用。因此在实际使用中，冬季里，这个室内其实是深灰空间，需要增设暖阁，幔帐和拔步床作为最后保暖的气候边界。最后发展出可以带地暖、马桶、梳妆台、餐桌、主人床，还有丫鬟睡觉地方的、帷幔层层包围的拔步床。拔步床其实就是个小建筑了，这个事实上的屋中屋才是深灰空间里的黑空间。

到了夏天，形式又变了。屋主可能把前后立面的门窗全拆下来。整个建筑的室内变成了灰空间。白天为了遮阳，会在廊子檐口悬挂竹帘，这样灰空间变成了深灰空间。晚上为了防蚊，在建筑立面上罩上纱帐，这样深灰空间退到了围护结构界限，或者仅仅用纱帐罩住床榻，那么这时候，床榻区域就变成灰空间里的深灰空间，黑空间消失了。或者，在院子里搭建凉棚，于是作为白空间的院子成为扩大的灰空间。参考张岱对秦淮河房的记录，也有把院子全部罩上纱帐的先例，于是院子成为扩大的深灰空间。

匠人使用布、竹子、纱帐甚至皮毛改变着不同季节、不同天气下江南建筑的气候边界，以至于在具体使用中会呈现不同的视觉表达形式。这种灵活性甚至改变了舶来的建筑。上海花园饭店裙房是原来的法国总会，根据1949年和1972年的流传照片，它的立面有着巨大的用江南工艺搭建的竹凉棚形成的灰空间，遮盖了总会华丽的折衷主义的立面。没错，活动的气候边界是基于空调出现之前的建筑。空调最后固化了当代建筑的气候边界以及立面。这有时候是一种灵活性，甚至是趣味的丧失。更是历史和记忆的丧失。

明　黄花梨卍字纹拔步床　美国纳尔逊艺术博物馆藏

明 仇英 《独乐园图》局部

我仔细阅读宋明以来的有建筑的画卷。看到了一种被限制的开放。尤其在明清园林图册中,园林的边界被严密连续地限定起来,而边界之内则没有严格限定,不确定性和开放性在内被表达得淋漓尽致。这种在沉默之外无法洞悉其内生动活泼之妙的气质才真正塑造了江南,也是吴冠中层层叠叠的画面里所失去的真意。

……让那些隐在的形式生动呈现,并让人们得以重温这类形象和自然曾经唤起的那份情感。我想起我最喜爱的英国诗人杰拉德·曼利·霍普金斯(Gerard Manley Hopkins),他的诗所述说的就是如何将破碎之美留存下来。

——高居翰

泼淡彩于青山之间

赵城琦

▶ 形式与情境 ◀

能高度概括或者清晰描述的东西，大多是缺乏趣味的，比如政治口号、科学方法，再比如各种模式与指标。富有情趣的事，往往说不清，也没法高度概括，比如抽象艺术、音乐还有爱情。

这个房子，有点不那么容易说得清，不好以某种园林风格归类。既看不到传统江南的符号化特征，也完全称不上是传统的造园，也并非传统的日式园林。

中国文人的庭院审美基于师法自然，移步换景，体验一种场景感受的愉悦，而非空间和样式的固化所带来的视觉感受。宋画中的所谓建筑元素，许多都朴素到了极致，都称不上建筑的构筑物；其所描绘的魅力并不在山水和建筑本身，而是场景给人带来的某种感受的抽闲描述。小时候看不懂丰子恺漫画，当时觉得这些自己也能画；后来才明白一些，那是一种情趣的表现，不是靠绘画技法所能实现的，非常难。

未晞园是个以园林为主，适度配置建筑的营造场景的项目。没有那么多的所谓社会意义和直接的商业价值。一定要给个说法的话，那就是，在江南的山水之间营造一种新的情境。

情，是感受；境，是空间，让人产生感受的场所；未晞园的课题，以造园为主建筑为辅，更不是生产某种建筑样式的本身；天地有大美而不言，需要的只是一种形式语言去引导，让人去发现去感受到这种自然之美。这里并没有名山大川，没有奇峰异景，更没有古刹名寺。山林仍是那片山林，清泉还是那汪清泉，山峦更是静卧不语，但是，希望置身于未晞园这个情境当中的人，能感受到愉悦有趣的情境。

江南山水的美一直在那里，只要能把山川的自然之美，变成一种感受上的情境，通过造园和建筑手法将自然摘取富有情趣的片段，成为来访之后带回去的自然礼物。

就像是漫步海滩，带回三两个贝壳；游览山川，摘回去几片秋叶；来过这里，带回去一段情境的记忆。

▶ 日常·非日常 ◀

备受追逐的禅意空间和民宿风靡背后的社会群体心理，应该是对花花世界的审美疲劳和内心渴望恬静的需求。

简单地说，我们面临着一个人类历史上从未有过的信息喧嚣的生活环境。从来没有面临过如此物质极大丰富，如此大信息量，如此选择众多的时代。吃什么，穿什么，跟谁谈恋爱，都因为面临各种选择，而在一点点消耗着心力，成为一种奢侈的纠结。

然而，技术革新和社会发展，给人们带来丰富的物质条件和海量信息的同时，也让人们感到一些窒息感，精神得不到休息，时常会被一种莫名的紧张感和危机感包围。更让人无助的是，还不知道这种焦虑和危机感究竟来自何方。

诱惑，压力，焦躁，犹豫，期待，选择，纠结，情欲，不安，危机，困惑，矛盾，压抑，妥协，平衡，挣脱，取舍，彷徨，何去何从……身处在这个高度信息化社会中，这些或多或少构成了喧嚣的日常。

于是，被灯红酒绿、混凝土森林和海量信息包围的人们开始憧憬，恬静，休闲，轻松，山野，自然，让自己放空；剥去浮华的表象，摆脱日常的困扰，体验自然山川，感受简单的快乐，寻找一种非日常的感受。

日常过渡到非日常，是需要一个空间和时间序列的。正如进入音乐厅之前需要有一个过渡性的空间序列，暗示人们逐步开始进入音乐殿堂。

洗净尘世喧嚣，从宏村，到西递，到怀川。从形式上的徽州，走向活着的灵动徽州。

从进入怀川村之前的山路，从"日常到非日常"就应该已经开始了。强烈感觉到，这里设计不光局限于建筑本体，应该让原有的山川地貌融合为空间序列的一部分，园林中的借景只是一种技法，技法之外的空间序列体验应该是最能体现古徽州村落空间的层次感，也是其建筑形式之外的魅力。从朴素的山村，小桥流水，山路蜿蜒到豁然开朗，然后才是进入设计的领域，都是一个洗净日常喧嚣的过程。也是设计行为本身最应该重视的环境资源，不应忽视，不敢忽视。

▶ 泼淡彩于青山之间 ◀

位于古徽州地区的未晞园，作为带着新内容重新构筑的村落秩序的新载体，给到访者带来的如果仅仅是建筑形式上的原汁原味，内部空间的奢华舒适，虽然也不会大错，但将会是一种遗憾的失败。

宣纸，印染粗布，老木头，青石，灰土，陶瓷，这些原生的物品，各自带着灵气和性格。应该通过这些简单的素材的重构，注入新的内容，构筑新的秩序，重拾古徽州的文化。

于是开始小心翼翼地操作这些传承乡土文化的朴素材料。用浅青色的天然石材替代了传统的黑色屋顶，掩映在山林之中，

利用材料之间的微妙色差，淡雅地在青山绿谷之间，泼下淡彩，描绘一幅新徽州的画卷。

这幅画卷，无需夺人眼球的惊艳，亦不求强烈的视觉冲击，温和地，静静地，如同这片土地生长出来的作物一样，带着泥土的气息，带着山川的灵气，带着古徽州的意境，就这样静卧山间。通过新秩序的构筑，通过从农耕到山居的建立，在空间结构上延续徽州村落文化。

如果能使来此体验徽州古文化的山居游客感受到，似乎古徽州文化在不经意之间，开始以温和的形式，一点点开始重新复苏，如果能留下某种经得起咀嚼的回味以及隐隐的期待，那也就不负这山川绿谷了。

接待区鸟瞰图

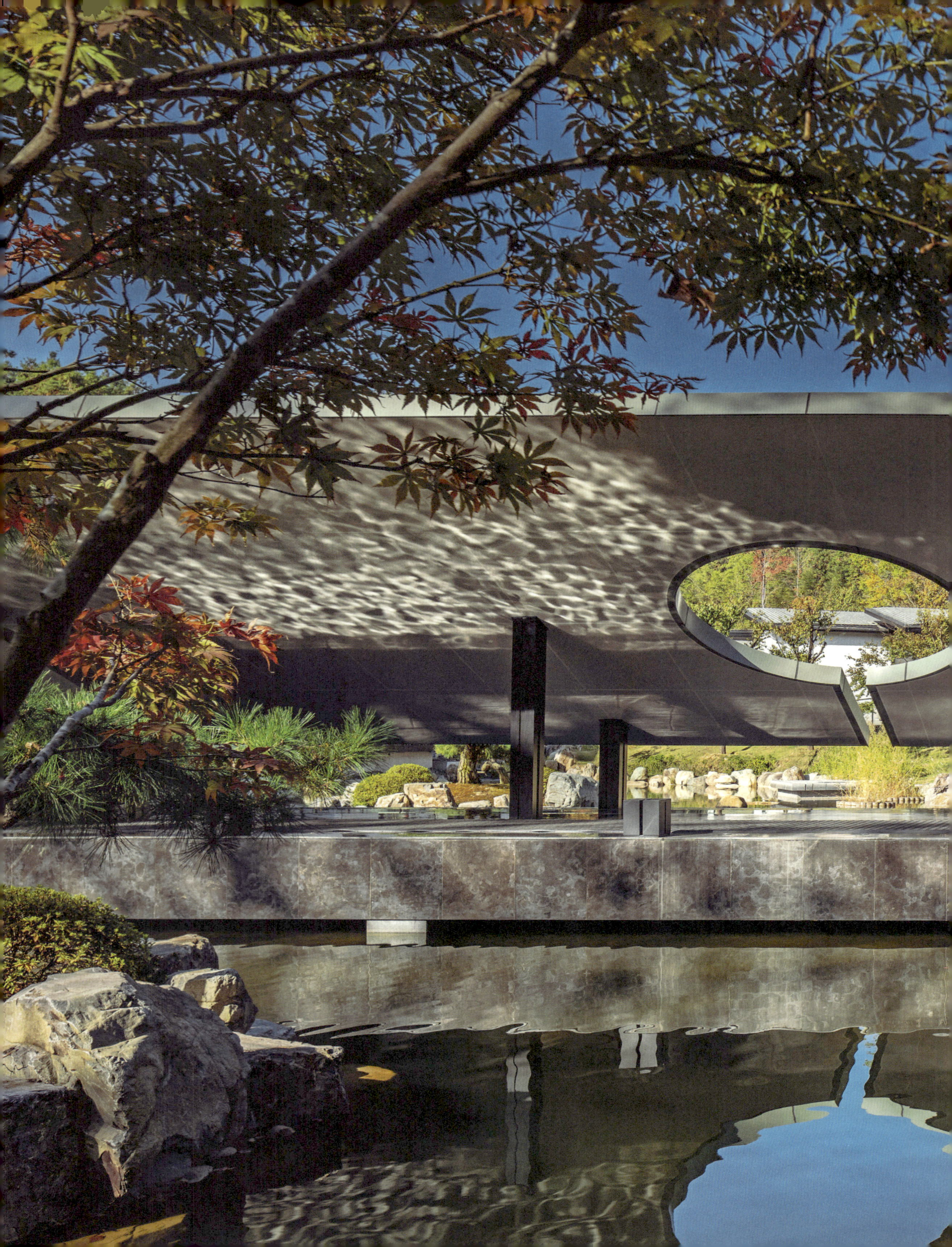

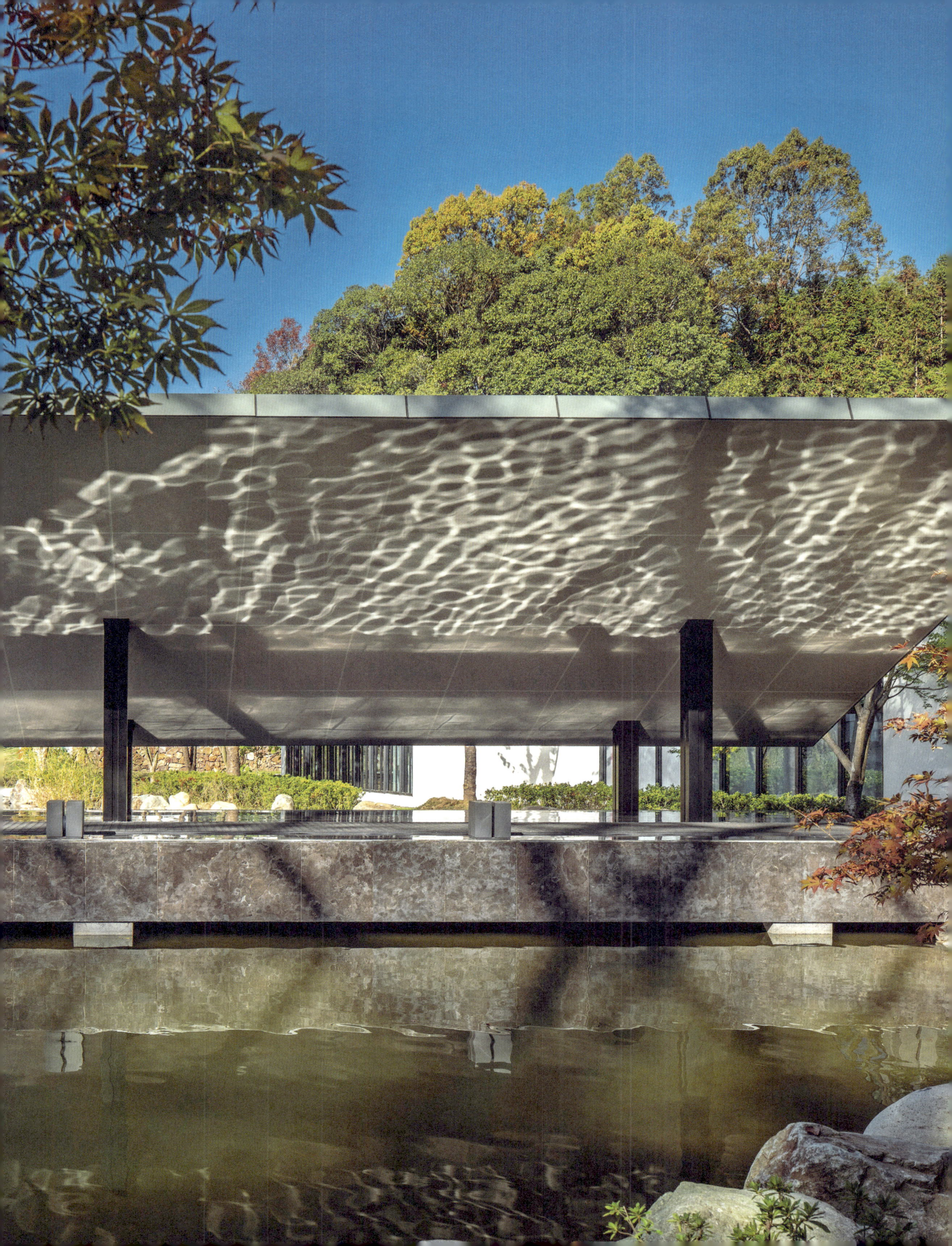

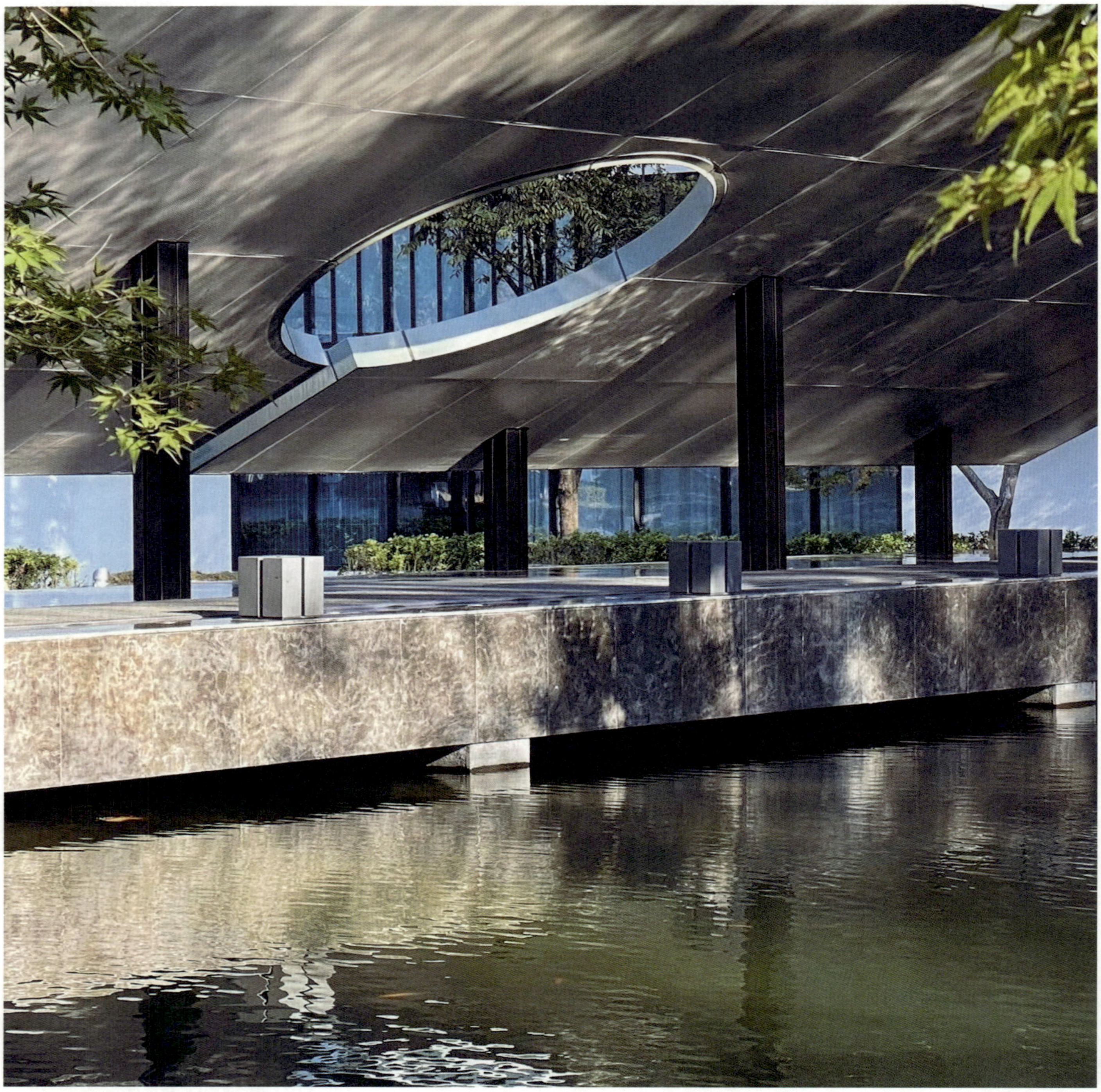

321

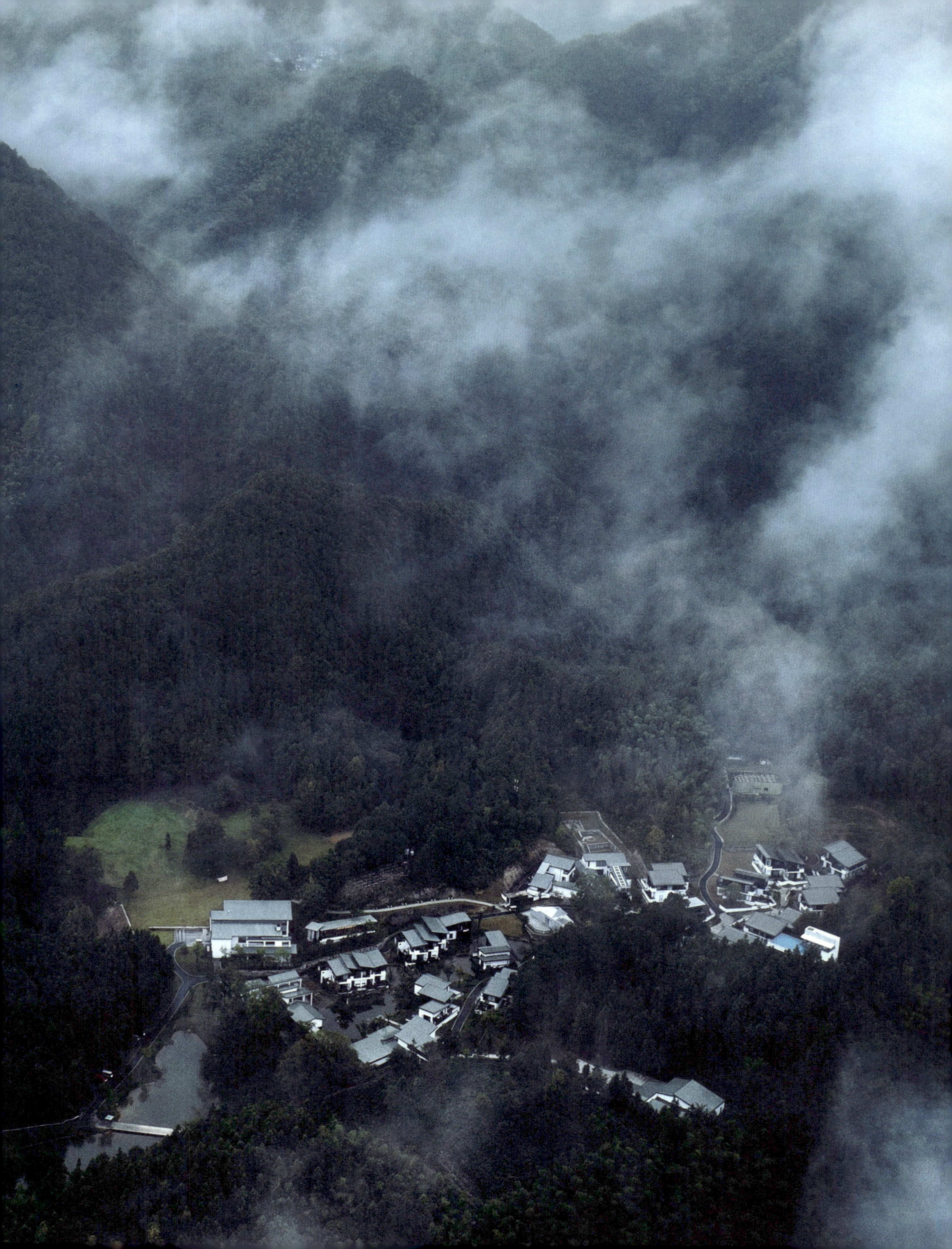

诗句

Poetry
Music

音乐

陈先发·枯

柏　桦·组诗二首

韩　东·悲伤或永生

蓝　蓝·蓝蓝五首

杨　键·暮春午觉

胡　亮·绿野仙踪

梁小曼·江南诗一组

傅元峰·摇滚江南——2022独立艺术笔记

枯

陈先发

为弘一法师纪念馆前的枯树而作

弘一堂前,此身枯去
为拯救而搭建的脚手架正在拆除
这枯萎,和我同一步赶到这里
这枯萎朗然在目
仿佛在告诫:生者纵是葳蕤绵延也需要
来自死者的一次提醒

枯萎发生在谁的
体内更抚慰人心?
弘一和李叔同,依然需要争辩
用手摸上去,秃枝的静谧比新叶的
温软更令人心动
仿佛活着永是小心翼翼地试探而
濒死才是一种宣言

来者簇拥去者荒疏
你远行时,还是个
骨节粗大的少年
和身边须垂如柱的榕树群相比
顶多只算个死婴
这枯萎是来,还是去?
时间逼迫弘一在密室写下悲欣交集四个错字

瘦西湖

礁石镂空
湖心亭陡峭
透着古匠人的胆识
他们深知,这一切有湖水
的柔弱来平衡

对称的美学在一碟
小笼包的褶皱上得到释放
筷子,追逐盘中寂静的鱼群

午后的湖水在任何时代
都像一场大梦
白鹭假寐,垂在半空
它翅下的压力,让荷叶慢慢张开
但语言真正的玄奥在于
一旦醒来,白鹭的俯冲有多快
荷花的虚无就有多快

双樱

在那棵野樱树占据的位置上
瞬间的樱花,恒久的丢失
你看见的是哪一个?

先是不知名的某物从我的

躯壳中向外张望

接着才是我自己在张望。细雨落下

几乎不能确认风的存在

当一株怒开,另一株的凋零寸步不让

——选自《巨石为冠九章》

枯

每年冬天,枯荷展开一个死者的风姿

我们分明知道,这也是一个不死者的风姿

渐进式衰变令人着迷

但世上确有单一而永无尽头的生活

枯的表面,即是枯的全部

除此再无别的想象

死不过是日光下旋转硬币的某一面

为什么只有枯,才是一种登临

枯

当我枯时,窗外有樱花

墙角坏掉的水管仍在凌乱喷射

铁锈与水渍,在壁上速写如古画

我久立窗前。没有目标地远望,因何出神?

以枯为食的愿望

能否在今天达成一种簇新的取舍?

这两年突然有了新的嗅觉,

过滤掉那些不想听、不忍见、不足信的。

我回来了

看上去又像

正欲全身而退

我写作

我投向诸井的小木桶曾一枯到底

唯有皮肤上苦修的沁凉,仍可在更枯中放大一倍。

远处,

大面积荒滩与荒苇摇曳

当我枯时,人世间水位在高涨

枯

一件东西枯了,别的事物

再不能

将阴影投在它的上面

雨点击打它再没有声音

哪怕是你彻夜不眠数过的、珍稀的雨点。

虚无被它吸收

春日葳蕤,有为枯而歌之必须。

写作在继续,有止步、手足无措之必须。

暮年迫近,有二度生涩之必须。

文学中,因枯而设的喑哑隧道

突然地你就在它的里面

仍是旧的世界,旧的雨点,只是它裂开了

慢慢咀嚼吧,浸入全部感官,咀嚼到遥远星际的碎冰

风

薇依的书中布满"应当"二字,

她是飞蛾,翅膀就是被这两个字

烧焦的

她留在世上的每粒骨灰都灼热无匹。

弘一则大为不同:为了灰烬的清凉

他终生在作激越的演习……

有的病嵌入人的一生,从未有

痊愈的一刻。有的只是偶尔来访,

像一场夜雨,淅淅沥沥,

遇到什么,就浸入什么。

与躯壳若即若离一会儿。

我写过一首诗,题目就叫以病为师

病中的日子似睡似醒。

在摇椅上,倾听灌满小院的秋风

——翻翻薇依,又翻翻弘一,
像在做一种艰难的抉择。整个八月,
我有个更为涣散的自己
一个弱了下来,持续减速的自己
一个对破壁仅作"试试看"的自己

风

"那些年,围墙的铁丝网上
蹲着成排成排的麻雀
淋雨了也不飞走
不管它们挨得有多近
我只记得,那抹不掉的孤儿气息"

后来你告诉我,世上
还有更干净的麻雀
更失落的,铁丝网

风

剖开当年树影,吹我襁褓的,
父亲临终前,吹他额上青筋的,

扑面而来的
和,弃我远去的
会不会是同一阵轻风?
战栗与遗忘等量
湖面,恰好正是桌面

你说此处空无,
它却是雪中狮子骑来看。
你说时光中牢底坐穿,它又是
寂寂无来由的病树著红花……
什么样的一种重力,在那风里?
让水上生了涟漪
而风自身的皱褶却无人可见

每日从第一页跋涉至最终一页,
算不算个远行人?
当远行者归来,原有的水位不再。
关了灯即是满头满脑大风雪。
我的隐晦,我的隐匿
难道不是历史的一种?
请把聚光灯调亮些,这首诗的
最后一个字上并没有结束的气息

组诗二首

柏桦

风过南京（组诗）

风过南京

一、故事

1988年隆冬的南京
故事从一个黄昏开始
高潮说来就来了，没有铺垫
因为你的身体之美要喷薄欲出
你的身体之力要引导进程

这就是我们最初的画面——
有多快，我吃罢一碗生日面
初春已开场，天黑漆漆的
你走动，整个南京才走动
你亲吻，整个南京才亲吻

累了吗（人和风景都会累的）
好像我们从来没有感觉到累
我们走的路又并非什么天文数字
但我们需要更私密的空间
我们来到了你的小寝室

那里有一张小床，一把椅子，
一个书桌，还有什么？
还有营房般一尘不染的整洁

还有一个热水棒不停地烧着开水……
将来它终会消失，我在想

二、游戏

冷天冷到无聊，怎么玩
房间里没有零食、没有书、没有音乐
只有滚烫的白开水，一杯接一杯
那时我们连茶都不会喝
咖啡，我更是不会

时间滴答，安静得出奇
房间逼仄，如何打发？
我探索着你的身体……
也只是一会儿，我忘记了时间
一朝醒来，又怎么玩？

我们就来玩游戏，《邀舞》
一首乐曲在我心头一闪——
我还没伸出手臂，你一笑
马上邀我来和你扳手腕
真的吗？真的我输了，你完胜

一个电影画面又一闪——
《远大前程》里出现了扳手腕的女人
她比你神秘吗，或许比你酷
但不如你挺拔，不如你美丽

可惜当时我没有告诉你

三、交谈

"别吐痰、别抽烟、别松手"
保持清洁,但爱应该紧逼
这是你天生的爱的信条
一次,你的爱太严苛了——
我们拉着的手一秒钟也不能松开

松开的后果有多严重
你生气了(唯一的一次)
而松开、握着、松开……
那是我喜欢变化的交谈节奏
(不是儿童好动症的表现)

我们走着谈,坐着谈,站着谈……
我们在树下谈,山岗谈,小路谈……
我感激我们的谈话延绵不绝……
感激你告诉我你身体美的秘密
"今后你会一直给我写信吗?

永远,永远用中文,那是我俩
专用的语言。他不懂中文,
他也不会看。"你不停地说着,
"今后我会在哪里呢?
我会一直在美国吗?"

四、再见

那一年,你还在南京
但到了年底你将永远离开
其实,你已在美国成家了
怪谁? 怪我们都是漂泊人……
怪某人自以为说出了谶语

(他竟然说你太像她了)
怪一个正午我刚一下课
我决定失去你的决心说来就来了
那么干脆,那么无知

那么突然,那么重庆

我这命中注定的神经短路
它到底是个什么行为?
其中怎么总有一种委屈
一种多么可笑可怕的委屈
它充满了悔恨莫及的年轻张力——

失去的感觉,"瞬息的美人!
我也许永远不会再看到你"
我看到的只是一阵风吹过南京……
风岂止拜倒在你脚下
风过气绝,死在我眼前

2014年3月3日

人生的诗篇

往昔的岁月已化入苍茫,
我生活安适,虽说没有你
偶尔我也曾担心地揣想:
你是否健在? 你住在哪里?
——纳博科夫《初恋》

有一种酷暑的寂静最令我入迷
更令我入迷的是她在哪里?
南京的夏天就这样年复一年……
早在我们出生前,世界美如斯

转入隆冬,终于有一本英语书
来欢迎我们准备好了的黄昏
希望马上从一本诗集开始——
命运、黑夜、散步、田畴、风……

小宿舍里,你用电热棒烧开水
冬天的咳嗽糖浆真是冰凉带电呀
我的嘴是甜的,这令你惊讶!
三十年后我们还会为甜战栗吗!

也许你已不在人世了,谁知道呢?
也许我新毛衣左肩那个洞,你还记得
一代一代,大地长在,人劳碌
而我仍在那面镜子前活着并入眠……

而你死后的生命将去到哪里?
你的哥哥、姐姐、爸爸、妈妈
又将怎样和你在一起?我开始
寻找你的过去,写下人生的诗篇

2015年1月8日

南京之忆

回忆总是凌乱而多头……
孰先孰后,从何开始?
眉头一蹙,遇事就特别
当胸一听,就来扳手腕
都说好事多磨,可我要等到哪一天
记得吗,那天算命人虽然不在家,
多么好的天气,在屋顶
我们见到了他的爱人和鸽子

我比她漂亮吗?
我妈妈会怎么看她和我。
我是你的美人,你不要告诉别人
对了,你还那样认为吗?
你告诉我的那首诗是真的吗?
"你美得连一丝弯曲都没有,
你那美丽身躯的奥秘
就是生活之谜。"

现在,我来给你讲
一个人耳朵的故事吧……
我从来没有告诉过任何人
她的听力小时候出了问题
但她的英语听力并不差
她就是我呀,我初中的身体
它发育得让我暗暗惊奇
也让我隐隐感到害怕……

后来一个美国律师出现了
他好大……来自古罗马?
我的血,好多的血……
脏,我不喜欢这个动作
而且我不喜欢狗……
但去美国还是要趁年轻啊
我们的话儿就这样不停地说
从白天一直说到黑夜……

生活不真实?谁说的?
但生活绝不会错过!
是的,我们已在风景里散步
从明故宫到孝陵卫到梅花山……
是的,我推敲过多少诗句
从广州到重庆到成都到南京
远大前程到底想得到什么?
我们!让我们回到我们中去吧……

嘴,那谁在谁嘴里的嘴?
你惊讶这南洋咳嗽糖浆的韵味
手,那谁握住谁的手?
你惊讶所有的手终归要松开
我们的人生不会各是各的
只要我不信那可笑的预言!
只要那语音室的灯一直亮着……
只要那一年的初春永在

千年后,你还会记住
南京的冬天是那样黑吗?
记住那一天黑夜里有我们
生命里最黑的最初的冬天……

突然幽浮①似箭,我朝回跑——
快抓起那童年的孔雀②
投进明亮的夏日鱼缸
十秒?或十三秒半?③

① 幽浮,也称飞碟,不明飞行物(unidentified flying object,简称UFO)。
② "孔雀"这里是指热带鱼的一个品种。

③ 最后四句我笔锋一转,回到了我的家乡重庆,写到了我捉鱼放鱼的童年往事。这也是一件趣事:小时候,我因喜欢一条孔雀热带鱼,就从别人家的鱼缸里抓起这条鱼投入我家的鱼缸中,我整个手中握鱼飞跑回家的过程真快!费时十秒或十三秒半?

2015 年 8 月 4 日

南京,1944

南京使我感觉空虚,空虚到没有寂寞,也没有惆怅。
——胡兰成《记南京》

1944 年,"南京城之于我,
只有院子里的一只鹅。"
潮湿烟雨中我只听到一声鹅叫
一朝梦醒,石婆婆巷里
玩太极的人会是哪一个?

一朝梦醒,石婆婆巷里
没有人,哪来树荫的阴凉
没有马,哪来空气的惊慌
但玩太极的人总会有一个

那是我,我发现了什么?
夫子庙的风景供电虽不足,
马路却发亮,万类的话儿
一笔雕凿,径直吹了过去——

有什么路转溪头忽见?
一个老太婆在瓮里腌菜,
你眼尖看到了,有何感想?
老了,似人非人,似鬼非鬼,
你说你一见,几乎要落泪……

那就回家躲恐怖,改旧作,
学姚合,空虚用破心……
但想想这年头,要操多少心
你才能度过这一年。

2016 年 10 月 23 日

你的天赋是礼物

当你说起人的天赋时
我就告诉你天赋是礼物
而礼物对我有什么用?
如果我辜负了你的天赋

说话总是多于听话呀
说得再多会有什么结果
如果我和她相爱得越短暂
我记住她的话就会越多……

大千世界,目不暇接
牵手之美,散步之美
面对此景怎么可能不说
但现在请屏住呼吸吧——

嘴记住了一切,因为
它亲吻了整整两个月
在南京明故宫的黑夜
在中山门外卫岗的白天

2022 年 11 月 10 日

下扬州(组诗)

广陵散

一

缺了自由和勇敢
幸福就快报废了
一个青年向深渊滑去
接着又一个青年……

"时光在流逝,
他认识人,接近人,与人分手,
但一次也没有爱过。"
但他也写出了几句诗:

对于已经远去的你
我要从哪里开始忘起

从你的嘴唇开始忘起
从你的手腕开始忘起
从你的耳朵开始忘起
从你的身份开始忘起

二

在冬天,忆江南
有什么东西令你思想散漫
抓不住主题?

肴肉、干丝、富春包子?
书店、个园、广陵刻印社?
话多的本地导游又来节外生枝:

"孩子们领到养老金
是多大的福分啊!
生活从此就一劳永逸。"

谁会真的在听?事不关己,
他关心的是恋爱
她关心的是照相

那就照相吧,照相吧
她冻红的脸在笑

1993年2月

小职员的高邮生活

二十七年前,在繁华的上海
我还是一个邮局的小职员
每天上班就分发信件、报纸,
誊抄文件,用胶水粘牢卷宗
伏案很好,安安静静的,尤其
是我的病脚乐于坐而不宜走

后来,我辞职去了扬州高邮
那里我上午皮包水,下午水包皮①
我吃的岂止蟹黄包、香酥鸭……
还有董肉、董糖、界首茶干……
春过了夏,夏过了秋,秋过了冬
冷冷热热……生活循环如此

生活之乐还有什么没被发现?
我有时精神十足,有时心绪散漫
风风雨雨都是个好,这不,
雨天一过,肯定是个大晴天!
缸里的鱼看上去游得真舒服呀。
我病脚消失,到处走来走去。

① 自古以来,扬州有上午"皮包水"、下午"水包皮"之说。也就是,扬州人上午去茶社吃细点、品茶、清谈,当然其中也有生意等等,喝一上午的茶,自然是一肚皮包裹着水了;下午又去洗澡,扬州人洗澡十分特别,用大木桶当澡盆,人泡在里面,自然是水包着皮肤了。从这里可见出扬州人细腻、讲究、唯美的生活。

2013年6月29日

下扬州

天下如此宏大的题目——
扬州,我该从何说起?
苏州头、扬州脚,嗨
眉来眼去,来说新闻
清晨皮包水,终难免
闻风若蜜,饱食观鱼
水包皮下午众生平等

讨饭画山水,你信吗?
扬州,这清贫的光景
入了民国,李涵秋先生
仍一律在吸烟侍花后
才出门去上课。瞧,
他一路走过,拱一拱手
人在驴上,从不下驴

2014年2月23日

333

扬州梦

独鸟下东南，广陵何处在？
——韦应物

一

我曾在维扬的街头
闻到过橘柚的香气……
从而想起两个醉别江楼的人
魏二和王昌龄
我曾在广陵刻印社
夏日黄昏的庭院
观看过燕子何其微眇
飞来三两酒后的黑色——
从而预言这里的居民
将度过怎样的秋冬之美……
我还说了什么呢？
来世的扬州——
在这样一座现实的中梦之城
谁说那是老人的国度
青年们在此更是提前欢度晚年
"围棋赌酒到天明"

二

来！张智和李冰
还有体育教师张志强
清晨，我们去吃富春包子……
我们的吃相何其昂藏……
来，那天的曙光
并不只赠与江东的贵族
也赠与那一年的冬天
以及那个客心飘摇的诗人
他该如何安顿他的身体
如何赋深情于桥边红药
如今，我们命运老矣
其中一个早已抑郁而跳楼
其中一个也远走他乡
那就让我们从头开始
天天节省我们的福气
天天节省扬州金子

2014年9月15日

"我那水蛇腰的扬州"
——因庞余亮的一句话"我那水蛇腰的扬州"而作

尘埃里的蛇梭来梭去
如波浪般起伏，好看
蛇飞起来，也好看
但看如果不从蛇眼
你看又会从什么眼？
但花园里如果没有蛇
又有什么好看的呢？
无边夜色（没有梭夜子）
路灯下的影子先于你进屋
好看吗？请问庞余亮
怎么可能去问汪曾祺
今朝扬州已无瘦马
"我那水蛇腰的扬州"
蛇眼看，好不好看？

2023年4月6日

悲伤或永生

韩东

甲乙

甲乙两人分别从床的两边下床
甲在系鞋带。背对着他的乙也在系鞋带
甲的前面是一扇窗户,因此他看见了街景
和一根横过来的树枝。树身被墙挡住了
因此他只好从刚要被挡住的地方往回看
树枝,越来越细,直到末梢
离另一边的墙,还有好大一截
空着,什么也没有,没有树枝、街景
也许仅仅是天空。甲再(第二次)往回看
头向左移了五厘米,或向前
也移了五厘米,或向左的同时也向前
移了五厘米,总之是为了看得更多
更多的树枝,更少的空白。左眼比右眼
看得更多。它们之间的距离是三厘米
但多看见的树枝却不止三厘米
他(甲)以这样的差距再看街景
闭上左眼,然后闭上右眼睁开左眼
然后再闭上左眼。到目前为止两只眼睛
都已闭上。甲什么也不看。甲系鞋带的时候
不用看,不用看自己的脚,先左后右
两只都已系好了。四岁时就已经学会
五岁时受到表扬,六岁已很熟练
七岁感到厌烦,七岁以后还是厌烦
这是甲七岁以后的某一天,三十岁的某一天或
七十岁的某一天,他仍能弯腰系自己的鞋带

只是把乙忽略得太久了。这是我们
(首先是我们)与甲一起犯下的错误
她(乙)从另一边下床,面对一只碗柜
隔着玻璃或纱窗看见了甲所没有看见的餐具
当乙系好鞋带起立,流下了本属于甲的精液

纯粹的爱

要达到怎样的纯粹——
亲爱的
你我不再做爱
不再看见
电话也很少
书信稀疏
没有约定
要达到怎样的刚强——
亲爱的
就像天天做爱
经常看见
电话频繁
情书热烈
寄予永恒
要达到怎样的见解、怎样的深情——
亲爱的
我爱你的不存在
就像你
爱我的不可能

无题

黑暗太深,如双目紧闭
如挖去眼球
寂静使耳轮萎缩
既如此
手脚又有何用?

一块顽石之内
思如奔马
方寸之地
冲撞不得出

就把这封闭的一团献给你吧
使劲地抛出去
击中一条母狗

或永不坠地
一颗星星发出自己看不见但照耀山川的
无聊的光辉

秋冬献词

——秋

下雨了,但这不是下雨的心情
秋天了,这也不是秋天的凉意
一支乐曲在它不被演奏的时候
一种思想在躯体已死的头颅中
生活的言外之意,真理乃密中之秘
我的双眼被白杨树上的伤疤重复

——冬

在冬天,感谢阳光灿烂的日子
在中年,感谢热血依然的身体
在喧嚣的城市附近,感谢墓地的寂静
在漆黑一团的灵魂里
感谢并不存在的光明
就感谢这不可能的存在

它是一条无人理睬的狗

它是一条无人理睬的狗,因为长得丑,
因为老了,因为它是一条狗。

也曾有过幸福时光,那时候我母亲在世,
也没有去深圳。它是她的宝贝。

二、八月它发情,月经滴落在地板上,
后来挨了一刀,麻烦结束,一了百了。

趾甲无处消磨,越长越长,弯过来
扎进自己的肉。脚上的乱毛盖住那血洞。

腐臭的气息在这房子里曾经数月不去。
它有过痛苦折磨的时光,现在安静了。

它不是这房子里的一把椅子,
要是一把椅子那就好办了。

也不是这房子里的另一个人,
要是另一个人那就可怕了。

如今它成天睡觉,无所期盼,
甚至也不走过来邀宠。

它不知道我的所思所想,不知道我的哀伤。
它的哀伤就是它的外表,那又能怎么样呢?

我们共处一室,各不相干,
它是我的狗,我可不是它的人哪!

时光从这栋房子里流出去,
一直流到外面的大街上。

分成两股之后再分岔,再分岔……我看见
每一条孤独的路上都走着一个人或者一条狗。

这隔膜的游戏直到永远。

风吹树林

风吹树林,从一边到另一边
中间是一条直路。我是那个
走着但几乎是停止不动的人。

时间之风也在吹
但缓慢很多,从早年一直吹向未来。
不知道中间的分界在哪里
也许就是我现在站立的地方。

思想相向而行,以最快的速度
抵达了当年的那阵风。
我听见树林在响,然后是另一边的。
前方的树林响彻之时
我所在的这片树林静止下来。

那条直路通向一座美丽的墓园
葱茏的画面浮现——我想起来了。
思想往相反的方向使劲拉我。
风吹树林,比时间要快
比思想要慢。

疫区之夜

疫区之夜,我看见一只狗
翻过垃圾箱后沿一条直路跑下去了。
那么轻松,富于节奏,目中无人。
就像那狗是灰色的风勾勒出来的
奔驰在专门为它开辟的道路上。
我们很孤单是因为没有其他人和我们在一起
它很孤单是因为没有人也没有狗和它在一起。
如果我们愉悦,也是因为没有人
它的愉悦大概是双份的。
风是灰色的,星星闪亮。

钵——回赠杨键

他送我一只钵
在一张宣纸上

影子一样深的墨色
又破又暗的所在。
他送我唯一一种颜色。
开口处有些微亮光
那是钵的开口
抑或是奥秘的开口。
他送我一团漆黑。
只是镜框格外明亮
映出我的双腿
继而是两只鞋子
走过去了。
整个房间在画的深处呈现
衬着那只钵。
我蹲下,仔细辨认
裂开的痕迹
试图捧起来
就像没有手那么徒劳。

乌龟不是月亮

乌龟不是月亮
而月亮,怎么看
也不是乌龟。
夜晚的河滩。

当月亮以慢速升起
乌龟就像两块石头
扑通,啪啦
落入水中。现在

只有月亮了。前三秒
乌龟尚未入水
月亮犹豫着上升
各自凌空

月亮盲目的光辉和
乌龟锁闭的孔窍
对应。两块青石
在人眼的夜视中。

他们走回大路上
身后的涟漪无声。
他们同样是两个
是一对。

乌龟不是月亮
但月亮是乌龟。
至少在他的记忆里
有一种延续。

塔松，灰天

塔松，灰天
从我母亲的窗口看出去。

母亲离世后，我从她的窗口看出去。
塔松，灰天。

现在，我们离开了那房子

不认识的人站在窗户边。

楼上的风撩动那人灰白的发丝
那是一位像我母亲一样的老年妇女吗？

或者是一位像我这样的中老年？
我看我母亲，而她看窗外
塔松，灰天。

一条忠犬看着我，也许
我就是它的塔松。
母亲已成为我的灰天。

清贫，无传家之物
只有这窗景，可寄托无限思念
可我们已将它售卖出去。

蓝蓝五首

蓝蓝

江南田庐松林

如果。黑松林针叶的
海底已经铺好
海盗大军将抓着时针潜入
天空的屋顶。

七月是你发烫的嘴唇
但声音消失在喉咙深处。

如果。藤蔓挡浪堤
被风的绿色海水淹没
误入其中的穷渔夫会打捞
作为残月的烈日水晶。

可有良心的赤字
在你褐色鳞片的背上沉浮?

鸟是鱼,蝴蝶是水母
陌生人原是故人。
在草民礁石的深处。如果

一切都在颠覆。

不原谅斧子与遗忘
是野花的爱。
因为落叶的抗拒已飞成鸥群。

只是
所有人离开后,仍有一个人。

作品

泼墨大地,山与水。
工笔蜜蜂和花蕊;

恋人的双唇,以及
炮弹炸飞的半张脸——

——作者是谁?

拿着我的手写下这些字
也是你?

徐谓礼

告身,敕黄,印纸。
十七卷文书。
两个亿建成的博物馆
留给你们。

有车送我去高铁站
核酸后
赴京走一程。

与刀书

什么东西打制了他手里的
这把刀?是铁锤
还是恐惧?祖传的磨刀石
名叫仇恨。

一把刀注定引来
无数把刀。而所有的刀
都是同一把。

什么样的强酸能溶解它?
什么样的野蛮能再一次
砸碎它——自那尚未成型的刀中。

除了钢铁、火和力量
它不可能相信别的。

但风和空气的轻骑兵令它松动,
血从内部耐心啃噬它的坚硬。

我听说砍人能把刀砍得卷刃,
医生则用钢针缝合刀砍的伤口。

地球有八千亿吨钢铁,
铀有四十五亿吨。恶不计其数。

厨房的刀从来不会摆上餐桌——
烛光,美酒,还有鲜花摇曳。

绝望的人仰望星空,或许令心宁静
——宁静的确离刀斧很远。

在人间它威严闪烁,镌刻在

纪念碑无上光荣的基座。

东亚人说

厄流西斯,俄尔甫斯教秘仪之地
德谟特尔的祭坛
山洞和废墟。遍地不知名的野花
贴地低低燃烧了过来。

石缝间,柱子下,水洼中。

一株大麦就是德行。
一株小麦就是思想。

谷物女神的领地,母亲和女儿
都曾从地狱回来。

她们的胸乳和肚腹宽大柔软
那些红罂粟,那些浓密的草
正在结出种子。

俄尔甫斯正是为此而歌唱。
一株大麦,一棵苦荬菜。
当他被撕成碎片——记得吗?
德墨忒尔的谷子也是碎片
在东方它们就是——
稻、黍、稷、麦、菽

泥土里,石缝间,柱子下,水洼中。
大地拨动诗人,那些叶子和花
扁平的舌头,酒盅的喉咙,
万物就是德行——
它们在唱,唱着生育和春天。

暮春午觉

杨　键

一次迷失

有一年我回老家给父亲上坟，
在快到家门口的时候，
我忽然迷失在一条田埂上，
那是一条枯黄幽深的老田埂，
很难说清为什么刹那间我就迷失了，
它那么单调窄小没有尽头，
我迷失徜徉在其中，
忘掉了我父亲的坟。

耷拉

炎热持续近五十天了，
院子里的植物耷拉下来，
连水缸也似乎耷拉下来，
但从我家的院子里可以看见，
远远的山坡上有一片树林，
还在深冬里，正飘着雪呢。
一阵风吹过来，
那些老骨头一般的树，
摇晃了一番，又站直了。
它们是那样黑黑的几十棵，
看不清什么树，但它们的时间
同我们的时间全然两个样。

珍贵的山路

珍贵的山路我每天会走 10 分钟，
我走起来格外小心轻松，
这是一条我每天必经去买菜的路，
就在我家的后院，10 分钟之后就是喧嚣的市区。

一路上，我看见简陋的蔷薇花，
单瓣，香味也单一，带着苦味，
也还能看见松树，每一棵都一样，
又有所不同。

我想多停留一会儿，
但也没有停下脚步，
我想屏息凝神却没有功夫。

珍贵的山路只有 10 分钟，
但已经非常好了，
我是一个心怀 10 分钟珍贵山路的人。

变与不变

1
在小区里听到了鹅叫，
这是一个什么信号？

2
一种出神的风化正在发生，
这是一个解决的办法。

3
萧条，但是阳光充足，
这就非常好。

4
四个壮汉抬着我父母的墓碑过河，
然后把它立在老家的菜地里。

5
他写下的都是变化的，
他写不出的都是不变的。

6
家里要有一点铜做的东西。
家里要有一点银做的东西。

7
很久没有听过鹅叫了，
心头掠过一丝羞耻。

送葬

天气阴冷，
正适合送葬，
田埂上三十来人一字排开，
小孩子活蹦乱跳，
跑在最前面，
稀稀拉拉三十来人，
也能送出浩荡凄清的感觉。
队伍很长时间好像走不动，
忽然就到了坟前，
把那一小袋安顿好就结束了。
送葬虽然结束了，
但送葬的队伍依然在行进，
有目的地，
但是并不到达。

背景已经足够阴冷，
脚底也有足够的稀泥，
但是队伍依然在行进，
一刻不停。
当所有的人都散了，
一列送葬的队伍还在田埂上行进。
我感觉到冷，
于是钻进了被窝，
但也能看见那坟墓，
那在家门口都能看见的坟墓竟有一种远意。

两棵树

冬天是最适合画素描的季节，
有两棵树正在用心画着。

一棵是老榆树，年逾古稀，
瘦瘦高高，把自己十分精细地画在路边。
没有一根枝条被它苟且放过。

另一棵是老柳树，死去多年了，
细弱的枝条仍然披拂下来，
它把自己感人地画在了水边。

哪里是它们最初的第一笔？
哪里又是它们结尾的最后一笔？
两个人在楼上争论其中奥秘。

但两个人不是两棵树，
两棵树又不是两个人，
这究竟是幸运还是遗憾？

旅店

在一家国营旅店里，
他终于可以同她在一起了，
这是他乘坐六小时火车后
到达的地方。
一番激烈之后，
他俩都睡着了。

但没过多久,他就醒来了,
看着她的裸体忽然有一阵羞愧,
他伤感地看着她,
这是第一次。

外面有声音,是下雨了,
他推开窗,
雨气在一瞬间冲了进来,
他打了一个激灵
清楚地看到她的小时候回来了
那个只有五六岁的小女孩,
欢天喜地地回来了,
冲着他跑来,
几乎没有性别。

而她还在沉睡,
他也跟着睡着了。
等他们醒来,
他们已在另一家旅店,
这是一家私人旅店,
但有一副国营的面容,
依旧很寒碜,
跟他俩的动作相仿佛。
就在此时,
他俩几乎一起推开了窗,
但却同时看见了启明星。
只一瞬间,
那旅店就不见了。

播种

他穿着白色的孝服在播种,
他们穿着白色的孝服在播种,
一个人,两个人,
一户人家,两户人家,
一个村,两个村,
所有的人,
所有的村,
都穿着孝服,
在播种。

有时,
他停下来,
他们停下来,
甚至所有的人,
所有的村,
都停下来,
像墓碑一样,
静静伫立。

此时,
一户人家的孩子,
两户人家的孩子,
一个村的孩子,两个村孩子,
所有的人,
所有村的孩子,
飞也似的骑着自行车,
在田埂上掠过,
车篓里装着青铜做的米饭,
去送给他们播种的父母呢,
一个孩子,两个孩子,
无数的孩子,
在飞驶。

播种而没有声音,
飞驶而如停息,
一个人,两个人,
一户人家,两户人家,
一个村,两个村,
所有的人,
所有村的人,
被遗忘在田里。

墓园

进村之后,
就是许多坟,
远远看去,
村口就是墓门,
整个村子就是墓园。

尤其二叔死后，
老家更像墓园了，
村里人刚刚吃下的米饭，
瞬间就是纸灰。
一棵棵树，
一朵朵花，
都是墓地上的杂草。

孩子们放学了，
满脸都是皱纹，
等他们去草地玩上一会儿，
皱纹又消失了。
从放学到回家，
一生都经过了。

写给妈妈的一首诗

1. 开头

今天窗明几净，光线无限充足，
我俯身在桌子上画画，
用的不是墨，而是这光线，
多么美的光线呀，一定来自妈妈的墓地。

在那光里，我又看见了妈妈，
她自自然然就出现在我们家老房子的菜地里，
她的病全好了，容光焕发，
我们又重回了最珍贵最温暖的母子岁月。

2. 荡秋千

早上，
妈妈喝粥时看见我的白胡子就发笑，
她大笑着，
恨不能揪着我的胡子荡秋千，
这样她就又回到了欢乐无忧的少女光景……

夜里，
我被妈妈的梦吵醒。
她再次梦见自己从前上班扛煤炭的三铁厂。

夜色里妈妈的眼睛就像一汪清泉里新生的蝌蚪一样晶莹透亮。
我把妈妈像婴儿一样包在被窝里，安慰她睡去。

3. 一字不识

每次买东西回家，
妈妈都要问：是公家的，还是私人的？
我说：现在还有什么公家，私人。
但她天天这样问。

妈妈一字不识，
却能妙语连珠。
她一辈子去得最远的地方就是南京，
也就是四十公里之外。

4. 雅霜牌雪花膏

每次洗完脸妈妈都说，
叫你买一袋雪花膏都这样难。
妈妈抠着没有雪花膏的瓶子，
我记下了它的名字，
叫"雅霜"，
可是每次都忘了买。
冬天的妈妈，
就像一瓶没有雪花膏的雪花膏瓶子，
干净，美丽，颜色淡雅。

5. 洗药罐

我为妈妈洗药罐，洗着洗着，
我就陶醉在那些残药渣的香味里，
有一种深沉透亮的甜蜜
从药罐里流出，
一直流进我的心里，
我怀揣这个秘密，
站在妈妈床边，
端饭端菜，恭恭敬敬，
因这甜蜜叫我这样做。

6. 解大便的欢喜

我给妈妈倒尿,
妈妈的尿味就是人生的苦味儿。
我每天倒却没有感到什么苦味儿。

记得有一天,
妈妈终于解下大便了,
我们比过年还要欢喜。
我贴着她的脸,
就像小时候,
她贴着我的脸。

7. 两个梦

妈妈今天晚上做了两个梦,
上半夜一个

是这样的

在一潭清水里,
妈妈在洗蚊帐,
她准备洗好晒干,
晚上的时候就可以挂起来。
我心里想,
现在大冬天的哪有什么蚊子,
干吗还要挂蚊帐?
她喊我起来去晒她洗好的蚊帐,
我笑着对她说,
你只是做了一个
洗蚊帐的梦而已,
我摇着她,
告诉她,
这只是一个梦,
但她摇着头,
根本不相信。

下半夜的梦是这样的:

妈妈在阳台上看见月亮把家门口的拐拐角角都照得好亮,
她情不自禁地走出了家。
看了看自家的铁门,自家的菜地,难过地坐在水泥地上。
这是在夜里三点,她喊着自己的儿子,
儿子慌忙披衣起床,
蒙蒙眬眬听见妈妈的喊声在自家的门外,
他不明白妈妈为什么深更半夜出了家门。
直到早晨起来的时候妈妈记起了她的幽灵如一缕青烟飘出她的身体,
她记起了昨晚月亮的莹白,
她不冷不热地坐在寒夜的地上,
惊叹那月亮为什么这样白?

妈妈喜滋滋地告诉我,
那月亮实在太漂亮了,
从来没有见过这么漂亮的月亮。
我笑着告诉她,
这只是一个梦,
这只是一个梦,
她摇着头
根本不相信。

8. 在阳台上

妈妈让我坐在她身边,
听她讲,
江边砸过的矿石,
废品站拉过的报纸,
火车上卸下的煤炭。
她让我坐在她身边,
听雨声,
在耳边沙沙沙。
妈妈说过的这些事,
很快就变成了雨声。

虽然在下雨,
但妈妈看上去像衰老的蚕,
已经很透明了。
她最近总是说起她小时候常常去的村里的庙,
说她小时候听着那庙里的木鱼声睡得很香,

那老和尚爱吃臭咸菜,
说上会儿她就停下来,
听着雨声,
在耳边沙沙沙。
妈妈说过的小时候的寺庙,
很快就变成了雨声。

9. 梳妆台

家里有一个梳妆台,
一个真正的民国货,
纯手工,纯木头,
上面画了两朵最常见的花,
矿物颜料的。
家里所有都褪色了,
唯有它颜色如初,
甚至比当初还好看。

10. 结尾

在我如烟的灵魂深处,
一高一低走着我们母子二人,
我是那样小,牵着妈妈的衣袖。
我俩都是黑白的也是彩色的。
在我如烟的灵魂深处。

在我如烟的灵魂深处,
一高一低走着我们母子二人,
妈妈是那样小,我牵着老了的妈妈,
去寻找我们的归处,
在我如烟的灵魂深处。

绿野仙踪

胡亮

清冽

我再次只身登上了动车,就像被一只白银
蜈蚣吞吃。山水青绿,箭步而来,
像蜂群敲响了灰色窗玻璃。铁轨凌波,
又凌空,刚穿出了雾锁,
就伸进了未知。就在这个点儿,
想来老妈已经系好围裙,
某位女士已经定好机票。
白银蜈蚣向北,白银老鹰向南。
我拧开瓶盖,
饮下孤独:
像蚕食又像鲸吞,像桑叶又像大海。

火棘

枯草如蓑,黄叶成泥。且容我们徒步上山,
去发现深冬的酡颜:是的,
正是火棘!
它挂满了果实,又长满了尖刺,
好比左支右绌的真理:诱惑我们
采下几根枝条,又提醒我们留下更多枝条。

待旦

鸟儿不甘心夕阳被悍妇揪了耳朵,叽叽喳喳,
如同一打弧形木梭,被谁抛向
一片针叶林,为暮色织入了最后一克光线。
此刻,西山就像倒悬的笔挂,
黑松反方向地滴落着水墨。我们听得到
鸟儿敛翼,却看不到黑松藏锋。
手边还有一大把新制成的狼毫呢,
恰中年,更是要来研磨一方名砚。

无尽

解开一丛丛巴茅的发辫,从这个野湖的耳垂
走到额头。我们环行小半圈,
止步于前戏。湖变得越来越大,
剩下了越来越多的发辫和幸福。

私有制

树林深处的公共的静谧,因两滴鸟鸣而
加深,因一对仙侣而试用了私有制。

唯物

公路扭着屁股上山,右侧长满了银合欢,
那些修长的荚果不悲不喜。徒步者
和偷情者各得其所,
那些荚果不出汗,也没有紧紧捂住嘴巴。

听者

蝉叫像一张抛散开来的菱形渔网,网眼
很粗;鸟叫则像几条
漏出去的鳗鱼,被环状山谷拉长了尾巴。
我们坐在小树林的脚踝边,伸手就
可以摸到青草和一万匹波浪。
如果蝉叫和鸟叫忽然打住,就像大海
忽然被谁私吞,我们便只好
与耳朵里的鳗鱼一起诱捕暮色中的鲸群。

两河口

那棵无言的枫树正是我,长出了双脚,
沿着焦家河不断间植。林雾浓得
就像夜色的手掌,提携了我的青枝。
而水声的低声,安抚了我的乱石。
某人曾在此地丢过一条手链……这是
我的一念。一念,又何尝不是万缘?
比如焦家河,看似偶然,汇入了韩溪。

魔术师

我要把刚摘下来的一颗葡萄,拆分成
一百颗。要把葡萄上的一克新雨,
拆分成一千毫克。我要在更慢里求得
最慢,要在两匹砖的细缝里发掘出
一吨享乐主义。我要把五亩葡萄园
拆分成无边无际,要把
尝到甜头的一个下午拆分成今生今世。

小团圆

第一轮明月不断撤退,有时撞上了隧道口,
有时游过了桉树林,有时跳上了
兽脊般的小山丘,——被我和一辆绿皮
火车无望追赶。就在这些时候,
第二轮明月高悬于涪江左岸,一动
也不动,——被她无理纠缠。
两处清辉好无赖,拧紧了两个身体的

发条。我的急性子与绿皮火车的慢性子
强行签订了协议:
时速要提高到一百六十公里,
两轮明月要遇合成一轮明月。

化身

我娶了坐过火车的芒果,初中的黄金的芒果,
多汁而快活呻吟的芒果,
有雀斑的卷发的芒果,更多汁的菠萝,
戴银手镯的猕猴桃,娶了满挂着
水果的热带,丢了发卡的热带。
这么多种水果,其实呢,
只是一个芒果。这个芒果带给我万千
口感。必须封锁最新的消息,嘘——
从这个芒果里面又长出了一株灯笼柿!

香贼

将来我们一定会想起这场毛毛雨,它在
热脸上铃下的湿点,就像异见一般
若有若无。将来我们一定会想起这个
不断后缩的小山村,油菜花鸣啭,
鸟叫金黄,"要是
有太阳就好了"。而在无事的小山脚,
一丛荚蒾开出了一堆白色繁星,
义务地,把这个下午照耀成初夜。
那还等什么?快去偷芫荽啊
偷芫荽——
芫荽又叫香菜,太阳又叫拥抱。

四月

苦荬菜开出了黄色花朵,泥胡菜则开出了
紫色花朵。我们漫步于荒郊,
逐渐填平了泥胡菜和苦荬菜之间的深壑。
两具微躯,又有何求?
除了不在心外采撷一束紫色花朵,
也不在心外采撷一束黄色花朵。
而在这个小村庄的低空——

一条高速公路,百折不挠,伸入了未知。

求诸野

鹧鸪的叫声被一个山头分了岔,就像被甩到
山腰的鱼尾巴。麻雀的叫声很圆,
似乎要用滑轮放下一座天堂来。
看看吧,这座天堂的建材如此普通——
一条小河正在转弯,一片草地齐茌茌,
一块地毯小得刚好够宽,
几杯红茶,几个皮蛋,一碟葵花籽,
几句真心话,
一个随地小便的下午。蝉的叫声织补了
构树与枫树因交叉而形成的各种
不规则夹缝。哪里有什么亏本生意?
我赚到的嫩黄和
新绿足以把天堂铆接于任何一片水波。

即物

一个小伙子骑着摩托车,带着一个女孩。
她的小腿上纹着一个什么图案:动物,
植物,或抽象符号?六七十公里,
恰是夏天的时速。他们驶离了这个
秘密补给站——
小路两旁长满了枇杷,
树下长满了斑茅,
地面长满了鸭跖草;不远处的一小块
废地,长满了黑心金光菊、陈艾
和鬼针草。一对中年散步者交换了
眼神,两只手自然相牵,
就像火棘由青转红。所有葱茏
都见证了他们内心的摩托车,所有
葱茏都把他们的系列眼神译成了
秋天的短序,译成了野蜂蜜的续集。

左岸

我把双眼租给了一只鹭鸶,在十七楼,
可以看得更清楚——涪江向右拐了

一个弯,就像一小截圆周。
如果难眠,我就不能赊来一尺波浪,
就不能把波浪折成一只鹭鸶,
就不能让它飞往右岸,歇在某家
医院窗口,并向某个圆心致以
比护士服更白的表白。如果入眠,
以上种种岂是问题?《瓦尔登湖》
从我的手里滑落,即将胜任
孤枕,"可以测出天性的深浅"。

九月

雨丝那么新,那么细,那么尖,身手
那么曼妙,穿过了针鼻子,
拉出了线状的凉意。芭蕉一边
减肥,一边撰写夏天回忆录。
某人一早办结了出院手续,下午
就急着换上了草绿色
长裙。小病的山顶就是哲学,
哲学的山脚就是秋天。当银杏逐渐
变黄,剪指甲就会成为一门艺术。
当涪江逐渐变瘦,水落石出,
我们就会挑出一只很小的勺子
而不是一只巨杯
来品饮身体之间的任何一束静电。

日记

某年某月某日,星期天,阴转小晴。
上午九点。参加了一个干部大会。
下午四点。陪同某人去野外
挖了几株凤尾蕨。在一条小溪里,
看到一个石臼——
长出了青苔,接满了雨水。
雨水和青苔之间并没有一个小孔,
塞不进一册页码最少的伦理学。
中午呢……
中午呢……
这两行空白就亟需显影液——
中午一点。我忽而长出两个肉翅,

凭空飞过了一座不为众人
所见的堆满黑曜石和冰雪的高山。

神仙传

有个油画家没有名姓,他有太多的颜料
太少的同情心。猫儿洲给了他
一个环线,他给了荷叶一堆
发凉的箭头。绿色不得不指向绿黄色,
绿黄色不得不指向黄色和黄褐色。
荷叶捐出了所有水分,像捐出了
发苦的贞操,它们一边生锈,
一边收拢成不规则的编钟。雨点比
那个油画家更喜欢这些乐器,
在演奏雪意之前,雨点和铜把夏天
托付给了一对绿色神仙——
他们临湖分吃了三个烧饼,
两个买自藕园巷,一个买自北辰街。

儿童节

他的双手犹如十二岁的青枝,她的双眼
犹如五岁的星星。就在这对中年
男女的内部,两个儿童快要藏不住了。
他们不再交换肉体;他们喝茶,
吃橘子,打羽毛球。他送给她——
他对一棵枇杷树的好奇心。
她送给他——她对一朵白云的购买欲。
落日如此浑圆,如此鲜艳,
已经浑圆和鲜艳到了宽恕他们的程度。

石头记

每棵垂柳都像拉面高手那样抽出了大把
细枝,嫩得拴不住一片细浪,
也拴不住一节尾厢。火车志在成都,
涪江志在东海,而我们,枯坐于一块
大石头。从两秒之间的一个深水区,
我们抓住了一尾虚静,一尾比泥鳅
更滑的毛口鱼。对岸的一线山丘

克制不住急性青绿,主动得快要顺着
铁路桥驶来此岸。这块大石头无冬
亦无春,其木然甚于一座尼泊尔古寺。

凤尾蕨

如果它生在大地上——
多么可怜——我将难以获得一双苔藓的鹰眼。
如果它栽在阳台上——
你参与了季春和孟夏的拉锯战,
在某个无意探险的上午,
多么吃惊——你会发现它的嫩芽
比毛毛虫更像毛毛虫,你会用慢镜头
看见毛毛虫忽而
展翅的刹那比羞涩更加接近了凤凰。

上巳

我们不能收藏一片波浪,涪江就用左手
递来一堆鹅卵石(如同一串
脱口秀)。大鲵已然绝迹,余寒
尚未收尾。在采回一小袋陈艾以后,
你的十指散发出比窃喜
更曲折的薄荷香。我的近视眼看到了
比顿悟
更清澈的自然而然:一盆栀子花,
从根部,长出了一棵酢浆草。

兔子窝

两对男女在鲜花丛中打扑克,俄而,其中一对
假装去上卫生间。他们在半路上变成了
一对蚂蚁——在一朵蔷薇的掩护下,
碰了碰触角,相当于半个小时的热吻。
为什么不变成一对兔子?兔子跑得太快了,
会跑掉短尾巴,会跑掉长耳朵,
会把那对男女跌出它们的毛茸茸皮囊。

伶仃

一只黑褐色的鸊鷉在两难中滑翔,带着羽毛状
的痛苦。偶尔会有一两条红鲤跃出同心圆,
带着锦鳞状的痛苦。涪江不回头,
带着细浪或漩涡状的痛苦。所有痛苦都被
压缩进一个注射器,
在我的脏器上留下了谁也看不见的针孔。

下午茶

她点了一袋泰式奶茶,他点了一袋老挝
冰咖啡。他们交换着喝,
倍增了这个下午的性价比。桌子的
前身是一棵云杉,椅子的前身是一棵
油松,他们的前身是两棵垂柳。
他当场送她一卡车蝴蝶,每只蝴蝶
都想通过竞选成为她的临时
配角。他们为何长出这么多细嫩
吸管?正当初夏,幸福液化了呢!

上邪

他惊喜于他一连制造出了十二个四月。
他惊喜于她用嘴巴衔着一枝月季,
又去剪另一枝月季。
他惊喜于她穿着深红色的百褶裙,
就像一条学会了交谊舞的金鱼。
他惊喜于两枝月季都会不断获得
加息的机会。
他惊喜于惊喜是一个比不朽
更适合插入两枝月季的细颈瓶……

雨罢

他们再次来到了这里:一片椭圆形田野,
一个清凉草亭。他们摆好了桌子椅子,
喝了一款野生茶,又喝了一款红茶。
一只蝴蝶从他和她之间穿过,像穿过
两棵八瓣菊或向日葵。本为采蜜,
不料授粉。他们也将带着它的翅膀,
带着它的翩然,带着它的无知——
不识猛兽的无知——
驾车穿过比八瓣菊更多彩的"得"
与比向日葵更多籽的"失"……

去痛片

涪江沿岸长满了再力花和海桐,它们
不识我的痛苦,只管临水执行
紫色或青绿色的任务。此刻,如有
两把折叠椅,两杯单枞……
我忽然想起,很多年,都没看到过
翠鸟。如果涪江流进狭窄的童年,
就会看到翠鸟叼起小鲫鱼,长喙和
双翅在空气中刻下的弧度险胜了
我的调皮度。此刻,真有两把
折叠椅,两杯单枞……
那么,就让我与海桐试比青绿,
与再力花试比紫色
如何不给痛苦留下哪怕一个死角。

四望亭

他枯坐于那个凉亭,旁边有个
钮扣般的小池塘,沿岸高低,
全是竹树。他开始计算
几棵紫荆的株距,计算几棵
蓝花楹的色差,计算一丛
菖蒲的尖叶总量。天色
暗了下来。他在一阵蛙鼓中
计算小棘蛙
与黑斑蛙的比例,在一丛
突然变得更黑的高枝间计算
月亮移动的秒速。他慢慢
长出了鱼鳍,鱼尾巴,
开始计算最后一座冰山
何时消融,将在何种程度上
抬高虚无主义的海平面。
她来了。

他火速把数学流放去了昨天。

天壤

从这个锁孔往里面看,可以发现一座小院,
一丛斑竹,一对春凳,
两个逃犯;从这个锁孔往外面看,
除了满月应景,余者皆如虚设……

两不厌

当他们爬上山顶,树林和草地就变成了
下方,案牍就变成了远方……
这山顶荒芜——两粒黑山羊走动,
一丛扁豆花开放。这山顶荒芜——
除了秋风,只剩天堂。
这天堂需要续建——当他们十指
相扣,就变成了比理解
更领先的檩子;当喜鹊开会,
就变成了
比未来的彩釉更悦耳的琉璃瓦。

牧羊曲

他们放牧的不是羊儿,而是偶然。
如果走失一只偶然,他们就
不会吃到金枕头榴莲;如果走失
两只偶然,他们就不会找到
这片草甸;如果走失三只偶然,
他们已经不可能相识……万千
羊儿
都归栏,他们才能得到一个比
金枕头榴莲更可口的必然——
草叶都尖起了
耳朵,窃听着他们的翠色缠绵。

不如

两项任务都略重于金星,我要精确到
毫克

才能挑选出轻者——与其
把你归还给一条陌路,不如把一个
骨制吊坠归还给一颗牙齿,
把这颗牙齿归还给一头抹香鲸,
把这头抹香鲸归还给大海,
末了,
把大海和金星归还给虚无……

小年夜

我们走出了咖啡馆,走上了长堤——
涪江来天地,不知其起讫,
已然速成为猫儿洲的加绒围巾。
彼岸多榕树,此岸多榕树。
榕树多巨根,多绿叶,仅次于幸福。
下雪了——
榕树果然不凋,
幸福果然被镶上了碎花蕾丝。

豹变

枇杷有名,小丘无名。那"更高的
无名"让油菜开出了公益黄金,
让胡豆开出了公益紫水晶。
当我们摘掉心脏,割掉
耳朵,就会听见万物的相互赞美,
就会听见两只喜鹊叫得比
"放下"
还清脆。小丘无名,我们有名。
此刻,即便没有一张
防潮垫,即便没有一壶白茶,
只要我们扭头东望,就会得到
比"爱"更过分的回报——
涪江如同一匹
蓝冰,缝合了此岸和彼岸……

石溪村

风吹走了白色羽毛球,像吹走了痛苦。
风吹来了白色羽毛球,像吹来了幸福。

蜜蜂为油菜花,也为幸福授粉,
幸福便也结出了青玉般
的油菜籽。像两只出壳没几天
的小鸡,他们争抢着,
又喂送着一条蚯蚓。像一对开春
的红蹼树蛙,他们放弃了,
又得到了大地的一丛暗号……
白色羽毛球已被收起,
油菜花和蜜蜂
和无限却不放他们就此离开。

不了

趁我一天没有出门,舍南舍北的蓝花楹
全开了。没有一朵花送来过
带雨水的入场券,天地之间有着一种
永别
至爱
的空旷。我用痛苦逮捕了万紫,
命令它们凋谢;万紫用凋谢给我
安装了计时器——痛苦,不是一刀
线状闪电,而是一只
蜗牛,一个全职反刍的生还者……

金星

他带她认识了金星——它孤悬于体育馆的弧形
上空,像一颗落蒂于银河系的榴莲。
金星验收了他对她的爱,包庇了她的
内心的麂子群。从此它每日每夜丢了刺壳,
向比蓝乒乓还要轻盈的地球致以香甜的脱帽礼。

青鳗

他们泊车于一棵香椿,那条乡村水泥路
向前游,像一条青鳗钻入了绿波。
她从左边下车,就隐身了——
那棵香椿疑似她的尖叫,
遍地马兰疑似她的回音。
他从右边下车,就冒汗了——

那条青鳗疑似她的调皮;他徒步了
二十里,又徒步了二十里,
仍没能穷尽
从尾鳍到鱼唇之间的湿黏。

十月

银合欢的荚果变成了棕褐色,枫叶变成了
黄红色。又有何日不是好日?
她给他一颗糖,枫叶、荚果和落日
就完成了甜的乘法。那颗落日
既是问题也是答案——
所谓增中减,亦即减中增……

无求

那个小村庄左边有青山,右边有
绿水。绿水因走私白云而
成为大师,青山因染指明月而
成为大师。恰在青山与绿水
之间,一块便条状的狭地
因种有青菜、萝卜、四季豆、
扁豆或芫荽而
成为大师。宵雾因向芫荽
赊了一克香料而
成为大师。狭地尾部的一片
枫杨因与一丛香橼骂俏而
成为大师。除了
惊叹,岂有
思想?我们因每夜
每夜
都忘了偷葡萄而成为大师。

美食节

若问我们为什么选定这块草地,为什么一边
喝茶,一边看书,一边吃芝麻饼?
四面青山会泄露我们的缄默;
一只瓢虫闯入格子花地毯,一只白鹭掠过
小池塘,它们会泄露我们的窃喜。

冰桔味的窃喜,椒盐味的缄默,
两种口感的左前方恰有一片发红的水杉林。

替身

她从河畔采来一支南天竹——它的果子,
便如一串红珊瑚。
这种果子含有毒素,她的凝视自带
解药。他说:又有什么不是
奇迹呢? 她会把这支南天竹插入一个
流蜜的黑棕色陶罐;此前,
他的替身还包括火棘、陈艾、雏菊、
八瓣菊、黑心金光菊、苦荬菜、
泥胡菜、酢浆草、
鬼针草、芫荽、凤尾蕨和向日葵……

火车

所有青山都变成了圆形或椭圆形,所有青山
都在旋转,都在撤退。
所有想法都被加工成了一根甘蔗,比铁轨
更长。如果我不是在汉口
下了车,这根甘蔗必将伸入南京南。
现在,这根甘蔗克服了青山虚无主义,
在武汉的粒粒飞雪中拨通了起点站的甜。

渠河

我们用手机播放了广陵散——此曲意欲
重启一颗聂政心,还是一颗嵇康心?
只听见飞雪插入积雪,两颗心如同枯枝
将折
而未折。那就骑上一匹从泼剌拂段落
逃出来的休止符,走马于渠河两岸——
忍看聂政心付诸流水,忍看嵇康心付诸
流水——我们不欲一架凋伤的紫藤,
而欲一丛翠绿的小琴丝竹提出申请——
它们确已修成可供我们纵身的幽欣容器。

涪江

江心有一粒比鱼脊还要湿黑的孤屿,
几棵水杉伸出锈枝,并与倒影
合成了一只被某种钉子固定于波浪
的枯叶蝶。而在此岸,
有棵腊梅吐出了万千绿萼,其异香
堪比无组织无纪律的野蜂。
几只麻凫想要拔掉那颗钉子,急得
团团转,其叫声搭起了水杉
和腊梅之间的帆布吊床。而在此岸,
他们预定了鹭鸶航班,
停建了星期一和星期五之间的轻轨。

立春

银合欢的荚果变成了深褐色,还没有裂开,
但快要播撒种籽。我们在林边生起了
一小堆篝火——荚果、树皮、枯枝和落叶
取道于消失,并再次加入了伟大的循环。
我们也不敢小觑自己——茶罢,那就
跳起双人舞,和谐于种籽因烘烤而散发
出来的颗粒状异香,猥琐于汽车将会
把我们载回到焦虑的不同海拔。那么,
且以银合欢的新叶
为天线,直到篝火提交了最后一克青烟。

创世纪

她发明了那条卷发般的山路——如果一直
向前,就能投宿于云端。
左边,她发明了胡豆花;右边,又发明了
油菜花。暗紫,
亮黄,两种颜料都吻合于造物主的初衷。
她发明了火堆,红苕,发明了两个围观者
——她不屑于为别人发明羽绒服,
却为自己发明了真丝吊带裙。现在呢,
她发明了他——他们要联袂攻克最深奥
最前沿的课题——如何让爱不至成为灾难?

江南诗一组

— 梁小曼

南京

被压缩的时间量
将你从巨大的腹部吐出
新朝的地平线浮现
钢架结构的屋檐下弥漫着
灰白色的风景
约定的车辆迟迟不至
接应的人困在离别的楼层
我们需要危险的爱……

　　　　来照亮此刻
来引发歌唱
歌唱者的抒情内心
将我们带回
那圣十字的洞穴里
微暗的火,残页被翻开
时间被默念
冬夜,覆盖着不足以没落的
银发

这一切是爱在召唤爱
歌唱孕育歌唱,寒冷感受着寒冷
年告别着年,新朝的轮廓正被
灰色的风景描绘……多少记忆
在湖底沉睡

此刻,你想起一只红耳鸭
和危险的爱,那些荒凉,孤独
遥远的事物赋予你诗歌
在这样一个时代,这样一个地方
雾霾的风景正涌向我们
而你必须将它念出

母岭

如分辨水中之水
永恒的近似中
去指出旧县已旧
舟子夜流五十里
约为霞客的半宿
母岭的鸟鸣冠冕九月

吹着桂花之西风
默想事件缔造的时间——
鱼的一生回流于江水
人的记忆便是它的记忆

静物

它存在于自身的宁静
从晦色，月亮的背影分裂
冬天的枝丫将飞走的鸟翅
重映于湖面——

于是宁静在运动中被打破
为了重新获得一种晦涩

使人感到安宁，诗可不去写
抚摸两个石榴，眺望窗外阴雨

山还在，它存在于自身的宁静
敲钟人也不能将它唤醒，直到——

公望的痴心尽付山居
我们仍无法辨认
驿站原是宇宙一瞬
换算静止且凝固的激滟

取决于谁在此地

压抑的心跳发出轰鸣

*

她也是一种静物,活在
迷雾之中,梳子是桃木的

连衣裙是斜阳落下后的暮晚
或者曾在树梢上呼唤的乌鸦

这宁静的身体给予一种方便
可以不去想,谁在战争中活着

活着又意味什么——砍掉他人的头
喷溅的血,将污染一切,桃木梳

连衣裙,她静物一样的自我
被赋予色彩,像白昼等待光

*

时间也是一种静物,翡翠杯不再
倒出琼浆,红泥砂壶的圆身已冷

往昔的灰烬,曾经运动的手
凝固的时间,在于自身的宁静

它使人感到安宁,诗可不去写

(为庚子年的两幅油画而作)

无题

拐入联庄村
景物更迎合萧条经济
荒废的屋檐下打井人狂草的数
能否拨通另一个末世傅山
但我无暇去探究

本来走马观花的事物
沿路有河流、水泾或沟渠
觉察的鹭像风从水中升起——

理解这些事物的本质
在于四周的互联网络

梦幻的电线塔乐园
梦魇降下它黑夜的翅
杂货店关闭白昼中昏睡
铁路匝道灯正在闪烁——
请快速通过

荒野的空心舞台铝合金堆积如山
肃穆的钢板门从天空不慎坠落
国王持剑骑行穿过魔障
水泥桥被一分为二

无人接听的电话无人拨打
反之亦然

天空忽然开朗，橘光在弥漫
下雨了——我们仿佛在海上旅行
而不是驶往墓园

摇滚江南——2022独立艺术笔记

傅元峰

1. 复刻童谣（左小祖咒—疯医乐队）

左小祖咒带着乡村布鲁斯的精魂蹒跚前行，像一位拉着尘世之驴赶庙会的孤魂野鬼。

这个形象的神秘和性感使我想起20世纪30年代的罗伯特·约翰逊，他和左小祖咒共同的特征是不遗余力歌颂可爱美丽的女人，把情绪甚至庞杂的生命体验和历史经验都带进了这种歌颂。除此之外，速度频繁在音乐中扮演冒险角色，人声和器乐的双重节拍差速，最后造就了一个庞大的听觉和视觉形象的舞台。

左小祖咒的腔调是一种复杂的听觉形象，声音构成的舞台，其宽阔令人惊讶：在这个舞台上，一出"表哥"的活剧，活塞的命运，与每一首歌的情节建立了自然衔接。一个极致反讽家的顽劣、温和和悲伤，使他的嘶吼正如一声驴叫，既强大粗犷，又善良和柔弱。在叫声中，当下经验中的公共性犹如世外步入，对我们构成了善意的惊吓。

左小祖咒牵着一头县城走进了摇滚。摇滚对于20世纪美国青年文化的重要性，正如县城对当下中国文化空间的重要性，它的混沌来处和去向不明，为个体的灵魂提供了真正的现场。

嗯，现场！在这个声音被完美捕获的时代，在现代化制造的虚拟永恒感中，显得如此短暂的地方，形成了以暂居为主的瞬时性。暂居于现场的摇滚爱好者们，因为不可复制的即兴而得到了机械复制时代的救赎。

这个救赎的遗物，就是童真。

和很多从后朋英语起步又勇敢走回母语表达的乐队一样，疯医乐队的声音形象和经验陈述饱含童真。当佩索阿在时间的激流中呼唤那阵救赎的斜雨的时候，王旭博和他的伙伴们唱出了遗忘之歌——这不是雨能解决的问题。

李增辉的加入是一种双向的承认。他们承认彼此，并通过谐振达到了类似左小祖咒的那种宗教般的宽阔。看到这一点，就不会简单认为，《回声之丘》《定国湖》《童谣》是一种风格的改变或声音的增殖，变革早在王旭博从记忆母题转变为遗忘母题的时候就发生了。这种耦合，使双方重新确认了自己的灵魂，从而携手迈入新的生长。

但这种生长，不是长大，是复刻一首破碎和荒谬的童谣，正如一棵树坚定承认了生命的纯洁和动人的偶然性。

2. 立于无家可归（疯医乐队—野外合作社乐队）

2022年9月3日，在活塞独特的"注射器"声场中，疯医乐队三大件紧紧环抱着萨克斯，形成一个巨大的基座。李增辉骑跨在乐队情绪奔腾的马背上，用最后的力量从铜管中举起灵魂的长剑。当这柄剑的断折与肉身的声嘶力竭共同形成了一片惊心动魄的废墟时，伴随间奏，人声单骑而来，在均衡的旋律中铺开一个极具当代性的废墟博物馆。战场在这里逐渐冷却，李增辉颓唐坐在一角，作为声音的遗存坐成一尊雕塑……

从异己的公共性出发，疯医凄厉的战场嘶鸣和低沉的废墟回环完成了个体的塑形，音乐语言即产生于其间。疯医处理自己与故乡的关系的方式,与詹姆斯·伍德颇为相似:长时间的美国生活未能产生"如家"感,日常事物对于一个异乡人而言笼罩着挥之不去的薄纱;回到英国之后,他感到了同样的拒绝,"世俗的无家可归"由此成为个体返乡悲剧中的一面破败旗帜。

这是一个经典的流浪猫的凝视空间。它们对任何领养的敌意,能证明一个"homeless"状态下的家园:虚浮于各个分层的间隙,在张力中居无定所,保持外围的边缘感与独立姿势,在毫不迟疑的攻讦与局促的守护中,不断取消自身皈依与定居的惯性。

疯医与野合两支乐队都失去了急切的返乡冲动。虽然风格不同,但他们不再寻找父执、立于无家可归之地的倔强表情是一致的。带着"homeless"的主题,野外合作社即将开启他们的西北巡演。一路向西的野合和持有南方想象的疯医将在10月在江河之间错身而过,留下无家可归者的孤独身影。

在荷尔德林诗篇中,一个具体的、富有历史感的家园被描述出来,他的乡愁是确切的。当代离乡者没有这种机会,一个显见的事实是,废墟对野合乐队而言甚至是亲切的,带着世俗生活迟疑的温度。野合依靠风格化的歌词和极富安全感的旋律在表达一种似乎心系故土的怀乡病,但在他们的行囊中,我们探到了暗藏的金剑。

任何独立思想赋予个体的"云上的日子"都不可能被兑换为桃花源。它的空间感只能是位居平流层的俯瞰,时间的任何承诺,无论是失败还是胜利,只能是"等待""将至"等瞬时性的救赎。

在此意义上,"homeless"这一主题下的西部表达,我期待将是野外合作社对个体暂居、无地彷徨的宿命的赞歌。这样,飞翔将是流放,爱情将是无名情感的全部,并不会在父亲(甚至母亲)的辨识中成为富有丧失感的哀鸣。换言之,在野合的氛围里,被背景化的人声和旋律形成一面照鉴当代废墟的镜子,生活在疏远中重新变得可亲可敬,收藏起属于它的所有荒谬和邪恶;囚禁还在,但我们已经拥有让它们消失的可能维度。

3. 低飞的喉咙(野外合作社乐队—黑匣子民谣)

南大有个黑匣子剧场。很黑,无窗。墙和地板一片灰黑色。

硬地沙龙第四期想在那里办,我请主持的同学庆宇去看看场地。庆宇看了,说现场很脏乱,劝我打消这个念头。

处于疫情间歇期的黑匣子剧场凌乱不堪,几个剧组在里面排演,不同剧目的道具和置景堆满了场地。从中可依稀看出一些物件来自子文编剧的《故乡》。那些道具作为语言的遗迹,静待一次演出的重新唤醒。有一辆生锈的老式凤凰自行车,一个艳红的大行李箱,一张八仙桌和一些长条方凳,置景墙壁的各种涂鸦,剧组的杂物。庆宇用于试音的电脑消失在这场黑暗的混乱中。我写这些文字的时候,他还在黑匣子找他的黑电脑。

按我的观感,这是民谣的来源。在深黑和凌乱中,歌者的腔调自带天宇,安然于此,并不呼唤任何舞台和窗口。我的善于歌唱的朋友们,在这片剧场语言的遗迹上歌唱,应没有任何问题。我想象了刘东明的《红菜汤》、马乙的《红双喜》、背背的《身体清单》、赵慧儿的《看不见的城市》在这个空间盘绕的模样:是的,他们没有任何问题。

卡瓦菲斯写过一首《窗》,他在一间黑屋子里寻找窗子,感叹"没找到也许更好"。波德莱尔的《窗》也让人印象深刻:"在这或明或暗的窟窿里面,生命充满活力,充满幻想,但也在受着煎熬。"

沙龙举行当日,《故乡》剧组将在黑匣子排练,舞台的前景会有一个猪圈。我请排练的同学不要拆除它,太喜欢剧中那个靠我们很近的猪圈了。那么靠前,吕效平导演和高子文编剧似乎要把那个猪圈投掷到每一个人的客厅里,想把一声猪叫作为故乡的剩余甩到我的老脸上。感觉至少在我这里做到了;甚至就是猪圈里的一头猪,接受了时代给我的语言的全部前景。

作为豢养中的飞猪,我想真正动人的歌唱,应该是某种野狗的事业。在那些不知道是废墟还是工地的地方,总会有一些流浪狗默默谋生。在它们身上,驯养不太可能发生了,但它们若即若离的乡情隐约还在,扎藏在它们看到的"唯一"和"最先"的事物之中,有诗的明灭可供发掘。

王海洋的"Homeless"巡演开始了。在音乐的巢穴中，野外合作社乐队人声的蜷缩前所未有，语词也甘愿暗淡下来。但总感觉有些什么在其中低飞。这让我想起曹量、庞培他们操办的"低空飞行"那届江南民谣诗歌节上，韩东的朗读点燃了沼泽的双翅，海亮像发动一辆复古摩托那样试图叫醒古琴……最后，人声显现了，布满火光。

一场如此漫长和优雅的低飞。

户川纯"朋克蛹化之女"似乎说出了一个事实：腔调会带来语言的神迹——当词成为某种诗的余烬，就像黑匣子里那些习惯沉默的道具，凝望着黑暗中有可能再次低飞的喉咙。

4. "我是世界壮丽的伤口"（黑匣子民谣—周云蓬）

2022年10月16日黄昏的一个瞬间：

马乙、刘东明、曹量、背背等人走过南大仙林校区大学生活动中心前的空地，夕阳把他们的身影拉长。他们背着吉他，搬着音箱，去黑匣子剧场试音；同在这个夕阳之下的赵慧儿，也在匆匆赶来的路上。

两小时后，"寻腔问调"第4期硬地沙龙、"语言的互鉴"新诗讲习班开放课堂将在这里开启。

每一个人都携带着属于这一瞬间的否定性结构：在这时，他们在奔赴中无法自我指涉，形成夕阳中朝向可描述为"当代民谣精神"的共通体。我无数次确认照片吸引我的那种氛围：这一刻悲壮而温暖——刘东明对晚饭没有任何兴趣，弄丢了他的琴口盖；背背弄丢了他的珍贵手串；马乙的精神拨片摇荡在他肥大的裤兜里，等着手指的搜寻；赵慧儿的美丽连衣裙飘扬在仙林大道，但它的匆忙使它此刻仅仅显示为一个音乐使然的使命时间。

在一个月后的安吉，在大麓音乐山谷的草坡上，伴随着张荡荡孤独而悠闲的开场歌唱，我曾向周云蓬描述过黑匣子，并邀请他来南大黑匣子唱歌：在黑匣子富有安全感和神秘感的纯粹的黑暗中，每个人的眼睛都携带着微弱的弥赛亚力量而不自知；即使是最倔强的学生，眼神也显得温柔，他们迷醉的目光和气息为时空的缝衣匠提供了永不腐朽的丝线。

周云蓬愉快接受了我的邀请。

房间有时是生物性的，一所大学的教室，一间Livehouse，它们一直等待声音的装修。永远都不能说"活塞Livehouse"已经完成了，即使经历了十年的独立音乐的装修，活塞依然带着生机勃勃的未完成感。主理人曹量作为一个精神空间装修的包工头，拿着他远没有用完的声音涂料，仿佛一场盛大的灵魂装修还没有真正开始。但活塞正面临无锡古运河商业区的驱逐，此时的曹量，正如一头罗威纳犬一样，对自己的领地保持着优雅而暴烈的沉默。

在无锡那场动人的《诗歌之夜》，我作为第一个朗诵者没有在前奏之后及时进入吴吞的音乐。曹量大声喊着"教授，教授！"跑过来提醒我，我感到深深内疚。因为当时我还没有从曹量伴随柴可夫斯基第六交响曲的嘶吼中醒过神来。在那个他自称为"彩蛋"的朗诵里，一头孤狼的黑夜在和光同尘美术馆的竹林中发生了巨大的爆炸。我的耳朵一直在轰鸣，以致无法听到舌头乐队节奏的来临。

来安吉之前，聆听了殷漪在南京大学的一个声音情境作品。殷漪从宾馆借来一盏台灯，关闭了教室所有的灯光。然后，他用语言邀请他电脑里的声音从黑暗里钻出来，与教室外的下课铃声和共享单车锁闭的提醒声交谈。那个雨夜，声音在这个教室里生长着，成为一种无法被谈论到的东西。

同样，在一个半小时与周云蓬的对谈里，我也意识到几乎无法谈论周云蓬的音乐，甚至也无法谈论作为内在语言的《笨故事集》《命与门》《低岸》和《春天责备》。音乐和文学中的好东西，是一种存在的气息，是无法谈论、无法唱出的神秘之物。

周云蓬在安吉大麓草坡上正对着我，他墨镜下的嘴巴维持了一种"V"的微笑。我们刚刚谈完卡夫卡和柴可夫斯基、歌与诗、身体与宗教、酒与火，将一个同样壮丽的伤口留给了安吉。我想到，对谈中，周云蓬保持着严肃，失去了表情，对我的讲述好像没有任何回应；但就在我陈说一次喝酒经历的时候，老周仿佛就在我的灵魂深处等候，突然追问了一句"你着火了吗"，让我猝不及防。

老周其实一直紧盯着我，甚至这种关注使他疲惫——

他需要休息了。于是，我们结束了这场对谈。我闭上眼睛，闭上嘴巴。但我满怀喜悦，脑袋里还有动静。我想到，声音是黑暗中不带表情的事物，它不会死亡，以疏离的姿势，一次次抵达了生命的种种微弱和异识。

5. 旋芙（音乐人画家们）

一场空前的艺术呼吸窘迫症降临了，这促使人们到处找肺：几乎没有肺泡是干净的，技术带着经验的黏液，形成封闭的艺术泔水桶。在一幅画中，灵魂和直觉熄灭了，色彩不是火焰，构图不能为战胜惨淡的那些偶然天使服务，画框需要自己托举自己。

在这场灾难中，声音永远是行为的不可见目的，只有声音是幸存者。左小祖咒的音乐和画作不止一次堆叠过肉身：人和猪，在性感和虚无的混合物里，扬起欲望的帆影，并在荒谬中失败。他失重的画笔和破败的腔调是现世的，又因失目的性而露出笑意。左小祖咒对驴、狗这些有喊叫执念的乖乖们的爱无与伦比。他的画、文学和音乐隔岸观火，目击了自己肉身在时代沸油中的翻滚。

深具及物精神的音乐人画家，是一些不需要过去的人，相对周围的错误，他们的抒情很真，很对。他们让历史坚定地重回感觉，就像旋律和线条熄灭自身回到腔调、氛围和色块。丁武的音乐和画在覆盖历史幕布的时候，像在包裹一个挥之不去的幽灵。过去成为陷阱，丁武的艺术厚度就是这口历史深井的高度。为什么混同于现实中的跨界艺术家们找到了美学用之不尽的代词？为什么丁武画布上的最后一笔，总是铸铁内浮现的一丝微风？

当代性是一种因疏离而假借各种代词的存在。用类似于歌曲《贤良》那种草率的骄傲，重塑乡土中国为"无名之学"，苏阳的绘画和丁武一样，携带当代性走向狂野的色块，他手中有一把祖传的现代性刀子，他的厚度来自情感的凝血：那种因疼痛而带有风俗感的哭闹，常常又深刻、又轻薄，一触便知。

没有画家和诗人会否认自己作品中的动静。张浅潜画中的声音与她的歌唱一样，轻柔却又孤立，淡漠而又浓烈，像蓝色的火苗，难以真正逼近；王晓芳则在声墙和画布上用噪点抗拒沟通，留下隐晦的寓言。她们的执拗均衡、淡定，你我不一定在她们心中，但一定在她们眼里——那种省察显示，她们绝非阿甘本所痴迷的那种人和动物之间的元素化的宁芙："的确她们都是女子，但她们不会尿尿。"一位现象学的荡妇守望着她们，永远不会让她们动人的画作沦为瘦削的图像景观。

跨界艺术节们会玩会闹。武权和王晓芳一起"闹"，"武王晓芳"无论是绘画还是音乐，都在地理学的假象上植入了插管式的生命救赎。武权画作阐释浪漫主义的疼痛，把歌德的断念解读为视觉形象，"闹"得令人叹服。武权也曾和李增辉一起闹，名为"武李取闹"。刘钅于的音乐发明了鼓的"管弦"性，在他的画作中，很容易听到形象的爆裂。他把爆裂后的宁静描绘下来，卡夫卡变形记中的省察深在其中。

刘钅于揭示了一个真谛：生命和艺术的因子在于节律。这使我想到音乐术语"groove"（通常译为"律动"）。李增辉和我争辩说，"groove"含有令人警惕的完成感，那是一种匠心。"咚咚嚓"永远都不如"咚咚"的截断更能赋予声音活性。我深以为然。我知道他是反感那种圆圈抒情中的炫技。"groove"是一种元素精灵朝向直觉和灵魂的汇合，把心灵的击打在直觉中形成令人迷醉的旋芙。刘钅于音乐和绘画中的"鼓点"对空间的招魂，正是因增辉说的这种"断头"形成的极性，实现了跨维，甚至想象被引渡为通灵的逸景。

这些音乐人画家都是旋芙的主人。简单说来，"旋芙"就是左小祖咒画作（也是他一首音乐作品）的名字，就是来自《呐喊》的《又闹》。

确实有一群艺术家，在言说已彻底完成、声音已被完全听到、美已完美实现的地方，才开始他们的创作——在那里，他们的哭和笑都是新的；他们的创作甚至是持续的退守，直到他们真的回到了童年，从现代性的幻影中一头闯入了幼稚性；在那里，他们每一个人都是第一个人，每一天都是第一天，没有任何习惯和风俗。

感谢诗和艺术，生命获取了它的形式。但形式如何才能走回生命？

音乐家们曾努力将另一种声音深埋在其他声音中，因为珍爱,埋得很深,事实上,它们还没有被完全听到;现在,又不得不在光线中将它们取出来。即使是那些获得过绘画经院严训的音乐人,也回到了技术清贫的属灵位置。这导致的结果是,它们在光线里又一次被深埋了。

因此,在诗和音乐的伴引下凝视它们,为它们寻求到可读性和不可读性之下的各种读者,表明的是对喧嚣中孤独在场的一部分噪音的爱。

跨界艺术家是不是成功逃离了语言的永罚?流离的意志或许使他们看到了应许之地,但他们的真正前途还是漫游:继续在艺术语言的前景中金蝉脱壳,回到他们宽仁的倦怠中,既不在法的门内,也不在法的门外。

6. 聆听野外合作社新专《Homeless》

这次,你坚定走出事物熟识的部分。在由训诫和劝勉组成的世界里,进步意识使人积重难返。西西弗斯搬动自己,并将劳作的失效从诸神手中据为己有。这时,惩罚和囚禁消失了。自由意志和美学冲动也曾使一棵树尝试搬动自己,试图辗转异地。流浪者的决绝令人骇异。

然而俗世蒸腾,如影随形。你坚定地在远景中获取新的细节,向最轻佻的事物致敬。经验重新喷涌,穷极之心和奇观诉求使你的行经之地布满险恶的伺服。你变得沉重,一次次堕入深渊,在恢宏的荒芜中,有几个陌生人携带着正真的乡音,在荆棘丛中等着你的到来。

在那里,没有穷途末路,偶然作为最古老的贵胄,开放它无比绚丽的花朵和道道通衢。绚丽的孔雀朝气若游丝的你走来,你开始歌唱,在一本失去名词和动词的词典中,你的声音找到自然神秘的律动,生命里动人的旋芙。洞穴里,一个部族草率而丰富的生活被取走了仪轨迎接你。

你的血肉之躯瞬间闯入了别的黑夜。在深黑的永恒里,喧嚣古老,一位女子和一位老人都曾经陪你枯坐,在仿佛能通往故地和昨日的深井边。

你看到,不仅是你,而是整个世界都无家可归。在从宇宙深处吹来的风诱惑你向温暖再次告别,你盘踞在秋日清晨一汪寂静的泥水中。在晨雾中静默的无根之树,像一只将自身全部的重量都交给一根羽毛的飞鸟一样,也在你的凝望中重新变得生疏。

影

Image 像

许培武·李白诗歌行旅图

邵　度　邵家业　邵大浪摄影/邵大浪文·一家三代百年江南影像

逄小威·拍昆曲，终于有机会了

李玉祥·江南

李白诗歌行旅图

许培武

一、寻诗漫游白帝城

1984年，购得日本学者松浦久友撰写《李白——诗歌及其内在心象》一书，于书背记诗篇，细读注解。从那时起，太白之飘逸、畅饮、仙游深入我心。时光流逝，情怀依然，若干年后，我立志以图片为铭志，追寻太白足迹，以长江流域开篇，西起渝州，东达金陵，拍摄李白诗意。

725年，太白仗剑去国，辞亲远游。由故里蜀地昌明（今四川江油）启程，出峨眉山月，"夜发清溪向三峡"，从瞿塘峡"白帝城边足风波"到西陵峡口"山随平野尽，江入大荒流"，顺江而下，游至金陵，与金陵子弟畅饮，面对滔滔江水，感叹别情与之谁短长。太白年轻时期游历长江诗篇，奔放洒脱，充满浪漫情怀。晚年，不幸入罪，流放夜郎，行至白帝城获赦，即便写下"朝辞白帝彩云间，千里江陵一日还"的短暂欢快，其后长江诗风大变，欢快变凝重，浪漫成悲情。在巫峡，"我在巴东三峡时，西看明月忆峨眉"与初出川时的"峨眉山月半轮秋"，同是峨眉，前句却是充满对故土的眷念。同是诗送友人，早年目送孟浩然至广陵，极目"孤帆远影碧空尽，唯见长江天际流"，晚年在浔阳送别友人，惆怅"云帆望远不相见，日暮长江空自流"。与被贬谪的李晔、贾至同游洞庭湖，于秋夜"且就洞庭赊月色，将船买酒白云边"，愁酒，伴随太白西归，当涂采石矶，酒后水中捞月，骑鲸升天。

2012年2月，我达瞿塘峡，寻诗白帝城。太白诗景，乃千年往事，时至今日，白帝城再无猿猴啼鸣，江面也无巨礁险滩激流，我欲以摄影承现诗意，但求得其影者求其形，得其意者求其神。

到了奉节，寻得一处可把夔门白帝城尽收镜下客栈。入夜，架好相机，打开快门，任其曝光至天明，意在白帝彩云。午后，去往距客栈十里外的白帝城。入城，过江，上古栈道临江楼，此处，乃观瞿塘峡夔门最开阔处，是日，天色凝重，风急水绉，大江截流后，此地险滩激流化高山平湖，我依然看到夔门雄壮，风中摇动的松树传出阵阵啸声，我且以为猿猴啼声，取意"两岸猿声啼不住"诗句。在拍摄的法则上，改变以往采用的标准程序，一卷胶片8个底片只拍一景，确定一个截取画面后，镜头光圈固定最小，用不同的慢门曝光，在底片里寻有中国山水绘画意境的画面演绎太白诗境。这个拍摄法则，贯穿日后的整个拍摄历程。

二、天姥剑阁将进酒

在太白的诗篇里，我以为《将进酒》《蜀道难》《梦游天姥吟留别》是巅峰之作。黄河也是太白一生重要游历地，写下诸多黄河诗篇。曾为寻找《西岳云台歌送丹丘子》"西岳峥嵘何壮哉！黄河如丝天际来"诗意，我登临华山南峰远眺追黄河溯河至潼关风陵渡。《将进酒》是李白华山送别元丹丘到长安后，与岑夫子、元丹丘再度相聚河南颍阳，把酒临风，诗兴千古绝句"君不见黄河之水天上来"！2015年初春，我去往秦陕大峡谷壶口瀑布，领略黄河从天而降之境。大年十六，黄河峡谷融冰，壶口涌现桃花汛，晴朗春日，游人云集，欢庆节日的锣声、鼓声、人气喧闹声，淹没在犹如万马齐鸣的瀑流声中。君不见，上游冰融雪水流至瀑口，从悬壁直泻，一旦撞击壁岩即回荡腾空，水花四飘，如烟如云，河谷激流，前波未歇后波纷涌，滚滚洪流向东流逝。

黄河归来，修整半年，再度出行，这一次，去往川陕交汇四川境内剑门关，感受蜀道难。从广州启程，乘飞机坐轻轨拼班车，两天后到达。现时这里成为游览区，景点多以太白蜀道难诗句做导览。2008年四川汶川大地震，此地也受损严重，景区重修后比原来大了几倍，山谷沟溪散落的大小岩石，或为大地震造成的地崩山摧，重修的鸟道、金牛道成为天梯栈道方钩连。从景区南边入内，转至剑楼，过剑门，顺石阶下行半里，穿过一道吊桥，就是景区唯一客栈——仙云客栈。连日晴空，不料傍晚下起雨来，入夜，电闪雷鸣，大雨如注。翌日天亮，有风无雨，带上相机，来到吊桥边，但见崖壁风过树晃，壁下溪谷，激流拍石，分泉出山。正是："连峰去天不盈尺，枯松倒挂倚绝壁。飞湍瀑流争喧豗，砯崖转石万壑雷。"雨后山谷，水汽升腾成雾，渐渐笼罩剑峡中央剑阁："剑阁峥嵘而崔嵬"，莫过如此。继而快步上山，直奔鸟道——一条仅容一人单边通行，借力铁索方能攀行的悬崖绝道，亲历一番"猿猱欲度愁攀援"诗境。艰难攀至鸟道高点，呼啸山风迎面掠过，刮得铁链铿铿作响，脚下千仞绝壁深渊，对面山峰绿色山包上，一块丹霞岩壁横空出世，蔚为壮观，山谷之间，浮云飘游，我于浮云之上，若临"西当太白有鸟道，可以横绝峨眉巅"之境。

一晃又是半年过去，再寻太白诗意去往浙东天姥山。太白《梦游天姥吟留别》选入高中课本，那年老师授课后，出命题作文，以"安能摧眉折腰事权贵"写一篇读后感。我天马行空地写了一番我何如追随太白在梦境仙游，今番终于去圆梦。到了浙东新昌，启动汽车导航，在距县城40里的乡村找到一块印刻诗篇全文石碑，无仙境可寻。村民告知，在村的公路对面，有一条环山公路，一直往上就是天姥山风景区。按村民指路，在天黑前上山。江南二月，细雨湿润，寒雾笼罩，山亦高，雾亦浓，未达半山，五米开外，一片迷蒙，在山路绕升近十弯，现一白色屋宇，门口挂牌太白山庄，山庄主人热情劝宿，言翌日天晴可山中环游。此刻，风高夜将黑，山庄庭前，松林影影绰绰，路径依稀可认，暗合"千岩万转路不定，迷花倚石忽已暝"，呼啸山风乃"熊咆龙吟殷岩泉，栗深林兮惊层巅"，太白之梦游，本属梦境，我不觉意间身处此境，夫复何求?! 于是，决定辞别刚到达的天姥山，不必再天明之后，失向来之烟霞，而太白骑访名山的白鹿，或是太白一生好入名山游，随同太白仙游庐山后，庐山脚下白鹿书院内石雕的化身。

三、凭吊谪仙入当涂

太白年轻即以大鹏自居，《上李邕》诗云"大鹏一日随风起，扶摇直上九万里"，在荆州遇道教领袖司马承祯又文《大鹏赋》，自喻大鹏司马为稀有鸟。然而，平生期望像大鹏凌空翱翔的诗仙，在长安天子身边虚度了一年半载的翰林院生活后，赐金放还，"狂风吹我心，西挂咸阳树"，"古道连绵走西京，紫阙落日浮云生"道出成了离京之痛，幻想一朝再回长安。763年在安徽涂写下绝诗《临路歌》："大鹏飞兮振八裔，中天摧兮力不济。馀风激兮万世，游扶桑兮挂石袂。后人得之传此，仲尼亡兮谁为出涕？"

年迈太白依然希望像大鹏飞振八方，可是飞到中天无力再上，寄望余风激励后世，依然希望游扶桑——回到皇帝身边。松浦久友先生对诗句"后人得之传此，仲尼亡兮谁为出涕？"这样注释："大鹏的命运多么令人痛心，即使后人知道这件事情，并且把它当成故事流传下去，可在孔子早已死去的今天，以后还有谁理解我的志向，为我痛哭泣涕呢？"太白怎么能够得知，一千多年后，他游历之处，皆为景点，其诗"蜀国多仙山，峨眉邈难匹"成为峨眉山导游词，道教名山九子山因诗"昔在九江上，遥望九华峰"改名九华山，国内李白纪念馆就有四座，当涂县城东南的青山西麓李白墓内，绘制太白生平丹青挂壁，碑林铭刻后人李诗墨迹，园林造景《姑孰十咏》诗境。马鞍山采石矶建成全国最大太白纪念公园，2016年2月16日，我再访此地，薄云有风的上午，漫步至太白祠中庭，一棵苍柏耸立顶天，末端树梢枝叶风过摇荡，犹如大鹏"中天摧兮力不济"，千古绝唱，依此天地间。

姑孰十咏·慈姥竹

野竹攒石生，含烟映江岛。
翠色落波深，虚声带寒早。
龙吟曾未听，凤曲吹应好。
不学蒲柳凋，贞心尝自保。

（安徽当涂 2024 年 2 月）

鲁郡东石门送杜二甫

醉别复几日,登临遍池台。

何时石门路,重有金樽开。

秋波落泗水,海色明徂徕。

飞蓬各自远,且尽手中杯。

(山东曲阜 2020 年 10 月)

永王东巡歌之六
丹阳北固是吴关,
画出楼台云水间。
千岩烽火连沧海,
两岸旌旗绕碧山。
(江苏镇江 2020 年 10 月)

金陵酒肆留别

风吹柳花满店香，
吴姬压酒劝客尝。
金陵子弟来相送，
欲行不行各尽觞。
请君试问东流水，
别意与之谁短长？
（江苏南京2016年2月）

之广陵宿常二南郭幽居

绿水接柴门,有如桃花源。
忘忧或假草,满院罗丛萱。
暝色湖上来,微雨飞南轩。
故人宿茅宇,夕鸟栖杨园。
还惜诗酒别,深为江海言。
(江苏扬州 2020 年 10 月)

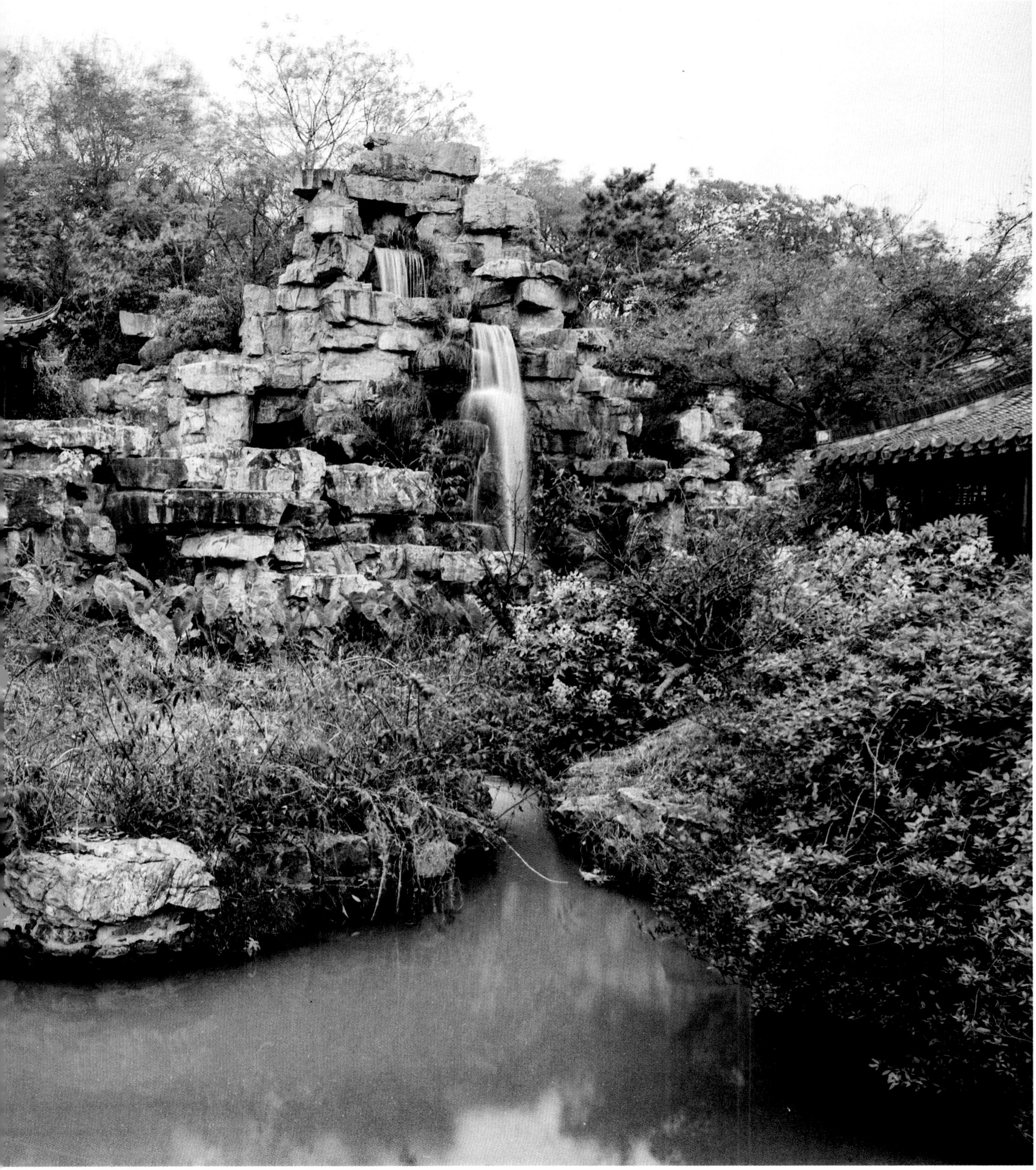

秋日登扬州西灵塔

宝塔凌苍苍,登攀览四荒。

顶高元气合,标出海云长。

万象分空界,三天接画梁。

(江苏扬州 2020 年 10 月)

苏台览古

旧苑荒台杨柳新,

菱歌清唱不胜春。

只今惟有西江月,

曾照吴王宫里人。

(江苏苏州 2020 年 10 月)

与从侄杭州刺史良游天竺寺

挂席凌蓬丘,观涛憩樟楼。
三山动逸兴,五马同遨游。
天竺森在眼,松风飒惊秋。
览云测变化,弄水穷清幽。
叠嶂隔遥海,当轩写归流。
诗成傲云月,佳趣满吴洲。
(浙江杭州 2016 年 2 月)

对酒忆贺监

狂客归四明,山阴道士迎。
敕赐镜湖水,为君台沼荣。
人亡余故宅,空有荷花生。
念此杳如梦,凄然伤我情。
(浙江绍兴 2020 年 10 月)

酬张司马赠墨

上党碧松烟，夷陵丹砂末。

兰麝凝珍墨，精光乃堪掇。

黄头奴子双鸦鬟，锦囊养之怀袖间。

今日赠予兰亭去，兴来洒笔会稽山。

（浙江绍兴 2016 年 2 月）

兴唐寺

天台国清寺,天下称四绝。
我来举唐游,于中更无别。
梓木划断云,高峰顶积雪。
槛外一条溪,几回流碎月。
(浙江天台 2016 年 2 月)

赠僧崖公

自言历天台,搏壁蹑翠屏。

凌兢石桥去,恍惚入青冥。

昔往今来归,绝景无不经。

何日更携手,乘杯向蓬瀛。

(2016年2月)

梦游天姥吟留别

我欲因之梦吴越,

一夜飞度镜湖月。

(浙江绍兴 2020 年 10 月)

梦游天姥吟留别
海客谈瀛洲,
烟涛微茫信难求,
越人语天姥,
云霞明灭或可睹。
(浙江仙居 2020 年 10 月)

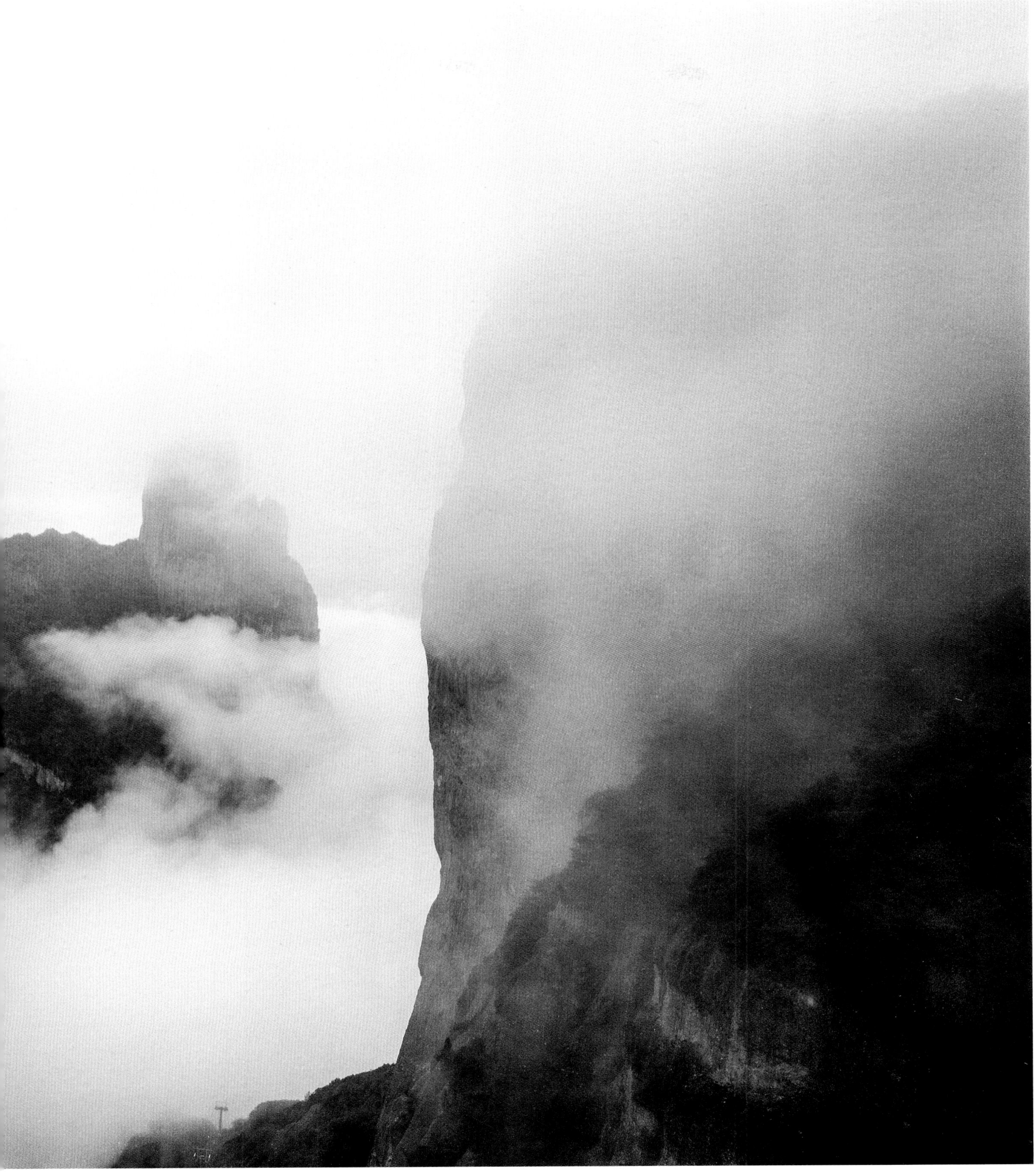

梦游天姥吟留别

千岩万转路不定,迷花倚石忽已暝。

(浙江新昌 2016 年 10 月)

梦游天姥吟留别

世间行乐亦如此,古来万事东流水。

别君去兮何时还?且放白鹿青崖间,

须行即骑访名山。安能摧眉折腰事权贵,使我不得开心颜!

(浙江仙居 2020 年 10 月)

梦游天姥吟留别

洞天石扉,訇然中开。青冥浩荡不见底。

(浙江仙居 2020 年 10 月)

一家三代百年江南影像

邵大浪 文

邵大浪 邵家业 邵度 摄影

我庆幸出生于一个摄影世家。在家庭的艺术熏陶下,我初中二年级的时候就开始拿起相机跟随父亲外出摄影。四十多年来,我以摄影观照自然、洞察社会、体悟人生,充实而快乐。摄影,不仅是我的工作,也是我的生活和生命。

我的祖父邵度先生(1910—1970)是最早拍摄温州的本地摄影家。他十三岁进入温州爱吾照相馆开始学习摄影,一直到辞世的前一年病重入院医治,才不得不停下创作的步伐。对我祖父来说,摄影既是谋生手段,也是一种情感寄托。他一生创作了大量摄影作品,至今留存1000余张黑白底片。

我祖父开始摄影创作的年代,正是以郎静山先生为代表的"画意摄影"盛行时期,而他却始终将镜头立足于温州本土,摄入了温州的山川、田园等自然景观和温州城市乡村的一些人文景观。尽管他在创作中有着追求唯美写意的探索,但是他的绝大多数作品还是彰显着浓郁的纪实气息,有别于彼时的"画意摄影"。

著名摄影史论家、复旦大学顾铮教授这样评价我祖父及其作品:这些质实朴素的人文风光作品,既抒发了他对于家乡美好山水的质朴的感怀,同时又是一种对于当地人文历史风光的深情记录。最令人印象深刻的是,我们从这些画面并不见到他放纵自己的个人主观表达愿望,而去扭曲对象或去过度经营与处理画面以致损害对象的本真美感。他的这些影像表现可说是借力使力,借自然之力通过他恰到好处的站位,使之获得充分的展现。邵度先生擅长于以自己充满了谦虚情怀的宁静观看,让今已不存的良辰美景自己通过镜头说话。在1949年以后开始出现的宣传摄影手法与观念,也没有能够侵蚀他的摄影。他的那些人文风光照片里,仍然是一派温厚景色,没有丝毫虚幻的高亢与激烈,而是以本色的摄影来展现自我的本色。作为一个摄影家,邵度先生以自己始终如一的风格展现了自己的审美判断与精神定力。因此,这样的既尊重当地山河的现实而又很好地展现了个人美学趣味的画面,事过几十年后回头看,更令人觉出一种高雅的个人品质与文人气质。这当然也与他个人对于摄影这个媒介的深刻理解与对于主题的理解而采取的恰当的处理手法有关。环视当时的中国摄影界里,邵度先生的人文风光摄影的确独树一帜。[1]

我的父亲邵家业先生(1939—2016)在我祖父教诲下,自幼涉足摄影艺术,并为之奉献一生。与我祖父一样,我父亲也一辈子生活、工作于温州,他眷恋家乡的一山一水、一草一木,并把这份浓情深深融入他创作的数千幅瓯越风情作品之中。他的创作重视形式之美,重视个人情感体验,重视发扬民族艺术传统。著名摄影理论家袁毅平先生称其艺术风格为"淡泊、自然、清新、典雅、情真、意浓","从邵家业的作品里就可以清晰地看到我国民族的美学理论和艺术实践的印痕"。[2] 上海师范大学林路教授则认为:邵家业的风光摄影在承袭父辈的神韵之后更一路豪爽风度,灵秀之间不乏大气,透露出隐隐的人文关怀。[3]

我的祖父和父亲一生执着于摄影事业,在我看来,他们的这份执着是纯粹的、非功利的。他们的人生经历过战争和物资匮乏的年代,我在整理我祖父作品底片的时候发现,他没有一幅作品是用两张底片完成的,哪怕代表作也只拍摄一张底片;祖父为了方便拍摄瓯江,解放初期不惜举家从温州市中心搬迁到西郊,这样他步行半个小时就可以到西门码头拍摄瓯江,而一家人却为此忍受诸多交通不便在温州市郊生活了二十余年。在20世纪50—60年代,我父亲为了拿工资多买一些胶卷,几乎只使用副品胶卷进行拍摄;在我父亲创作鼎盛时期——20世纪60年代末至90年代初,交通仍不尽便利,他拍摄瓯江要一程一程地搭乘班车,拍拍停停,一百多公里的行程往往需要走上好几天,才满脸尘土地回家……在他们那个时代摄影远远没有现在这么普及,也没有现在这么多的展览、比赛,以及出版、发表机会,他们从事摄影创作不是为了名,也不可能为了利,而是满腔的家国情怀,以及对摄影的挚爱使然。

我的摄影创作自然而然受到我祖父和父亲的影响。来自祖父的影响是间接的,因为他去世的时候我才一岁。前些年,我为他出版《邵度老温州影像》作品集而放制作品,在暗房里,我仿佛与他进行了一系列跨越时空的对话。当他的一张张经我放大的作品在药水里缓缓显现出来的时候,我感到和他很深地关联在一起了。来自父亲的影响是直接而深刻的。我六七岁的时候就开始在暗房里站着板凳(由于我当时个子太矮)协助他冲洗照片,我人生第一张照片也是在父亲手把手指导下按下快门的。在我摄影创作初期,我曾努力尝试使自己的作品拍得像他们的……从我祖父,到我父亲,到我,的确有一种传承在延续,但我清楚,寻找自己的艺术声音,发展自己的艺术风格更为重要。

1986年我到杭州念大学,由此拍摄了第一张西湖照片。大学毕业后留校从事摄影教学,也常常在节假日与亲朋好友去西湖畔一边游玩一边拍摄。应该说,我早期的西湖摄影是漫无目的的,作品的表现形式也比较直白,直至90年代后期我才试图把更多主观感受与情绪融入作品。近年来,我注重"心象"的表现,试着把"心象"的概念引入我西湖摄影的形式和风格中。此外,我还做了一些模糊的、带有实验性的西湖影像。

我偏爱以黑白影像语言表现西湖。黑与白是色彩的两个极致,它代表着最简单,却也蕴含着最丰富。虽然西湖被人称颂"淡抹浓妆总相宜",但在我看来,西湖之美不在于喧哗和热闹,也不在于色彩缤纷,而是在于素雅与静谧。以黑白摄影表现西湖,既体现了西湖的无限丰富,也表现出西湖无限丰富被抽象之后呈现出的一种简约。这种简约远离色彩的浮华,以理性之美赋予作品"少一点叙述,多一些想象;少一点白话,多一些诗意"。

摄影于我,犹如修行。而修行最重要的就是修心——修出一颗丰盈而平和之心。心越丰盈、平和,看世界就看得越远、越透。我一直以一种"不以物喜,不以己悲"的心态慢慢行走在摄影的路上,或许在有些人看来,我的创作效率并不高,但我知道,有的东西是必须慢慢熬出来的。一幅作品如果对于作者本人都没有精神上的价值,也就别指望会对他人具有这种价值。我从来没有急切地想拿自己的影像去说服别人,也从来没有想把自己的影像与各种流行的艺术思潮和文化运动扯在一起。我的影像只是顺应心灵感受而创作——不是为了炫耀,以求功名价值;不是为了出售,以求市场价值,而是为了一己灵魂的表达。

①顾铮:《抉发日常的诗意》,载邵度摄:《邵度老温州影像》,中国民族摄影艺术出版社,2010年版,第8页。

②袁毅平:《序》,载邵家业:《邵家业摄影集》,辽宁人民出版社,1993年版,第1页。

③林路:《风景摄影史》,浙江摄影出版社,2014年版,第192页。

邵大浪作品

《西湖心象》 1991年　邵大浪摄影

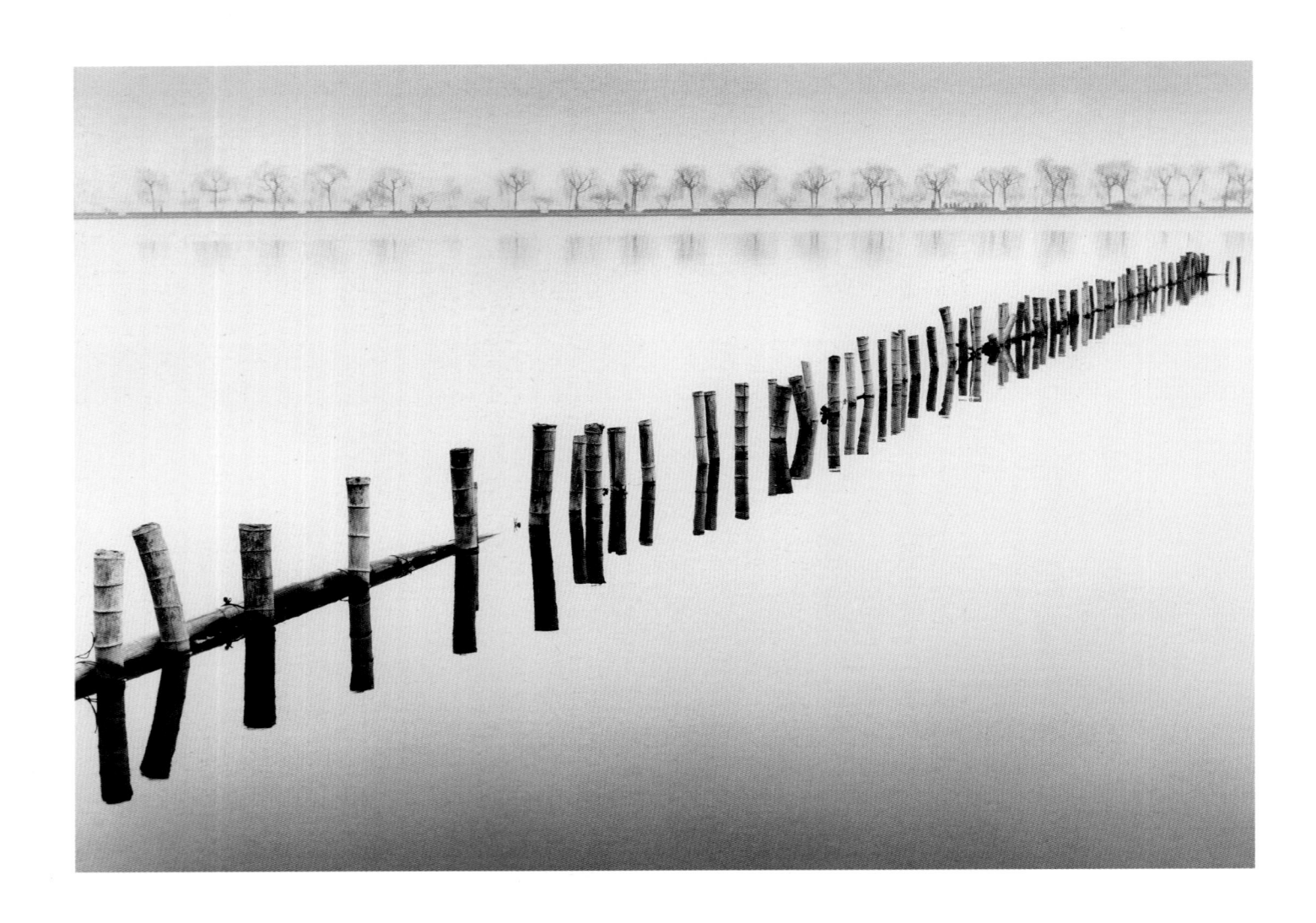

《西湖心象》 1991年　邵大浪摄影

《西湖心象》 1997年 邵大浪摄影

《西湖心象》 1997年　邵大浪摄影

《西湖心象》 1999年　邵大浪摄影

《西湖心象》 2002 年 邵大浪摄影

《西湖心象》 2002年 邵大浪摄影

《西湖心象》 2003 年 邵大浪摄影

《西湖心象》 2003年　邵大浪摄影

《西湖心象》 2003年　邵大浪摄影

《西湖心象》 2005 年　邵大浪摄影

《西湖心象》 2005年 邵大浪摄影

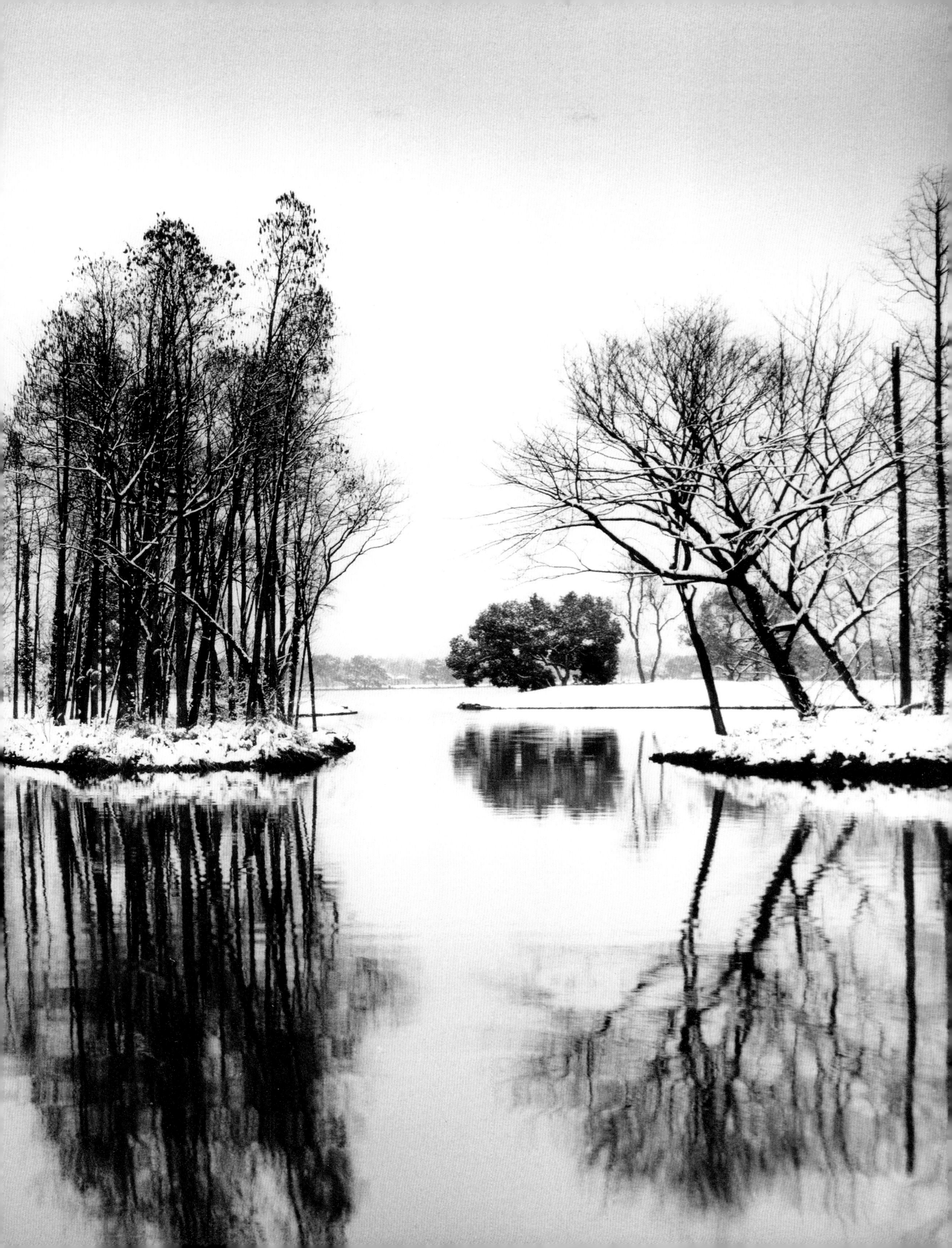

《西湖心象》 2011年　邵大浪摄影

《西湖心象》 2013年 邵大浪摄影

邵度作品

《云横九山家在望》 1931年 邵度摄影

《仙岩寺》 20世纪40年代 邵度摄影

《在儿童乐园玩耍的儿童》 20世纪50年代 邵度摄影

《在瓯江边做游戏》 20世纪50年代　邵度摄影

《大球山》 1933 年　邵度摄影

《松台山放鸢》 1929年 邵度摄影

《婚嫁迎亲(一)》 1944年　邵度摄影

《婚嫁迎亲(二)》 1944 年　邵度摄影

《梧田端午节赛龙舟》 1933年 邵度摄影

《水上人家》 20世纪30年代　邵度摄影

《温州市第三届运动会上的鼓乐队》 20世纪50年代 邵度摄影

《温州市第三届运动会上的团体操》 20世纪50年代 邵度摄影

《瓯江捕鱼》 1957年 邵度摄影

《瓯江放排》 20世纪60年代　邵度摄影

《瓯江纤夫》 1948年 邵度摄影

《雁荡山马鞍岭》 1945年 邵度摄影

邵家业作品

《一宵春雨后》 1983年 邵家业摄影

《云淡风轻》 1960年 邵家业摄影

《山村风韵》 1981年　邵家业摄影

《山色空蒙雨亦奇》 1983年　邵家业摄影

《撒》 1973年 邵家业摄影

《梦幻楠溪》 1996 年　邵家业摄影

《水乡田野》 1985年 邵家业摄影

《牧归》 1962年 邵家业摄影

《雾锁奇峰》 2012年 邵家业摄影

拍昆曲，终于有机会了

逄小威

学戏苦不苦？那是肯定的，"台上一分钟，台下十年功"那可不只是说说的，"冬练三九，夏练三伏"更是从小就刻在脑子里的。忘不了小时候夏天在太阳底下劈腿、下叉、跑圆场，冬天在雪地里拿着铁锹翻土翻跟头的场景，现在想想一个没有铁锹高的小女孩拿着铁锹在翻土的样子，有些好笑。虽然那个时候并不知道学戏曲真正的意义是什么，只想着既然学了就要学好。所以我可以说是个"幸运儿"，在我们梨园行也叫做算是"祖师爷赏饭吃"的那种。幸运自己选择昆曲，幸运自己在最好的年华遇到最好的时代，在昆曲的发源地——昆山传承着昆曲，更幸运一路走来遇到的良师益友。

转眼也已从艺二十个年头了，这一次也感谢一下自己，感谢自己一路走来在遇到磕磕碰碰中那份勇往直前，不忘初心的精神。艺术需要纯粹，希望保持着自己的节奏，保持着对待艺术的纯粹。

——由腾腾

从一个对昆曲不甚了解的懵懂少年到如今在舞台上可以独当一面已经经历了二十五个春秋。对昆曲的感情很微妙，爱中透着一丝"恨"。对昆曲的爱是刻在骨子里的，我喜欢聚光灯下的自己，我享受观众给予的掌声，更喜欢饰演每一个不同的角色。风流倜傥的巾生、意气风发的小官生、高高在上而两鬓斑白的大官生、穷酸落魄的鞋皮生，以及英姿飒爽的雉尾生。穷到富、年轻到老、生到死都经历着。那一丝"恨"意，也是因为在舞台上尝试了人生百态，懂了、悟了，也通了。随性、随性。一切都是最好的安排。

——耀耀

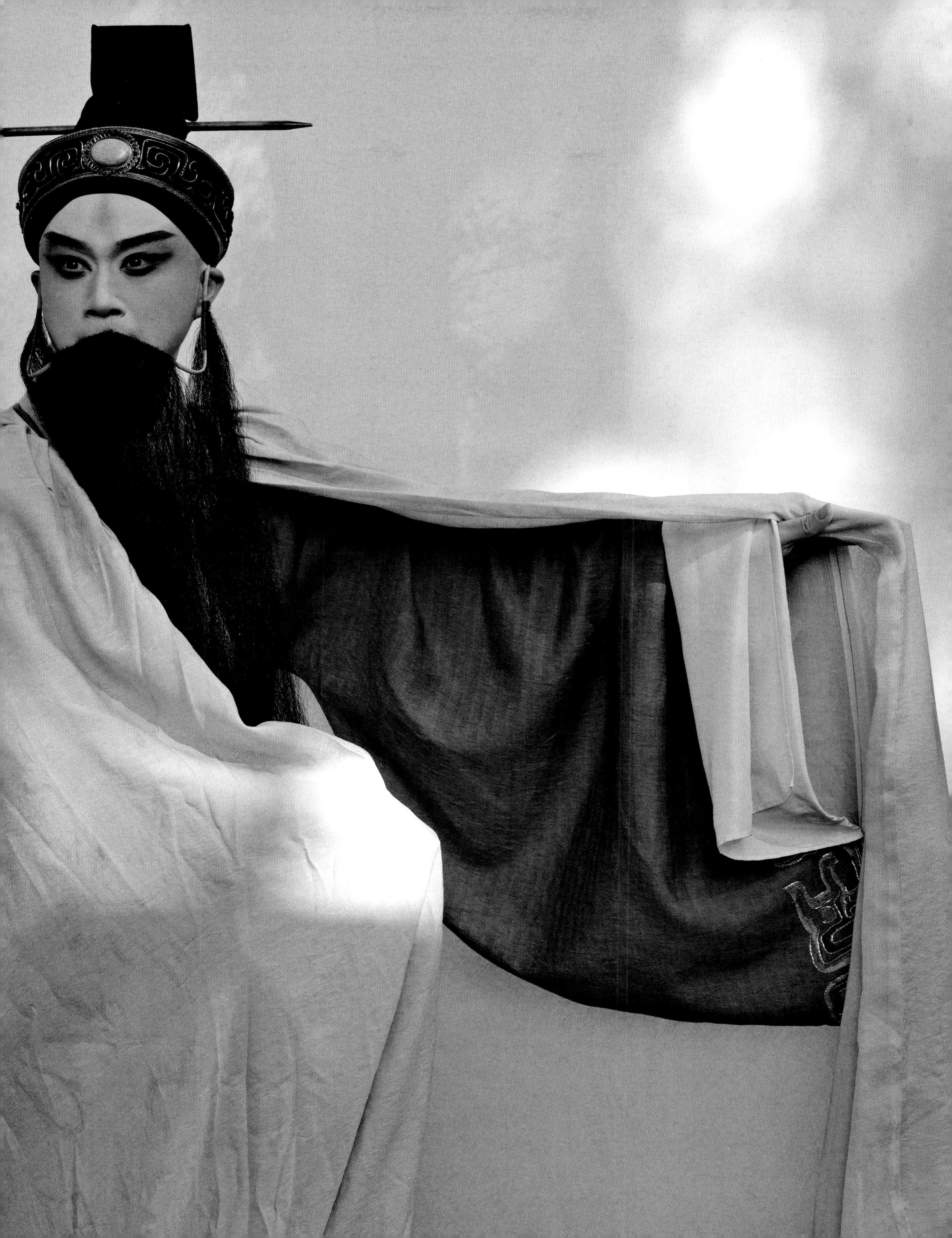

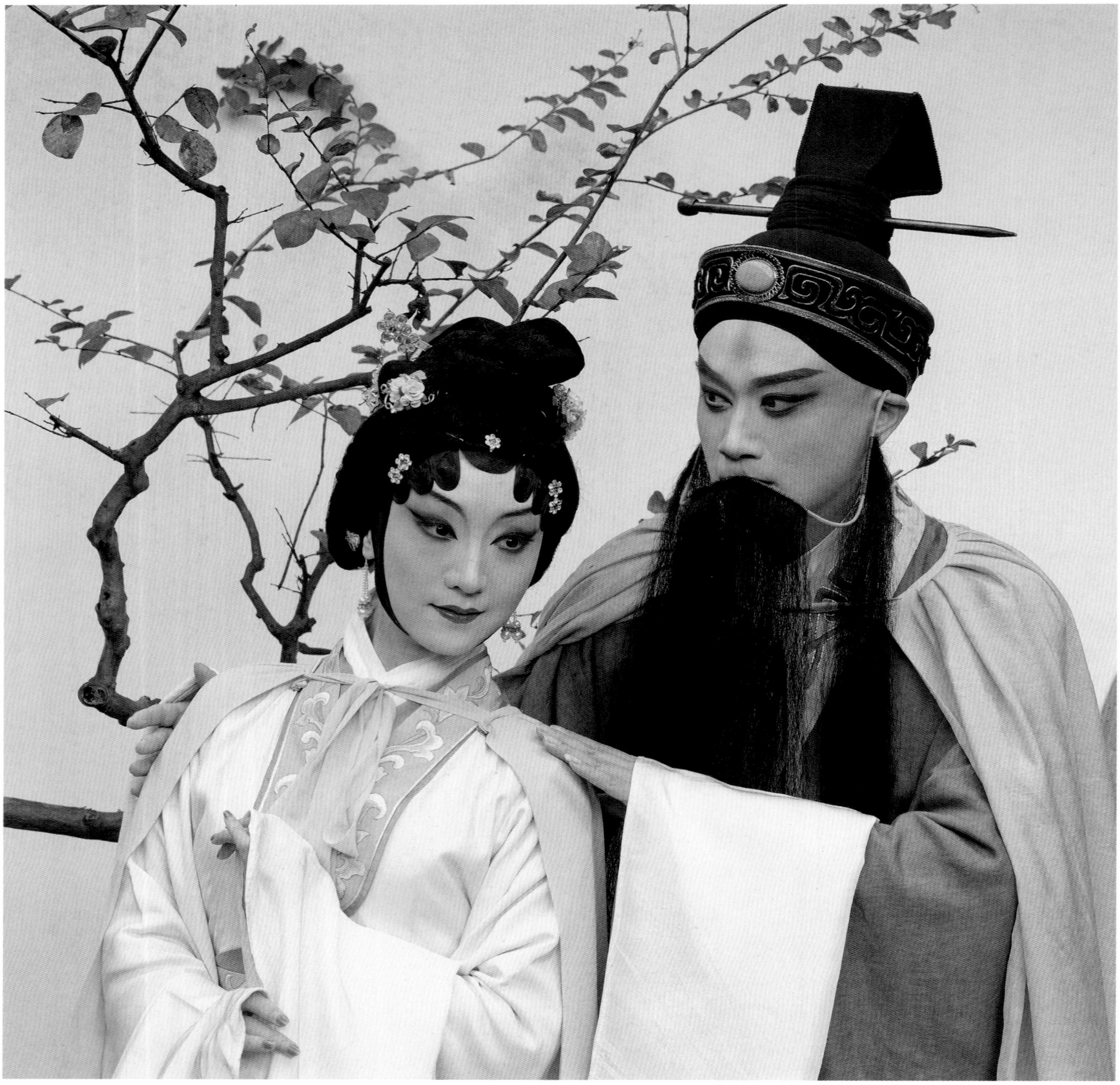

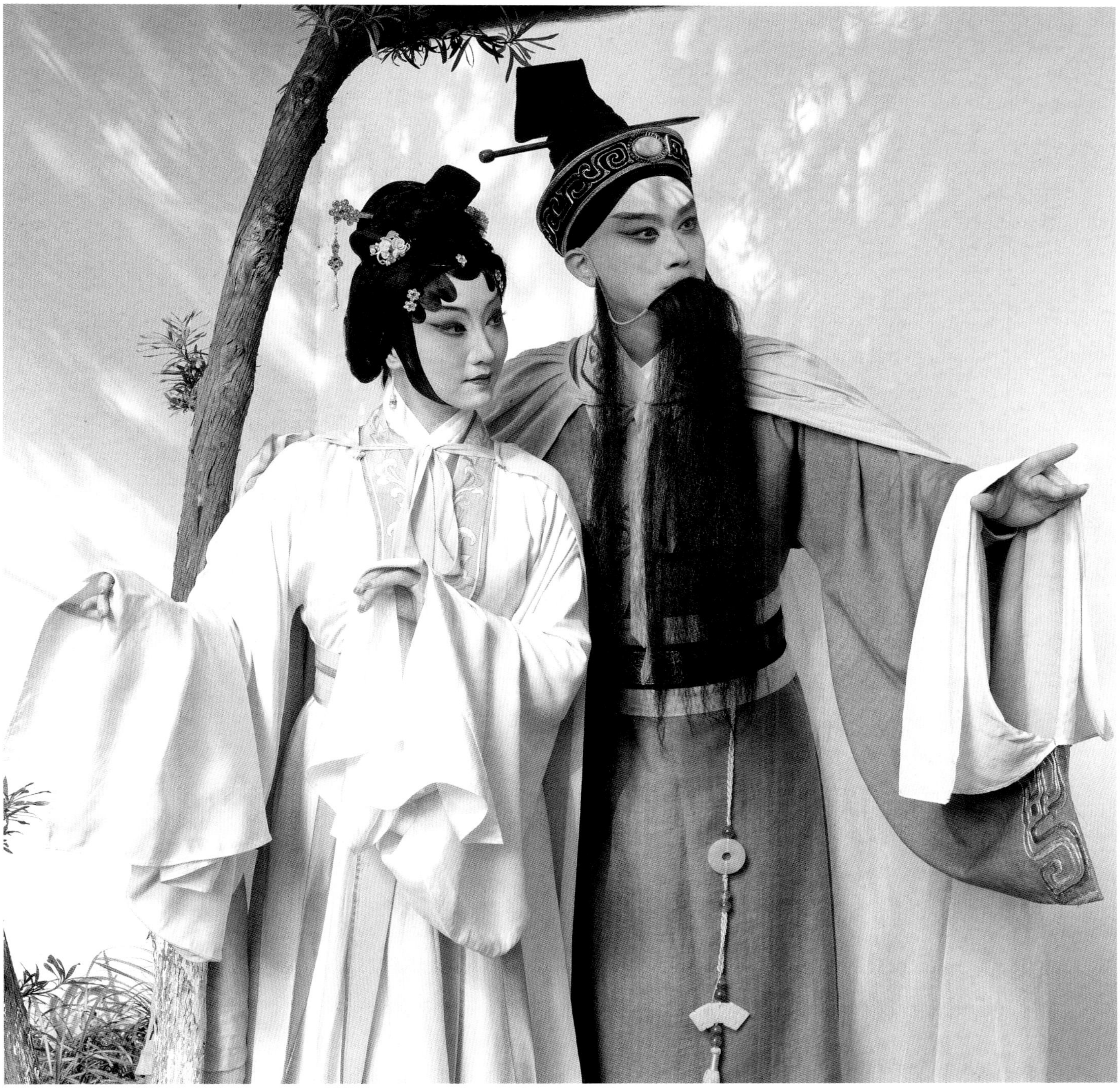

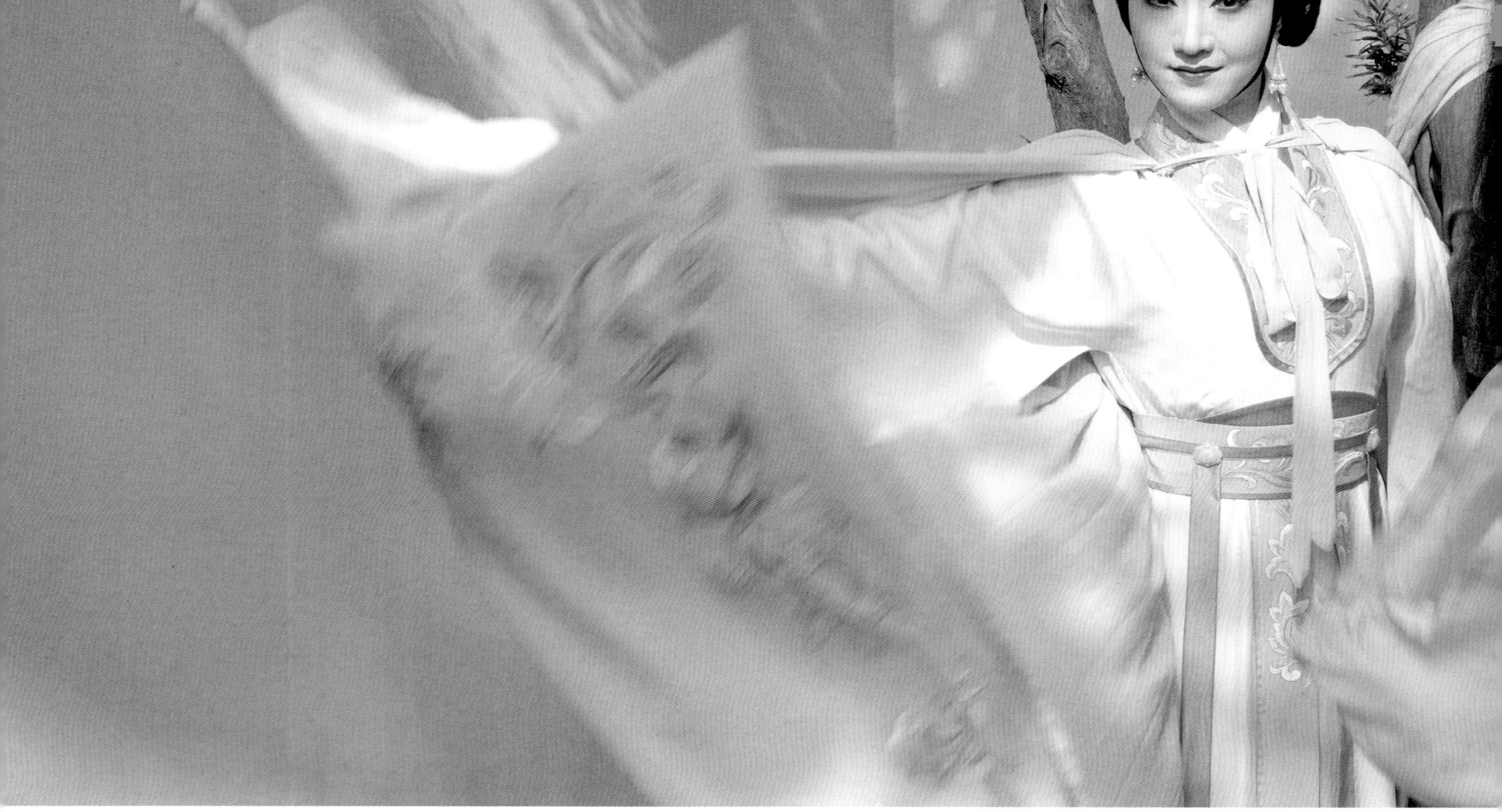

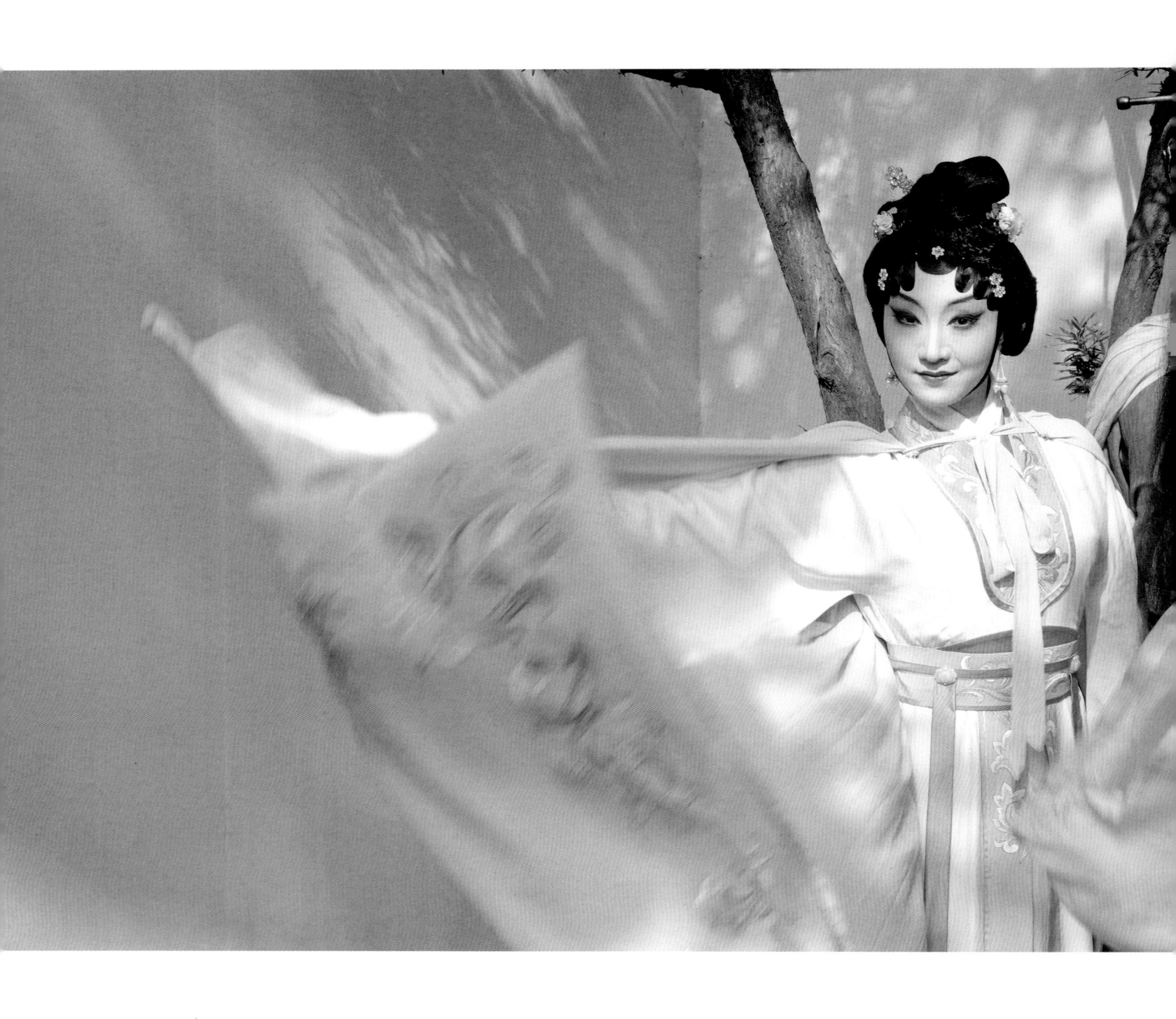

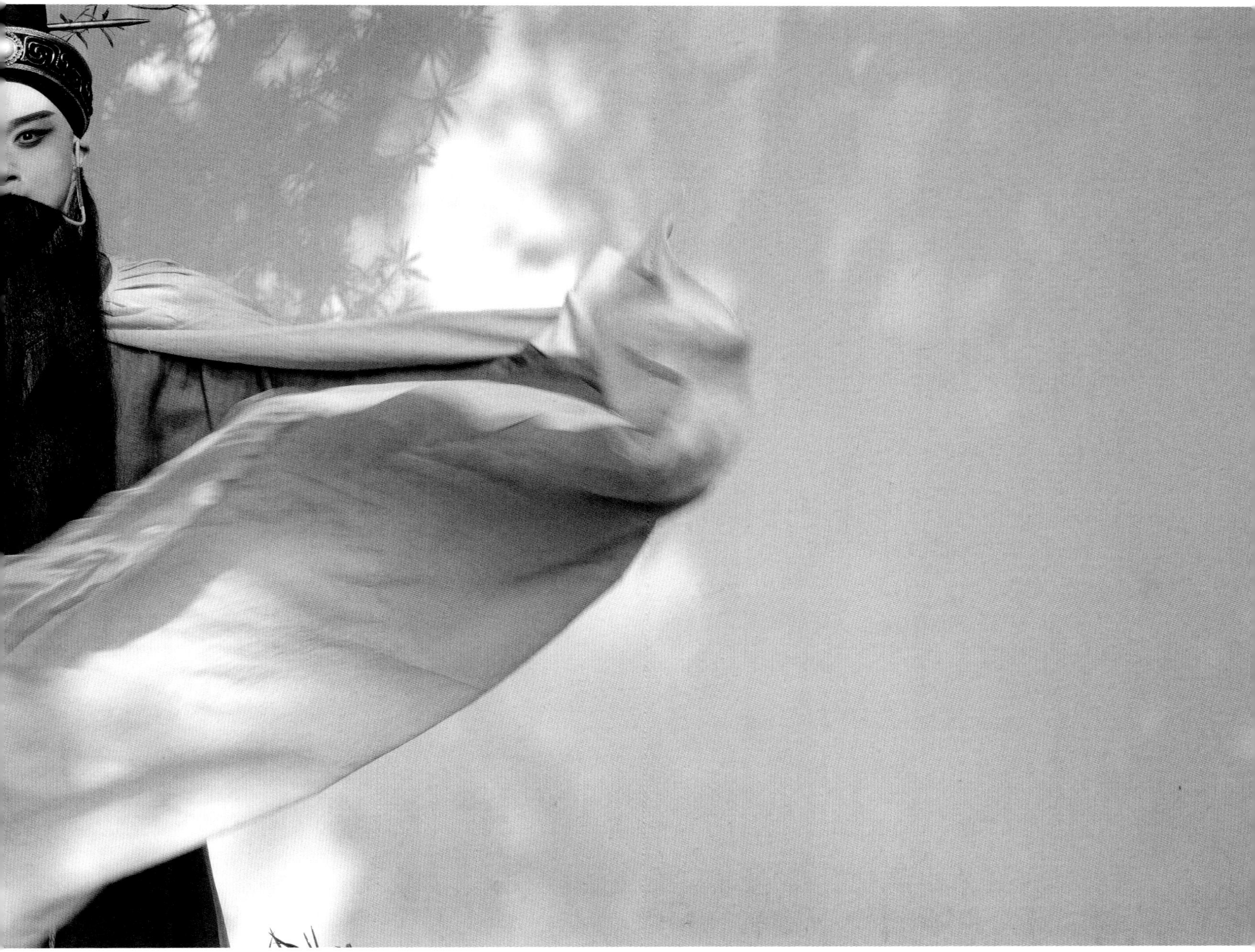

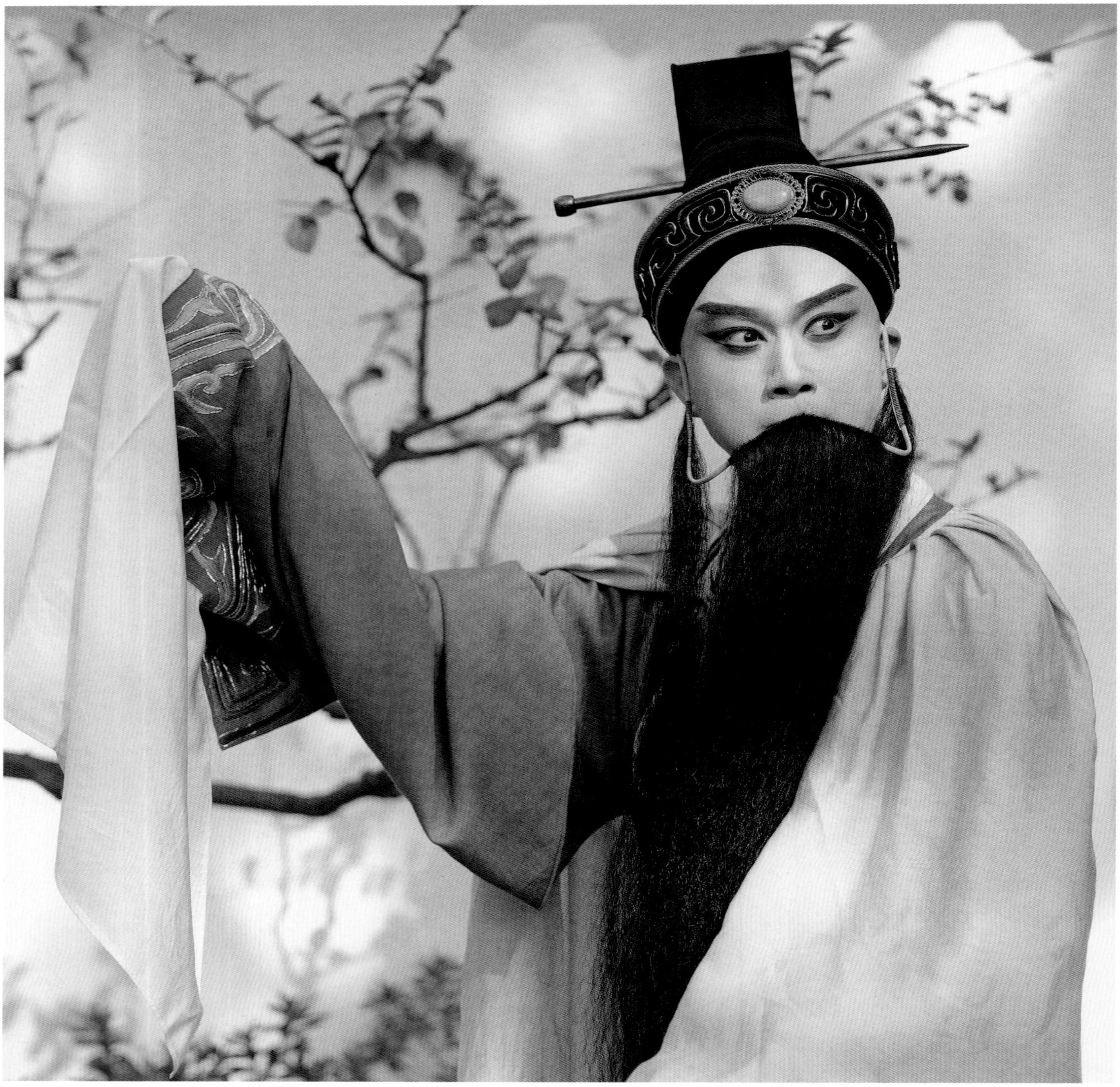

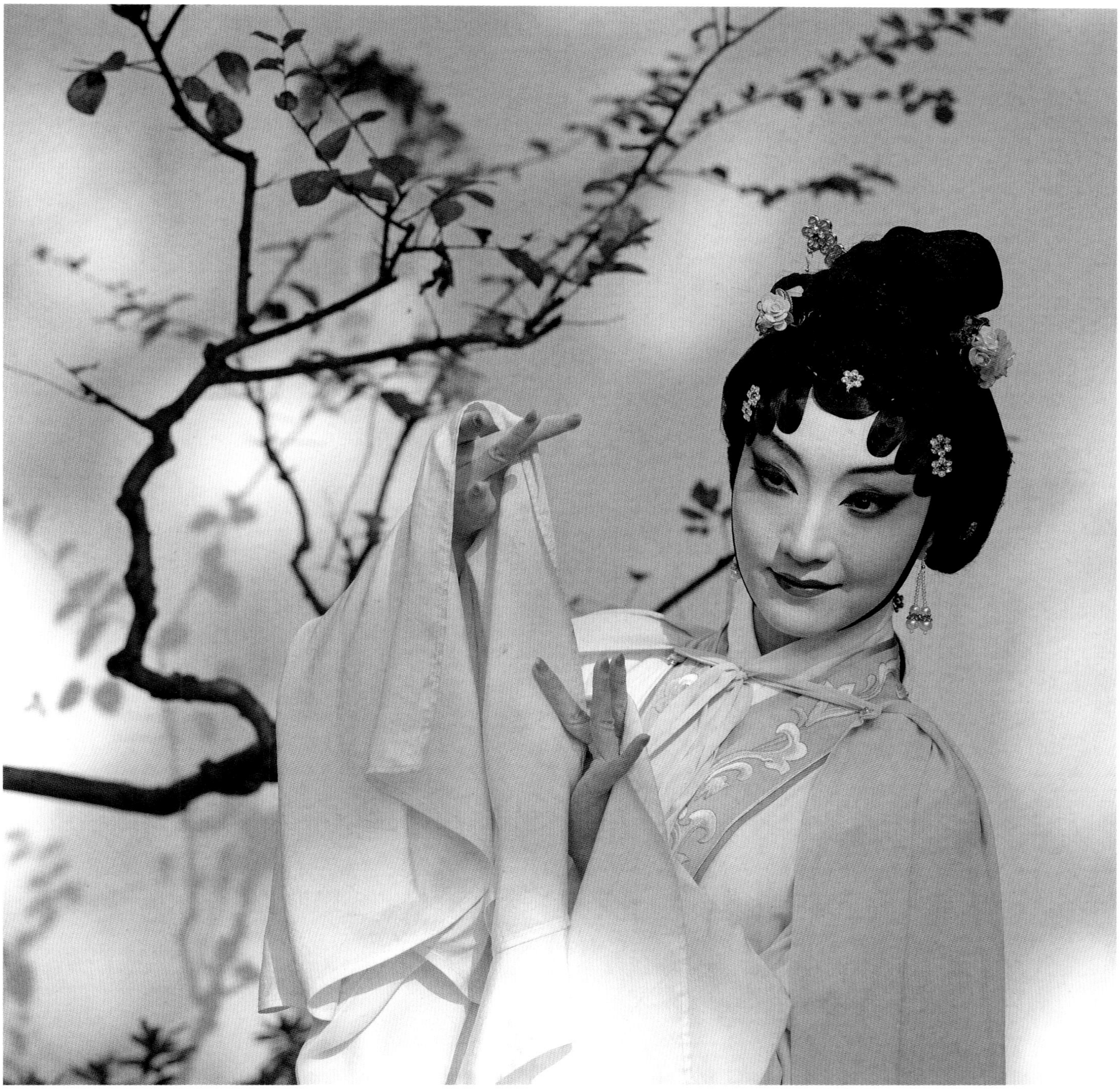

436

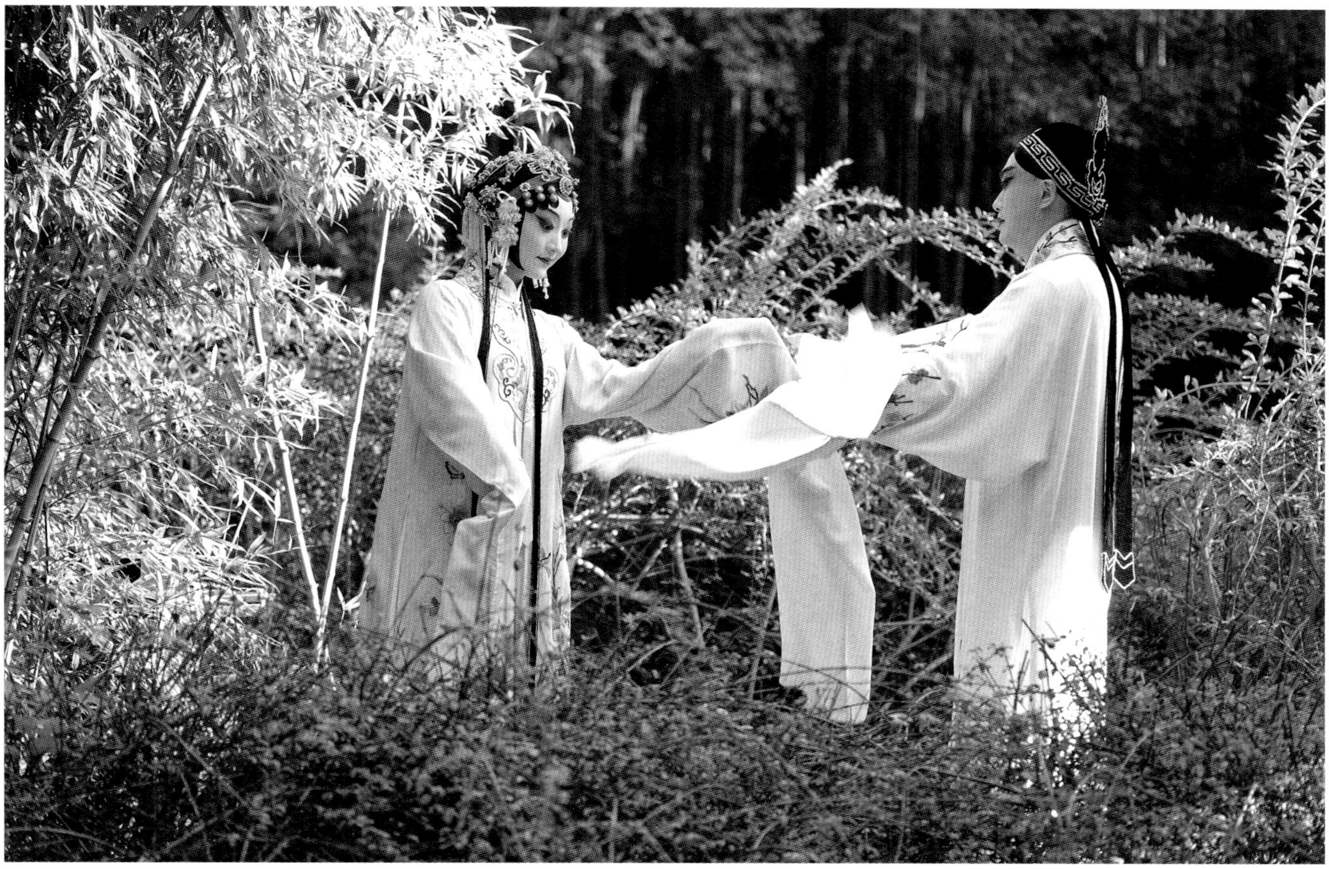

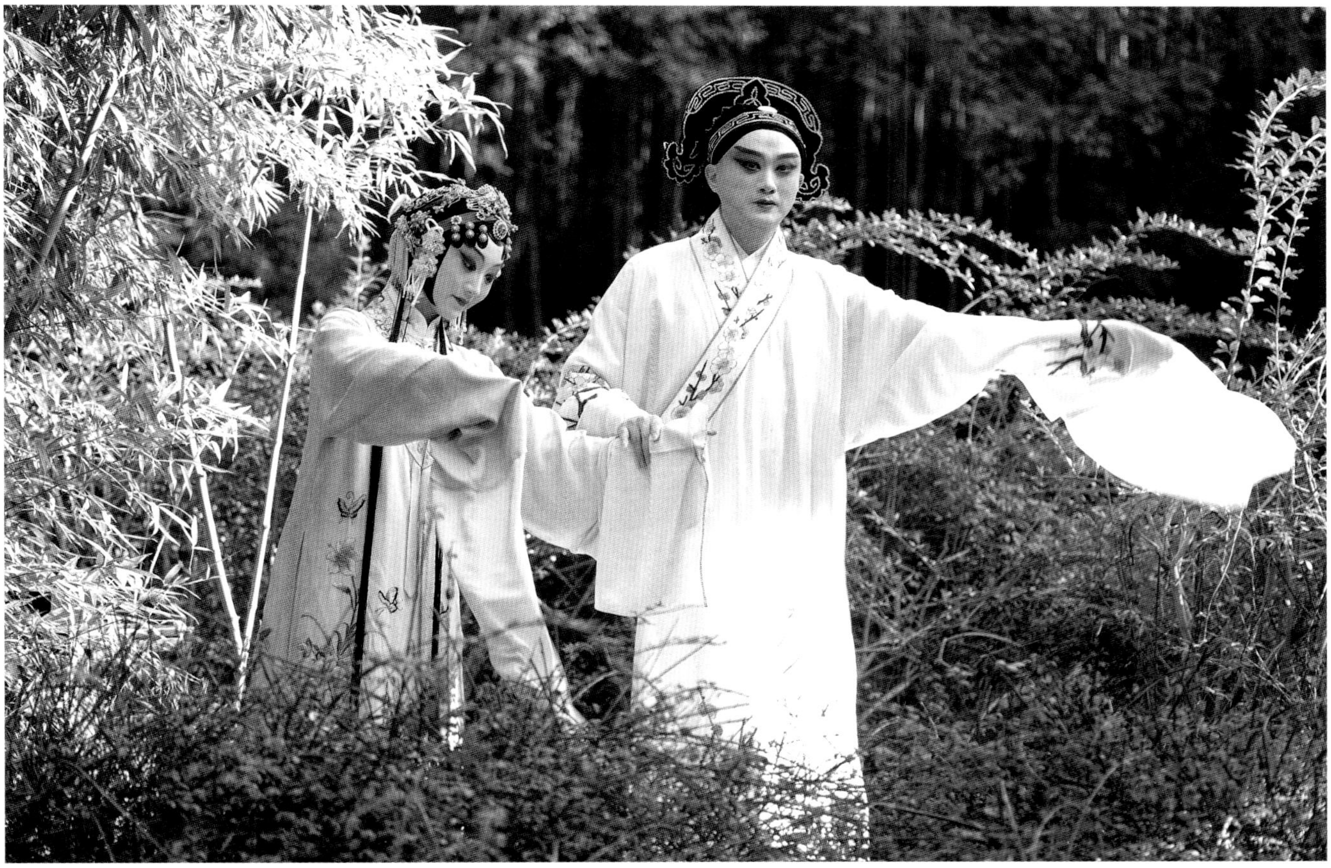

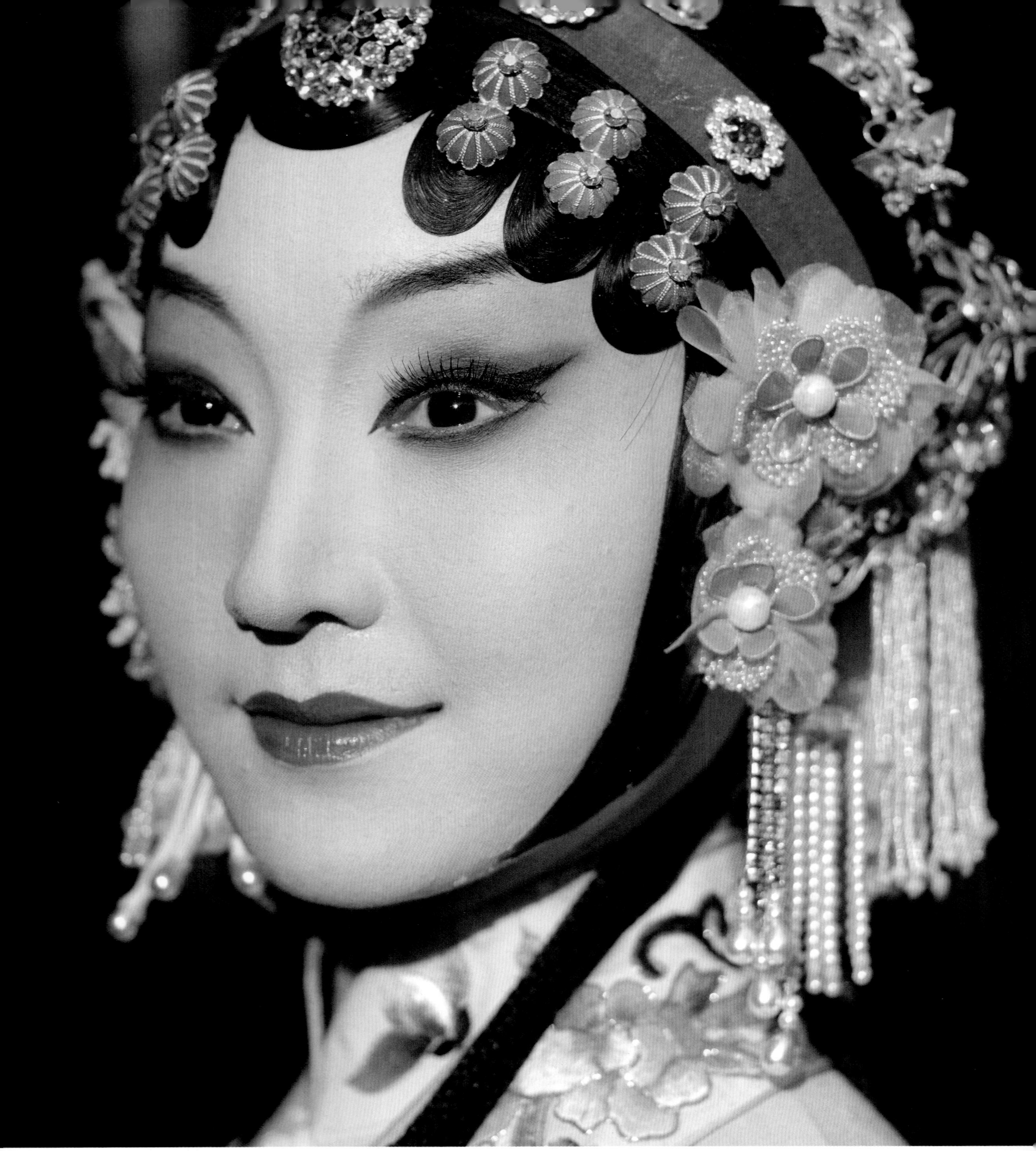

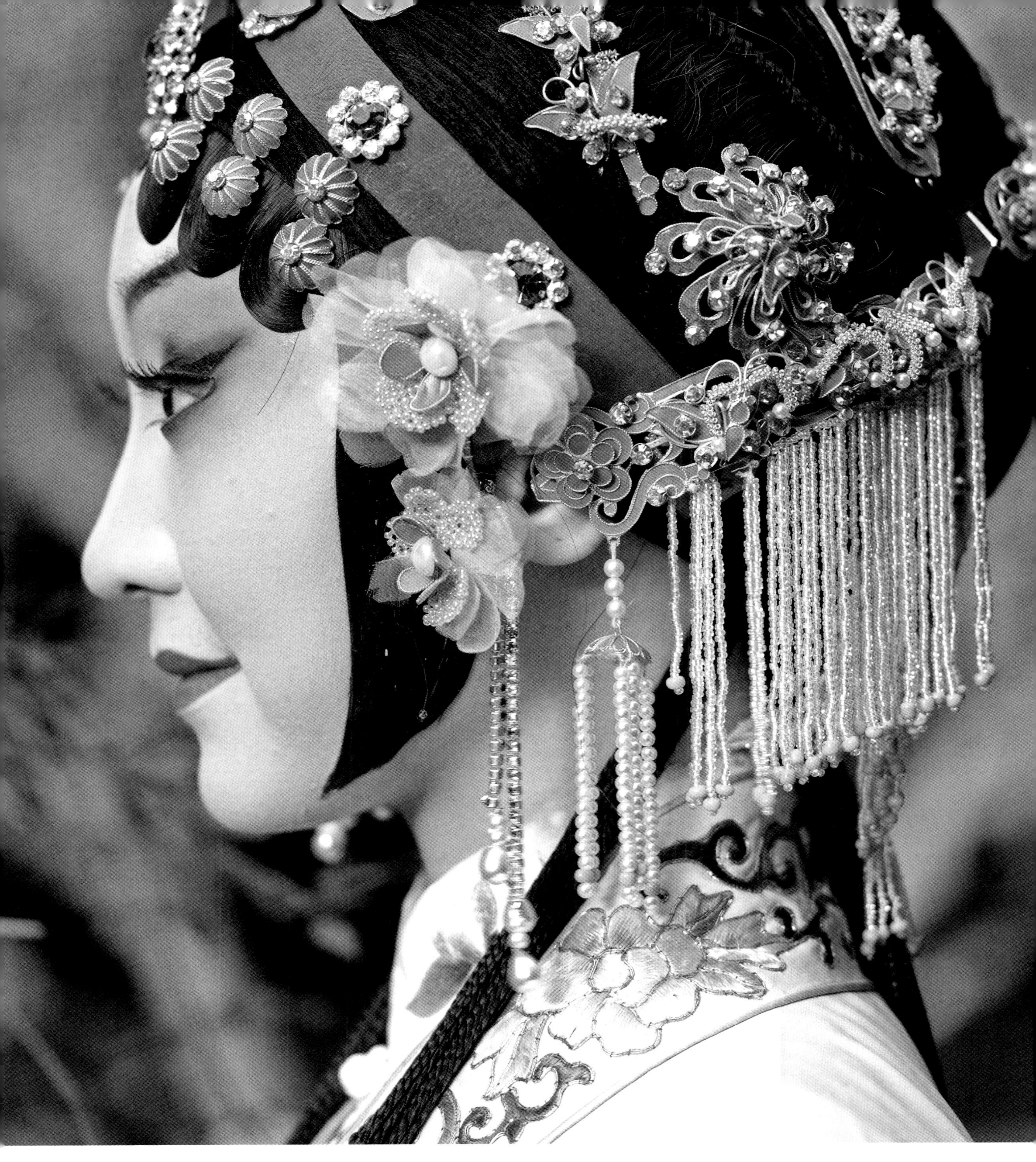

440

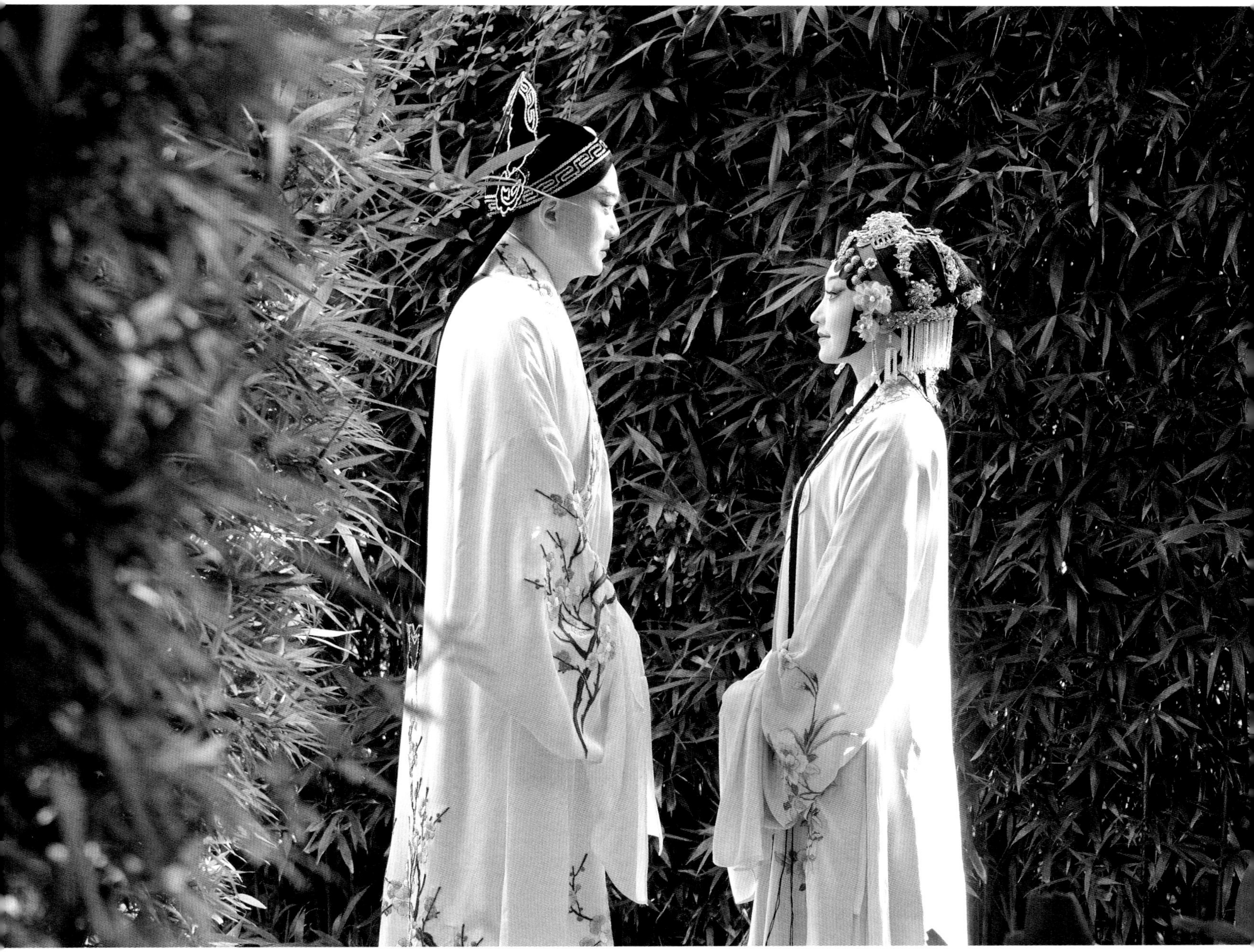

江南

李玉祥

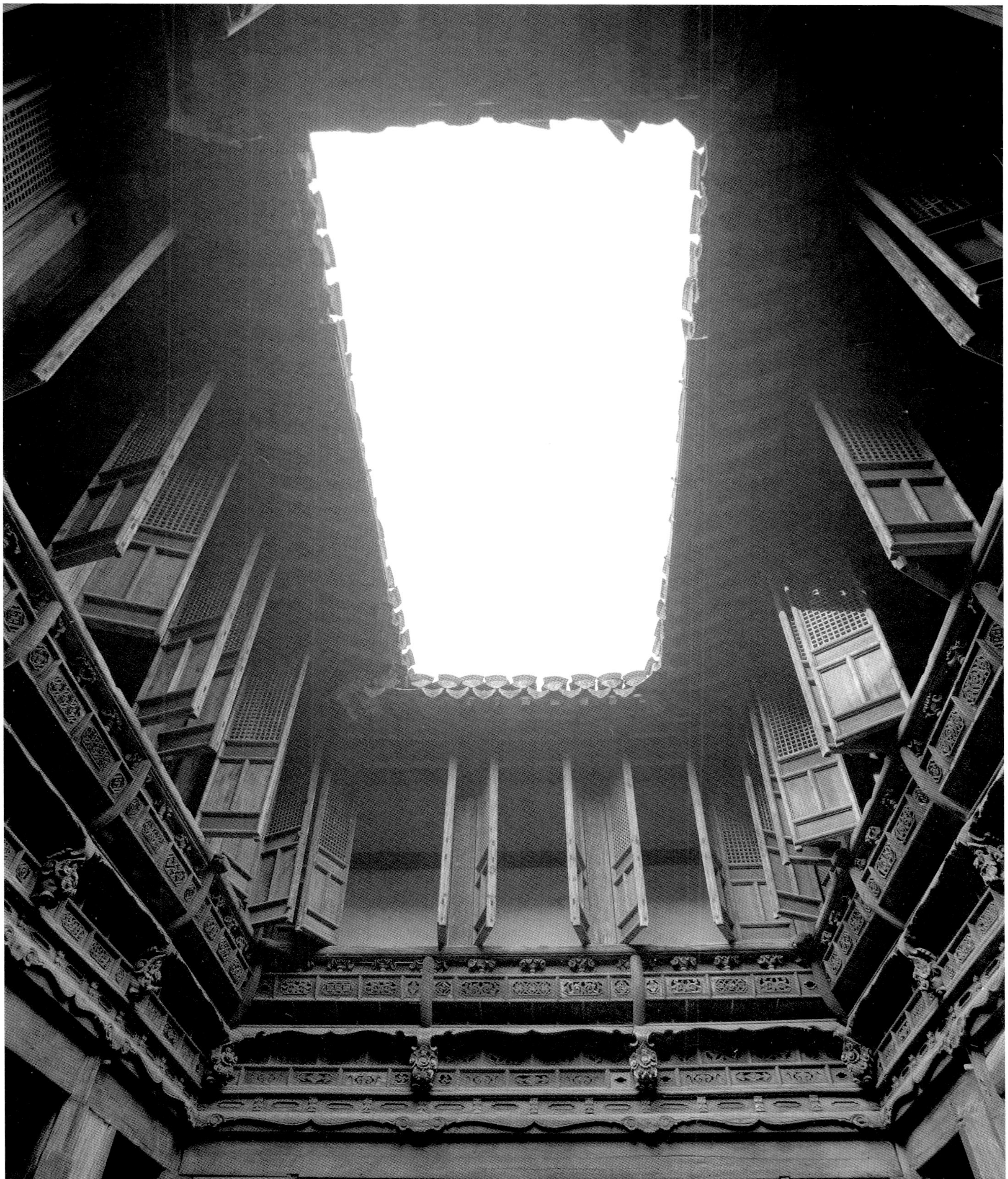

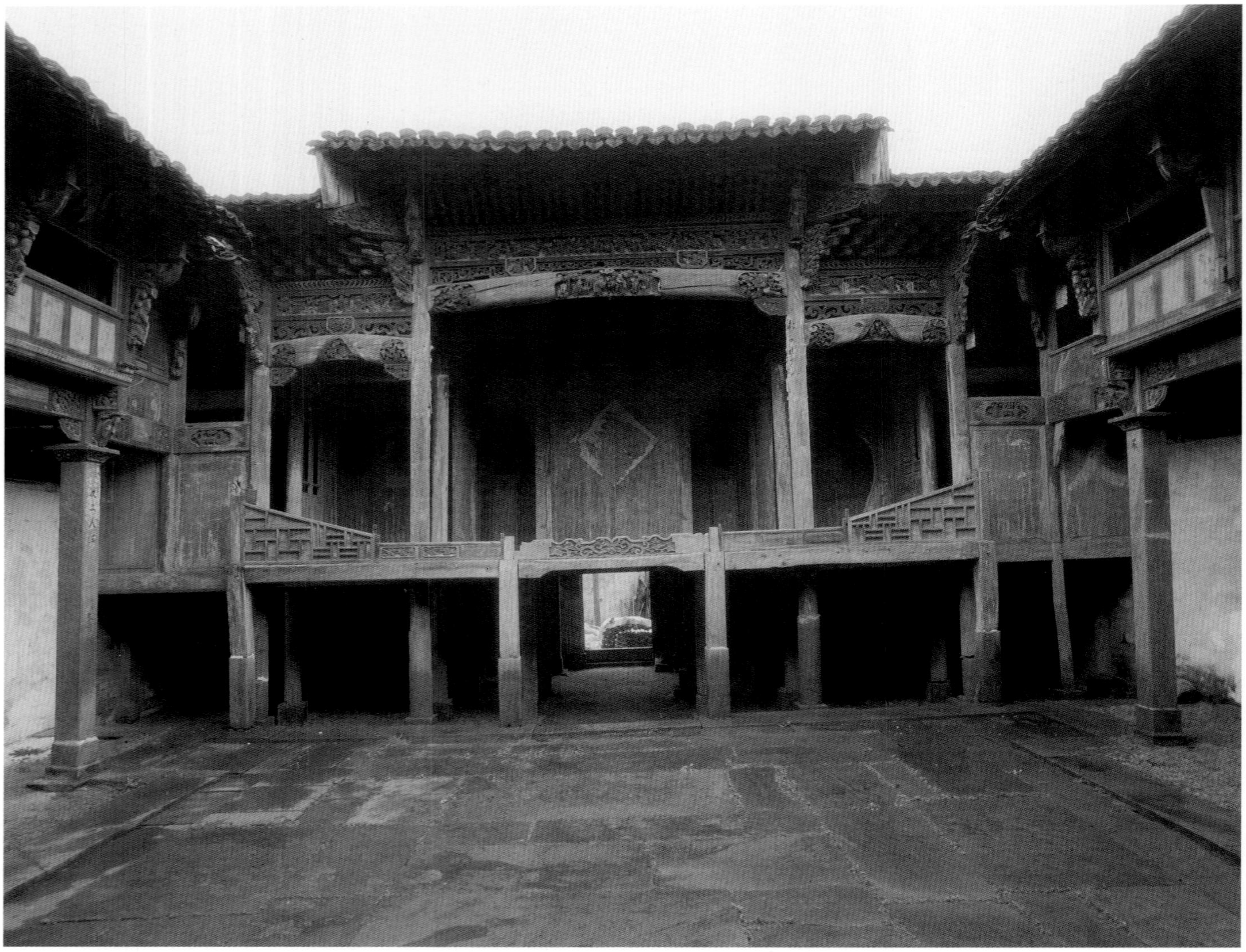

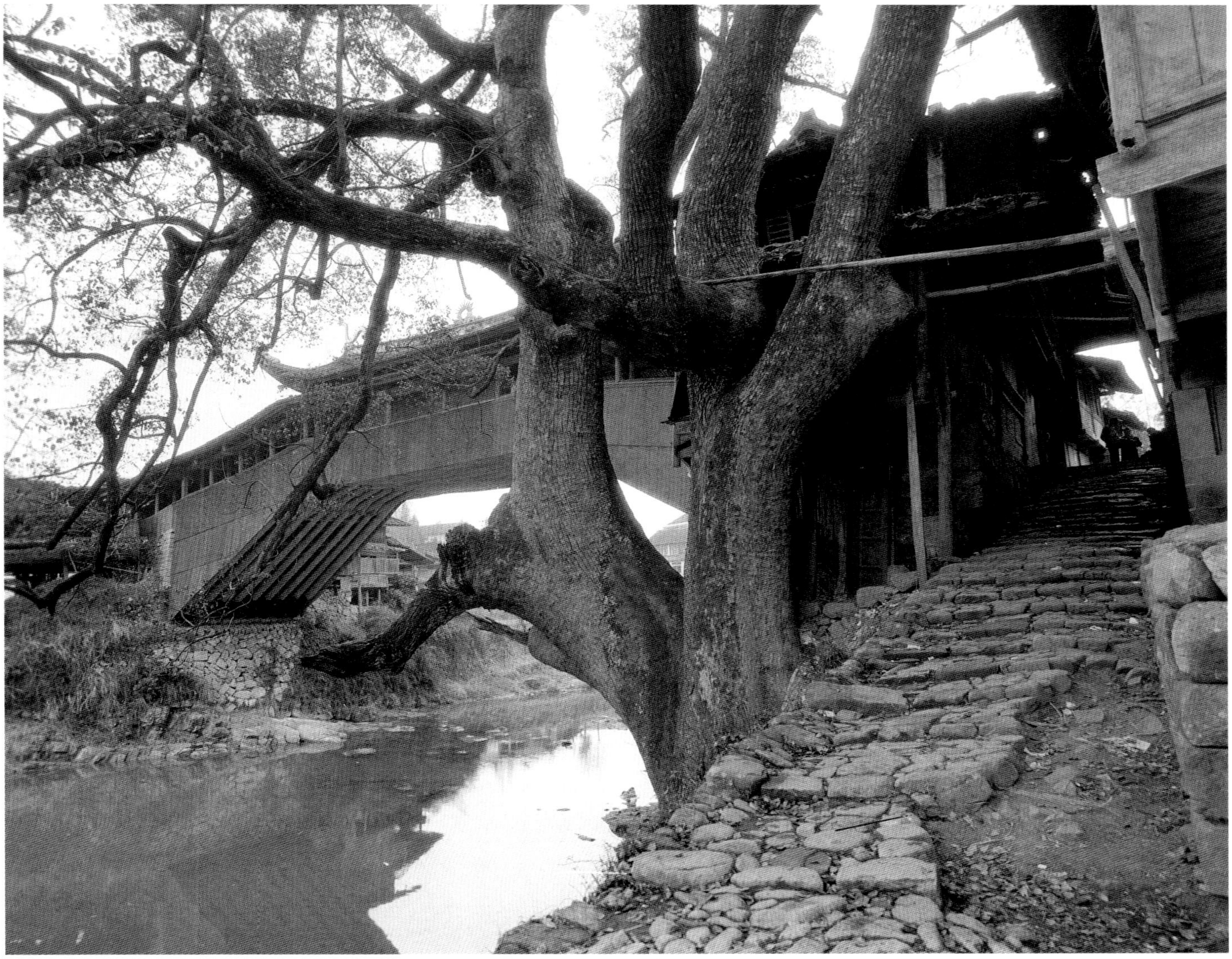

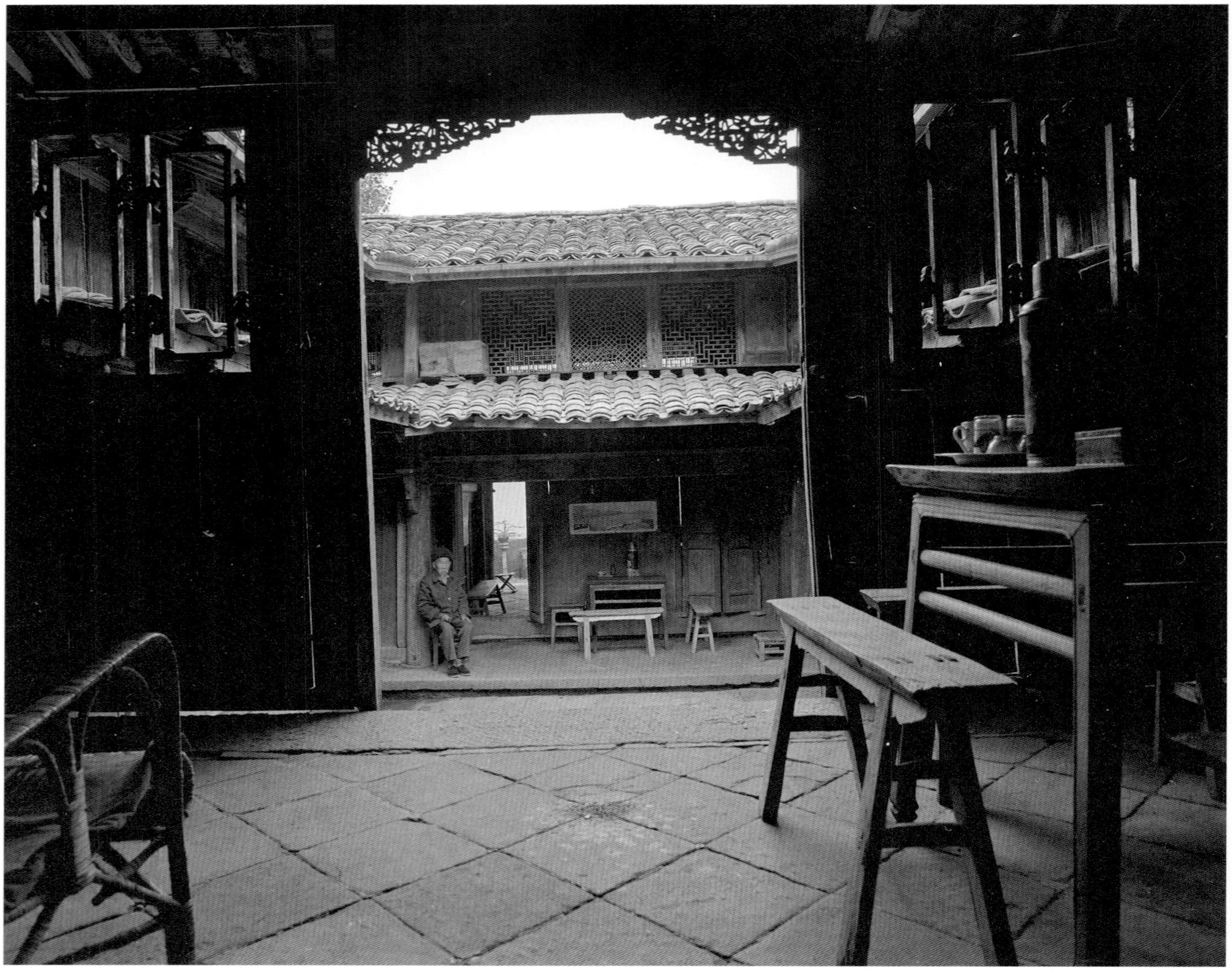

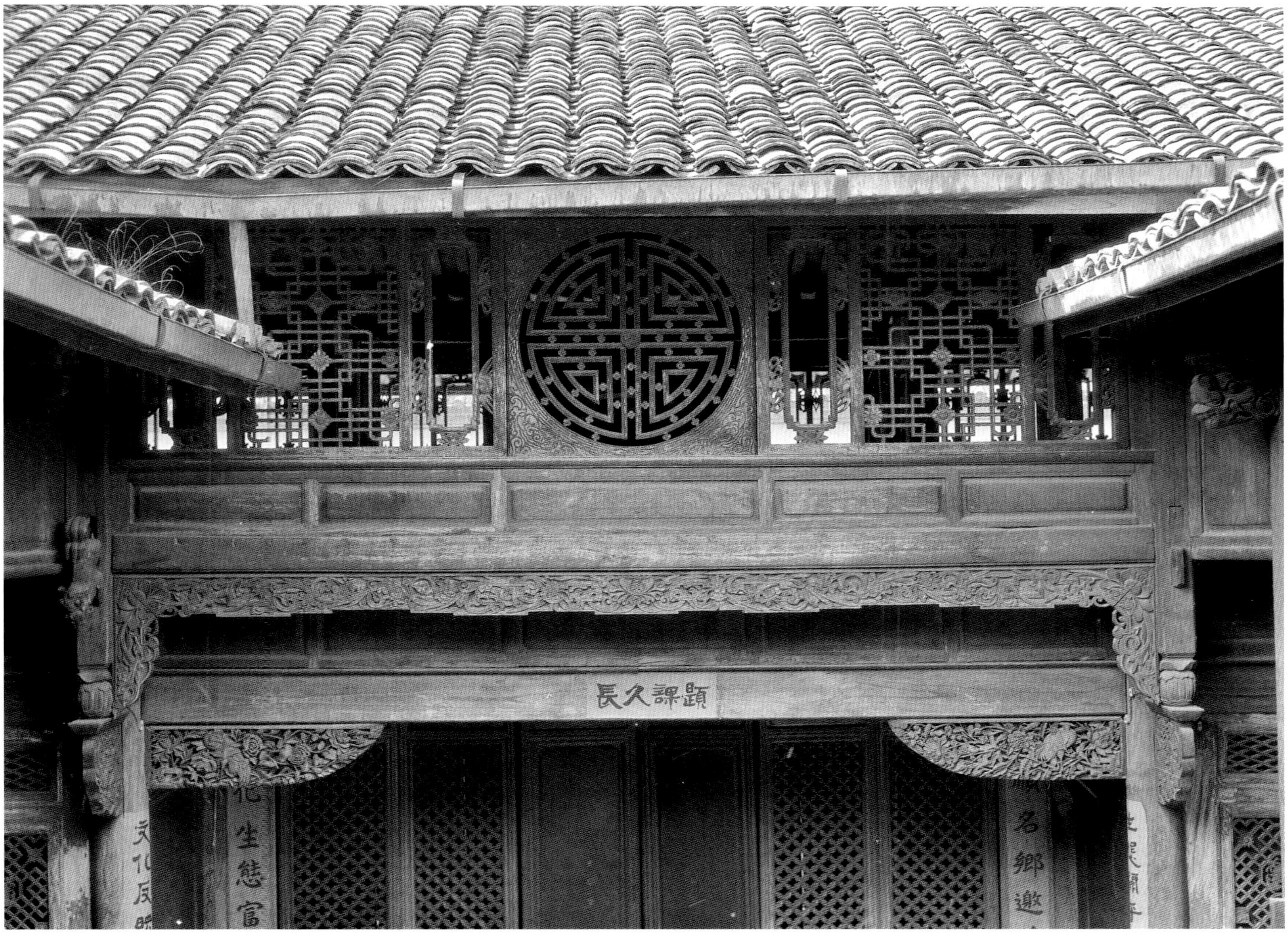
長久課題

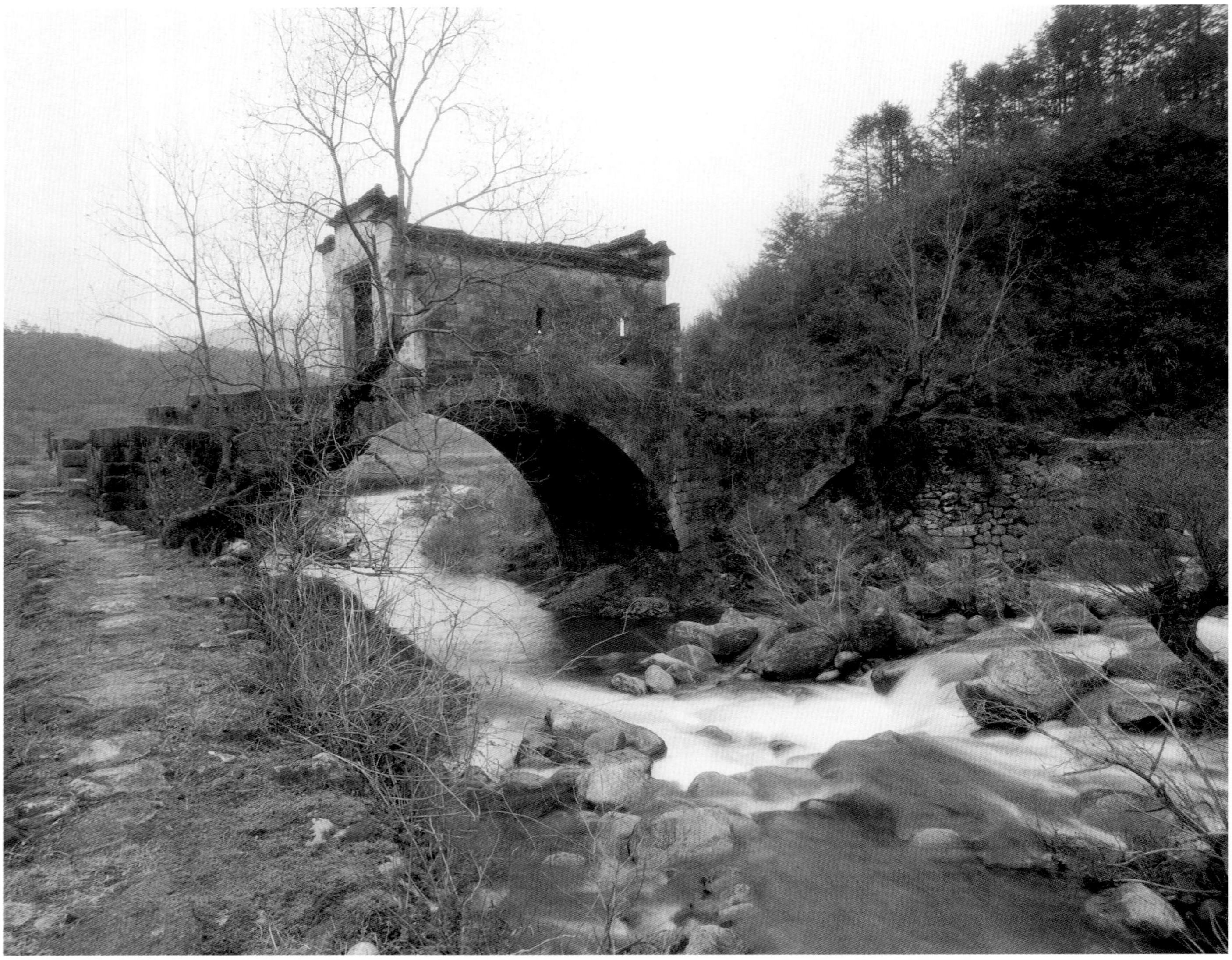

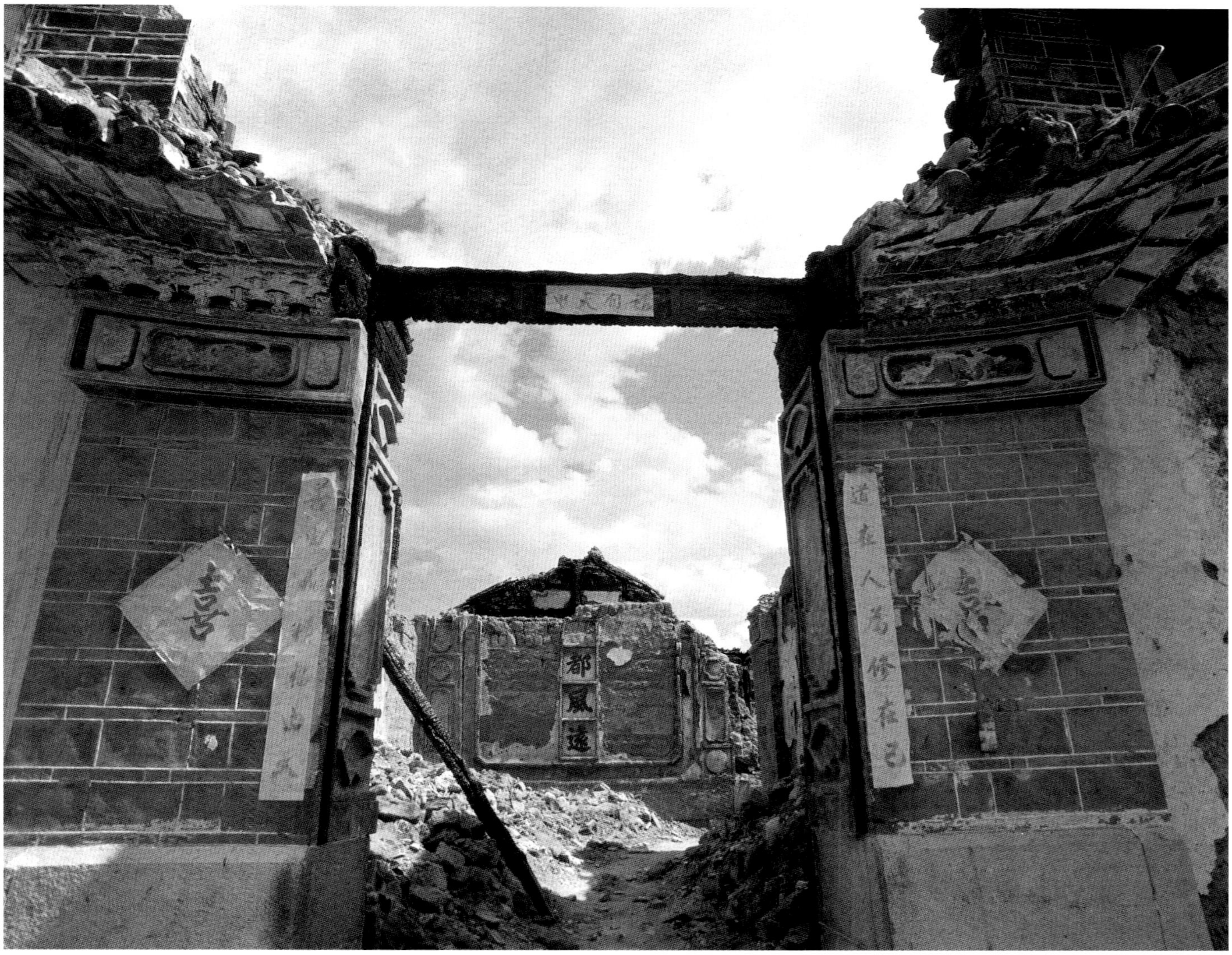

喜
都風遠
喜

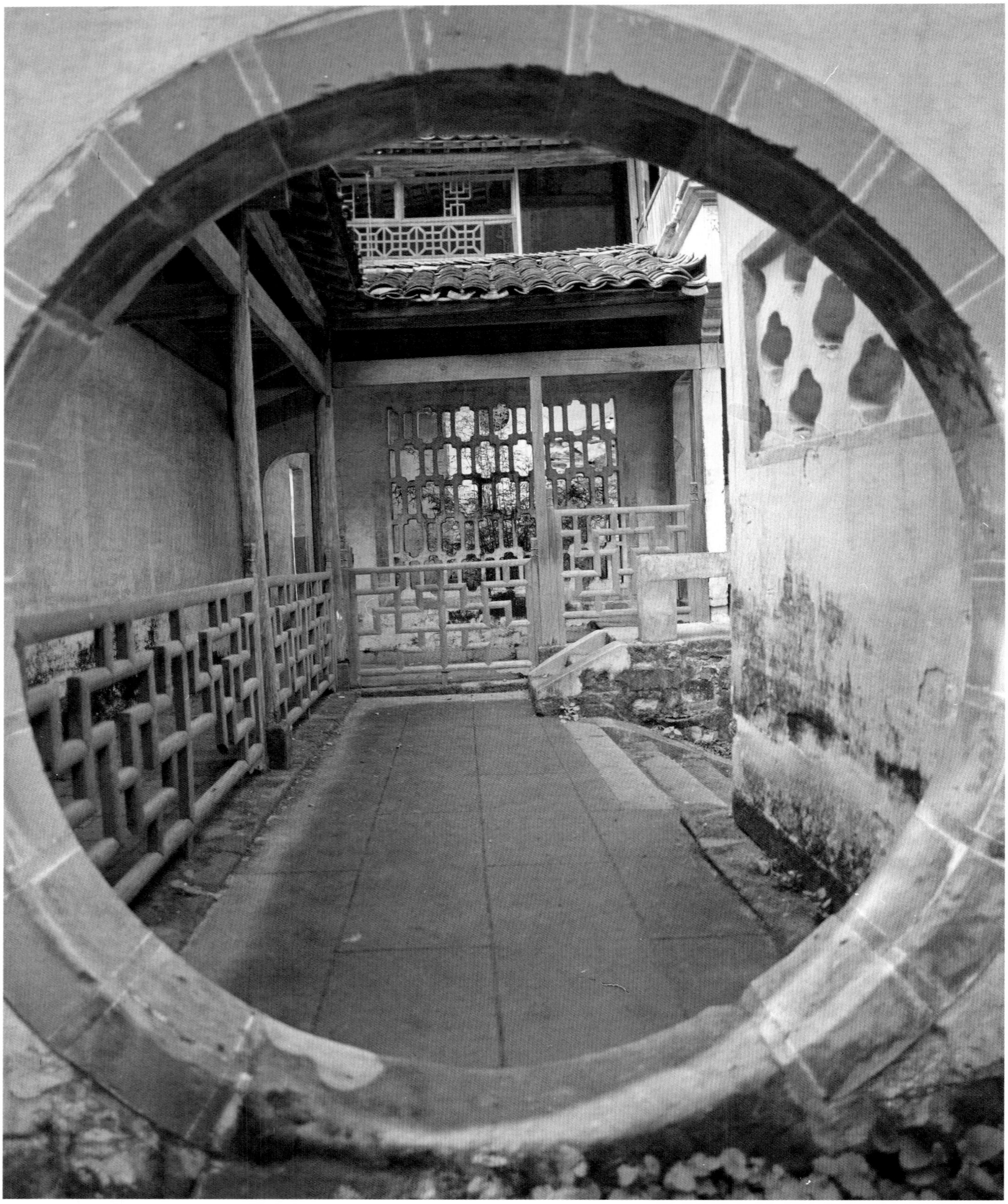

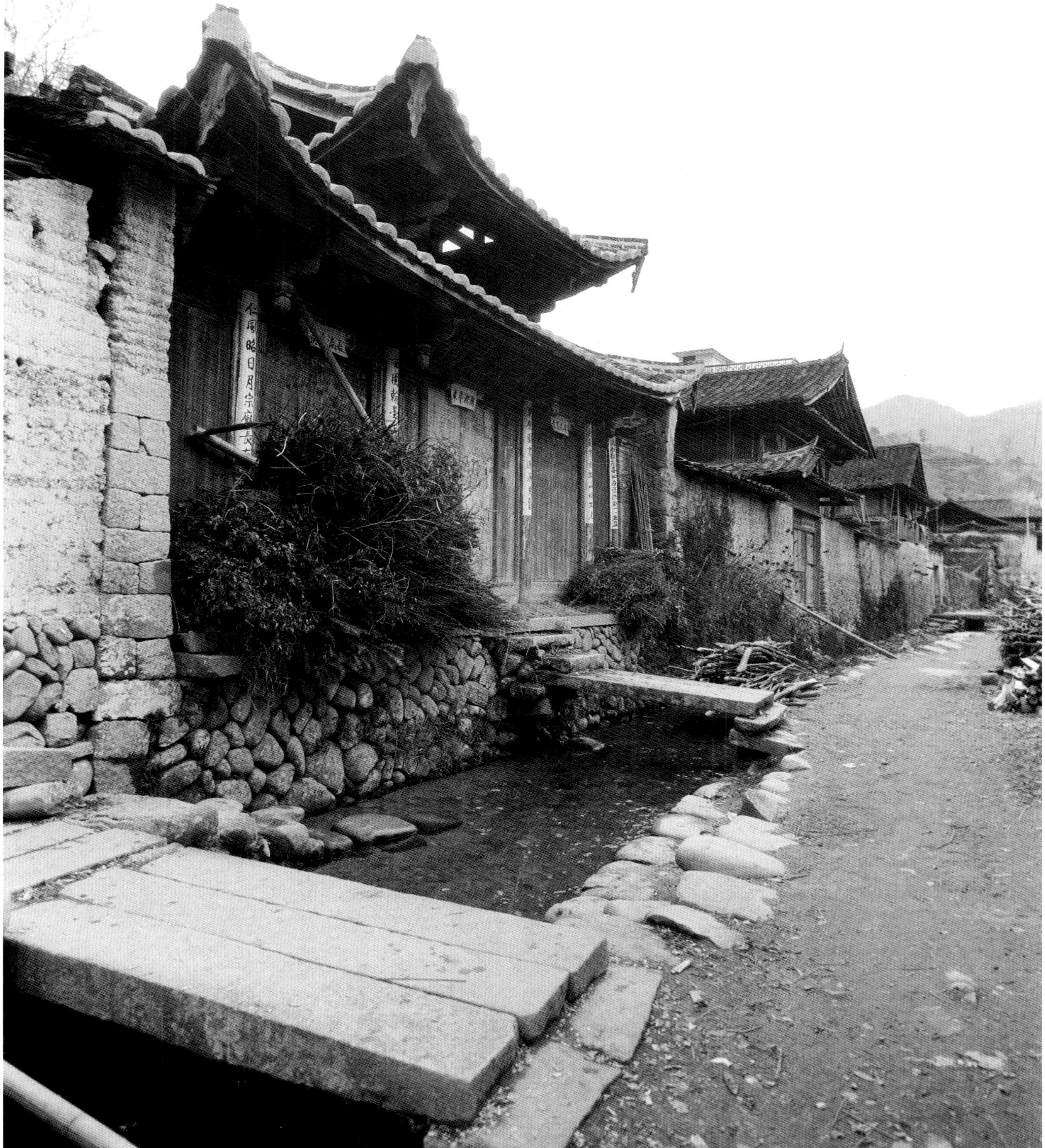

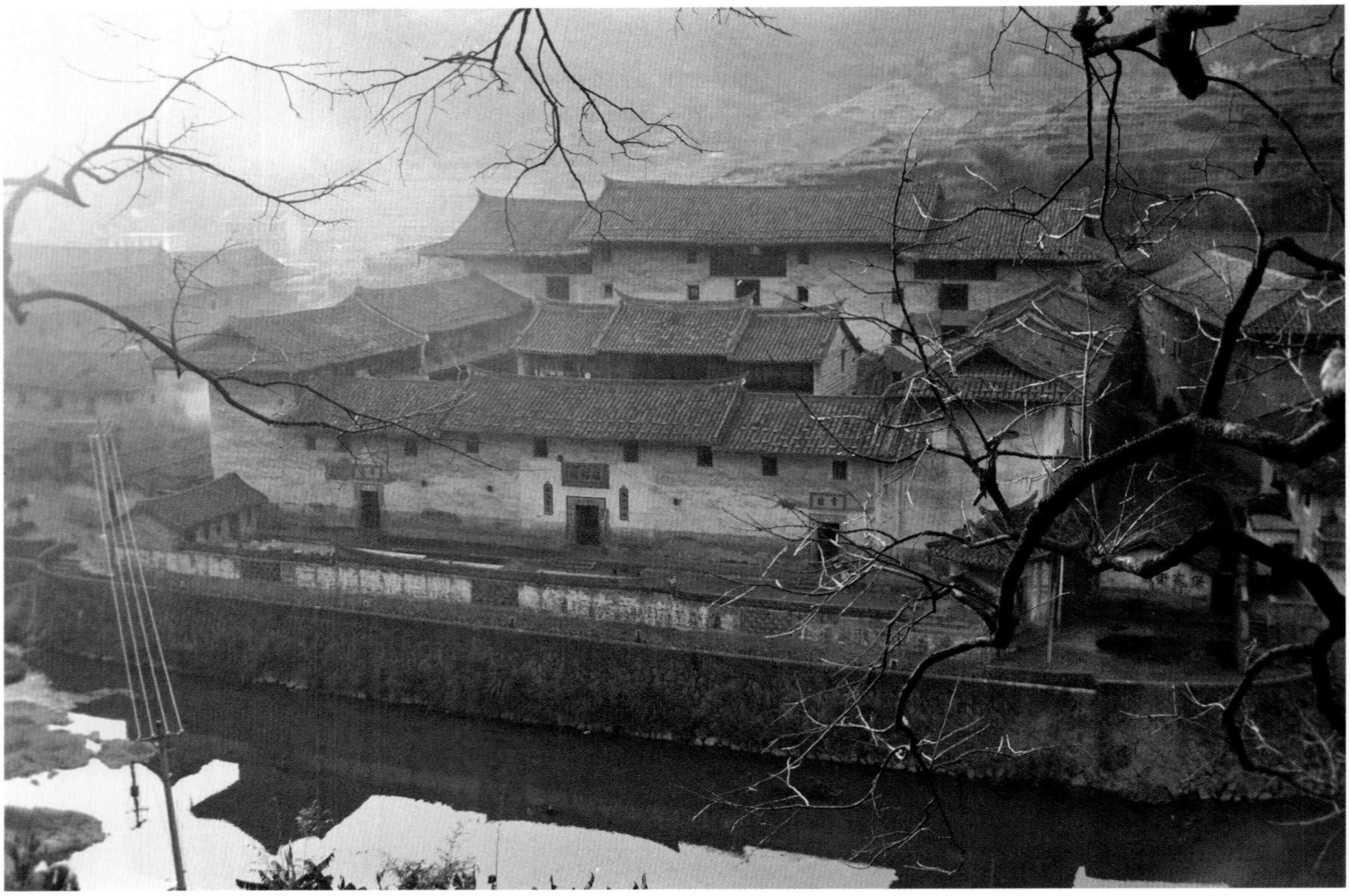

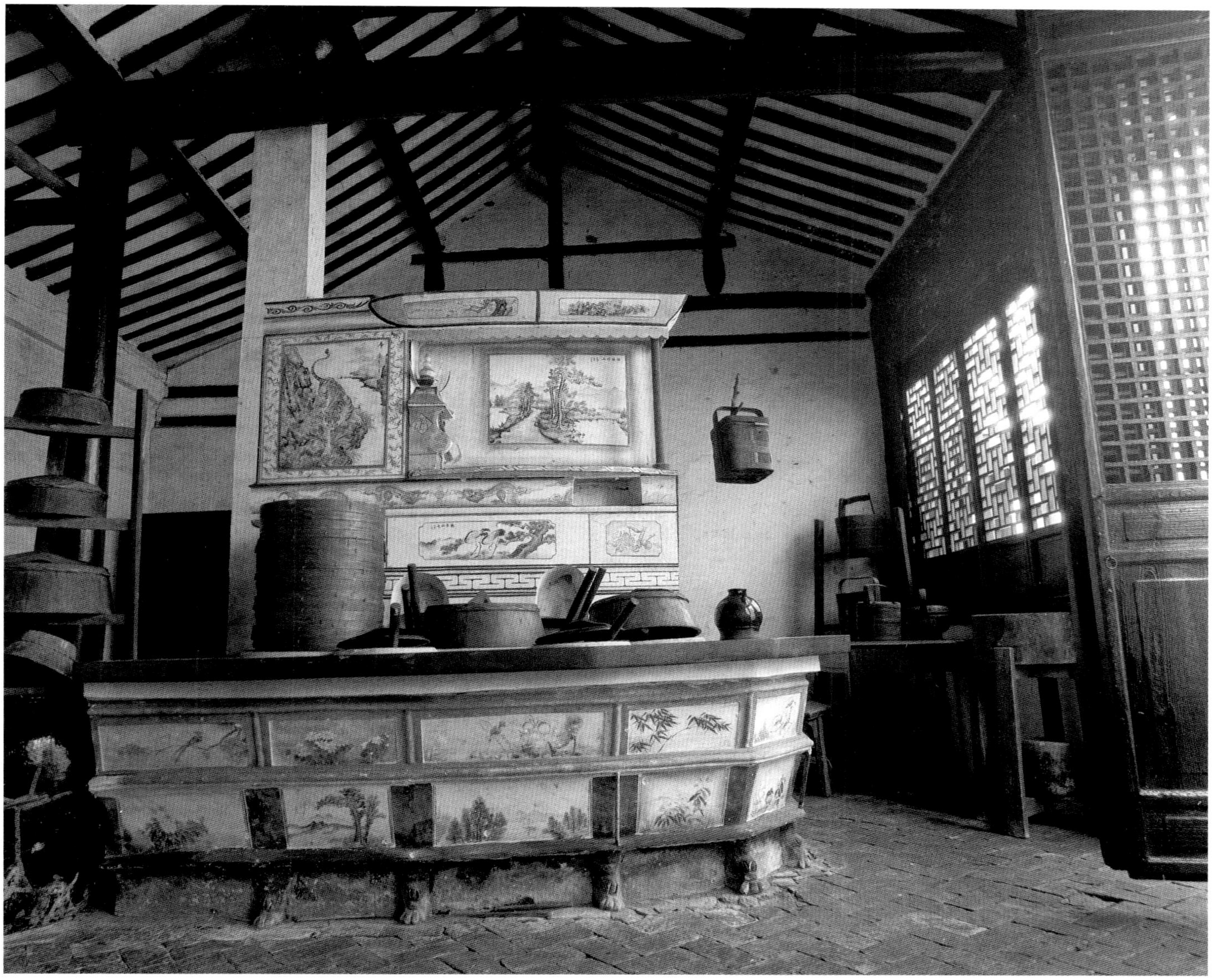

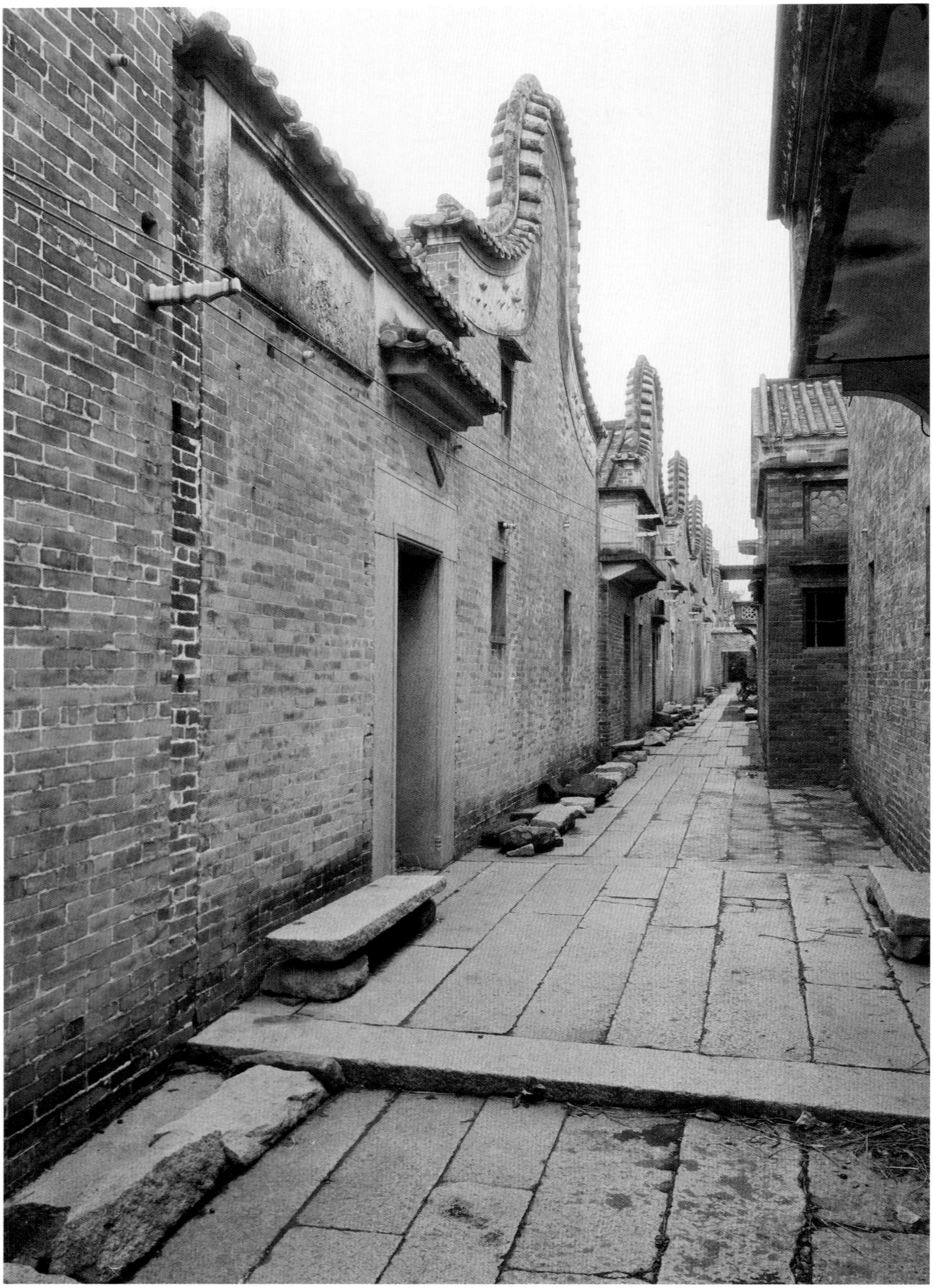

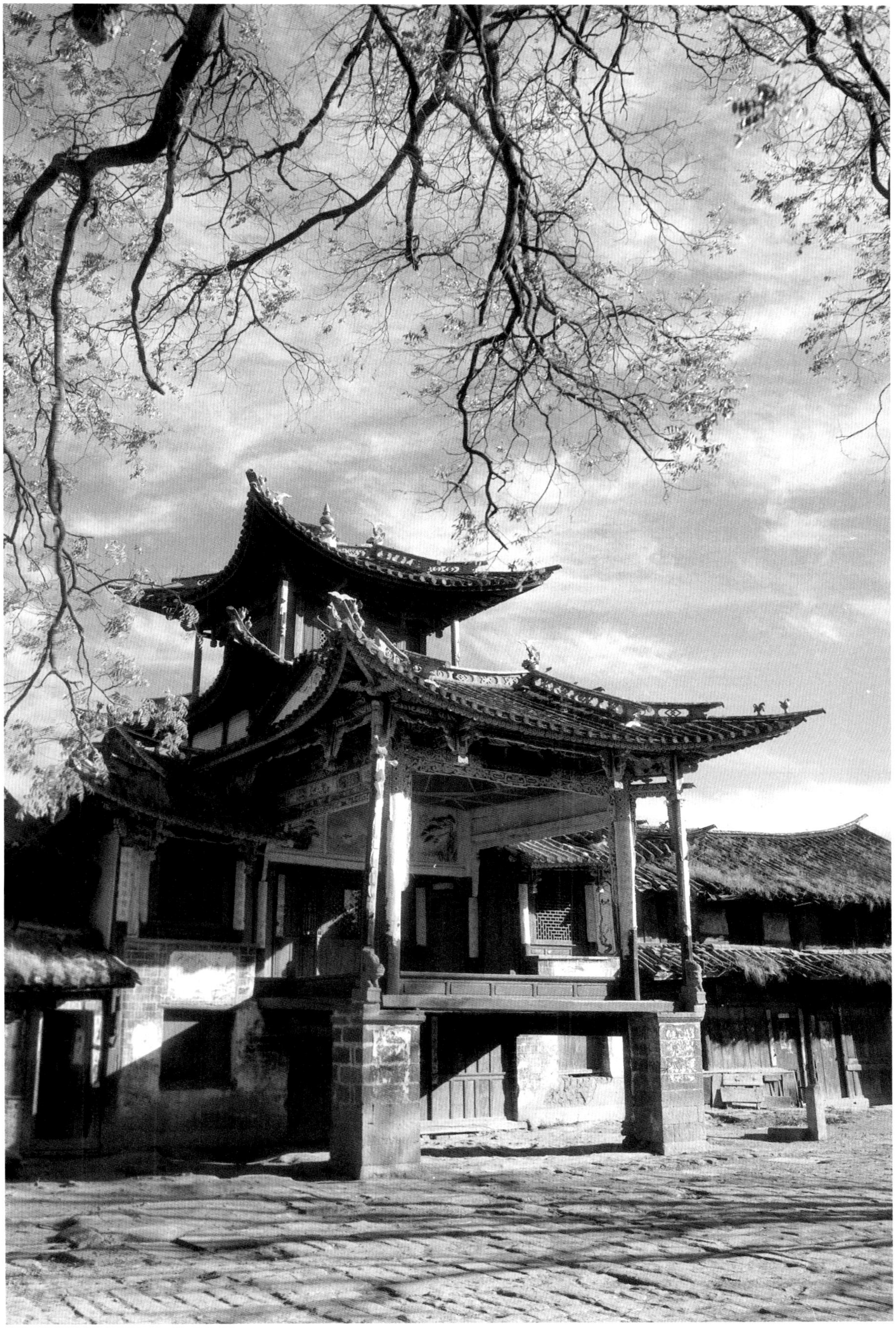

观

View 点

何国锋·小河寻谣笔记

钱晓华·我们为什么在乡村

张金华·明清家具制造地区辨流

孙建华·帽饰

浅　草·江南意,与物为春

马溪芮·江南香愁

梅延军·"读库"江南的故事

高　剑·失园记

张　洹　胡军军·泥洹院:一座道场

逄小威·周庄周庄

小河寻谣笔记

何国锋

为什么要去寻找童谣？我想今年跟去年的回答有些不同。

一、文化高速路的量子纠缠

如果我们说"现在，缺失美的教育"，有一点刻薄了。事实上，家长们并不认为他们不懂美，有些家长觉得"学猫叫"与"一人饮酒醉"挺好，所以不奇怪他们会让孩子们唱这些歌，拍成快手抖音给更多人分享。那确实是他们眼中的美。如今，我们对美的认知，失焦了。这种失焦，亦有环境因素。

"寻谣计划"找到的童谣，虽然本就在这片土地上。眼前充斥着太多信息的人们，却没有机会也没有途径听见它们。另一个大环境是，大人们把自己生活中的紧迫感生成一套成功哲学，施加于孩子身上。"不能输在起跑线上"演变成家长们相互间的教育投资竞赛。即使让孩子们学习乐器、艺术，家长也是目的性很强的——不能成为天才儿童，至少也要成为特长生。而我们都是这环境的孩子。

2018年，完成北京"胡同童谣"之后，内心里收获了很多感动与能量，也让我们看到以微薄之力影响环境的可能。我们决定去寻找下一首《卢沟桥》和更多的何大爷。

二、认识老与老人

提到老人，人们也许觉得既然是老人，就属于过去，代表着旧时光旧文化，老思想老观念。对我们自己的父母更不例外。观念，绝非全部的现实，观念本身，也只是现实中的一个分子。每一个老人，其实都是"今天的老人"，你只是"今天的年轻人"。今天的一个老人不是过去，虽然他经历了更多的过去，他依然拥有现在和未来。

当有机会，把我们自己，带到这些老人的生活当中，你会发现，他们也有吸引人的地方，老人也并不一定都要和蔼可亲，有些很有个性，你甚至也会觉得那也很酷。

汤溪的周奶奶，就很有个性。

我们去金华汤溪看周奶奶时，老人家挂着双拐，浅色小花纹的凉衫凉裤搭配以绣花鞋，让你觉得是一种不着痕迹的讲究，干净利索，得体大方。周奶奶说话，从不拐弯抹角，奶奶觉得她也是歌手，也是做音乐的。"这样不行，错了！"那天在良渚遗址公园寻谣现场，听到莫西子诗带领大家唱"呱呱呱"的时候，周奶奶跟孩子们说"不要这样唱，不要这样唱，这还是《数田鸡》么？"特别认真较劲儿。现场的这种小冲突特别珍贵，反倒示现出奶奶对音乐，对这首童谣的在乎。她有她自己的态度，自己的坚持，这点还没"老"。当活动完第二天，我去送周奶奶上车时，她抱着我说："我现在多了一个孙子，你记得来看我呦！"我心头一揪，一阵酸流冲鼻。

有一种"老"是需要提防的，只看世界的热闹，不翻耕自我的稻田。无论是住在田间的老人，还是住在宫殿里的老人，我都有看到他们生的力量与庄严。杭州站，我们得以见识到"中国最好的老年公寓"——随园嘉树。园区里老人的那个精气神,让我深深地赞叹。老应有老的帅,老该有老的美。

大多时候,先别提为别人或社会做了些什么,我们对自己的生命,都很轻率。也许我们并没有真正感觉到或看见这生命。很喜欢严明形容不再年轻的人是"长皱的小孩",如果我们不能去庄严这个皱了的小孩,再没有这样一个愿望,那么无论是住在宫殿,还是田园,我们都已经被时间打败了。

皱了的生命,也需要自己去爱护,如同那个曾经年轻、光滑,每天有很多奇思妙想的生命一样。它皱了也是你,是你的生命。

如果说"寻谣计划"这个项目是想让大家找回童年的感觉,我觉得矫情了。嫩,装不来。唱一首小时候的歌就找到童年的感觉了吗?童年,其实从来就没有消失过。无论你现在是二十岁也好,四十岁也好,五十、六十、九十岁也好,你的童年都在你现在的生命里,没有在别处,你不需要去找,它就在你这个身体里,就在此刻。我们只需要真的看见它。

三、显影液

同意贝多芬说音乐是一种启示,至于更不更高,并不取决于音乐,而是你我。

音乐,像冲洗照片时用的显影药水。它会显现某些我们看不见的东西,例如我们的记忆,人与人之间的连接。可以显现的连接,其实已经在那儿了,只不过有时强、有时弱,有时远、有时近。显影液与音乐,只是显现了这个并没有断的连接。它们只是显现了本质与客观实际。而我们通常的观念是这样的,一对恋人决裂了,就会说从此是两个世界的人了;或是一直处于失联状态的一个朋友,你会说这个家伙好像从这个世界上消失了。而现实的剧本,往往不是这样。

杭州寻谣,听到最多的就是"摇啊摇,摇到外婆桥……"且我们采录下来的有十几个不同的版本。事实应该远不止这些。为什么这首童谣让大家如此深刻?难道就没有其他的童谣吗?我想,记忆也是有马太效应的。当我们反复忆起某一件事,某一段经文,某一首歌,其他不常被提及的记忆就会日趋模糊。例如,经常有人问我这期寻谣哪首童谣你最难忘?当我说《秋柳》或《火萤虫》越多次,记忆中其他的童谣也就越显模糊。但事实是,《糖糖糖》和《四鸟歌》也很好听。

还有个事实是,当大家提到去年北京站的童谣,只会提《卢沟桥》了。大脑对不同记忆的检索有不同的路径,路则会越走越实,不经常走的路慢慢就被植被侵蚀了。如果够久,就真的看不见了。看不见的路,真的没了吗?

有一天,我正和朋友眉飞色舞说起一件不知说了多少次的过往,意识忽然一惊,内心升起深深的内疚与惭愧,我看见了那些从未被提及的自己就在那儿。我所经过的每一个过往都不曾消失,它们一直都是我的一部分,即使被荒草遮蔽不见,我再也不想忽视这件事。"你最难忘的是什么?"嗯,那首歌很有名,可我想和你说说其他。

生命,本不止这几种曲牌。

旋律,最难伪装,一张嘴,便知是从哪块儿地里长出来的。它是非物质里的非物质。发音、旋律的走势以及律动,都蕴藏着时空与文化流变的丰富信息。它不应该只是申请非遗,落成曲谱封存在县市省的博物馆令人瞻仰,那只是尸壳,它真正的魂灵,是依托在人与人的传递中的。我们也发现,一首不合时宜的词,也会带着旋律一起陪葬。好的旋律,是值得被重新填词,获得新生的。

四、回响之桥

"寻谣计划"的现场,不是演出,这儿没有舞台。如果说有,每一个人站的地方便是舞台。当你的声音汇入大家的歌唱和演奏,被麦克风采集下来的这个录音,就是没有边界最好的物证了。里面甚至会有一只小鸟鸣叫着飞过,一艘渡轮的汽笛,潺潺流淌的溪水声,一阵风,一架驶过的飞机。音乐的本质,不夸张地说,就是人与声音之间正在发生或已发生的人为的互动。回响,只是音乐发生的实况。

"寻谣计划"的现场,所有的乐手(除了参与寻找童谣老人的音乐人之外),可以说都是第一次听到要录音的这首童谣,且我们不提供谱子。他们要用当下的感受与所有的技巧与面前的这位童谣老人对话。虽然这不是写一首全新的歌曲,但却是用每一个对话的音符在进行创造。这需要很强的专注力与很快的反应能力。如果你想偷懒,只是调用自己的专业经验,也许尴尬便会紧随其后。这就如同,你向当下的音乐市场产出了一首并没有什么新意的"原创"。这个时代不是缺歌,是太多"为歌而歌的"歌了。也许这时会有另一个声音对你说"永远缺一首好歌"。好吧,这就是问题所在了。

缺少的,不是歌。

五、重新认识"事在人为"

桥上的每块石板是谁切割,谁亲手铺上,又是谁在补修……才能让此刻的我一脚脚渡过。

杭州站第五回现场,在安吉美丽的云半间,活动完的复盘会,由我们大家的智囊星余刃主持。可莎蜜兒王董与同事,Figure的张悦与导演,以及寻谣团队的小伙伴们都做了中肯的总结与发言。发言有一个必须陈述的环节——你给这个活动打多少分?

我打了100分。

这件事,无论是谁都是无法一个人完成的。即使你再能! 也是因为有人愿意与你配合,才有了所有的细节,才有结果地完成。是有很多愿意与你一起工作、同行的人,成就了这件事,而不是你成就了这件事。这是杭州站我深深的体会。

无论是"奇遇人生"派来的特别志愿者阿雅、谭维维,还是寻谣嘉宾莫西子诗,酷暑下寻谣第一线的小伙伴与志愿者,还是帮助寻找老人线索的杭州以及周边县市各界人士及朋友,还是请到现场的每一位老人及音乐人,默默在背后支持我们的可莎蜜兒团队与晓风书屋,以及一直义务帮我们接送乐手及老人的酒球会王涤,免费提供Doublebass给我们使用的黄楼的张征,还有在这儿忘了提及或叫不上名字的每一位热心人,是他们的愿意,还有付出成就了"寻谣计划2019杭州站"这件事。我看到的是这许许多多的愿意与付出,在我这儿,他们是100分!

今年"寻谣计划"杭州站,超出了我们原来的期望,一个小小的音乐计划,已经生发出了枝芽。这些新的发生,也提醒我们,需要具备更强烈的生命愿望与毅力,需要更多有效的工作与努力,才能获取水、阳光,来迎向明天。

有人说,你们做了一个史无前例的事,我说怎么可能。20世纪20年代周作人等,在报纸上发布了一个搜集民间歌谣的告示,结果发展成了一个全国性的音乐行动,那是近代最全最大规模的一次采集行动了,且相当有效(出版有北大《歌谣》)。只可惜当时还没有录音机,对于音乐或民间歌谣如果没有录音,简直损失了百分之七十的价值。这些录音不仅仅是起到"乐谱"的作用,而是让今天以及未来的人类通过这个声音,更有效接收与连接那个时空。我非常不同意"消失的东西就该消失"。事实上,有些东西的消失是在人类还没有保护意识的情况下发生的,这其中必定有一些不该消失。

在真的找到《卢沟桥》与《秋柳》之前,寻谣真的只是一个设想。幸好,带着这个设想,我们穿起鞋子踏出了门,结识了志同道合的朋友们,听到了那些还未消失的美好童谣。

我们都只是美好事物的通道,越通顺,越喜悦。

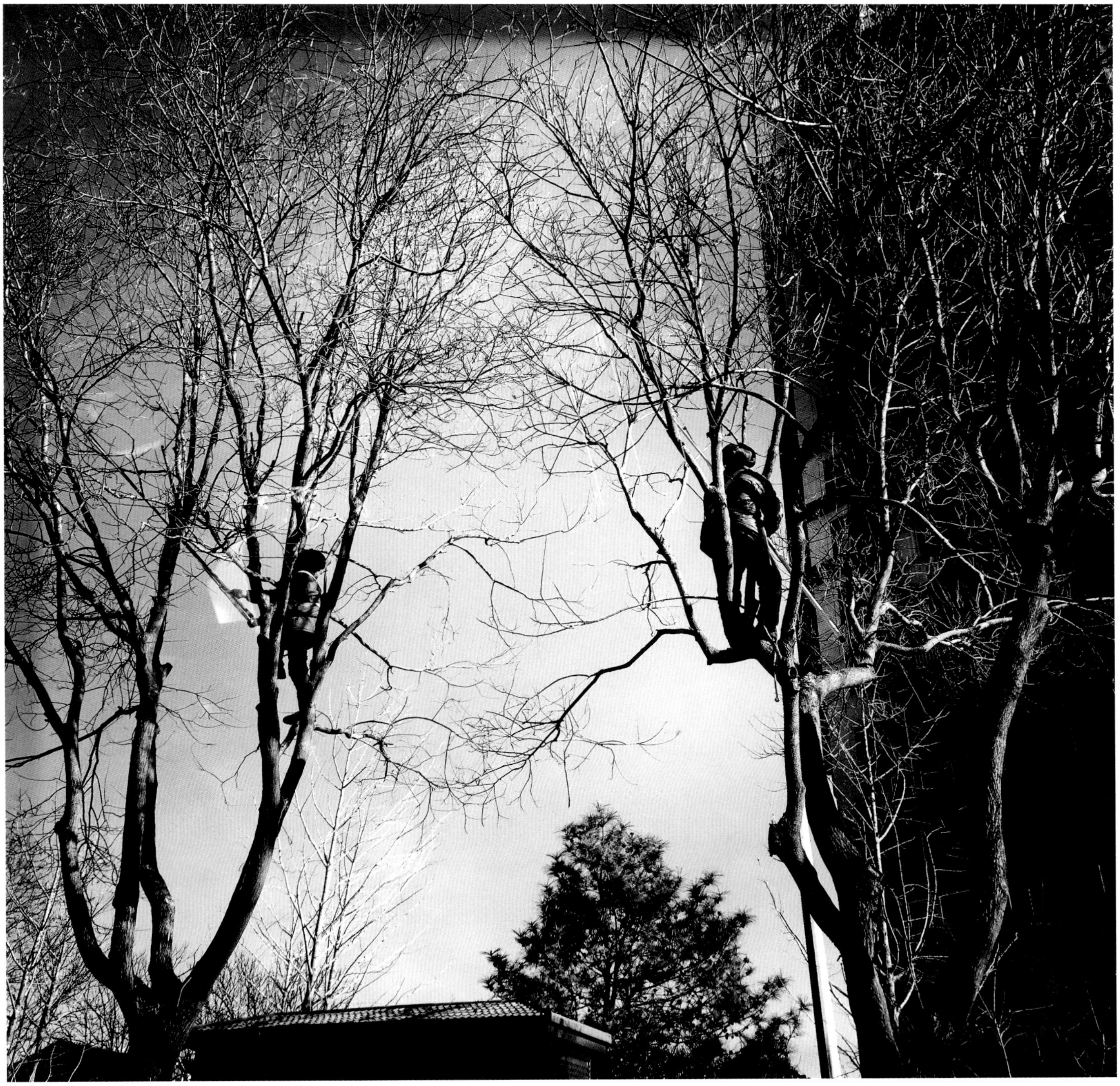

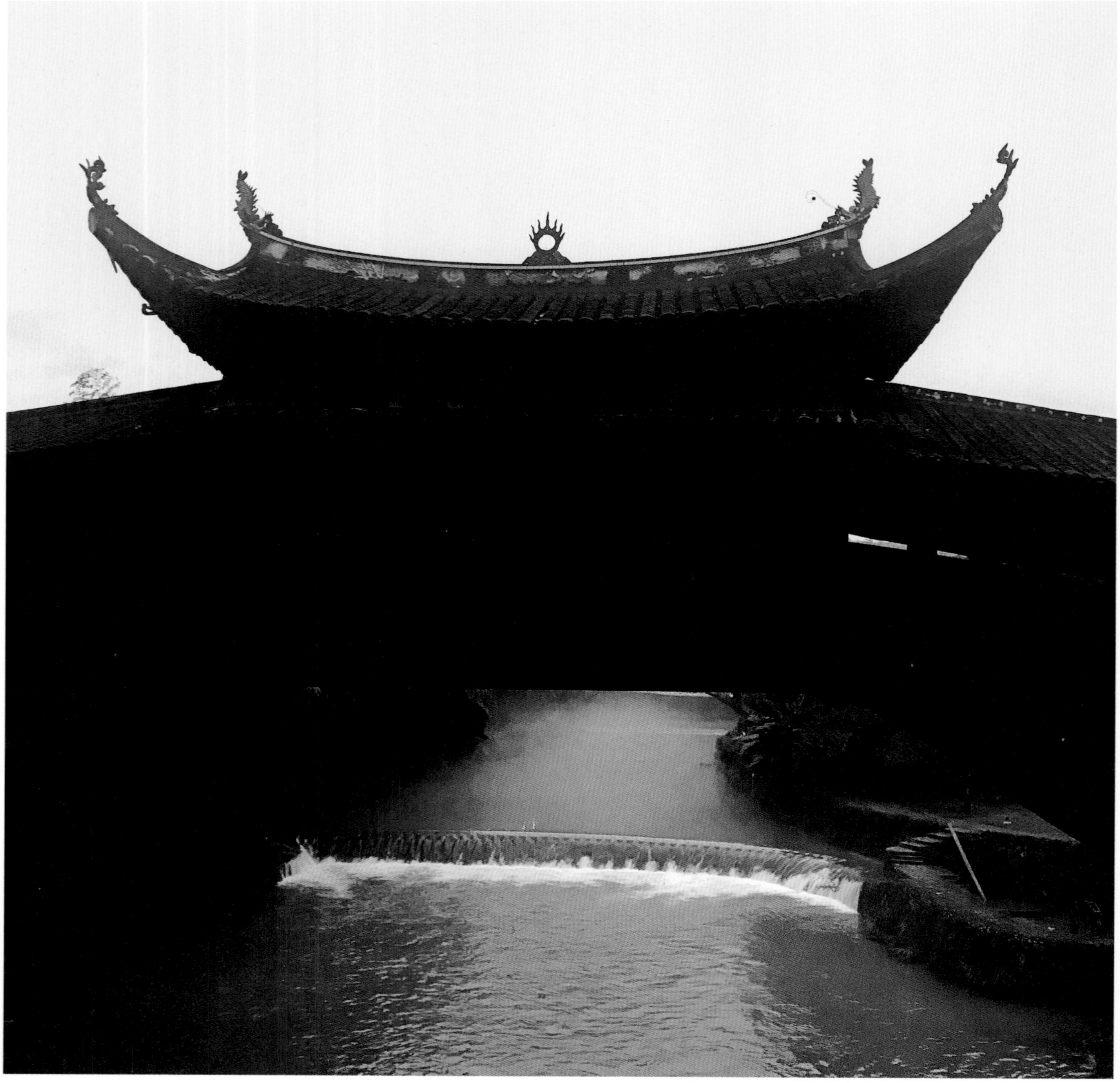

463

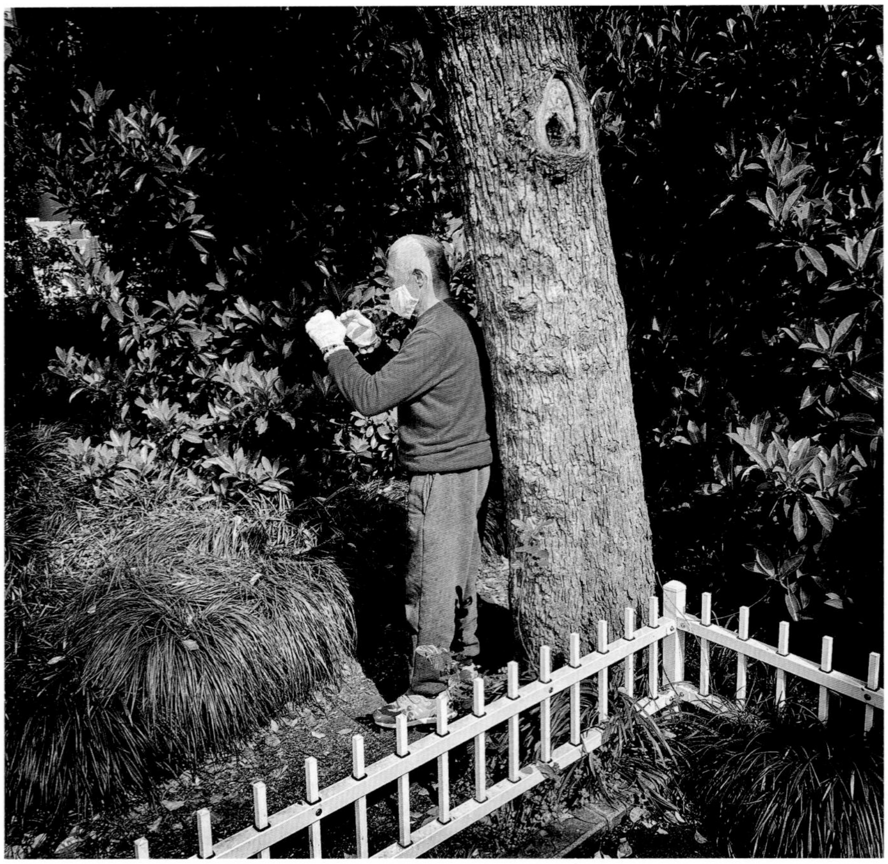

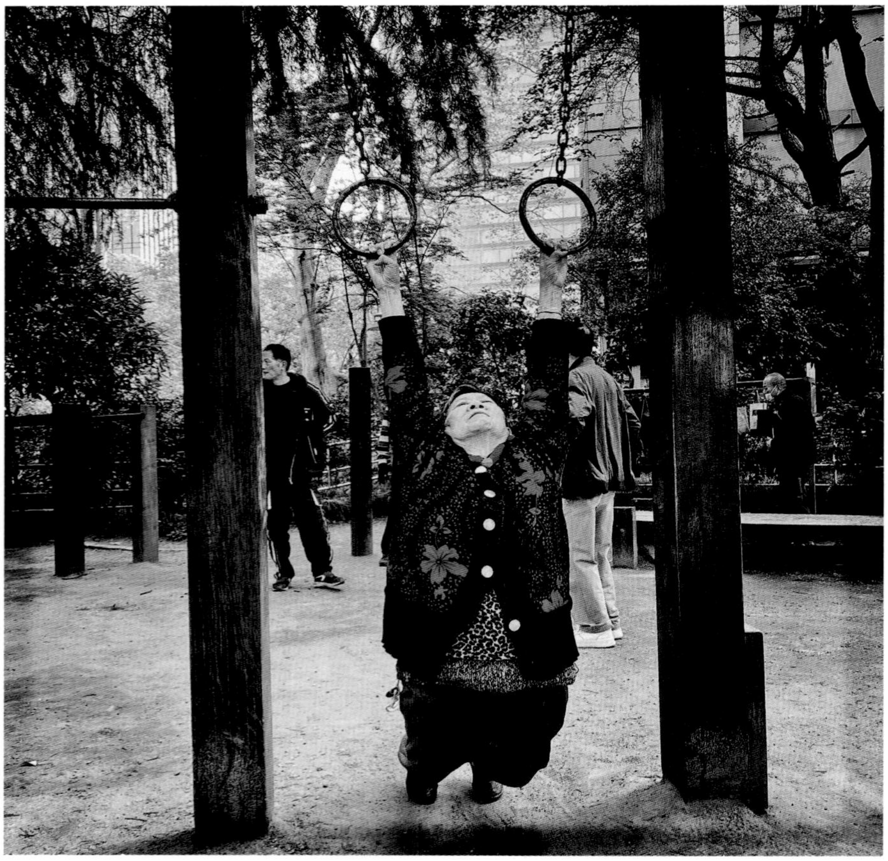

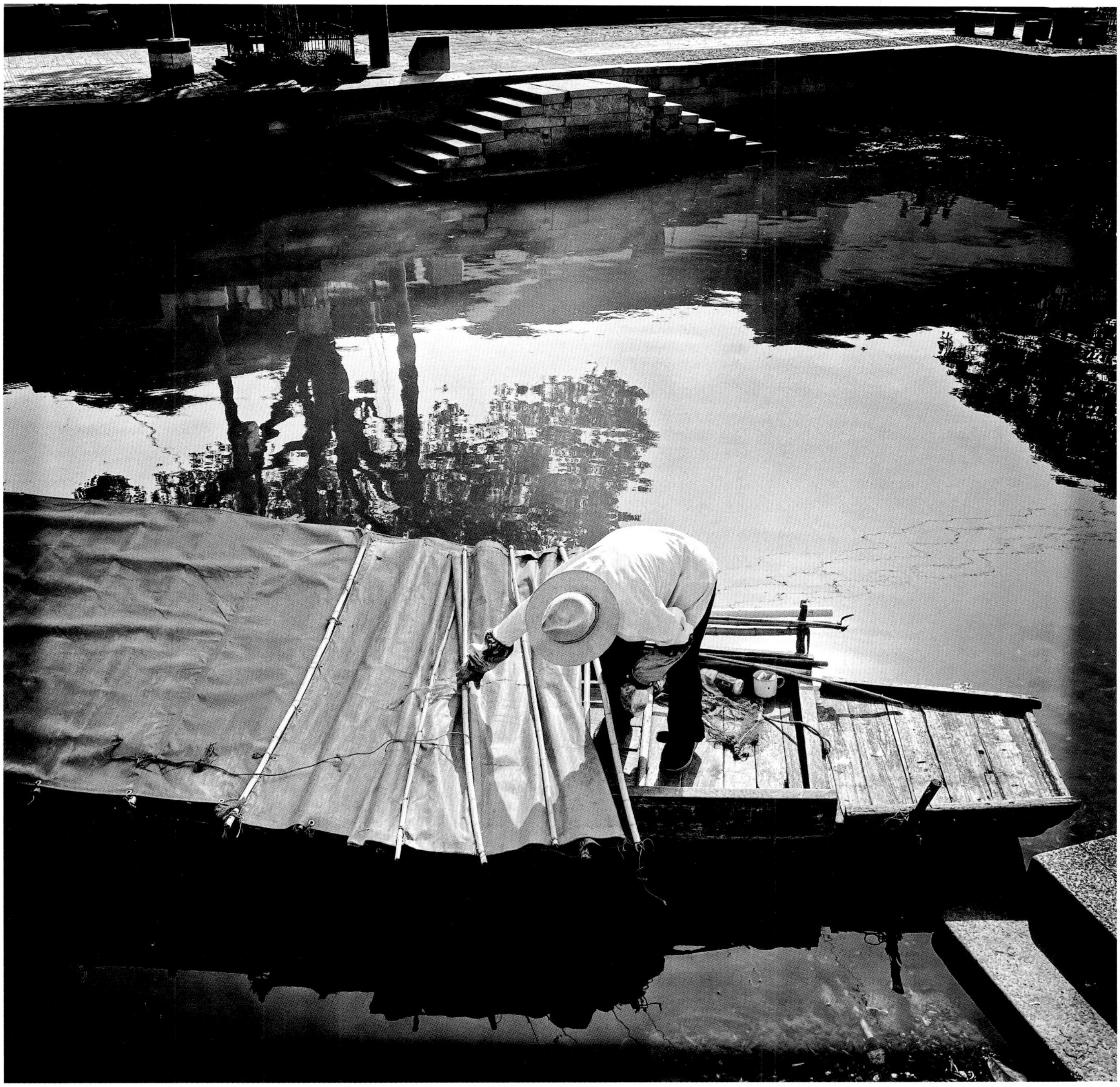

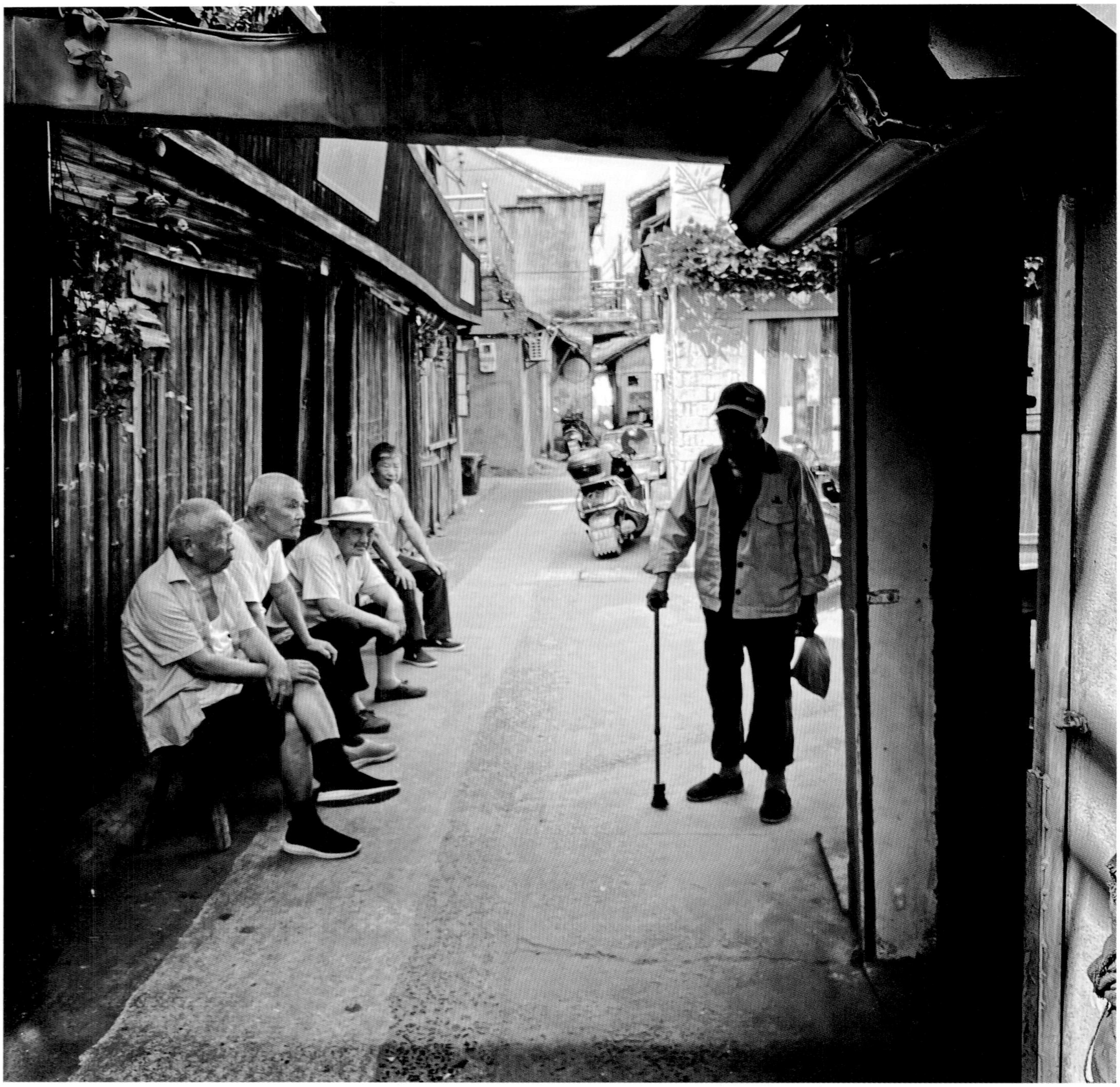

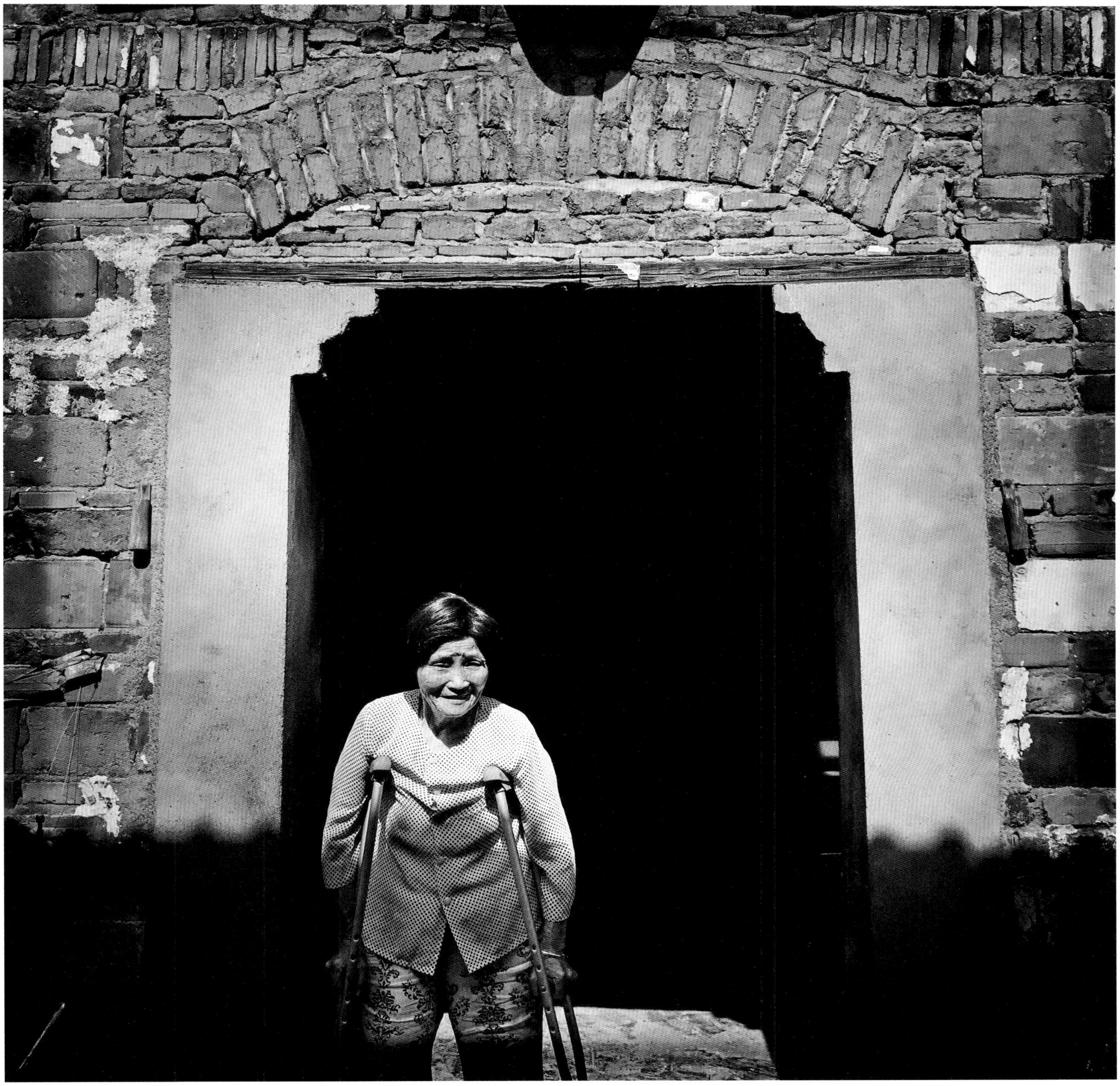

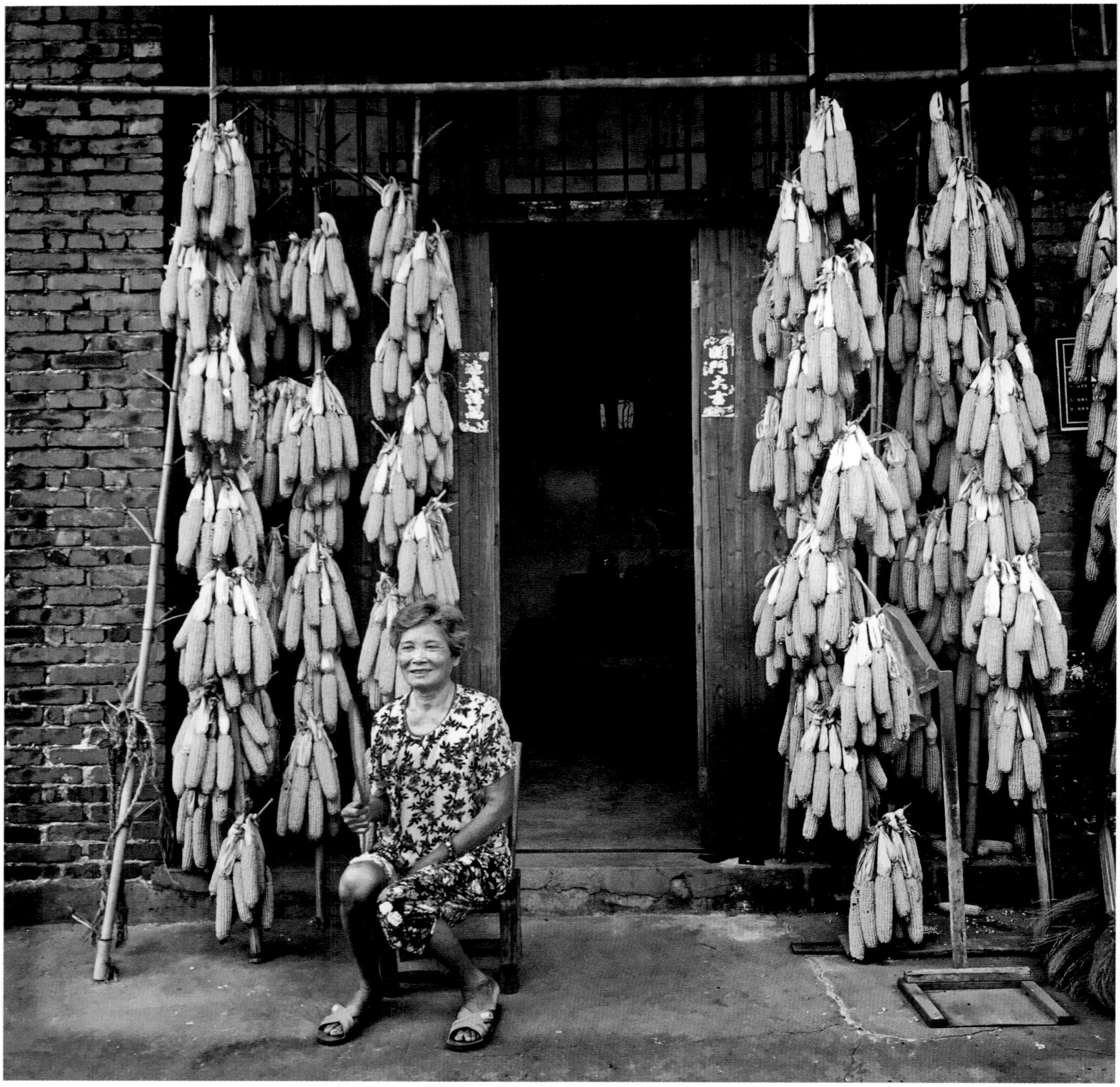

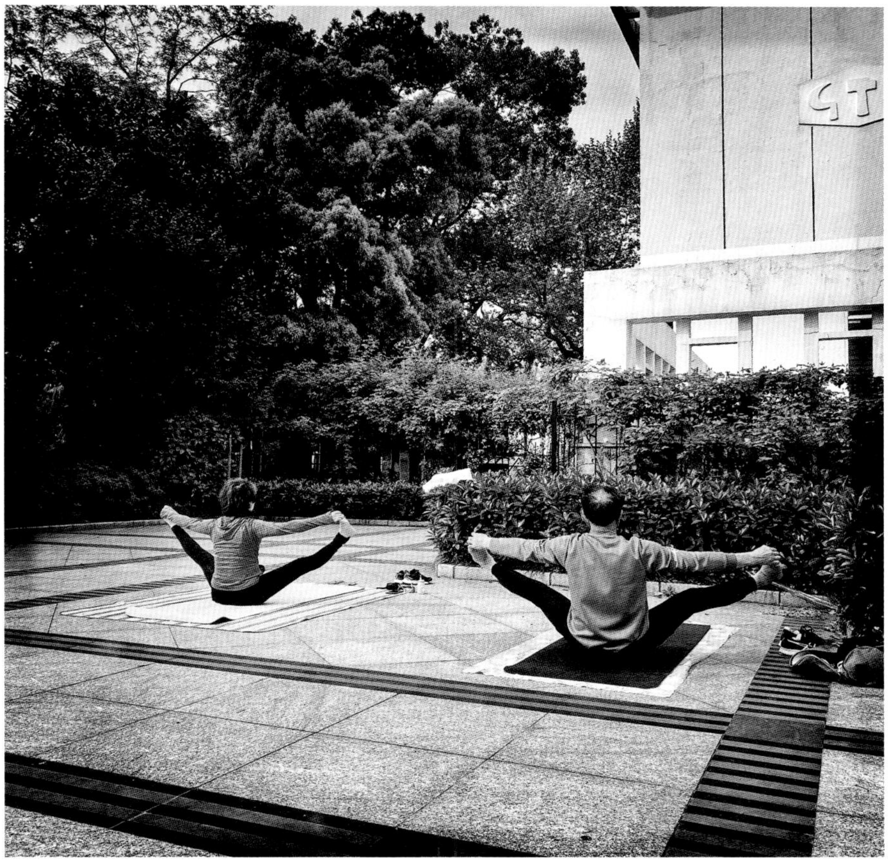

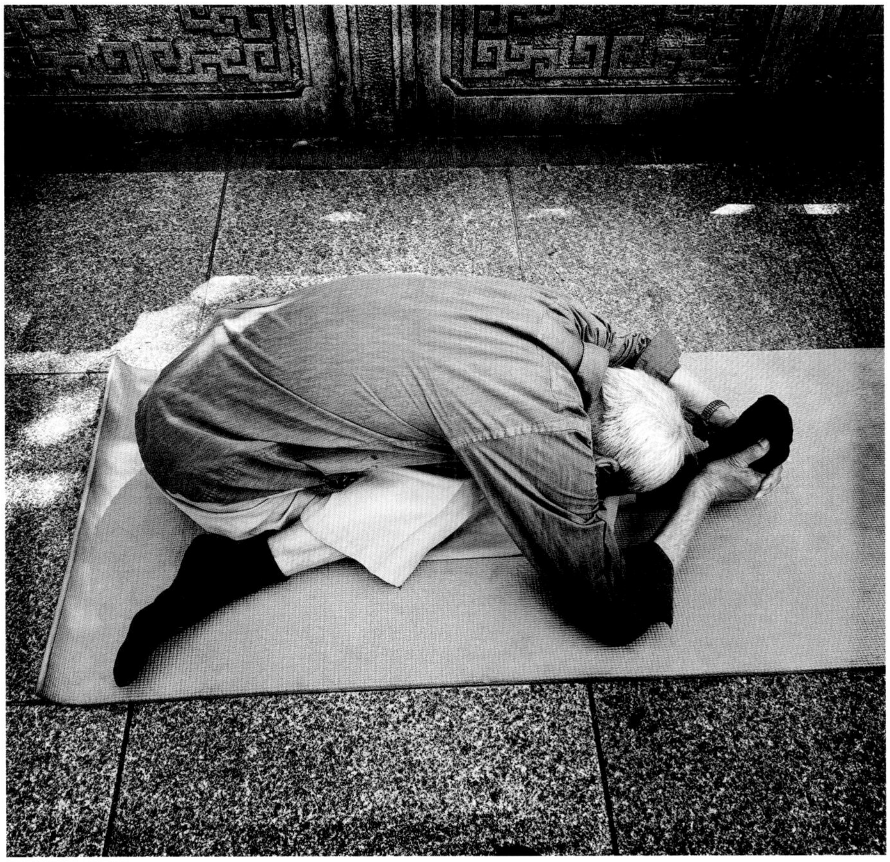

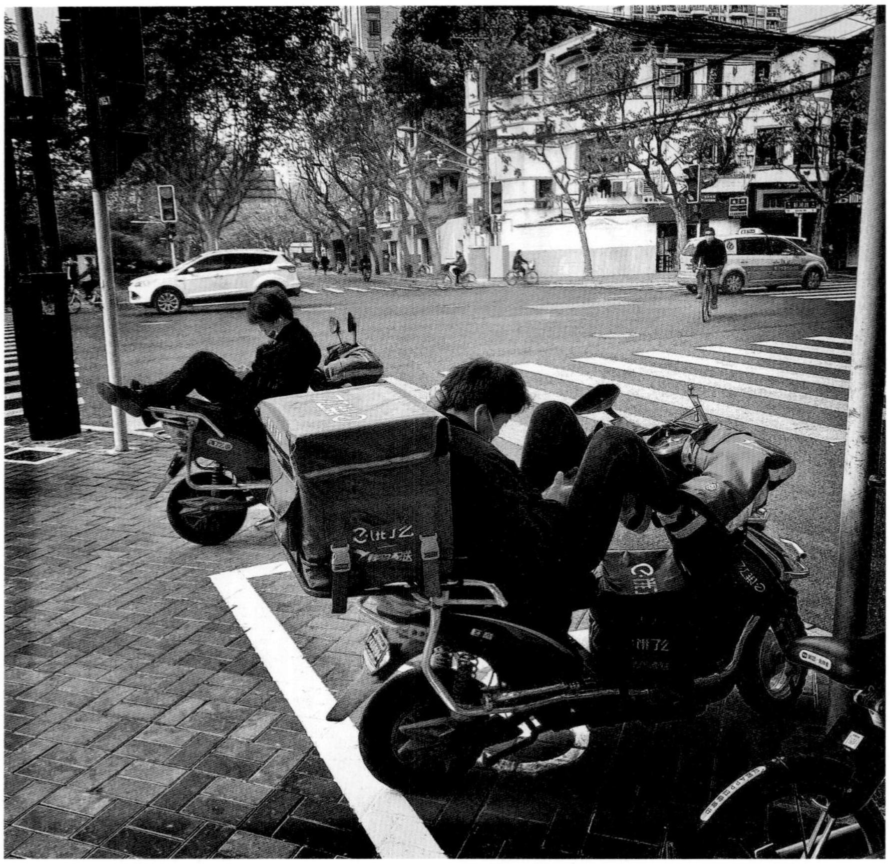

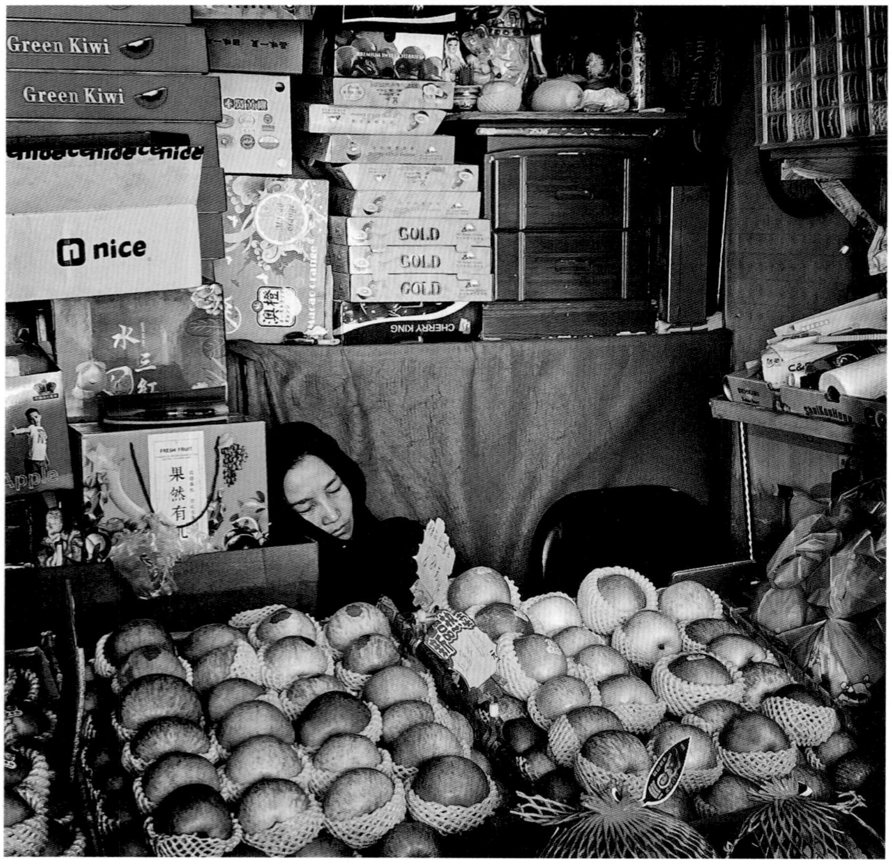

我们为什么在乡村

钱晓华

我把书店开到了乡村,那是八年前的事情。

偶然的一次机会,迎来了我书店的一次转折。记得那次欧宁来南京拍摄诗人韩东的视频,地点正好选在五台山书店,中午我们一起在云南味道吃饭时,欧宁建议我来安徽碧山开办一家乡村书局,很快我就去碧山考察,跟当地政府签订了开办书局的协议,因此就有了后来的碧山书局。这要感谢欧宁先生的非凡胆识和勇气。人们可以忘记过去,但不会忘记他对乡村建设的历史贡献。

我走过中国很多的农村,看到的都是"空心村",村里面的人都是老弱病残和留守儿童,村上年轻人都外出打工,剩下的都是七八十岁的老人,有的村子甚至就留下两三个老人;尤其是那些老人生病了无钱看病,也无人照料,眼睁睁地看着他们从我的眼前消逝,那是一种断指的伤痛;更令我揪心的就是祖上留下的老房子,到处都是断垣残壁,这里不是巴尔扎克笔下的《人间喜剧》,而是雨果的《悲惨世界》,我一辈子都难以忘怀那凄惨的景象。

当初对我开办乡村书店,不仅是我要好的朋友,就连我书店的同事都不可理解,觉得我脑子坏了;城市里那么好的条件不开书店,跑到穷乡僻壤荒芜人迹的地方做所谓的情怀,那里会有人去吗?那里能生存下去吗?这是很多人对我的质疑。我想,城市里的好地方,哪个不想着去开店?那么多人来找我,给我最好的位置,最优惠的政策,可这一切都被我一一拒绝了,想请我去开书店的政府多如牛毛。政府都是推荐最好的村子给我们开办乡村书店,有的都是大户人家的四合院,也有的都是镇中最热闹的地方,这些都能给当地政府带来政绩。我到乡村考察,几天跑下来,有的地方领导见我选中的都是最破烂的村落,有的村子就连他们都没有去走访过,有的村子简直就是一片废墟,被人遗忘的地方,在他们看来,送都送不出去,几乎不可能做成功,他们都为我的选址大为吃惊,并且苦口婆心想说服我不要去那些鸟不生蛋的地方;还有的百姓都对我说,村里一棍子都打不到一个人,来这里开什么书店,你们城里人日子过好了没事干。我留心那些小地方,别人看不到的地方,在我看来已经成功了一半;再说,我做乡村书店不是要贪图小名小利,不是要做锦上添花,而是要做雪中送炭,建立利他主义、共生理想的利益共同体,造福于当地老百姓,这才是我们开办乡村书店追求的真谛。我喜欢做最有挑战和最是艰难的事,别人还没有看到的事。

我是从农村走出来的孩子,早期我自己在乡村工作,也跟乡下老百姓一起生活,我同情最底层老百姓的疾苦,那些至今生活在水深火热之中的穷人,我对他们怀有善良和悲悯之心,我想这生能够帮到他们是我的福分。乡村书店不是一个生意,而像是一个事业,是为劳苦大众服务的事业;在城市开书店,这是一般性的胜利,乡村才是我的舞台,是我一生最好的投资,我对这项工作肩负神圣的使命。

在我看来,城市里的书店已经趋于饱和,乡村才是我们未开垦的处女地。很多人吹牛,几年要做一百家、一千家,这种梦都已破灭了,事实也是如此。现在书店天天有人开张,却没有几家好书店,大部分都是滥竽充数,真正的好书店少之又少,绝大部分书店处于畸形状态,沦落为商场的附庸，终有一天被当作炮灰牺牲了。中国正处于一个没有独立意识书店的年代，没有自由意志和精神生活，缺少信仰的根基，我们需要给自己的书店精神补"钙"，需要自我的省察和努力，什么才是书店的真气魂、真精神？书店要有赤诚的品格，更要有批判意识和直面现实的勇气。到农村去，到祖国最需要的地方去，书店的未来在乡村。

乡村书店不是每个人都能做成的事情。一家书店做下来时间跨度都在两三年以内，我每年的鞋底都要磨破几双，有的项目都要跑一二十个来回；为了找项目，我的左腿和左手都差点被摔断，至今都行动不便，一到雨天都有强烈的反应，常人是无法理解的。我的助理因为长年奔波于乡村选址，没有时间谈恋爱，女朋友都跟他分手了，我时常想起，觉得对不起人家。

还有的乡村书店地处高山峻岭，货物都难以到达，只得请当地老百姓把一件件货物肩挑手拎。返聘到书局工作的前陈家铺村村支书鲍根余，他已是七十岁的老人，满头白发，满脸的微笑，他经年累月从山高路陡的险峻中将货物肩挑手拎到书局，从没听到他一声怨言。还有碧山书局的汪寿昌，他也是前村主任退休返聘到书局的一位老将，今年也已经七十多岁，他的老伴是个病号，长期卧病，为了帮自己的老伴治病，经常晚上在医院守护在老伴的床前照料，前一阵子病魔夺走了他老伴的生命，我心里很是为他难过，留下他孤零零的一个人。他身体瘦削的教士的形貌，但看上去依旧坚硬如铁，他心里时时牵挂着书局的事情。有一次我正好在碧山，晚上下起了多年未见的狂风暴雨、雷电交加，他怕暴雨淋湿书籍，晚上一个人顶风冒雨跑到书局，用打包纸将书架上的书裹得严严实实。我每当身处挫折、困难和险境时就会想起他们，他们是我有力的榜样，这是我一生所要学习的功课，再大的困难我都不怕。

我在开办乡村书店时，处处都深受老百姓的感召。碧山书局开业当天，村上的老百姓都自发穿上了崭新的衣服，身上都散发着樟脑丸的味道，他们都把我的书局开业当作自家的喜事；有的老百姓从来都没有喝过咖啡，那天他们都喝了两杯，有的都笑得合不拢嘴；我每次去碧山，有一位九十多岁的老奶奶都要送我自家的鸡蛋，她自己都舍不得吃，我看到她满头的白发，身上的衣服打满了补丁，想到她孤苦伶仃的一个人，我心里都不能自已。沙溪有一位八十多岁的白族老奶奶，她在我书局开业的当天，将家里采摘回来的两袋子核桃送到书局里来，还有他儿子将自家园子里的一棵良旺茶树也种在书局的院子里，象征着我们跟村民的友谊，其实我至今连他们名字都不知道。我有一天走进这位老奶奶的屋子时，眼前的一切让我惊呆了，她烧饭的锅灶还是20世纪六七十年代的土灶，屋里像样的桌子也没有，她睡的是一张小木床；这四年中我没有看见她穿过一件新衣服，她的生活极其俭朴清贫，她是一个受苦的人，她忍受了那么多的苦难；但老奶奶是一个多么慷慨大方的女人，她是多么良善的女人，她就像一朵百合花盛开在我的心中。还有一位十一岁的小姑娘，沙溪开业的时候，她同我坐在一条木凳上，我听她讲小时候的故事，还有爸爸妈妈、爷爷奶奶的故事，她的爸妈常年在外地打工，只留下她同奶奶一起生活，几乎没有爸妈对她的爱，我听了很伤感，这个女孩多么需要爱的温暖。那是一个多么美好的下午，这是我一生最美好的回忆，她让我一下子回到自己的童年时代，那个时候我是多么想有一本书看啊。我想哪一天，村里面像她一样的孩子们，他们在书局相遇的一本书，曾经影响和改变了他们的命运，这就是书局存在的意义，我深切渴望很多人都得着智慧的亮光，我是在为这个变革的时代做见证。

我每次走到乡村，都会有彩虹出现，好像冥冥之中上帝也看到我做的一切。我们在沙溪举办诗歌活动的时候，门前突然出现了双彩虹的拱门桥，所有的人都跑出书局，见证了这美妙的时刻；云夕图书馆开业前还是蒙蒙细雨，等到我剪完彩准备讲话时，一道强烈的光柱忽然照射在我的身上，我顿时成了一根火柱。那不是奇迹，那是神迹，人要活在净光的高处。老百姓每次见到我都说："你走到哪里，就把光带到哪里。"老百姓是我心中的一杆秤，他们的疾苦是我心中的秤砣。我想这辈子就没有白活，我为他们做的是一件美事，一件人生中有意义的事情。

我们每家乡村书店都请建筑师创作，不是用旧的粮仓，就是废弃老屋；不是用百年祠堂，就是废墟遗址；他们让建筑、自然、生活与社区融为一体，未来创生、地方创生、社区营造。建筑师张雷、华黎、黄印武、陈卫新、杨志疆、崔恺都亲自走入乡村。乡村书店的八年,我们陆续开出了安徽黟县碧山书局、浙江桐庐云夕图书馆、松阳陈家铺平民书局、福建屏南厦地水田书店、南京江宁汤山矿坑书店、园博园筒仓书店等,乡村书店的打造都坚持文化反哺、返璞归真,而不去追求"奢华"的风格,越平民越先锋,越乡土越国际,每家书店的建筑就像大地生长出来的,写满大地的诗行,镌刻了时代的印记,也成了建筑师精神生命的最好延续;先锋走出另一条路,创造另一个世界。

我们的乡村书店成了很多诗人作家的朝圣之地。北岛、于坚、阿多尼斯、陈东东、蓝蓝、阿乙、宋琳、钟立风、树才、赵野、关晶晶、杨子、林白、杨键、韩东、吕德安、耿占春、庞培、朱朱、朱赢椿、黄灿然、孙文波、王超、宇向、梁小曼、岳敏君、张扬、刘守英、吕品晶、余秀华、潘洗尘、海桑、舒羽、李娟、敬文东、江弱水、颜炼军、赵扬、华黎、张雷、夏铸九、文岚、聂梅等诗人、作家、艺术家、建筑师、乡建专家、导演、音乐人、设计师、文化学者,以及当地手艺人都来到乡村书店共同举办乡建、文学、电影和诗歌活动,他们给乡村的孩子们播下诗歌的火种,唤醒了一片沉睡的土地。我们在乡村建造诗歌塔,我们对诗歌负有公义,这是公正的。我们身处的时代更需要伟大的诗歌。先锋是时代的见证者。

我们到乡村去,将来最偏远的地方扎根,在历史的轮回中发芽开花,我们的果实必充满世界。先锋有那么一些雄起赳气昂昂、勇敢奔赴乡村的年轻人,他们以高山为铠甲,以狂风为头盔,以雪原为衣服,以寒冷为外袍,以孤独为妆饰,以云海为睡眠。他们在一个伤感而浮躁的年代,守得住自己内心的寂寞,像随风远飘的蒲公英,在悬崖、高山、谷地、田野播下一粒种子。如果种子不死。他们是月黑夜空里,仍坚持燃烧的星光。他们跟脚下的那片土地结成了永恒的联盟。故乡是永恒的,在他们的心坎上,在时间之中。他们把自己的名字写在磐石上,坚不可摧。陈家铺的父老乡亲都把书局店长李霞看成"陈家铺的女儿"。先锋人是独一无二的,先锋人是巅上之诗。

我们开办乡村书局不是一日之功,需要做好长期艰辛的努力,更需要有一颗平常简朴的心。这是一个用十年或二十年,甚至一辈子做成的一件事情,短跑是永远跑不赢的,急功近利更成不了事情。我们开办乡村书店的目的是不与民争利,我们的宗旨只想造福当地老百姓。历经八年努力,乡村书店所在地的民宿和社会影响都获得发展和提升,并初见成效,有些年轻人返乡创业。老百姓见到我都说:"你要常回来看看我们。"他们的话,我一直记在心里。

我在旅途上,在风雨中,在黑暗里,我一直在问自己,我为什么还要坚持开书店,为什么要把书店开到乡村去,为什么还要挑战自己的极限,这是为什么。只有前进,只有时刻准备着;如果不继续前进,我们的事业就会前功尽弃,就会注定失败!我希望先锋走得更远,我希望乡村书店带给人们一个更美好的未来。把书店开到中国最偏远的乡村去,把作品留在大地上,把心留给人们!我们深知,我们头顶上有风暴,我们脚底下有深渊……我们路途遥远,道路险峻……我们阻力重重,步步艰难;但我们坚信,只要我们在风雨中抱紧阳光,在巨变的时代相依前行,再坚硬的石头都会开出花朵,再密布的乌云都会闪耀黎明。

我生有涯愿无尽,我们能做出什么,历史将是一面镜子!

臣本布衣,回归平民;先锋之后,平民先锋!

(本篇摄影师:侯博文)

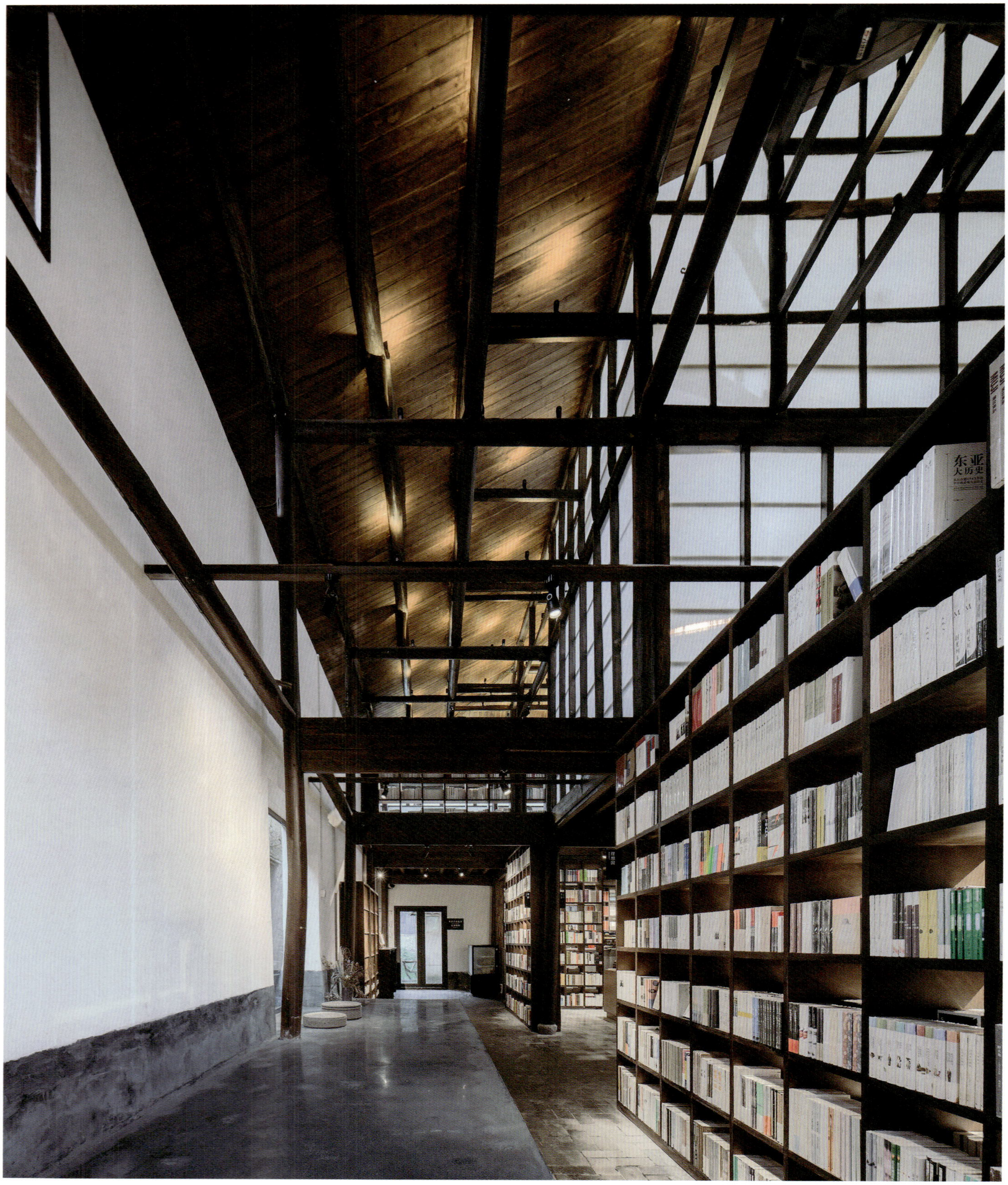
东亚
大历史

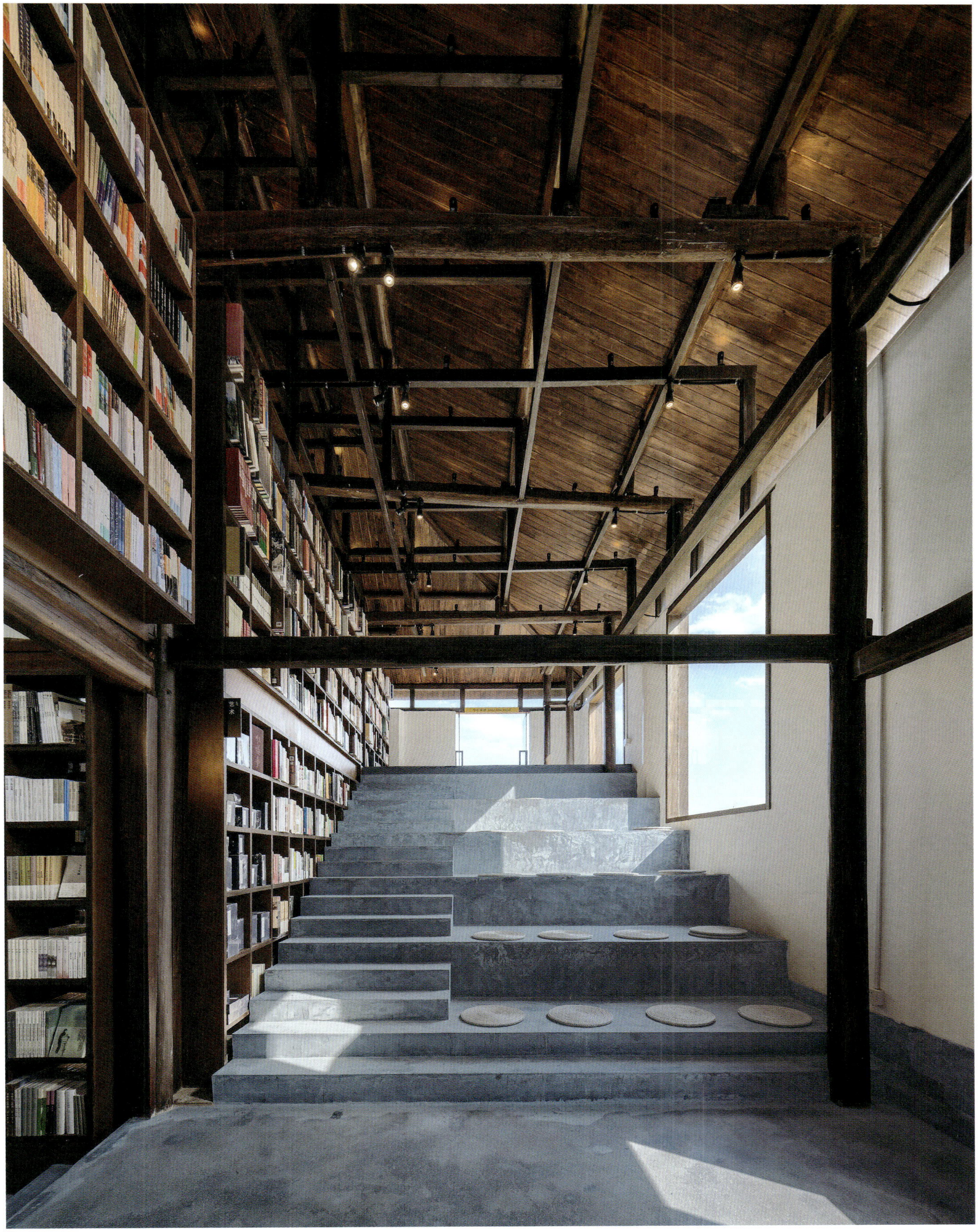

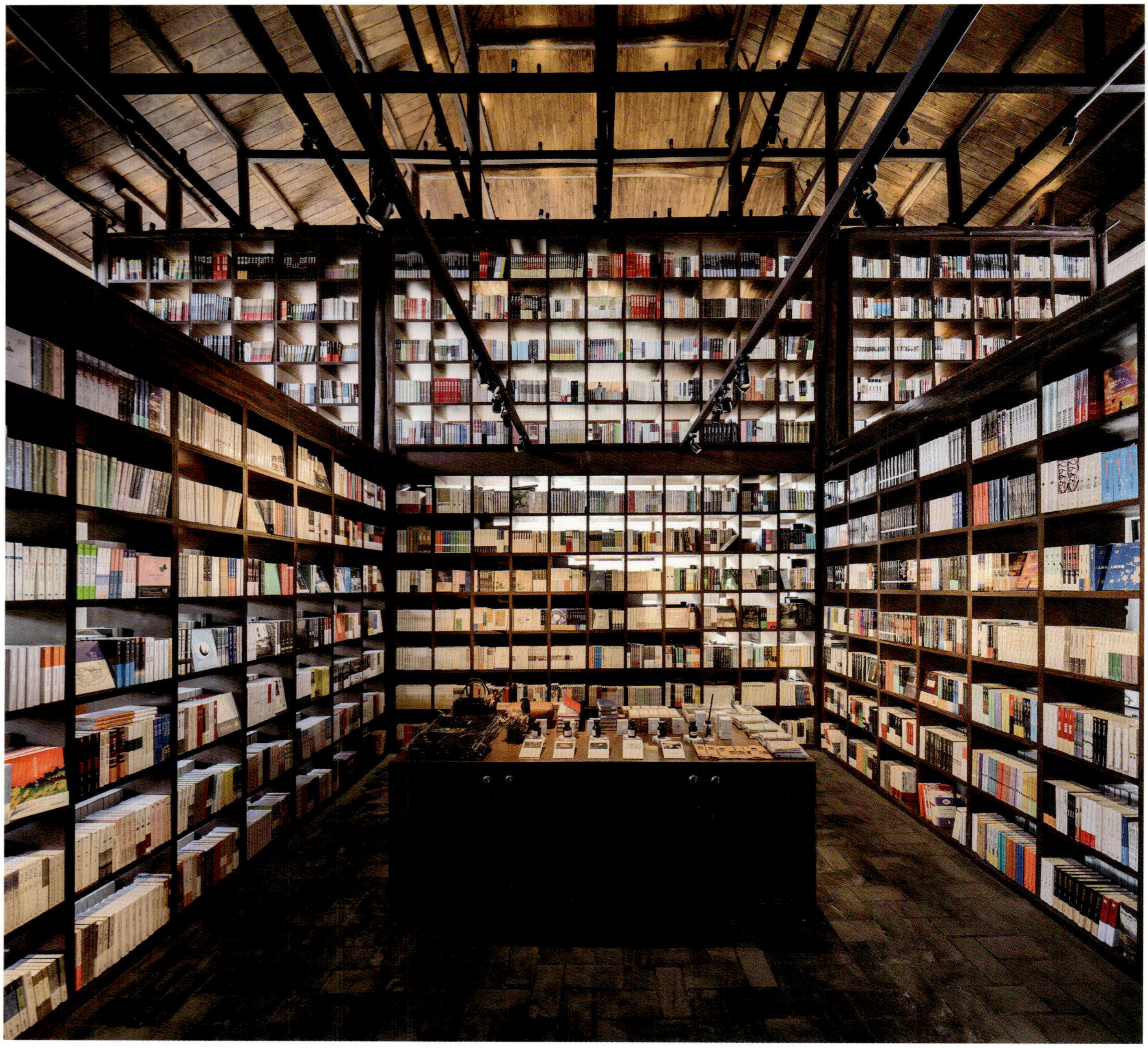

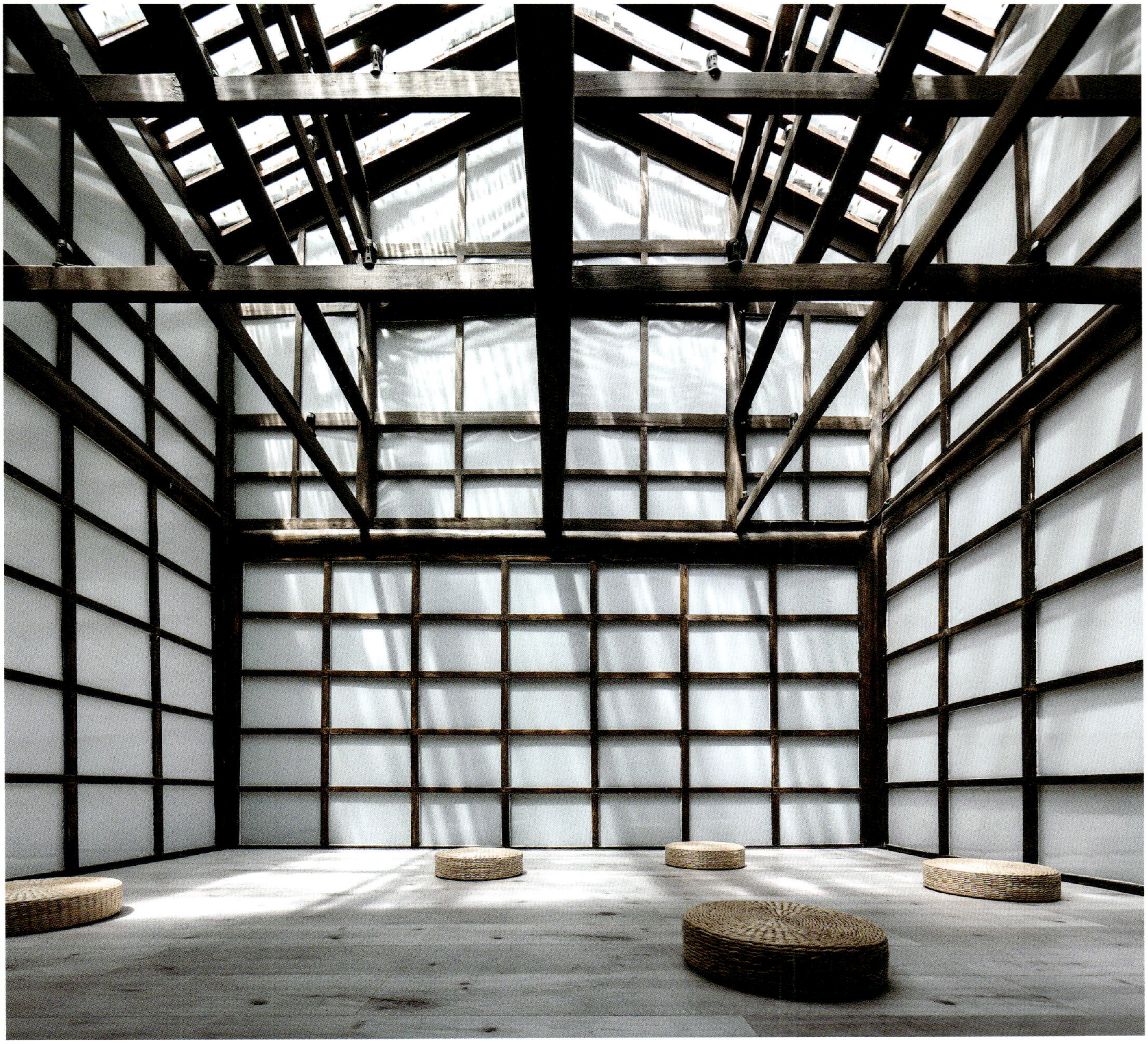

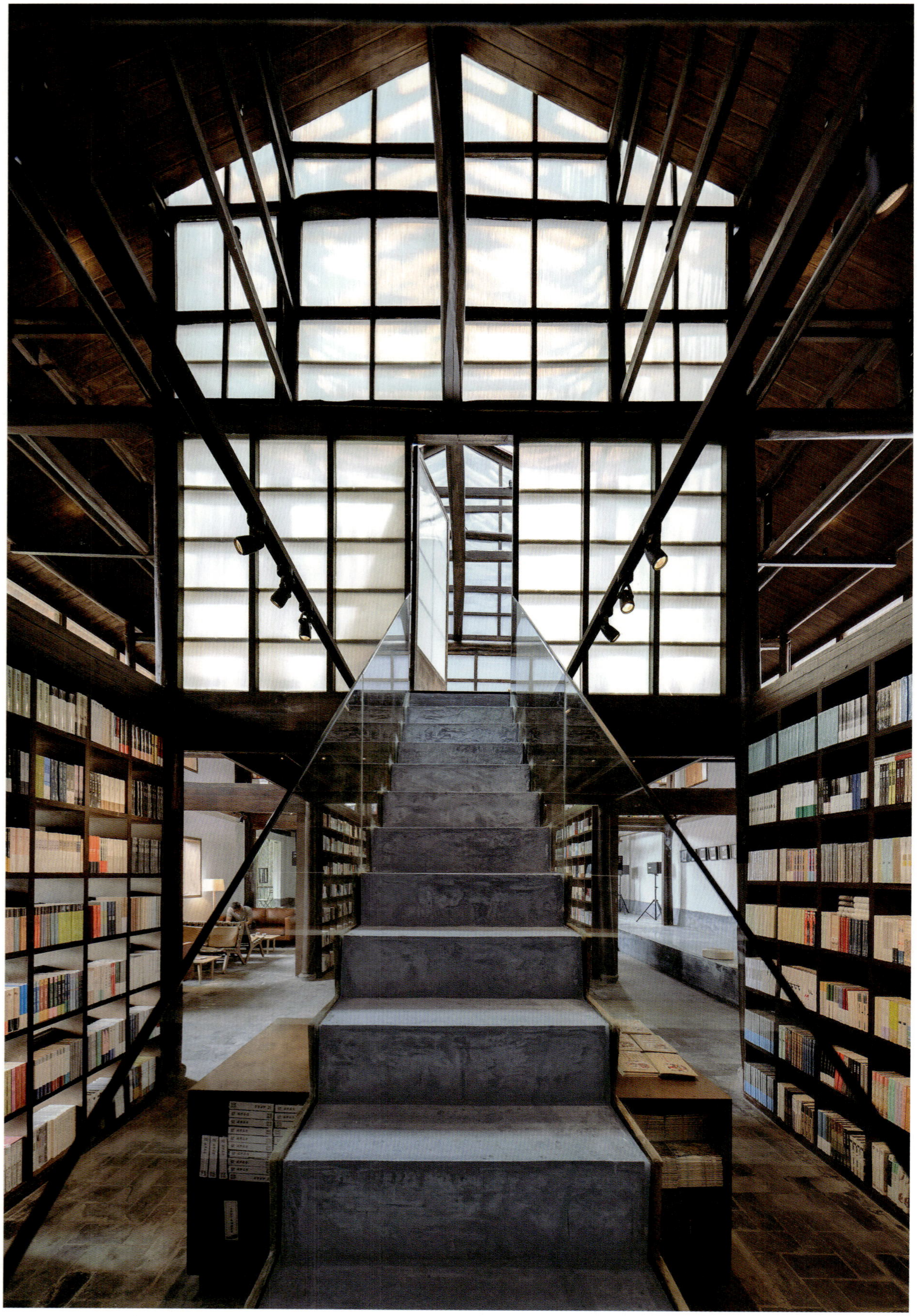

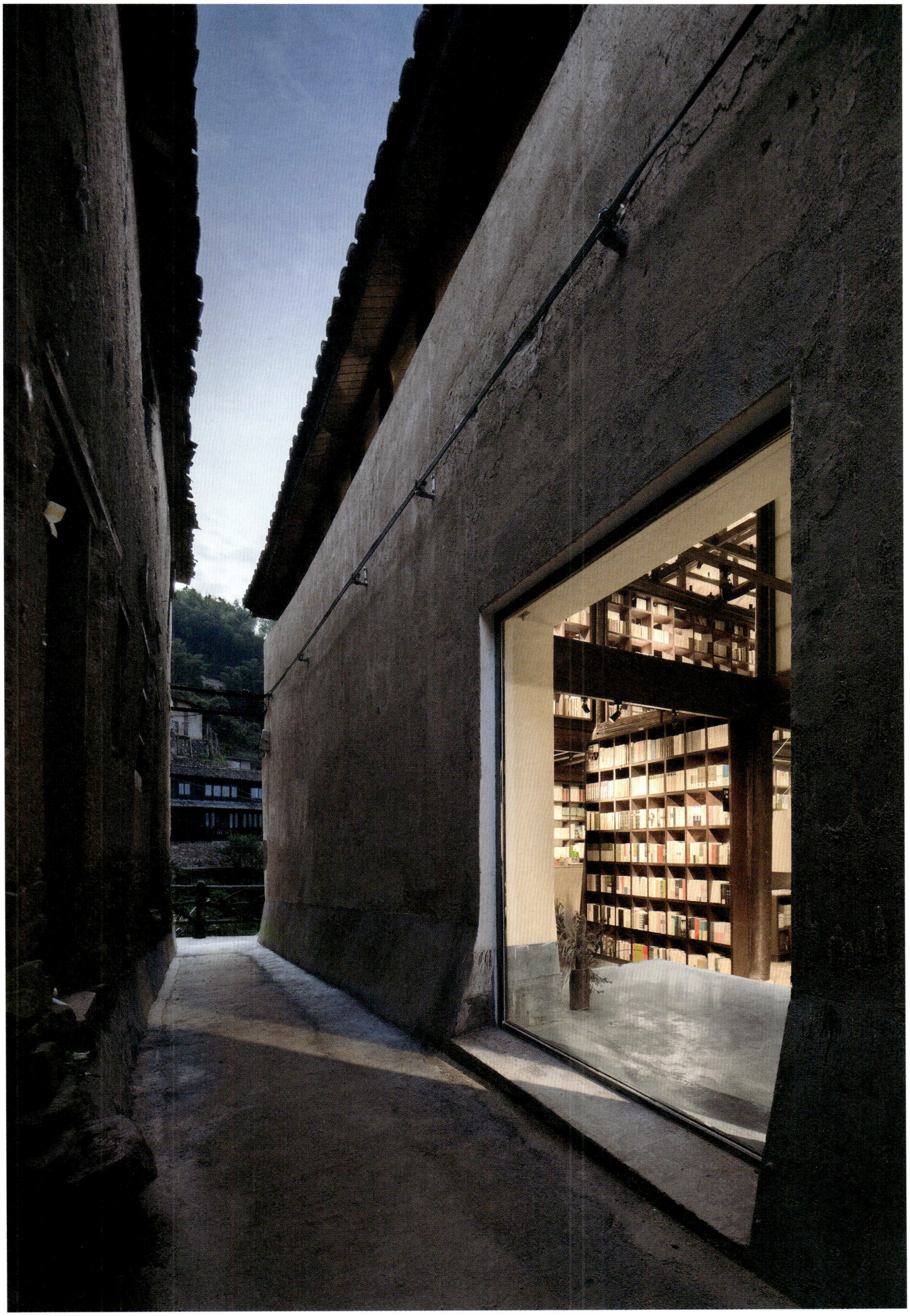

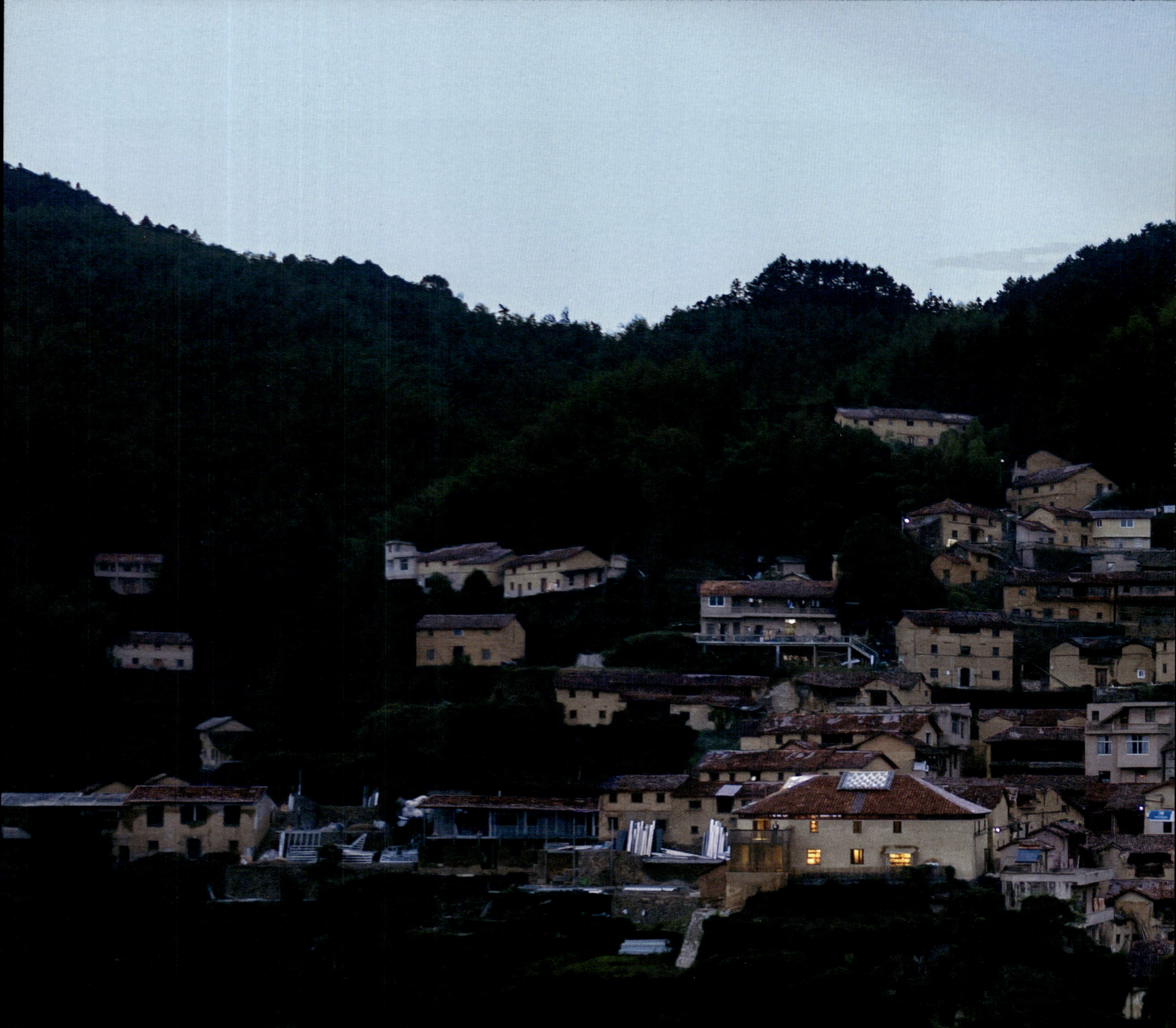

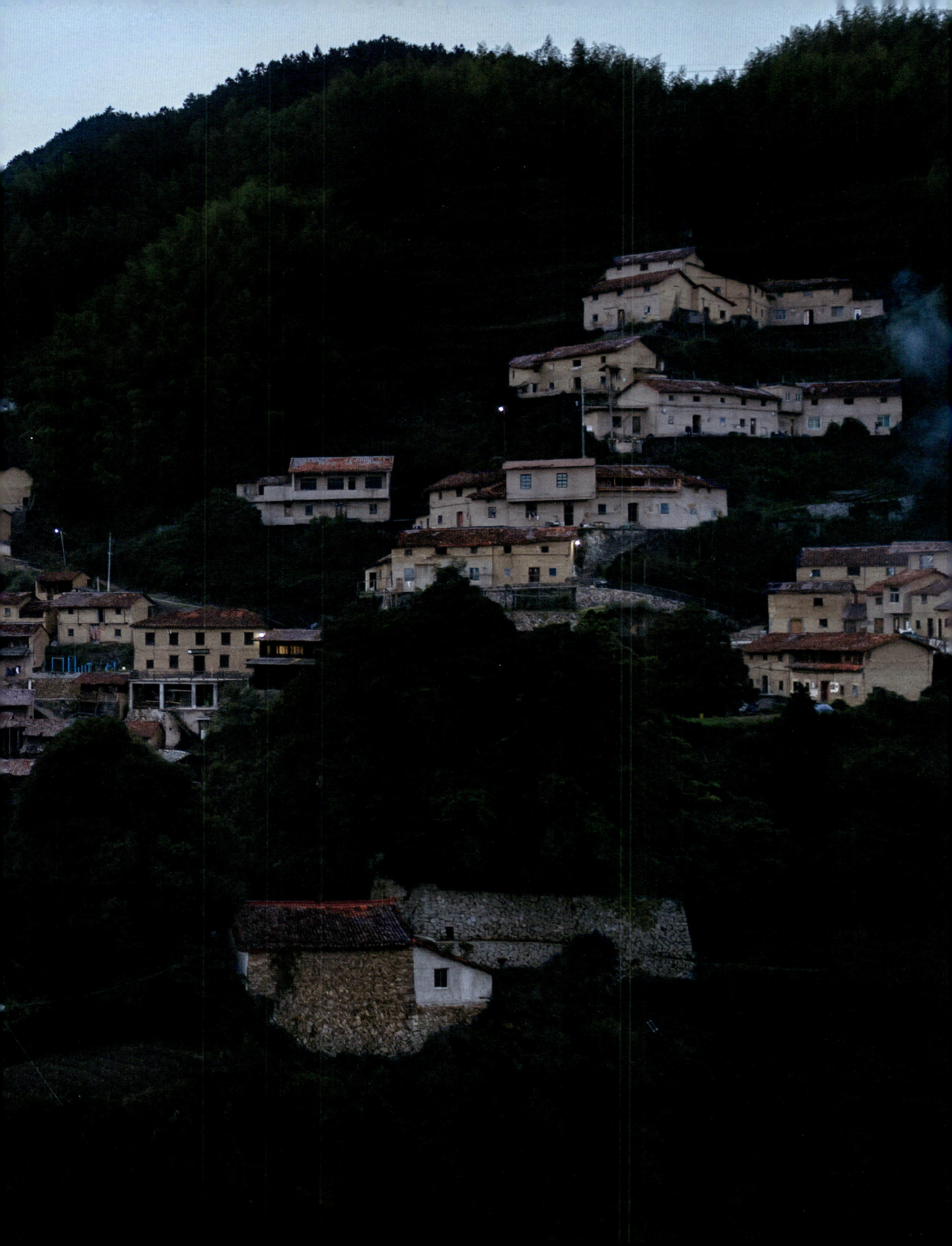

明清家具制造地区辨流

张金华

众所周知，明清家具代表了中国古典家具的美学高度和制作工艺，尤其是明式家具，虽然它是一种时代风格，但因文化地理的不同、风土人情的差异，各地流行的风格、形制、工艺以及采用的材质或多或少都有差别。即使由于流通性造成原产地的归属不明，我们可凭借积累的经验，通过家具外观风貌的分析，仍能大致判断出一件家具究竟属于苏作、晋作、京作、广作、闽作、皖作……甚至更具体到苏南还是苏北……

明清硬木家具，很大一部分是用进口的优质木材制成的，如黄花梨、紫檀、乌木等，自南至北，各地均有生产，精致的主要产自广州、福建、浙江、江苏、安徽、北京等地区。尽管如此，为对应农耕时代社会各个阶层对家具大规模的实际需求，就地取材，本地化的生产加工仍占主流。如两广一带常用铁力木；福建地区常用鸡翅木、龙眼木、红豆杉、铁力木；浙江常用黄杨、银杏、香樟、白榉等；江苏地区常用血榉、柞榛、柞桑、黄杨、柏木；安徽、江西地区常用红豆杉、楠木、苦楝；山东地区常用枣木、槐木；河北、山西、陕西、甘肃常用核桃木、榆木、椿木、高丽木。传统地方材料的家具制品，为我们在研究明清硬木家具的制造地区提供了参照依据。另外，作为硬木家具的地方辅材，也成为我们研究制造地区的重要依据。

贸易和港口造就了城市的繁荣，外来木材进口的重要口岸逐渐成为加工制作的中心。

如广州港。在明初已经成为通商口岸，嘉靖年间海禁时期也是保留的唯一对外通商口岸。清康熙二十四年（1685年）粤海关是清政府设置的四海关之一，至乾隆时期，贸易政策缩紧，推行广州"一口通商"。由于特定的地理优势，广州港也逐步成为广作家具的生产重镇。文献记载有屈大均《广东新语·木语·海南文木》谈到"粤人以作小器具，售于天下，花榈稍贱，凡床凡屏案多用之。"李渔《笠翁偶集》也讲道："予游东粤，见市廛所列之器，半属花梨、紫檀。制法之佳，可谓穷工极巧。"另外，据故宫博物院现藏铁梨木带铭文的翘头大案（见图1），面板底面刻"崇祯庚辰仲冬制于康署"十字，从而得知它是今广东肇庆德庆县的制品。肇庆是古代岭南土著文化和广府文化的发祥地，也是中原文化与岭南文化、西方文化与中国传统文化最早的交汇处，明清之际，肇庆也是两广总督府驻地。由此推论，此地极有可能是明清宫廷家具在两广的采办和生产加工所在地之一。

由于外来优质木材充足，广作家具用料一般不采用拼接方式，多是一木制成，如有束腰结构的桌、凳、床坐、椅坐、几的牙板与束腰，多采用一木连做。造型多采用鼓腿彭牙式，腿足采用大挖内翻马蹄，边抹用素混面或简单的冰盘沿（见图2）。凳、椅、床的座面多用板面，鲜见软屉，床、柜、架等的装饰花格，多用整板锼挖，不用攒接。构件线脚相对简化，多采用混面，其具有代表性的是鼓腿彭牙的坐卧具、小型座屏风等（见图3）。因地处潮湿闷热的地带，为防止腐蚀，马蹄足较高。由于用料壮硕带来的稳定性，榫卯结构相对单一，构件之间通常不采用穿销、销钉，更不采用因潮湿易导致霉变的动物胶作为黏合剂。

图 1　铁梨木带铭文的翘头大案　故宫博物院藏

图 2　明铁力翘头长供桌　私人藏

图 3　紫檀镶理石座屏风　私人藏

483

进入17世纪末,受到西方文化的冲击,广作家具制作大量模仿西洋样式,形成一股空前的"西洋热"。用料粗大,体态厚重,雕刻繁缛的"广作家具"成为一种潮流,同时也成为我国清式家具的重要代表。

福建地区自古是东南沿海的重要通商港口,尤其明隆庆元年(1567年)隆庆开关,在福建漳州月港推行"一口通商",自此漳州、泉州、福州、莆田等地区也成为"闽作"家具的制作加工中心,由于受到汉地文化与当地土著文化的影响,家具和地方风格独特。同样因近港易得木材,用料大多阔绰,家具尺寸硕大,供案最为典型,大多采用黄花梨、铁梨木厚独板所制。例如供案喜用大翘头,夹头牙板分连牙和断牙两种,牙板厚实,牙头多用螭龙纹,腿足多为撇腿素混面(见图4)。条桌、架子床、罗汉床、榻的下部一般采用假四面平式,有的腿足之间使用罗锅枨加固(见图5)。坐具中圈椅椅圈与其他地区显著不同,呈两头粗中间细的样貌,橱柜中最具代表是带座架的圆角柜,用材纤细飘逸,它们共同的特点是构件之间也同样不采用销钉或动物胶加固。闽人又擅漆,雕漆、款彩、薄螺钿、黑漆描金、金漆等应用广泛。

浙、江、皖、松江地区,自明中叶后,木材消费进入了高潮,市场硬木和良材除来自本地外,还来源于赣、闽、粤省,通过榷关、回空夹带、外域输入、贩海几种渠道,以满足园林、建筑、家具、器物等的需要。一方面成就了园林、家具等行业的黄金时代,另一方面揭示资源日渐匮乏及硬木高成本的实相。因此在家具用料上极为节制,尤其是以苏州、扬州为中心的苏作家具,可谓做到了"惜木如金"的境界,近代园林学家陈从周先生形容苏州园林风格巧糯,扬州健雅,同样也适用两地家具的不同风格。苏扬两地家具并以造型优美、线条流畅、结构合理、比例适度等特色且实物遗存品类齐全,成为我国明式家具的代表(见图6、图7)。除了与世共睹的艺术成就之外,为节省材料,又能增加功能与美观,装饰构件多采用攒接,斗簇的工艺,凳、椅、床坐通常采用软屉。构件之间除利用榫卯外另施加穿销、销钉加固,偶有采用浓稠漆浆作为黏剂。大部分构件连接的背部及底部披麻挂灰髹漆以防止伸涨。外来优质材料与当地所产材料,混作也是其一大特点。如柜面、桌案面等采用瘿木装心板,抽屉及背板采用杉木、楠木、棂木等,桌案、柜、凳、椅、床的穿带、穿销、弯带,托带采用榉木、柞榛木等。装饰构件上也经常使用黄杨木、柞棒木、乌木混作,如柜架、床等围子上的卡子花等。地方材料的使用为我们辨别家具的产地提供更直接的线索。清中叶后,江南家具虽受到广式、京式的影响,结构上仍然保持本土传统的手法,较容易辨别。

北方地区以京作家具为代表,主要生产宫廷家具为主。明代宫廷家具及生活用品由御用监专办,工匠来自全国各地,以江浙一带居多。清代大部分由清宫内务府造办处宫廷作坊制造,小部分由内务府下令在江浙及两广等地定制采办,还有一部分为各地官员进贡。造办处设有单独的木作,从全国各地招募的优秀工匠服役,其主要来源于广东、江苏两地,取广、苏二作之长,百工之巧思,化西洋风气为己用,在风格、设计、制作上明显区别于其他地区,材料主要用紫檀、黄花梨、酸枝为主。需要特别提出的是,京作家具的结构之间极少采用销钉,而多采用动物胶,如鱼鳔胶、牛骨胶等作为黏合剂加固,其在干燥的环境中易于长期保留(见图8、图9)。

地域性传统家具制造探究和辨流,是对原有系统的进一步深化,是恢复历史原貌,尊重文化原态的态度。从地方材质、营造特点入手,是一个曲径通幽的有效途径。

图 4　黄花梨夹头榫撇足大翘头案　私人藏

图 5　黄花梨四面平三屏风独板围子罗汉床　私人藏

图 6　黄花梨攒靠背四出头官帽椅　私人藏

图 7 黄花梨夹头榫螭凤纹独板翘头案 私人藏

图 8 紫檀三屏风宝座 故宫博物院藏

图 9 紫檀夹头榫平头案 故宫博物院藏

486

帽饰

孙建华

最初我并没有筹建博物馆的想法，只是带有一些好奇心，觉得收藏帽子应该挺有意思。那时候觉得，只要买一张机票，两个小时后就可以到达另一座城市，感受不同城市的文化，见到新奇的事物，收藏喜爱的帽子，是件很神奇的事情。正好也想到处看看，于是便开始走访不同地方的古董市场。

我先后去了沈阳、天津，在天津看到了一顶民国女帽，起码是七八十年前的。那个时代离我们已经很遥远了，但是戴着这顶帽子的主人的审美偏好，以及生活在那个时代的一些文化特征都能够通过这顶帽子传递给我们。当时觉得心有触动，宛如在心田种下一粒神秘的种子，从此便一发不可收，各种想法在心里慢慢长出枝芽。

后来又到北京潘家园，收购了不少清代的、民国时期的帽子。也到过欧洲、日本、美国、厄瓜多尔、菲律宾、韩国。当然，未来也会不断去其他国家寻觅帽子。

在国外，我经常会去一些古董展会和跳蚤市场。这两个地方是截然不同的，跳蚤市场要靠你的眼光，去发现有价值的东西，价格也可以讨价还价。而古董展会呢，价格尽管贵，但都是好东西。每次去古董市场，我都会像打了鸡血一样充满期待。

股神巴菲特说，他最大的爱好就是工作，每天都是踩着舞步走进办公室的。其实，我看到一顶中意的帽子的感觉也是如此。

我去过法国很多次，收了不少中国清代时期的头饰，也收了一些欧洲的服装服饰，以及和帽子有关的一些饰品。每次看到我们国家的精品流失到国外都深感痛惜，希望能尽自己所能收回一部分，放在中国的博物馆里供国人观阅，也将是一件多有意义的事情啊。

想起乔布斯说过的一句话"stay hungry , stay foolish"。我的理解是，成大器者，无关年龄，无关性别，必须充满少年感，至少要保留好奇心和惊讶能力，始终能像孩子那样睁大清澈的双眼看世界，然后展开想象的翅膀。

作为一名企业家，如果看到感兴趣的东西，看到机遇，滋生不出百爪挠心的贪婪欲，那么，对不起，你还不是一位出色的企业家。

就这样慢慢地，我收了很多散落在各处的好东西，并且不断归类整理，形成了一个又一个的系列。不仅有帽子，还有很多精美的饰品，一个以帽子为核心的富有层次的多维体系渐次展开，帽饰博物馆的雏形在我脑海中逐步勾勒成形。

2014年，JEFFSUN帽饰博物馆成立时，只是相当于一个帽子收藏的陈列馆。作为博物馆的前身，最开始的JEFFSUN帽饰博物馆做得很不专业，但毕竟因为有了这个开始，才有了后面的故事。

2019年，得到南通市民政局批准后，富美帽饰博物馆正式成为非国有博物馆，也得到了越来越多的关注和支持，感觉终于能在这个细分领域里做更多的事情，甚至希望未来可以在这个领域做到世界一流。于是，那一年我们购买了土地，修建了新园区，开始筹建现在的博物馆分馆。

博物馆的整体设计，包括温度、湿度都是比较专业的，虽然在设计布局上，还不能说十分完美，包括动线设计、空间布局，前前后后也做了无数次的修改和调整，但整体设计不乏可圈可点之处，得到了来自社会各界的认可。

在打造博物馆时，我们希望做一个参观者真正喜欢、能学到东西、能给他们以灵感启迪的，或者改变他们对帽饰这一细分品类的认知、提高他们审美和品味的博物馆。结果是，很多来过的人对我们博物馆都非常喜欢、非常欣赏。很多人在参观时都感受到了震撼，赞不绝口道："帽子还可以这样！"当一个人震撼的时候，他的认知就已经被颠覆了。

特别要提的，就是我们画有敦煌和永乐宫壁画的过渡厅。我们为什么要把敦煌和永乐宫放在一起呢？因为敦煌、永乐宫既是中国古代文明璀璨的艺术瑰宝，也是古代丝绸之路上曾经发生过的不同文明之间对话和交流的重要见证者。如果我们不做出解读，很多来参观的人是看不出这里面的奥妙的，会觉得我们这样的布局非常不合理。虽然从直觉来说，他们的意见也没有错。

更关键的是，我们希望展现出一千五百年前的敦煌和七百年前的永乐宫中人物（神仙）的精美头饰。在那个时代，没有哪个国家的头饰有我们国家这么精美的。敦煌和永乐宫作为中国古代壁画的杰作，也应该让更多的世界友人了解中国悠久灿烂的历史文化，以提升中华民族的文化自信。

我们还有专门展示草帽的厅，也是我认为收藏得比较完整的一个系列。我们博物馆有可能是全球收藏草帽花型最多的博物馆。我们准备把这些花型整理成一本书，或者举办专业的展览，让更多的人看到，再传播出去。独乐乐不如众乐乐，我觉得好的东西，就是要分享给别人，才能够把它的价值最大化。

我们还做了一个厅，用来展示国外设计师的作品和著名帽子品牌的作品。既然想做世界一流，那么首先我们要知道，世界一流是谁？有哪些品牌？他们的优点是什么？他们的缺点又是什么？而我们要做的就是扬长避短，寻找差异化，形成自己的品牌效益，最终超越。

最后的一个厅——"富美创意"，里面展示了一些富美设计师的代表作品。我相信，今天的精品，在五十年、一百年之后，依然会是极品、精品。正因为如此，我们才会打造"为未来收藏今天"的101系列。我们与江南大学合作制作中国历代101顶帽饰，希望把中国的帽饰发展变化这一条脉络好好梳理一遍。在中国，目前还没有一个博物馆能够完整陈列出中国历代的所有帽饰，很多有历史价值的帽饰都散落在不同地方的博物馆中。我们这么做，对于传承中国帽饰文化，是非常有意义的。

我们还计划邀请101个非物质文化遗产传承者，让他们用传承的手工艺制作各种各样的帽子，把帽子作为载体来传播中国的非物质文化遗产。目前已经与大漆工艺和掐丝工艺合作。可能做博物馆的人，对于保护和传承非物质文化遗产，会生发出更多的工艺坚守与文化自觉。

我们还希望与艺术家们合作，他们是非常有想法的一个群体，每位艺术家对帽子的理解也不一样，让他们用自己擅长的艺术风格在帽子上进行二次创作，这样设计出来101顶不一样的帽子，也别具风味。

在今年举办的关于帽饰的诗歌征集活动中，我们收到了很多才华出众的文人对帽饰这一品类做出的各种各样的新颖解读。他们的想法、理念完全出乎了我们的意料，帽子还有如此丰厚的文化内涵。这种跨界合作会激发出很多灵感和创意，这不仅是对帽饰文化的推动，也给其他艺术形式带来了新的活力。很多人觉得做博物馆是劳民伤财的，需要花很多钱，因此觉得我是很有使命感的人。事实上，如果没有情怀和使命感，确实很难坚持到现在。但也有很多意料之外的收获，让我心生愉悦。在做博物馆的过程中，我抢救了很多早年的帽饰，免费为学术研究提供实证材料，也获得了社会的尊重以及世界同行对我的欣赏。在四处收藏的过程中，我也开阔了眼界，坚定了初心。

一个企业要有社会地位、国际地位，除了你要有商业上的成功，更重要的是要重视中华优秀传统文化和时尚多元的高雅艺术。而我认为，博物馆是文化和艺术最好的承载体，而其背后，才是若隐若现的商业运营。

从筹建博物馆到现在的这十几年中，当我跟世界各地的客户去沟通、去谈论我们博物馆的时候，我发现自己受到了很大的尊重。包括那些有着一百多年历史的大企业，都会对你刮目相看，而且是真心地欣赏你。我觉得这点对中国人来说,是非常自豪的一件事。

所以,未来想要成为世界一流的帽饰企业,获得世界的尊重,必须论规模,有规模;论利润,有利润;论贡献,有贡献;论文化,有文化;论底蕴,有底蕴;论品味,有品味;论专业,有专业;论创新,有创新;论担当,有担当。唯有如此,才能成为一家真正意义上令世界同行尊重的引领者!

路虽迩,不行不至;事虽小,不为不成。

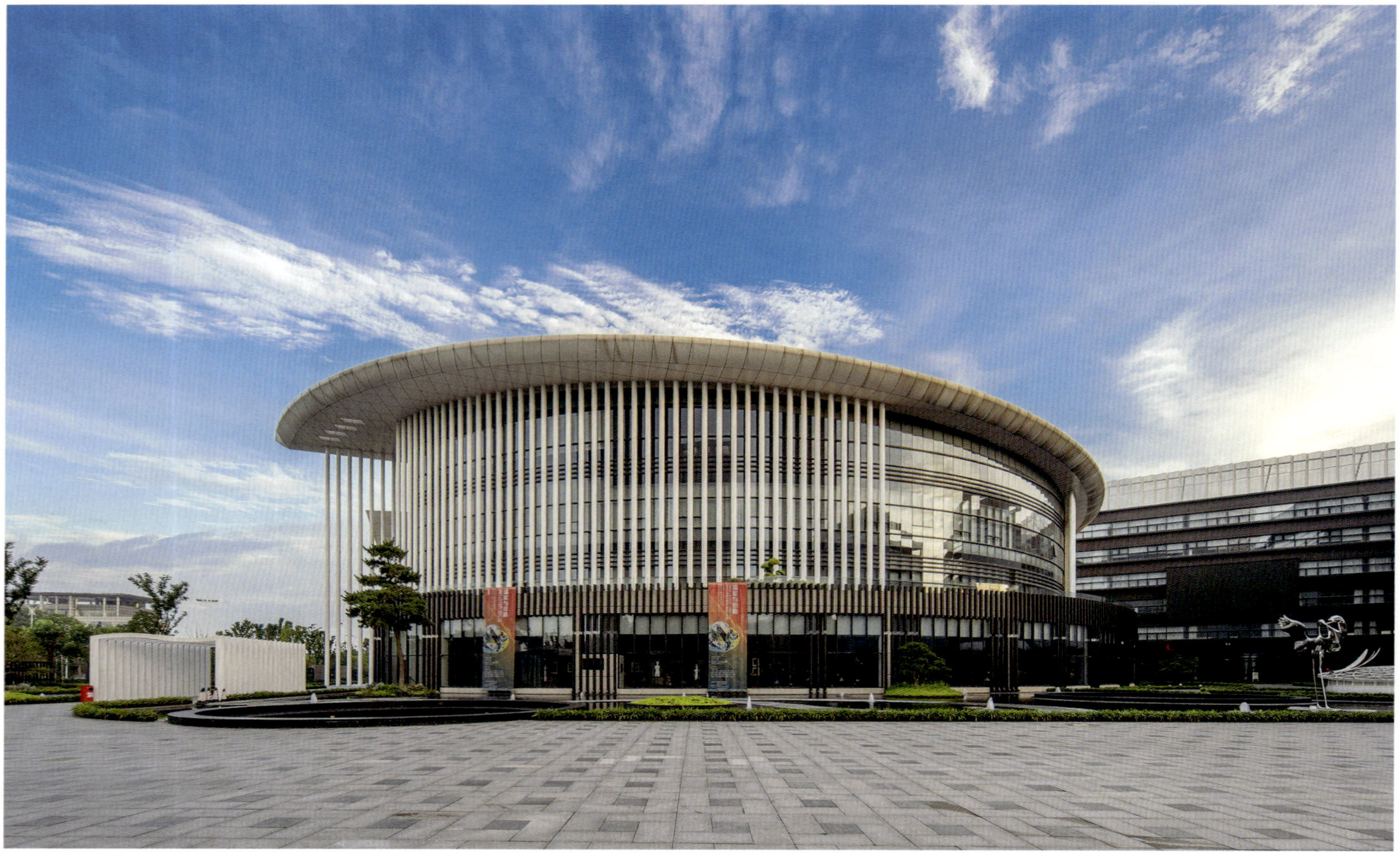

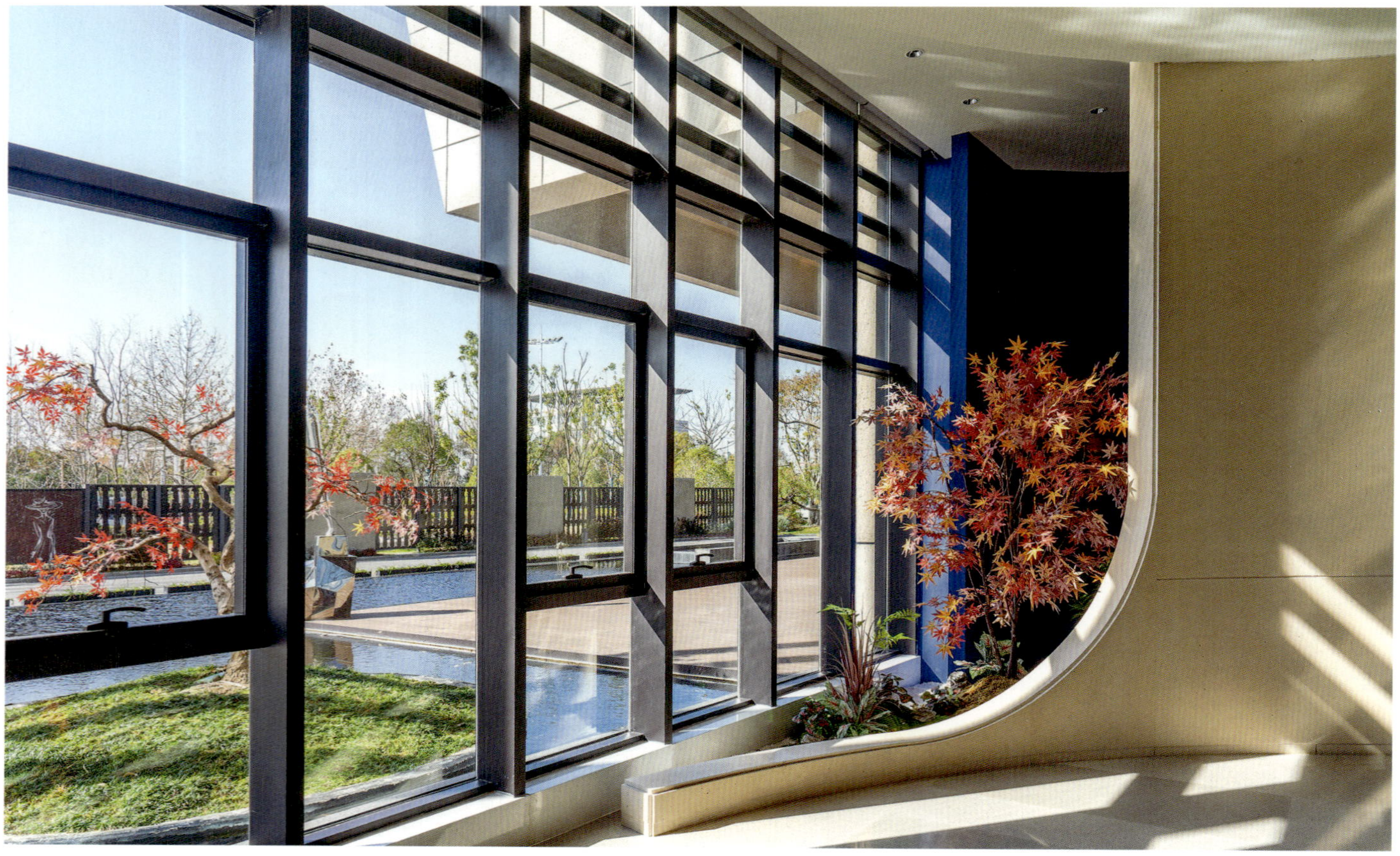

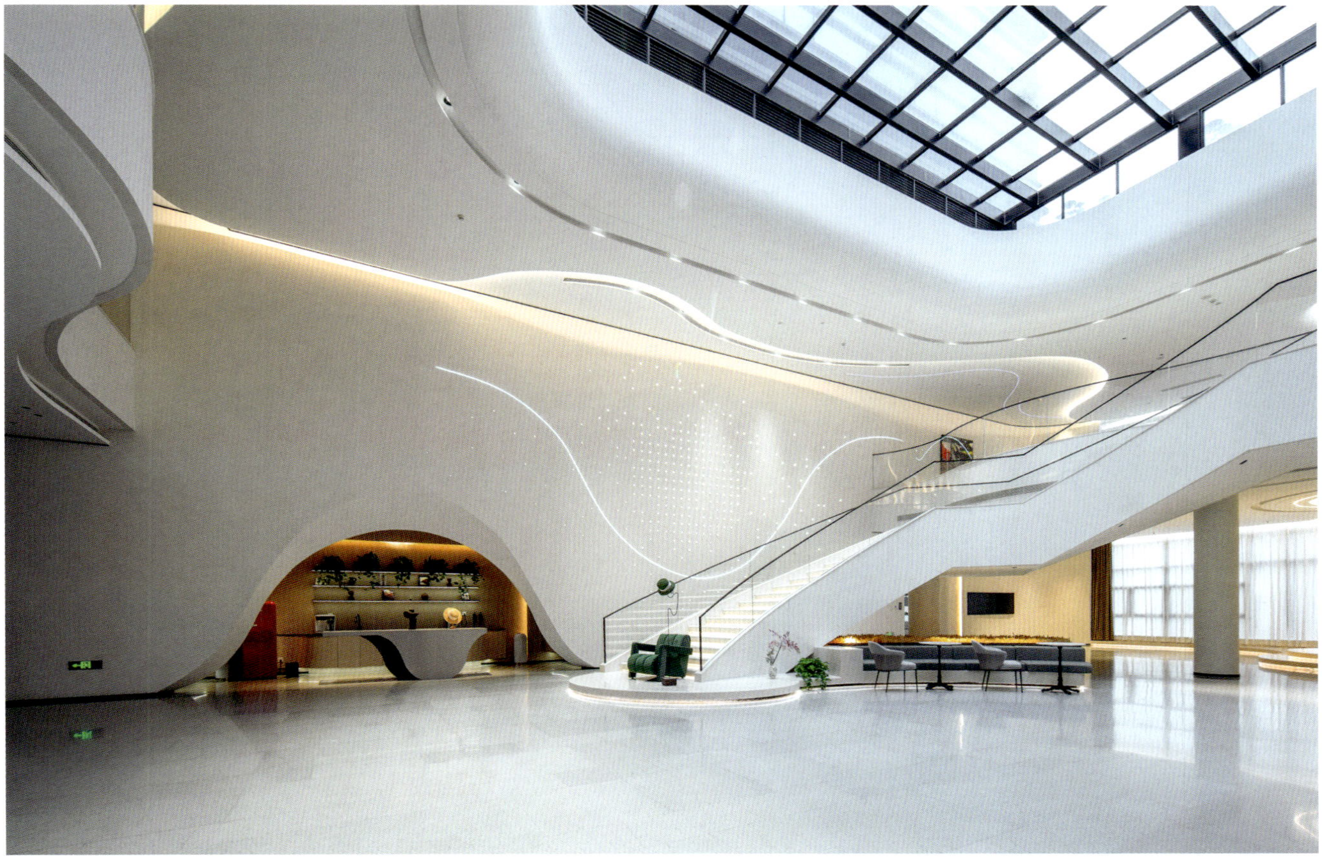

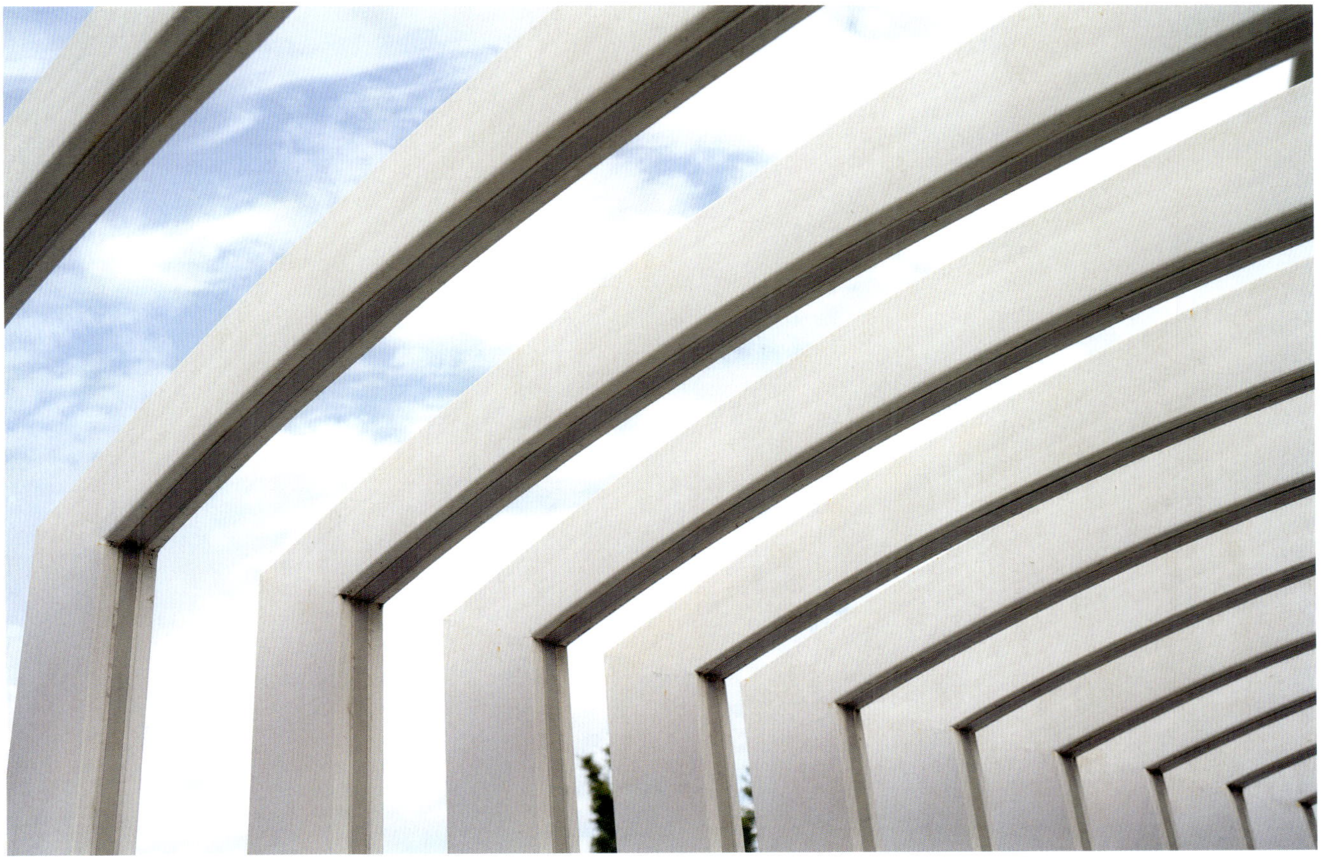

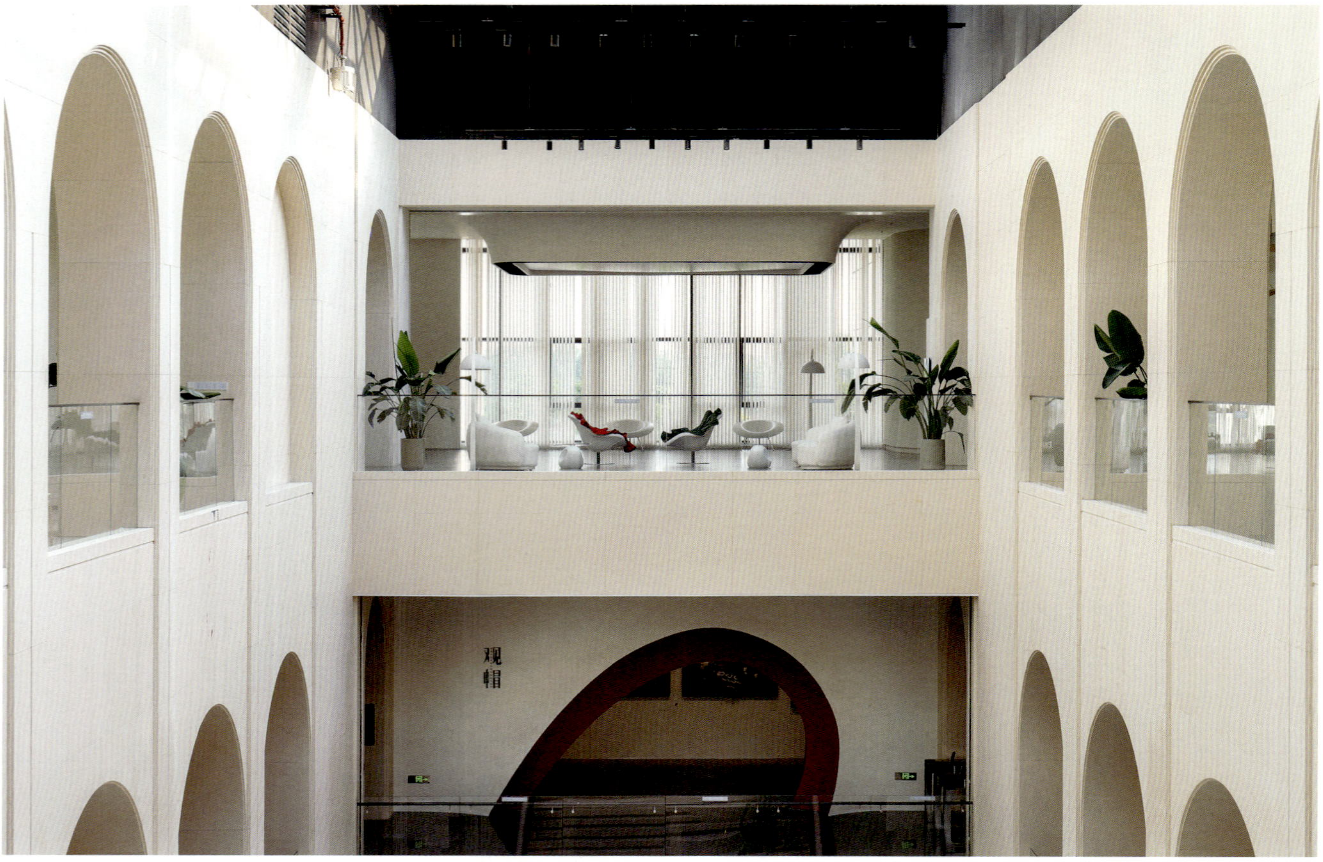
观帽

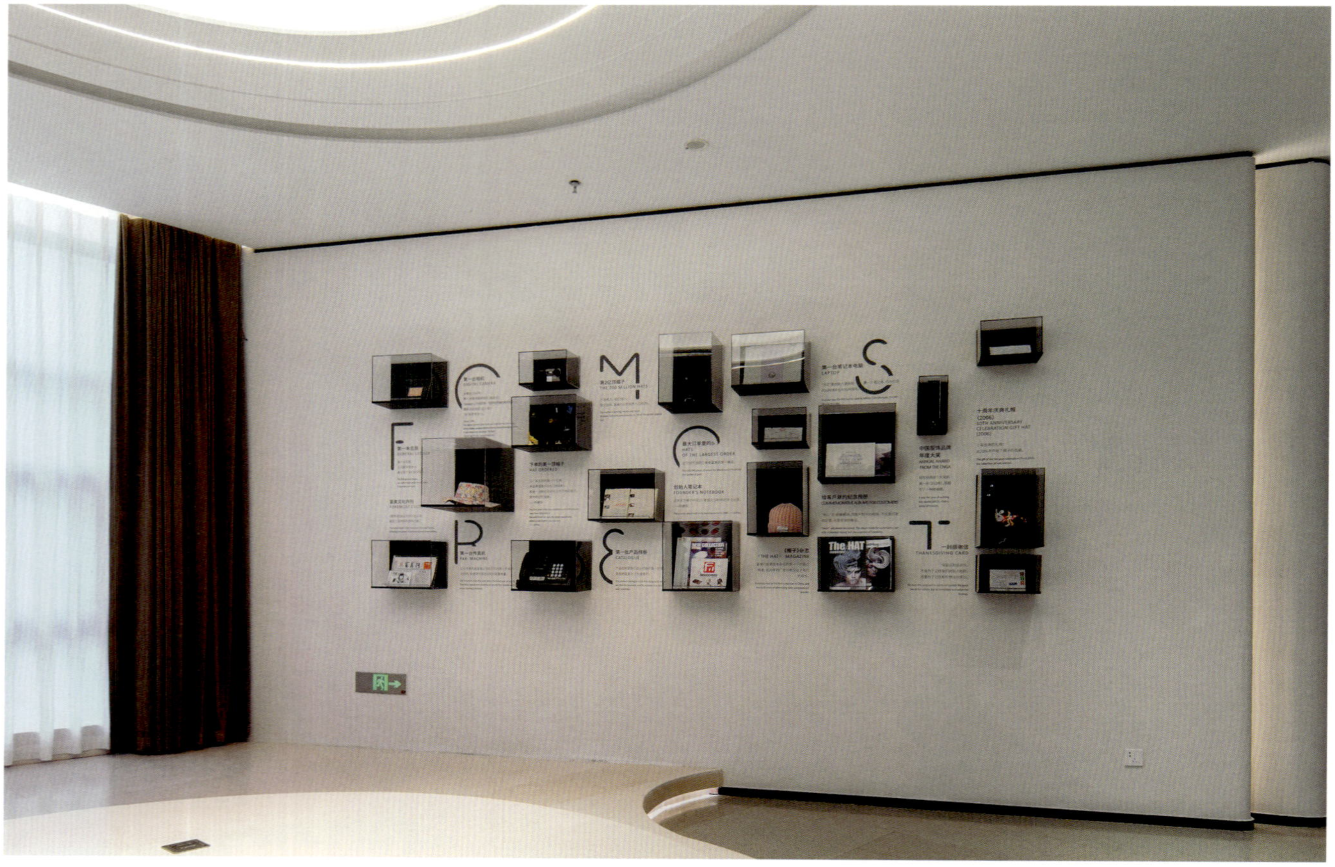

全国博物馆文创示范空间

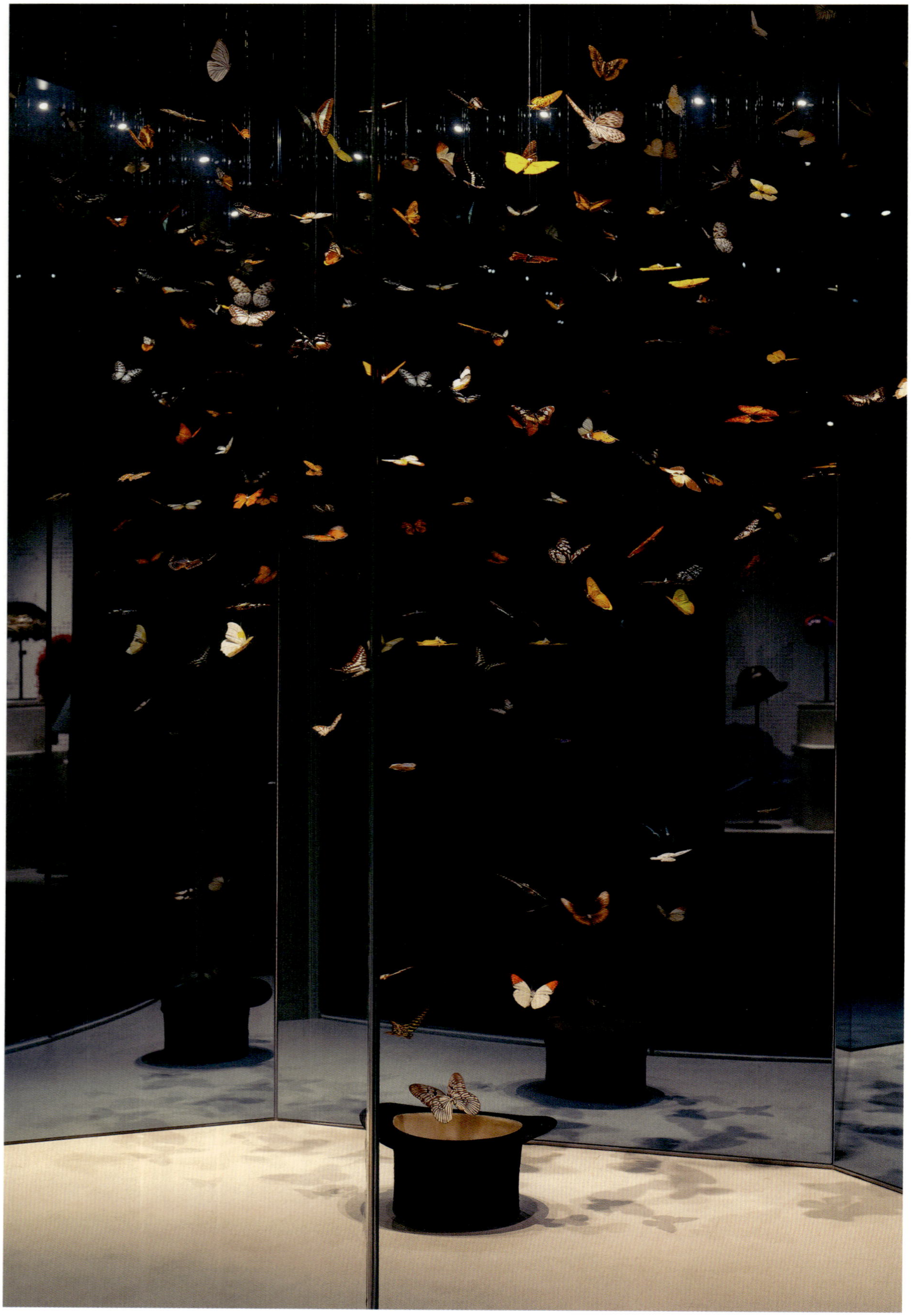

495

FAD book house

Fashion 150
MODERN FASHION
Lace in Flanders
KIMONO: KYOTO TO CATWALK
TIFFANY
CASHMERE
NAGA TEXTILES
ZANDRA RHODES
MIYAKE ISSEY
1960s
AFRICAN TEXTILES
VOGUE
OAK
A Modern World

498

499

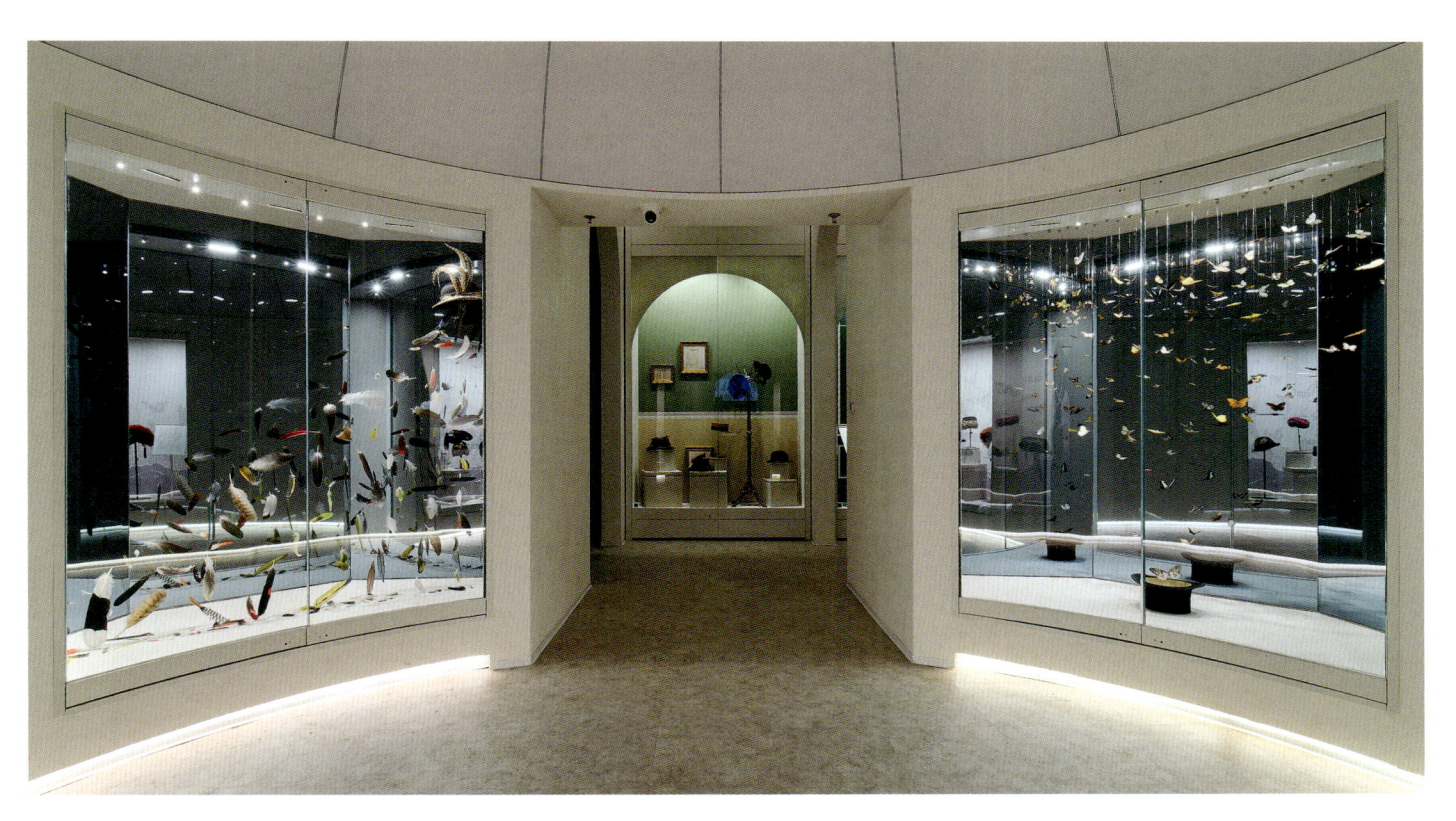

500

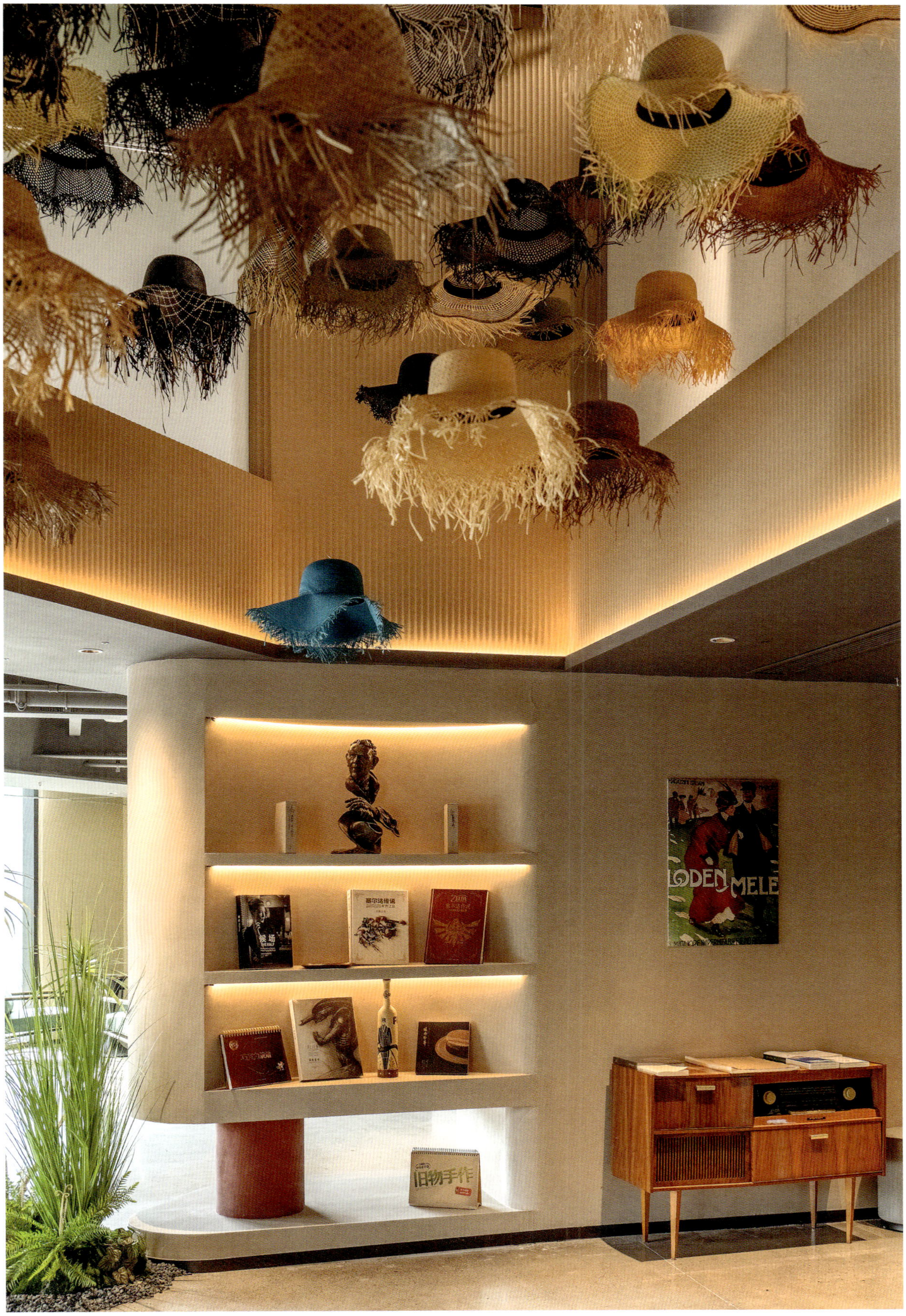
LODEN MELE
旧物手作

江南意,与物为春

浅草

1. 江南意

无论何时何地,提及"江南",心神总会恍惚一下。

这恍惚荡开的涟漪包罗万象。最内圈源自年少熟读的武侠小说,文字拟就的虚境江南里,剑尖挽起杏花春雨,美人独倚明月小楼,渔樵泛舟烟波湖上……

随年岁渐长,江南也一点点丰满了实质内容。隋唐的诗词风光里,李白在金陵看"吴姬压酒唤客尝",杜牧却做着"十年一觉扬州梦"。宋元的水墨江山里,有黄公望"富春山居"的浑厚华滋,也有倪云林"容膝斋"的幽淡荒寒。明清的江南园林里,昆曲咿咿呀呀,唱着如花美眷,似水流年。更幽远的景深里,还有痛饮酒、熟读《离骚》的东晋名士,争霸春秋的吴钩越剑,以及文明源头处河姆渡的一粒稻种。

人人心中都有一个江南。除却地理因素,它也是历史的、文化的、美学的、市井的……江南。梁思成和林徽因曾提出"建筑意"的概念,指建筑经历漫长时间洗礼,由自然地理、历史人文、艺术美感等元素赋予地方的独特气质,"给鉴赏者带来一种特殊的性灵的融会、神志的感触"。

如此说来,江南的"江南意",应与春天有关。

2. 与物为春

"人人尽说江南好,游人只合江南老",江南为什么会让人有着乡愁般的牵念,诗人韦庄一语道尽个中乾坤:"春水碧于天,画船听雨眠"。

江南之所以会成为中国文人的精神原乡,江南的春天居功至伟。

南北朝时,梁代文学家丘迟写信劝降将军陈伯之,信中最具杀伤力的是对江南春景的描绘:"暮春三月,江南草长,杂花生树,群莺乱飞。"如此胜景,能不勾起离人的相思?

诗仙李白一句"烟花三月下扬州",将盛唐江南的繁华凝脂为珀,从此千年不朽。苏轼在超然台上,望见宋代杭州"半壕春水一城花",兴致一起,只想诗酒趁年华。

江南的春天像一枚枪尖,将虚灵与质实的两个世界透穿,形成了一种美的临在。

江南的文化背景南北融合,若说黄河文化南渡带来的是"文"的修饰,那么长江文化原生的朴野便是"质"的本原。江南文化的质,追究人的性灵,与庄子哲学中"与物为春"的概念如出一辙。

在中国艺术精神里,与物为春,是心对物的观照所产生的美境,也代表着个体自由、本真的审美状态。"天地与我并生,而万物与我为一",我与物相互敞开,如春天般融会,人的精神世界即反映着宇宙万物的本原。

一个性灵得到保全的人,更懂物的审美价值所在,故自南朝的刘勰、钟嵘、庾信,到明清的徐渭、袁枚等,江南的文人和艺术家始终对"性灵说"倍加推崇。

开君一坛酒,细酌对春风

3. 生生不息

被称为"江南深处"的江苏无锡,是当代著名画家吴冠中的故乡。他从小受江南灵秀水土蒙养,也最擅长用灵性笔墨绘江南之美。粉墙、黛瓦、烟柳、拱桥,往往寥寥数笔,一个氤氲的江南便跃然纸上,轻灵且唯美。

这位质朴纯粹、被称为"性情中人"的艺术家,说自己一辈子总在断断续续画江南,最爱的是江南的春阴,并在这春阴里摸索到了传统画里形式美的根脉——韵。

艺术家白明说过:"真正的传承不是传承一种样式,而是继承一种审美。"

这位清华大学美术学院教授,同时也是世界级的陶艺大师,出生于古地理上的江南,且长年在江南行走。许是江南的烟波与烟柳看得心生温柔,情动于中,遂形之于器。

他很多作品的创作灵感都源自江南,包括被大英博物馆收藏的青花陶瓷作品"生生不息",所绘就是江南的藤蔓类植物。他从植物中提炼春之生机,将其韵凝固于陶瓷之上,让审美得以具象地呈现。

白明的好友冷冰川也是一位追随性灵创作的当代艺术家。他出生于江苏南通,同样成长于江南的艺术沃土,虽旅居西班牙多年,中国的传统和文化始终是他作品的内核。

他独创的"刻墨"作品空灵唯美,个中浓郁的江南情调,曼妙的线条里流淌的诗意及韵律感,都深具东方的"意境美"。无独有偶,在他的刻刀之上,也总有一缕春情挥之不去。那不是低级的皮肤欲望,而是对生机的渴求。

"天有四时,而惟春为发生,所谓生机也"。吴冠中、白明、冷冰川这三位艺术家,都是以江南文化为根性做当代性的创新,并成为中西方艺术间互相理解沟通的桥梁。"与物为春"的哲学思想,作为江南意的隐形线索,在潜意识中贯穿了这些艺术家的创作,也见证了他们与性灵优游的一生。

如要向这一类艺术家致敬,何物最相宜?

4. 踏花归来

自古以来,似乎文人和艺术家的审美生活总也离不开酒。得意时,莫使金樽空对月。失意时,拟把疏狂图一醉。

已刻入中国人文化 DNA 的兰亭雅集,是书圣王羲之在会稽山阴举行的名士集会。暮春时节,众人幽林席坐,曲水流觞,游目骋怀,端的快活!

其子王徽之,居山阴时,半夜醒来见下雪,便起床酌酒吟诗。许是酒喝得兴起,雪夜行舟去访雕塑家戴逵,至其家门却不入而返,为后世留下"乘兴而行,兴尽而返"的佳话。

明代生活美学家张岱,大雪三日后,拥毳衣炉火,独往杭州西湖的湖心亭看雪。岂知到了目的地，发现已有两名金陵客在亭中对坐，边上童子烧酒炉正沸。张岱一个"痴"字，写尽江南文人对日常生活的深情深致。

白明曾说："整个中国的酒文化是生活中来生活中去，隐于五谷，归于细节，感于时间，寓于深情，幻于新生。"

听来，酒文化与艺术创作观有着本质上的相似。有感于此，几位艺术家一时兴起，联手打造了一款向艺术家致敬的收藏级酒——踏花归来。

5. 美美与共

"踏花归来"是酒名，来自吴冠中的手书。

昔年他去坝上，因见原上芳草如茵、鲜花若锦，意兴遄飞之际，已多年不在野外写生的他，纵笔挥毫，完成了人生中最后一次野外油画写生。

随行的摄影艺术家逢小威用他的镜头留下了这一组珍贵的照片。言何珍贵？因吴老第三子吴乙丁说："那是我父亲第一次允许别人拍摄他在外写生的状态。"

坝上采风摄影后来集结出版，就定名"踏花归来"。吴老将手书赠予了逢小威，这位摄影大师以此为引子，促成了艺术家白明与冷冰川之间的合作，圆满了几个江南艺术家与一款地道江南酒之间的缘分。

酒坛是白明的设计作品，器型与他被大英博物馆收藏的作品"生生不息"一致，不同之处是用了德化白瓷。纯白瓶身简约纯粹、低调谦逊，暗喻"虚室生白"。

吴冠中曾说："韵是虚，虚以待物，才有艺术之大美。"白也通无，但德化白瓷的白却有一种温润的生命感，无中又涵孕着万有。

为"虚怀若谷"的白瓷酒坛增色的是冷冰川的画，一帧名为《无题》的画，犹如一扇"晴窗"开在旷漠的艺术大地上。"窗"外藤本植物蔓生，彼此缠绕牵系，犹如大地与种子，生生不息地绵延，幽逸的画面中隐含着热烈的生机。

选用的酒是产自江苏泰州的"梅兰春"。这个品牌是中华老字号，与宋代名酒"雪醅酒"，明清的"秋露白"、清代"枯陈酒"同出一脉。

明清时，江南士人习惯将酒的品性与人的情致融为一体说事。宋代地理书《方舆览胜》记载泰州风俗"性多朴野，俗务儒雅"，因而泰州的酒似也沾染了这般风致。

"梅兰春"与京剧艺术大师梅兰芳之间也颇有渊源。大师是泰州人，也爱饮这一千年古方酿造的酒，"梅兰春"之名就是为纪念大师诞辰九十周年而改。

"踏花归来"臻选的是梅兰春自1976年窖藏至今的一批老酒，经四十八年深酝后，其味纯而美，春气幽浮。置于白瓷酒坛中，玉壶春酿，品味起来特别地江南。

最好的致敬，当是让酒的品质与江南艺术家的人格、情性、精神质地相呼应。吴冠中的字，白明的器，冷冰川的画，梅兰春的酒，各美其美，美美与共。

寄生生不息、与物为春的精神境界于一酒一器，涵容了艺术家的才性与情性，这款春酒，携万物的春和之气而生，也算是江南艺术的独特表现形式。

待春归日，请往江南一叙。踏花归来后，开君一坛酒，细酌对春风。

江南香愁

马溪芮

2016年10月,我在北京设计周期间做了一个小黑屋试验,邀请不同的人进入一个伸手不见五指的房间感受气味。

"甜的,像小时候吃过的饴糖……"

"外婆做的桂花糖藕。"

"像一种很熟悉的果子,但想不起来具体是什么水果,桃子加了点黄色的苹果。"

"温暖,没有棱角,是一个椭圆形的……"

"骑车上学的路上,一大片树林里开着不知名的各种野花,春天的感觉……"

"桂花,就是桂花,我好多年没回家过中秋了……想家了……"

"肌肤感,少女的皮肤。"

……

小黑屋里释放的正是桂花的香气。

多年后,在为一个杭州的项目提供创香服务时,项目方希望使用桂花来调制一款表达乡愁的气味。我对这个需求表示了疑惑,因为这支香气的使用场景并非局限于某个地区。我理解项目方的初心,这是他们的乡愁,也代表了项目创始的地方。许多从小未接触过桂花的人群是很难建立这种乡愁联系的,比如,我自己。我的乡愁是白色的,是棉花的柔白,是白菜的青白,是鲢鱼的银白,是盐碱地的苍白,是白雪的净白,是云朵的清白,是娘织的暖白。虽然项目未能如期,但这个问题却成了我的日常,我开始收集不同的"香愁"。

2020年10月,收到时任芬美意上海研发中心的植物学家袁永明博士赠送的香橙,甚是惊喜。因为这种香果子,已经在江南地区绝迹五百余年了。在宋元明三朝,香橙是霜降前后长江流域,尤其是四川、湖北以及江南地区最重要的物产。它的香气十分特别,与其他柑橘类香气相比,既有清甜的柑橘调果香,又有其标志性的柚花香气,还有百里香的辛香,西柚混合新鲜青苦味的草香,香气丰富立体均衡,仅闻果皮就已然是一支欢快明亮的香水协奏曲了。宋人尤爱橙香,南宋王十朋收到知宗赠送的金橘,而回报以香橙,并赋诗曰:"橘以金为重,橙因香见奇。"在南宋上演了一回柑橘版的"投桃报李"。

正因为它独特的香气,宋人常拿它来烹鲜去腥。《山家清供》中便记载了用香橙烹制螃蟹的做法,名"蟹酿橙"。极受苏轼敬重的表兄文同,刚赴洋州(今陕西洋县)任太守时,写下《香橙径》一诗,写道"金橙实佳果,不为土人重",可见当时的陕西洋县地区并不流行食用香橙,他的表弟苏轼在唱和诗中则猜出了原委,"金橙纵复里人知,不见鲈鱼价自低。须是松江烟雨里,小船烧薤捣香齑"。原来是此地不见鲈鱼,所以与其绝配的香橙自然无人问津。而鲈鱼以松江(今上海吴淞江流域)鲈鱼最为有名,苏轼在《后赤壁赋》里写有"举网得鱼,巨口细鳞,状如松江之鲈"的名句,被誉为"江南第一鱼"。苏辙则与表哥文同唱和说,"穿迳得新苞,令公忆鲈鲙",说出了表哥思乡赋归之切。彼地,香橙是文同的乡愁。

宋明时期,香橙除了烹制鱼鲜,还利用其宽中消酒之功而制作一种解酒汤剂名叫香橙汤,明代《竹屿山房杂部》中就记载了五方香橙汤,以其中一方为例,香橙取皮,切丝,每斤用甘草末三两半,炒盐三两,生姜丝少许,以橙穰去核,净布细捘酸水,入橙丝,拌匀,磁罐密封之。饭过五味,酒过三巡。酒酣耳热间,或论天下事,或言少年心。待送客之时,饮一盏香橙汤,所有萧瑟心绪可为之一振。香橙皮,还用于制香。与梨津、甘蔗津、荔枝壳相合,可做成小四合香;与紫檀、甘松、苦楝花、槟查核、紫荔枝、龙脑制成"闻思香"。

可惜的是,这些曾经遍布江南地区的香橙,在今日却难寻其踪。据明代黄训所编著的《名臣经济录》记载,正德四年(1509年)入冬后南京地区冰雪异常,使得香橙树尽行冻枯,连根无存。为了维持已经按时纳贡一百余年的贡品香橙,在松江、苏州遍寻香橙,结果都是冻枯无存。这一年的冬天,广东潮州的雪下了足有一尺厚,可见寒冷至极。我们今天将这一时期称为明清小冰河期。由此,这种应用如此广泛的香橙在江南地区荡然无存,留下的只有文人笔墨中的秋霜余味。彼时,香橙是所有江南人的乡愁。

2023年8月13日,一场穿越古今的"送行仪式"在金泽古镇的薰席所上演。月亮门外是一座元代的木砖石结构的古桥"迎祥桥",桥下的乌篷船正在等待客人上船,岸边是送别的酒席。只见身着古装的演员手持柳枝——与来宾送别,柳枝上事先喷洒了"折柳"香水,像极了折断柳枝可以闻到的青涩感受,丝丝草木绿意中透出吴茱萸的辛香,这正是"折柳"送别的一幕。

在"折柳"香水的创作中,吴茱萸是重要角色。"遥知兄弟登高处,遍插茱萸少一人",王维,时年十七岁,在重阳之时,独自一人漂泊在洛阳与长安,写下《九月九日忆山东兄弟》表达了游子的思乡怀亲之情。唐代陈藏器记载,茱萸南北皆有,入药则以吴地为佳,所以有吴茱萸之名。吴地正是位于今江苏、安徽两省长江以南部分以及环太湖流域。北宋药学家苏颂在《本草图经》中写道:"今处处有之,江浙、蜀汉尤多……九月九日谓为上九,茱萸到此日气烈熟色赤,可折其房以插头,云辟恶气御冬。"

吴茱萸气味辛烈,是温里散寒的良药,而其香气既有青绿的涩感,又有炽烈的联觉,这种矛盾的气味语言,加入"折柳"之中,与柳枝的青鞣,最易勾勒出离人的怀亲之情,那是一种枝断根连的揉心搓肺的分离感受。彼地,吴茱萸是王维的乡愁。

以柳寄情,惜别怀远,最早出现于《诗经》:"昔我往矣,杨柳依依。"《采薇》中记录的远征将别,见柳枝拂动,如送行人的情态,依依不舍。"折柳"的记载最早出现在《三辅黄图》中,书中说,汉时,送客至灞桥,折柳赠别。北朝的《折杨柳歌辞》中也有"上马不捉鞭,反折杨柳枝"的记载。在告别亲友远行之时,"上马"理当挥鞭启程,可他却反而探身去折了一枝杨柳。这种难掩的留恋,更添伤感。按照清人褚人获的观点,柳寄根于天,倒插枝栽,无不可活。柳絮漫天飞舞,遇土着水无不可生。折柳送别,并不是因为柳枝方便采撷,而是人离开家乡,如树木离开土地,赠柳,是祈望远行之人如柳树的生命力那般,"无心插柳柳成荫",可以随遇而安。彼时,柳枝是离人的乡愁。

2017年4月,与冷冰川老师在顾畅家晚餐,席间呈上一份"腌笃鲜",那是江淮地区人尽皆知的美味经典。对江南人而言剥开春笋,就是剥开了整个春天。作为北方人,我不曾有这样的风味记忆,我儿时的早春印象是菠菜豆腐的鲜甜滋味。晚餐结束后,我回到住处,在笔记本上写下:"每刻生命都饱含香气,每个人都是特立独行的香癖。"就如你的桂花,和我的盐碱地。

每个人在不同的生命阶段都有不同的气味接触史,绝大部分人最早的嗅觉印象来自母亲的体香与乳香。当我们嗷嗷待哺时,馨香的乳汁是我们的生命之香。看似相同的乳汁其实传递着截然不同的生命气味。妈妈在我出生一周后就做了结扎手术,因为要住院并注射麻醉剂,所以我妈只能将我交付给其他哺乳期的妈妈代为哺乳。我妈说当时找了村里的十几位妈妈,最后我只接受了其中一位妈妈的乳汁,其余的我都十分拒绝,哭闹到无法哺乳。那时候,我才出生几天,虽然至今我也无法阐明是何原因让我做出了这样的选择,但是我相信,妈妈的气味一定是我们开启生命的第一香气。

随着长大,我们开始了解我们的周边事物,植物环境以及风味特产,这些元素不断累积,逐渐形成了根深蒂固的家乡印象,成为我们无法主动改变的"赋予"。这一切是时空所掌控的,无法选择的,随遇的第二支香"天选之香"。在成长的过程中,我们不断建立与气味的关系,即便是生活在同一地方的两个人,也会形成截然不同的气味连接。我小时候特别喜欢七夕前后,每逢此时,妈妈都会把家里所有的东西都拿到院子里来晾晒,这是一年中气温较高,且干燥明媚的时节,最宜晾晒。我会在摆满各种器物、家具、衣物的院子里翻箱倒柜,钻上爬下,箱子是樟脑混合干燥木头的香气,被子是麝香、樟木与阳光的气味,有些布料摸着坚挺却散发着柔和的米汤清香,有的则是柔软顺滑却散发着高粱秆儿的清甜香气……徜徉其间,我似乎进入了一个大世界。有位朋友,最讨厌晒被子的气味,因为经常尿床,每次晒被子之前都会被揍一顿,所以他建立的气味连接与我截然不同。我们就像阳光下的阴阳面,永远无法共情在一束阳光里,这是我们生命历程中的第三支香"因缘之香"。

这三支香气是我们每个人的人生基香,伴随我们走入未来,或离开家乡,或建立一段不同于父母兄妹的亲密关系。我们选择的闺蜜、爱人、知己,无意间也受我们各自人生基香的氤氲影响,彼此之间将一同绽放出人生的第四支香"亲密之香"。我们身处各种角色中,不断磨合化生出不同的样子,我们总认为有一个是我认为的"我",还有一个是别人认为的"我",以及我想成为的"我",别人想让我成为的"我"等等,这些不同的样子也散发着不同的香气,我们开始选择"我"的样子,哪些是我要强化的,哪些是我要弱化的,哪些是我要示显的,哪些是我要隐藏的,就像眉笔、口红和眼影一样,我们也对这些样子的气味进行选择。它不仅是装饰,更是对"我"的认同与刻画,是我的一部分。我称其为"隐示之香",是人生的第五支香。虽然,这些都

薰席所复原古方:香橙花浸沉

折柳

是遍计所执的虚幻而已。

　　我曾经为冷冰川老师设计制作了其同名香气，灵感来自他的作品风格，远看是黑白对比，近看是立体錾刻，像极了阳光或者月色从窗棂中洒下来的样子。那些植物花朵、山川峰峦和肩颈腰脊起伏层叠，一下子就将我带入画中的气味山园。白色给人纯真、干净与高扬的气味联想，黑色给人深邃、丰富与包容的嗅觉印象，就像光与影的关系。我想象着冰川老师创作时的样子，一把刻刀游刃于墨纸之上，每一次落刀，都是"光"穿越的样子。于我而言，就像开窗，你可以想象外面的气味，但总有意外。就像我开头说的那个小黑屋试验，谁知道，测试者会在那一瞬间倾泻出怎样的乡愁呢？这种意外，也许根本从来就不是意外。在生活与工作的琐碎中，每个人都有自己的速度和惯性，那些情绪的，生活习惯的，认知的，等等。我们可以通过音乐、旅行、气味，哪怕就是打开窗户这么一个简单的动作，都可能引领自己走出那个意料之中。我将这个世俗时刻称为"出离之香"。

　　从佛教胜义谛的角度看，真正的出离是涅槃，是从婆婆世界的苦海中解脱出来，最终到达彼岸——极乐世界。世俗的出离，是找到一个暂寓之所，安放自己，然后再出离再安放，周而复始，循环往复。于我而言，人生的第七支香就是"安住之香"，也即"心香"。如果说前六香，每个人都能找到一些与自己有关的，实质的香气元素的话。那么第七支香，便是"心香"，倘若我心安住，此境无香胜有香。

　　原来，当我的心不得以自守，我便身处异处，游子一般寻找着乡愁的气味。

"读库"江南的故事

梅延军

"全国,全世界的《读库》都是从这儿发出去的",我经常听见正在和读者聊天的同事这么说。新来的年轻同事把重点放在了"全国,全世界",听起来挺唬人的。但是,这句话要我来说,重音应该在"这儿",2020年6月之后,所有的《读库》,或者说所有读库出版的书,都是从南通发出去的,发往全国和全世界。

读库库房搬来南通已经三年了。从2020年4月第一次从北京开车来到南通,见到这个还没完全通过消防验收的空仓库开始,以后的几乎每一天,我都要见到它。看着它一点点被书填满,成为图书的仓库;里面偶尔也会挤满了来参加活动的读者,成为读库在长江边上又一个家。而我见它的心情,也变得越来越踏实,每天上班车开进园区,一右转,就看到2号库立在正前方,那是我们的南通读库。

这个"我们",当然不只是每天都要在里面上班的我的同事们,更包括和我的同事们一起见证南通读库从无到有的所有的人。从2020年6月6日打开新大门开始,我们已经在南通举办了一百余场活动,接待了1.3万余人次。其中,有一些是大家亲身参与过的,热闹的大活动。也有一些是更细小寻常的,只有我和我的同事们才能体察到的微末小事。

库房的办公室里一直挂着冷冰川老师的画,六哥曾经开玩笑地说,有了这两幅画,库房的安保投入预算就不得不大幅增加了。其实我们的日常工作中并不包括绘画或者艺术,更与我们相关的是作为一款笔记本的《冷冰川》,日常发货嘛。后来几位新同事入职,杨运老师邀请他们去办公室做客,在那里他们才近距离感受到那些细密的墨刻是怎样的美,可以说是被震撼了。我想以后他们再遇到《冷冰川》,就不会当作简单的一个本子了。其实,冷冰川老师和杨运老师是最早来库房的人,当那些货架和机器人还没安装的时候,甚至我的同事们还没到南通的时候,两位老师就已经来现场看过了。他们不仅仅是读库的读者,更是给南通读库奠基的人。

说起来读库读者,也是搬到南通之后,我们才开始跟读者打交道,不仅仅是线上接待和给读者发货,而是面对面地沟通交流。每逢活动日,从读者入场签到开始,到活动结束后散场。遇到的每一位读者都对库房充满了好奇,他们好奇高高的货架上都是些什么书?机器人是怎么运转的?快递包裹流水线的尽头是什么?这些读者里有住在附近小区从未听说过读库的居民,也有不远千里专门赶来的资深读者。面对他们,我们才能体会到店铺后台的订单数据不只是一条条数据而已。我们的南通读库,也是由所有的读者一起建成的。

从2020年到2023年,从预约参观到免费开放,从在库房内办活动招待读者,到走出去,在社区、公园,通过讲座和书展的方式和读者交流。从北京搬来的库房已经在南通落地生根,并逐渐结出跟从前不一样的果实。

来南通之前,读库的库房只是一间堆满了书的仓库。而读者也大多只是通过读书来了解读库。南通读库建成之后,读者可以更加便捷地走进读库,像逛自家书房一样,随意拿起一本读库的书。除了书,还可以了解关于读库的其他方面,或者非图书环节。南通读库给读者提供了一个更加全面地了解读库的机会,只有更了解,才能更信任。那样,我们才能说,这是我们的读库,这是我们的南通读库。

2020 年 6 月 6 日开业 | 库房"上梁"仪式团队合影

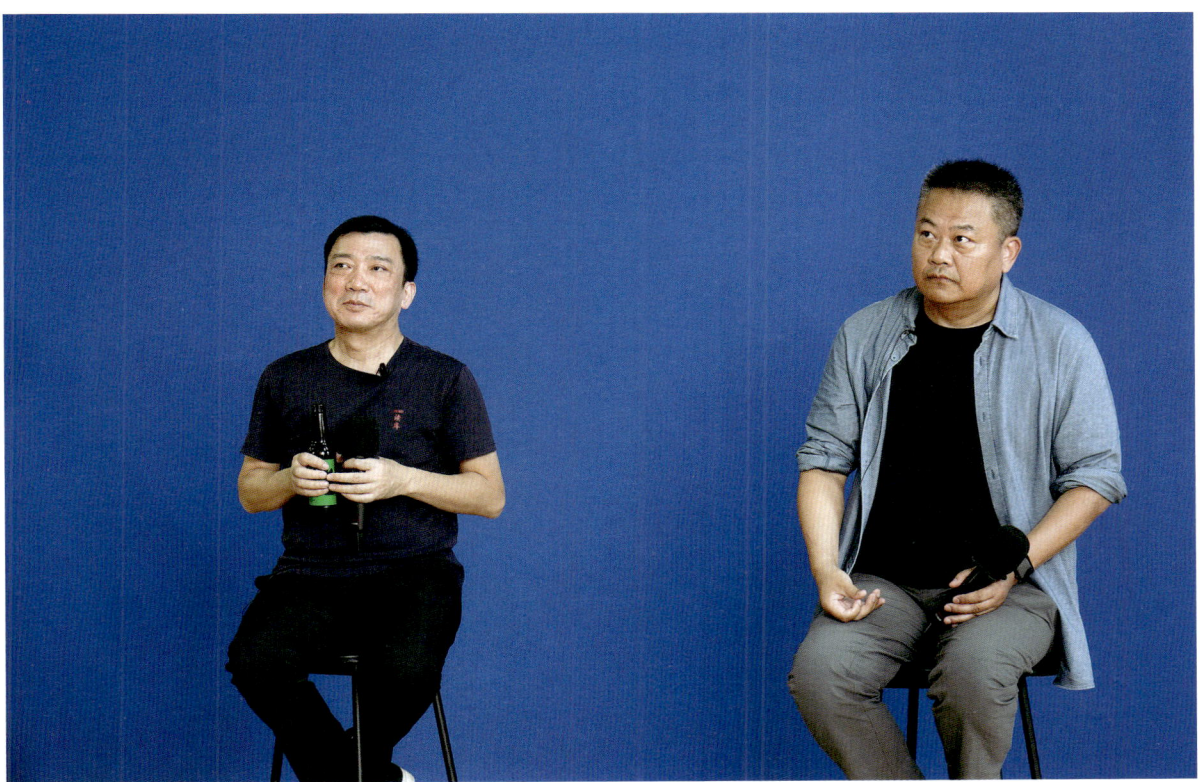

对做书人老六来说，一筐书的沉甸甸已形成肌肉记忆

"最好吃的人"——读库主编张立宪、纪录片导演陈晓卿

逢小威·上海，上海摄影展 | 对视

"大家吃大家"活动｜大家吃大家环节

"在星辉斑斓里放歌"活动｜老狼及乐队

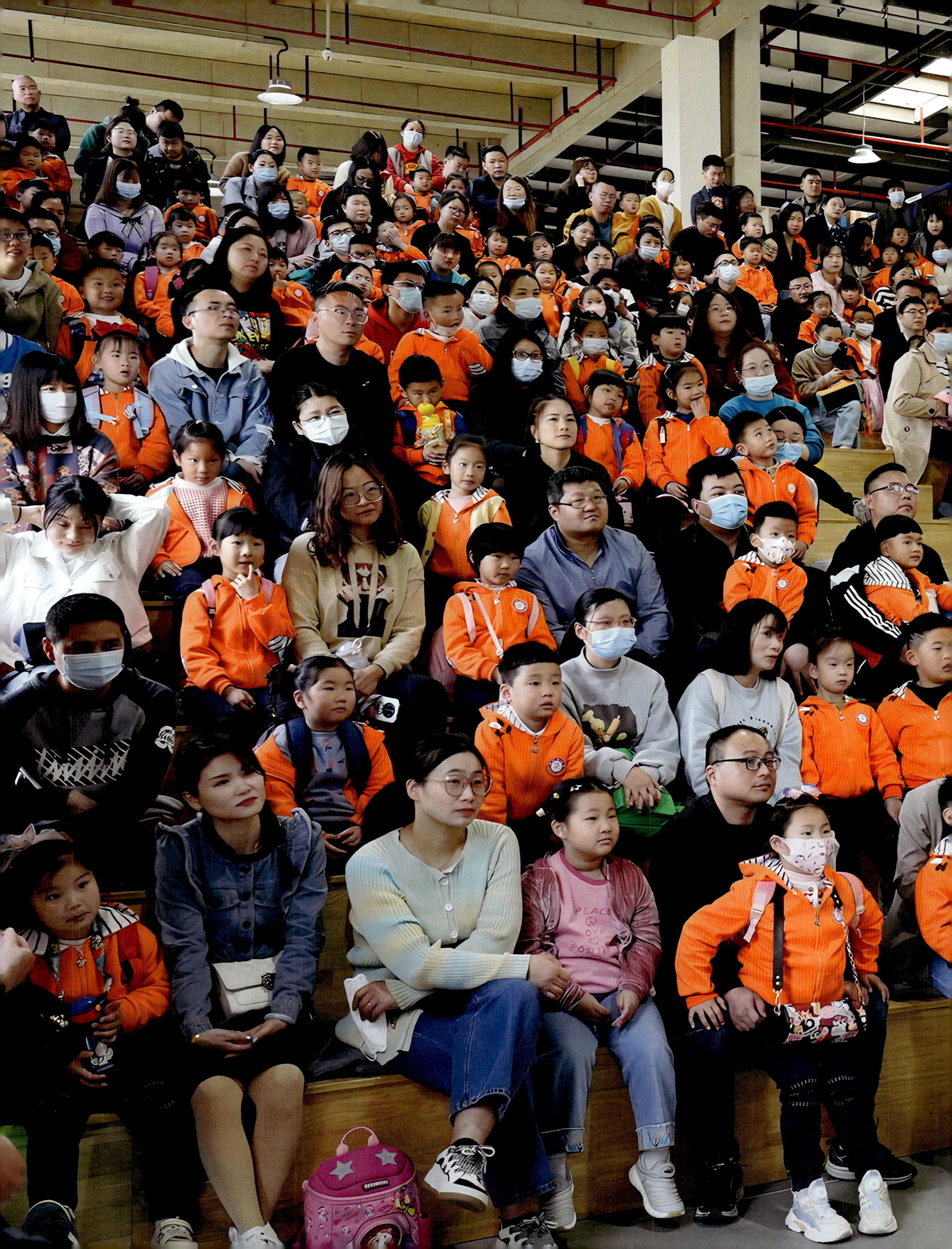

还是距离读库阅读基地最近的那家幼儿园的小朋友，在阶梯会场和爸爸妈妈一起参与阅读分享。

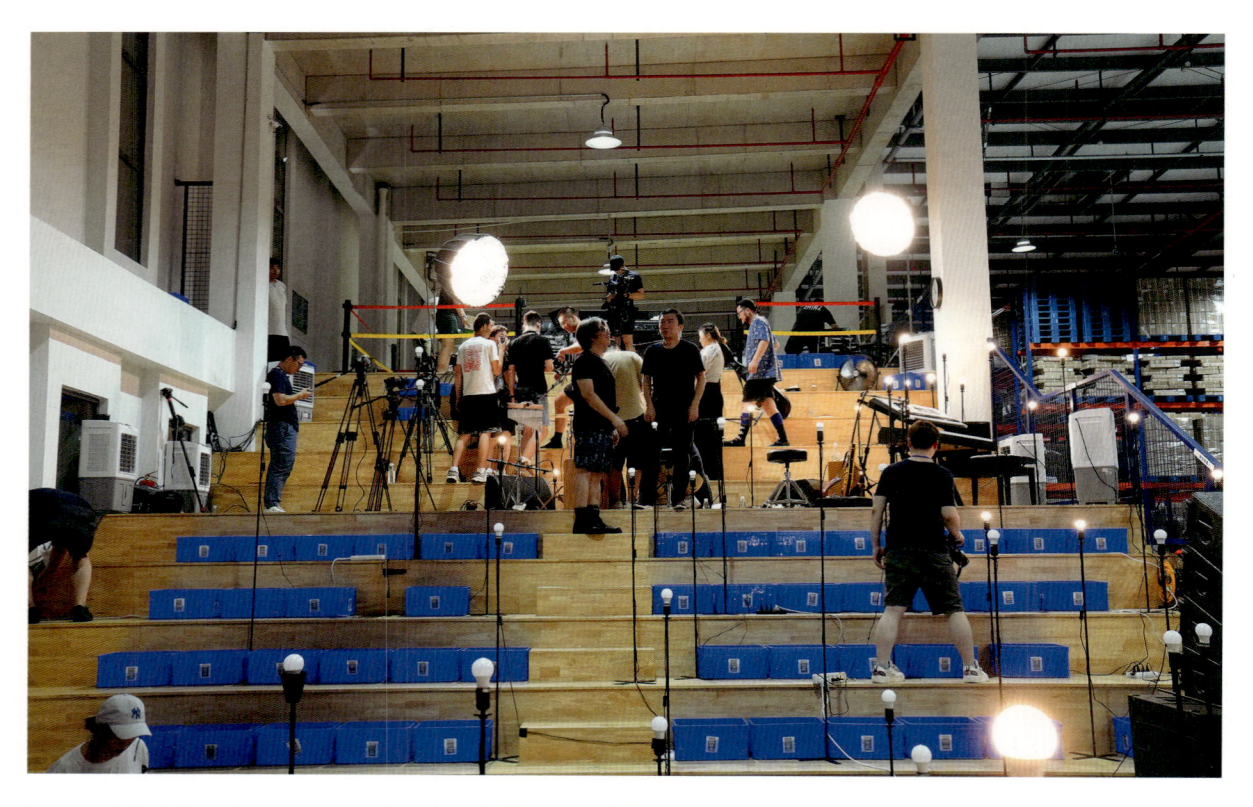

"在星辉斑斓里放歌"活动 | 三伏天中的布场，篮筐里都是冰块

活动现场

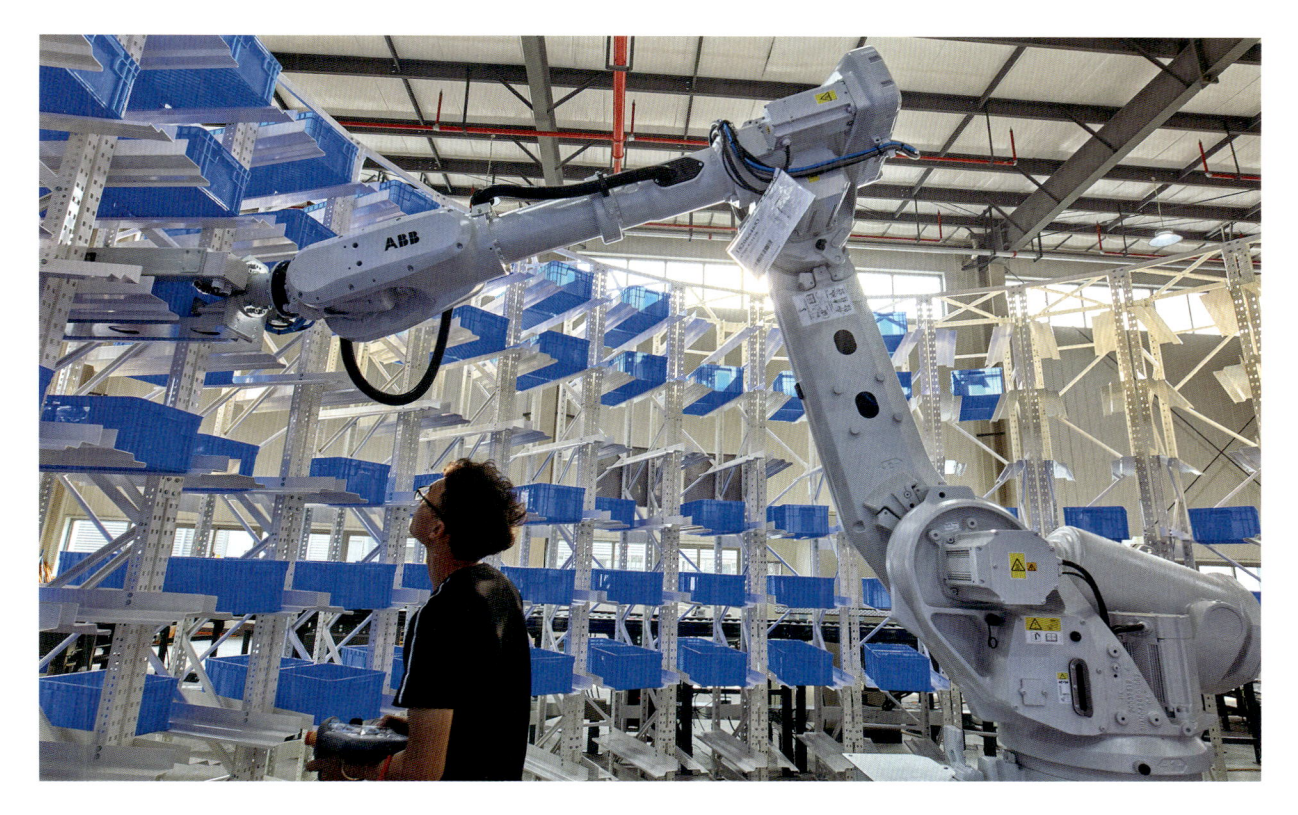

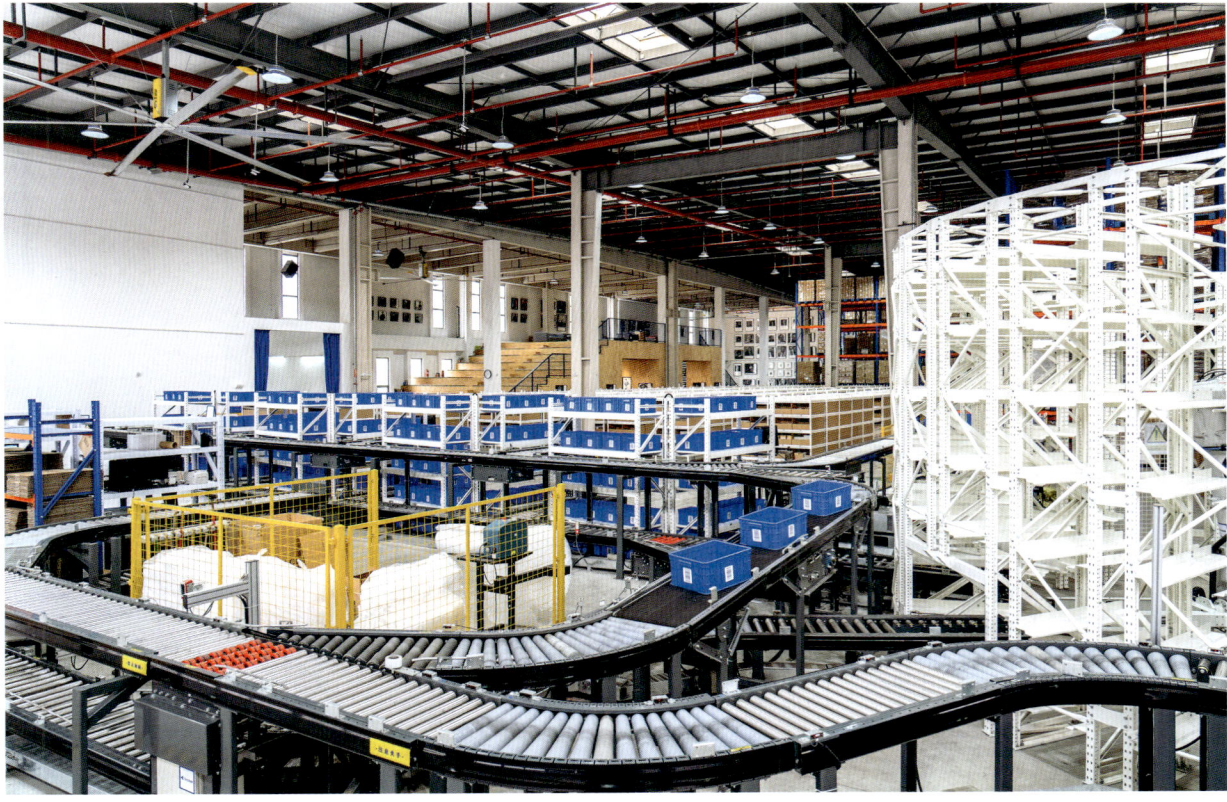

调试机器人小六

库房一角｜智能分拣区

幽默大师副业,高层库位叉车取货

小朋友们在阅读基地入库投递明信片,体会"从前慢……车马邮件都很慢"。

涂画世界

小朋友沉浸在绘本的快乐中,而大朋友们则聚拢翻看自己感兴趣的"14岁懂社会"丛书中的《女生的世界里总是硝烟弥漫》。

失园记

高剑

2002年，我在乡村建了一栋房子，房子建好以后我生活的主题就是隔几年折腾一次院子。试过各种风格的花园之后，五年前决定爆改成中式园林。接下来向大家汇报一下这五年来我的失败的造园经历，希望大家以后不要再踩坑。先絮叨一些小事。

流言

我到小镇农贸市场买菜，菜农聊天时和我八卦：听说做园子的那家女主人是个外地人，长得很漂亮，但脑子有点问题，园子做了拆、拆了做，房子空关二十年，不晓得要干什么。我笑着说，我就是女主人，菜农不信：你明明就是本地人，而且也不是大美女。

造园

再次和老公发誓"这是最后一次"，继续折腾。真正动工前，还得深造。每逢周末，我就拽上满脸写着"我想待在家看球赛"的老公高高兴兴地去苏州环秀山庄、沧浪亭、艺圃等前车珠玉观摩，找到一点中式文人园子的感觉后，我小心翼翼地拿小楼西侧的小院做试点，在大约40平方米的区域叠上假山、挖出小池、种下松竹石榴。亲友看了纷纷点赞。我在得意之后发现了一个问题：为啥钱没少花，经典的园林看起来非常高级，而我家的院子像个大杂烩呢？我费工费时的花街铺地，单独看很漂亮，整体看像丝竹之音配上唢呐，很辣眼睛！看来做园子不是简单的元素拼接模仿，而是立意为先，要慎重考虑每一个元素，用细节来烘托意境。我重新请人铺上一色的碎石片后，小院整体和谐了一点点。

观望一年后，确认中式小院很好打理。于是我边买书啃读，边东收集古石料，说起收集古石料，其中的故事多了去了，这些也是做园子的乐趣之一。比如这块宋代的石头来自徽州的汪家，一个南宋的京官汪勃家的废园子里，废园子已经没有一点园子的影子了，只留下一些历史上的记录和两块宋石，这块是一个官员的形象；另外一块是非常清雅的笋状石，汪家后人说留个纪念，不肯出手了。还有这块来自苏州东山的一个古园子里，我一眼就看上了，喜形于色，卖主看在眼里，后来卖主看我居然没有还价，有点不好意思，表示要亲自押车免费送货，我们成为好朋友之后，他又送了我两块妙石。原来这个老板对苏州古园林研究很深，他亲手在苏州造了整百个文人园子，是园林圈的大咖。这块石头是在南通馀庆堂看中的，馀庆堂堂主是文人赏石家于宏林。那时花木大师花汉明还在世，我请他吃饭时让他帮我一起相看，花汉明告诉我，你捡了个大漏！必须把这块石头买下来，这是个观音菩萨，回家放一个好地方供着，保你家平安健康！这些故事还有很多很多，不在这里啰嗦了，有兴趣的到我园子来喝茶听故事。我一边收集古物件，一边请身边的朋友把关设计，这一次，我摈弃了雕梁画栋，大树保持原位不移栽，水边用茅草亭，石材多用粗朴的黄石，主题立意围绕宋代晏殊的两句诗："梨花院落溶溶月,柳絮池塘淡淡风。"经过几个月的努力,终于造了一幅朴雅的山水图。

作为一名半桶水的造园新人,还是免不了有很多败笔的:没有安装水处理系统,不得不定期换水,因为古书上没有写,观摩古园林没看到过滤系统啊!还有买石头的量不会估算,听商人的话买了超量的石材,最后不应该全堆在园子里,破坏了空灵气息。进门口太直白,没有起承转合……特别是作为园林小白,不知道种树先培土,不懂浇水施肥的时机把握等知识,然后一次次被现实敲打。

春夏秋冬,我在自鸣得意、孤芳自赏的时候,每每我发现我千挑万选运回树,慢慢枯萎,我就感觉心口被什么东西堵住。现在我手里留着各路绿植大神的微信,每到换季就请教,因为园林中植物是山石的毛发,无论品种贵贱,都是以一当十种植的。春英夏荫,秋毛冬骨,植物体现园子的四季。每一棵植物的消亡都让我好长时间意难平。

为了园子的美观,每到春天,我又精神抖擞挖树、买树、雇人雇吊车栽新树,大概是时间的疗愈作用,看到枯树移走,新树栽上,我感觉自己的心情也清场了,就像此前没有发生过什么一样。

续梦

突然有一天,前面邻居的房子挂牌出售,未完成的造园梦又被勾起来了,再次对老公发誓"这是最最最后一次"了,于是又继续折腾。这次做了一个起承转合的入口和原来的园子连接起来,还做了有过滤系统的锦鲤池,只用一石、一树、一池、一亭做极简的园子。因为都是大白天造园,我忘记了灯光设计,幸好这个以后可以补救。现在您到我家园子走一圈,会明显看到我的踩坑史和成长史,做园子是一件遗憾的艺术,永远不可能完美,把营造的过程当成享受成长的过程。生命不息,织梦不止。

回应流言

空关房子二十年,造园为了什么?经过这些年的折腾,我已经看开了,三亩的园子、两幢楼,如果我们自己住太冷清了,也没有发挥应有的价值,如果改造成一个艺术空间,让志同道合的朋友们在体会高雅艺术的同时在园子里创作、休闲,一定是非常有意义的,有了这个念头,我心中格外轻松而惬意。

接下来是新的篇章,新的开始。

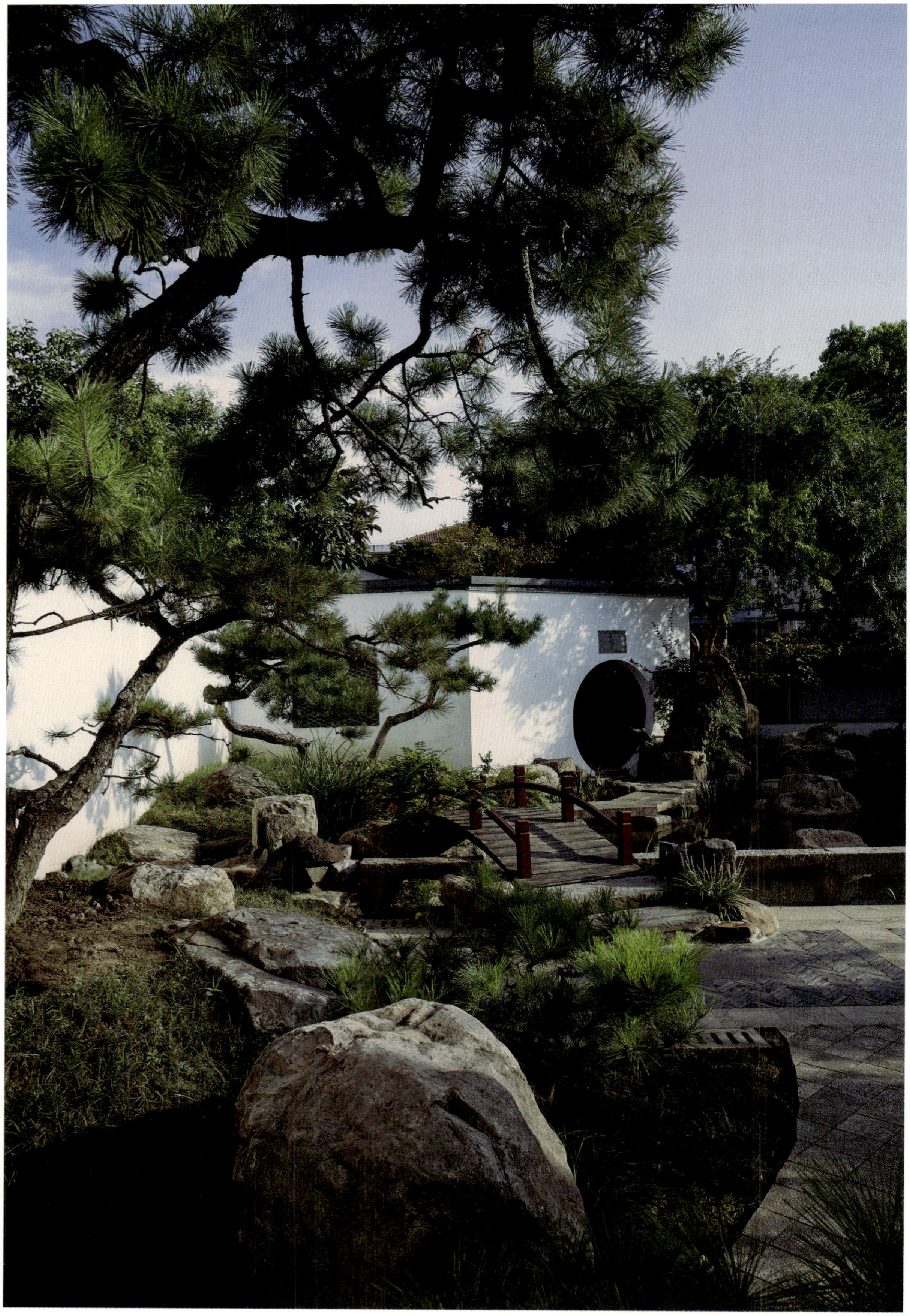

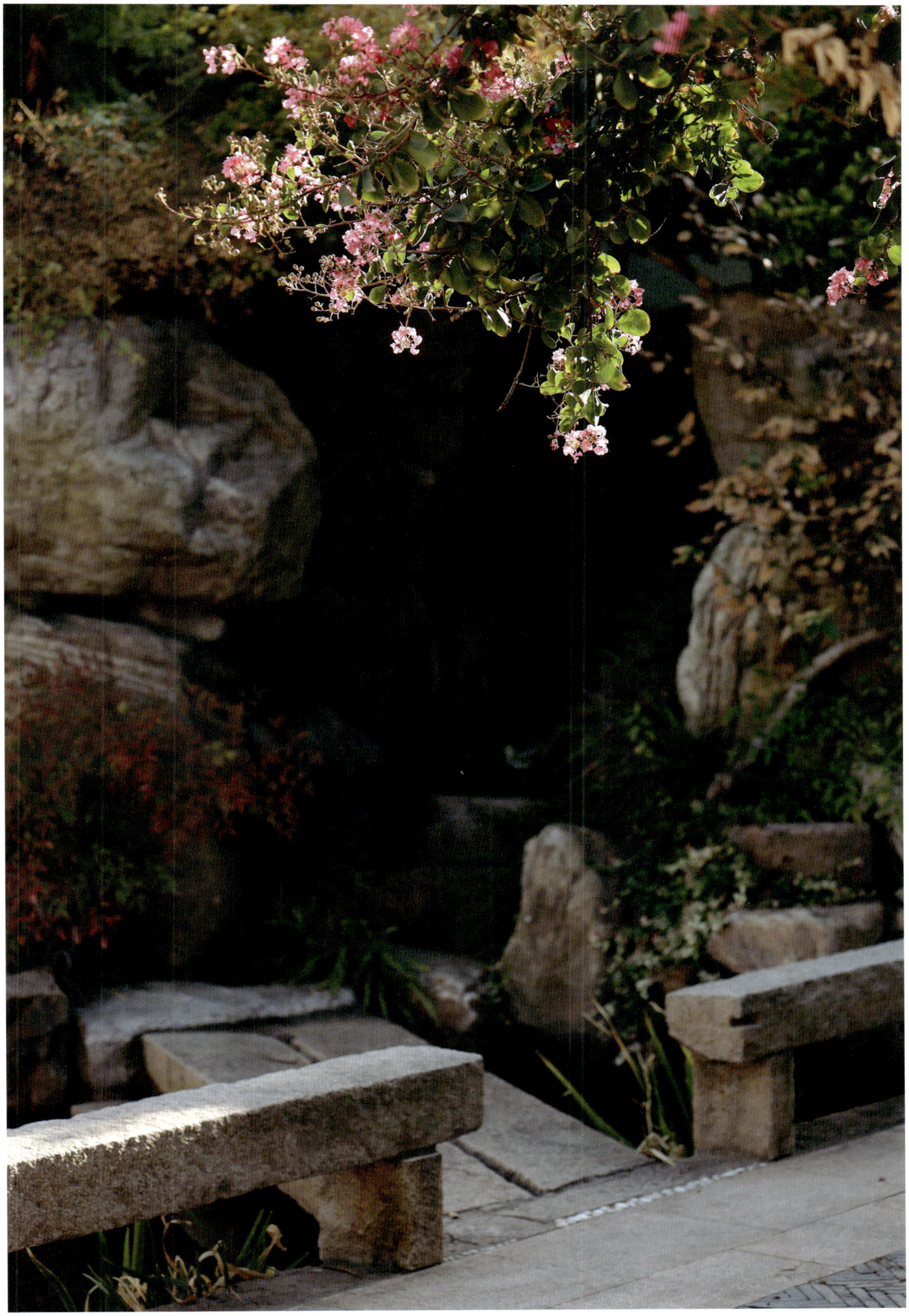

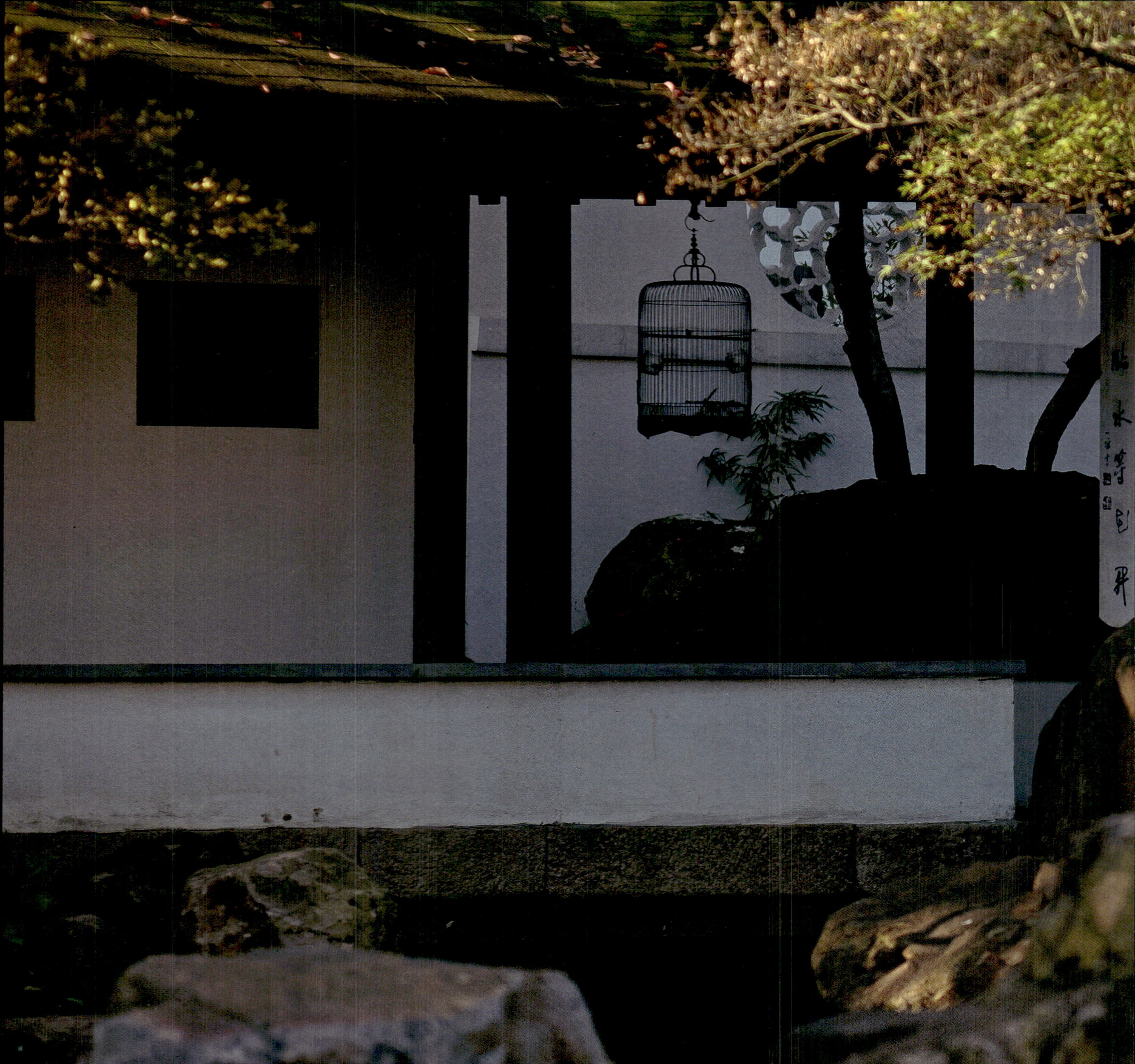

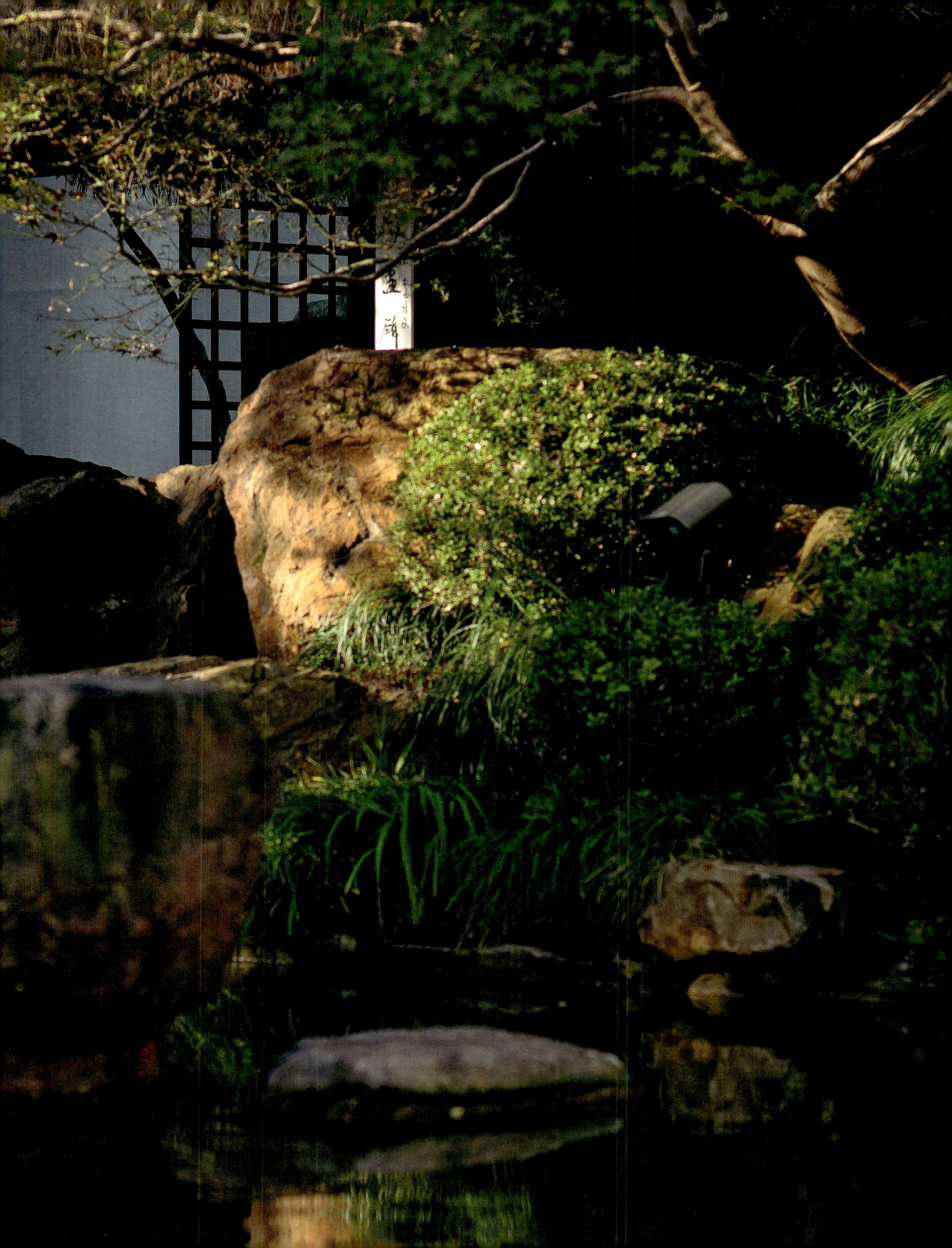

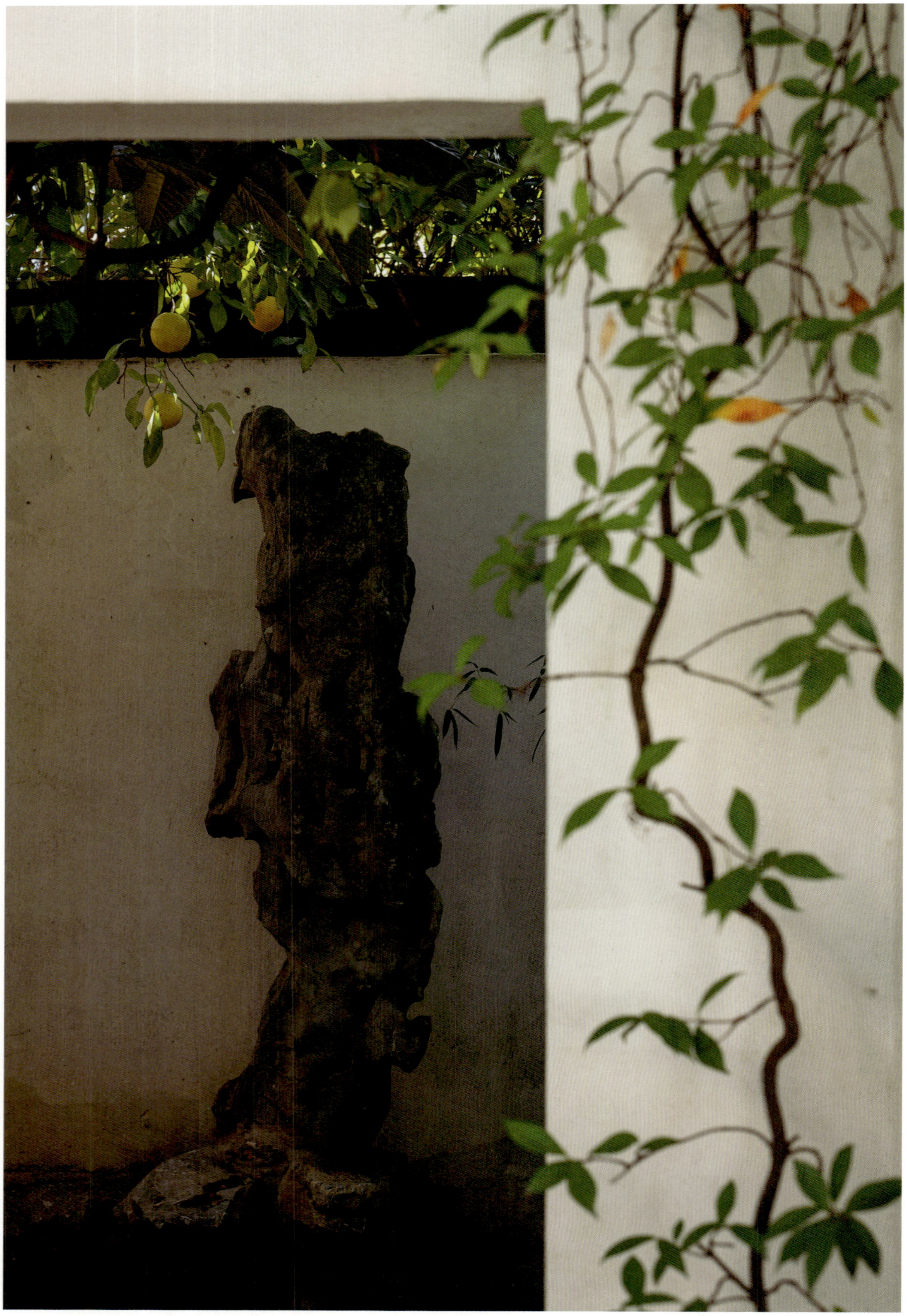

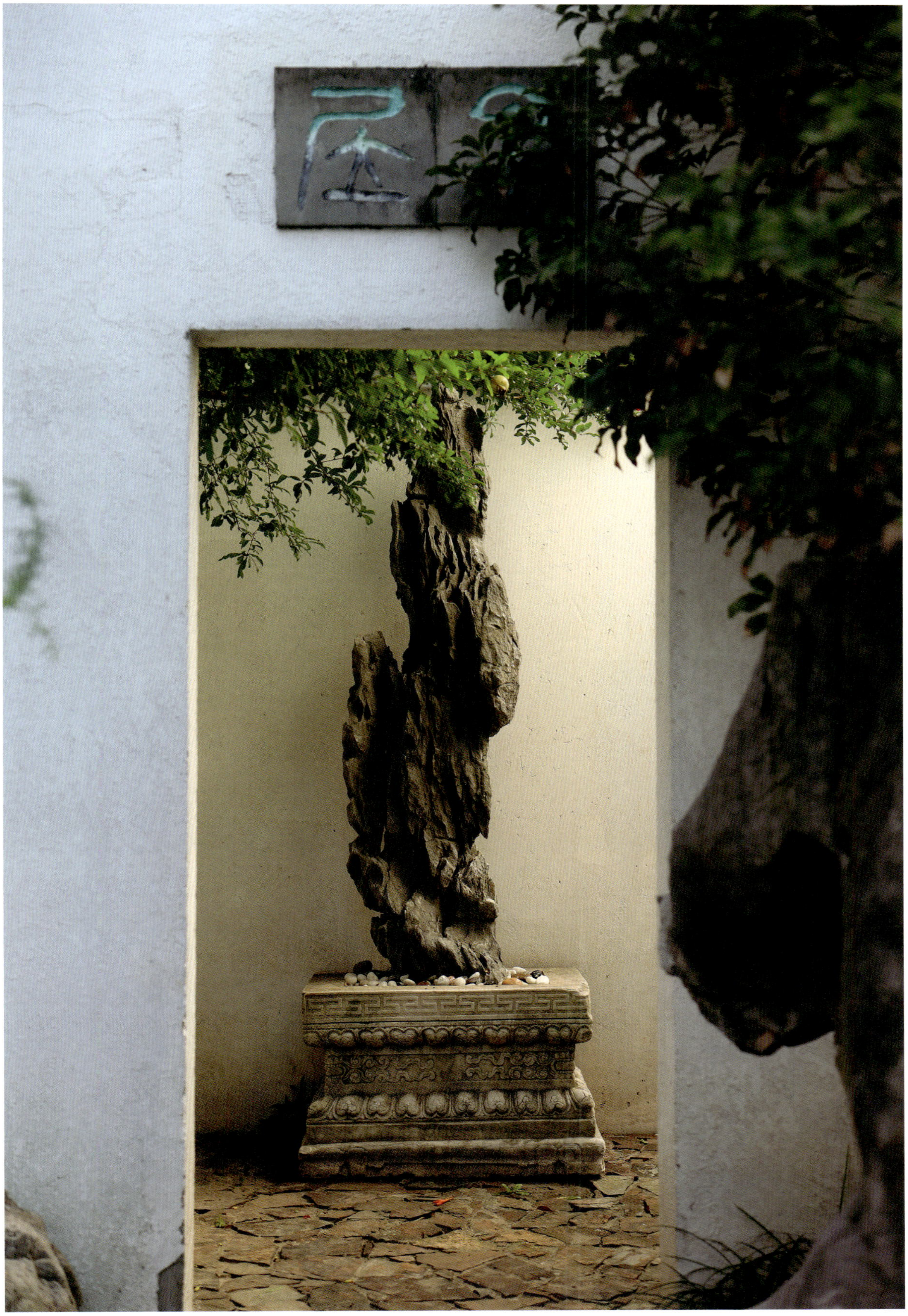

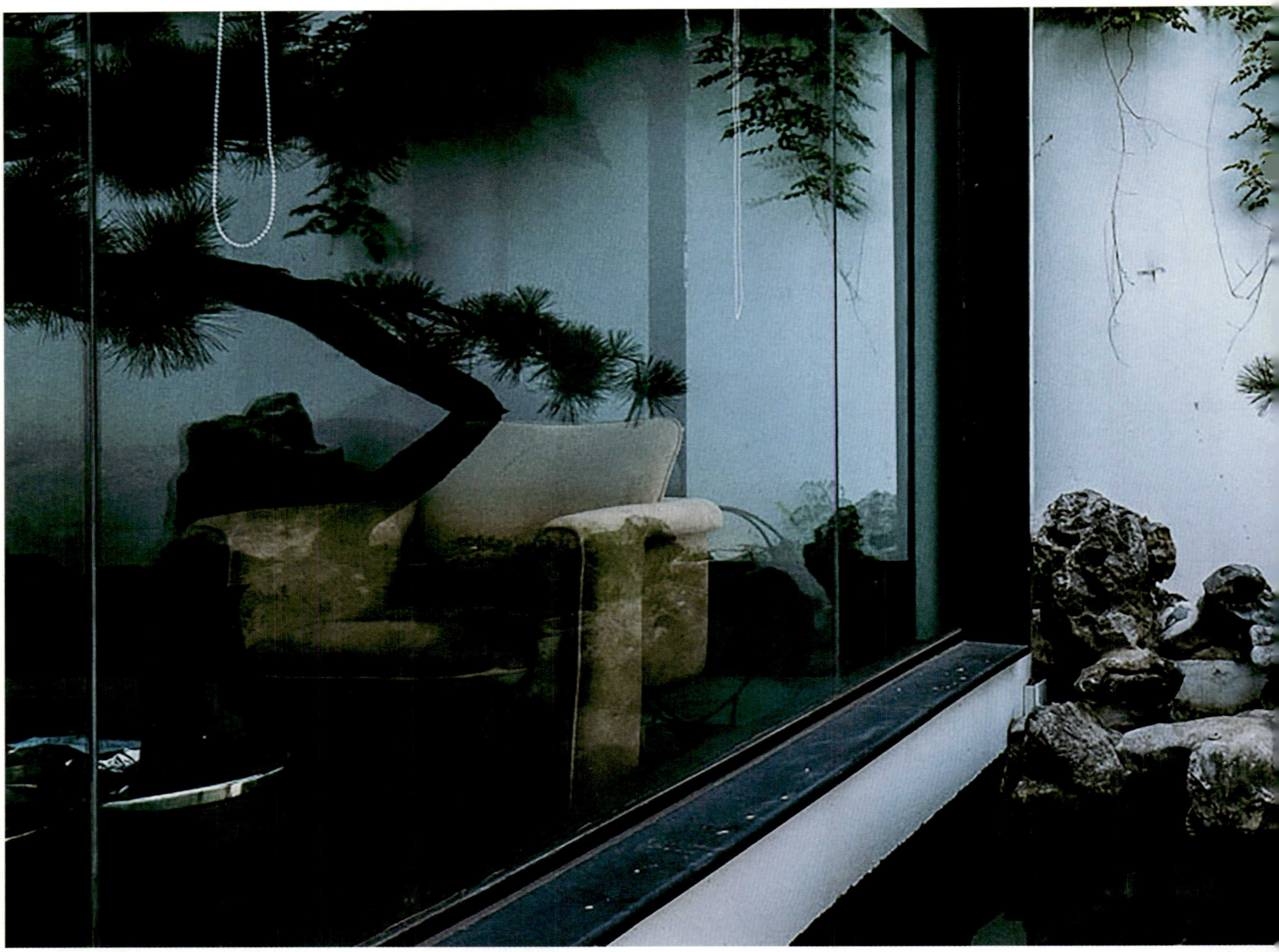

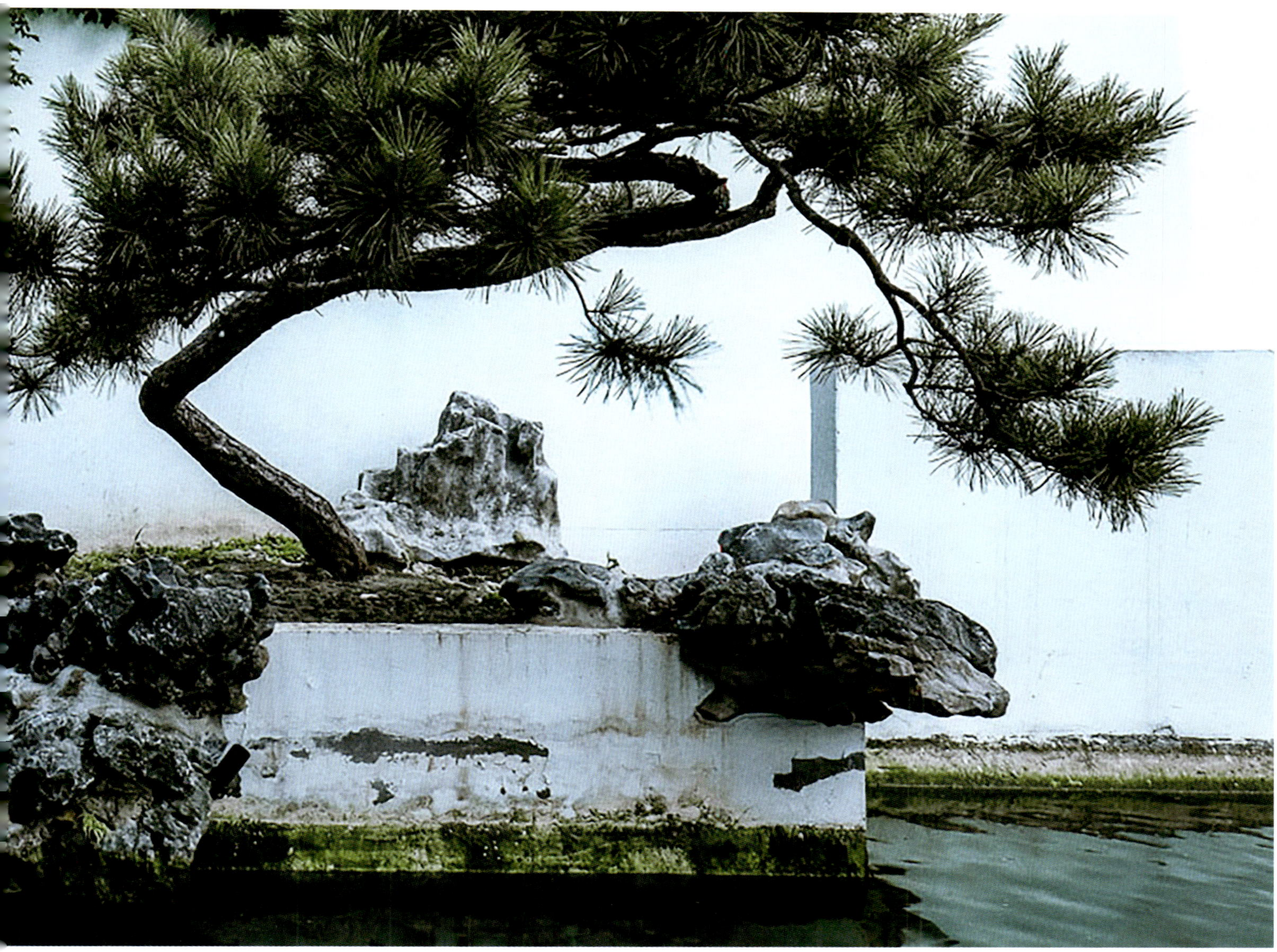

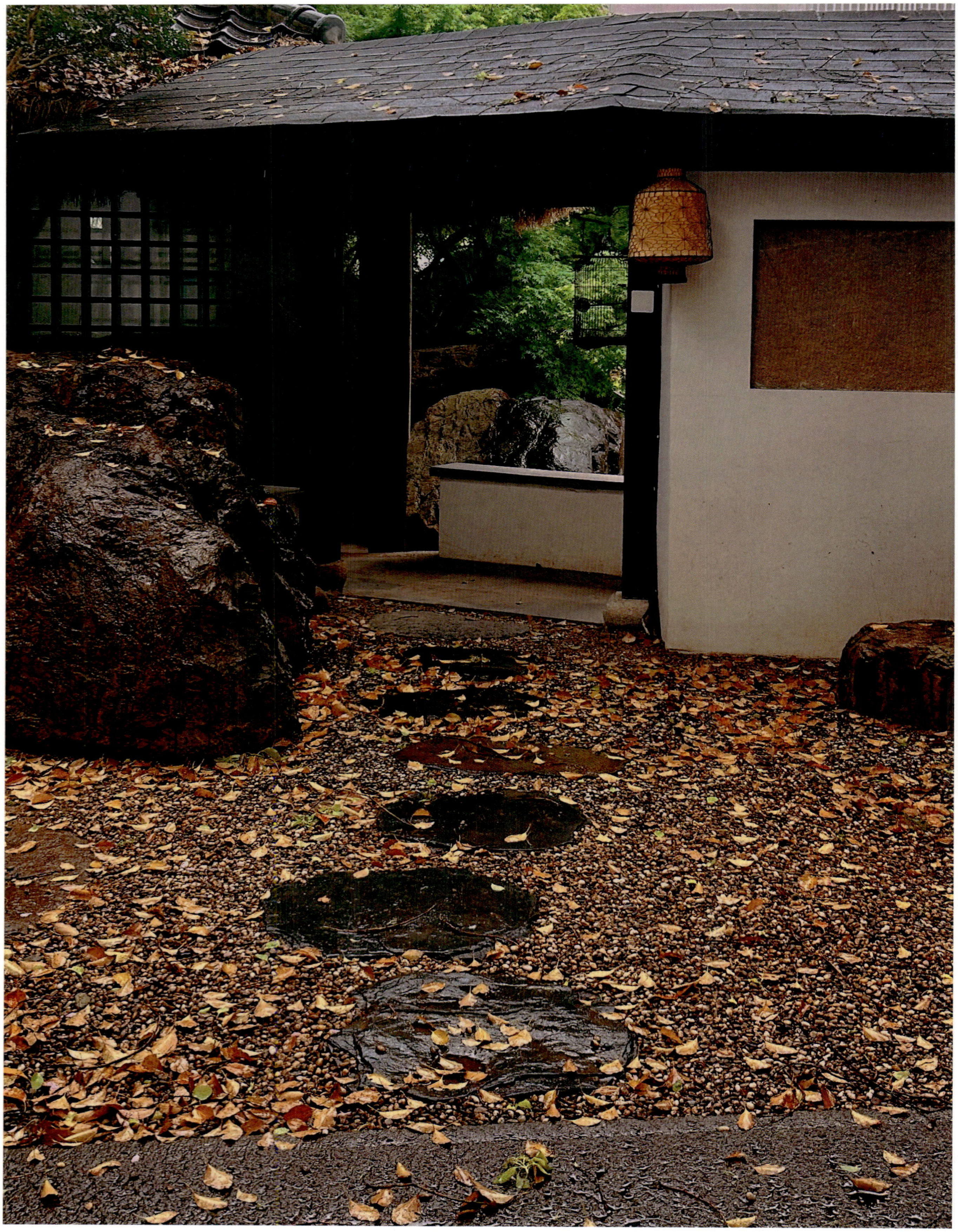

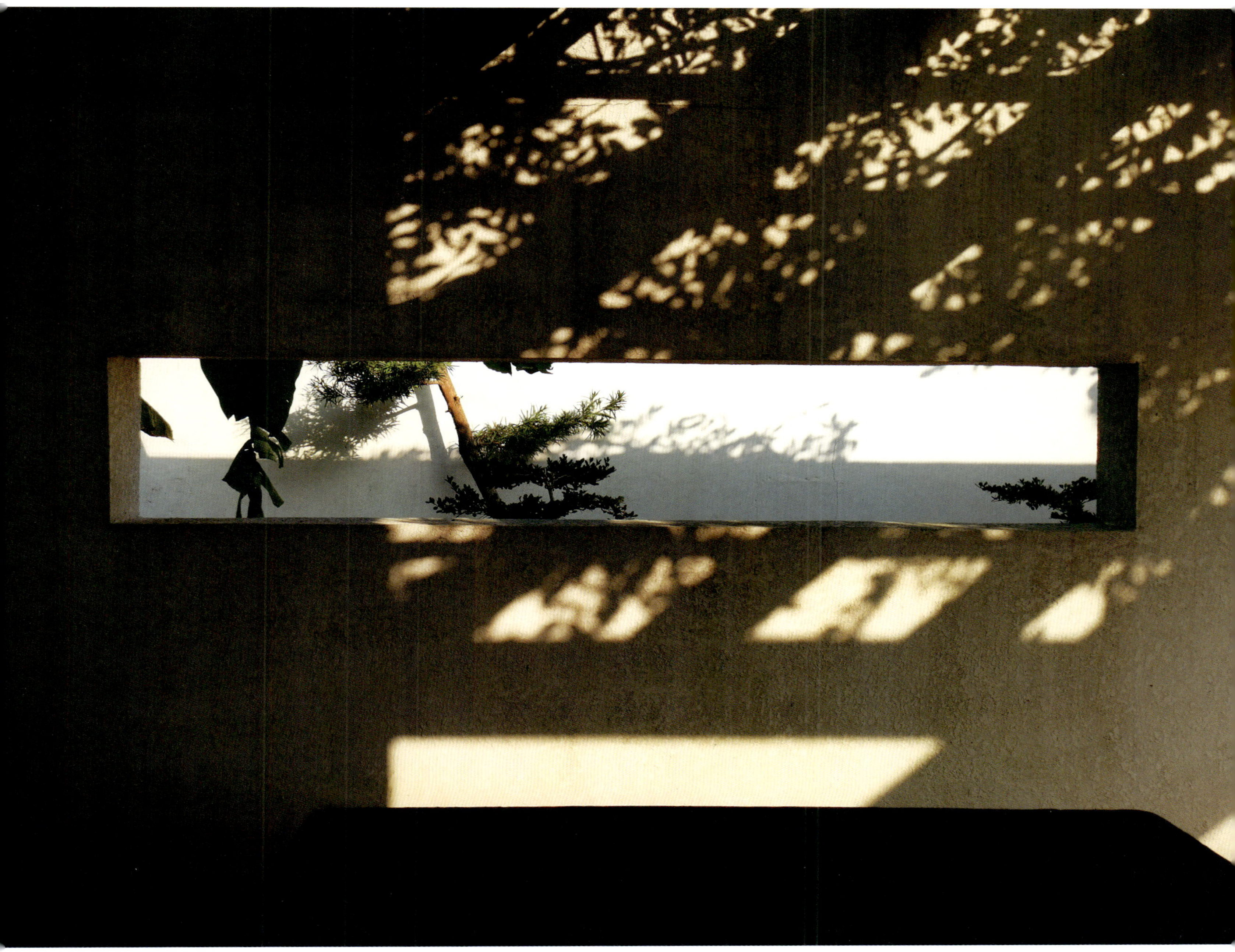

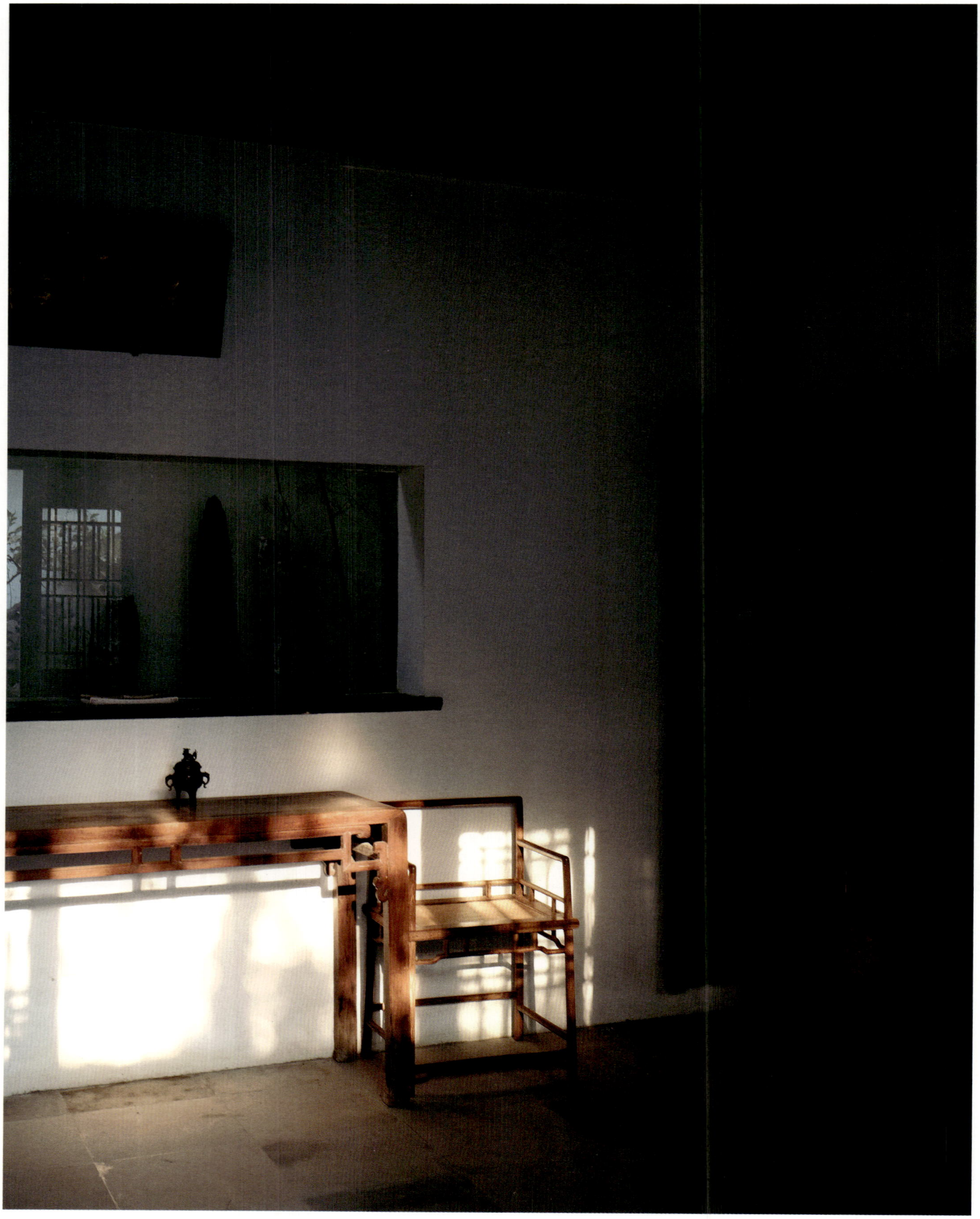

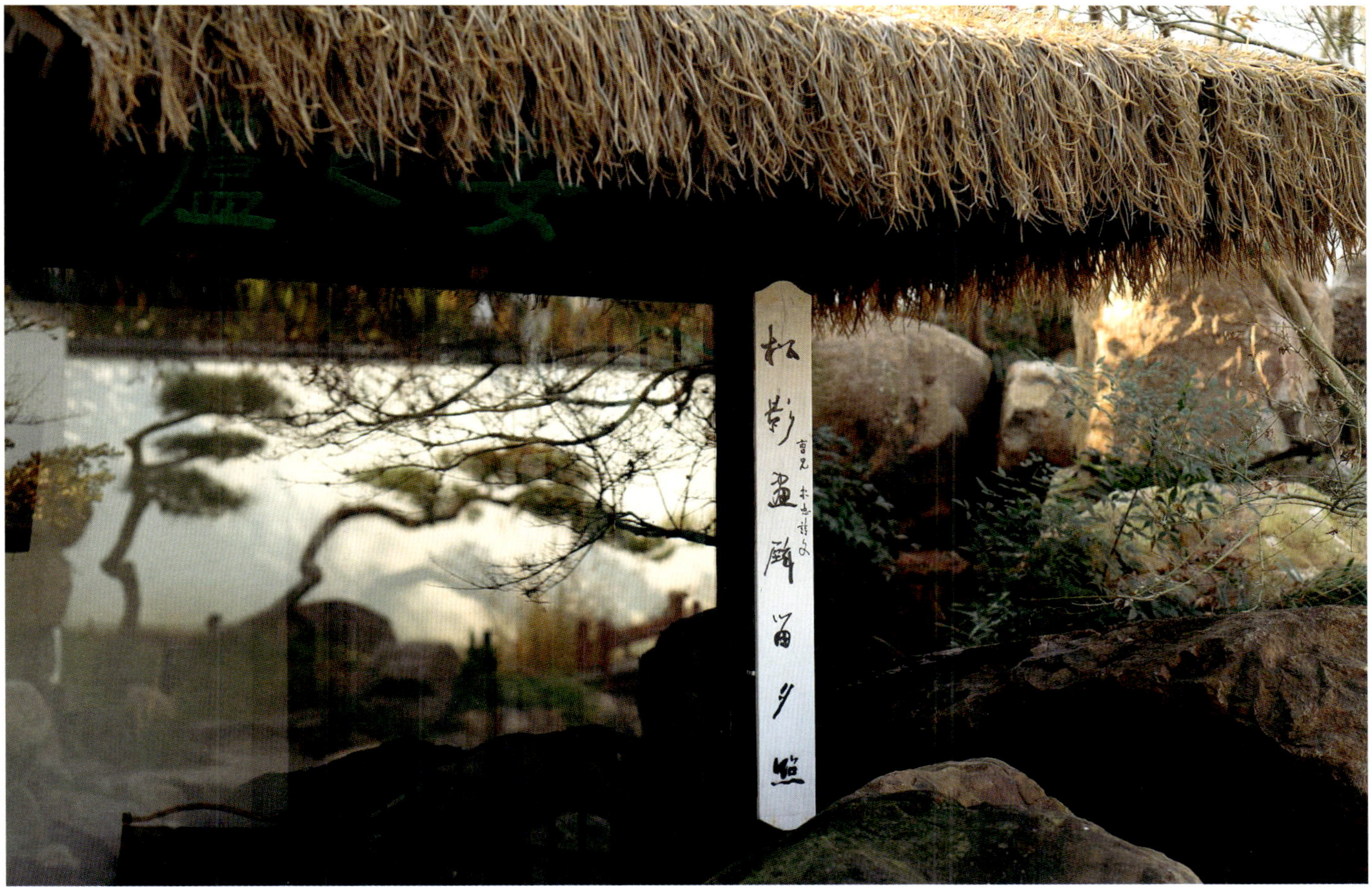
松影画廊留夕照

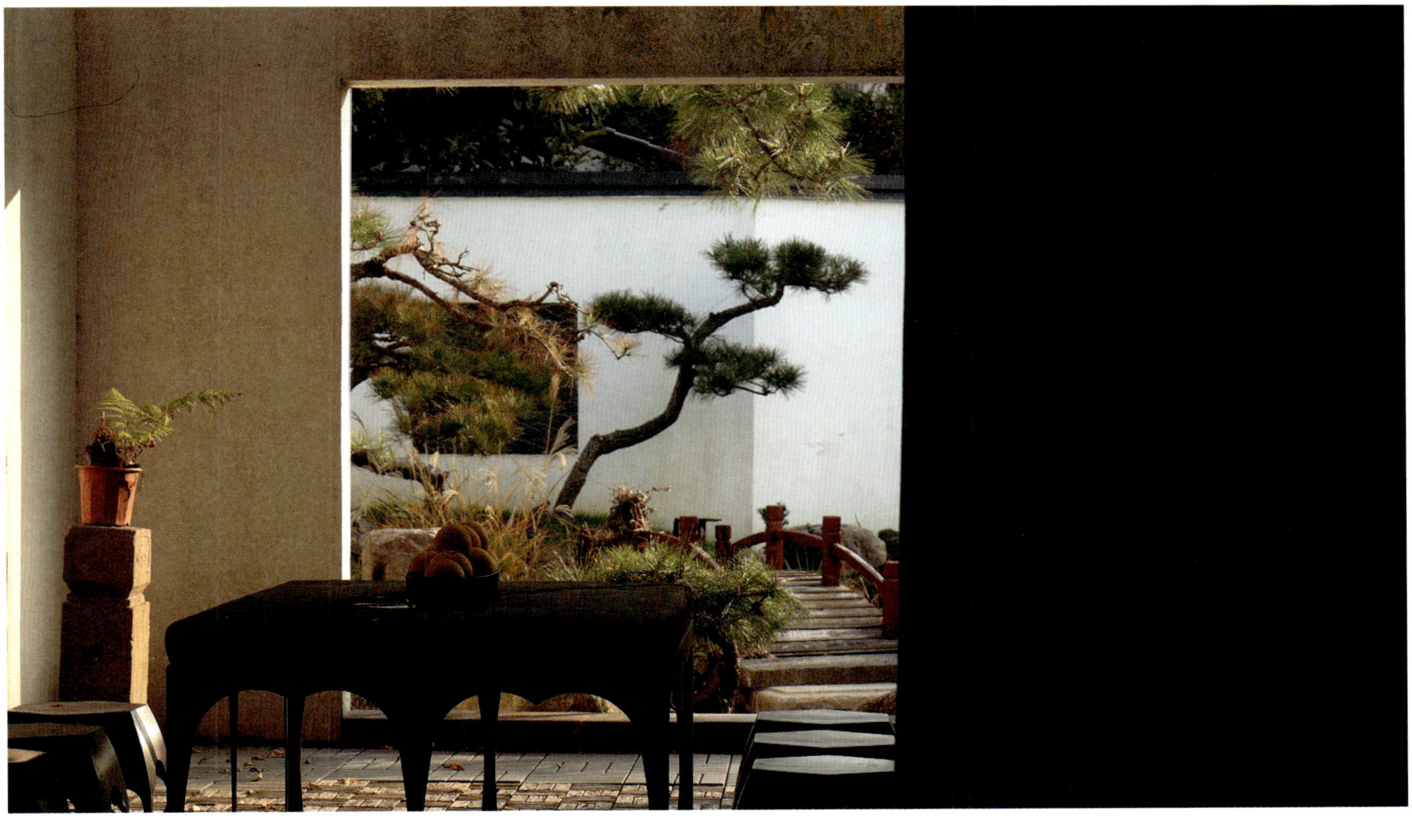

泥洹院：一座道场

张洹
胡军军

文 | 张洹

这是一个没有完成的院落，它在变化，也在生长，在呼吸，在衰老。

这个院子我就是要好玩，要彻底地放开，可以在里边撒野。日式枯山水，苏州园林，那些都不属于我心灵的家园。

去年去九华山，去河北、河南，很多地方去选石头，我要纯自然的，没有加工过的，体量比较大的。颜色，气质，每一块石头它都有生命力，这样就形成了我的一个语言。

原来的树尽量不动，把我们想要的东西放进来，跟它和谐相处。石头太大，吊不进来，我们就切。也不要去修饰它，把它补回去，反而利用它。当我坐在屋里看的时候，有一种在游轮上滑动的感觉，这些石块就像大海中的孤岛在那游来游去。

老樟树五六百年了，太老了，里面都是空的，我能坐在里面打坐，冥想。它在过去曾经三次被雷电击过着过火。它就一层皮，已经全都钙化了，还那么自在，飘逸。它里边有故事，典型的中国传统的一种美学，审美。我把它移过来，一公里花了一个月时间。完全像对待受人尊敬的一个老者，一个小枝都没有损伤。能感动你的一个事物，你要给它足够的尊严，给它一个仰视的最好位置。

造这个院子的时候没有图纸，拒绝次序，拒绝逻辑，永远在"失控"。天天吊车，卡车，几百吨的石头往那扔。刮风，下雨都不管。夜里下着雨，有一块石头举起来，空中就碎裂了，就"啪嚓"砸下来，这个太可怕了。后来就想，古树在保佑我们，胡老师的《尘归尘土归土》在保佑我们。

院子的缘起，是前院的那两块巨石。巨石从太行山脉找来，叫做黄锈石。黄锈石在石料市场并不讨喜，但是我在几万块石头里一眼看到了它。那么温顺，那么沧桑，又那么有力量，一块就有一百多吨重，是佛光普照的感觉。它原本来自河北一个老寺庙旁边，有老庙的定力。

前院本来有一棵树，常规造园来说，要把它移走，但是我拒绝。我尽量不去干预原本的自然环境，我要尽力去呈现它原来的状态，这才会永恒，才会久远。我只把我自己想要的东西放下。

撑起整个院子的是一条花路。花路的概念，是婴儿在妈妈肚子里边脑壳形成的过程。从脑壳形成，到开悟，到生命的尽头。在这样一个院落中，像是在荒漠中突然有绿洲，突然有鲜花。

造园的过程中，石头的堆放全无预先的设想，都是凭着感觉。乱七八糟地一堆，成了"龟壳"。"龟壳"是我取的名字，你也可以理解成一个古堡、一个寺庙或者一个教堂，人还能进去安静一下，或者和朋友一起聊几分钟。我有意设计的入口，不能正常地走进去，必须躬下身体进入山洞那样的方式。

院子之外是一条公共的河，中间有一个小岛。我在岛上埋下了28颗上吨重的圆石，这是一个秘密，我们看不到这些石头，但它们实实在在地存在着。在我的理解里，岛是私人院子和公共空间的缓冲区,也是心灵和精神世界的桥梁。埋下石头,也是把院子做了一个延伸。

凝视巨石的时候,我能感觉到它的魅力,它的力量,它把所有世人想不清楚的问题都说清楚了。它没有文学,没有哲学,没有艺术,没有科技,没有所有的东西,但是它又什么都有,这是无可取代的。在石头面前,我们人的力量、艺术的力量,都显得太弱了。

虽然我始终在拒绝次序、拒绝逻辑,但现在看来,这个院子有一种失控中的理性。这一次我把当代艺术、雕塑、装置、大地艺术、艺术景观等等,完全混在一起去玩,把界限都打破。

院子的名字叫"69 泥洹院",69 是门牌号,也是太极的形状;"泥洹"里的"洹"字,和我的名字完全巧合。"泥洹"就是涅槃的意思,不生不灭,无始无终,是一种绵延不绝的气场。

这些北方气质的巨石初到上海,一开始还有些水土不服,就像我一个中原人来到上海一样水土不服。但它们就在这个院子里待了下去,继续生长、呼吸,并且变得温顺。前些天我们在古树台上发现了一条 90 厘米左右的小蛇,我也在水里看到了青蛙,我觉得这特别好。现在回想这段经历,都觉得非常不真实,像是在另一个星球的体验。永远在失控,总是在修改,自己也不知道下一步会做成什么样子。

其实我完全是外行,我也没做过园林。第一次做,确实是个外行。很多传统的方法,结构的呈现,包括基础全都不懂。但是同时又有一些好处,就是我没有框框,不知道结果的时候它就是自由的。

多少个夜晚,风雨无阻,夜里 12 点、2 点,大灯照着还在工作,没有思考的余地。那块石头你要立刻决定放在哪里,我会在整个院子里跑到这边跑到那边,像古希腊那种斗士一样跑。拿着一个竹竿,竹竿上有一个小红布条,那就是我的指挥棒,点到哪里到哪里。但是也有点错的时候,夜里点到这,第二天、第三天发现这块石头还不那么贴切,

它不想在这待着,那就再换位置。因为这是视觉艺术,它是身体的一部分。所以你要感受到它。你仅仅在图纸上谈兵,找不到感觉,必须在现场,谁也代替不了你的工作。

我也是耳顺之年的人了,想到如果有一天,我正在这里察看,就这样倒在这些石头上,就这样在这些花里睡过去,其实也是最好的结局。我做这个院子,甚至就是为了这个归处。

对我来说,在这个院子里的每一秒都是享受。观察一颗石子,发现一株新芽,或者往发烫的石头上一躺,都让我舒服,精神和肉体双重的舒服。

有时候站在石头上俯瞰院子,如果这就是宇宙的话,我们不过就是其中一块石而已。

文 | 胡军军

泥洹院是一个不取悦于任何人的存在,人类的好恶跟它没任何关系。长期以来,我们造园,多半是为了愉悦主宾,或赏心悦目,或怡情逃逸,而泥洹院呈现最强烈的气质是苍茫,或许,这才是世间的本来面目吧。

泥洹院是座道场,它映照心灵在宇宙间的维度,引领众生走向开阔和无量。

我经常说,这个院子不是人为设计的,而是这些石头指引着人们安放在此处的,仿佛安住在这里已有千年万年。巨石和古树,已经度过无数的沧海桑田,而我们充其量是过客,在这一世中,再度见证悲壮和挺拔。

《尘归尘土归土》安放在下沉庭院中,长度约 10 米,65 吨,由 50 多块石头组成。在整个院子的气场中,它是一个无比寂静的昭示,是繁华落尽后的尘埃落定,是大美不言,是这方土地的一锤定音。诸行无常,诸法无我,涅槃寂静,在这样一尊卧佛前面,法义有了最彻底的诠释,我们终究渺小如微尘,终将:尘归尘,土归土。

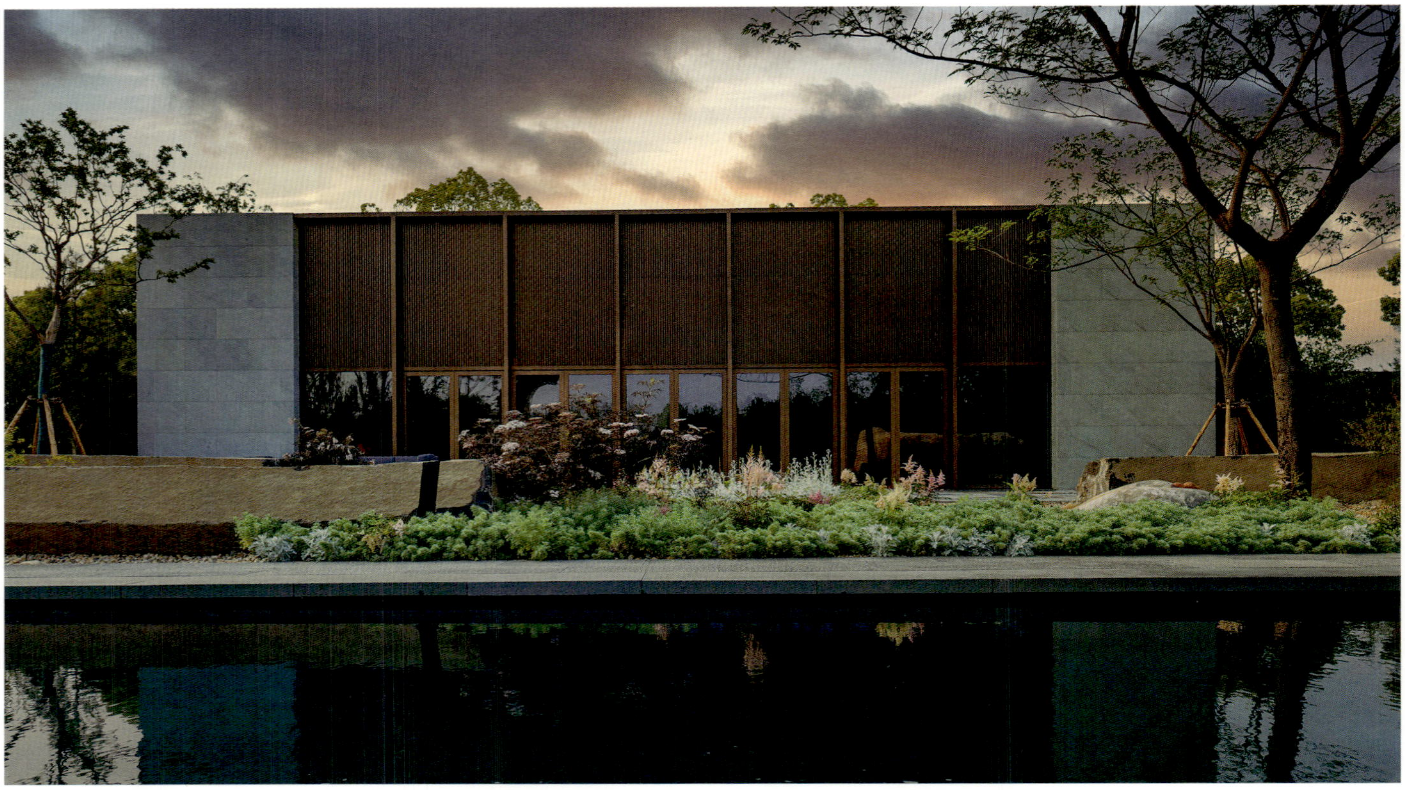

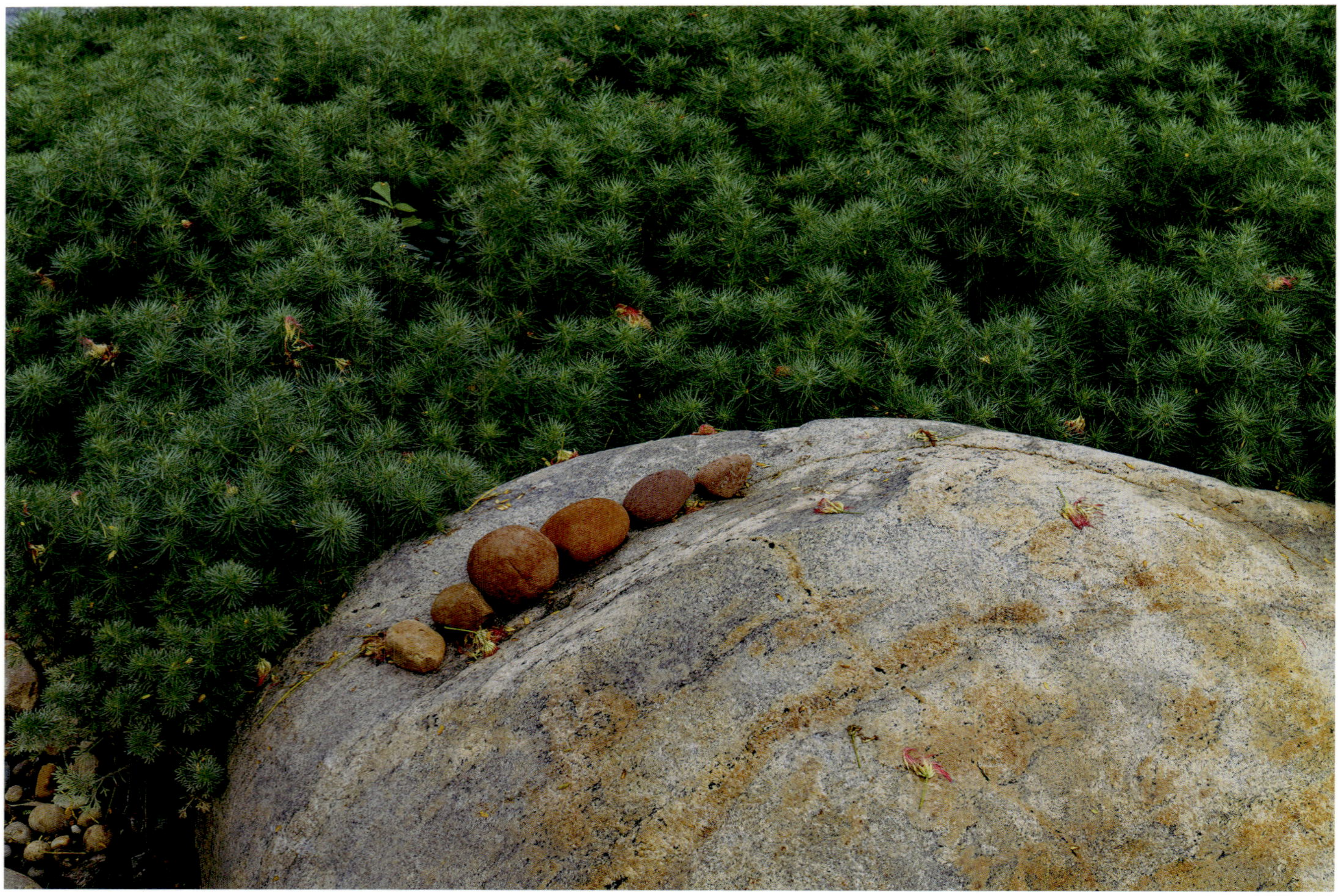

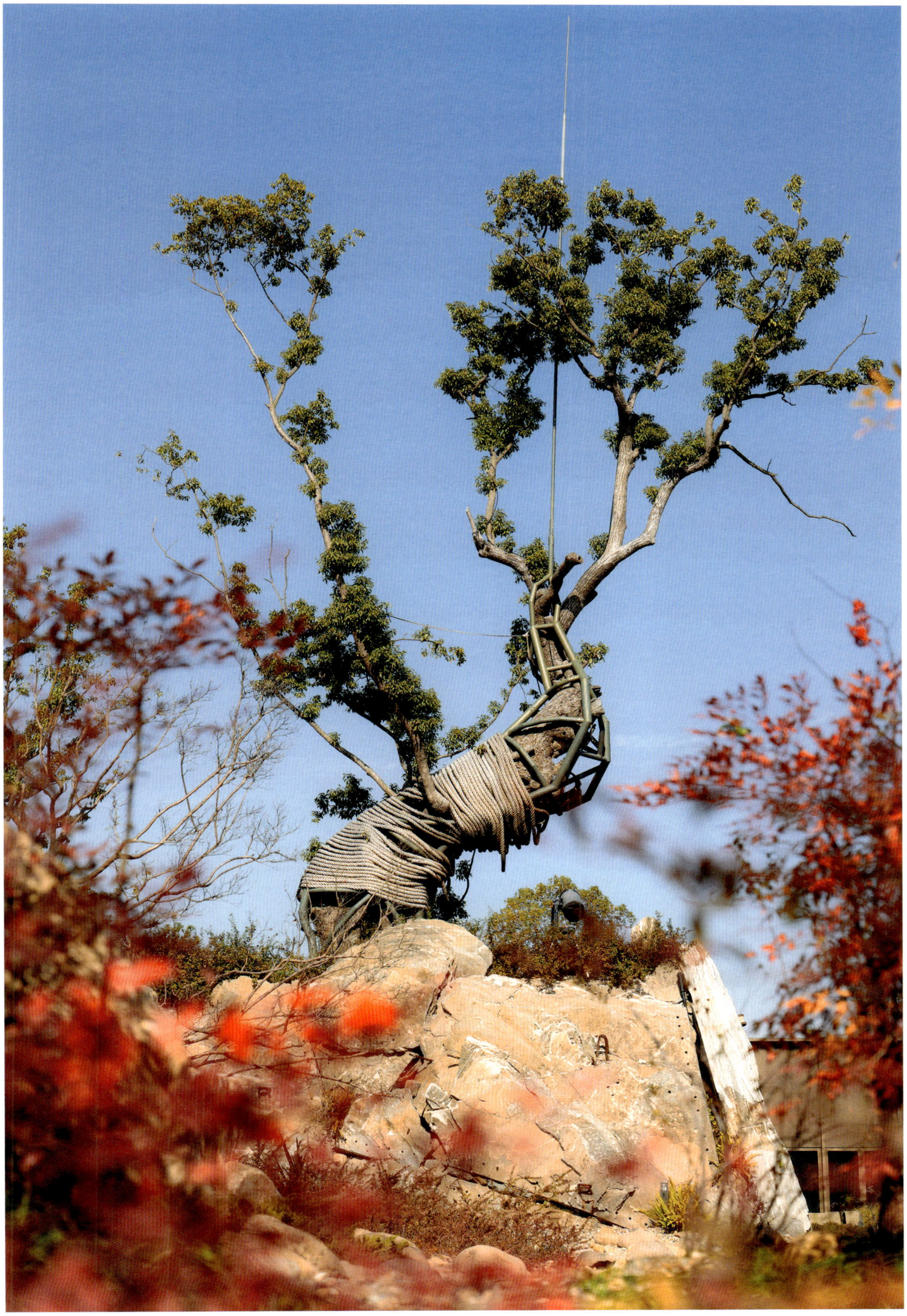

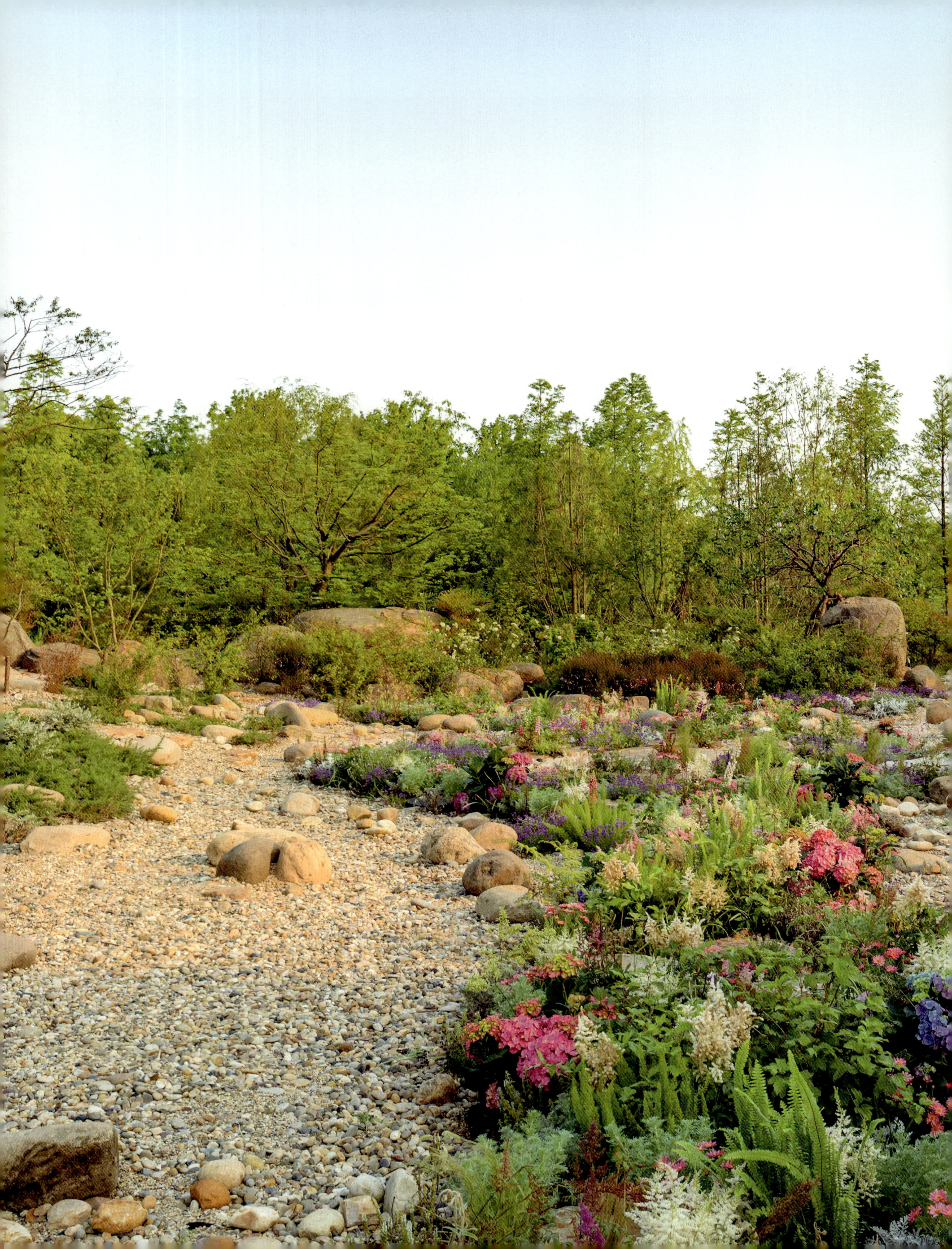

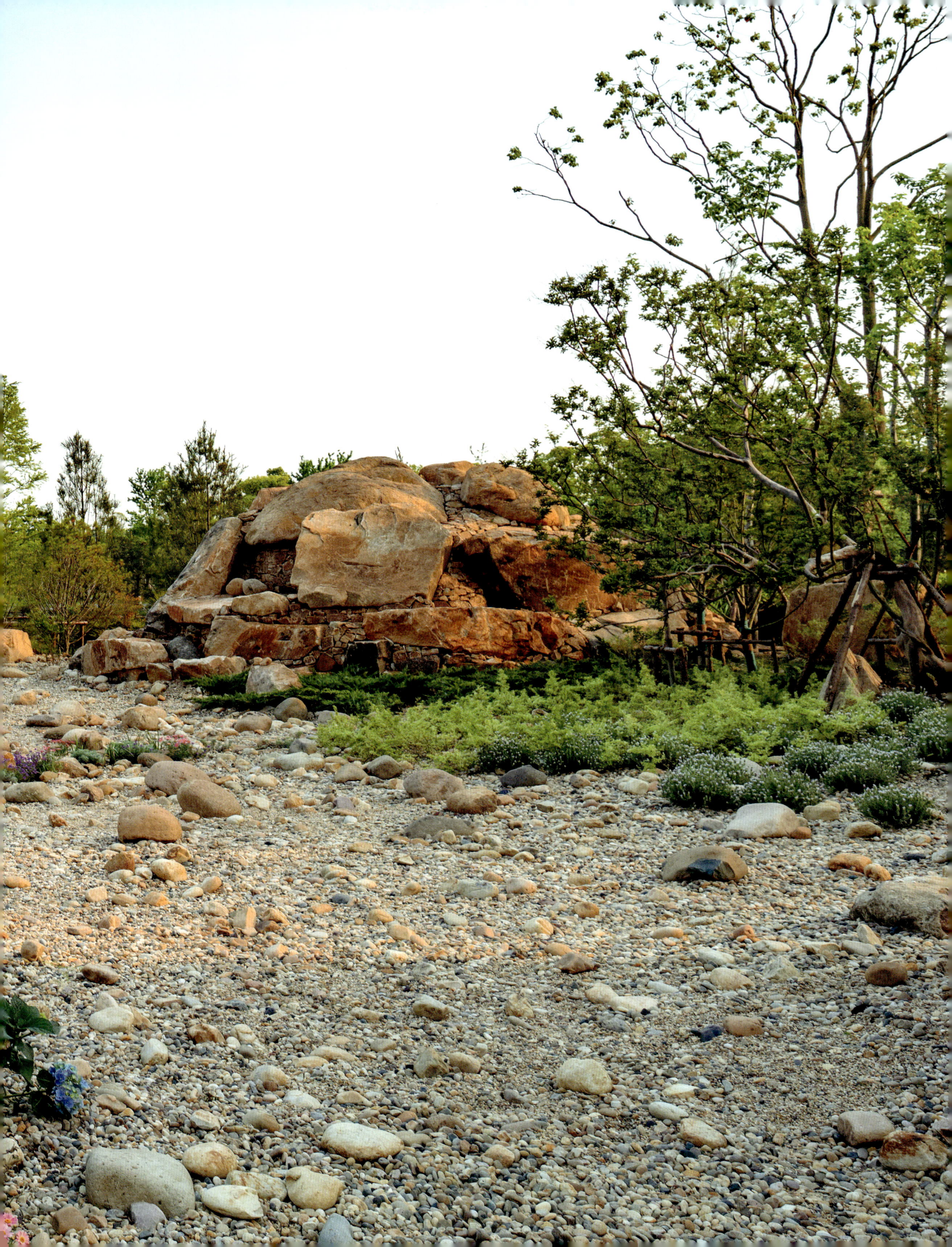

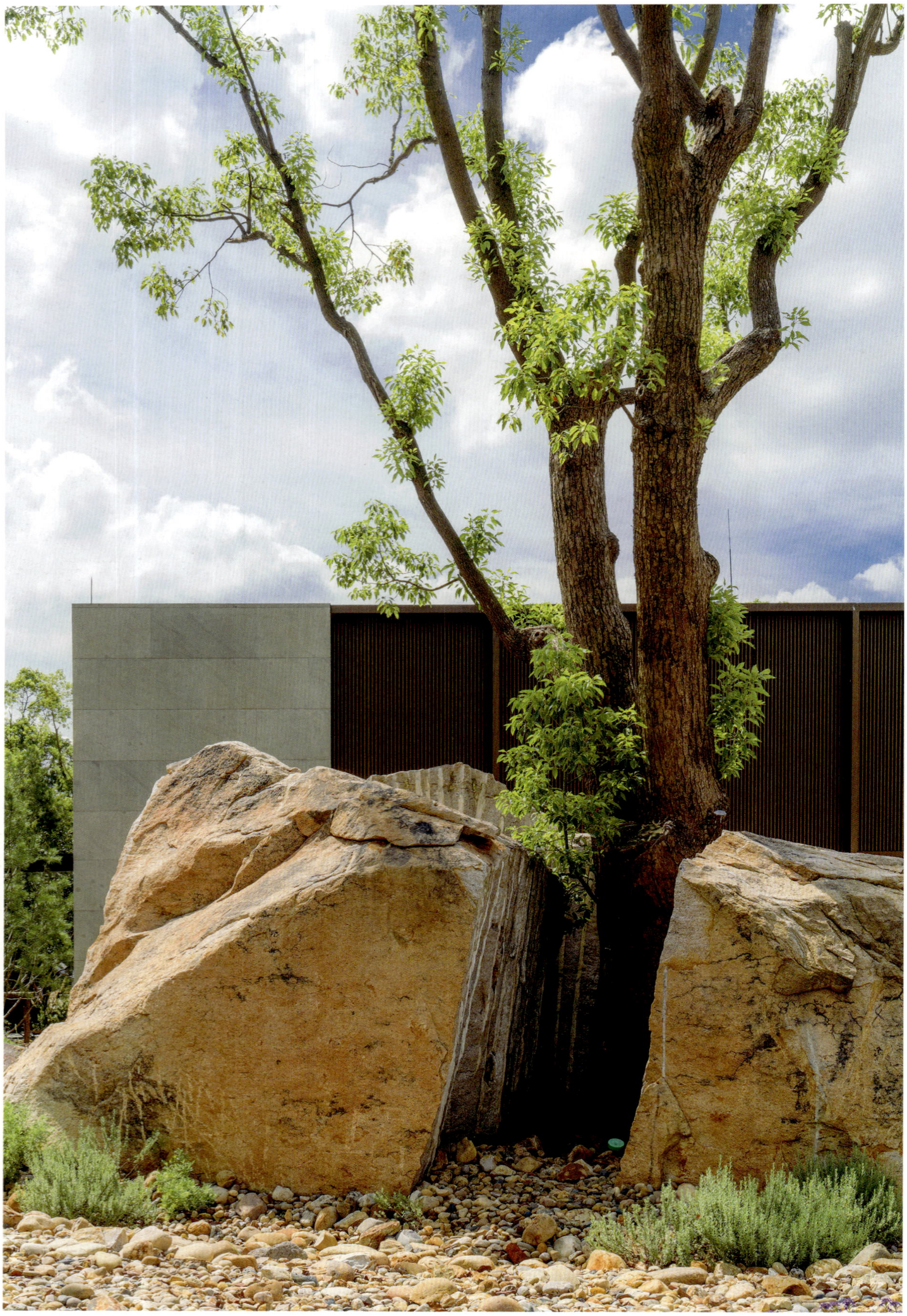

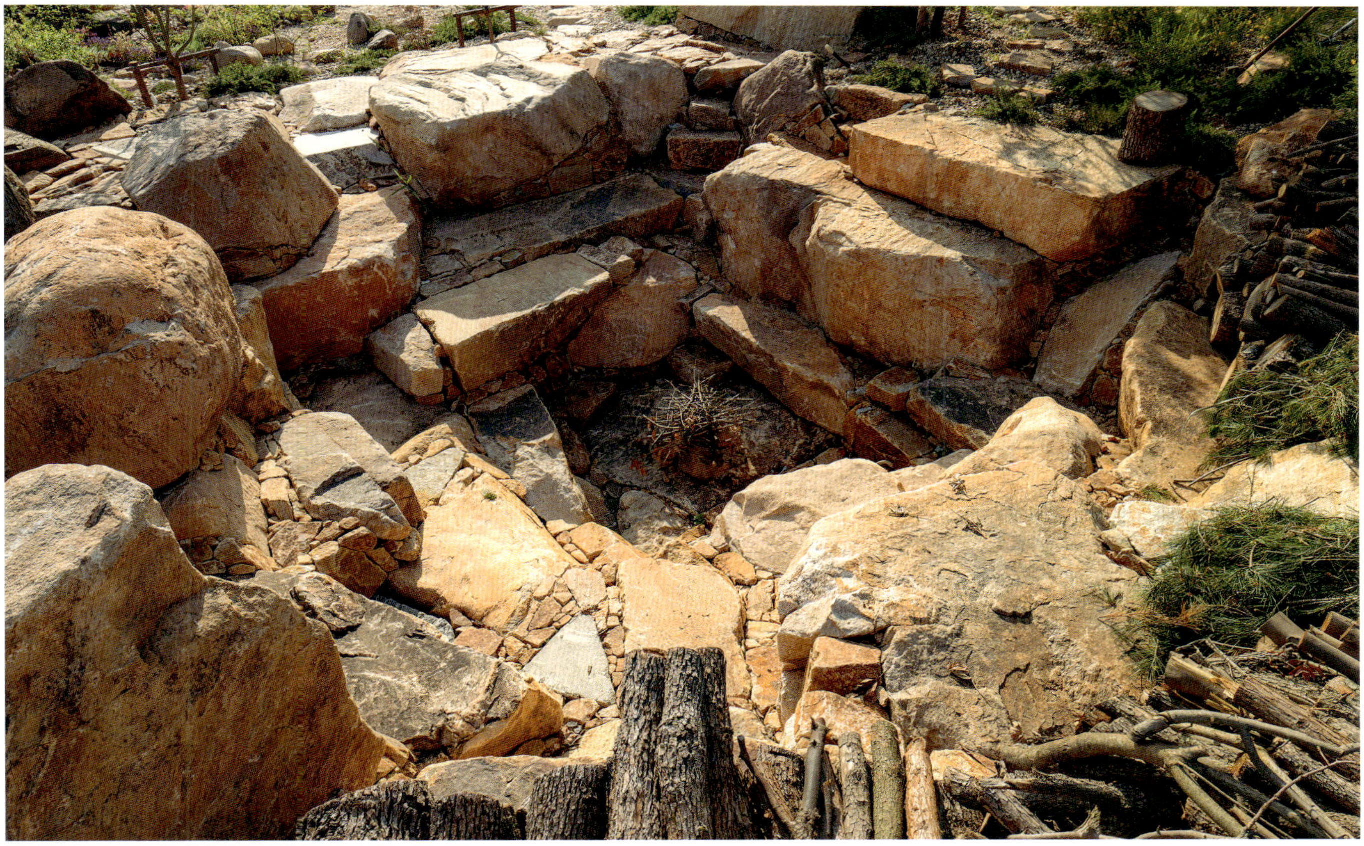

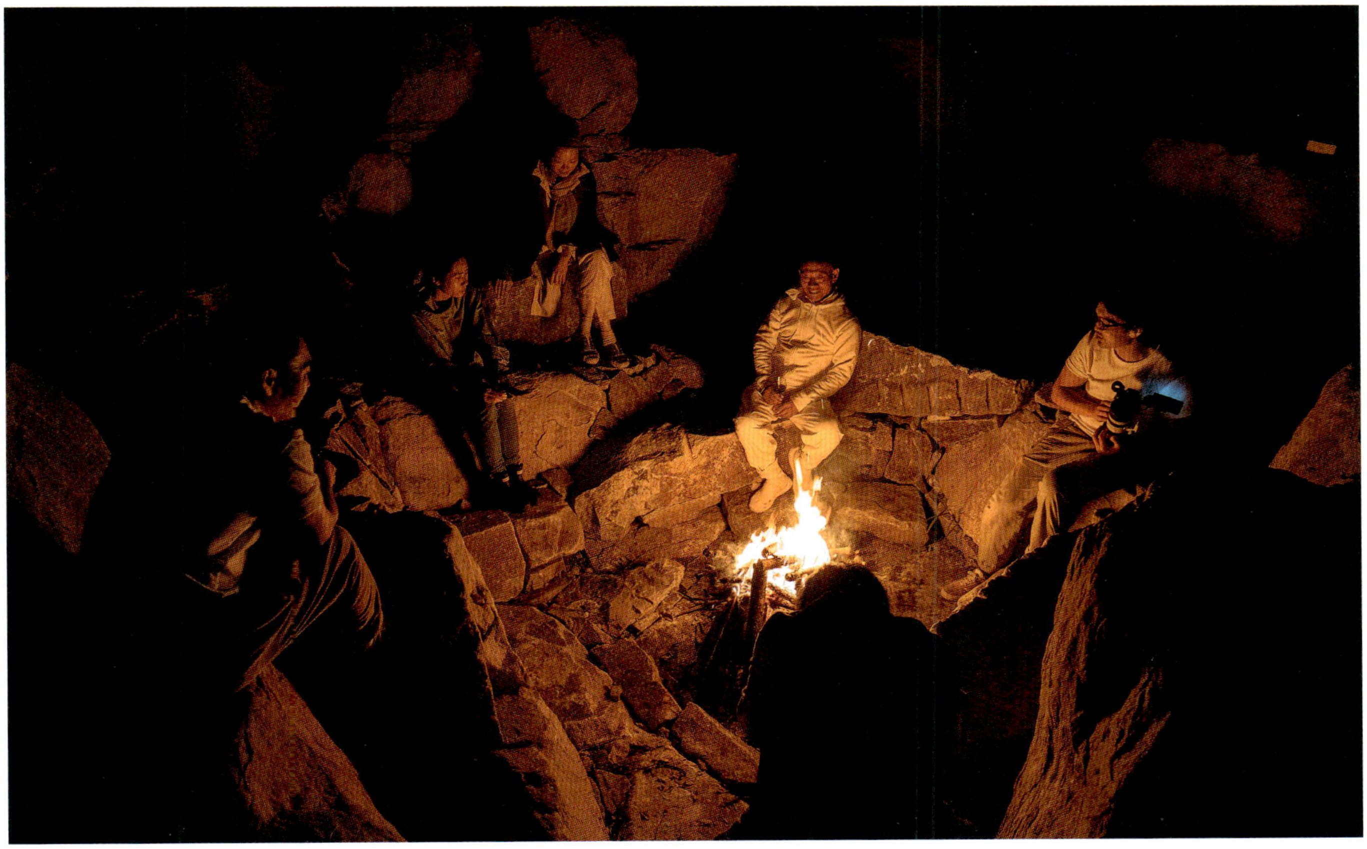

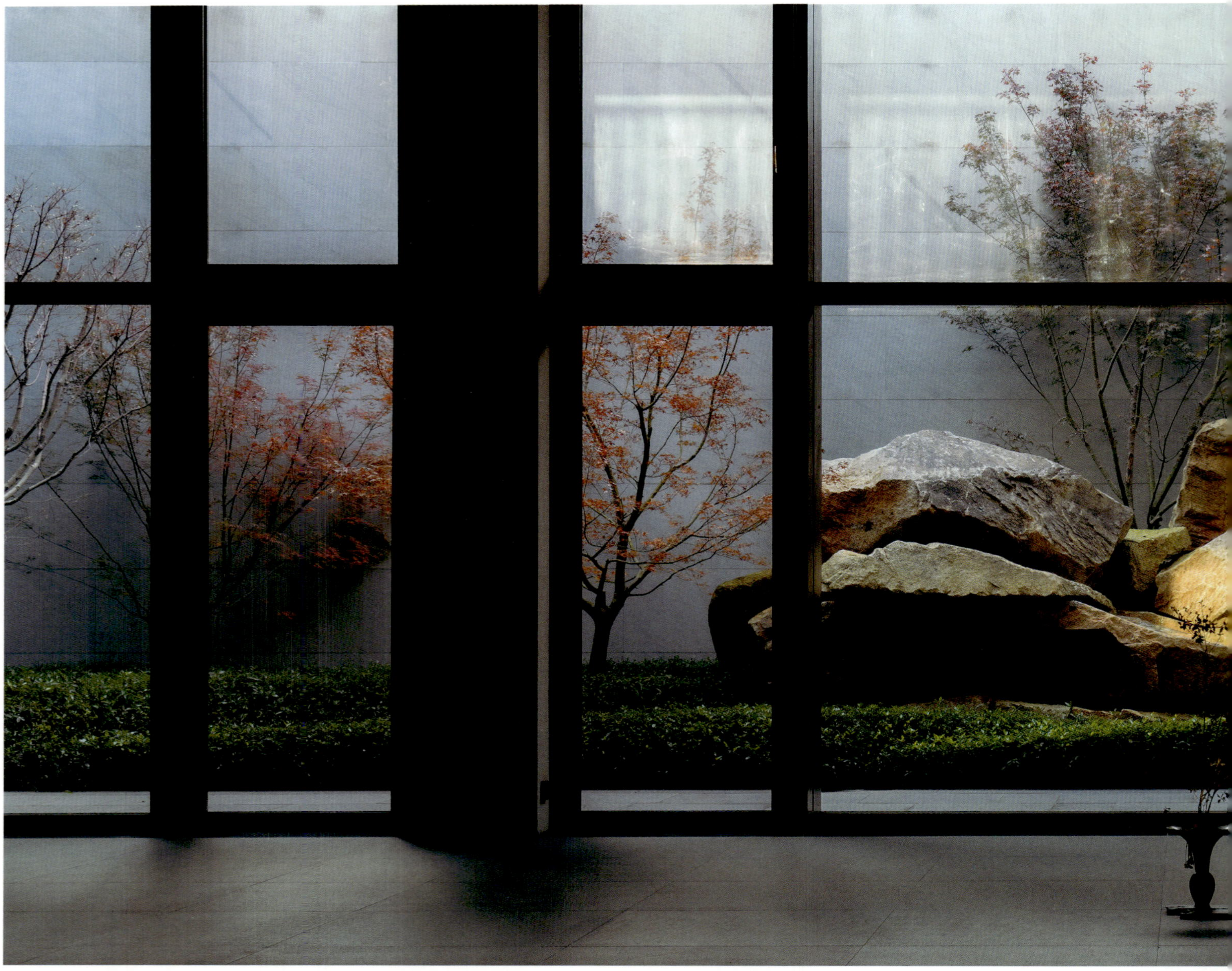

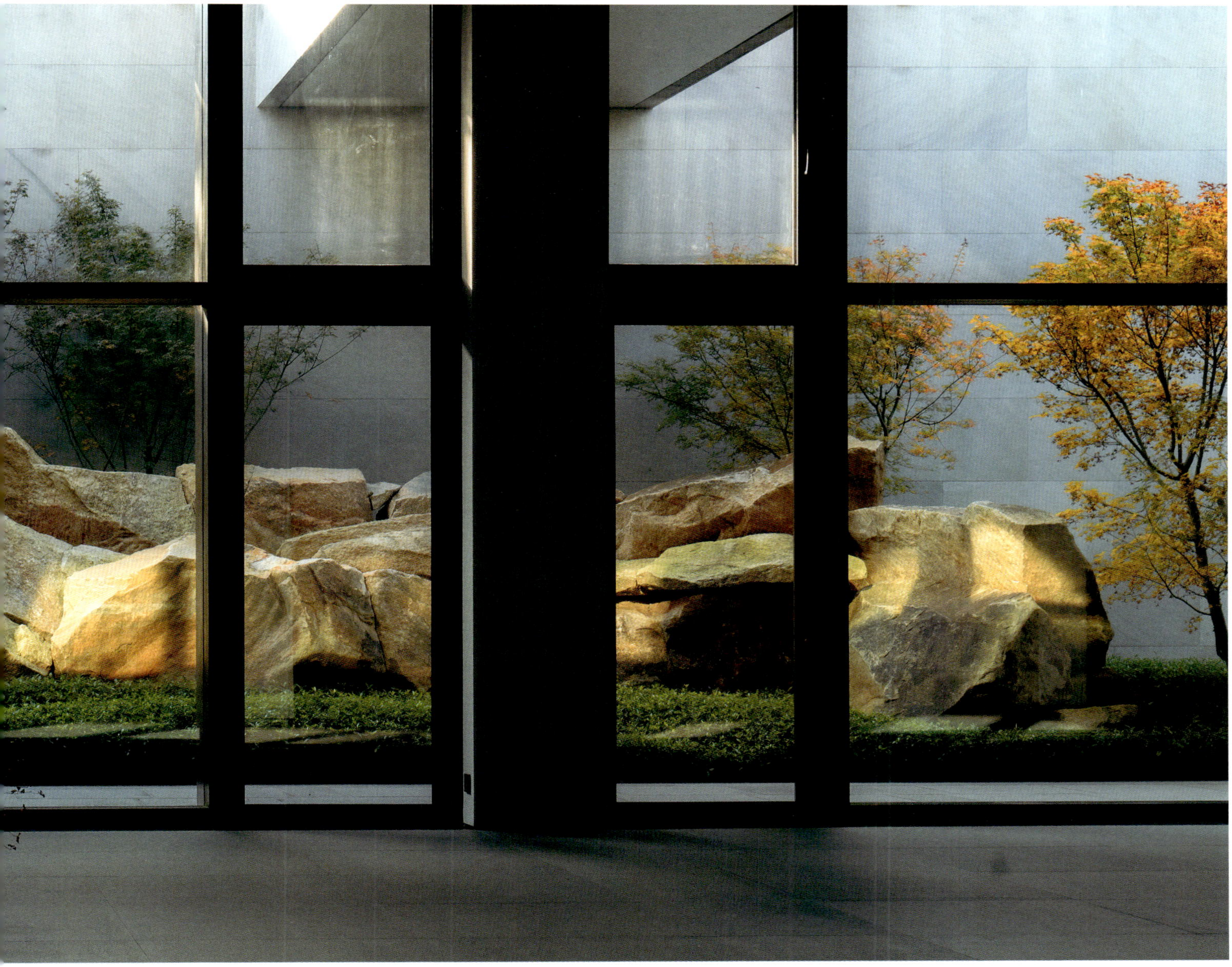

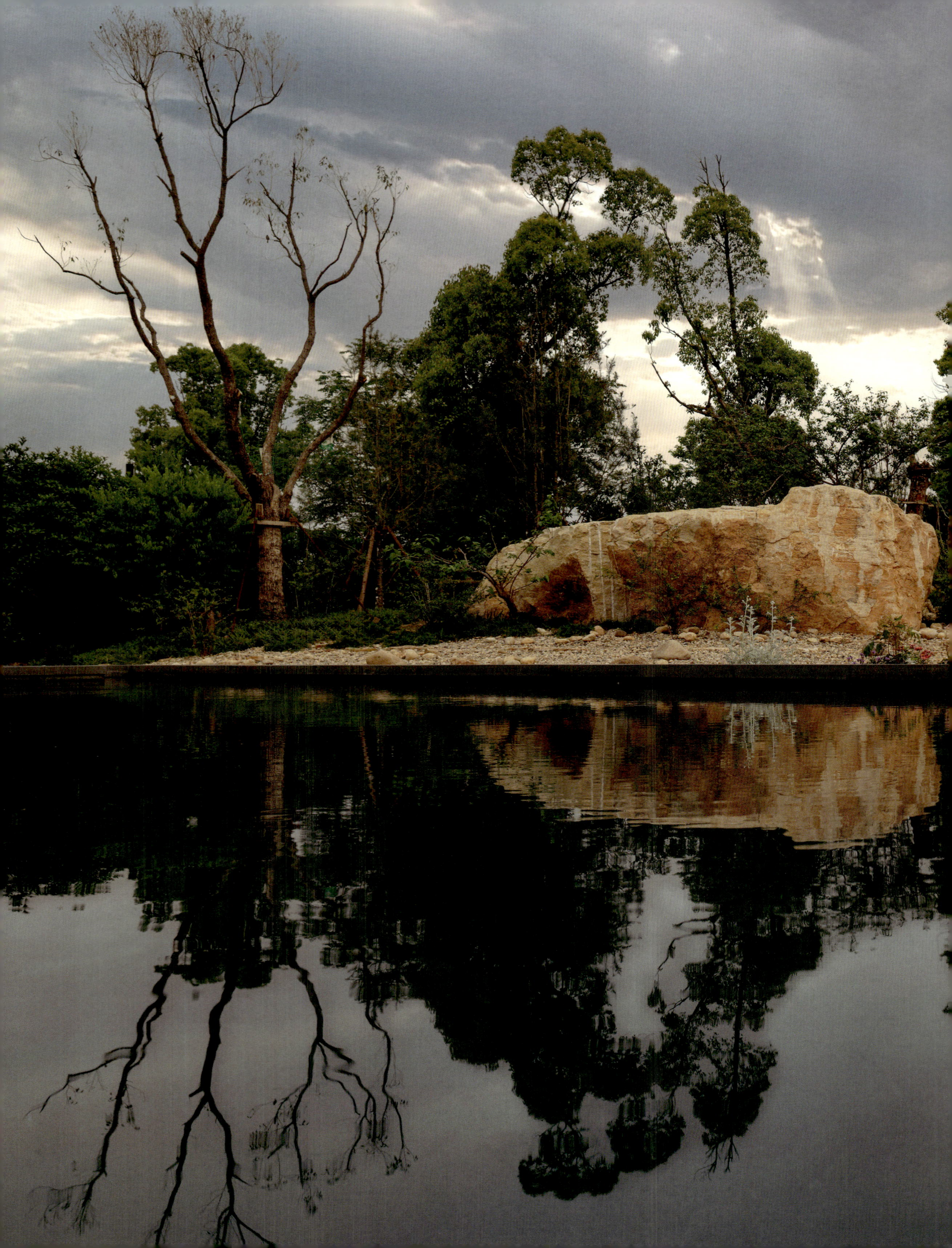

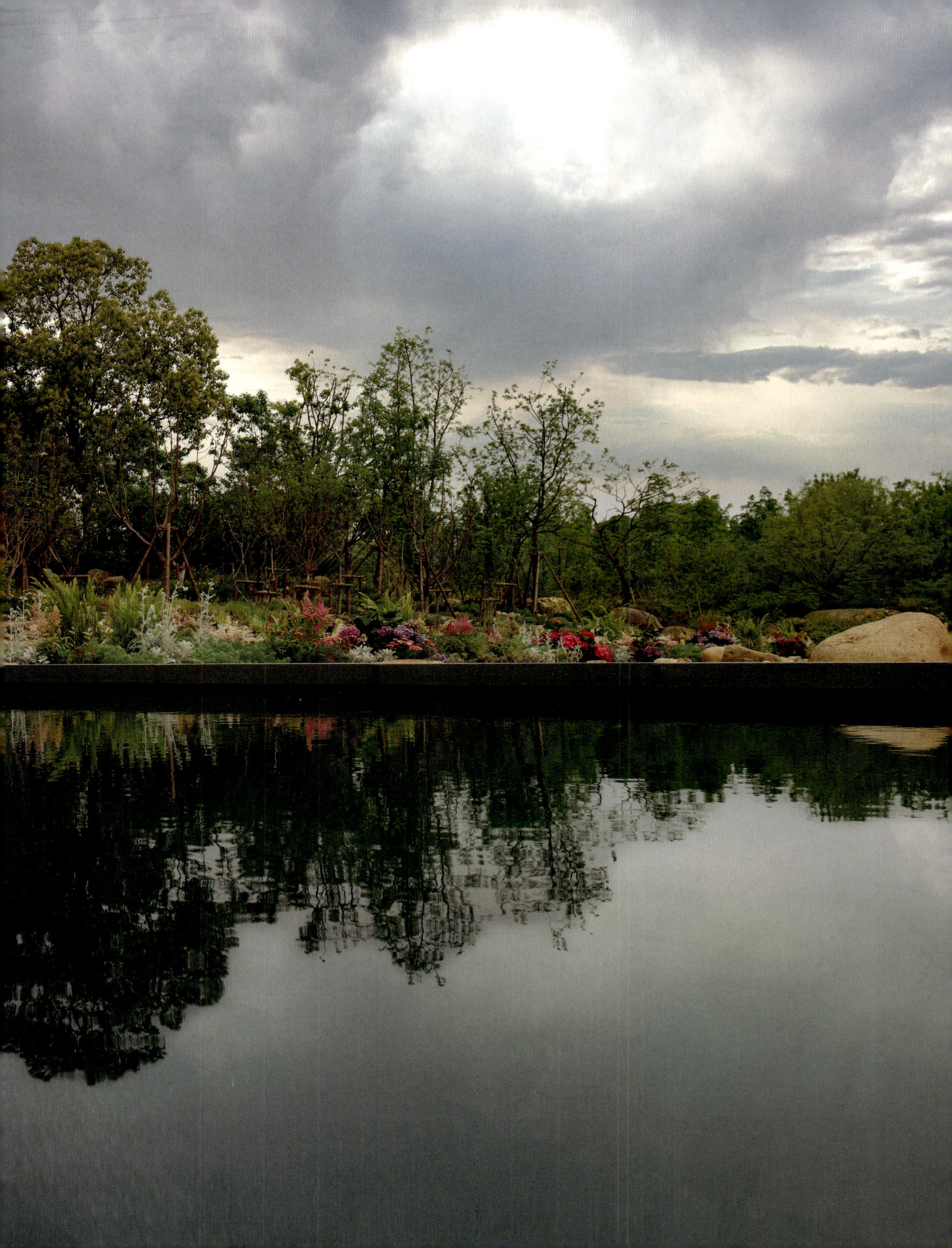

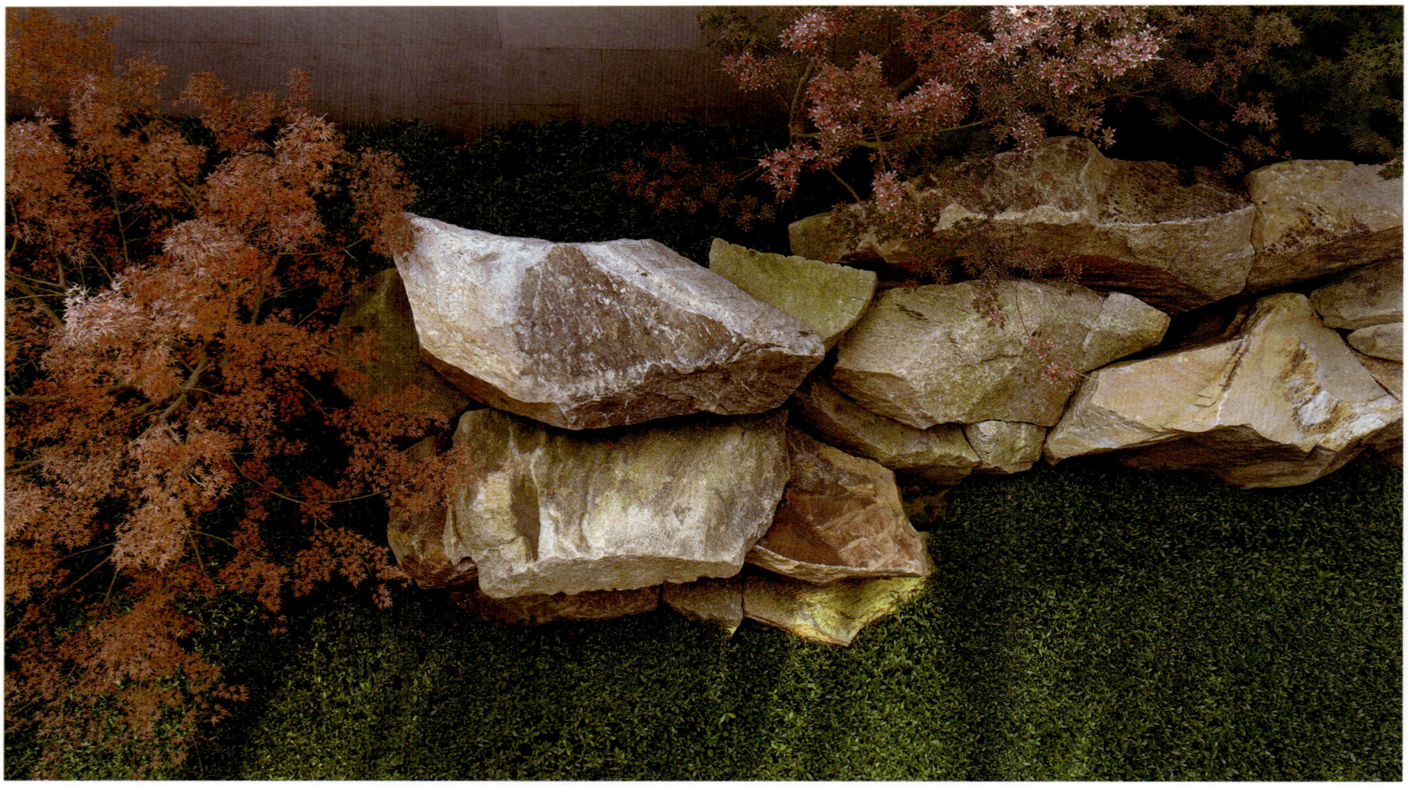

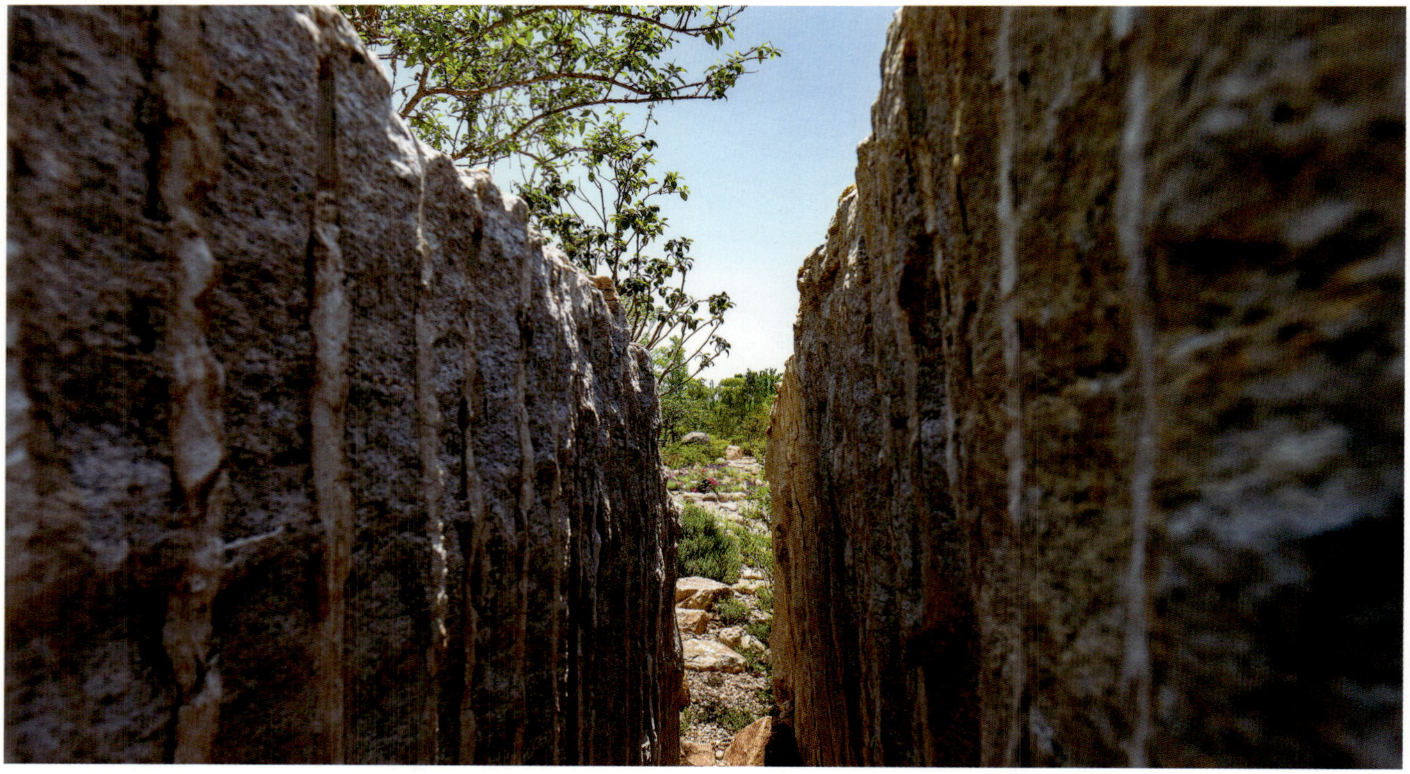

周庄周庄

逢小威

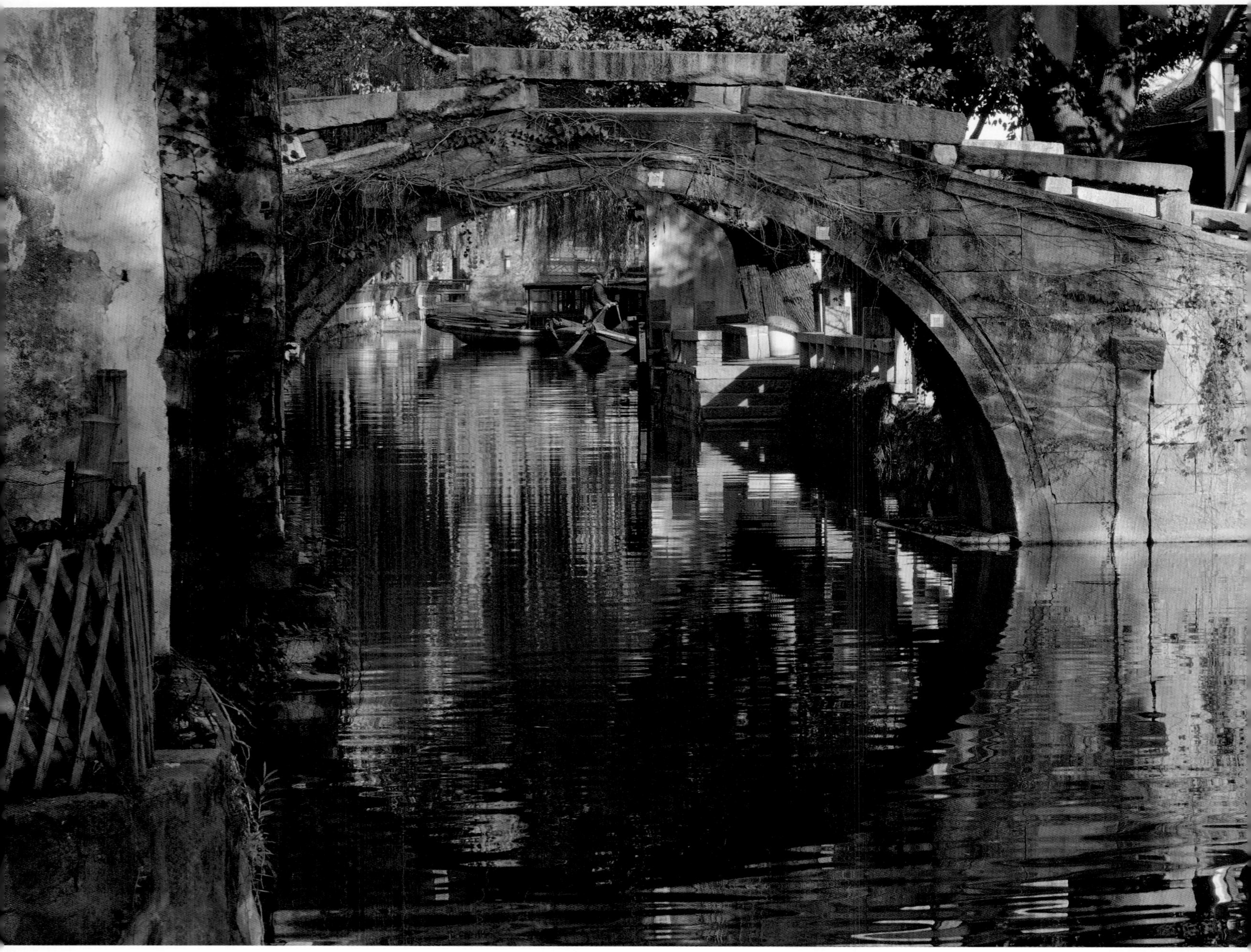

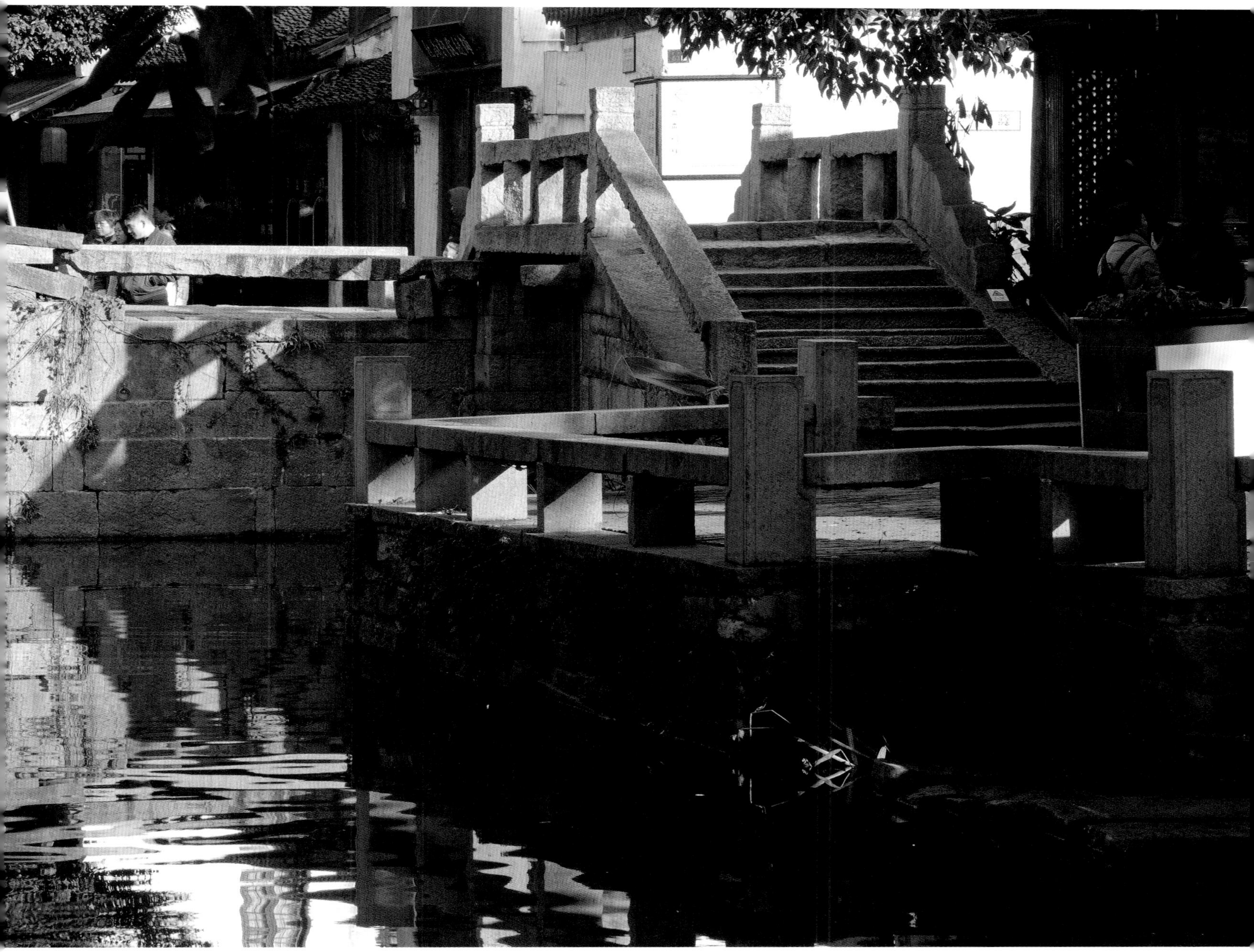

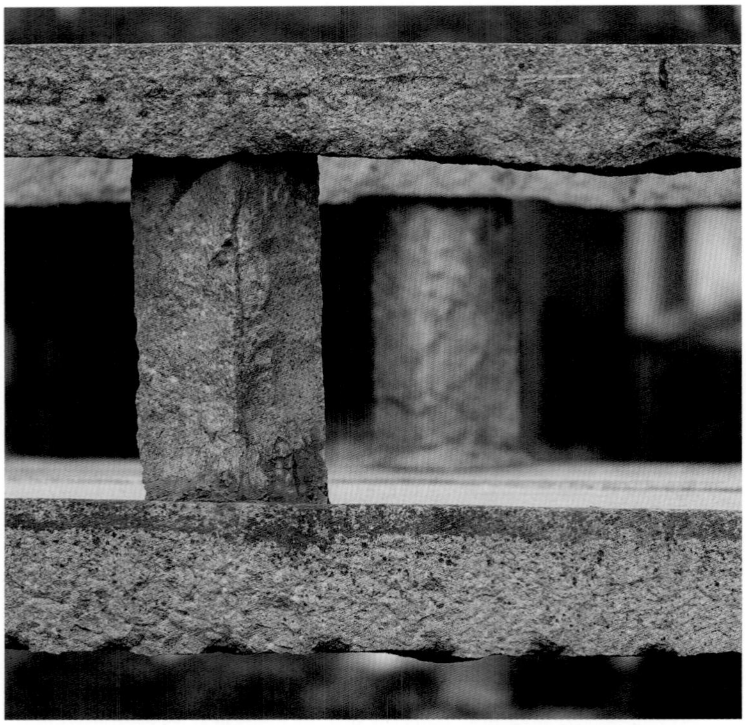

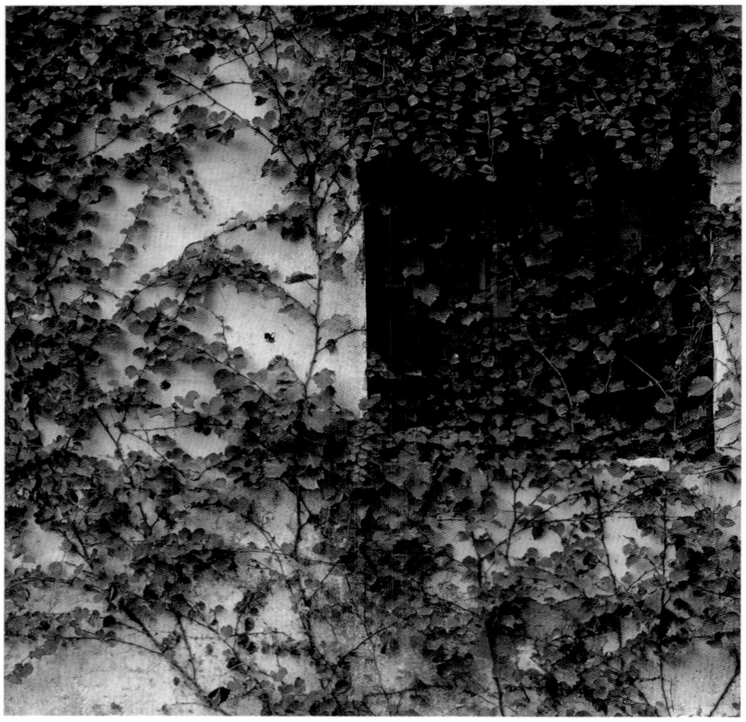

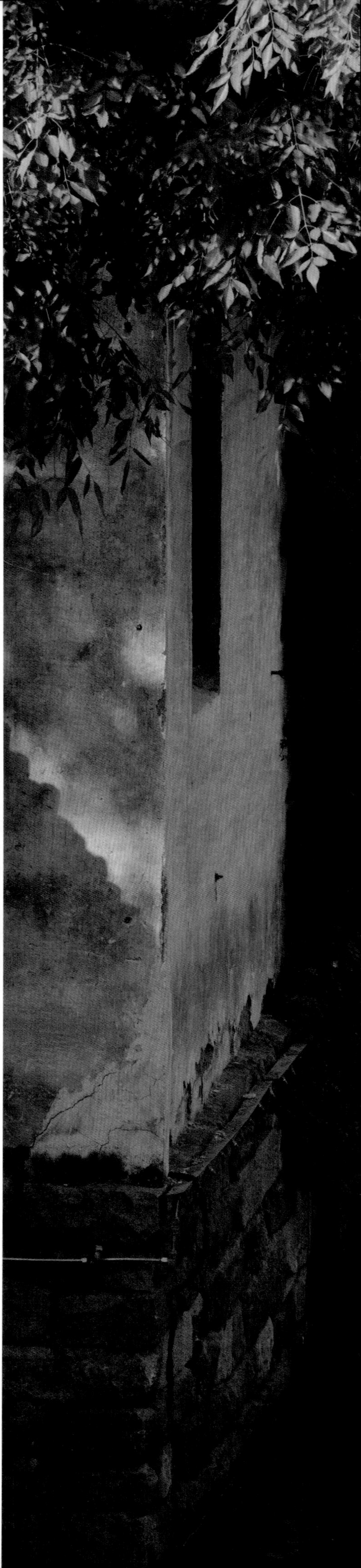

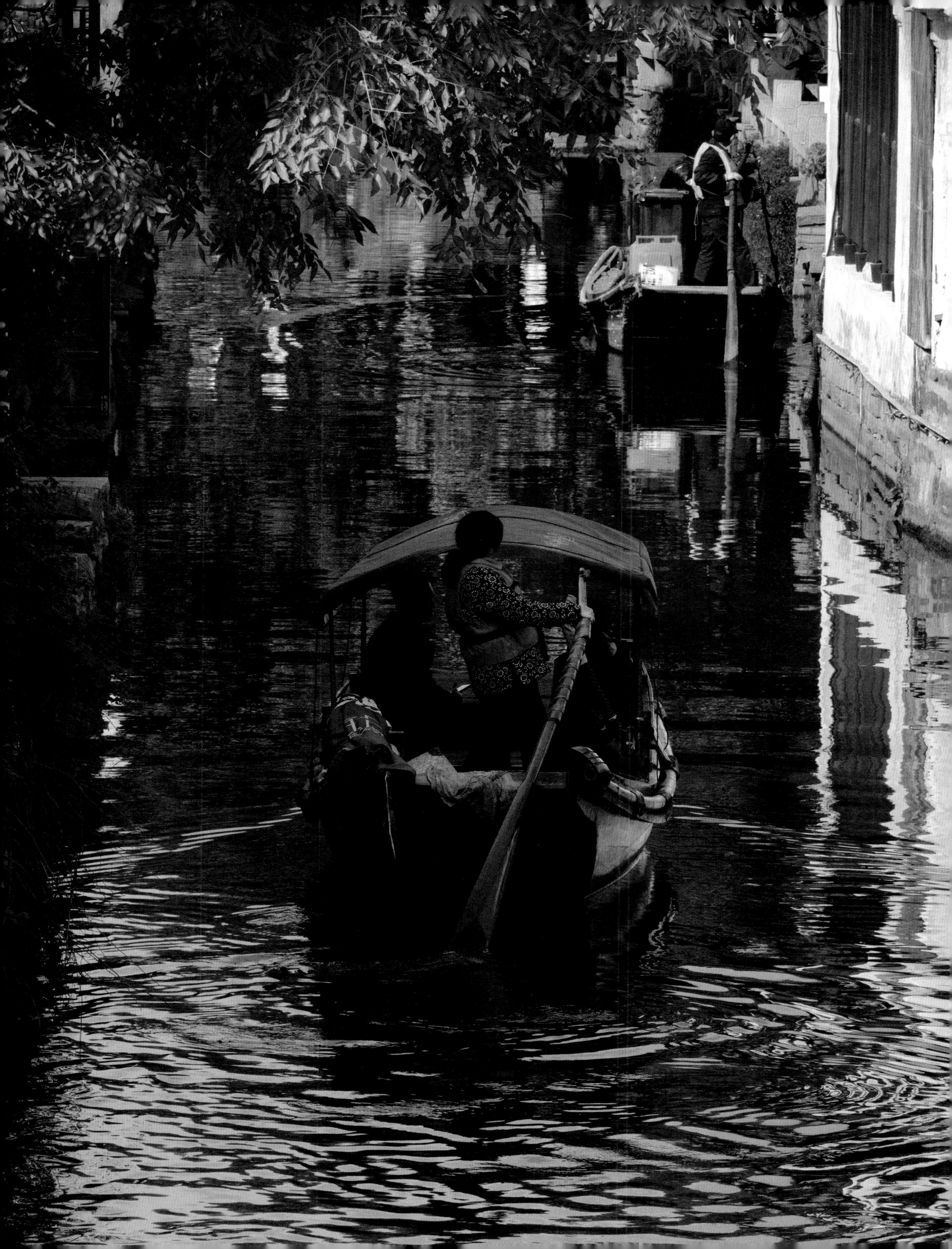

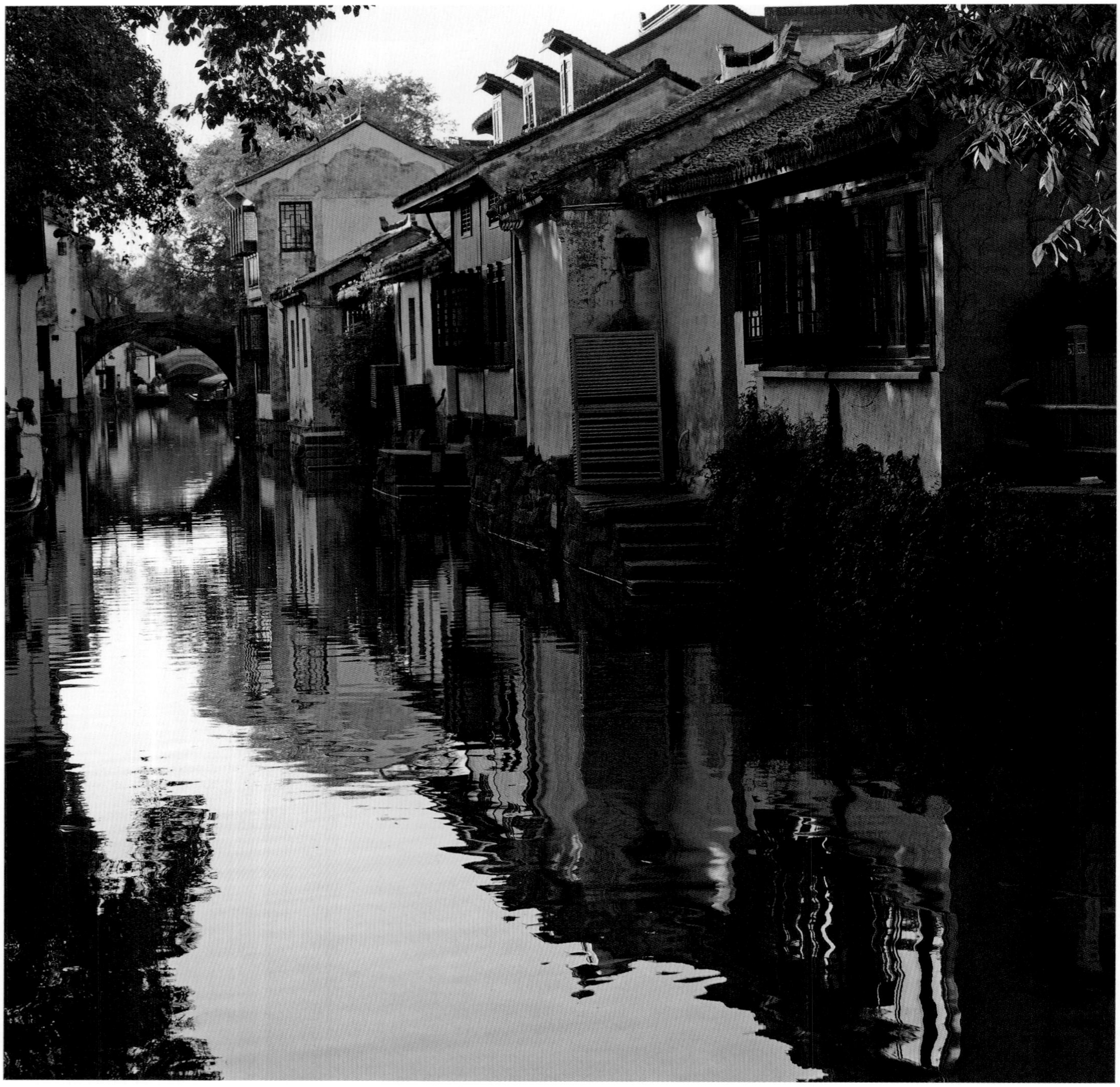

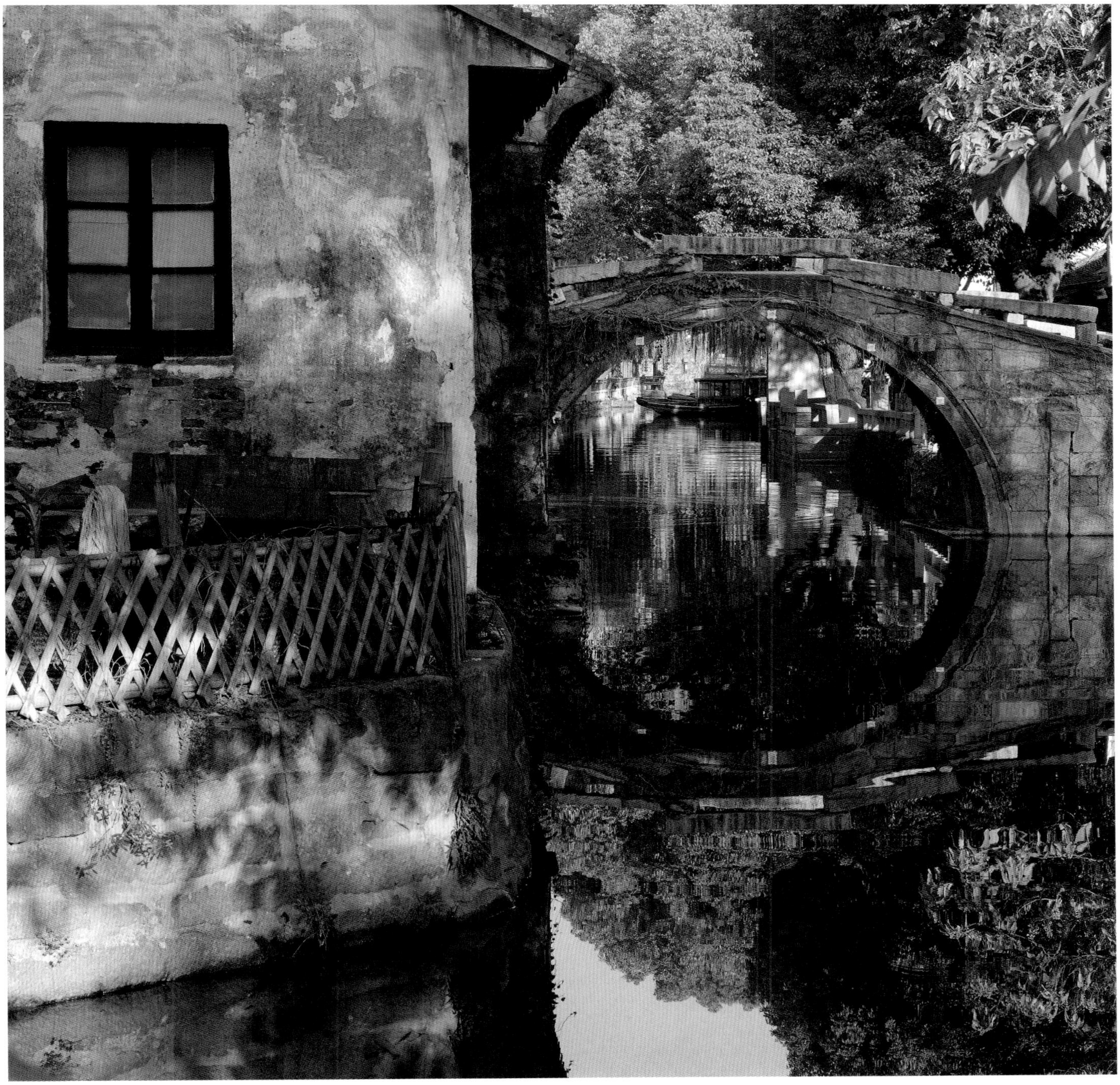

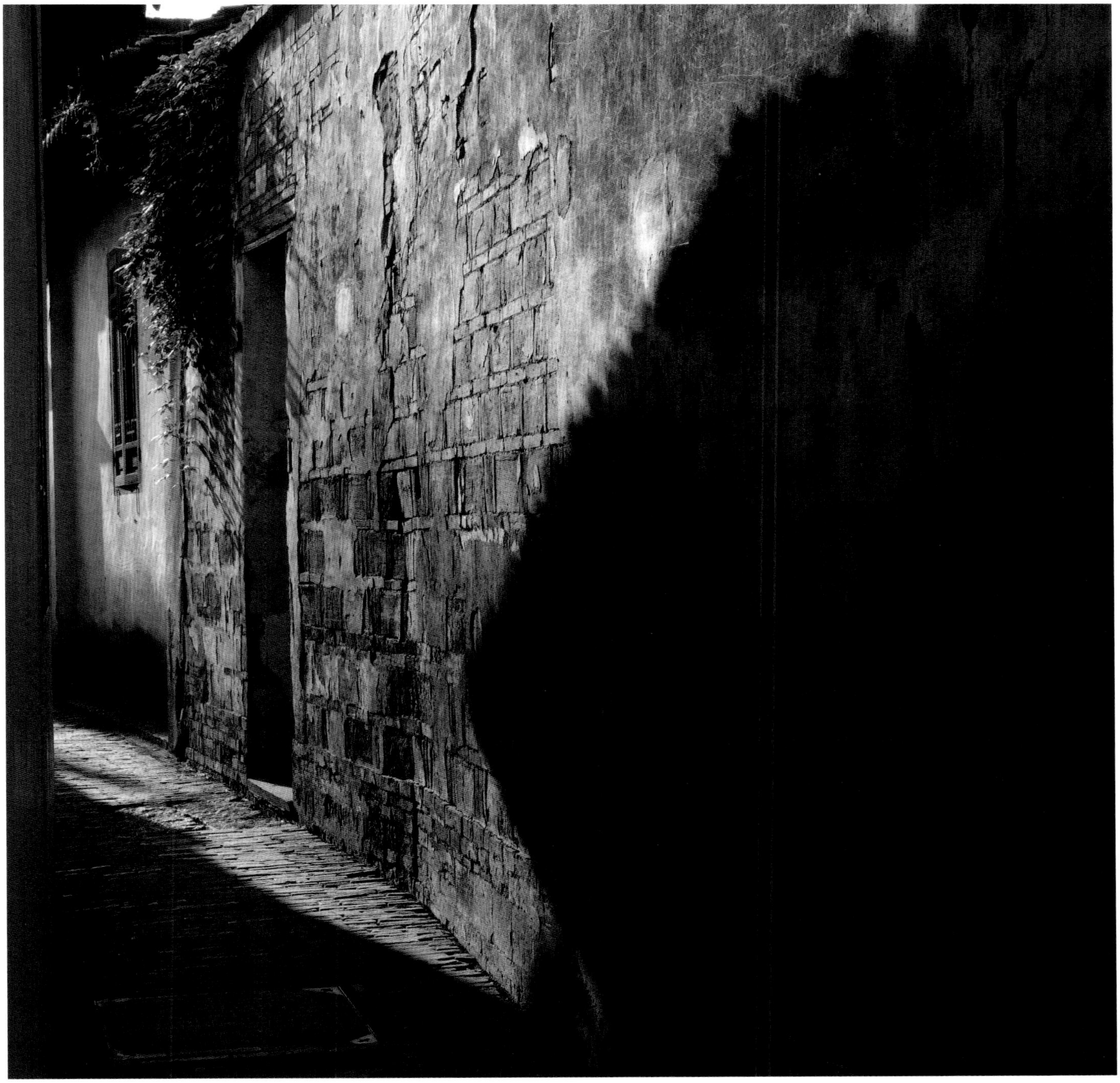

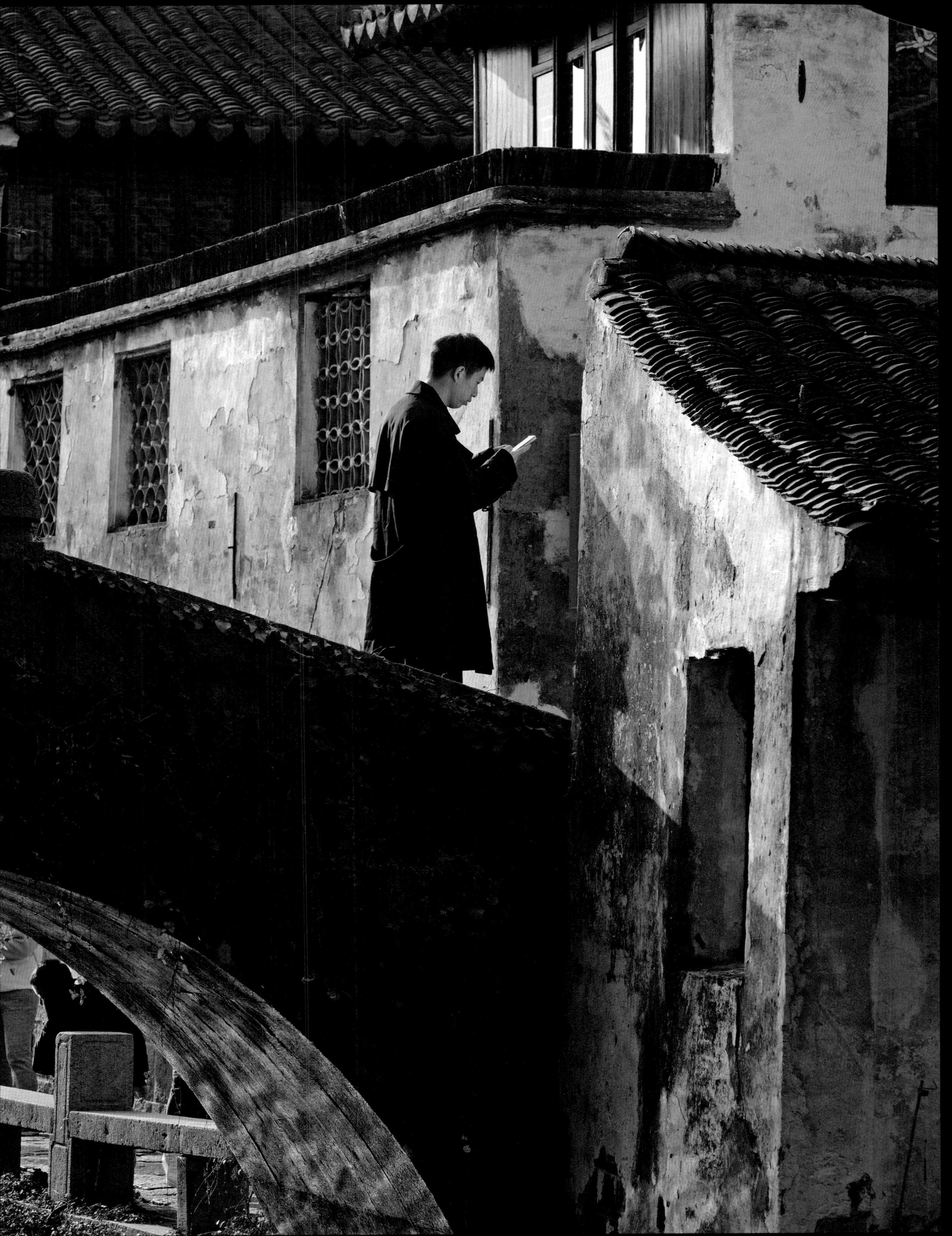

557

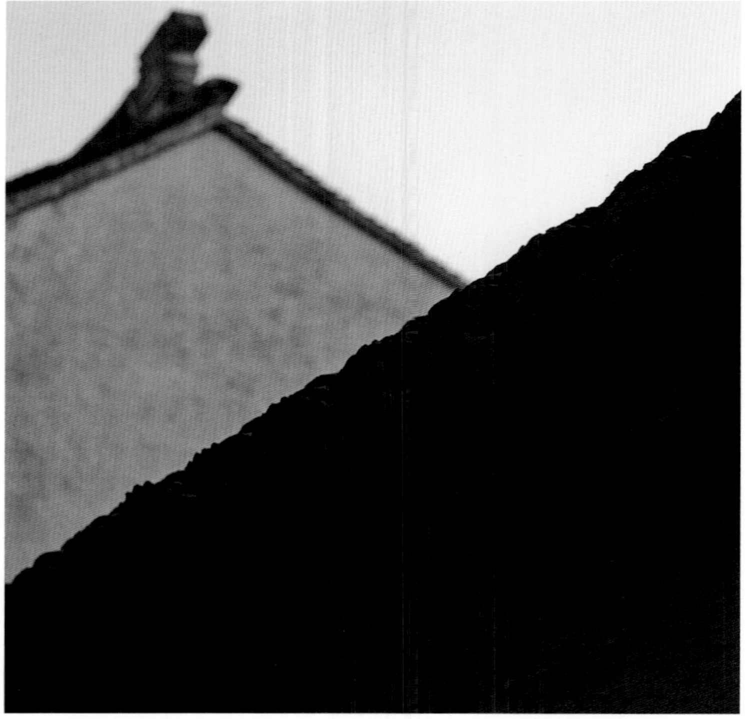

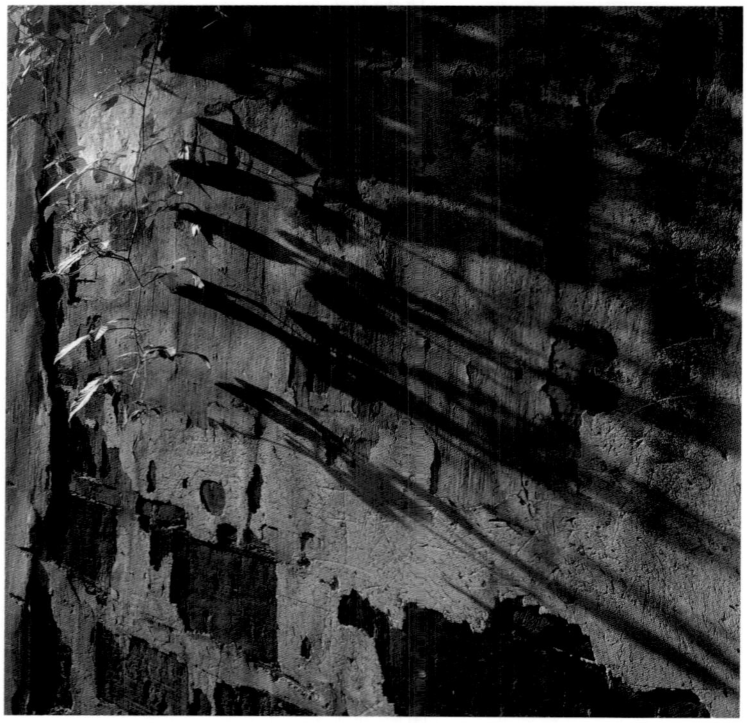

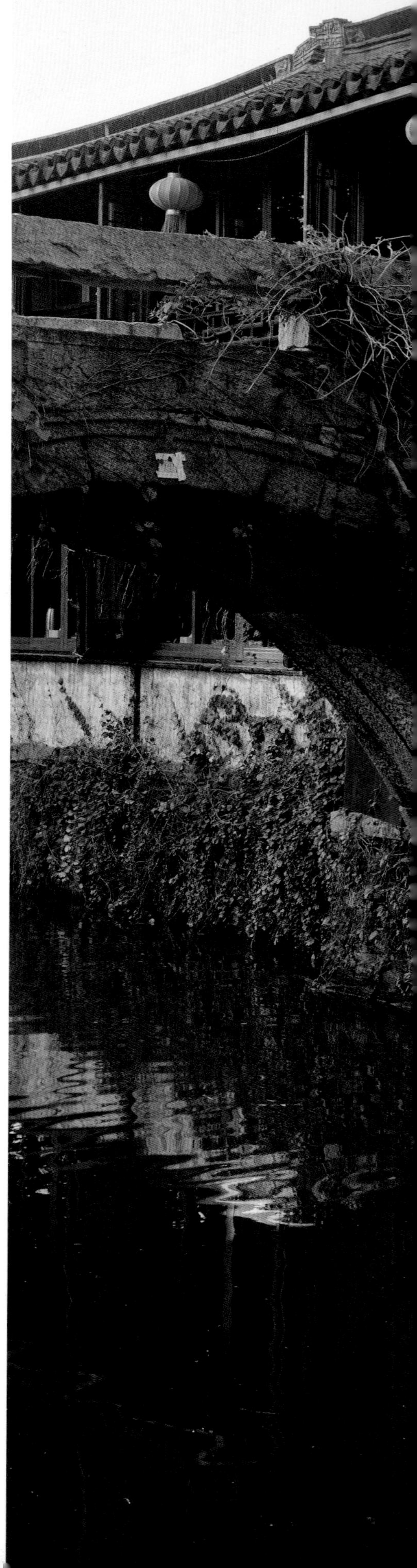

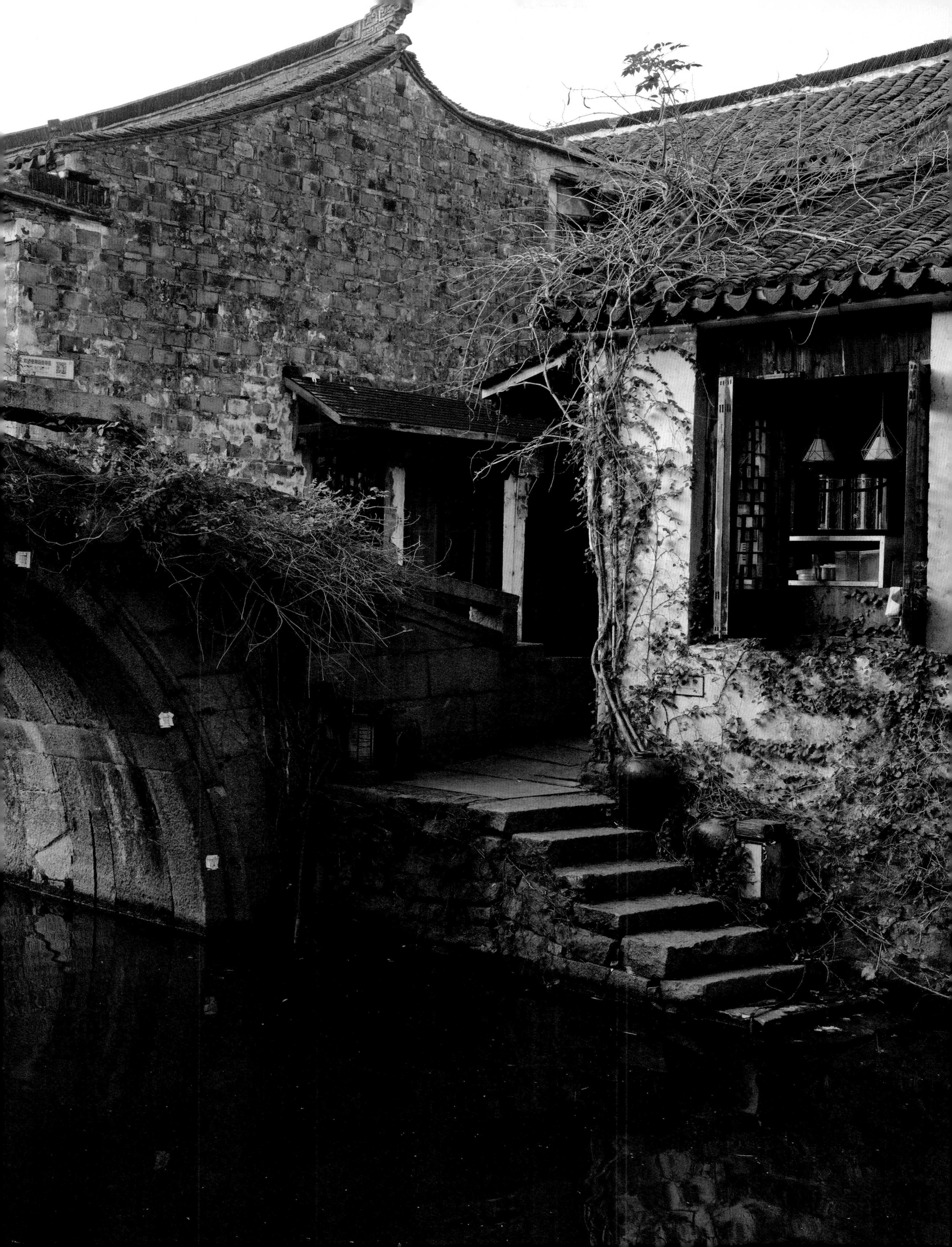

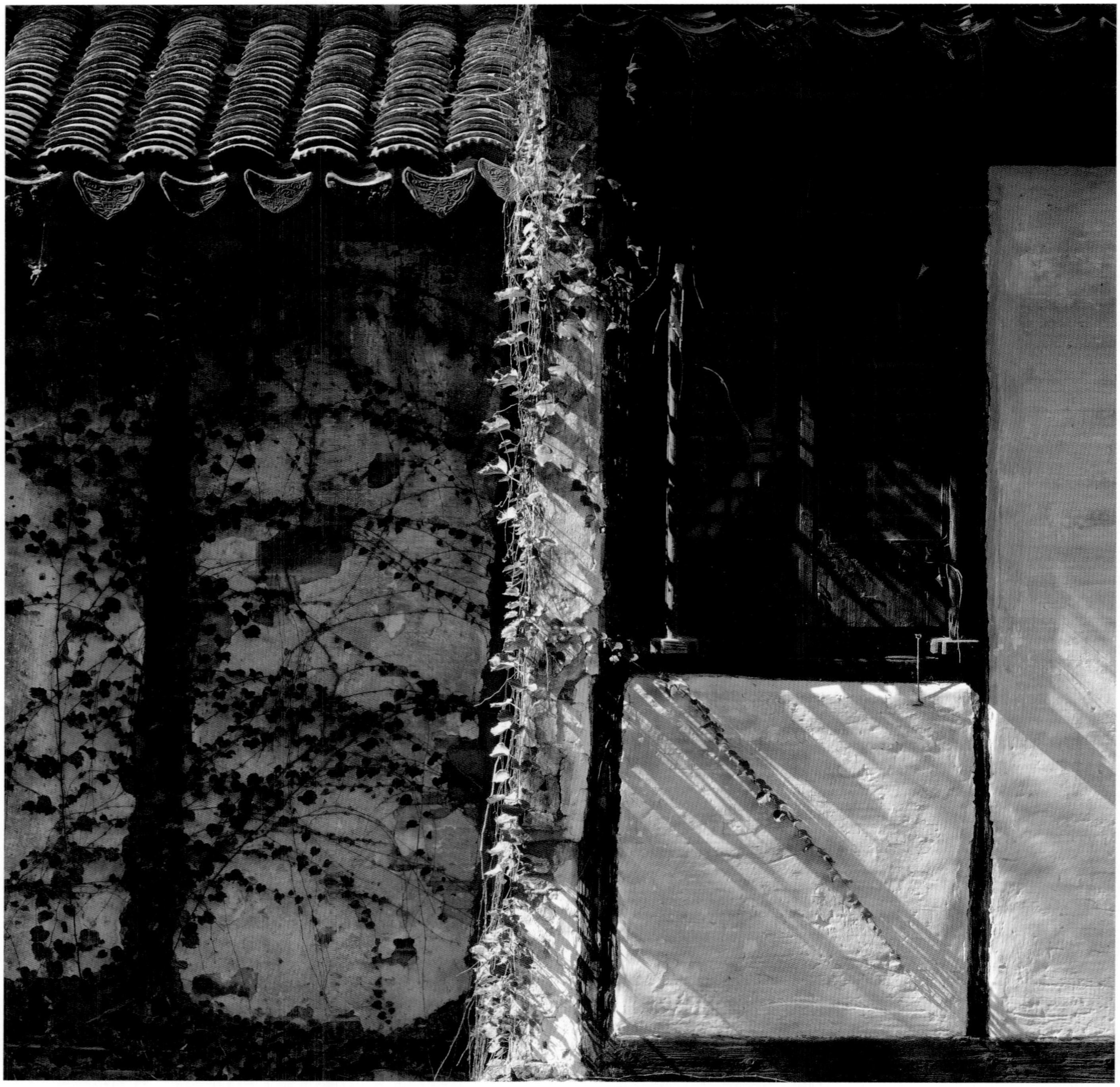

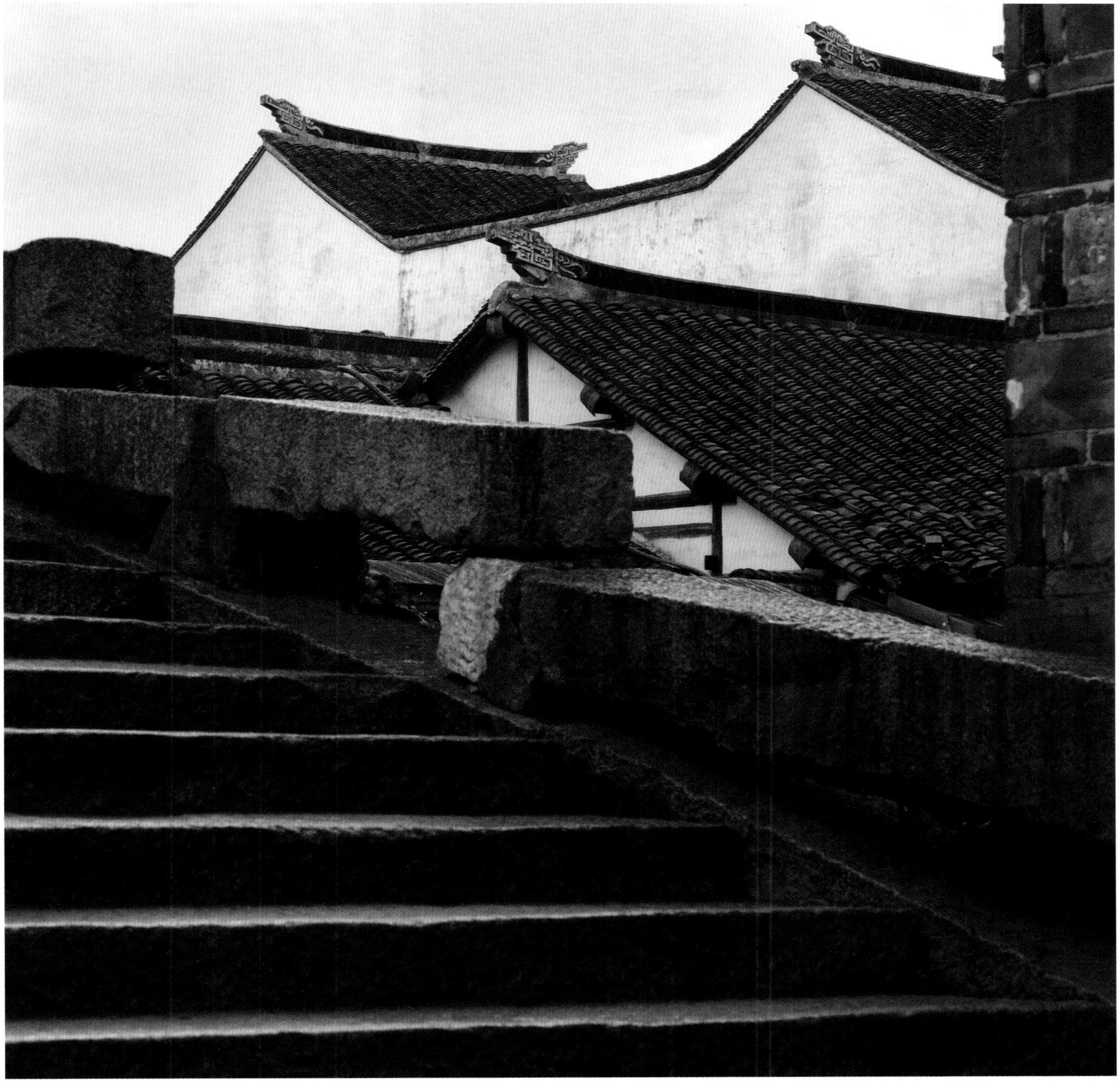

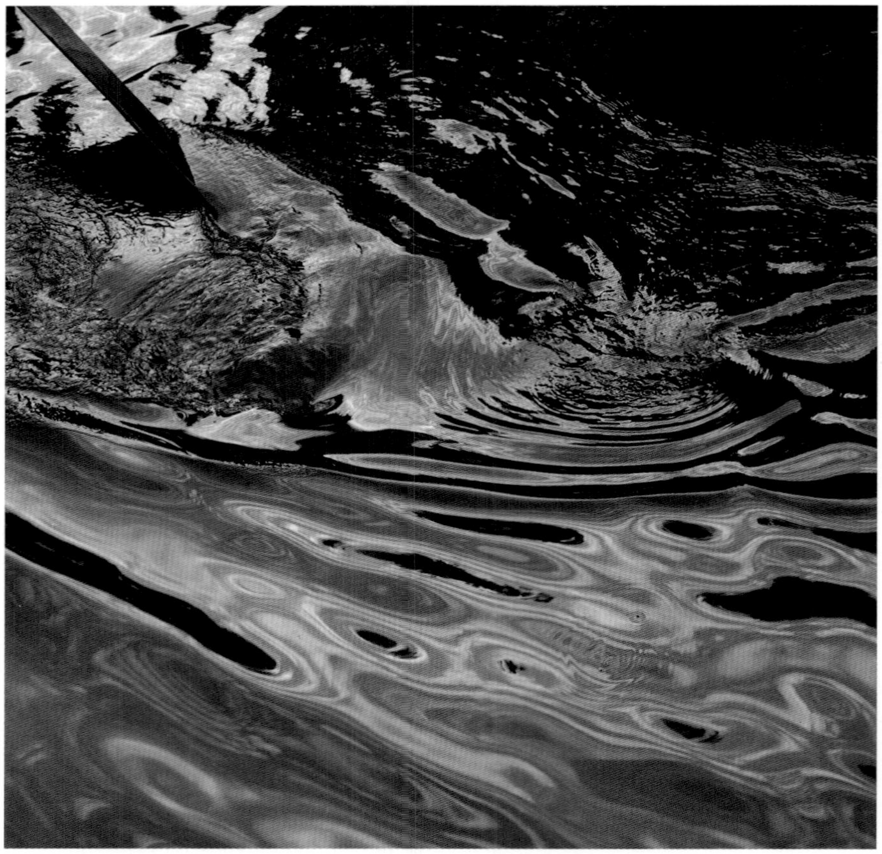

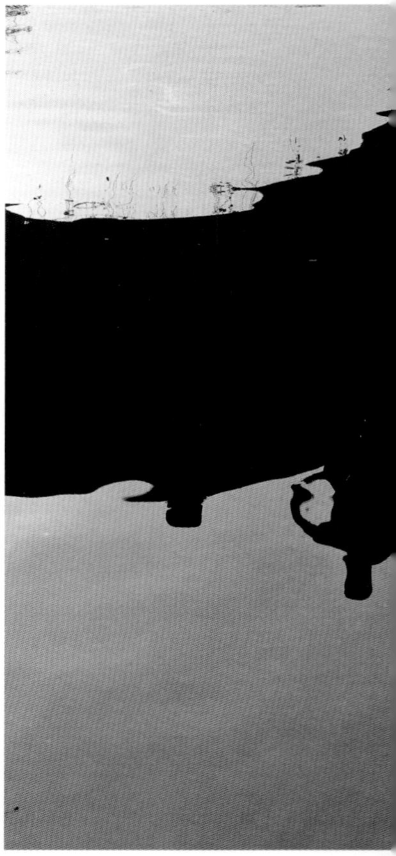

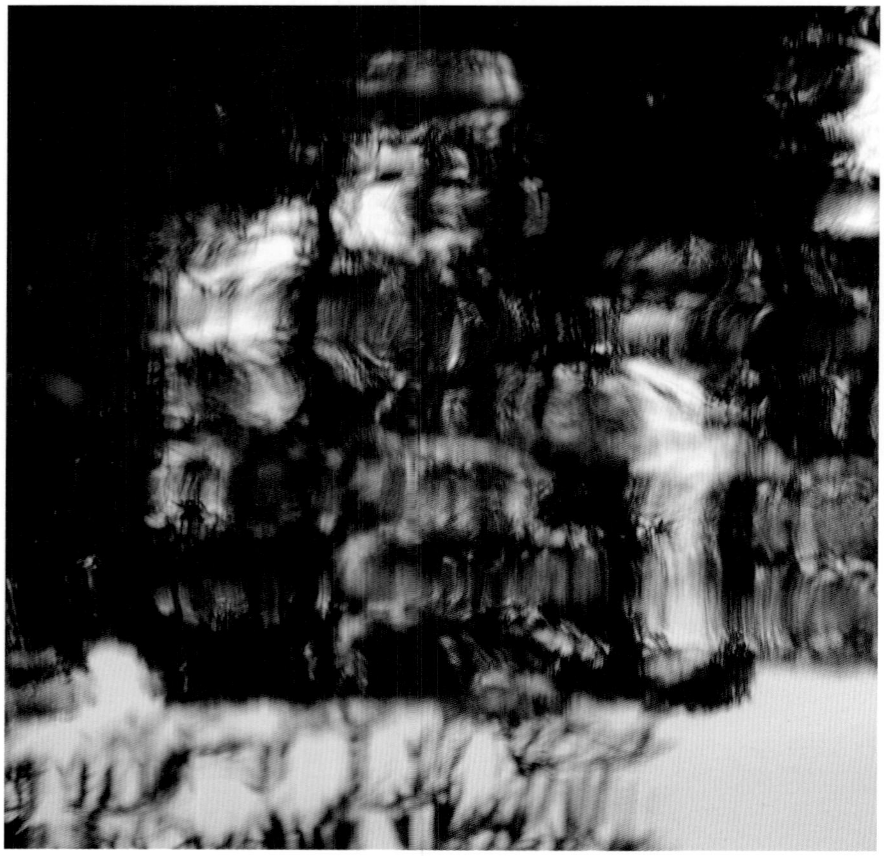

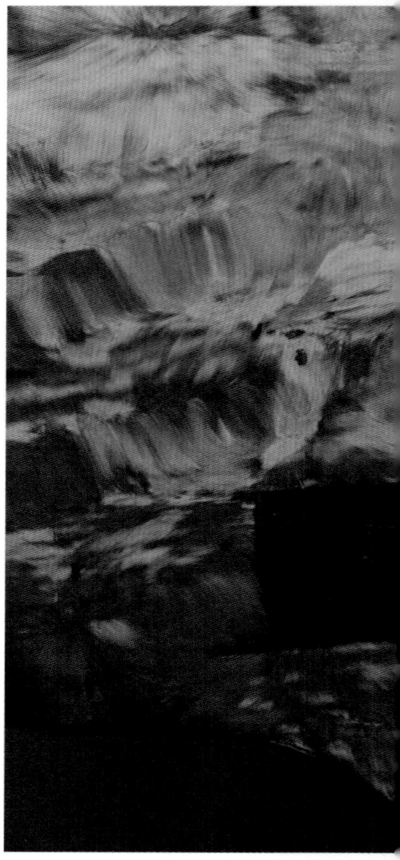

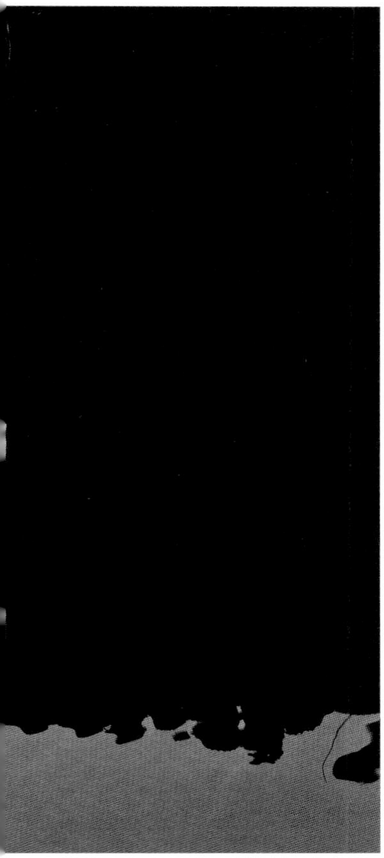
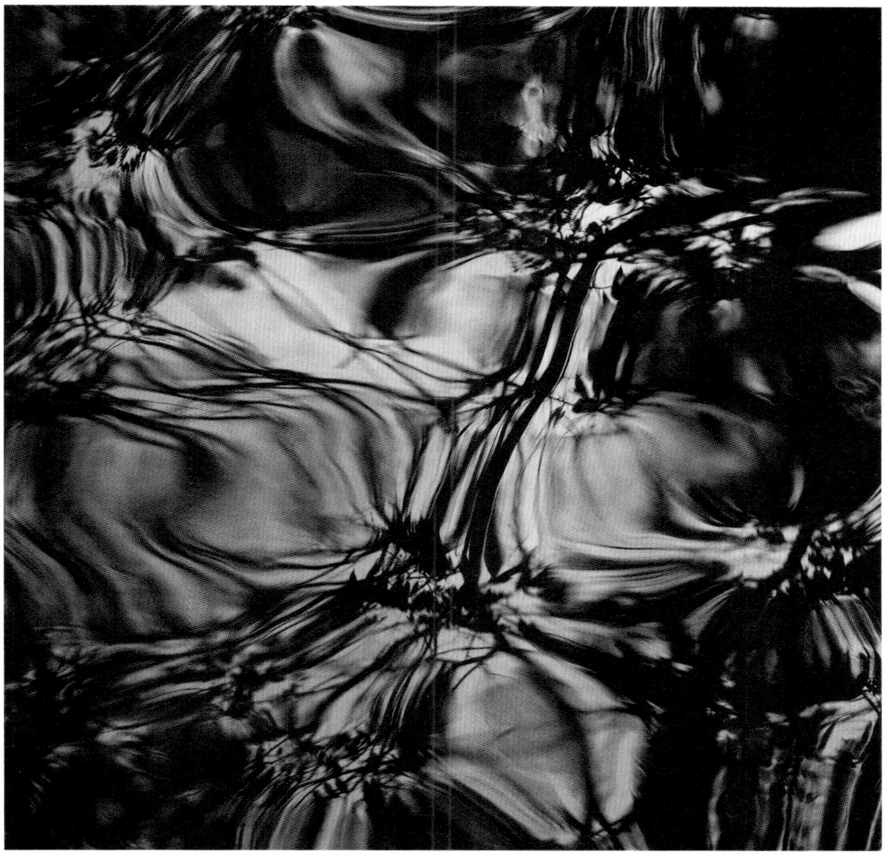
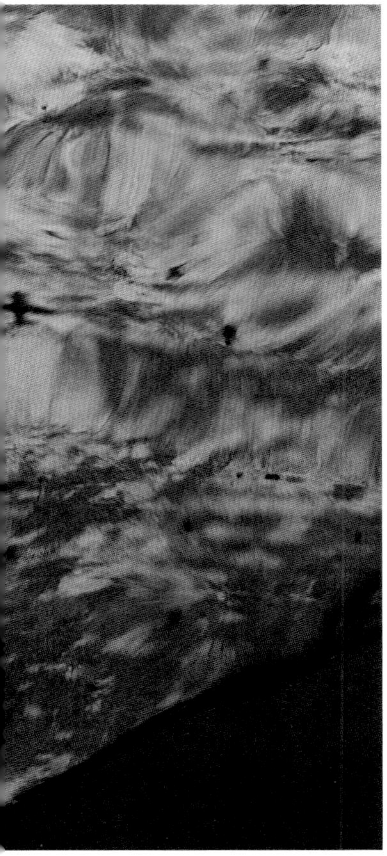
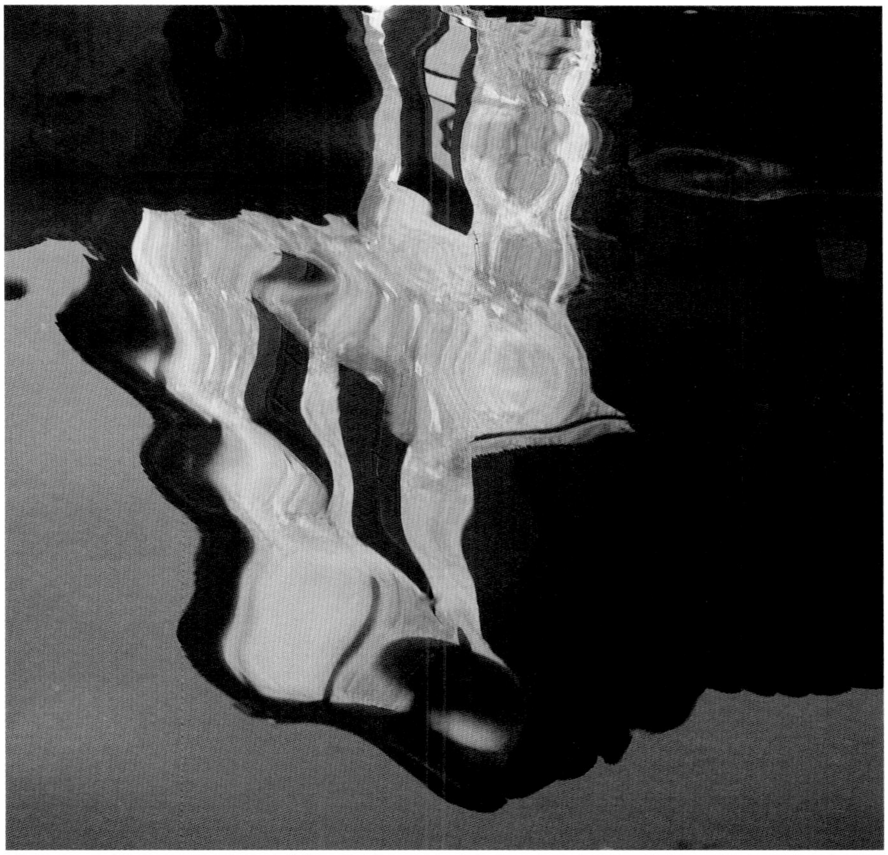

图书在版编目(CIP)数据

唯美:江南,江南/冷冰川主编. -- 北京:商务印书馆,2025.
-- ISBN 978-7-100-24299-8

Ⅰ.I217.1

中国国家版本馆CIP数据核字第2024NR8062号

特邀编辑:汪家明
书名题签:徐　冰
图像总监:逄小威
书籍设计:周　晨

权利保留,侵权必究。

唯美
江南,江南
主编:冷冰川

商务印书馆出版
(北京王府井大街36号　邮政编码100710)
商务印书馆发行
北京雅昌艺术印刷有限公司印刷

2025年1月第1版
2025年1月第1次印刷
开本:787×1092　1/8
印张:70.5
插页:1
定价:798.00元